Rouge secret

Chrystine Brouillet

Rouge secret

roman

L'auteure tient à remercier pour leur aide tout autant amicale qu'indispensable: Sylvie Frigon, Robert LaHaye, Gilles Langlois et Aline White.

www.quebecloisirs.com

UNE ÉDITION DU CLUB QUÉBEC LOISIRS INC.
Avec l'autorisation des Éditions du Boréal
© 2005, Les Éditions du Boréal
Dépôt légal – Bibliothèque nationale du Québec, 2005
ISBN 2-89430-729-2
(Publié précédemment sous ISBN 2-7646-0384-3)

Imprimé au Canada par Friesens

chapitre 1

Frédéric avait-il vraiment vu son père fracasser le crâne du chauffeur de taxi? Avait-il vraiment vu la victime s'affaisser avant d'être transportée par Marc Fontaine et son complice dans une voiture de la compagnie Co-op? Avait-il entendu son père dire à cet homme qu'il n'aurait qu'à pousser l'automobile dans la carrière de Charlesbourg après l'avoir aspergée d'essence? Elle exploserait et leurs collègues ne sauraient jamais que Georges Pouliot avait été assassiné.

— J'aurais mieux aimé qu'on n'ait pas à se débarrasser de lui, mon petit Pierrot, mais il voulait parler aux journalistes de nos rackets. On n'avait pas le choix.

Frédéric avait vomi en se demandant pourquoi il avait suivi son père jusqu'à ce garage désaffecté alors qu'il avait peur de lui. Sa mère, ses frères, ses sœurs avaient reçu tant de coups ces dernières années... Il avait néanmoins voulu épier le bourreau. Sans savoir pourquoi, en se disant qu'il apprendrait peut-être quelque chose d'utile. Un fait qui lui permettrait de se dresser enfin face à son père. Il allait avoir dix-sept ans, il devait protéger ses cadets. Mais, maintenant, il savait qu'il ne témoignerait pas du meurtre auquel il avait assisté. Il ne voulait pas être assassiné comme Georges Pouliot. Ce n'étaient certes pas les liens du sang qui empêcheraient Marc Fontaine de détruire son fils s'il le voulait. Et ce n'était pas son complice qui le raisonnerait. Qui était ce Pierrot? Un autre policier? Il ne l'avait aperçu que de dos, ne l'avait pas entendu dire autre chose que « oui » ou « non », ou « O.K., Marc ». Combien d'autres policiers étaient aussi pourris que son père? Comment aurait-il pu faire confiance à l'un d'entre eux alors qu'il ignorait s'il y avait encore quelqu'un d'honnête dans cette ville? Frédéric avait fui le garage désaffecté, s'était réfugié sur les bords de la Saint-Charles, avait regardé couler l'eau de la rivière en se demandant pour la centième fois s'il ne devait pas s'y jeter, se dissoudre dans ses remous. Sa mère l'avait dévisagé quand il était rentré à la maison mais elle ne l'avait pas interrogé; elle ne posait plus aucune question depuis longtemps.

* * *

Était-ce la pluie qui avait causé l'accident comme un policier l'avait écrit dans son rapport? se demandait Irène. Il avait pourtant plu des dizaines, des centaines, des milliers de fois, et son père n'avait jamais manqué un virage auparavant. Il n'avait jamais eu le moindre ennui avec sa voiture, il en prenait un soin quasi maternel qui lui valait les taquineries de ses collègues à la compagnie de taxis. Ils avaient tous été étonnés par l'annonce du décès de Georges Pouliot, une semaine plus tôt. Ils avaient tous été choqués par cette fin horrible, même s'ils avaient tous affirmé à sa veuve qu'il était certainement mort avant l'explosion de sa voiture. Lucile avait hoché la tête en disant qu'elle ne comprenait pas ce qui était arrivé à son mari. Il ne travaillait même pas ce soir-là ; il était sorti pour acheter des cigarettes alors qu'il lui restait un paquet de Benson & Hedges à moitié plein. Il est vrai qu'il fumait beaucoup, mais il en aurait eu suffisamment jusqu'au lendemain matin. À condition de ne pas se coucher trop tard comme il le faisait depuis quelque temps. Il avait du mal à dormir et restait dans le salon, devant le poste de télévision, à boire la bière qui devait l'aider à trouver le sommeil.

Il n'aurait plus jamais d'insomnie. Et Lucile augmenterait la dose de pilules qu'elle prenait avant l'accident, son médecin n'ayant pas refusé de lui renouveler sa prescription de somnifères et de calmants même s'il lui avait recommandé de ne pas en abuser ; elle devait faire ses journées, non ? Pour sa fille. Elle n'était pas seule, elle avait Irène, il fallait s'occuper d'elle. Cet ange blond, quelle beauté ! Comment pouvait-elle avoir des cheveux aussi pâles ? Lucile devait être très fière d'Irène.

Celle-ci avait eu un rire triste en entendant le médecin parler ainsi à sa mère. Lucile, fière d'elle ? Elle l'était plutôt des coiffures qu'elle lui imposait pour montrer tous ses talents à sa clientèle. Des tresses françaises, des pompons, des chignons sophistiqués, ridicules pour une fille de treize ans, qui gênaient affreusement Irène, des couettes, des queues de cheval, des boucles, mille ondulations. Et on endure les pinces, les rouleaux, la laque sans rien dire. On a de la chance d'avoir une mère coiffeuse ! D'être la plus mignonne petite fille du quartier ! Fière, Lucile ? De sa créature, de son mannequin. Mais jamais elle ne l'avait félicitée pour un dessin réussi, un bonne note à l'école en dictée ou en composition française. C'était son père qui se chargeait de ce genre d'encouragements. Son père qui lui achetait des livres de contes, des romans. Lui, il lisait le journal dans sa voiture entre deux appels. Ou il faisait des mots croisés. Il dessinait toujours dans les marges de la grille quand il l'avait remplie.

Irène n'avait pas encore été capable d'ouvrir la boîte de crayons qu'il lui avait offerte à Noël. Elle revoyait Georges Pouliot

9

lui sourire en lui tendant un paquet mal emballé, avec un énorme chou rouge, se rappelait la joie qu'elle avait ressentie en déchirant le papier, en découvrant l'assortiment Prismacolor-100 crayons. Cent! Elle avait pris une feuille blanche et avait tracé une ligne avec chaque crayon, s'était extasiée sur les nuances de vert, de bleu, de rouge, de brun. Un arc-en-ciel, son père lui avait offert un arc-en-ciel. Ne disait-il pas souvent « Après la pluie, le beau temps »?

Pourquoi n'avait-il pas attendu le beau temps pour aller chercher des cigarettes? Irène était tellement furieuse contre lui qu'elle ne parvenait à rien avaler depuis sa mort, hormis des biscuits soda. Elle vomissait tout ce qu'elle avalait, mais sa mère n'en avait pas parlé au médecin quand il leur avait rendu visite : elle trouvait qu'elle pouvait maigrir un peu.

— Quand on est petite comme toi, on n'a pas intérêt à grossir. Regarde-moi, j'ai la taille que j'avais quand je me suis mariée. Et pourtant, je t'ai eue. J'ai engraissé de vingt livres à cause de toi! J'ai dû en faire des efforts pour retrouver ma ligne. Mais j'ai de la volonté, moi. J'aurais pu être une danseuse de ballet si mon père m'avait laissée faire. Mais il n'était pas coulant comme le tien…

Et si elle cessait définitivement de manger? Même les biscuits? Si elle se laissait dépérir? Elle n'entendrait plus sa mère gémir sur la disparition de son mari qu'elle n'aimait même pas. Elle n'éprouverait plus cette nausée permanente qui l'étouffait depuis sept jours et demi. Est-ce que son père était vraiment mort depuis tout ce temps? Elle ne parvenait pas à y croire. C'était trop injuste! Il n'avait fait de mal à personne! Une des religieuses qui lui enseignait était venue au salon funéraire; elle avait dit que le Seigneur devait avoir ses raisons et qu'Irène comprendrait plus tard, mais Irène n'avait pas envie de comprendre, ni maintenant, ni jamais. Elle n'avait envie que d'une seule chose, de hurler jusqu'à ce que son père revienne. Peut-être qu'il n'y avait personne dans le cercueil fermé. Peut-être que Georges Pouliot était toujours vivant, qu'il avait seulement quitté la ville, qu'il les avait abandonnées. Non, il n'aurait jamais fait une chose pareille, il l'aimait trop. Si seulement elle avait pu le voir une dernière fois… Mais on n'expose pas les victimes d'une explosion de voiture.

Que restait-il réellement de son père dans la bière? Et au fond de la carrière?

*   *   *

— Tu t'énerves pour rien, Irène. Personne ne peut te reconnaître avec ta tuque et tes lunettes. On dirait que tu vas faire du ski.

— C'est ça le problème, il n'y a pas encore assez de neige pour ça. Tout ce qui est tombé est en train de fondre.

Irène Pouliot eut un geste large pour désigner les rues autour d'elle, sales d'une boue grise que les passants tentaient d'enjamber aux croisements de rues sans y parvenir. Même les abords de la rivière Saint-Charles étaient peu invitants avec ces travaux qui n'en finissaient plus de finir.

— Puis, es-tu décidée? Je n'ai pas juste ça à faire, attendre la princesse de Limoilou.

Irène regarda Bobby, lui sourit d'un air assuré. Oui, elle le conduirait jusqu'à Sillery; oui, elle l'attendrait dans la voiture; oui, elle démarrerait dès qu'il sortirait de la maison qu'il devait cambrioler. Il avait cinq ans de plus qu'elle, il devait savoir ce qu'il fallait faire. Il était grand, et la moustache dont il s'était affublé le vieillissait un peu. Il avait aussi dissimulé ses longs cheveux noirs sous un bonnet de laine, et elle distinguait mal ses yeux noisette aux cils si longs qu'ils devaient effleurer les verres teintés de ses lunettes de soleil. Est-ce qu'il y avait un gars plus beau que lui dans tout le quartier? Dans toute la ville? Irène en doutait. Comme elle doutait de son aptitude à le garder auprès d'elle

11

même si c'était lui qui avait cherché à la rencontrer, même s'il lui répétait souvent qu'il la trouvait jolie. Il dégageait un tel magnétisme ! Lucile se pâmait sur le fameux Survenant quand elle écoutait le radio-roman, et elle affirmait que Jean Coutu était le plus bel homme du Québec, mais Irène trouvait que Bobby l'éclipsait facilement. Lucile et elle n'auraient jamais les mêmes goûts. Le seul plaisir qu'elles partageaient était la lecture de *Jours de France,* mais, là encore, Lucile s'intéressait aux potins concernant les artistes alors qu'Irène préférait le feuilleton romanesque. Elle se rappelait encore le premier récit qu'elle avait lu dans ce magazine : *Caroline chérie !* Elle s'était dit alors qu'elle voulait ressembler à l'héroïne, être aussi audacieuse, aussi vivante, toujours prête à l'aventure. C'était d'ailleurs la seule qualité qu'elle avait accordée au Survenant quand une voisine avait prêté le roman à sa mère. Elle l'avait lu rapidement et avait préféré le texte à l'adaptation radiophonique.

— Mais non ! s'était écriée Lucile. C'est plus le fun d'entendre la voix de Jean Coutu.

— On peut imaginer qui on veut quand on lit.

Elle n'avait pas dit à sa mère qu'elle pensait à Bobby quand il était question d'un héros. Elle s'étonnait qu'un garçon aussi convoité s'intéresse à elle. Est-ce que France aurait accepté de suivre Bobby à Limoilou ? Non, sûrement pas. Mais Jacinthe… Ou Évelyne ? Elles trouvaient Bobby à leur goût et n'attendaient qu'un faux pas d'Irène pour lui faire des avances. Elles s'étaient montrées aimables à son anniversaire mais Irène n'était pas dupe ; elles se moquaient pas mal de ses dix-huit ans, elles n'étaient venues au bar que pour Bobby Lamothe. Mais lui, heureusement, ne leur avait prêté aucune attention. Il avait offert un Southern Comfort à Irène et trinqué à sa santé. « À la plus belle blonde du monde ! » avait-il dit avant d'ajouter qu'il avait des projets pour elle. Il avait pourtant mis plus d'un mois avant de lui parler du cambriolage. Elle s'était félicitée alors d'être capable de dissimuler ses émotions ; est-ce que Bobby songeait réellement à pénétrer dans une de ces grandes baraques du chemin Saint-Louis pour voler ? Voler ? Comme s'il était un bandit ? Comme son frère Alain ? Ou son cousin Gilles ? Elle avait entendu parler d'eux au salon de coiffure ; madame Trudeau avait conseillé à Lucile, de ne pas laisser sa fille fréquenter un Lacasse.

— C'est de la graine de vaurien. Irène aura des ennuis.

— Si vous pensez que je peux faire ce que je veux avec ma fille… Elle a presque dix-huit ans maintenant. Mais, même avant, j'ai répété cent fois à Georges qu'il fallait la pousser à faire du sport mais elle l'a toujours entortillé… Pourtant, on est pareilles physiquement : elle aurait pu danser ou faire du patin de fantaisie, elle n'est pas lourde, son partenaire aurait pu la soulever facilement. Et, maintenant, elle dit qu'elle aime mieux les livres que la vraie vie, qu'elle s'ennuie ici avec moi. Mais elle gagne sa vie, qu'est-ce que je peux faire ?

Irène travaillait chez Pollack depuis l'été. Elle rapportait son salaire à la maison. C'est elle qui avait acheté la télévision. Elle avait même une amie au rayon des vêtements pour dames qui l'avertissait quand telle robe convoitée allait être en solde. Bien qu'elle n'y comprenne rien, Lucile Pouliot devait admettre que sa fille attirait naturellement la sympathie. Elle admettait qu'elle était jolie pour qui aimait le genre gamine mais elle parlait si peu — toujours à rêvasser ! —, comment pouvait-on la trouver intéressante ? Et comment pouvait-elle l'avoir enfantée ? Petite, elle était déjà différente d'elle, mais la mort de son père avait accentué sa tendance à s'isoler, à se couper du monde. Quand elle se plongeait dans un de ses romans qu'elle achetait dans la haute-ville, elle n'entendait plus rien. Il fallait l'appeler dix fois avant qu'elle vienne souper. Elle n'aurait jamais pu tenir un salon de coiffure. Il faut de l'entregent, savoir rire avec les clientes, choisir les magazines qui leur plairont. Le salaire d'Irène avait permis à Lucile de s'abonner à *Jours de France*. La revue européenne était très populaire au salon, certaines clientes lisaient même le feuilleton dès qu'elles s'assoyaient. Ces histoires d'amour étaient si romantiques !

— En tout cas, je vous aurai prévenue. Ce Bobby vient d'une famille de gangsters. Je ne serais pas surprise qu'ils fassent partie de la mafia.

— La mafia, c'est à Montréal, Mme Trudeau, pas à Québec, avait protesté Lucile.

— Ce monde-là a le bras long.

Irène n'avait pas osé interroger Bobby sur les activités de son frère ou de son cousin, mais, quand il lui avait proposé de cambrioler une maison avec lui, elle avait respiré plus lentement. Comme elle le faisait depuis quatre ans avec sa mère pour camoufler ses sentiments. Est-ce qu'elle était amoureuse d'un voleur ? Elle s'était contentée de répondre qu'il n'avait aucune expérience dans ce domaine-là ; il avait rétorqué que ce n'était sûrement pas compliqué si on était bien préparé. Elle avait ajouté qu'*elle* n'avait aucune expérience dans ce type d'activités : elle vendait des souliers pour enfants chez Pollack.

— Tout ce que je te demande, c'est de conduire la voiture. Tu sais conduire, non ?

Elle avait tenu un volant pour la première fois le jour de ses treize ans. Sept mois avant la mort de son père. Il l'avait emmenée dans un rang, après Stoneham, et il s'était installé à la place du passager en lui prodiguant ses conseils. Elle se souvenait de son excitation, mélange de peur et de joie, du plaisir ressenti à partager ce secret avec son héros et de sa crainte de le décevoir. Mais Georges avait ri quand elle avait reculé au lieu d'avancer et il avait déclaré qu'elle apprenait très vite. Elle obtiendrait facilement son permis quand elle aurait l'âge requis pour se présenter aux examens. Il pourrait lui prêter sa voiture quand elle irait à l'université. Car elle irait, n'est-ce pas ? Elle serait la première de la famille Pouliot à entrer à Laval. Ensuite, elle pourrait enseigner le français ou le dessin dans les écoles.

— Puis, on y va ou non ? s'impatienta Bobby. Je vais me trouver quelqu'un d'autre si tu as changé d'idée.

Elle ouvrit la main pour qu'il y dépose les clés de la voiture.

Ouvrit la portière, fit le tour de l'automobile pour prendre la place de Bobby.

— Je peux conduire jusqu'à Sillery, protesta Bobby.

— Ça me fait plaisir, insista Irène.

Elle se tenait très droite au volant, habitude qu'elle avait prise dès la première leçon donnée par son père car elle voulait alors paraître plus grande.

— Tourne à gauche, non, pas maintenant. Écoute ce que je te dis !

Irène entendait surtout les notes trop aiguës dans la voix de Bobby, des notes qui trahissaient sa nervosité ; il n'était pas aussi sûr de lui qu'il le prétendait. Qu'elle le souhaitait. Que faisait-elle là, à lui obéir au lieu de le dissuader de cambrioler cette grande baraque où il y avait sûrement un système d'alarme ? Elle pourrait être chez elle à regarder *Les Pierrafeu,* à rire, à manger des Cracker Jack.

— As-tu pensé aux voisins ? se contenta-t-elle de dire.

— Les voisins sont en vacances eux aussi. Il n'y a pas eu de *Soleil* dans leurs boîtes à malle depuis une semaine. J'ai des yeux pour voir, calvaire ! Les autres, plus loin, se couchent de bonne heure. Quelle heure est-il, là ?

— Onze heures et vingt. Tu vas pouvoir t'acheter une montre avec…

Avec l'argent du vol ? Elle ne voulait pas penser à ce que Bobby allait faire.

— Tu sais bien que je ne peux pas porter de montre. Je suis allergique au métal ! Tu ne voudrais pas que j'aie des boutons, hein ?

Irène haussa les épaules.

— Tu veux que je reste avec ma belle peau, hein ? Tu l'aimes, ma peau…

Est-ce que la situation l'excitait ? Comment était-ce possible ?

Irène se concentra sur la route, boulevard Charest, Marie-del'Incarnation, tourner en face du garage Desharnais, monter la côte, espérer qu'elle ne soit pas trop glissante, suivre Holland jusqu'au chemin Saint-Louis. Au coin du chemin Sainte-Foy, elle jeta un coup d'œil vers la droite, songea qu'elle irait boire un café Chez Camille quand Bobby ressortirait de la maison. Non, elle ne pourrait pas. Ils devraient retourner dans Limoilou aussi vite que possible, garer la voiture avant que le frère de Bobby s'aperçoive qu'on la lui avait empruntée. Ils iraient chez Woo's House manger des egg rolls. Non, ils n'auraient pas le temps. Dans une heure, tout serait fini, elle serait rentrée chez elle pour retrouver sa mère endormie devant la télévision.

Elle gara la voiture selon les indications de Bobby. Elle le vit enfoncer sa tuque sur ses oreilles, remonter ses lunettes solaires, et elle ne put s'empêcher de penser que personne ne portait de telles lunettes quand il faisait nuit. Elle-même avait enlevé les siennes pour conduire ; elle devrait bien voir la route quand ils s'enfuiraient, pas question de déraper. Ils ne longeraient pas le fleuve comme l'avait suggéré Bobby, ils reviendraient par le boulevard Laurier. Elle penserait à son père, se rappellerait qu'il ne fallait pas freiner brusquement sur une chaussée glissante.

Bobby s'avança rapidement vers la maison, la contourna vers la gauche et disparut pour fracturer la porte de la cuisine, située à l'arrière de la demeure. Irène regarda sa montre pour la dixième fois en deux minutes. Elle n'entendait aucun bruit malgré la fenêtre de la portière laissée ouverte. C'était bon signe ; si elle ne percevait rien, les voisins n'entendaient pas non plus. Mais non, ils étaient absents. Mais pas *tous* les voisins de toute la rue. Il devait bien y en avoir quelque part. Ils devaient être couchés. Elle ne voyait pas de lumière aux fenêtres de ces maisons cossues, à part une ampoule devant la porte d'entrée ou un lampadaire discret près du garage. Ces gens dormaient à une heure sept du matin. Une heure vingt-quatre. Vingt-cinq. Trente. Quarante. Quarante-sept. Que faisait Bobby ?

Il réapparut, l'air furieux, grimpa dans la voiture.

— Ils ont un coffre, les câlices! Je n'ai pas été capable de l'ouvrir. On va s'essayer ailleurs.

— Non, ça n'a pas de bon sens…

— Écoute, je dois mille piastres à un gars. Il faut que je trouve du cash ce soir. Au moins des bijoux, O.K.? C'est clair? Je te demande seulement de conduire, ce n'est pas bien difficile.

— Mais tu n'as pas examiné les autres maisons. Tu ne sais rien de…

— Il n'y a jamais de mouvement, je le sais, j'ai assez niaisé ici!

Irène serra les dents, se décida à accélérer, s'arrêta quand Bobby le lui indiqua, retint son souffle quand il se dirigea vers la maison aux volets clos. C'était plutôt rare, des volets à Limoilou. Chez sa mère, il y avait des stores et des rideaux. Chez ses clientes aussi. C'était joli, des volets. On les ouvrait le matin, on les fermait le soir, comme dans les films français. Lucile préférait les films américains, même si elle avait vu *Sissi* trois fois et avait tenté de reproduire les coiffures sophistiquées de Romy Schneider. Il y avait sûrement des volets dans *Ascenseur pour l'échafaud*. Pourquoi pensait-elle à ce film maintenant? Elle ferait mieux d'évoquer quelque chose de joyeux, *Moulin Rouge,* ou *Singing in the Rain.* Son père aimait bien les comédies musicales, c'est tout ce qu'il avait partagé avec sa femme.

Bobby avait longé la clôture pour se faufiler sur le côté de la maison, et le regard d'Irène allait des volets à lui, de lui aux volets. Lucile demandait toujours à leur voisine de venir fermer et ouvrir les stores quand elles s'absentaient pour aller dans la famille à Montréal ou à Rivière-du-Loup. Pour donner l'impression qu'elles étaient là, qu'elles se levaient et se couchaient. Est-ce que les habitants de cette maison laissaient les volets clos durant plusieurs jours, indiquant à tout un chacun qu'ils étaient partis? Ils devaient bien connaître leurs voisins, avoir confiance en eux. Mais Lucile et elle aussi connaissaient leur entourage et elles prenaient néanmoins des précautions. Alors qu'il n'y avait rien à voler chez elles hormis le poste de télévision et quelques bijoux.

Irène avait la bouche sèche et se disait qu'elle devrait sortir de la voiture, manger de la neige. Ou courir vers Bobby, le forcer à revenir à la voiture, à repartir pour Limoilou.

Elle entendit un grand fracas puis des aboiements, d'horribles aboiements répercutés par l'écho de la nuit glacée. Elle vit Bobby qui tentait d'échapper au danois, le chien le rattrapait, le couchait au sol, elle klaxonnait pour l'effrayer, mais il continuait à s'acharner sur Bobby, elle s'élançait vers eux avec sa torche électrique et donnait des coups au chien qui ne semblait même pas s'apercevoir de sa présence. Il était aussi monstrueux que le chien des Baskerville !

— Jupiter ! Tiens-les bien !

Des lumières s'étaient allumées aux fenêtres de la maison, on voyait une ligne fine entre les lattes des volets, Irène distinguait une forme noire sous le porche, l'homme criait à sa femme d'appeler les policiers. Le chien continua à aboyer, réveillant les voisins. Des portes s'ouvrirent.

— Qu'est-ce qui se passe ? cria un homme.

— Jupiter a attrapé des voleurs. Couché, mon chien, j'ai un revolver. Ils ne nous échapperont pas.

— Je vais téléphoner à…

— Non, c'est fait. Gertrude s'est occupée de la police. Taistoi, Jupiter. Couché.

Irène se mit à trembler si fort que l'homme s'en aperçut. Il s'approcha d'elle, lui arracha son bonnet, jura.

— Eh ! C'est une fille ! Gertrude, c'est une fille ! Tu n'as pas honte ? Quel âge as-tu ? Tu devrais être couchée chez tes parents ! Gertrude ? As-tu vu ? Elle est plus jeune que les nôtres !

Lucien Casgrain pensait à Diane et à Marie-France qui regardaient la scène de la fenêtre de leur chambre. Qui devaient s'inquiéter pour lui tout en l'admirant, qui devaient avoir hâte que les policiers arrivent et se chargent des bandits.

Le chien grogna quand Bobby tenta de se relever en gémissant.

— Reste couché. C'est ta place. Par terre. Tu vas en lécher des planchers en prison, tu peux te fier à moi. Parce que je connais un juge qui sera très content de me rendre service et…

Les plaintes d'une sirène interrompirent Casgrain qui se tourna vers la rue ; le gyrophare la fouettait d'éclairs jaunes, aveuglant au passage les voisins qui s'étaient habillés à la hâte pour sortir et qui écarquillaient les yeux de surprise pour les refermer aussitôt, aveuglés par cet éclairage inhabituel. Irène voyait dépasser les chemises de nuit sous les manteaux de fourrure, les pantalons bouffer au-dessus des bottes chaussées en vitesse. Des policiers s'avançaient vers eux à grands pas ; quelle sorte de bottes portaient-ils pour ne pas glisser ? Irène n'avait jamais vu de policier tomber dans aucune des rues de Limoilou, ni dans la haute-ville. Pourtant, durant le carnaval, les températures descendaient jusqu'à − 45 °F et les abords du château de glace du carré d'Youville rivalisaient avec la patinoire du Château Frontenac.

Irène ne dit pas un mot quand les policiers lui saisirent les poignets pour la menotter. Ni sur les lieux du cambriolage raté, ni dans la voiture de police. Qu'aurait-elle raconté ? Qu'elle ne voulait pas suivre Bobby mais qu'elle lui avait pourtant obéi ? Elle dut donner son nom, son adresse, son numéro de téléphone en arrivant au poste de quartier. Elle pria pour que Lucile soit trop abrutie par les somnifères pour entendre la sonnerie. Elle préférait demeurer en cellule plutôt que d'entendre crier sa mère. Il faudrait cependant supporter ses récriminations avant de la convaincre de téléphoner chez Pollack pour prévenir de son absence. Lucile dirait que sa fille était grippée. Aurait-elle trop honte d'elle pour réussir à tenir sa langue au salon, ou se plaindrait-elle à toutes ses clientes de l'abominable ingrate qu'elle avait enfantée ? Une fille assez folle pour sortir avec un récidiviste !

Car Irène avait appris au poste de police que Robert Lamothe n'en était pas à sa première effraction. Pourquoi ne lui en avait-il pas parlé? Cette question lui martelait le cerveau, l'empêchant de se concentrer sur ce qu'elle vivait, sur son arrestation, sur les murs ternes de la cellule, sur l'odeur de désinfectant et celle d'une ivrogne qui cuvait sa bière, sur la lumière trop vive. Pourquoi Bobby lui avait-il menti? Elle avait toujours été franche avec lui, ne lui avait jamais rien caché. Comment pouvait-on prétendre aimer quelqu'un si on lui mentait? Même par omission? Avait-il eu peur qu'elle le rejette si elle apprenait la vérité sur lui?

L'aurait-elle rejeté? Non. Elle aurait essayé de lui démontrer qu'il risquait gros en tentant un autre coup. Et elle ne l'aurait pas suivi. Ou peut-être que si. Elle aurait pensé à Évelyne et à Jacinthe qui tournaient autour de son amoureux; il n'aurait eu qu'à lever le petit doigt pour obtenir d'elles ce qu'il voulait. Non, elle aurait tenté de trouver de l'argent pour lui en prêter. Mille dollars?

Elle n'y serait jamais parvenue.

Qu'allait-elle devenir? Et Bobby? Une deuxième offense devrait lui coûter plus cher. Une deuxième? Ou une troisième? Que savait-elle de lui? Elle l'avait retrouvé quelques fois chez lui, quand monsieur Lamothe était au travail, elle savait que sa mère était morte depuis deux ans, qu'il avait deux frères aînés, une sœur cadette, qu'il aimait la Dow et qu'il faisait de beaux cadeaux. Est-ce que le collier et la bague qu'il lui avait offerts avaient été volés? Et si on la voyait, portant ces bijoux? Elle pourrait avoir des ennuis.

Des ennuis? Elle se noyait dans les ennuis!

Irène eut un rire étrange qui l'effraya elle-même. Il lui sembla qu'il se répercutait contre les murs de la cellule et revenait vers elle, vers sa bouche pour y rentrer, pour l'étouffer. Elle eut un haut-le-cœur, se précipita vers la cuvette des toilettes mais elle ne vomit pas. Elle n'avait rien mangé durant la journée. Elle eut l'intuition qu'elle n'aurait pas d'appétit pendant un long moment. Elle retourna s'asseoir sur le banc de béton, tapota le mince matelas qui s'y trouvait ; et s'il y avait des poux ? Si elle revenait à la maison avec des poux dans ses longs cheveux blonds ? Lucile en ferait une maladie. Mais non, les policiers n'avaient pas envie d'attraper des poux et la cellule sentait le désinfectant ; on devait tout nettoyer après le passage de chaque... chaque personne. Irène était une personne, pas une criminelle. Elle n'avait rien volé. Elle soupira ; qui essayait-elle de convaincre ? Elle était complice. Elle ferma les yeux ; pour la première fois depuis quatre ans et demi, elle était contente que son père soit mort.

Est-ce qu'elle avait un peu somnolé ? La lumière avait changé dans la cellule, plus jaune, moins synthétique ; il devait faire soleil. Une belle journée d'hiver, un ciel bleu numéro 22. Ni de Prusse, ni outremer, ni pétrole, quasiment bleu royal. Comment s'était-elle souvenue du numéro de cette couleur alors qu'elle n'avait plus dessiné depuis la mort de son père ? Il y eut des mouvements, des ombres qui cachèrent la lumière dorée qui gagnait timidement la cellule.

— Irène Pouliot. Debout, par ici. Tu vas voir Lise Girard, c'est elle qui t'emmènera à Cap-Rouge.

— Je... je n'ai pas...

— Tu ne veux pas ? Ce n'est pas ta mère qui va te sortir d'ici. On l'a réveillée tantôt et elle n'avait pas l'air de te porter dans son cœur.

Quel cœur ? À part celui que Lucile portait au cou, constellé de fausses pierres multicolores, Irène ne lui en connaissait aucun.

— Elle ne peut rien faire pour toi, ajouta le policier. Tu te décides à sortir ou je vais être obligé d'aller te chercher ?

Irène se glissa hors de la cellule en clignant des yeux. Le soleil inondait un des bureaux, faisait briller les pièces métalliques des machines à écrire.

— Où est Bobby ? demanda-t-elle.

— Ce n'est pas à toi de poser des questions. Avance.

— Qui est Lise Girard ?

On la conduisait au bout d'un long couloir où l'attendait un femme très maigre qui se frottait les yeux en buvant un café. Elle devait avoir vingt-cinq ans tout au plus. On s'amuse à cet âge-là, on sort, on boit, on se couche tard. Sans trop savoir pourquoi, Irène espérait qu'elle avait passé une bonne soirée. Celle-ci la dévisageait d'un air surpris, interrogeant le policier.

— Êtes-vous bien certain qu'elle a dix-huit ans ?

Irène hocha la tête.

— Ils commencent de plus en plus jeunes, fit le policier.

— C'est bon, je vais m'occuper d'elle, dit Lise Girard en faisant signe à Irène de s'asseoir. Elle tira un paquet de cigarettes de Benson & Hedges et Irène frémit ; elle ne devait pas penser à son père, pas ici, pas maintenant. La fumée emplit la pièce, capiteuse, enjôleuse.

— Je t'emmène à la maison Notre-Dame-de-la-Garde. Au cas où tu ne le saurais pas, c'est un genre d'école de réforme. On va voir ce qu'on peut faire de toi. Il paraît que ta mère ne souhaite pas vraiment t'avoir près d'elle aujourd'hui.

Ni aujourd'hui, ni hier, ni demain.

— Est-ce que tu avais déjà volé avant ?

— Je n'ai jamais rien pris à personne.

— Tu ne savais pas ce que vous alliez faire sur le chemin Saint-Louis ? À cette heure-là ? Avec des lunettes de soleil et des cagoules ? Est-ce que c'est toi qui conduisais ? As-tu ton permis, au moins ?

Non, elle n'avait pas de permis.

— Une affaire de plus dans ton dossier… Bravo. Elles seront contentes de t'accueillir, là-bas.

— Là-bas…

— À Notre-Dame-de-la-Garde. À Cap-Rouge.

— Mais je travaille chez Pollack. Ça va me prendre deux heures en autobus pour y aller !

Lise Girard haussa les épaules ; cette gamine, comme tant d'autres, ne comprenait pas ce qui lui arrivait.

— Fais une croix sur ta job. Tu n'as pas de chance, ton chum a choisi la mauvaise maison à cambrioler. Votre victime est juge. Monsieur Casgrain a parlé avec les policiers qui ont vu que vous étiez entrés dans une autre maison avant. Monsieur Casgrain se demande combien de victimes vous avez faites. Et si Robert Lamothe ne l'aurait pas poignardé sans l'intervention de son chien.

— Poignardé ? Bobby voulait juste…

— Juste quoi ?

Un poignard ? Il avait un poignard sur lui ? Elle ne l'avait pas vu.

— Le juge Casgrain va envoyer ton petit copain en prison. Tu es mineure, on se contentera du centre pour l'instant. On va ramasser tes affaires à l'entrée.

Le froid surprit Irène quand elles quittèrent le poste de police, un froid mordant, coupant, agressif. Comme un couteau. Où Bobby avait-il rangé son couteau ? Pourquoi avait-il un couteau ? Elle se tut jusqu'à ce qu'elles arrivent au centre et Lise Girard l'en félicita. Au moins, elle ne se comportait pas en hystérique, elle ne criait pas, ne pleurait pas, elle n'énerverait pas la directrice qui n'était pas sensible à ces petits jeux-là.

— Est-ce que je vais pouvoir téléphoner à quelqu'un ?

La femme secoua la tête. Elle n'allait ni appeler ses copines, ni regarder ses émissions de télévision favorites, ni manger ce qu'elle avait envie de manger, ni dormir quand elle le souhaiterait. Désormais, elle ferait ce qu'on lui ordonnerait.

— Tu es habituée, non ? Si je comprends bien, tu as obéi à ton chum.

— Mais je l'aime ! s'écria Irène.

— Tu ne devrais pas.

— Pourrez-vous appeler chez Pollack ? Il faut que je me fasse remplacer, sinon Gaétanne sera toute seule dans le rayon des enfants. Je ne peux pas lui faire ça ! J'ai peur que ma mère n'ait pas téléphoné.

En ouvrant la portière de sa passagère, Lise Girard promit de s'en charger. Elle sentit le mouvement de recul d'Irène en voyant la maison où elle devrait vivre désormais. Elle tenta de la rassurer ; peut-être qu'elle n'y resterait pas longtemps… Elle ne lui dirait pas que les adolescentes qui vivaient à Notre-Dame-de-la-Garde avaient des destins variés selon l'attitude de leurs parents envers elles. Mais peut-être tiendrait-on compte du fait qu'Irène avait perdu son père à treize ans. Au moment où elle aurait eu besoin d'une autorité masculine.

D'un autre côté, il y avait le juge Casgrain…

* * *

Les glaçons fondaient doucement dans le Manhattan de Bernard Nadeau. Il s'empara d'un bâtonnet de plastique et agita les glaçons avant de boire la dernière gorgée. Lucien Casgrain s'était assis, comme toujours, du côté droit de la rotonde où officiaient les barmen du Château Frontenac. Bernard Nadeau connaissait Casgrain depuis sept ans, et jamais il ne l'avait vu s'installer à gauche du bar. Il n'avait jamais osé lui demander s'il choisissait ce côté pour la vue qu'il offrait sur les patineurs et la célèbre glissoire. Cela lui paraissait trop futile pour un homme aussi sérieux, aussi méthodique que Lucien Casgrain. Un homme qui buvait toujours deux Negroni avant d'aller souper au Café de la Paix où il mangeait tous les jeudis soirs. Bernard Nadeau avait tenté de l'entraîner au Continental où il avait lui-même ses habitudes, mais Casgrain avait résisté et Nadeau n'avait pas insisté pour le faire changer d'idée. N'était-ce pas Casgrain qui lui avait envoyé trois fameux clients au cours des six derniers mois ? Des clients qui lui avaient permis peut-être d'atteindre le chiffre d'affaires nécessaire pour investir dans un autre secteur que l'immobilier… Nadeau avait su remercier le juge Casgrain adéquatement ; ce dernier avait apprécié la marine de Morris qu'il lui avait offerte. Heureusement ! Il avait payé bien cher pour un si petit tableau. Mais le juge était un ardent collectionneur de tout ce qui se rapportait au monde maritime depuis qu'il avait acheté son bateau. Il accrocherait probablement le Morris dans la cabine principale. Où l'humidité l'abîmerait. Nadeau s'en moquait, il était prêt à acheter d'autres tableaux pour gagner les faveurs de Casgrain. Il retournerait rue Crescent à Montréal, ou rue Sherbrooke, là où il y avait les galeries les mieux cotées.

— Est-ce que Dumont va nous rejoindre ? fit Lucien Casgrain.

— Oui, j'ai besoin de ses compétences, et lui ne crache pas sur une combine qui peut être payante. La main-d'œuvre coûte beaucoup moins cher en Asie.

— Oui, ça ne s'améliorera pas ici. Les syndicats sont maintenant débarrassés de Duplessis et les choses vont changer, les ouvriers seront de plus en plus exigeants. Avec des grandes gueules comme Chartrand, on peut s'attendre au pire. Vous n'aurez pas ces problèmes-là en Indochine.

— En Thaïlande, corrigea Nadeau, le regrettant aussitôt et changeant de sujet pour effacer immédiatement une éventuelle vexation. Tu ne m'as pas reparlé de tes voleurs ? Qu'est-ce qu'ils deviennent ?

— Lui se retrouve à Orsainville, et elle a été casée dans un centre pour les délinquantes. Robert Lamothe va écoper du maximum ; c'est bien mauvais, la récidive. Et il est tombé sur moi…

— Ce qui n'était pas une bonne idée.

Les deux hommes éclatèrent de rire en même temps, des têtes se tournèrent vers eux ; Nadeau se calma aussitôt et sourit poliment aux touristes qui s'amusaient de cette soudaine hilarité.

— Je ne peux pas croire que la fille a dix-huit ans. Elle en paraît à peine treize. Je me demande ce qu'elle faisait avec un raté pareil. C'est peut-être parce que son père est mort… ça n'arriverait pas chez nous. Mes filles ne sortiront jamais avec ce genre de déchet. Est-ce que je t'ai dit que Marie-France a le premier rôle dans la pièce qu'elles vont monter au couvent ? Elle a du talent à revendre, mon aînée…

Bernard Nadeau acquiesça, s'informa de la cadette.

— Ma belle Diane ? Toujours aussi sérieuse ; elle ne pense qu'à ses études. Gertrude s'inquiète même un peu à son sujet. Il faudrait qu'elle fasse plus de sport. Mais au moins, elle aime ses cours de ballet.

— Tes filles ont de la chance de s'intéresser à tant de choses.

Lucien Casgrain soupira avant de lever l'index pour attirer l'attention du serveur.

— Au fond, je n'aurais peut-être pas dû insister pour qu'on envoie la petite voleuse au centre. D'un autre côté, il faut des exemples… Surtout avec les femmes, on doit se méfier. Je suis resté tellement surpris quand je lui ai arraché sa tuque ; elle avait l'air d'un ange avec ses grands cheveux blonds. Un ange prêt à me dévaliser… Et son complice aurait pu me poignarder ! Gertrude n'en a pas dormi pendant une semaine. Mais comment veux-tu qu'elle s'en sorte ? Sa mère est une simple coiffeuse, elles vivent à Limoilou.

Bernard Nadeau souleva son verre en signe de connivence ; que dirait le juge s'il apprenait qu'il était né à Cartierville et non dans un quartier chic de Montréal comme il l'avait toujours affirmé ? Il était arrivé à Québec à seize ans et avait travaillé vingt heures par jour pour acheter son premier immeuble. Quinze ans plus tard, il était le meilleur promoteur de la région et personne ne s'interrogeait sur ses origines. Il fréquentait un club de golf très sélect, dînait au Vendôme ou au Continental et organisait un formidable barbecue, chaque première semaine de juillet, en vue d'amasser des fonds pour les équipes sportives d'enfants défavorisés. Il ne lui manquait qu'une épouse pour être parfait. Le juge avait bien essayé de lui présenter des amies de sa femme, mais Bernard Nadeau n'allait certainement pas s'embarrasser de pareils laiderons. Il éprouvait une sorte de dégoût envers Gertrude Casgrain, tout comme envers son mari qui devait continuer à faire son devoir conjugal. Puisqu'il ne semblait pas avoir d'aventures… Il ne serait jamais allé à La Grande Hermine évidemment, même si certains de ses collègues s'y amusaient souvent, mais il aurait pu tromper sa femme avec tout le temps dont il disposait. Non. Le détective que Nadeau avait engagé pour filer Casgrain n'avait rien découvert à son sujet. Un saint. Vraiment ? Nadeau but une gorgée en s'interrogeant sur l'intérêt marqué du juge pour une délinquante : il connaissait son âge, son adresse, la profession de sa mère. Il n'avait pas l'habitude de montrer tant de curiosité envers les criminels. Il est vrai qu'il les rencontrait au palais de justice, pas dans sa cour à une heure du matin.

— Elle s'est laissé entraîner par amour, dit Nadeau pour relancer Casgrain sur ce sujet.

— Elle doit lire ces magazines de bonnes femmes avec des romances stupides mais elle va être bien obligée d'oublier son Bobby au centre.

— Comment s'appelle-t-elle ?

— Irène Pouliot. Pourquoi veux-tu savoir ça ?

— Je ne sais pas… Elle me fait un peu pitié. Pas de père, un milieu sans envergure. La société a le devoir de punir les délinquants, mais elle peut aussi aider à les remettre dans le droit chemin.

Comment parvenait-il à dire toutes ces bêtises sans rire ? Casgrain le prenait pourtant au sérieux. Il soupirait de nouveau en prenant son verre.

— Est-ce qu'elle est mignonne ?

Le haussement d'épaules de Casgrain, trop lent, confirma l'intuition de Nadeau ; l'adolescente devait être une beauté.

— Ça dépend des goûts.

— Est-ce qu'elle a une voix agréable ?

— Pourquoi ?

— Je pourrais lui donner une job de téléphoniste au bureau. Pour la vente par correspondance.

Casgrain toussa, Nadeau engagerait vraiment une délinquante ? Il n'y pensait pas !

— Tout le monde peut faire une bêtise, Lucien.

— Tu ne la connais même pas.

— Je n'ai pas dit que je l'embaucherais. Il faut que je la voie avant. Tu m'arrangerais une lettre d'introduction pour le centre. J'imagine qu'on ne peut pas voir les filles sans autorisation spéciale.

— Ce n'est pas une bonne idée… Si on se retrouve face à face elle et moi à ton bureau ? Elle m'a volé !

— Mais non. Elle a seulement essayé. Ne t'inquiète pas, je lui dirai que c'est toi qui as eu l'idée de la caser dans mon entreprise, qu'on avait le goût de faire une bonne action.

Casgrain rajusta sa cravate, boutonna son veston, dit qu'il réfléchirait à la lettre.

— On y va ? Dumont doit être arrivé au restaurant.

— C'est sûr, il est toujours en avance. Je me demande pourquoi.

chapitre 2

NOVEMBRE 1960

Il était très tôt quand Frédéric Fontaine revêtit son uniforme, mais il lui plaisait de sortir pour déjeuner avant que le snack-bar soit rempli de clients. Laurie pouvait alors discuter avec lui, lui servir autant de café qu'il le désirait. Elle lui parlerait sûrement du décès de Marc Fontaine, dirait qu'il avait eu de belles funérailles, Frédéric acquiescerait, alors qu'il aurait souhaité que son père soit jeté sur un tas d'ordures et qu'il y pourrisse, dévoré par les rats et la vermine.

« Ces dernières années ont été difficiles pour lui, pour vous autres, dirait Laurie. Un homme si actif, rester si longtemps dans le coma. » Frédéric hocherait la tête en songeant à la chute de son père dans l'escalier. Tout le monde avait cru à un accident, personne n'avait soupçonné Frédéric de l'avoir poussé vers la cave dans un mouvement de révolte. Aucun policier n'avait regretté la retraite anticipée de Marc Fontaine, et tous avaient été contrariés d'apprendre, lors de l'enterrement, que Frédéric Fontaine voulait remplacer son père au sein du corps policier. Ils avaient tous espéré qu'il échouerait aux examens, mais, en un peu plus d'un an, ils avaient constaté qu'il était très différent de son père même s'il lui ressemblait physiquement. Il avait aussi hérité de son talent à réparer tout et n'importe quoi, mais il était honnête, sérieux. Presque trop. Après la disparition de Marc Fontaine, bien des hommes s'étaient demandé pourquoi ils avaient couvert ses bêtises. Pourquoi avaient-ils été si mous ? Et que savait le fils des exactions de son père ? Devait-on lui parler de ses rackets ?

L'air frais de novembre fit sourire Frédéric tandis qu'il se dirigeait vers le snack-bar ; il revoyait le cercueil glisser lentement dans la fosse et le regard de sa sœur Lise qui n'essayait même pas de cacher sa satisfaction. Ils étaient enfin libres !

*   *   *

Il était midi quand Bernard Nadeau gara sa voiture dans le stationnement de la maison Notre-Dame-de-la-Garde. Il sourit en constatant à quel point l'endroit était isolé et calme, bien trop calme pour des adolescentes ; aucune des pensionnaires ne devait s'y plaire. Il devinait que tout l'immeuble serait éclairé au néon, que les murs seraient beige ou gris pâle, qu'il y aurait une pièce, appelée outrancièrement salle de séjour, où il trouverait cinq tables, des chaises pliantes, des jeux de cartes, une pile de vieux exemplaires de la *Sélection du Reader's Digest* qui apprendraient aux filles comment fonctionnaient leur foie ou leurs reins, entre la biographie de Laura Secord et le récit d'un accident dans un tunnel en feu.

Bernard Nadeau n'avait pas reparlé d'Irène Pouliot avec le juge Casgrain pendant qu'ils étaient attablés au Café de la Paix. Il n'avait été question que de l'entreprise d'import-export, du voyage en Asie de Ghislain Dumont qui était rentré satisfait ; la construction de l'usine était achevée, la marchandise arriverait bientôt au port de Montréal. Ils iraient alors vérifier sur place.

— J'ai des billets pour le match des Canadiens, avait dit Nadeau ; on pourrait aller ensemble au Forum. On coucherait au Reine-Élisabeth ; aussi bien prendre tout de suite certaines habitudes parce qu'on va aller souvent à Montréal.

Casgrain avait hésité ; il ne pouvait se libérer si facilement de ses obligations. Il avait commandé un Courvoisier en allumant un Monte-Christo numéro 3.

— Ma femme ne veut pas que j'en fume à la maison. Elle dit que ça imprègne les tentures.

— Ginette n'aime pas ça non plus, avait fait Dumont en acceptant le cigarillo que lui offrait le juge. Tu as la paix, toi, hein, Bernard ?

— Il y a des avantages et des inconvénients dans tout, avait répondu Nadeau avant d'enchaîner sur la fréquence de vols des nouveaux DC-8.

Ne pas parler des femmes avec Casgrain, qu'il rentre chez lui sans que le nom d'Irène soit de nouveau mentionné. Qu'il ne soupçonne pas son intérêt pour les très jeunes filles. Si cette gamine était aussi fraîche qu'il l'espérait, il pourrait avoir du bon temps avec elle. Ce n'était pas une délinquante qui lui ferait des histoires, et lui se détendrait en attendant de retourner en Asie.

Il se regarda dans le rétroviseur de sa Mercedes, rajusta le col de son polo Lacoste sous son manteau de phoque. Il avait bien fait d'écouter la vendeuse et d'acheter un polo noir ; le vêtement mettait en valeur ses yeux verts et ses cheveux roux. Il avait noté le regard admiratif de l'employée quand il avait essayé le polo ; il irait plus souvent chez Holt Renfrew si c'était facile de se garer aux alentours de la rue Buade. Il aimait l'ascenseur grinçant, le liftier aux gants blancs qui annonçait les étages, les boiseries et les grands miroirs. Quand se déciderait-on à construire un stationnement souterrain dans les environs ? Même s'il était chaudement vêtu, le froid le surprit ; la température avait-elle encore

31

baissé ? Il détestait l'hiver et se demandait souvent s'il n'irait pas s'installer bientôt en Floride. Ou s'il ne ferait pas comprendre à ses futurs associés qu'il était nécessaire qu'il vive trois ou quatre mois par année à Bangkok pour surveiller les opérations. Il jura en glissant dans l'entrée glacée de l'école de réforme, se rattrapant de justesse à la rampe de l'escalier — est-ce qu'on ne pouvait pas répandre du sable pour empêcher que les visiteurs se cassent un membre ? Il sonna à la porte et on vint lui ouvrir après un long moment ; mais que faisait donc le personnel du centre ? Ne savait-on pas que le thermomètre indiquait – 20 °F ? Il sourit poliment néanmoins quand un employé le pria de lui remettre une pièce d'identité, sourit encore en attendant la directrice du centre et sut dissimuler sa surprise quand la religieuse se présenta ; elle était si petite, elle ne devait pas mesurer cinq pieds et devait se chausser dans le rayon des enfants. Comment pouvait-elle s'occuper des délinquantes qui peuplaient ces murs ? Il comprit qu'elle était dotée d'une énergie exceptionnelle quand elle lui serra la main tout en l'examinant sans aucune gêne. Il continua à sourire même si le regard de cette femme, interrogateur, l'indisposait ; il n'avait pas l'habitude d'être ainsi dévisagé. Une sonnerie, venant du fond du corridor de gauche, lui fit enfin tourner la tête dans cette direction.

— Les cours de travaux ménagers sont terminés. Il y a des filles ici qui ne savent même pas cuire un œuf.

— Comme Irène Pouliot ?

— Non, Irène est débrouillarde et scolarisée.

— Tant mieux ! Ça nous aidera.

— Je n'ai pas très bien compris pourquoi vous vous intéressez à elle. Je vous avoue que sans la lettre du juge…

Bernard Nadeau émit un petit rire qui pouvait faire croire à une certaine timidité avant de s'expliquer :

— Le juge Casgrain m'a raconté l'incident dont il a été victime ; il m'a parlé d'Irène, de l'absence de son père. J'ai aussi perdu le mien quand j'avais treize ans, et j'ai failli mal tourner.

J'ai eu la chance de rencontrer un homme assez bon pour m'aider à progresser dans la vie. Cet abbé est mort aujourd'hui mais je lui dois beaucoup. J'ai pensé que je pourrais peut-être agir avec Irène comme il a agi avec moi.

Avait-il adopté un ton assez crédible pour débiter ce tissu de mensonges ?

— Agir ?

— Peut-être que je pourrais trouver un emploi de téléphoniste à cette jeune fille dans un de mes bureaux. Je travaille dans l'immobilier, mais nous aurons bientôt un magasin d'articles et de vêtements de sport, un bureau de vente par correspondance. Comme je doute qu'Irène Pouliot reprenne son travail chez Pollack en sortant d'ici…

— Vous êtes très renseigné… Le juge Casgrain a suivi l'affaire de près.

— Il tenait à ce que les coupables soient punis. Enfin, surtout Bobby. C'est lui qui a entraîné Irène dans ce gâchis.

— Toutes les filles qui sont ici disent que ce n'est pas de leur faute. J'ai accepté de vous recevoir car je ne veux pas empêcher mademoiselle Pouliot d'avoir une vie normale en quittant le centre, mais je ne sais pas si un poste de téléphoniste lui conviendra. Elle ne parle pas, ne répond que par monosyllabes depuis qu'elle est ici. Que ce soit à moi, aux agents de probation ou à ses compagnes. Quasiment muette. Bien différente des autres filles qui se plaignent, protestent, jurent et réclament tout et n'importe quoi en criant. Elle est anormalement silencieuse. Même quand ses compagnes la provoquent. Ce qui arrive souvent… Elle est trop jolie ; ce n'est pas une bonne chose dans la vie. On pourrait dire qu'elle respecte l'adage « Sois belle et tais-toi ».

Nadeau se souvint alors que le juge avait mentionné le silence d'Irène Pouliot. Peut-être était-elle mentalement attardée ? Mais non, la directrice avait précisé qu'elle avait fait des études.

— Irène est actuellement à l'atelier de couture. Mais vous ne devez pas lui faire perdre de temps ; elle n'est pas en vacances ici.

Le promoteur suivit la directrice qui marchait tout en lui expliquant que les pensionnaires du centre fabriquaient des poussins en peluche pour Pâques.

— Tout notre stock est acheté par un grossiste en fournitures décoratives. Voilà mon bureau. Mère Sainte-Madeleine nous amène Irène Pouliot.

Quelques minutes plus tard, une religieuse frappait à la porte du bureau, poussait une adolescente devant elle. Bernard Nadeau décida à l'instant même qu'Irène Pouliot n'appartiendrait qu'à lui. Personne d'autre ne toucherait cette poupée si frêle, si douce.

Elle levait maintenant son petit visage de chatte avec une grâce irrésistible. Un rêve, une sirène aux yeux bleus, fine, menue, égarée dans un monde qui ne lui convenait pas. Il l'en arracherait au plus vite. Irène ne devait pas s'abîmer dans de tels lieux.

À moins que… Elle serait encore plus soucieuse de le satisfaire si elle subissait assez longtemps le régime du centre, les brimades de ses compagnes d'infortune. Oui, elle serait docile, obéissante.

Il lui demanda si elle aimait parler au téléphone.

— Ça ne m'arrive pas souvent, monsieur.

« Bernard Nadeau », fit-il pour serrer la main d'Irène — une main de fillette, si menue dans la sienne… on eût dit un oiseau palpitant contre sa paume.

— Je serai franc avec toi, Irène, je connais le juge Casgrain.

La jeune fille pinça les lèvres, cessa de respirer ; que lui réservait-on encore ?

— Le juge n'est pas aussi sévère qu'il le paraît, poursuivit Nadeau. Il s'est inquiété de ton sort. Il m'a parlé de toi, de tes malchances. J'ai aussi perdu mon père quand j'avais treize ans, je sais ce que tu as traversé. Et je voudrais t'aider.

— Pourquoi ?

Il n'y avait aucune reconnaissance dans cette voix, aucune

soumission, rien que de la curiosité. Irène n'était pas consciente de sa puissance, de sa fortune, sinon elle aurait manifesté plus d'humilité envers lui.

— Je suis dans les affaires, Irène. Beaucoup de gens travaillent pour moi. Je peux t'aider.

— Pourquoi ? répéta Irène Pouliot du même ton égal. Vous ne me connaissez pas.

Bernard Nadeau eut l'impression que la directrice appréciait les propos d'Irène Pouliot alors qu'elle aurait dû critiquer sa manière de s'adresser à un visiteur aussi important.

— Parce qu'il faut bien faire une bonne action pour Noël, lâcha-t-il, espérant faire sourire Irène, qui n'en fit rien mais rétorqua qu'elle serait encore à Notre-Dame-de-la-Garde le 25 décembre.

— On verra. Je pourrai peut-être te sortir d'ici…

Nadeau aurait voulu lire de l'espoir, de la gratitude ou même de la joie sur le visage d'Irène ; que fallait-il lui promettre pour susciter une réaction ?

— Retourne à l'atelier, Irène, lui intima la directrice, pendant que je raccompagne notre visiteur.

Irène fit une nouvelle révérence avant de s'éloigner. Dès qu'elle poussa la porte de l'atelier, la directrice reprocha ses propos à Bernard Nadeau ; comment pouvait-il faire miroiter une libération anticipée à Irène Pouliot ? Ce n'était…

Le promoteur interrompit la directrice ; avait-elle oublié qu'il avait fait un don important au centre ?

— On a jugé du sort d'Irène. C'est réglé maintenant. Si vous avez un besoin urgent de téléphonistes, nous avons deux filles qui partiront la semaine prochaine. Je me demande ce que vous voulez vraiment…

Nadeau sourit alors qu'il aurait voulu mordre cette femme qui avait deviné son intérêt pour Irène et qui refusait de faciliter son entreprise. Il allait semer le doute dans son esprit en exigeant de rencontrer les deux filles qui quittaient le centre le lundi suivant; il réussit à leur sourire et donna à chacune l'adresse de son bureau. Elles feraient des essais au standard de la compagnie; si elles se montraient douées, elles seraient engagées. En regagnant sa voiture, il songea qu'il emploierait la plus âgée des deux délinquantes durant quelques semaines; cette Marlène, non, cette Guylaine lui paraissait assez éveillée pour avoir observé Irène. Elle pourrait peut-être lui en dire long sur elle. Il pourrait même la payer pour qu'elle lui rapporte les faits et gestes d'Irène quand celle-ci aurait quitté le centre? Elle deviendrait son amie et lui répéterait ses confidences. Tout le monde y trouverait son compte.

Bernard Nadeau chercha son paquet de cigarettes dans la poche de son veston, fronça les sourcils, se souvint que Guylaine l'avait heurté en lui tendant la main pour le saluer. Il serra les poings; comment avait-elle osé lui voler ses cigarettes? À lui? Il retourna sur ses pas, puis s'immobilisa, sourit, cette Guylaine était plus intéressante qu'il l'avait cru au départ... Quand elle aurait compris qui était le maître, elle lui serait utile. Pourquoi n'y avait-il pas plus de gens prêts à employer les délinquantes; elles ne présentaient que des avantages si on savait bien les tenir...

* * *

Mère Sainte-Madeleine-de-Pazzi secoua la tête en sentant le regard interrogateur d'Irène posé sur elle. Non, elle n'avait pas de courrier. Pas plus qu'hier, pas plus que la semaine dernière. Cette fille l'énervait avec ses grands airs, mais il n'y avait rien à lui reprocher: elle était obéissante, travailleuse, bonne élève. Se pensait-elle au-dessus de tout le monde parce qu'un riche patron était venu la voir? Mère Sainte-Madeleine-de-Pazzi n'avait pas compris pourquoi Bernard Nadeau avait cherché à rencontrer

36

Irène, Guylaine et Johanne, mais ces filles avaient raconté à tout le monde qu'elles auraient du travail en quittant le centre. Guylaine avait même dit qu'elle essaierait de trouver des emplois à ses meilleures copines. Irène, elle, n'avait rien promis à personne parce qu'elle n'avait aucune amie. Ce qui n'était pas normal, ce qui contrariait mère Sainte-Madeleine-de-Pazzi qui ne parvenait pas à savoir ce que ruminait cette pensionnaire. À quoi réfléchissait-elle, drapée dans son silence ?

Irène elle-même n'aurait pu dire à quoi elle pensait la moitié du temps ; son esprit errait entre les souvenirs d'avant son arrestation et ceux de son enfance, entre le gris foncé et le vert clair. Il y avait eu une zone sans couleur, ou peut-être beige, d'un beige sale. De la mort de son père à sa rencontre avec Bobby. Puis, soudain, ces éclats de lumière mordorée quand ce dernier la regardait, l'embrassait, une caresse de bronze. L'avant-dernier crayon dans la boîte Prismacolor, un de ceux qu'elle utilisait avec parcimonie. Mais le bronze s'était terni quelques semaines plus tôt. Ou même avant, quand Bobby l'abandonnait dans un coin du bar pour jouer au billard avec le gros Marc. Ou aux cartes avec Daniel Turmel. Est-ce que c'était à eux qu'il devait de l'argent ? Ou lui avait-il menti sur ce point-là aussi ? Quand était-il sincère avec elle ? L'aimait-il vraiment ? Tout était couleur de cendre depuis ce soir de novembre où il l'avait entraînée vers le chemin Saint-Louis. Elle y avait brûlé son innocence et elle ne cessait depuis de remuer la triste poussière de cette soirée, fouillant dans ses souvenirs pour trouver la preuve que Bobby l'aimait même s'il lui avait menti. Le détestant et se languissant de lui à chaque image qui surgissait de leur court passé. Elle se répétait que son père avait parfois menti à sa mère pour éviter des disputes. Qu'elle-même avait tu bien des choses à Lucile pour les mêmes raisons. Peut-être que Bobby craignait sa colère ?

Sa colère ? Non. Il ne pouvait avoir peur de sa rage. Elle était toujours si douce avec lui. Si souple. Et s'il lui avait menti pour la protéger ? Oui. Mais oui ! Afin qu'elle ne soit pas trop mêlée à ses petits trafics… Il n'avait pourtant pas hésité à l'emmener sur le chemin Saint-Louis. Tout était beige, beige foncé comme de la boue séchée. Les murs du centre, ses compagnes, les religieuses, les intervenants, tout était beige.

Sauf la tête de Bernard Nadeau, trop rousse dans ce décor. Trop incongrue. Comme l'embauche de Guylaine chez Sportec au début de la semaine. Elle avait eu du mal à y croire mais, oui, monsieur Nadeau avait envoyé quelqu'un pour chercher Guylaine à sa sortie de Notre-Dame-de-la-Garde. Les filles l'avaient vue monter dans une grosse voiture. Après Guylaine, ce serait peut-être elle qui serait engagée ?

Si elle était embauchée, si elle touchait un salaire, elle économiserait pour se payer une chambre. Jamais elle ne retournerait chez sa mère, où tout lui paraissait terne, là aussi, malgré les peintures sur velours qui tapissaient le mur du salon. Une fille lui avait dit que personne ne voudrait lui louer une chambre, mais c'était peut-être différent quand on avait un employeur aussi puissant que ce Bernard Nadeau. Quand il avait mentionné le nom du juge, elle s'était retenue de s'enfuir au bout du corridor tant elle voulait fuir le souvenir de cette épouvantable nuit, mais elle avait réussi à dissimuler ses sentiments comme elle le faisait depuis son arrivée au centre. Comme elle le faisait avec sa mère depuis des années. Depuis toujours ; elle avait été sa poupée, avait été déguisée pour aller à la patinoire, coiffée à la Shirley Temple ou à la Judy Garland, exhibée aux voisines et aux clientes, mais jamais elle ne s'était abaissée à prendre du plaisir à ces démonstrations ridicules. Plus on s'extasiait sur sa beauté, plus elle s'ingéniait à gommer son apparence quand elle échappait à sa mère. Elle se salissait, s'écorchait les genoux, les coudes, les mains, se tachait avec de la peinture à l'eau et courait barboter dans les flaques d'eau boueuse après chaque averse. Lucile la grondait ; comment pouvait-elle être aussi peu féminine alors qu'elle avait une mère qui avait remporté deux concours de danse avant de lui donner naissance ? Si elle continuait à jouer les garçons manqués, pas un homme ne voudrait d'elle. Mais Lucile s'était trompée : Bobby était venu vers elle. Il lui avait donné un collier avec un petit cœur en or. Elle le portait quand on les avait arrêtés mais on le lui avait enlevé quand elle était arrivée au centre. On lui avait expliqué qu'on le lui rendrait quand elle retrouverait sa liberté en mars.

Lise Girard lui avait répété qu'elle avait une chance de reprendre le droit chemin en travaillant comme téléphoniste pour Bernard Nadeau. Irène avait écouté cette femme trop maigre en regardant la neige tomber de la fenêtre de l'atelier de couture et en se demandant si Bobby, de sa cellule à Orsainville, voyait les flocons tourbillonner dans le ciel. Est-ce qu'il tentait lui aussi d'en suivre un seul dans sa course folle afin de s'étourdir ? Afin d'oublier où il était enfermé pour plusieurs mois ? À quoi occupait-il ses journées ? Lise Girard lui avait dit qu'il était en attente de jugement et qu'elle devait l'oublier.

— Êtes-vous mariée ? avait demandé Irène à Lise Girard.

— Oui.

— Et vous voudriez que votre mari vous oublie si vous partiez… en voyage ?

Lise avait protesté ; elle n'avait pas à comparer l'attachement d'Irène envers un petit voyou à celui qu'elle-même et son époux se vouaient. Et on ne parlait pas de voyage mais d'une peine d'emprisonnement.

— Je me demande bien pourquoi je perds mon temps avec toi, avait-elle maugréé en quittant la pièce.

Irène s'était rapprochée de la fenêtre, avait élu un flocon, l'avait fixé jusqu'à ce qu'il lui échappe, qu'il se noie dans la poussière glacée. Elle aurait voulu connaître ce sort, disparaître dans une foule, s'y fondre, s'y diluer. Qu'on ne la remarque pas. Qu'on ne la remarque plus.

— Toujours pas de lettres, Blondy ? s'écria Josette. Il n'y a pas non plus de producteurs de Hollywood qui t'ont écrit pour t'engager dans leurs films ? Pourtant, tu es tellement belle, ils doivent le savoir. Même aux States, ils doivent être au courant, hein ?

Irène ne leva même pas les yeux sur Josette, frottant doucement une pomme contre la manche de son chandail avant d'y prendre une bouchée. Elle n'entrerait pas dans le jeu de sa compagne, pas plus ce mercredi-là que le mardi de la semaine dernière ou le jeudi de la prochaine. Elle serait plus forte que Josette, plus forte que toutes ces filles qui la provoquaient constamment.

— Eh ! Blondy, je t'ai parlé ! dit Josette après avoir vérifié si la surveillante était bien allée répondre au téléphone. As-tu entendu la sonnerie ? C'est peut-être un imprésario qui veut un caniche blond pour jouer dans un film de cul ?

Le retour de mère Sainte-Madeleine-de-Pazzi força Josette à se calmer, mais Irène entendit très bien ses menaces ; on lui couperait les cheveux, on verrait bien si elle se trouverait aussi mignonne ensuite…

Le soir même, Irène priait une surveillante de couper sa chevelure le plus court possible. Elle resta immobile tout au long de l'opération, refusant de penser à son père qui aimait tant ses cheveux, retenant son souffle à chaque coup de ciseau, trouvant que le frottement des lames était gris, un gris métallique qu'elle n'oublierait jamais. Elle remercia la surveillante, ramassa les cheveux tombés au sol, les attacha avec un élastique et les jeta sur le lit de Josette en lui disant qu'elle pouvait maintenant se faire une perruque blonde puisqu'elle en avait tellement envie.

Elle se sentait nue et vulnérable sans ses cheveux, mais la rage impuissante de Josette la récompensa du sacrifice ; elle l'avait devancée, battue sur son propre terrain. Elle avait réussi à lui faire croire qu'elle n'avait pas peur d'elle en la défiant ainsi. Le regard des filles qui finissaient de faire leur toilette et regagnaient peu à peu le dortoir confirma l'intuition d'Irène ; on la jugerait maintenant différemment. Certaines concluaient qu'elle était moins craintive qu'on l'imaginait, d'autres, plus nombreuses, penseraient qu'elle était folle, elle avait d'ailleurs l'air d'une aliénée avec ses épis si courts sur le crâne. On parierait sur la riposte de Josette qui semblait avoir trouvé une adversaire à sa mesure.

Irène se regarda dans un miroir pour la première fois depuis son arrivée au centre de rééducation. Ses yeux lui parurent plus grands, plus brillants et pourtant plus sombres, comme si le bleu lavande avait foncé jusqu'à l'outremer ; elle se réjouit de cette gravité nouvelle ; on aurait encore plus de mal à déchiffrer ses pensées. Elle joindrait l'opacité de son expression au silence qu'elle savait si bien observer pour se protéger. Rien ni personne ne devait plus l'atteindre. Même Bobby ; penser à lui n'était pas plus bénéfique pour elle que d'évoquer l'absence de son père. Elle ne pouvait rien changer à la mort de Georges Pouliot, et elle ne saurait pas avant de longs mois si Bobby l'aimait vraiment. Elle devait s'occuper d'elle-même. Et mieux qu'elle l'avait fait depuis cinq ans et demi.

Devait-elle écrire à Bernard Nadeau pour lui demander s'il songeait toujours à l'embaucher dans un de ses bureaux ? Oui. Au pire, il déchirerait sa lettre et aurait oublié jusqu'à son existence ; au mieux, il verrait qu'il avait affaire à une fille sérieuse, désireuse de racheter ses fautes en s'appliquant au travail. Elle ne croyait pas à son désir d'accomplir une bonne action, mais qu'importaient ses motivations pourvu qu'il lui procure un emploi.

*   *   *

Bernard Nadeau avait failli hurler en voyant la tête d'Irène ; qui l'avait forcée à sacrifier sa chevelure ? Ainsi coiffée, elle ne ressemblait plus du tout à cet ange qui l'avait subjugué mais à un de ces lutins dont on avait vu tant de répliques dans les vitrines décorées pour Noël. Il n'engageait plus la fée des glaces mais une gamine à l'allure androgyne...

Il avait été surpris d'apprendre que c'était Irène qui avait décidé de se couper les cheveux. Surpris, puis dubitatif ; habituellement, il n'aimait pas les gens imprévisibles, mais ce geste indiquait que la jeune femme n'était pas si sage, si lisse qu'elle voulait bien le faire croire. Elle avait dit que c'était plus pratique de porter les cheveux courts, mais il ne croyait pas que c'était le vrai motif de sa métamorphose, même si Guylaine avait recueilli les mêmes réponses quand elle avait interrogé Irène. Seraient-elles amies comme il l'avait demandé à Guylaine ? Elles étaient si différentes ! Quand il avait voulu remettre de l'argent à Irène à sa sortie du centre pour qu'elle s'achète de nouveaux vêtements, elle l'avait refusé. Elle avait été chercher ce qu'il lui fallait chez sa mère.

— Comment ça s'est passé ?

— Elle est encore fâchée contre moi. On ne s'est pas trop parlé. De toute façon, on n'a jamais rien eu à se dire. Ça ne change pas grand-chose. J'ai pris mon linge, mes livres, j'ai tout ce qu'il me faut.

— Achète ce que tu veux avec ce que je te donne, avait-il dit.

Mais Irène avait répété qu'elle n'irait pas dans les boutiques comme l'avait fait Guylaine. Elle ne voulait que son salaire. Pas de cadeau. Il n'avait aucune raison de lui en offrir. Il avait haussé les épaules, aurait ri s'il y avait eu une note d'inquiétude dans la voix d'Irène, s'il avait senti qu'elle voulait lui faire comprendre qu'elle n'entendait pas être si rapidement séduite par un patron, mais Irène avait repoussé l'enveloppe d'un geste sûr, comme si elle ne voulait pas d'argent parce qu'elle n'aimait vraiment pas magasiner.

— Ça ne te tente pas d'aller chez Paquet, ou chez Simon's ? Il me semble que toutes les filles aiment ça…

— C'est du temps perdu.

— Qu'est-ce que tu aimes ?

— Lire.

— Des revues, avait-il conclu en lui souriant.

— Non, des livres. On oublie tout quand on lit.

— Qu'est-ce que tu veux oublier ? Ton arrestation ?

— Oui, et les cinq dernières années.

— Tu n'y penseras plus dans quelques semaines. Fais-moi confiance !

Il avait souri de nouveau pour masquer son dépit ; il faudrait occuper Irène autrement ; il n'aimait pas l'imaginer seule avec un livre et satisfaite de cette quiétude. Elle devait avoir besoin d'être entourée. Besoin de lui. Déjà, il avait trouvé un appartement pour Irène et Guylaine en affirmant que le locataire qui devait en prendre possession avait reporté son emménagement ; les filles pouvaient habiter rue Aberdeen durant quelques semaines, ayant ainsi le loisir de chercher un logement qui leur conviendrait mieux. Évidemment, le locataire n'existait pas et les femmes resteraient dans le quartier Montcalm aussi longtemps qu'il le désirerait. Même si elles étaient vraiment opposées l'une à l'autre, elles comprendraient vite qu'il était dans leur intérêt de s'entendre ; jamais elles ne trouveraient un logement gratuit. En vivant ensemble, elles acquerraient une certaine intimité et Irène finirait bien par se confier à Guylaine. Celle-ci était assez intelligente pour étouffer sa curiosité, jamais elle n'avait interrogé Bernard Nadeau sur les motivations qui le poussaient à tout vouloir connaître d'Irène Pouliot. Elle avait cru qu'il voulait coucher avec elle, s'était trompée, en avait peut-être été vexée, mais elle n'affichait jamais le moindre mécontentement ; son patron la chargeait de veiller sur Irène ? elle obéissait. Elle connaissait trop bien les hommes pour lui déplaire. Nadeau la trouvait un peu vulgaire, mais elle était meilleure vendeuse qu'il l'aurait cru. Alors qu'il n'avait aucune attente sur le plan du travail, que son emploi au nouveau magasin n'était qu'un prétexte, il avait reçu des rapports très favorables de Michel Fournier, son bras droit : cette Guylaine comprenait les clients intuitivement, elle savait ce qu'elle devait leur suggérer, à quel gadget ils ne pourraient résister. Bernard Nadeau avait encore fait une bonne affaire en allant repêcher cette fille au centre de réforme. Si Fournier s'était étonné de cette idée d'engager des délinquantes, il l'avait bien dissimulé.

Lucien Casgrain n'avait pas fait preuve du même discernement ; il avait critiqué vertement Nadeau. Celui-ci avait eu envie de répondre qu'il se moquait bien de son opinion mais, comme toujours, il avait caché ses sentiments et calmé le juge en lui répétant qu'Irène et Guylaine étaient deux pauvres filles à qui il donnait une petite chance. Quand on était aussi gâté par la vie qu'il l'était, on avait le devoir de faire parfois un geste pour aider les moins favorisés. Casgrain avait boudé un bon mois, mais Nadeau avait fait mine de ne pas s'en apercevoir. Il ne souhaitait pas découvrir trop vite qu'il était prêt à oublier ses relations avec Casgrain pour conserver Irène Pouliot dans son univers. Pour la même raison, il ne la voyait qu'en compagnie de Guylaine et jamais plus d'une fois par semaine. Cette règle qu'il s'imposait ne le rassurait que partiellement ; pourquoi n'avait-il pas encore couché avec Irène ? Qu'attendait-il ? Il aurait été cent fois plus simple de lui offrir un verre et de l'entraîner ensuite chez lui ; elle n'aurait pu se refuser à lui sans risquer de perdre son emploi.

Il rêvait d'elle tout en la détestant d'exercer un tel attrait sur lui. Il devrait bientôt se décider à la mettre dans son lit. Il la congédierait ensuite si elle ne lui convenait pas. Il reprendrait ses habitudes à Toronto, New York ou Bangkok. Il sourit en relisant le télégramme reçu le matin même ; tout fonctionnait parfaitement en Thaïlande, les premiers envois étaient partis pour Montréal. Il avait hâte d'annoncer la bonne nouvelle à ses associés quand ils se retrouveraient au Café de la Paix. Il offrirait le champagne. Ensuite, il appellerait Irène, l'emmènerait prendre un verre au Clarendon. Il était décidé à célébrer son succès par tous les moyens.

chapitre 3

Est-ce qu'on lui confierait bientôt une enquête intéressante ? se demandait Frédéric Fontaine. Avait-il bien fait d'embrasser cette carrière ? Et l'avait-il choisie pour les bonnes raisons ? Est-ce que sa droiture ferait oublier le comportement de son père ? Un sergent-détective, à la veille de prendre sa retraite, avait admis que les plus vieux d'entre eux savaient que Marc Fontaine touchait des pots-de-vin, on avait couvert ses rackets pour éviter un scandale, le fils d'un capitaine ayant été mêlé à une histoire de mœurs sur laquelle avait enquêté Fontaine.

— Tout le monde a quelque chose à cacher, si je comprends bien ?

— Ce n'est plus comme ça aujourd'hui… Ne pose pas trop de questions sur le passé, pense plutôt à l'avenir, c'est ça qui compte. Ton père, c'est ton père, et toi, c'est toi. Ça n'a pas pris de temps, ici, pour qu'on s'en rende compte.

— Mais vous n'avez rien fait pour l'empêcher de…

— Je n'ai jamais travaillé en équipe avec lui. Je ne voulais pas toucher à l'argent sale. C'est une question personnelle. Arrête donc de te tracasser… Si ton père avait été dénoncé et rayé de la police, ta mère n'aurait pas eu droit à une bonne pension. C'est ce que tu aurais voulu ?

Frédéric avait haussé les épaules, embarrassé ; la famille avait bien besoin de l'enveloppe mensuelle. Pouvait-il expliquer à sa mère qu'elle devait y renoncer parce qu'il avait des principes ? Parce que son père aurait dû être sanctionné ? Non.

Frédéric aurait voulu envoyer une photo de Marc Fontaine comateux à la veuve du chauffeur de taxi. Il avait lu le nom de la victime dans le journal deux jours après l'explosion de la voiture dans la carrière et il ne l'oublierait jamais. Georges Pouliot, tué par Marc Fontaine et un certain Pierrot. Il était même allé porter des fleurs sur sa tombe quelques mois après l'assassinat. Mais il ne pouvait envoyer par la poste une image de son père sans expliquer ce qu'elle signifiait, sans révéler qu'il était le fils d'un meurtrier, qu'il avait été témoin du crime, qu'il s'était tu parce qu'il avait eu trop peur de parler et qu'il avait mis du temps à réagir aux menaces de Marc Fontaine. Avait-il perdu la tête quand il avait précipité son père dans l'escalier ou avait-il protégé sa famille ? Était-il un héros ou un salaud ? La nuit, dans ses rêves, il entendait les cris de Marc en train de perdre l'équilibre. Est-ce qu'il avait poussé son père parce que celui-ci avait lancé un sulfure sur le mur, ce sulfure qu'il avait déniché chez un brocanteur la semaine précédente pour l'offrir à sa mère ? Protection ou vengeance ? Frédéric Fontaine s'était contenté de prendre quelques photos de son père gisant inconscient, de les faire développer et de les ranger au fond d'un tiroir.

* * *

Le soleil enflammait la façade de l'immeuble où étaient situés les bureaux de Sportec ; les poignées de la porte d'entrée semblaient d'or, et Irène regretta d'avoir renoncé à porter ses lunettes fumées. Elle aurait dû les mettre aujourd'hui même si Bernard Nadeau n'aimait pas qu'elle les porte ; il trouvait qu'elles la vieillissaient. Ce caprice étonnait Irène ; il aurait dû préférer qu'elle ait l'air plus âgée, ils auraient moins attiré les regards quand ils sortaient ensemble. Elle savait bien qu'on était tenté de demander à Bernard Nadeau si elle était sa fille, et elle était toujours surprise que cette question ne franchisse jamais les lèvres des curieux, comme s'ils devinaient qu'ils paieraient cher une telle gaffe. Aucun serveur, dans aucun restaurant, n'avait jamais exigé qu'elle prouve qu'elle était assez âgée pour boire de l'alcool même si elle ne serait majeure que dans trente mois. Cela lui paraissait à la fois long et court ; où serait-elle dans trente mois ? Que ferait-elle ? Elle ne voulait pas être téléphoniste toute sa vie... Aurait-elle le loisir, à sa majorité, de se présenter à un employeur sans qu'il sache qu'elle avait fait une bêtise dans son passé ? Michel Fournier pourrait lui fournir une belle lettre de références. Elle ne solliciterait pas Bernard Nadeau ; il chercherait immédiatement à la placer chez un de ses amis, et sa dette envers lui était déjà trop importante. Quand, comment la réglerait-elle ? Guylaine prétendait que Nadeau était amoureux d'elle, mais si c'était le cas, pourquoi n'avait-il pas tenté de la séduire ? Irène travaillait pour lui depuis six mois, ils se voyaient une fois par semaine, sans Guylaine maintenant, certes, mais il la déposait devant chez elle sans jamais chercher à monter. Ni même à l'embrasser dans sa voiture. Que voulait-il ?

Et elle ? Que désirait-elle ? Elle n'éprouvait aucune attirance physique pour Nadeau, mais il la fascinait par son assurance, son intelligence, son habileté à deviner ce qui plairait aux consommateurs et comment le leur présenter, comment créer le besoin chez eux. Et le désir. Le désir... Bernard Nadeau se montrait très réservé envers elle, très secret. Elle apprenait un détail à la fois. Il évitait les questions trop personnelles. Il préférait parler d'un match de hockey auquel il avait assisté à Montréal, du début de la construction du mur de Berlin, de *Breakfast at Tiffany* qu'il avait vu à New York, ou des *Insolences d'une caméra*. Quand il avait mentionné cette nouvelle émission, Irène n'avait pu s'empêcher de penser que Bernard Nadeau serait furieux si l'animateur parvenait à le piéger, il ne rirait sûrement pas en apprenant qu'il était une autre victime d'Alain Stanké. Il tenterait de payer le gros prix pour empêcher la diffusion d'images le ridiculisant. Irène espérait ne pas être à ses côtés si cela se produisait un jour. Elle devinait une violence sourde derrière ce sourire qu'il affichait en permanence, elle décelait un durcissement des muscles sous la chemise, la cravate Givenchy achetée chez Holt Renfrew, une respiration plus lente, une lueur différente dans l'œil quand il était contrarié. Même pour un détail insignifiant ; il détestait qu'on lui résiste. Et pire que tout, être pris en tort. Elle se souvenait de ce jour où Ghislain Dumont avait repris son associé sur la date de l'émeute au Forum, lui prouvant que c'était bien le 17 et non le 15 mars 1955 que les supporters des Canadiens s'étaient déchaînés. Dumont se le rappelait parfaitement car il se mariait deux jours plus tard ; sa femme ne cessait de répéter qu'elle était heureuse de vivre à Québec où pareille chose ne s'était jamais produite.

— O.K., c'est beau, tu as raison, Dumont. Veux-tu un bonus pour ça ?

Nadeau avait aboyé ces mots et Dumont avait aussitôt cherché un prétexte pour sortir de la pièce. Irène, elle, avait fixé Nadeau, qui avait inspiré longuement pour se calmer.

— Le 15 mars ou le 17 ou le 26, ça ne change rien. Moi, j'étais là, au Forum, tandis que Dumont était en train d'essayer son costume de marié.

— Vous ne m'aviez jamais raconté ça, s'était empressée de répondre Irène. Vous étiez vraiment là quand ils ont tout cassé ? J'aurais eu peur…

— Mais non, je t'aurais protégée.

Il y avait eu un silence, puis Nadeau avait narré les événements avant de conclure qu'on ne pouvait se montrer injuste envers Maurice Richard sans en subir les conséquences. Le juge Campbell s'en mordait les doigts maintenant.

— Il aurait dû réfléchir avant de parler, avait fait Irène.

— C'est pour cette raison que je t'apprécie, tu ne dis pas n'importe quoi.

Il avait enchaîné en lui promettant de l'emmener à Montréal quand on inaugurerait la Place-Ville-Marie.

Elle ne doutait pas qu'il tiendrait parole. Elle essaierait de le convaincre d'aller à La Butte à Mathieu, où de jeunes chansonniers faisaient leurs débuts, elle savait qu'il n'écoutait que de la musique anglophone mais il accepterait peut-être. Guylaine avait dit qu'elle pouvait exiger beaucoup de lui, qu'elle n'en profitait pas assez. Elle avait ensuite fait jurer à Irène, sur la tête de son père, de ne jamais répéter ces propos à leur patron.

Si Guylaine avait raison, qu'exigerait le promoteur quand il aurait envie d'être payé pour sa gentillesse ? S'il voulait seulement coucher avec elle, il se serait exprimé depuis longtemps. Elle avait du mal à s'imaginer dans ses bras, tenant son sexe, le caressant, elle avait cru durant plusieurs mois qu'aucun homme ne la toucherait hormis Bobby, mais l'idée que Bernard Nadeau puisse la délaisser pour une autre fille commençait à la troubler. Elle appréciait ses attentions, son dynamisme, n'avait-il pas voyagé dans plusieurs pays ? Ne s'était-il pas rendu jusqu'en Asie ? N'y retournerait-il pas bientôt ? Il avait promis de lui rapporter un des costumes que les femmes portaient là-bas, elle serait très belle vêtue de soie rouge brodée d'or. Le pensait-il vraiment ? Irène n'était pas amoureuse de Bernard Nadeau ; jamais elle ne revivrait ce qu'elle avait vécu avec Bobby, sa passion, sa confiance en lui, puis la chute, l'abandon. À la longue lettre qu'elle lui avait envoyée en sortant de Notre-Dame-de-la-Garde, il avait répondu par quatre misérables lignes ; il s'était trompé sur elle, sur eux, il ne l'aimait plus et elle devait l'oublier.

L'oublier ? Elle l'avait souhaité sans y parvenir ; Bobby lui apparaissait régulièrement dans ses rêves, des rêves en noir et blanc, où il évoluait à distance, comme s'il ne la voyait pas, comme s'il était un de ces acteurs qu'on regarde à la télévision, dont on se demande si leurs yeux clairs sont bleu myosotis ou vert printemps. Il était là, derrière un écran de verre, insensible à sa présence, l'air un peu ennuyé malgré le nouveau transistor qu'il tenait à la main. Irène se disait qu'il devait l'avoir volé, puis que c'était impossible puisqu'il était en prison, et elle s'éveillait avec un goût de papier mâché, de carton dans la bouche. Elle tentait de secouer son malaise en se plongeant dans la lecture d'un roman, mais une impression de lourdeur et d'impuissance l'empêchait de s'attacher au sort de Phonsine ou de Pierre le Magnifique. Si elle avait ressenti la mort de son père comme une injustice, le rejet de Bobby l'avait blessée autant qu'humiliée. Aujourd'hui, pourtant, elle commençait à croire que ce choc la garderait de bêtises encore plus graves; elle aurait été en prison plutôt que dans un centre de rééducation si elle avait été plus âgée. Et s'ils avaient réussi à cambrioler la maison du juge Casgrain, Dieu sait ce que Bobby aurait projeté par la suite… Attaquer un commerce, un restaurant, une banque? Et s'il avait tué quelqu'un? Où s'était-il procuré l'arme qu'il avait sur lui ce soir de novembre où leurs existences avaient basculé? Quand l'avait-il achetée? Un de ces vendredis soirs où il traînait au billard après être allé la chercher chez Pollack? Elle y aurait toujours son emploi si elle n'avait pas suivi Bobby à Sillery; elle n'avait jamais nié sa responsabilité dans cette histoire et elle avait été une détenue exemplaire au centre parce qu'elle n'en voulait à personne d'autre qu'à elle et à Bobby. Ni au juge Casgrain, ni à celui qui avait statué sur son sort, ni à la directrice de la maison, ni aux autres religieuses, ni même aux filles qui la harcelaient là-bas. Georges Pouliot lui avait appris à admettre ses torts; on apprenait de ses erreurs si on les reconnaissait. La leçon avait été très dure, mais Irène se jurait de plus jamais céder à la passion. Il est vrai qu'elle devait aussi s'avouer qu'elle n'avait aucun mérite à respecter cette résolution ; Bernard Nadeau était l'un des seuls hommes qu'elle voyait. Elle ne le trouvait ni beau ni laid. Devinait-il son indifférence ? Était-ce pour cette raison qu'il n'avait même pas essayé de l'embrasser ? Mais qu'espérait-il alors ? Cette question lui revenait de plus en plus souvent à l'esprit ; Guylaine était formelle : tous les hommes ont de gros besoins sexuels. Quelqu'un devait bien s'occuper de Bernard Nadeau ? Était-il un client de La Grande Hermine, ou bien entretenait-il une relation avec une femme dont elle ignorait tout ? Une femme qui souhaitait sûrement l'épouser… À moins qu'elle ne soit déjà mariée.

Mais pourquoi tenait-il alors à la voir, elle, Irène Pouliot, dix-huit ans et demi, cinq pieds deux pouces pour quatre-vingt-dix-sept livres ? Elle avait bien tenté de le sonder en avouant qu'elle était mal à l'aise d'habiter encore cet appartement, mais il l'avait fait taire en lui disant que l'immeuble lui appartenait, qu'il pouvait donc en disposer comme il voulait. Que c'était un détail pour lui. Un détail qui se montait à quasiment soixante dollars par mois ! Irène avait bien compris que Nadeau ne lui réclamerait jamais cette somme, mais chaque premier du mois, elle inscrivait ce montant qu'elle croyait lui devoir dans un carnet, à côté de la liste des dépenses, des frais partagés avec Guylaine pour l'entretien de l'appartement, et ces trente dollars additionnels la gênaient un peu plus chaque mois.

Irène soupira ; elle ne pourrait plus travailler dans un grand magasin et elle n'avait aucun diplôme. Elle aurait aimé trouver un emploi à l'Institut canadien où elle empruntait souvent des livres, mais elle craignait que les employés découvrent son passé, qu'on lui refuse le poste et qu'on la regarde ensuite avec mépris. Elle ne voulait pas cesser de fréquenter cette bibliothèque ; elle devait donc se résigner à offrir ses services dans les salons de coiffure ; on comprendrait vite qu'elle avait de l'expérience. Elle en avait lavé des têtes pour obéir à Lucile ! Et démêlé des cheveux, enlevé des rouleaux, vérifié la température du séchoir, passé le balai, vidé les cendriers, replacé les *Jours de France*. Elle écouterait les clientes se pâmer sur Clark Gable ou Burt Lancaster, discuter du jeu d'Ovila Légaré dans le feuilleton de Françoise Loranger ou des tenues d'Élaine Bédard. Elle mentirait, dirait qu'elle était restée deux ans dans un salon à Montréal ; Bernard Nadeau lui parlait assez souvent de la métropole, elle pourrait se débrouiller si on lui posait des questions. Elle achèterait une carte de la ville et s'inventerait une vie là-bas, un trajet entre la maison familiale et le salon. Qui se donnerait la peine de vérifier, si elle proposait à un patron de travailler une semaine gratuitement, à l'essai ? Elle prit le bottin téléphonique et repéra les salons situés dans le quartier Montcalm ou sur le chemin Sainte-Foy ; elle pourrait attraper un autobus boulevard Saint-Cyrille pour se rendre au boulot. Elle glissa la liste des établissements dans son sac à main ; dès qu'elle sortirait du bureau, jeudi soir, elle se présenterait à ces adresses.

— Qu'est-ce tu cherchais ? demanda Guylaine.

— Un salon de coiffure.

— Tu ne vas pas recouper tes cheveux ! Bernard t'aime mieux avec les cheveux longs.

Irène s'étonnait encore un peu de la facilité avec laquelle Guylaine appelait leur patron par son prénom. C'est lui qui le leur avait demandé mais elle n'y arrivait pas ; il croyait que leur différence d'âge en était la cause mais il se trompait ; c'était le pouvoir qu'il détenait sur elle qui maintenait cette distance. Le tutoyer lui aurait paru mensonger, comme si elle voulait dégui-ser ce pouvoir en amitié. Leurs relations étaient certes cordiales, mais Irène n'aurait jamais affirmé que Bernard Nadeau était un ami. Il lui semblait déjà incongru qu'il l'emmène au restaurant ou au spectacle tous les vendredis alors qu'ils ne pouvaient oublier, ni elle ni lui, qu'elle avait participé à un cambriolage chez le juge Casgrain. Ce dernier ne venait jamais au bureau ni au magasin, mais son souvenir ne s'était pas évanoui pour autant, jamais il ne s'effacerait de sa mémoire... Même si Bernard Nadeau affirmait qu'il ne voyait plus Lucien Casgrain, ayant renoncé à s'associer à un homme qui avait peur de prendre des risques, Irène sentait l'ombre du juge s'immiscer entre eux, gêner leurs rapports. Cordiaux, agréables, oui, mais amicaux ? Non, elle n'avait eu qu'un ami dans sa vie, et c'était son père. Elle ne se confierait à personne d'autre. Quand elle éprouvait le besoin de parler à quelqu'un, elle allait sur sa tombe. Celle-ci était réguliè-rement fleurie par sa mère, et chaque fois qu'Irène remarquait un bouquet elle éprouvait une gêne, un agacement à devoir admettre que Lucile pensait toujours à son mari, qu'elle avait dû éprouver un véritable attachement pour lui, même si elle lui reprochait de son vivant de toujours prendre le parti de leur fille. Est-ce que sa mère était vraiment jalouse d'elle ou regrettait-elle seulement qu'elles soient si différentes ? Qu'elle ne montre aucun intérêt pour le patinage artistique, qu'elle préfère se retirer dans sa chambre avec un roman ou un cahier à dessin. Mais si Lucile avait lu, elle aurait compris l'apaisement bienfaisant que procu-raient à sa fille Gabrielle Roy ou Marie-Claire Blais, le soulage-ment qu'elle avait éprouvé en lisant que Tête Blanche avait envie de maltraiter un écolier ; elle aussi avait eu ces désirs coupables de faire le mal, de blesser. Sans autre raison que de se distraire d'une souffrance lancinante, d'une nervosité douloureuse et de bien d'autres choses qu'elle ne pouvait nommer mais qu'elle devinait tapies dans un coin de son esprit. Elle les craignait, ces choses, et cherchait à les repousser en allant au musée de Qué-bec. Elle n'avait jamais mis les pieds dans un musée avant d'ha-biter rue Aberdeen, mais l'établissement n'était qu'à cinq minutes de l'appartement. Elle s'y était rendue un dimanche matin, par curiosité. Et elle y retournait régulièrement depuis, séduite par la beauté des lieux, la hauteur des plafonds, l'odeur de cire et tous ces tableaux qui lui semblaient si vrais qu'ils l'ame-naient à croire qu'elle se sentirait elle-même plus vivante si elle recommençait à dessiner. Elle parlait intérieurement aux per-sonnages de Théophile Hamel ou d'Antoine Plamondon, les interrogeait ; avaient-ils dû poser longtemps pour le peintre ?

Comment celui-ci avait-il réussi à rendre cette dentelle si aérienne, ce velours grenat si profond, ce pétale si fragile ? Et cette forêt si vaste, si dense, ce mouvement ? Irène examinait, fascinée, les personnages de Krieghoff ; comment le Hollandais était-il parvenu à traduire l'impatience des chevaux à s'élancer vers la chute, ou l'harmonie d'une famille d'Indiens, la course d'un enfant, les cabrioles d'un chiot ? Quand elle retrouvait ces tableaux, elle avait l'impression d'être une meilleure femme, celle que son père aimerait s'il vivait encore. La semaine précédente, elle avait vu un jeune homme, accroupi sur le sol avec une grande tablette et des bâtons de fusain, qui remplissait joyeusement les belles feuilles blanches, et elle s'était imaginée à sa place durant quelques secondes avant de lui tourner le dos ; jamais elle n'oserait s'installer au musée pour copier les tableaux.

— Puis, tu ne te feras pas couper les cheveux ? reprit Guylaine.

— Non, je veux seulement trouver un travail de coiffeuse.

— Ta mère pourrait…

— Non, je ne veux pas travailler pour elle. On est capables de se parler de nouveau mais elle finirait par me reprocher ce qui n'irait pas. Elle n'a pas encore digéré mon…

— Mais pourquoi veux-tu prendre un autre travail ?

— Tu sais très bien que je ne suis pas douée comme téléphoniste, je n'ai pas de talent de persuasion. Contrairement à toi. Monsieur Nadeau est trop gentil avec moi, il me garde par…

— Parce que ça fait son affaire. Maudit, que tu es scrupuleuse ! Au lieu de profiter de ta chance d'avoir un travail facile, tu vas te damner à endurer un patron qui ne te paiera pas plus cher pour une job bien plus fatigante. Je me demande ce que tu as dans la tête, parfois !

Irène tenta d'expliquer à Guylaine qu'elle voulait être plus indépendante, qu'elle le devait ; qu'est-ce qui lui garantissait que Bernard Nadeau n'allait pas se lasser de se montrer aussi généreux ? Pour rien ?

— Pour rien ? Il ne t'a toujours pas fait…

— Rien. Ce n'est pas normal. Je suis de plus en plus mal à l'aise. S'il s'essayait, je serais obligée de lui dire que je n'ai pas envie de coucher avec lui ; d'un autre côté…

— Non ! Tu ne serais pas assez folle pour ça !

— De toute manière, il ne me le demande pas et j'ai l'impression d'abuser de lui. Il est gentil avec moi et je ne lui offre rien en retour. Ce n'est pas normal, cette situation.

Guylaine cherchait un argument pour démontrer à Irène qu'elle avait tort, mais elle-même commençait à croire que Bernard Nadeau était étrange. Quand des clients venaient au bureau avec leurs femmes, il leur souriait gentiment mais elles étaient comme transparentes à ses yeux. Et pourtant, il y en avait parmi elles qui étaient très bien roulées, avec de beaux vêtements, du parfum, des bijoux. Ghislain Dumont les regardait juste assez pour qu'elles soient flattées sans indisposer leurs époux. Michel Fournier avait la même attitude ; poli mais tout de même viril, capable de reconnaître la beauté quand elle le frôlait… Ne couchait-il pas avec elle à l'occasion ? Sur l'oreiller, elle avait failli lui confier que l'indifférence de son patron pour les femmes lui semblait suspecte, mais elle s'était tue, comme d'habitude. C'était la seule vertu qu'elle partageait avec Irène, une formidable capacité à garder le silence. Elle avait l'intuition qu'elle conserverait son emploi tant qu'elle saurait parler au bon moment ou s'en abstenir. Elle se montrait donc très prudente alors qu'elle aurait voulu tout savoir sur Bernard Nadeau ; il n'était pas homosexuel, elle en était certaine, elle l'aurait deviné tout de suite. Alors, quoi ? Qui voyait-il à part Irène ? Quand elle lui faisait ses rapports sur cette dernière, il ne s'écartait jamais de ce sujet, ne livrait rien sur lui, pas le moindre détail.

— C'est vrai que c'est bizarre, admit Guylaine. Vous devriez avoir couché ensemble depuis longtemps. Il a peut-être une maîtresse bien exigeante…

— Tant mieux s'il y a une autre femme. Qu'il s'amuse ! Je

vais chercher un travail jeudi soir. Je ne peux plus vivre dans cet état trop flou. J'ai l'impression de le tromper.

— Mais il n'y a pas un homme qui t'a approchée depuis que tu es partie de Notre-Dame-de-la-Garde !

Irène haussa les épaules ; elle ne parvenait pas à exprimer clairement ce qu'elle ressentait, et cette impuissance augmentait son sentiment de malaise. Il fallait vraiment qu'elle trouve un travail, qu'elle prouve à Bernard Nadeau qu'elle n'était pas une femme vénale. Elle ne jugeait pas Guylaine et son manque de scrupules, elle l'enviait même de prendre la vie si simplement, mais elle ne pouvait l'imiter. Elle désirait avoir un jour le même regard clair que la femme au bonnet blanc qui lui souriait chaque dimanche au musée de Québec.

* * *

Les nouveaux gratte-ciel du centre-ville de Montréal étaient encore plus beaux que ne l'avait imaginé Irène ; ils se dressaient si haut dans le ciel que leurs milliers de fenêtres étaient teintées d'un bleu indigo qui virait à l'aubergine ou à l'ocre quand le soleil se couchait. Certaines façades, en s'embrasant, jetaient leur feux sur les toits des voitures, s'accrochaient aux pare-chocs, alors que celles qui étaient exposées à l'ouest se fondaient rapidement dans la nuit. La nuit ? Est-ce que la nuit tombait parfois à Montréal ? Il y avait tant de lumières, partout, les vitrines, les rues, les parcs étaient éclairés si tard le soir qu'on ne devait jamais avoir envie de dormir dans la métropole. Pourquoi dormir d'ailleurs quand il y a tant de choses à découvrir ? Du pont Jacques-Cartier, Irène avait mesuré l'étendue de la ville, saisi immédiatement que les quartiers étaient très différents les uns des autres malgré leur proximité, Westmount n'avait rien de commun avec le quartier de *Bonheur d'occasion*. Elle avait baissé la vitre de la portière, s'était penchée pour respirer l'odeur de Montréal, avait dit qu'elle était plus huileuse, plus lourde que celle de Québec. Elle la sentait bien malgré la bise automnale.

Une odeur ? À l'air ? Et lourde en plus ? Bernard Nadeau lui avait effleuré la joue comme il l'aurait fait avec un enfant et Irène lui avait souri. Elle ne voulait pas penser à ce qui arriverait quand ils seraient à l'hôtel. Quand Bernard Nadeau lui avait proposé de l'accompagner à Montréal — partir le vendredi, revenir le dimanche —, elle avait hésité et avait immédiatement perçu la déception de son patron même s'il continuait à sourire en attendant sa réponse. Elle avait fermé les yeux et avait décidé de le suivre ; peut-être qu'elle reviendrait en autobus de Montréal, qu'il la jetterait hors de la chambre de l'hôtel quand elle refuserait de faire l'amour avec lui. Peut-être. Et peut-être qu'elle s'offrirait à lui pour modifier leur relation ; elle ne pouvait plus travailler pour Bernard Nadeau, habiter un de ses immeubles, manger dans les meilleurs restaurants tous les vendredis soirs avec lui indéfiniment... Elle avait peut-être eu raison de profiter de sa bonté, mais maintenant elle devait sortir de ce cocon qu'il avait tissé pour elle, et voler vers son destin. Même s'il ne l'y encourageait guère ; quand elle avait cherché un travail chez un coiffeur, il lui avait signifié que cela l'ennuyait. Avec son standing, on pouvait comprendre qu'il emmène une « secrétaire » souper au Continental ou au Vendôme, mais une coiffeuse... Et elle devrait travailler le vendredi soir, y avait-elle pensé ? Ils ne pourraient plus sortir ensemble. Elle n'aurait plus autant de loisir que lui en quittant son emploi de téléphoniste ; elle ne pourrait plus dessiner. N'était-elle pas contente d'avoir recommencé à dessiner ? Avait-elle acheté cette tablette et ces crayons pour rien ? Et ces cours d'aquarelle qu'elle voulait suivre ? Elle était douée, ce serait dommage de laisser un tel talent de côté pour s'abrutir dans un salon de coiffure à Sainte-Foy. Si elle réfléchissait un peu, elle verrait qu'elle était bien mieux au bureau. Elle avait tenté de lui expliquer le malaise qu'elle ressentait à profiter de ses largesses, mais il avait eu un grand geste du bras pour balayer ses arguments. Elle n'allait pas encore reparler de tout ça ? Elle était trop compliquée.

— C'est ce que dit toujours Guylaine, avait murmuré Irène.

— Elle a raison. Qu'est-ce que tu penses que ça m'enlève que vous habitiez dans un de mes appartements ? Sais-tu combien j'en loue par année ? Combien ça me rapporte ? Arrête de m'ennuyer avec ces niaiseries-là et inscris-toi plutôt à ton fameux cours de peinture.

Le cours de peinture… Bernard Nadeau avait-il parlé par hasard de ce cours ou avait-il deviné à quel point ce désir d'apprendre à dessiner était profond chez elle ? Avait-il évoqué, remué sciemment ce désir pour la convaincre de rester au bureau ? Non, il était certainement très intelligent, mais comment aurait-il pu savoir qu'elle avait un tel besoin de reprendre ses crayons, de retrouver les gestes d'autrefois ? Elle lui en avait à peine parlé, avait seulement dit qu'elle appréciait la proximité du musée, il ignorait qu'elle y allait tous les dimanches et parfois le jeudi, en sortant du bureau. Elle n'avait même jamais dit à Guylaine où elle se rendait, parlant d'une simple promenade dans le quartier pour se dégourdir les jambes, bouger un peu parce qu'elle craignait que sa colocataire veuille la suivre. Aucune intimité avec les tableaux n'aurait alors été possible, elle aurait dû les regarder avec un détachement qu'elle ne voulait jamais avoir à feindre devant une œuvre d'art. Elle s'était promis de ne pas se mentir en ces lieux magiques, d'être elle-même. Mais il y avait un péril à cultiver la transparence, on pouvait en apprendre plus sur elle, et Irène s'y refusait absolument. Son jardin secret devait rester secret. Elle avait même décidé dès le premier cours qu'elle avait suivi chez monsieur Langevin qu'elle ne montrerait qu'une partie de ses dessins à Guylaine ou à Bernard Nadeau. Si, bien sûr, ils demandaient à voir son travail. Peut-être, comme elle l'espérait, s'en désintéresseraient-ils après avoir vu deux ou trois croquis… Guylaine lui avait demandé si elle pourrait faire bientôt son portrait — elle mettrait sa robe décolletée en velours noir et son collier de perles — mais n'avait jeté qu'un coup d'œil distrait à la nature morte qu'avait imposée monsieur Langevin à ses élèves. Ceux-ci avaient semblé retenir davantage l'attention de Bernard Nadeau que les croquis exécutés au cours ; étaient-ils nombreux ? Et ce monsieur Langevin, comment était-il ?

— J'espère que ce n'est pas un de ces artistes avec des cheveux longs et une barbe comme Moïse.

Irène avait ri ; monsieur Langevin était chauve. Il avait presque soixante ans.

— Et les élèves ?

Irène avait haussé les épaules ; il y avait trois gamins obligés d'assister à ce cours par leurs parents et une femme plus âgée qui était gentille mais qui parlait beaucoup.

— Ce n'est pas trop grave de jaser quand on dessine des pommes et des oranges.

Irène avait failli protester ; elle s'était tant efforcée de capter la lumière qui modelait l'écorce des agrumes, de rendre la subtilité des ombres qui mouchetaient les McIntosh, de donner du relief aux motifs de l'assiette dans laquelle les fruits étaient disposés. Elle s'était tue juste à temps ; elle devait plutôt se réjouir que Bernard Nadeau comprenne si mal ses premières tentatives en dessin. Il ne l'interrogerait probablement plus jamais sur ses cours maintenant qu'il avait feuilleté son carnet de croquis. Plus tard, avant qu'elles ne se couchent, Guylaine avait dit qu'il avait regardé son cahier parce qu'il craignait peut-être d'y trouver des dessins d'hommes nus.

— D'hommes nus ?

— Il y a des modèles qui posent nus, tu sais quand même ça ou tu es trop innocente ?

Irène avait éclaté de rire.

— Si tu voyais la tête de madame Langevin quand elle nous ouvre la porte, tu saurais que personne ne se déshabillera jamais dans leur salon.

— C'est dommage, ça m'aurait fait de beaux dessins à accrocher dans ma chambre.

— Tu penses toujours aux gars, Guylaine…

— Qu'est-ce que je ferais sans eux ? Tu me critiques mais tu vis très bien grâce à Bernard. On se ressemble au fond même si tu ne veux pas l'admettre.

— Un jour, je ne devrai rien à personne.

Avait-elle tort en affirmant une telle chose ? Est-ce qu'une femme pouvait vraiment se débrouiller sans un homme dans sa vie ? Les temps changeaient, il y avait de plus en plus de femmes sur le marché du travail, elles réclamaient leur indépendance.

Peut-être qu'Irène serait un jour professeur de dessin et qu'elle emmènerait ses élèves au musée pour contempler les Krieghoff ; ils aimeraient ce peintre et sa kyrielle de personnages si colorés.

Avait-elle le droit de rêver à sa liberté ? Cette liberté à laquelle elle ne pouvait accéder qu'en s'expliquant une bonne fois pour toutes avec Bernard Nadeau ?

— Regarde sur ta droite, tu vois le chantier ; on va construire la Banque Canadienne impériale de commerce. Il y aura aussi une banque Royale et Canadian Industries dans le secteur.

— Vous gagnerez encore plus d'argent ?

Bernard Nadeau éclata de rire tout en tapotant l'épaule d'Irène ; se raidissait-elle ou non à ce contact ? Non, il lui semblait que non. Il avait réservé une suite au Reine-Élisabeth, elle serait épatée par le luxe de ce nouvel hôtel, elle s'amuserait et oublierait cette réserve qui l'avait charmé les premiers mois mais qui l'avait peu à peu paralysé, confiné à un respect insensé qui l'exaspérait. Il devait coucher avec Irène maintenant, se débarrasser de ce sentiment de gêne qui l'habitait en sa présence. Comment pouvait-il être intimidé par une petite délinquante qui n'était même pas foutue de répondre correctement au téléphone ? Guylaine vendait deux fois plus qu'elle ! Pourquoi n'avait-il pas eu envie de coucher plutôt avec cette dernière, c'eût été tellement plus simple.

Mais tout rentrerait dans l'ordre durant la fin de semaine. Quand ils reviendraient à Québec, il aurait baisé Irène plusieurs fois, que ça lui plaise ou non. Et s'il aimait l'expérience, il monterait dorénavant chez elle le vendredi soir. Il appuya sur l'accélérateur, il avait maintenant hâte d'arriver au Reine-Élisabeth. Il ouvrirait une bouteille de champagne. Il profiterait bien de la suite ; il prendrait Irène dans toutes les positions, dans tous les coins de la chambre et du salon.

— Où avez-vous appris l'anglais ? demanda Irène au moment où ils empruntaient la rue Sherbrooke et où elle lisait les noms des rues, Metcalfe, Peel. Est-ce que tout le monde parle anglais ici ?

Qu'arriverait-il si son patron la congédiait dans cette ville ? Est-ce qu'elle saurait se débrouiller pour trouver la gare d'autobus en parlant si peu cette langue ? Tout ce qu'elle en avait appris lui venait de chansons entendues à la radio.

— La gare de trains arrive en dessous de notre hôtel, laissa tomber Nadeau.

— La gare…

Il était impossible qu'il ait deviné à quoi elle pensait, mais Irène l'envisagea durant un instant ; Nadeau était si perspicace. Et si puissant. Il pouvait la garder près de lui. Ou la jeter. Elle se sentit rougir ; elle était ridicule à tout dramatiser ainsi. Est-ce que c'était si difficile de coucher avec Bernard Nadeau ? Ce n'était qu'un homme, après tout. Elle n'était plus vierge. Elle avait fait l'amour avec Bobby. Sans trop y prendre de plaisir si elle était honnête… Elle était heureuse d'être dans ses bras et de sentir qu'il la désirait, mais elle trouvait le coït un peu mécanique et elle était, chaque fois, légèrement déçue quand elle se rhabillait, même si elle le cachait à son amant. Ce serait un peu différent avec un homme plus âgé, peut-être que cela durerait plus longtemps. Ou moins. Il la trouverait sûrement maladroite car il devait avoir connu bien des femmes, mais elle se montrerait attentive. Elle l'écouterait comme elle le faisait depuis des mois. Il lui dirait bien ce qu'il voulait, non ? Il parlait plus qu'à son habitude d'ailleurs, remarqua-t-elle soudainement. Et un peu plus vite, lui indiquant un monument, une place, une rue, une boutique, un restaurant, répétant qu'il aimait beaucoup Montréal, qu'il avait parfois envie de s'y installer.

— Vous quitteriez Québec ?

— Pourquoi pas ? Regarde, cet immeuble-là vaut un million ! Le propriétaire est juif.

— Comment le savez-vous ?

Il haussa les épaules en ouvrant une fenêtre à son tour malgré l'air frais d'octobre, expliqua à Irène que les Juifs et les Anglais se partageaient les belles demeures de Montréal.

— Ils ont le sens du commerce dans le sang, précisait-il d'un ton aussi contrarié qu'admiratif. Ils font de l'argent comme de l'eau !

— Il y en a qui ont tout perdu avec la guerre. Leur maison, leur famille, leurs amis. Il y en a des millions qui sont morts.

— Ils n'avaient qu'à venir ici quand c'était le temps. Les Juifs se débrouillent très bien quand c'est dans leur intérêt. Je ne vais quand même pas avoir pitié d'eux.

Bernard Nadeau avait rappelé Godias à Irène ; elle avait lu les discussions entre Alexandre Chenevert et son collègue Godias en se demandant si elle comprenait mieux ou moins bien qu'eux la situation des Juifs en Israël, et pourquoi Gabrielle Roy avait choisi de parler de ces gens.

— Ceux qui sont à Montréal n'ont pas eu de problème.

— Mais on ne peut pas toujours quitter une ville si facilement. Une vie…

— Quand on veut, on peut.

Irène se tut, songeant que cette dernière phrase résumait parfaitement l'homme qui était assis à côté d'elle : puissance et volonté. Avait-il toujours obtenu ce qu'il voulait ?

Il y avait des lys au cœur fushia dans le grand hall de l'hôtel Reine-Élisabeth, des roses, des œillets et de grandes fleurs blanches enroulées sur elles-mêmes en un seul pétale qu'Irène eut envie de dessiner immédiatement, séduite par la pureté de leur ligne, mais deux vieilles dames s'installaient déjà dans les fauteuils de l'entrée en se penchant l'une vers l'autre pour mieux s'entendre et détournèrent son attention au moment même où un chasseur dans sa livrée écarlate ornée de boutons dorés s'avançait vers elle, soulevait son sac de voyage.

Elle allait protester — elle était capable de porter son sac — quand elle croisa le regard de son patron, s'immobilisa, rougit légèrement avant d'entendre le réceptionniste de l'hôtel dire au groom que la suite 1200 était prête pour monsieur et madame Nadeau.

Monsieur et madame Nadeau. Une chambre. Le jeune homme appuyait sur le bouton d'appel de l'ascenseur en affirmant que la suite était très bien située ; ils pourraient voir le coucher du soleil sur la montagne. Pensaient-ils souper à l'hôtel ou sortiraient-ils ? Il ventait peut-être trop ?

Irène sursauta quand la porte de la pièce se referma mais elle s'efforça de sourire à Bernard Nadeau qui se dirigeait vers les fenêtres pour vérifier si la vue était aussi belle qu'on le lui avait promis.

— On pourrait aller souper rue de la Montagne si tu veux. Ou au Beaver Club. Ou au Ritz. Sais-tu qu'il y a plusieurs hôtels Ritz dans le monde ? On ira à celui de Paris. Il doit avoir été construit en même temps que celui de Montréal même si, à l'époque, la rue Sherbrooke était bien différente.

Bernard Nadeau racontait les changements qui avaient marqué l'une des plus belles artères de Montréal comme il l'avait fait plus tôt en décrivant le port où il possédait des entrepôts ; cet homme connaissait tellement de choses !

— Choisis la garde-robe que tu veux pour mettre tes affaires. Veux-tu prendre une douche ? La salle de bain doit être à côté de la chambre.

Irène s'avançait vers la chambre, regardait le lit, immense, le plus grand qu'elle ait jamais vu, essayait de s'imaginer, nue entre les draps empesés, n'y parvenait pas, tout lui semblait si irréel. Ce salon et ses fauteuils vert forêt, ces tapis dans toute la pièce, ces tables en verre, ces lampes si modernes, et voilà qu'elle découvrait une salle de bain où on aurait pu caser une table à dîner, où on avait suspendu des peignoirs, aligné des petites bouteilles de shampoing, des savons entre les deux lavabos. Et cette baignoire gigantesque où deux personnes, même trois pouvaient se laver en même temps.

En même temps... Était-ce ce que Bernard Nadeau souhaitait ? Il lui avait offert de prendre une douche ; devait-elle se dévêtir immédiatement pour se glisser dans la baignoire ? Elle inspira profondément, revint vers le salon, souleva son sac de voyage et se dirigea vers la chambre. Elle déposerait son bagage à droite ou à gauche du lit ? Allait-elle vraiment s'y étendre ? Elle avait l'impression de bouger au ralenti comme si ses membres étaient engourdis, et pourtant son cerveau carburait à cent milles à l'heure, son cerveau lui disait d'entrer dans la salle de bain, de faire couler l'eau chaude, d'y mettre un produit moussant, d'ôter ses vêtements sans ressortir de la pièce pour les ranger dans la chambre. Son cerveau dirigeait son corps comme un metteur en scène oriente les comédiens sur la scène, résolument intime tout en conservant une certaine distance pour juger de la situation. Elle exécutait les gestes avec un détachement étrange, songeant que les tableaux qui ornaient les murs de la suite auraient pu être moins banals, se demandant si elle pourrait bientôt faire mieux que l'artiste. Une vapeur chaude l'enveloppait lentement, des arômes de lavande se précisaient tandis qu'elle retirait ses bas, sa jupe, qu'elle détachait les boutons de son chemisier, le pliait, le déposait sur la jupe, y ajoutait son soutien-gorge, sa culotte. Est-ce que Bernard Nadeau la rejoindrait immédiatement ? Elle ferma le robinet, tendit l'oreille sans rien entendre. Elle se glissa dans la baignoire, s'y allongea en tentant d'en goûter le réconfort, mais elle n'y parvenait pas, guettant des pas derrière la porte entrouverte. Devait-elle faire semblant de se laver ? Elle saisit une débarbouillette, déballa un savon, essaya de jeter le papier froissé en boule dans la corbeille. Bernard Nadeau la fit sursauter en le ramassant. Il le laissa tomber dans la petite poubelle sans dire un mot. Il se baissa vers Irène, prit le gant de toilette, le savonna et le passa sur ses seins sans cesser de la dévisager. Elle demeurait immobile, muette, ne sachant si elle avait froid ou chaud. Il répétait ce geste encore et encore, sans toucher ses épaules, sans toucher son ventre, son dos. Rien que ses seins, dans une lente rotation. Elle s'entendit lui proposer de la rejoindre dans la baignoire, mais il tordit le gant de toilette comme s'il cherchait à en extirper toute l'eau au lieu de répondre. Il se releva enfin, retourna dans la chambre, et elle entendit un froissement de tissu ; il tirait le couvre-pieds, ouvrait les draps. Elle devait se sécher et le rejoindre.

Irène chercha son image dans la glace embuée, le bleu de ses yeux lui parut plus laiteux, presque opaque. Elle se souvint de Guylaine qui affirmait que les pupilles se dilataient quand on faisait l'amour. Est-ce que son regard s'assombrirait dans les prochaines minutes ?

Elle entendit frapper à la porte de la chambre et Bernard qui parlait anglais. Écouter des bribes de phrases — *Thanks a lot, I call you right now, it's okay* — exacerbait le caractère insolite de cette journée. Est-ce qu'il connaissait d'autres langues et qu'elle l'ignorât ? L'espagnol ? Ou le chinois, ne faisait-il pas affaire avec des Asiatiques ?

Elle ne savait rien sur lui. Elle perçut le déclic du verrou, puis une détonation qui la fit pousser un petit cri. Que se passait-il ?

Du champagne débordait d'une bouteille, arrachant un juron à Bernard Nadeau.

— Vite, viens boire une gorgée avant qu'il se répande complètement sur le tapis.

Irène courut, nue, vers Nadeau qui lui tendait une coupe de Veuve Cliquot. Elle la prit, la lécha avant de boire plusieurs gorgées.

— Eh, pas si vite, ce n'est pas de la limonade.

Mais Bernard Nadeau vidait son propre verre pour le remplir aussitôt. Il approcha sa coupe de celle d'Irène et trinqua.

— À ta beauté.

Il posa une main sur ses fesses et colla la jeune femme contre lui. Elle eut un sursaut mais n'opposa qu'une faible résistance. Il fit alors couler du champagne entre ses seins puis colla ses lèvres sur sa poitrine. Elle eut un petit rire nerveux, murmura que sa moustache la chatouillait. Et qu'elle avait un peu froid. Comment pouvait-elle rire dans un moment pareil ? Il la saisit aux poignets, l'immobilisa, elle cessa de rire à l'instant, comprenant qui était le maître. Il sentit croître son érection et entraîna Irène vers la chambre, la souleva et la jeta sur le lit ; elle était encore plus légère qu'il le croyait. Aussi mince qu'une gamine de treize, quatorze ans, aussi fine que les petites Asiatiques. Il se débarrassa de ses vêtements à la hâte, se rua sur elle, lui écarta les cuisses et la pénétra d'un seul coup. Elle poussa un cri de surprise et tenta de se dégager, suffoquée, mais il jouissait la minute suivante en hurlant des mots incompréhensibles. Elle pensa qu'il devait les avoir appris en Thaïlande. Devait-elle dire quelque chose ? Tout s'était passé si vite ! Son patron était couché à côté d'elle, pesant sur son bras droit, elle percevait l'odeur marine du sperme et se persuadait qu'on ne pouvait concevoir un enfant dans une étreinte aussi rapide, aussi brève. De sa main gauche, elle attrapa le drap, le remonta lentement vers elle pour se couvrir la poitrine. Nadeau se tourna vers elle, la fixant avec une expression indéchiffrable avant de se relever et de se diriger vers la salle de bain. Il y eut quelques clapotis puis il la pria d'aller chercher sa coupe de champagne. Quand elle la lui apporta, il avait retrouvé son sourire des vendredis soirs, celui qu'il lui adressait quand elle ouvrait la portière de la voiture et demandait où ils allaient souper.

— J'aime ça, boire un verre quand je suis dans le bain. C'est relaxant. Tu n'as pas apporté ta coupe ? Si tu as froid, tu peux mettre une des robes de chambre en ratine. Elles sont là pour les clients, aussi bien s'en servir.

Irène décrocha aussitôt un des peignoirs. En s'apercevant dans la glace, elle songea que l'habit ne faisait pas le moine ; ce blanc si pur qui l'enveloppait n'effacerait pas sa lâcheté ; elle avait couché avec son patron sans trop savoir pourquoi, séduite par son aisance, par un entrain auquel elle n'avait pu résister, pour se simplifier la vie, peut-être, pour se sentir moins coupable de profiter de ses largesses. Maintenant qu'il l'avait prise, elle savait qu'elle n'avait rien réglé.

Elle but sa coupe de champagne en silence tandis qu'il énumérait les restaurants où ils pouvaient s'attabler. Préférait-elle une ambiance feutrée ou classique ?

— Comme vous voulez, monsieur Nadeau.

Il posa son verre d'un geste sec sur le bord de la baignoire et secoua la tête ; c'était la dernière fois qu'elle le vouvoyait. Était-ce clair ?

chapitre 4

— Tu dois savoir lui faire plaisir, constata Guylaine en admirant le bracelet en or qu'avait offert leur patron à Irène. Ça vaut cher, autant de breloques !

— C'est Noël, Bernard se sentait généreux.

Une neige fine saupoudrait les rues de paillettes argentées qui semblaient capter toutes les couleurs des lumières des Fêtes avant de toucher le sol. Les rues du quartier Montcalm étaient encombrées, car une tempête avait laissé quelque quatorze pouces de neige au sol la veille de Noël, mais les gens pelletaient en riant, en s'interpellant, en commentant les célébrations auxquelles ils avaient participé. La messe de minuit était si belle cette année, dommage que les importantes chutes de neige aient empêché les cousins de Trois-Rivières de venir à Québec. On se reprendrait au Nouvel An. Et les cadeaux ! Il y avait encore une montagne de papiers d'emballage à brûler, les petits avaient vraiment été gâtés. Mais, après tout, ça n'arrivait qu'une fois par an, il fallait en profiter. On dégageait la voiture pour aller rejoindre des amis, des parents, et quand les portes des appartements s'ouvraient pour accueillir des visiteurs, on entendait Yoland Guérard chanter *Minuit chrétien* ou *Merry Christmas* de sa voix grave qui faisait dire à Guylaine qu'il n'avait rien à envier à Pat Boone ou à Bing Crosby.

— Même s'il est très bon, je commence à en avoir assez des cantiques de Noël.

— Tu n'as qu'à écouter tes disques.

— C'est vrai qu'avec mon nouveau pick-up, on entend bien mieux. Je ne pensais pas que Michel me ferait un aussi gros cadeau. C'est sûr qu'il n'a pas coûté aussi cher que le tien, mais…

— C'est moins gênant à recevoir, murmura Irène qui n'avait su que dire quand Bernard Nadeau lui avait remis son présent. Depuis leur escapade à Montréal, trois mois plus tôt, leurs rapports s'étaient teintés d'une familiarité qui cherchait à donner l'illusion de l'intimité ; Bernard la voyait tous les vendredis soirs mais, dorénavant, il montait la chercher au lieu de l'attendre dans la voiture et il la reconduisait jusqu'à sa chambre en rentrant du restaurant. Ils fréquentaient les mêmes endroits, ils parlaient de Jean Lesage et de Daniel Johnson, de l'inauguration de la Place-Ville-Marie, du métro qu'on allait construire dans la métropole, du voyage en Asie qu'avait prévu Nadeau pour le début de l'année. Il lui avait demandé si elle s'ennuierait de lui et elle avait répondu par l'affirmative alors qu'elle n'en savait rien. Elle ne savait pas ce qu'elle ressentait pour lui, elle admirait son intelligence, sa détermination, elle ne l'avait jamais vu hésiter alors qu'elle tergiversait si souvent, mais elle ne s'était pas languie de Bernard quand il était parti durant une semaine à New York. Elle était heureuse qu'il quitte Québec pour Bangkok ; un mois de séparation l'aiderait peut-être à mieux comprendre quels liens les unissaient. Elle n'avait pas de plaisir quand son amant la prenait, mais elle ne s'en plaignait pas, au contraire ; il n'aurait jamais ce genre de pouvoir sur elle… Elle le caressait, fermait ensuite les yeux, le laissait écarter ses cuisses, la pénétrer, jouir presque aussitôt, elle attendait quelques minutes pour se tourner vers lui, devinant qu'il n'aimerait pas qu'elle soit témoin de son émotion, et elle se permettait alors de sourire en demandant où il avait réservé une table et à quelle heure alors qu'elle savait qu'ils arriveraient au restaurant à sept heures précises. Mais ces paroles banales leur donnaient l'illusion du quotidien, d'une relation inscrite sous le signe de la bonhomie, de la désinvolture que semblait apprécier Bernard Nadeau. Était-ce la vérité ? Elle supposait qu'il était satisfait de leur entente puisqu'il la voyait chaque semaine, et elle-même avait déclaré à Guylaine, qui l'interrogeait sur sa nouvelle intimité avec leur patron, qu'elle l'appréciait beaucoup. Qu'elle espérait seulement que c'était réciproque.

— Sûrement, avait affirmé Guylaine. Il ne te donnerait pas de cadeaux s'il n'aimait pas coucher avec toi. Tu dois être bonne au lit…

Elle avait un ton égrillard, espérant inciter Irène à lui confier des détails de sa vie sexuelle qu'elle pourrait rapporter à Bernard Nadeau, mais celle-ci s'était contentée de répéter qu'elle goûtait la présence de leur patron. Guylaine avait répété ses propos à ce dernier en les enjolivant. Elle tenait à continuer à l'informer des faits et gestes d'Irène, à conserver ce rôle d'observatrice, parfaitement consciente des privilèges rattachés à cette condition. Pourquoi ne pas donner à Bernard Nadeau ce qu'il désirait ? Guylaine lui avait donc raconté qu'Irène était heureuse d'être au lit avec un homme plutôt qu'avec un gamin comme Bobby, qu'elle les avait comparés à son avantage, qu'elle s'estimait vraiment chanceuse qu'il s'intéresse à elle, qu'il lui apprenne l'amour.

— Elle a dit ça ? Parce qu'elle n'est pas très démonstrative…

— Elle n'est jamais démonstrative, avait rétorqué Guylaine. C'est son genre. Quand on est seules toutes les deux, elle ne parle quasiment pas. Elle aime mieux lire des gros livres. Mais s'il est question de toi, elle est plus… chaleureuse. Elle m'a dit qu'elle voulait faire ton portrait quand elle serait meilleure en dessin.

— Un portrait de moi ?

Il était aussi flatté qu'étonné; il ne parvenait pas à comprendre Irène, à savoir ce qu'elle pensait quand il la baisait. Elle avait toujours les yeux clos et il ne voulait pas lui demander de les ouvrir, car il se serait vu alors dans son regard, il se serait vu ahanant, s'efforçant de retenir son éjaculation, n'y parvenant pas, jouissant avec autant de plaisir que de frustration, jouissant en se répétant que ce serait plus long la prochaine fois, aussi long qu'avec les petites Thaïlandaises. Mais si Irène voulait le dessiner, c'est qu'elle éprouvait une certaine admiration pour lui, une certaine affection; se pouvait-il qu'elle soit comblée comme elle l'avait déclaré à Guylaine? Les femmes étaient différentes les unes des autres, et Irène avait peu d'expérience en matière sexuelle, rien qu'une vague histoire avec un jeune voyou. Un homme plus mûr devait la rassurer. Même si elle ne donnait pas l'impression de chercher à être protégée, à ce qu'il s'occupe d'elle davantage. Elle souriait quand il était là mais ne s'informait jamais de ce qu'il vivait en son absence, comme s'il n'existait pour elle qu'un jour par semaine. Il savait pourtant qu'elle ne voyait aucun autre homme. Il était vraisemblable qu'elle soit satisfaite de ses relations avec lui. Pourquoi ne parvenait-il pas à s'en réjouir sincèrement? Pourquoi ne croyait-il qu'à moitié les propos de Guylaine? Elle prétendait qu'Irène avait besoin de lui, mais jamais il n'éprouvait le sentiment de lui être nécessaire, encore moins indispensable.

Jamais elle ne s'enthousiasmait pour ce qu'il lui racontait alors qu'il aurait parié cent dollars qu'elle buvait les paroles du vieux Langevin. La peinture avait pris beaucoup de place dans sa vie. Éprouvait-elle réellement du contentement en traînant des heures dans un musée? En s'y rendant tous les dimanches? Provencher, qu'il avait engagé pour suivre Irène, avait été formel: si Irène avait sympathisé avec Annette Potvin, qui assistait aussi aux cours de dessin de monsieur Langevin, elle ne parlait à personne au musée. Ni homme, ni femme, ni jeune, ni vieux. Elle s'arrêtait devant certains tableaux et les regardait, s'en approchait, reculait, les quittait, revenait vers eux. Qu'y trouvait-elle donc de si captivant ? Quelques jours avant Noël, il était lui-même allé au musée de Québec et avait fait le tour de toutes les salles sans comprendre ce qui attirait Irène en ces lieux. Tous ces portraits d'inconnus, ces peintures de fruits et de fleurs étaient peut-être décoratifs, mais de là à venir les voir chaque semaine… Cette passion qu'il ne pouvait partager avec la jeune femme l'agaçait même s'il se répétait qu'il valait bien mieux qu'elle s'intéresse à des tableaux plutôt qu'à la danse où elle aurait immanquablement rencontré des hommes. Les beaux-arts comme passe-temps ? Pourquoi pas, après tout…

Son portrait ? De face, de profil ? Non, pas de profil, il n'aimait pas son menton trop proéminent. Il poserait assis chez lui dans le chesterfield. Et si elle réussissait quelque chose d'assez ressemblant, il le ferait encadrer. Irène serait flattée. Il lui trouverait même des modèles ; toutes les femmes de ses clients seraient heureuses d'avoir un portrait d'elles ou de leurs enfants ; Irène se sentirait appréciée grâce à lui. Et peut-être qu'elle quitterait un peu cette réserve qui finissait par l'exaspérer ; ne pouvait-elle pas, de temps à autre, manifester plus de joie, plus de curiosité, plus d'appétit envers lui ? Elle était toujours aimable mais conservait une distance que leurs ébats n'avaient pas abolie. À quoi pensait-elle donc quand il la pénétrait ? Songeait-elle à l'un de ces inconnus dont elle admirait les portraits au musée ? Était-il normal qu'une femme pense à un type mort depuis cent ans quand elle était au lit avec un autre, bien vivant ? Il déraillait ! Elle le rendait fou, voilà la vérité. Il la prenait chaque vendredi sans jamais la posséder, sans jamais l'atteindre ; qui était-elle et comment parviendrait-il à se l'attacher, à la rendre vraiment dépendante de lui ?

Guylaine repensait à Bernard Nadeau en tournant les boutons de la radio ; trouverait-elle enfin autre chose que de la musique de Noël ? Qu'avait fait leur patron ce soir-là ?

— Je ne sais pas, avoua Irène qui s'était aussi interrogée sur la soirée du 24 décembre. J'espère que Bernard s'est plus amusé que moi. Je n'aurais pas dû aller chez ma mère, tout le monde me regardait comme si j'étais un animal échappé du zoo d'Orsainville.

— Le zoo n'est pas loin de la prison. Nos mères ne peuvent pas avoir oublié ce qui nous est arrivé, ça ne fait pas assez longtemps. Même si j'ai l'impression que c'était dans une autre vie. J'ai revu Françoise, tu te souviens d'elle ? Celle qui était teinte en blonde platinée ? Elle a été libérée cet été. Elle travaille comme serveuse dans un restaurant à Lévis, pour soixante-quinze cents de l'heure. On est mauditement chanceuses d'avoir rencontré Bernard. Lâche-le pas, Irène, lâche-le surtout pas !

Est-ce que ce n'était pas plutôt lui qui pourrait la laisser tomber ? Que ferait-elle alors ? Elle devrait se trouver un emploi. Retourner dans un salon de coiffure, y être toute la semaine et les jeudis et vendredis soirs. Quand s'exercerait-elle au fusain ? Il ne lui resterait que le dimanche pour dessiner, alors qu'elle avait maintenant toutes ses soirées libres, toutes ses fins de semaine... Répondre au téléphone l'ennuyait mais elle s'était améliorée, lui semblait-il, elle savait mieux présenter les produits offerts par la compagnie. Elle n'atteindrait jamais les quotas de Guylaine qui s'amusait vraiment à ce travail, mais Michel Fournier l'avait félicitée de ses progrès avant Noël.

Et quand la société dont Bernard s'occupait en Asie fonctionnerait à plein rendement, il y aurait des tas de nouveaux produits qui rendraient peut-être le boulot plus intéressant. Est-ce que Bernard lui rapporterait du papier comme elle le lui avait demandé ? Il avait paru surpris de sa requête et avait dit qu'il lui offrirait mieux qu'une pile de feuilles, mais elle avait insisté ; monsieur Langevin lui avait montré des feuilles en papier de riz, très lisses, destinées au pastel, qui l'intriguaient.

— Tu n'aurais pas envie de partir en Thaïlande avec Bernard ? demanda Guylaine avant de pousser un cri de victoire en reconnaissant la voix de Sylvie Vartan.

— Partir avec Bernard ?

Il s'agissait d'un voyage d'affaires. Elle ne serait qu'un embarras. De toute manière, il n'en avait jamais été question. Tout en aiguisant un crayon, Irène souhaita qu'il ne vienne pas à l'esprit de Bernard de lui proposer de l'accompagner.

— C'est vrai qu'un mois est vite passé, fit Guylaine. Tu t'ennuieras un peu mais on va sortir entre filles. On pourrait même inviter Françoise.

— Françoise ?

— Je viens juste de te parler d'elle ! M'écoutes-tu ?

— Je la connais à peine. Je me souviens qu'elle était gentille mais je ne sais pas si c'est une bonne idée de revoir une fille du centre.

— Oh ! Madame est snob. Excuse-moi d'avoir pensé que tu pourrais t'amuser avec Françoise Lepage…

Irène protesta aussitôt ; elle connaissait mal Françoise, mais si Guylaine voulait l'inviter à l'appartement, elle n'y voyait pas d'inconvénient.

— Ici ? Non, on va sortir ! On va lui demander de nous rejoindre ici, on va se maquiller, on va se coiffer ensemble. Avec ma nouvelle trousse, on sera les plus belles ! En plus, Françoise prend des cours d'esthéticienne, peut-être qu'elle pourrait nous faire un genre de masque ?

— Si Françoise est serveuse et qu'elle doit payer ses cours, elle n'a sûrement pas assez d'argent pour…

Guylaine secoua la tête ; elle ne voulait pas rester à l'appartement. Elle voulait voir du monde. Faire des rencontres. Une rencontre. Michel Fournier la baisait de temps à autre, mais il ne quitterait jamais sa femme. Il fallait qu'elle trouve un homme qui ait envie de la gâter sur une base régulière. Elle devait même songer à se marier pendant qu'elle était encore attirante.

— On paiera pour Françoise, c'est tout.

— Elle sera gênée.

— Moi, ça ne me dérange pas qu'on paie pour moi.

— Moi, oui.

— *Please !* On ne revient pas encore là-dessus.

Irène insista cependant pour inviter Françoise à souper, et Guylaine finit par céder à condition qu'elles aillent ensuite danser. Il n'y aurait que le droit d'entrée à payer. Et peut-être rien du tout, les belles filles se faufilaient souvent sans débourser un sou.

— Pour les drinks, il y a toujours du monde prêt à nous en offrir. On n'est pas pour rester ici comme des dindes qui n'ont rien de mieux à faire.

— Si on mangeait du bœuf bourguignon ? proposa Irène en songeant qu'elle prétexterait un mal de tête pour éviter de suivre Guylaine et Françoise sur une piste de danse.

— On a le temps de penser au menu. Bernard ne part que dans trois semaines.

Irène cassa la mine de son crayon ; pourquoi préférait-elle attendre le départ de Bernard pour revoir Françoise ?

— Trois semaines, répéta machinalement Irène.

— Oui, et quand Bernard va revenir, la neige va commencer à fondre…

— En mars ? Tu rêves, il y a toujours une tempête à la Saint-Patrick, l'as-tu oublié ?

— Vas-tu aller le conduire à l'aréoport ?

— Aéroport, corrigea Irène.

— C'est pareil, on le sait que tu lis des livres avec des mots compliqués, Irène Pouliot. Y vas-tu ou non ?

— Je ne conduis plus.

— Ça serait le temps que tu oublies ces niaiseries-là. C'est comme si moi, je ne voulais plus jamais rencontrer d'hommes parce que j'ai eu des problèmes à cause d'un gars. On a été malchanceuses, mais c'est fini. On pourrait peut-être avoir l'auto de Bernard pendant qu'il est parti. On se promènerait.

— C'est non. Apprends à conduire si ça t'intéresse autant.

— Je n'ai pas de voiture alors que toi, tu pourrais sûrement profiter de celle de ton chum.

Mon chum ? Ce mot ne convenait pas à Bernard Nadeau, trop simple, trop naturel, trop familier. Il n'était pas davantage son amoureux, il n'avait jamais été question de sentiment entre eux. Son amant ? Oui, il devait être son amant même si ce mot aussi la dérangeait ; il lui semblait qu'un amant supposait une relation secrète, des étreintes arrachées au quotidien, des êtres qui ne peuvent résister à leur passion, qui bravent le monde pour l'assouvir. Elle avait une envie soudaine que Bernard monte dans l'avion, qu'elle sache enfin s'il pouvait lui manquer. Ou non.

*   *   *

Une mince couche de glace couvrait les trottoirs de Québec, arrachant des jurons aux passants qui devaient avancer très lentement pour éviter les chutes, qui n'y parvenaient pas toujours et qui tombaient contre les voitures garées le long des rues. Pourquoi n'avait-on pas mis plus de sel ou de sable ?

— On paye assez de taxes, dit Guylaine à Bernard Nadeau, qui s'amusa de cette réflexion.

Guylaine n'avait jamais rempli une déclaration de revenus de sa vie. Que savait-elle des taxes provinciales ou municipales ? Avait-elle une idée de ce que lui coûtaient ses immeubles ? L'appartement où elle demeurait avec Irène ? Cet appartement où était allée Françoise Lepage. Cette fille dont elle avait omis de lui parler alors qu'il était rentré de Thaïlande depuis deux jours déjà. Il avait eu le temps de consulter le rapport du détective sur les activités des locataires de la rue Aberdeen. Pourquoi Guylaine avait-elle été aussi discrète sur cette serveuse ? Est-ce qu'Irène serait aussi secrète quand il la verrait le vendredi ? Il avait eu envie d'aller la retrouver dès son arrivée, mais il avait maîtrisé ses désirs ; elle ne devait pas savoir à quel point elle lui avait manqué, il attendrait *leur* jour, il avait tant de choses à régler en descendant de l'avion que la semaine passerait très vite. Il était satisfait de son voyage en Asie. À tous points de vue. L'usine fonctionnait aussi bien qu'on pouvait l'espérer, les salaires des employés coûtaient dix fois moins cher que ceux qu'il aurait dû payer au Québec s'il y avait implanté cette usine d'articles de sport. Il pouvait se permettre de rémunérer grassement le directeur et les contremaîtres qui géraient son affaire là-bas. L'un d'eux l'avait piloté à travers la ville et lui avait offert très vite de l'emmener dans les quartiers chauds, là où on pouvait assouvir tous les fantasmes. Et quel homme normalement constitué n'en avait pas? Nadeau avait compris, dès qu'ils passaient la porte de certains établissements, que son guide n'y allait pas pour la première fois. On venait vers lui pour lui proposer de l'alcool, de la drogue, des filles, des garçons.

Est-ce que Moon Li Ha avait douze ou treize ans comme on le lui avait affirmé? Ou moins? Quelle importance? Elle avait des mains et des pieds minuscules, des seins à peine esquissés et un sexe si étroit qu'il s'y était repris à trois fois pour la pénétrer; mais, dès qu'il était entré en elle, il s'était activé avec une énergie qui l'avait rassuré; il pouvait baiser une fille aussi longtemps qu'il le désirait, la prendre, la retourner en tous sens sans perdre son érection. Moon Li Ha n'avait pas cherché à lui échapper comme la fillette précédente. Il commençait seulement à s'exciter quand il l'avait sentie glisser sous lui, se débattre comme une anguille, rouler hors du lit, courir vers la porte. Il l'avait rattrapée par le bras, elle s'était encore débattue, le griffant, tentant de le mordre. Comment avait-elle pu se permettre ça? Il l'avait prise à la gorge et avait serré son petit cou. Un peu trop fort. Comme il le faisait avec des animaux quand il était jeune. Il avait dû remettre une forte somme au proxénète pour le dédommager de la perte de la gamine. Mais elle n'avait qu'à se montrer obéissante; il avait payé pour faire tout ce qu'il voulait avec elle. Moon Li Ha, elle, n'avait pas émis un mot de protestation. Il est vrai qu'elle s'était rapidement évanouie. Il avait exagéré, il n'avait plus vingt ans... Mais c'était si bon de renouer avec sa virilité. Irène découvrirait un autre homme quand il rentrerait.

Il avait néanmoins ressenti une certaine appréhension en reconnaissant les lumières de Québec, au moment où l'avion se posait sur la piste de l'aéroport de L'Ancienne-Lorette. Il avait appelé Guylaine au bureau dès son arrivée afin qu'elle lui parle d'Irène ; celle-ci s'était ennuyée de lui, se plaignant que février était interminable, qu'elle avait hâte de revoir Bernard. Elle n'avait modifié en rien ses habitudes durant ces quatre semaines. Elle avait continué à dessiner, était allée au musée les dimanches et avait revu sa mère une fois. Pourquoi Guylaine avait-elle parlé de cette visite à Limoilou et avait-elle omis celle que leur avait faite Françoise Lepage ? Pourquoi Guylaine avait-elle failli à ses ordres ? Elle devait tout lui dire. Tout ! Lui parler de cette Françoise. Heureusement qu'il avait téléphoné, qu'il n'avait pas eu, la veille, Guylaine en face de lui alors qu'elle lui mentait car il l'aurait étranglée elle aussi ! Elle n'avait pas le droit de le trahir ainsi ! Il la logeait depuis des mois, lui avait procuré un travail, et elle le remerciait par des mensonges ! Il avait envie de la battre, de fracasser sa figure trop maquillée contre un mur, d'écraser ses grosses lèvres, de lui pocher les yeux. Elle aurait eu besoin de beaucoup de make-up pour dissimuler les marques. Il inspira pour se calmer, il devait se raisonner ; il ne pouvait pas massacrer Guylaine de ses propres mains. Mais elle devait être punie pour sa trahison… Elle lui avait menti à propos de Françoise et de combien d'autres sujets ? Depuis combien de temps le bernait-elle ? Depuis des semaines ? Elle ne s'en tirerait pas comme ça ! Il déciderait de ce qu'il ferait d'elle après avoir revu Irène.

— Ta blonde s'est acheté une robe hier midi, reprit Guylaine. Pour être belle vendredi soir quand vous allez vous retrouver. Elle lui va vraiment bien. Tu peux être sûr que je vais rentrer très tard.

Le ton complice qu'avait adopté Guylaine déplut à Bernard Nadeau ; cette menteuse prenait un peu trop ses aises avec lui.

— En tout cas, Irène est tout excitée depuis que tu es arrivé, elle ne tient pas en place.

Ah oui ? Comment savoir si Guylaine disait vrai maintenant ? Il lui laissa une dernière chance.

— Si j'ai bien compris, le mois de février a été long sans moi. Vous vous êtes un peu ennuyées dans votre petite routine. Vous n'êtes même pas sorties pour vous changer les idées ?

— Moi, oui, mais Irène est casanière. Et très frileuse. Tu devrais lui acheter un manteau de vison.

Et voilà qu'elle se permettait de lui donner des conseils ?

Il ne fit aucun commentaire en déposant Guylaine au coin des rues Belvédère et Saint-Cyrille. Il s'excusa de la laisser là alors qu'il faisait si froid mais il ne pouvait pas la reconduire jusqu'à la rue Aberdeen, n'est-ce pas ?

— Évidemment ! Ça serait trop bête que je croise Irène en descendant de ta voiture. On aurait l'air fou… Elle ne s'est jamais doutée que je te parle d'elle, on continue comme ça.

Elle fit un petit signe de main avant de refermer la portière de la voiture et de se diriger vers le boulevard Saint-Cyrille. Il la regarda marcher jusqu'à ce qu'elle tourne le coin de la rue. Il saisit alors le rapport du détective, le relut : il était écrit noir sur blanc que Guylaine et Irène étaient allées danser le 5 février à vingt-deux heures. Avec une nouvelle fille, Françoise Lepage. Que plusieurs hommes avaient abordé le trio durant la soirée.

Il fallait qu'Irène lui parle de cette soirée-là quand il l'emmènerait au Vendôme. Il le fallait !

Si elle était loyale, il lui offrirait un manteau de fourrure. Il l'emmènerait chez Laliberté pour le choisir. Ou chez Holt Renfrew. Il la tiendrait bien au chaud si elle portait la tunique de soie qu'il avait rapportée de Thaïlande. Sinon…

Irène évoqua sa sortie avec Françoise après avoir mangé son entrée de fondues au parmesan.

— Je la connaissais mal mais elle est très gentille. Je la plains de travailler dans un restaurant. Elle étudie en plus ! Penses-tu que votre usine en Thaïlande va beaucoup se développer ? Si ça marche et que tu as besoin de plus de téléphonistes pour la vente par correspondance, tu pourrais l'engager.

— Tu ne m'avais jamais parlé de cette amie…

— Ce n'est pas mon amie, précisa Irène. C'est Guylaine qui se tenait avec elle au centre. Elle l'a revue par hasard. On l'a invitée à venir souper et, ensuite, on est allées danser.

— Tu t'es bien amusée ?

Irène haussa les épaules avant de regarder Bernard droit dans les yeux ; il ne semblait pas aussi contrarié qu'elle l'avait redouté, il continuait à lui sourire. Après avoir hésité, elle avait décidé d'être franche avec lui ; n'était-ce pas le minimum qu'elle lui devait ?

— La musique n'était pas à mon goût, mais j'aime bien danser.

— Voudrais-tu qu'on aille à un bal ?

— Un bal ?

Irène se mordit les lèvres, un bal ? Comme dans *Sissi, impératrice* ? Avec une robe longue ? Dans une salle éclairée par des lustres ou des flambeaux ? Est-ce que ça existait au Québec ? Est-ce qu'elle aimerait participer à une de ces soirées ou sa joie serait-elle gâchée par le souvenir de Lucile et de ses incessantes tentatives pour recréer les coiffures de Romy Schneider ? Elle se ferait coiffer chez Paul, dans ce salon si chic de la rue Sainte-Anne avant de s'habiller, de se maquiller et de se faire prendre en photo, une belle grande photo qu'elle enverrait ensuite à Lucile pour lui montrer qu'elle n'était pas la traînée qu'elle imaginait.

Non. Elle ne pourrait sourire avec fierté sur cette photo en sachant qu'elle n'avait payé ni la robe, ni le coiffeur, que cette image de réussite serait un mensonge qui n'aurait pas trompé son père. Elle ne devait pas faiblir et se laisser de nouveau bercer par la facilité, par le luxe que lui offrait Bernard Nadeau. Elle devait se détacher de lui.

— Je ne suis pas un excellent danseur, mais on pourrait aller au Château Frontenac. On aura un grand meeting de gens d'affaires en avril, avec des cocktails et des réceptions. Tu n'auras qu'à m'accompagner.

Irène se taisait, jouant avec sa serviette de table. Bernard la dévisagea ; que voulait-elle de plus ?

— Rien, justement.

— Rien ?

— Je n'irai pas au bal avec toi. Je ne peux pas continuer à être entretenue.

Bernard Nadeau saisit son verre de scotch, constata qu'il était vide, le reposa d'un geste trop lent ; est-ce qu'Irène refusait vraiment ses cadeaux ?

— Tu es trop généreux avec moi.

— C'est mon problème, fit-il sur le ton de la plaisanterie.

— Non, c'est le mien. Je n'ai pas été élevée comme ça. À profiter des gens. À dépendre de…

— On profite des gens si on le fait sans qu'ils le sachent. Mais c'est moi qui décide de t'aider un peu. Pour que tu puisses dessiner à ton goût. J'ai le droit d'encourager les artistes. C'est courant, il y a des *big boss* à Montréal qui donnent des bourses à des peintres.

Irène secoua la tête en posant sa main sur celle de Bernard, elle ne voulait pas le blesser mais seulement être honnête.

Honnête ? Est-ce qu'elle pouvait réellement utiliser ce mot alors qu'elle avait participé à un cambriolage ? Irène blêmit à l'évocation de ce souvenir, et Bernard s'excusa aussitôt ; les mots avaient dépassé sa pensée, mais c'était sa faute à elle, elle l'agaçait en reparlant constamment de ce qu'elle lui devait. Elle devait prendre ce qu'il lui donnait sans faire autant de chichis.

— Je t'ai rapporté un cadeau de Thaïlande et je ne veux pas t'entendre dire quoi que ce soit. On est ici pour avoir du fun, pas pour se chicaner.

Irène soupira en dépliant sa serviette de table pour mieux la retordre ; Bernard n'était pas disposé à l'écouter ce soir, mais il faudrait bien qu'il l'entende. Et dans un avenir rapproché. Elle avait l'intention de quitter l'appartement et de prendre une chambre chez Annette, sa compagne du cours de dessin, qui en louait parfois à des étudiants de l'université. Elle trouverait un autre emploi. Il était impossible qu'il n'y ait aucun coiffeur à Québec qui ait besoin d'elle. Elle les rencontrerait tous un par un s'il le fallait.

— Irène ? À quoi penses-tu ?

Bernard l'observait en décidant à cet instant précis de faire tabasser Guylaine à l'appartement de la rue Aberdeen. Elle recevrait une bonne correction sans savoir qui était derrière cette agression. Et, même si elle le devinait, elle saurait qu'elle perdrait son emploi, son logement si elle se plaignait. Mais peut-être en parlerait-elle à Irène ? Non. Il ne fallait pas qu'elle lui raconte qu'il exigeait de tout savoir sur elle. Tout ce qu'il voulait, c'était punir Guylaine et terrifier Irène, afin que celle-ci éprouve le besoin d'être protégée, rassurée. Il ruinerait rapidement ses visées d'indépendance. Il allait repenser à Guylaine, à la meilleure manière de l'utiliser.

Irène lui sourit, il l'imita.

— J'aime mieux ça ; tu es plus belle quand tu souris ! On ne va pas gâcher la soirée de mon retour, hein ? On devrait même boire un peu de champagne !

Il leva la main pour attirer l'attention d'un serveur.

— Tu exagères, ça coûte trop cher au restaurant !

— Rien n'est jamais trop cher pour moi.

Oui, il avait rémunéré Guylaine durant des mois pour qu'elle l'informe sur Irène... Il serra les dents en pensant à la traîtresse. Elle allait payer, il s'en occuperait dès le lendemain. Il irait à Montréal pour discuter avec Pierre Boutin. Il saurait le conseiller. Celui-ci avait quitté Québec en 1955 ou 1956, mais ils étaient restés en contact ; n'était-ce pas dans leur intérêt à tous les deux ? Nadeau se souvenait de leur première rencontre : Boutin n'était policier que depuis sept semaines quand il l'avait arrêté pour excès de vitesse à Bernières. Nadeau lui avait proposé aussitôt de payer immédiatement, en liquide, la moitié de l'amende. Boutin avait commencé par protester mais il avait fini par accepter son offre. Par la suite, Nadeau avait envoyé une caisse de whisky au jeune policier. Ils s'étaient revus. Nadeau avait regretté le départ de Boutin pour Trois-Rivières, puis pour Montréal, mais celui-ci n'avait pas le choix ; son patron lui avait fait comprendre qu'il ferait mieux d'accepter une mutation. Il faudrait pourtant que Boutin revienne à Québec pour lui rendre service. Ou qu'il lui envoie quelqu'un de vraiment fiable pour régler le cas de Guylaine. Bernard regretterait de ne pas assister à la correction mais, bien évidemment, il se trouverait alors dans un endroit public.

L'image de Guylaine, défigurée, se juxtaposa à celle du cadavre de la gamine vietnamienne quand il prit Irène, deux heures plus tard. Celle-ci avait revêtu le kimono qu'il lui avait donné, et il l'avait aussitôt jetée sur le lit, avait relevé vivement son vêtement de soie pour s'installer entre ses cuisses. Il avait l'impression qu'il n'avait jamais eu pareille érection, qu'il allait jouir d'Irène durant des heures. Comme à Bangkok avec Moon Li Ha. Son orgasme survint pourtant au bout de quelques minutes, même s'il s'efforçait de penser à cette fillette qu'il avait si bien baisée. Il songea alors à Guylaine mais, au lieu de freiner son excitation, l'idée de son supplice l'aviva et il jouit. Et Irène, comme à son habitude, remonta lentement le drap sur eux. Elle répéta que la tunique était magnifique avec ses couleurs si riches, si intenses, et qu'elle emporterait le vêtement au cours de dessin pour faire admirer la finesse des broderies ; les papillons semblaient prêts à s'envoler. Est-ce qu'il en avait vu, là-bas, de ces merveilles ailées aux couleurs si subtiles ?

— Je n'ai pas remarqué. Je regardais où je mettais les pieds. Pour ne pas marcher sur un serpent ou un scorpion… On a un guide qui s'est fait piquer et qui est mort quelques heures après. Je ne sais pas comment les gens font pour vivre là.

— C'est leur pays.

— On est mieux ici. Même avec le froid. Il suffit juste d'être bien habillé. Je viens te chercher demain matin pour aller chez Renfrew. On va te trouver quelque chose de chaud.

— J'ai un manteau, Bernard. C'est…

— Ça me fait plaisir ! Tu ne veux pas me faire plaisir ?

Elle acquiesça en se demandant comment elle parviendrait à se faire comprendre de lui. Et quand…

Elle lui parlerait le vendredi suivant. Ou elle lui écrirait ; il serait plus facile d'exprimer ce qu'elle ressentait s'il était absent, elle n'aurait pas à affronter son regard et à chercher ces arguments qu'il balayait aussitôt d'un grand rire. Il ne pourrait l'interrompre, il lirait la lettre jusqu'au bout. Il verrait qu'elle lui vouait une immense gratitude, mais qu'elle ne pouvait continuer à vivre de ses largesses et qu'elle entendait lui rembourser tout ce qu'il lui avait donné. Chaque semaine, elle prélèverait sur son salaire une petite somme qu'elle lui posterait. Le temps qu'il faudrait pour éponger sa dette envers lui, toutes ces semaines de loyer qu'elle avait comptabilisées.

Bernard Nadeau reçut la missive d'Irène le mercredi, la lut en hochant la tête ; dans quelques heures, Irène oublierait les bêtises qu'elle lui avait écrites et aurait besoin d'être réconfortée. Il avait été bien inspiré d'aller à Montréal rencontrer Boutin. En discutant avec lui de la trahison de Guylaine, ils en étaient venus à la même conclusion : pour qu'il soit assuré du silence de Guylaine, il fallait qu'elle disparaisse. Nadeau savait que Boutin avait déjà tué un homme dans l'exercice de ses fonctions, c'était même à la suite de cette histoire que le policier avait dû quitter Québec, mais il découvrait avec satisfaction que Boutin était plus téméraire qu'il ne l'avait imaginé. Il devinait aussi qu'il avait de gros besoins d'argent pour lui proposer si facilement de tuer Guylaine. Ses petits rackets ne devaient pas suffire à assouvir sa passion du jeu. Nadeau serait heureux de le payer. Tout le monde y trouverait son compte. Sauf Guylaine, évidemment. Il avait fourni les détails nécessaires à Pierre Boutin pour qu'il puisse assassiner Guylaine dans l'appartement qu'elle partageait avec

Irène. C'était ennuyeux pour l'enquête ; en tant que propriétaire de l'immeuble, il y serait immanquablement mêlé et il devrait répondre aux questions des policiers, mais si Guylaine était agressée à l'extérieur de chez elle, Irène aurait beaucoup moins peur. Il fallait qu'il y ait du sang. Partout.

Tandis qu'il sirotait un cognac avec Irène au Clarendon, Bernard Nadeau devait se retenir de regarder sa montre ; était-il enfin onze heures ? Est-ce que tout s'était bien déroulé pour Boutin ? Il hésita à boire un autre cognac ; il devait avoir les idées claires quand il rentrerait avec Irène rue Aberdeen, mais il devait attendre encore un peu avant de s'y rendre.

— René ? Un autre Courvoisier, s'il vous plaît… Et un Grand-Marnier pour mademoiselle.

Irène agita sa main droite en signe de refus, elle avait assez bu, la tête lui tournait, elle préférait rentrer pour discuter dans le calme. Il lui avait dit au début de la soirée qu'il avait lu sa lettre mais qu'ils en parleraient après le souper, à la maison. Elle avait acquiescé tout en guettant, tout le long du repas, des indices de sa colère ou de sa frustration, mais il n'avait pas changé d'attitude. Il était même assez joyeux.

— Fêtes-tu quelque chose pour reprendre un autre verre ?

— Je fête la vie, ma belle Irène ! L'hiver s'achève, ça me met de bonne humeur. Et j'ai eu tantôt des nouvelles de notre usine, tout marche comme sur des roulettes. J'ai hâte d'en parler avec Dumont.

— Il est toujours aux Bermudes avec Ginette ?

— Il rentre mardi prochain. J'espère qu'il sera reposé car on va avoir beaucoup de travail au printemps. Je ne m'en plains pas, j'ai fait le tour de l'immobilier. C'est une bonne vache à lait, mais c'est excitant de parier sur l'avenir en ouvrant des usines d'équipement sportif. Les gens bougent de plus en plus, ils font du ski, de la plongée sous-marine, on est maintenant dans une société de loisirs. Je vais en profiter !

— Et après ?

— Après quoi ?

— Quand tu auras réussi et gagné beaucoup d'argent, qu'est-ce que tu feras ?

— Je vais attaquer d'autres marchés. Avec Expo 67, il y aura des tas d'avenues à explorer. Je veux ma part du gâteau.

— Tu iras à Montréal plus souvent…

— Sûrement. Ça t'intéresse ?

Irène regarda le fond de son verre, agita l'alcool qui y restait ; elle envierait Bernard de faire des sauts dans la métropole, mais elle ne l'accompagnerait pas. Elle économiserait sur sa paie de coiffeuse et, quand elle aurait amassé suffisamment d'argent, elle irait étudier aux Beaux-Arts.

— Montréal va beaucoup changer dans les prochaines années, reprit Bernard. C'est excitant !

— Ce n'est pas plus dangereux qu'à Québec ?

— Dangereux ?

— J'imagine qu'il y a plus de meurtres dans une grosse ville comme ça. Plus de vols.

Pourquoi Irène parlait-elle justement de crimes ce soir-là ?

— Tu penses au vol de la Banque de Nouvelle-Écosse, l'été dernier ? Les journaux en ont beaucoup parlé parce que ce n'est pas tous les jours qu'on vole trois millions de dollars et qu'on réussit à s'enfuir. Les policiers n'ont toujours pas attrapé Georges Lemay. Mais Montréal n'est pas Harlem, je n'ai jamais eu d'ennuis là-bas. Je n'ai jamais eu peur.

— Tu ne sais même pas ce que ce mot-là veut dire, murmura Irène. Tu vas au bout du monde comme d'autres vont à Montmagny.

— C'est mon métier qui veut ça. Toi, tu as eu peur à Montréal ?

— Bien sûr que non, tu étais avec moi. Mais c'est une grosse ville.

— Quand tu la connaîtras mieux, quand je t'aurai tout montré, tu verras que tu t'inquiétais pour rien.

Quand il lui aurait montré la ville ? Il continuait à faire des projets pour elle, pour eux. N'avait-il pas compris ce qu'elle lui avait écrit ?

Irène repoussa sa chaise, saisit son sac à main ; elle voulait rentrer à l'appartement, discuter avec Bernard, s'expliquer une fois pour toutes.

Il était encore trop tôt, il fallait retarder leur arrivée rue Aberdeen.

— Et si on rentrait à pied ?

— À pied ? C'est loin… Et ta voiture ?

— Je la reprendrai demain matin. J'ai trop bu. Je pourrais avoir un accident.

Irène dévisagea Bernard, cherchant à savoir s'il était plus ivre qu'à l'accoutumée ; boire ne l'avait jamais empêché de prendre le volant auparavant. Pourquoi agissait-il différemment ce soir-là ?

— Parce que… il y a un gars que je connais qui est mort la semaine dernière, inventa Bernard. Il a embouti un camion. Ils ont été obligés de démolir la voiture pour sortir son corps et… j'aime mieux marcher.

— On peut appeler un taxi.

— Et si on allait boire un dernier verre au bar du Château ? Tu verrais la salle de bal. Il va falloir que tu penses à ta robe pour le mois d'avril.

— Je n'irai pas, Bernard. Ça ne serait pas honnête.

Il soupira, devina qu'elle avait épuisé ses réserves de patience, qu'elle voulait maintenant parler de sa maudite lettre. Il mentit de nouveau.

— Je sais que tu veux être plus indépendante et je le comprends, c'est de ton âge. Mais même si nos relations changent un peu, ça ne veut pas dire qu'on ne se parlera plus. Avec qui irai-je au bal, si tu refuses de me rendre ce service ?

— Avec une vraie femme. De ton standing.

Une vraie femme ! Ce qu'il honnissait précisément… Irène

n'avait donc jamais soupçonné qu'il aimait en elle sa fragilité, ses chevilles si fines, ses poignets aussi menus que ceux d'un enfant ? Non, elle n'avait rien décelé parce qu'elle ne s'était jamais interrogée sur lui.

Est-ce que le meurtre de Guylaine suffirait à les rapprocher ? Est-ce que, après avoir recherché une certaine protection, elle s'intéresserait enfin à lui ?

Il avait hâte de voir la réaction d'Irène quand ils découvriraient le corps de sa colocataire. Elle s'évanouirait. Ou hurlerait, se jetterait dans ses bras.

De gros flocons égayaient la nuit quand Irène et Bernard quittèrent le Vendôme, et la jeune femme se désola d'avoir mis ses bottes à talons hauts.

— Ce n'est pas l'idéal pour marcher, c'est glissant.

— On peut prendre un taxi si tu préfères, allons jusqu'au Château, il y en a toujours qui attendent en face de l'hôtel. Marche doucement, accroche-toi à mon bras, ça serait trop bête que tu te foules une cheville.

Quand ils s'engouffrèrent dans la voiture, Bernard entendit sonner le carillon de la basilique. Est-ce qu'il réveillerait quelques-uns des pensionnaires du Petit Séminaire ou dormaient-ils tous à poings fermés ? Ce ne serait certainement pas le cas d'Irène cette nuit-là, elle resterait sûrement les yeux grand ouverts. Près de lui.

Il n'y avait apparemment rien de changé rue Aberdeen, mais dès qu'Irène posa la main sur la poignée de la porte, elle se tourna vers Bernard.

— C'est… c'est ouvert.

— Guylaine doit être rentrée.

— Elle ne rentre jamais tôt le vendredi soir.

À moins qu'on lui ait demandé expressément de se trouver à l'appartement à dix heures en lui promettant une belle surprise ? Bernard avait dit à Guylaine de s'habiller très chic, de se maquiller, de se coiffer, mais de ne pas dire un mot à personne ; il allait l'emmener avec Irène dans un endroit ultrasecret, ultra sophistiqué, ultracher. Un de ses amis passerait la chercher dans la soirée.

— Il n'y a pas de lumières, chuchota Irène, je n'aime pas ça, Bernard.

— On n'a qu'à allumer, fit-il en retenant son souffle ; aurait-il le spectacle qu'il attendait ?

Mieux encore. Boutin avait bien mérité son salaire. Il avait égorgé Guylaine et avait peint le mot « salope » avec son sang sur le mur du salon. Sa robe de satin bleu poudre, tachée, était relevée jusqu'à la taille, les élastiques du porte-jarretelles avaient été sectionnés, un bas de nylon avait été déchiré tandis que l'autre avait été enfoncé dans la bouche de la victime. Les cris d'Irène ajoutèrent à la satisfaction de Bernard ; tout se déroulait exactement comme il l'avait souhaité.

— Va chercher du secours en bas, chez les voisines du rez-de-chaussée, dit-il.

Mais Irène, au lieu de fuir l'appartement, s'approchait du cadavre, se penchait au-dessus en ouvrant et fermant la bouche sans émettre un son. Elle allait poser une main sur le front de Guylaine quand Bernard la tira vers l'arrière.

— Non, ne touche à rien ! Il faut appeler les policiers. Descends, Irène. Descends ! Maintenant !

Elle le regardait comme si elle ne le reconnaissait pas.

— Irène ? Irène !

Il la gifla en s'excusant et elle cria de nouveau.

— Sonne chez les demoiselles Turgeon, je vais rester ici en attendant les policiers.

Irène finit par obéir ; elle ramena les pans de son manteau sur elle, en proie à de violents tremblements. Elle avait si froid subitement. Elle pensa que le tueur avait dû couper le chauffage après avoir tranché la gorge de Guylaine et se demanda pourquoi il avait fait ça. Elle descendit lentement les marches, s'arrêta devant la porte de ses voisines, frappa timidement. On lui ouvrit immédiatement. On avait entendu ses cris.

— Il faut appeler la police ! C'est... c'est mon amie. Elle est... on dirait qu'elle est morte.

— Morte ? protesta l'aînée des sœurs Turgeon. Ce n'est pas possible, elle est trop jeune.

— Il y a du sang. Du sang partout.

Antoinette se signa en retenant son souffle, s'avança vers le corridor en regardant de tous côtés ; et si l'assassin était encore dans l'immeuble ?

— Ne reste pas là, entre vite, ma petite !

— La police...

— Marthe s'en occupe.

En s'approchant d'Irène, Antoinette perçut une odeur d'alcool et secoua aussitôt sa jeune voisine.

— Tu as bu ! Tu as trop bu et maintenant tu inventes des histoires...

— Non, c'est vrai. La robe de Guylaine est pleine de sang.

— Il ne faut pas faire venir les policiers pour rien...

— Allez voir si vous ne me croyez pas. Bernard est en haut avec...

— Monsieur Nadeau ? Monsieur Nadeau est chez vous ? Mais il est fou ! Si l'assassin était caché dans votre appartement ? Mon Dieu ! Marthe ! As-tu appelé la police ? Marthe ! Eh, petite, où vas-tu ?

Irène remontait déjà l'escalier pour prévenir Bernard, il ne pouvait pas mourir lui aussi !

Elle hurlait son nom en grimpant les marches ; il l'accueillit sur le pas de la porte, serra ses bras autour d'elle.

— Il va te tuer, ne reste pas là, Bernard, il ne faut pas que tu meures !

C'était encore mieux que ce qu'il avait espéré ; Irène craignait davantage pour sa vie à lui que pour sa propre sécurité.

chapitre 5

Irène regardait le visage de sa mère dans le miroir, sa mère qui avait dû renoncer à réaliser le plus beau chignon de sa carrière; elle avait les lèvres pincées, les sourcils froncés, mais elle n'osait pas protester pour ne pas déplaire à son futur gendre. Sa fille se marierait les cheveux dénoués, une simple couronne de fleurs pour retenir les mèches de devant, pour éviter qu'elles ne gênent Irène quand elle signerait le registre des mariages à l'église. Irène effleura la couronne du bout des doigts, toucha son front, ses joues; était-ce bien elle qui allait épouser Bernard Nadeau dans moins d'une heure? Comment était-ce possible? Tout s'était déroulé si vite. Ou peut-être que non. Guylaine était morte depuis neuf mois. Était-ce long, neuf mois? Le temps n'avait plus la même signification depuis cet assassinat; les secondes, les minutes, les heures s'écoulaient différemment, plus saccadées, chacune lourde de sens. Irène ne cessait de se dire que, au moment où elle avalait une gorgée de Mouton-Cadet, un homme pénétrait dans l'appartement, violait Guylaine avant de l'égorger. Et s'ils étaient rentrés plus tôt ? Si elle avait insisté auprès de Bernard pour lui parler dans le calme du petit salon de la rue Aberdeen, peut-être que Guylaine serait toujours vivante ? Bernard lui avait répété que Guylaine était déjà froide quand il s'était accroupi près d'elle dans l'espoir de sentir son pouls à son poignet ; même s'ils s'étaient contentés d'un apéro pour rentrer tôt à l'appartement, ils n'auraient pas sauvé la jeune femme. Au pire, ils auraient croisé son bourreau qui aurait dû liquider deux témoins gênants. Les aurait-il égorgés aussi ? Comment y serait-il parvenu ? avait-elle demandé à Bernard. À deux contre un, ils lui auraient résisté. Bernard avait aussitôt répondu que le meurtrier devait avoir autre chose qu'un poignard en sa possession, un revolver, un pistolet. Il aurait pu les abattre. Pourquoi n'avait-il pas tiré sur Guylaine alors ? Bernard lui avait dit de cesser de se poser ces questions absurdes, de cesser de penser à Guylaine. Se rendre malade ne changerait rien, ne ressusciterait pas son amie. Celle-ci lui aurait sûrement conseillé de sortir pour se changer les idées. Ne voulait-elle pas aller danser ? Non, elle préférait se rendre au musée de Québec ou à ses cours de dessin. La voix douce de son professeur l'apaisait, repoussait l'image de Guylaine, de sa robe imbibée de sang. Il lui avait fortement conseillé d'achever le portrait qu'elle avait esquissé de sa compagne. Une sorte d'exorcisme. Ou de témoignage posthume.

Irène avait terminé le dessin la veille de ses fiançailles avec Bernard. Elle n'était pas satisfaite du nez, mais l'expression mutine de Guylaine était assez réussie, et elle avait avoué à cette image qu'elle regrettait de ne pas l'avoir comme témoin à son mariage. C'était Françoise qui la remplacerait. Françoise, qui avait été la première à apprendre qu'elle épousait Bernard, ce dont elle n'avait pas été le moins du monde surprise alors qu'Irène elle-même s'en étonnait.

— Mais pourquoi ? C'est dans l'ordre des choses. Tu as quitté la rue Aberdeen pour habiter dans un autre immeuble de Bernard mais il passe son temps chez toi. Le plus simple est de vivre ensemble. Tu as de la chance d'avoir un tel mari… Et moi, je suis bien contente de l'avoir comme patron. Sans toi, je serais toujours serveuse au casse-croûte. Je ne suis peut-être pas aussi bonne vendeuse que Guylaine, mais ça viendra. En attendant, je gagne de l'expérience avec le public. Ça me servira plus tard dans un salon d'esthétique. Je regrette seulement qu'on ne travaille plus ensemble.

Bernard avait suggéré à Irène, dès le lendemain de leurs fiançailles, de cesser de travailler pour se consacrer à son art; elle avait protesté, mais il lui avait rappelé qu'on ne sait jamais de quoi est fait l'avenir, il fallait vivre ses rêves, il était certain qu'elle deviendrait une grande artiste. Qu'elle serait célèbre.

— Je l'espère, avait-elle répliqué. Car, pour l'instant, tu t'abaisses socialement en m'épousant. Tu verras comme tes connaissances réagiront…

— Puis après? J'ai eu trop peur quand on a découvert le corps de Guylaine. Ça aurait pu être toi!

— Je ne comprends pas encore ce qu'elle faisait là. Elle sortait toujours le vendredi soir.

— On ne le saura jamais, mais sa mort nous a permis de comprendre à quel point nous tenions l'un à l'autre.

Irène se souvenait de sa frayeur à l'idée que le meurtrier ait agressé Bernard, du réconfort qu'elle avait éprouvé en sentant ses bras autour de ses épaules; il devait avoir raison, elle l'aimait. Elle ne ressentait pas la même excitation qu'avec Bobby, aucun de ces frémissements, de ces élans qui l'avaient poussée vers son premier amant, mais fallait-il absolument perdre la tête pour prétendre être amoureuse? N'était-ce pas préférable de vivre avec un homme sensé plutôt qu'avec un voyou qui ne savait que voler des voitures, qui ne pourrait jamais l'encourager à peindre? En épousant Bernard, Irène effaçait son passé, son séjour à Notre-Dame-de-la-Garde. Aux yeux de sa mère du moins; Lucile ne cessait de féliciter sa fille d'avoir su plaire à un homme aussi prospère. En invitant sa mère à la coiffer pour son mariage, elle avait été aussi loin qu'elle le pouvait dans la contrition ; après la cérémonie, elle considérerait qu'elle n'avait plus rien à se faire pardonner de Lucile. Et elle ne la verrait certainement pas plus souvent comme cette dernière semblait le croire. Pensait-elle qu'elles auraient plus de sujets de conversation quand elle serait mariée ? Elle profiterait de ses loisirs pour aller au musée, lire, dessiner. Elle était même décidée à suivre des cours de cuisine pour surprendre Bernard. Bien sûr, elle se débrouillait bien, mais cet homme était habitué à manger dans les meilleurs restaurants de Québec, elle allait essayer de l'étonner un peu. Elle avait tout ce qu'il fallait dans sa cuisine pour devenir un parfait cordon bleu : des plats en cuivre à l'argenterie, de la coutellerie à la verrerie, sans oublier les fameux chaudrons en fonte, les cadeaux de mariage étaient somptueux. Trop. Ils avaient rappelé à Irène la position de Bernard dans l'échelle sociale ; il regretterait sûrement de l'avoir épousée.

Irène se détourna du miroir, furieuse de lire tant d'appréhension dans son regard. Elle inspira longuement, se répéta que tout serait terminé dans quelques heures ; elle aurait affronté les amis de Bernard, ses clients, ses collègues et leurs épouses. Elle aurait souri à tous en faisant mine d'ignorer leur mépris, elle aurait bu du champagne, mangé, dansé comme si elle ne savait pas qu'on analysait ses moindres gestes, qu'on guettait le moindre faux pas. Elle tapota la soie de sa robe ; aucune des femmes invitées ne pourrait dire qu'elle avait choisi une tenue prétentieuse. Elle avait refusé le tulle, le long voile, la profusion de rubans, la dentelle pour privilégier une toilette très sobre qui mettait la finesse de sa taille en valeur. Le prix exorbitant de la robe s'expliquait par la finesse du tissu, sa souplesse, sa façon de magnifier chacun des mouvements d'Irène. Ces mouvements qu'elle économiserait tout au long de la soirée ; il n'était pas question qu'elle se donne en spectacle. On verrait que la nouvelle épousée savait se tenir et, dans quelques mois peut-être, certaines personnes les inviteraient, Bernard et elle, à souper chez eux. Irène n'y tenait guère mais croyait que son mari s'en réjouirait.

— C'est drôle, j'avais exactement le même âge que toi quand je me suis mariée avec ton père, fit observer Lucile en replaçant une mèche de cheveux près de la couronne. Arrête de bouger, Irène. Tu es aussi nerveuse que je l'étais… J'espère seulement que tu auras des enfants plus vite que moi. On t'a attendue sept ans ! C'est long, sept ans.

Des enfants ? Aurait-elle vraiment des enfants avec Bernard ? Cela semblait si… incongru… Elle avait déjà du mal à croire qu'elle habiterait chez lui, qu'elle s'assoirait dans son chesterfield en cuir brut, qu'elle se promènerait pieds nus sur le tapis de laine qu'elle avait choisi avec lui chez Mobilier international, qu'on leur livrerait à leur retour de voyage de noces une commode en bois de rose qui n'était pas si rose que ça et les lampes aux globes noirs qui créaient une si jolie lumière. Il y avait bien trois chambres dans la demeure de Bernard, sise dans une rue très calme où des enfants pouvaient jouer au ballon sans que leurs parents s'inquiètent, des grands arbres ombrageaient judicieusement la cour arrière, des arbres où on pourrait pendre une balançoire, mais cette idée d'une balançoire laissait Irène très perplexe : il n'avait jamais été question d'enfants avec Bernard. Ils n'avaient pas échangé le moindre mot à ce sujet. Il devait pourtant désirer avoir un garçon ; tous les hommes souhaitaient un garçon. Même Georges Pouliot. Il avait eu beau lui répéter qu'il était très heureux d'avoir eu une fille aussi belle qu'elle, Irène s'était toujours demandé s'il ne lui mentait pas un peu. Si elle avait montré de l'intérêt pour la pêche par goût ou pour plaire à son père, pour partager une activité de plus avec lui. Est-ce qu'elle serait encore capable, aujourd'hui, d'accrocher un ver de terre à un hameçon ? Est-ce que Bernard savait faire ça ou serait-elle chargée de l'apprendre à leur fils ?

Leur fils ?

Irène frémit, se força à respirer lentement ; trop de souvenirs, trop d'idées étranges l'assaillaient. Elle devait freiner ce tourbillon, retrouver un certain calme. Elle était trop anxieuse.

Comme toutes les filles qui allaient se marier. Françoise le lui avait répété au moins dix fois. Et elle avait raison. Cette constatation toute bête la rasséréna ; elle s'avancerait dans l'église au bras de monsieur Langevin, sourirait aux invités, échangerait les alliances, signerait le registre et serait une épouse de plus sur la terre. Combien y avait-il de femmes mariées dans le monde ? Elle secoua la tête, elle devait rejeter ces questions idiotes qui ne rimaient à rien. Heureusement qu'elle les gardait pour elle, Bernard trouvait déjà qu'elle s'interrogeait trop. Elle avait bien senti qu'elle l'agaçait quand elle reparlait du meurtre de Guylaine et elle lui avait promis qu'elle n'aborderait plus ce sujet quand ils seraient installés ensemble. Ils penseraient dorénavant à l'avenir. Elle oublierait même Bobby, cela valait mieux ; Lucile lui avait appris qu'il avait été arrêté de nouveau, il ne serait jamais qu'un raté. Elle jetterait le portrait de lui qu'elle avait fait de mémoire ; Bernard ne l'avait jamais vu et n'aurait pu savoir qu'il s'agissait de Bobby, mais il lui semblait malhonnête de conserver ce fusain.

Même s'il était réussi.

*   *   *

Pourquoi ne l'avait-elle pas détruit ? Pourquoi n'avait-elle pas brûlé le portrait de Bobby quand elle y avait pensé ? Elle l'avait oublié dans l'effervescence du déménagement, des travaux entrepris à la maison, et voilà que Bernard agitait le dessin sous son nez en la sommant de lui dire qui était le modèle. Irène hésita, puis renonça à mentir à Bernard. C'était Bobby, son premier amoureux. Mais elle ne tenait pas à ce portrait, elle allait le déchirer sous ses yeux si son mari le souhaitait. Elle avança un bras pour saisir le dessin, mais Bernard la repoussa avec une telle violence qu'elle trébucha, fit basculer la table à café et tomba juste à côté.

— Excuse-moi, ma poupée, je ne voulais pas te faire mal, affirma aussitôt Bernard. Je voulais seulement déchirer moi-même le dessin. C'est normal d'être un peu jaloux quand on a une femme aussi belle que toi.

Il aidait Irène à se relever, à s'asseoir dans le canapé, proposait de lui préparer un dry martini. Ou mieux, d'aller souper chez Kerhulu ou Continental. Il y avait longtemps qu'ils n'étaient pas sortis.

— Mais non, voyons, parvint à dire Irène. On a mangé au Café d'Europe en fin de semaine.

Avait-elle tort de contrarier Bernard ? Allait-il la bousculer de nouveau ? Non, bien sûr que non, il était si gêné maintenant qu'il lui tournait le dos. Elle ne pouvait deviner qu'il tentait de contenir sa colère, contre elle, contre lui. Il n'aurait pas dû perdre son sang-froid et la frapper. Il ne devait pas s'emporter devant elle, s'humilier en lui montrant sa faiblesse, lui donner ainsi la mesure du pouvoir qu'elle exerçait sur lui. Il ne lèverait plus jamais la main sur elle, il se le jurait. Mais pourquoi avait-elle gardé ce portrait de Bobby ?

Bernard se dirigea vers le bar, prit une bouteille de Tanqueray avant de demander à Irène s'il restait des glaçons. Ils siroteraient un verre, tranquillement, et Irène oublierait cet incident. Il avait été tellement stupide de s'énerver alors qu'il savait que Bobby était en prison pour cinq ans. Qu'avait-il à craindre d'un tel *loser* ?

— Vas-tu mettre ta robe bleue, ma chérie ?

— Elle n'est pas bleue, elle est aqua.

— Toi et tes couleurs, fit-il sur un ton taquin alors que cette manie qu'avait Irène de mentionner toujours de quelle couleur précise il s'agissait l'agaçait de plus en plus. On se moquait bien que ce soit rouge clair ou rouge foncé, vert pâle ou vert émeraude. Elle comprenait ce qu'il lui disait, non ? Puisqu'elle l'avait repris pour déclarer que la robe dont il parlait était aqua. Elle n'avait pas pensé une seconde qu'il suggérait une autre tenue. Il avait peut-être eu tort en l'encourageant à prendre plus de cours de dessin. D'un autre côté, il voulait qu'Irène soit occupée. Et il n'y avait absolument rien à craindre de monsieur Langevin.

— Vas donc te changer, répéta-t-il, je voudrais souper à une heure normale…

— J'aimerais mieux qu'on reste ici. Il y a *Les Enquêtes Jobidon* à la télé.

— Tu aimes mieux regarder la télévision que souper au restaurant avec ton mari ?

— Ce n'est pas ce que je voulais dire… Mais il fait froid, je n'ai pas le goût de sortir.

— Je ne t'ai pas offert un manteau de vison pour rien. Si tu ne le portes pas quand on gèle, aussi bien le donner à une femme qui saura en profiter.

Irène se leva, prit les verres vides, les rangea dans le lave-vaisselle et se dirigea vers la chambre à coucher. Elle mettrait sa robe tilleul, avec le col et les poignets en velours noir. En enfilant ses bas de nylon, elle eut envie d'en abîmer un, de sortir avec un collant filé pour embarrasser Bernard, pour égratigner son image de l'épouse parfaite du grand homme d'affaires. Pourquoi n'avait-il pas voulu comprendre qu'elle n'avait pas envie de se maquiller, de se coiffer, de s'habiller ? Il prétendait l'inviter au restaurant pour lui faire plaisir, pour se faire pardonner sa brutalité envers elle, mais il mentait, c'était lui qui avait envie d'aller au Continental. Pensait-il y retrouver Michel ? Ou Ghislain ? Il avait parlé d'un souper en tête-à-tête mais, depuis quelques mois, chaque fois qu'ils se rendaient au restaurant, ils y retrouvaient immanquablement un ami de Bernard. Qui se joignait aussitôt à eux. Les hommes se mettaient à parler de marchés, de coût de fabrication, d'instabilité politique, de mouvements de capitaux. Et Irène se disait alors qu'elle aurait été bien mieux à la maison, à dessiner, à lire ou à regarder la télévision, à rire en voyant Paul Berval et Olivier Guimond dans *Zéro de conduite*. Elle se demandait pourquoi Bernard n'aimait pas cette émission qui était pourtant si populaire et que Michel Fournier semblait apprécier autant qu'elle. Il est vrai que son mari n'était pas un homme qui savait s'amuser. Il savait diriger une entreprise, prendre les bonnes décisions, marchander chez les brocanteurs, conduire sur une route glacée, il connaissait l'anglais, il se débrouillait très bien en espagnol, il pouvait organiser des voyages au bout du monde, et elle lui était reconnaissante de l'avoir emmenée à Paris, mais il ne riait jamais de bon cœur. Comme si le fait de se distraire était une perte de temps. Et le temps, c'était de l'argent, n'est-ce pas ?

Qui rejoindraient-ils ce soir ? Elle regrettait souvent la disparition de Guylaine qui aurait pu accompagner Michel certains soirs, avec qui elle aurait pu bavarder à propos des nouveaux films, des spectacles qui prendraient l'affiche. C'était absurde qu'elle ait été assassinée… Si absurde et si étrange. Les policiers avaient vaguement parlé d'une mauvaise rencontre dans un bar ; Guylaine aurait été assez imprudente pour ramener un inconnu rue Aberdeen. Elle voulait tellement sortir avec un homme…

— Je me ressers un autre verre, tu en veux ? dit Bernard de la cuisine.

Il semblait calme maintenant ; elle ne pouvait avoir lu toute cette haine dans son regard quand il brandissait le portrait de Bobby devant elle. Il était simplement en colère, très en colère, et l'orage était passé maintenant. Elle ne devait pas dramatiser cet incident. Elle ne put s'empêcher néanmoins d'interroger Bernard ; avec qui allaient-ils souper au Continental ?

— Avec toi, voyons.

— Qui retrouverons-nous là-bas ? Michel ou Ghislain ? Ou les deux ?

Bernard dévisagea Irène ; qu'avait-elle à le questionner ainsi ? Lui reprochait-elle de rencontrer ses associés alors que c'était leur réussite en affaires qui lui permettait de lui offrir des fourrures et des bijoux ?

— Tu as quelque chose contre eux ? siffla-t-il.

Irène soutint le regard inquisiteur de Bernard ; non, elle se demandait simplement s'ils mangeraient avec eux. Si la femme de Ghislain serait des leurs.

— Tu pourrais appeler ton associé et lui dire d'emmener Ginette. Je jaserais avec elle pendant que vous discutez affaires.

— Tu m'as déjà dit qu'elle t'ennuyait, qu'elle ne parlait que de couches et de biberons…

— Ça fait longtemps. Elle gagne à être découverte.

— Ils ne trouveront pas de gardienne à une demi-heure d'avis. Tu verras, quand ce sera ton tour, que ce n'est pas si facile d'avoir une bonne gardienne.

Son tour ?

Pensait-il vraiment qu'ils auraient des enfants ? Elle était incapable d'imaginer Bernard se penchant sur un berceau, s'extasiant des sourires de son fils, des premiers pas de sa fille. Elle avait même l'impression que lui-même n'avait pas eu d'enfance, qu'il était né avec un crayon dans la main pour calculer le prix de tout ce qui l'entourait, qu'il n'avait jamais joué, grimpé aux arbres, qu'il ne s'était jamais pris pour un policier ou un pompier. Mais peut-être s'était-il déjà battu avec ses camarades ou un petit voisin… Il était si peu disert sur son passé, sur sa famille ; elle avait seulement appris qu'il était orphelin depuis l'âge de quinze ans, qu'il n'avait ni frère, ni sœur, ni aucun oncle, aucune tante avec qui il souhaitait conserver des liens. « Nous étions très différents, avait-il un jour expliqué à Irène. Dans la famille de mon père, les gens n'ont aucune ambition. » Elle avait tenté d'en savoir plus mais Bernard avait balayé ses questions d'un haussement d'épaules ; il n'avait rien à dire sur ce sujet si ennuyeux. « Je n'étais pas proche de mon père comme toi. » Il ne s'en plaignait pas. Il n'était pas le genre d'homme à avoir ce genre de regrets.

— Tu n'as pas mis ta robe bl… aqua ?

— Celle-ci est plus chaude. Je pense que c'est le pire mois de février de toute l'histoire !

Bernard détaillait la toilette d'Irène ; il était contrarié qu'elle lui ait désobéi, mais il devait admettre qu'elle portait cette robe de laine avec beaucoup d'élégance. Il se décida à téléphoner à Ghislain : qu'il amène donc sa conjointe. Irène paraîtrait encore plus belle à côté de cette Ginette qui était si fade. Il aimait beaucoup comparer son épouse aux autres femmes ; l'exercice tournait toujours à son avantage : qui pourrait rivaliser avec Irène, avec la finesse de sa peau, la délicatesse de ses traits ? Il avait été malhonnête en parlant d'enfants ; il n'était pas du tout certain d'en vouloir, d'accepter que le corps d'Irène soit déformé. Et si sa grossesse la faisait vieillir ? Changeait son teint si pâle, alourdissait ses seins ? Il chassa cette image ; il refusait d'imaginer que sa femme ressemble à toutes les autres créatures, qu'elle accouche, qu'elle allaite, qu'elle perde sa fraîcheur. Pourtant, il lui faudrait bien avoir un fils, un jour, pour lui léguer sa fortune. Si tout se passait bien, il serait millionnaire dans un an ou deux. Cette idée le réjouit, et il laissa son verre à moitié plein sur le comptoir de la cuisine ; il s'arrêterait chez Birks avant d'aller au Continental.

— Dépêche-toi, j'ai une surprise pour toi, déclara-t-il.

— Une surprise ?

Peut-être voulait-il vraiment se faire pardonner de l'avoir bousculée, après tout ? Irène remonta le col de son manteau, caressa le vison en s'étonnant de porter un tel vêtement. Que lui réservait Bernard ?

Il gara la voiture rue Buade, en face de la librairie Garneau où elle aimait bien fouiner, où elle achetait tant de livres d'art et où elle avait retenu une encyclopédie en couleurs ; était-elle arrivée ? Étaient-ce ces ouvrages qu'ils étaient venus chercher ? Mais non, Bernard l'entraînait vers la basilique, descendait la côte pour s'arrêter chez Birks. Elle secoua la tête, refusant à l'avance un nouveau bijou.

— J'ai tout ce qu'il me faut, Bernard. Je ne veux pas que tu dépenses encore de l'argent pour moi.

Irène ne pouvait s'empêcher d'être mal à l'aise en songeant à Françoise qui travaillait cinquante heures par semaine pour payer ses cours d'esthéticienne et sa chambre rue Garneau, alors qu'un seul des bracelets que lui avait récemment offerts Bernard l'aurait mise à l'abri du besoin pendant deux ou trois mois. Mais, bien sûr, elle ne pouvait vendre un bijou sans que son mari s'en aperçoive… Elle regrettait de ne pouvoir aider Françoise qu'elle appréciait de plus en plus. Son amie était droite et courageuse, modeste et pas du tout envieuse. À sa place, elle n'aurait peut-être pas eu la même attitude...

— J'aime que ma femme ait de beaux bijoux, déclara Bernard en poussant Irène vers la porte d'entrée.

— Non, tu exagères, ça me met mal à l'aise. J'ai déjà commandé une encyclopédie, ça suffit pour ce mois-ci.

— Des livres, ça ne compte pas… Viens par ici, on va acheter des perles, mais attention, pas des blanches, des grises. Pour aller avec la couleur de ta robe.

Irène continua à protester mais, devinant qu'elle gênait la vendeuse, finit par essayer une paire de boucles d'oreilles divinement assorties à ses yeux. Elle sourit à Bernard qui s'éloignait déjà pour payer les bijoux. Tout s'était réglé en moins de cinq minutes ; ils seraient comme toujours à sept heures précises au restaurant, et Bernard mangerait une soupe ou un œuf en gelée, un steak bien cuit avec des pommes de terre duchesse. Et il prendrait sûrement une part de gâteau moka. Il choisissait toujours le même menu, et si elle s'en était étonnée à leurs premières sorties, elle avait compris ensuite que Bernard n'était pas gourmand, qu'il aimait l'atmosphère d'un restaurant mais se désintéressait de ce qu'il y avait dans son assiette pour se concentrer sur ses voisins de table. Au cours de leur voyage de noces à Paris, les tables plus rapprochées dans les restaurants n'avaient pas déplu à Bernard ; ne commentait-il pas, sitôt qu'ils étaient sortis de table, les propos des autres clients ?

— Garde tes boucles d'oreilles, ma chérie, elles te vont si bien.

Irène acquiesça en caressant les perles de Tahiti, mais quand ils repassèrent devant la librairie Garneau, elle reparla de l'encyclopédie ; était-il vraiment certain qu'il acceptait qu'elle fasse une pareille dépense ?

— C'est toujours pratique, une encyclopédie. Mais je pensais que les femmes aimaient mieux lire des romans d'amour.

Elle avait eu envie de lui demander ce qu'il connaissait du goût des femmes pour les histoires romantiques ; qui y avait-il eu, avant elle ? Bernard avait esquivé les questions sur son passé amoureux comme il avait évité celles qui concernaient sa vie familiale, son enfance.

— Pourquoi es-tu si secret ? avait-elle lâché un soir, après qu'ils eurent fait l'amour. Je suis ta femme, tu peux te confier à moi.

— Je ne te cache rien, Irène. Tu ne t'entends pas avec ta mère. C'est la même chose pour moi, je n'avais rien en commun avec mes parents. J'ai quitté la maison très jeune.

— Ton enfance ressemblait à quoi ?

— C'était plate. J'avais juste hâte d'être grand.

Il n'allait pas lui raconter que sa seule distraction était de viser des animaux sauvages à la carabine.

— Mes parents sont morts depuis longtemps, laissons-les là où ils sont.

— Mais ensuite ? Tu as déjà vécu avec une femme ?

Il avait secoué la tête, avait soupiré pour bien signifier que toutes ces questions l'ennuyaient. Elle s'était dit qu'elle avait peut-être de la chance que son mari ne lui impose pas une famille encombrante et qu'aucune ancienne maîtresse ne vienne le relancer. Pourquoi ne jouissait-elle pas de cette paix sans arrière-pensée ? S'il lui avait fallu recevoir ses beaux-parents tous les dimanches midi comme le faisait son amie Annette, elle aurait eu moins de temps à consacrer au dessin.

— Tu devrais proposer à Ginette de faire le portrait de leur bébé, suggéra Bernard.

— Elle sera donc là, ce soir ?

— J'ai appelé Ghislain pendant que tu te maquillais. Sa mère est à la maison, elle va garder les enfants. Je suis certain que Ginette serait contente. Elle a vu mon portrait au bureau.

— Tu n'aurais jamais dû le faire encadrer ! C'est ma faute, j'aurais dû attendre d'être meilleure…

— Arrête donc ! C'est Ghislain lui-même qui m'a dit que Ginette veut un portrait de leur fille.

— Et pourquoi pas de leur fils ? Jérôme est plus âgé.

— Et alors ?

— Il se sentira mis à l'écart si je ne dessine que Jacinthe.

— C'est une fille, elle est plus jolie, je suppose.

— Mais c'est injuste. Je ne vais pas faire le portrait d'un enfant et pas de l'autre.

Bernard soupira ; comme Irène était compliquée ! Ne pouvait-elle pas simplement répondre au désir de son associé ? Elle pinça les lèvres en hochant vaguement la tête. Elle parlerait à Ginette seule à seule, lui exposerait son point de vue. Une mère devait aimer également ses enfants, c'était probablement Bernard qui avait mal compris. Ou Ghislain qui s'était mal exprimé.

Ils arrivaient au coin de la rue du Parloir quand un homme qui venait en sens inverse heurta Bernard. Ce dernier tomba sur la chaussée glissante, entraînant Irène dans sa chute. L'homme qui les avait bousculés les aida à se relever en s'excusant, en ramassant le chapeau d'Irène, qui avait roulé plus loin. Celle-ci fut frappée par ce visage jeune et pourtant si dur, aux traits abrupts qui lui firent songer aux personnages d'un totem. Est-ce que cet homme aux yeux plus sombres que la nuit était indien ? Du village huron ? Elle voulait savoir.

— Merci, monsieur… ? Moi, c'est Irène Nadeau.

Bernard tendait déjà sa main pour éviter que l'homme saisisse celle d'Irène ; qu'avait-elle besoin de se présenter à un inconnu ? Le faisait-elle souvent ?

— Frédéric Fontaine. Je suis désolé… Vous n'êtes pas blessés ?

— Non, mais nous sommes pressés, fit sèchement Bernard Nadeau. La prochaine fois, regardez où vous allez.

Fontaine afficha une mine désolée pendant qu'il tentait de se rappeler où il avait déjà vu l'homme qui maugréait.

— Il me semble que je vous connais, commença-t-il.

— Nous sommes pressés, répéta Bernard en empoignant Irène par le coude pour s'éloigner.

Frédéric s'écarta aussitôt et se retourna pour les regarder se diriger vers la rue Saint-Louis. Une calèche passa à côté d'eux, la jeune femme aux cheveux pâles leva la tête vers le cheval et l'examina avec attention. Comme elle l'avait fait avec lui. Que signifiaient ces regards qui semblaient chercher une étrange vérité ?

Frédéric Fontaine suivait toujours le couple des yeux quand il se souvint où il avait déjà vu Bernard Nadeau. Au poste de police, l'année précédente. L'affaire Guylaine Gendron. Il n'avait pas enquêté sur ce meurtre et il le regrettait encore ; quand lui confierait-on une affaire vraiment intéressante ? Il avait parfois l'impression qu'on appréciait davantage le talent qu'il possédait pour réparer n'importe quel objet que sa volonté d'élucider un crime. Chaque vendredi, il y avait un collègue pour lui apporter un poste de radio, un jouet à rafistoler et, chaque lundi, il rendait l'objet en bon état, refusait l'argent qu'on lui offrait pour ses services, se contentait de sourire, disant qu'il aimait bricoler. C'était vrai, mais il préférait de beaucoup restaurer les pièces qu'il dénichait chez les brocanteurs. S'il acceptait ces réparations insignifiantes, c'était seulement pour se faire accepter par ses collègues ; il était conscient de son inaptitude à tisser des relations. Il était trop réservé, pas assez curieux de la vie des autres. Mais lui, c'étaient les criminels qui l'intéressaient… Son patron lui avait répété qu'il devait continuer à observer ses aînés avant de participer à une enquête d'envergure, mais Fontaine pensait qu'il aurait pu faire mieux qu'Albert Trottier pour la petite Gendron. Il en avait assez d'être limité aux homicides conjugaux, ces homicides qui se ressemblaient tous, qui lui rappelaient tous la violence dans laquelle il avait été élevé, qui lui faisaient tous regretter de ne pas avoir précipité plus tôt son père dans l'escalier. Sa mère aurait eu une vie meilleure, et il pensait toujours à elle quand il voyait le corps martyrisé d'une femme, quand il entendait son bourreau protester, clamer qu'on l'avait provoqué ou que c'était un accident.

Guylaine Gendron n'avait pas été victime de son mari ou de son petit copain ; elle n'en avait pas. Trottier avait parlé d'un crime sexuel. Le meurtrier avait probablement repéré Guylaine Gendron dans le bar où elle avait ses habitudes, l'avait draguée, suivie jusque chez elle où il l'avait violée et tuée. Une histoire banale et triste maintenant classée dans les causes non résolues. Les interrogatoires auprès des clients, des serveurs des bars du quartier n'avaient rien donné. Et le meurtrier n'avait pas laissé d'indices probants dans l'appartement de la rue Aberdeen. Comme s'il avait conservé son sang-froid après avoir commis son crime. Parce que ce n'était pas le premier ? Dumoulin avait déclaré qu'il avait cru d'abord à l'œuvre d'un professionnel mais qu'il n'avait aucune piste à suivre : Guylaine Gendron avait séjourné à Cap-Rouge pour prostitution, mais elle s'était rangée, et son employeur, Michel Fournier, semblait sincère en faisant son éloge ; cette fille travaillait bien, on la regretterait. Trottier avait très vite appris que Michel Fournier couchait avec son employée, mais il était avec sa femme le soir du meurtre. Et n'avait aucun intérêt dans la mort de Guylaine. Ni personne d'ailleurs. On l'avait pourtant égorgée. N'était-ce pas Bernard Nadeau qui l'avait découverte ? Frédéric Fontaine eut soudainement envie de relire le dossier pour savoir comment cet homme avait alors réagi.

Il s'arrêta au Laurentien pour manger un sandwich et boire un café, se rappelant l'attitude possessive de Bernard Nadeau envers son épouse, sa manière de saisir son bras comme si elle lui appartenait. C'était une seconde nature, chez Fontaine, de reconnaître les hommes qui aimaient exercer un contrôle sur les femmes. Et, comme toujours, il se demandait s'il agirait si différemment quand il se marierait. Il se le jurait, il se répétait qu'il ne ressemblerait jamais à son père, mais échapperait-il à l'hérédité ? Il lui était arrivé d'avoir envie de frapper un suspect, de sortir d'une salle d'interrogatoire avant de passer à l'acte et d'aller ensuite courir durant une heure pour évacuer toute cette tension. Est-ce qu'il devrait faire plusieurs fois le tour du pâté de maisons quand il serait marié ?

D'ailleurs, serait-il un jour marié ? Le seul modèle de vie conjugale qu'il connaissait ne l'incitait pas à répéter l'expérience, mais il devait admettre que sa sœur Aline semblait heureuse en ménage. Il revit le regard perçant de la femme de Bernard Nadeau, son expression légèrement agacée quand on mari l'avait attrapée par le bras ; était-elle satisfaite de sa vie de couple ? Quelle était la proportion de gens qui étaient contents de leur sort ? Il posa la question à Laurie après qu'elle lui eut proposé une part de gâteau des anges.

— Toi et tes drôles d'idées… Tu veux savoir combien il y a de personnes à Québec qui sont bien avec leur mari ou leur femme ? Comment veux-tu que je le sache ?

— Ici, tu vois beaucoup de couples dans le restaurant, c'est comme une mini-société. Quelle est la proportion de gens heureux ?

— Tu voudrais tout savoir sur tout le monde ?

— Pas toi ?

— Certainement pas, j'ai bien assez de ma vie. Tu es trop policier, pas assez…

Frédéric attendit la fin de la phrase, mais un client héla Laurie avant qu'elle puisse la terminer. Pas assez quoi ? Ordinaire ? Discret ? Humain ? Elle avait raison, il n'avait pas à s'interroger sur tous les gens qu'il rencontrait.

Il paya en songeant qu'il jetterait un coup d'œil au dossier Gendron. Il prit l'autobus au carré d'Youville car il neigeait de plus en plus et il avait encore perdu sa tuque. Heureusement qu'il n'était pas en uniforme, la direction se serait plainte de sa distraction et lui aurait fait rembourser les bonnets disparus. Cinq depuis le début de l'hiver. Son père l'aurait battu s'il avait perdu sa tuque ou ses mitaines, mais, curieusement, il n'avait jamais rien égaré tant que Marc Fontaine était vivant, il s'était mis à oublier ses gants ou sa tuque quand il était entré dans la police. Il remonta le col de son manteau, puis sourit ; il se souvenait où il avait laissé sa tuque : chez un des brocanteurs de la rue Saint-Paul. Il avait traîné presque une heure dans une boutique, détaillant les objets, écoutant distraitement les conversations des clients, s'enquérant du prix d'un chandelier, marchandant un peu. Il adorait ces lieux où les temps passé et présent se confondaient. Il avait l'impression de rajeunir, de retrouver l'émerveillement de ses douze ans quand il avait découvert sa première boule de verre. Il avait examiné longtemps les fins cannelés qui dessinaient le motif. Il en avait acheté plusieurs depuis et ne s'était départi que de celle qu'il avait trouvée le jour où il avait poussé son père dans l'escalier.

Le vent soufflait maintenant du nord-ouest, et Frédéric imagina la blonde chevelure d'Irène Nadeau qui se soulevait et brillait, constellée de flocons sous les lampadaires de la rue Saint-Louis. Où allait-elle, si menue, si frêle ? Il remonta le col de son manteau, posa les mains sur ses oreilles, pestant contre la lenteur des autobus ; le chauffeur ne pourrait pas prétendre que c'était à cause de la tempête, la neige avait commencé à tomber il n'y avait même pas une heure. Il arriva au poste de police transi, mais n'eut pas le temps de se servir un café ; on venait de recevoir un appel, des gamins avaient trouvé un corps en allant patiner sur la Saint-Charles. Le patron était absent, Trottier et Verrault couchés avec la grippe, l'enquête lui revenait. Il devait se presser, arriver avant les journalistes, imposer le périmètre de sécurité au plus vite. Frédéric Fontaine remit à plus tard son projet de consulter le dossier Gendron ; on lui confiait enfin une enquête qui lui permettrait de montrer ses compétences ! Il fonça vers Limoilou, s'interrogeant sur la victime avant même de l'avoir vue ; que faisait-elle là ? Avait-elle été tuée sur place ? Il devrait être particulièrement rapide car la neige masquerait implacablement de précieux indices.

chapitre 6

Est-ce qu'il y avait vraiment deux ans que le président Kennedy avait été assassiné ? Irène lisait *Le Soleil* en berçant sa fille, regardant la photo de Jackie et de ses enfants avec un pincement au cœur ; est-ce que John-John et Caroline réclamaient encore leur père ? Que se passerait-il si Bernard disparaissait ? Jeanne s'ennuierait de lui. Non, elle était encore un bébé. Et elle ne voyait pas beaucoup son père. Même quand il était à la maison, il s'approchait rarement de son berceau, répétant qu'il avait peur de la réveiller, qu'il ne savait pas comment tenir un bébé. Irène avait parlé de cette attitude distante avec Annette, qui avait tenté de la rassurer ; son mari avait eu le même comportement quand leur fils était né et ils étaient maintenant inséparables. Les propos d'Annette avaient permis à Irène de se persuader que Bernard n'était pas jaloux de Jeanne. Ce serait vraiment trop ridicule ! Un père jaloux de son enfant ! Bernard était toujours aussi possessif avec Irène, il ne pouvait s'empêcher de l'interroger sur ses sorties, mais comme elle ne lui fournissait aucun motif de jalousie, il n'avait rien à lui reprocher. Depuis quelques semaines, il faisait toutefois des réflexions sur le temps qu'Irène consacrait à leur fille. Comme s'il mesurait les heures qui leur étaient consacrées à chacun… Ne comprenait-il pas qu'un bébé exige beaucoup de soins ? Qu'une femme ne peut se détendre au restaurant alors qu'elle s'inquiète de ce qui se passe à la maison ? Elle suivait parfois Bernard au Vendôme, écoutait vaguement ses discussions avec Ghislain et Michel, mais elle ne pouvait se retenir de faire remarquer à Bernard que Ginette n'accompagnait pas systématiquement son mari. Elle restait souvent auprès de ses enfants. Pourquoi tenait-il tant à ce qu'elle soit à ses côtés ?

— Parce que c'est ta place, avait-il répondu. Je suis fier de toi et j'ai envie qu'on te regarde.

— Mais je ne suis pas une œuvre d'art !

— Une chance ! Quand on voit ce qu'on expose maintenant ! Des ronds et des carrés de toutes les couleurs… Ça ne ressemble à rien.

— Vasarely est intéressant, ne sois pas injuste.

— Ah ! J'applaudis son sens des affaires ! S'il y a du monde assez fou pour acheter ses dessins, tant mieux pour lui, mais j'aime mieux les tiens, on y reconnaît encore quelque chose.

Il n'avait pas aimé, pourtant, qu'elle fasse son autoportrait quand elle était enceinte même s'il n'avait pu lui expliquer ce qui le gênait. Son corps, probablement. Il ne l'avait pas touchée de toute sa grossesse. Elle aurait dû l'interroger à ce sujet, lui dire qu'elle n'était pas si fragile, mais elle s'était tue, contente d'échapper à ses si prévisibles, si mécaniques étreintes. Annette devait lui mentir en affirmant qu'elle n'avait jamais eu autant envie de faire l'amour que durant les premiers mois de sa grossesse. Annette exagérait toujours tout. Quand elles visitaient une exposition, elle passait du dégoût total à un enthousiasme démesuré, ce qui étonnait toujours Irène. Elle lui avait téléphoné plus tôt pour lui mentionner un article sur Molinari dans *Le Soleil*. Était-ce un bon ou un mauvais peintre ? avait-elle demandé à Irène qui n'avait su répondre. Comment devait-on juger un artiste moderne ? À quoi réagissaient les critiques d'art ? Ils se pâmaient sur des œuvres qui choquaient souvent les gens. Bernard ne s'était-il pas moqué des tableaux de Jean Paul Lemieux : que penser d'un artiste qui ne peignait que la moitié de ses personnages ? Irène avait alors rétorqué qu'elle aimerait suivre des cours avec cet homme qui avait un regard poétique sur le monde lui rappelant parfois l'œuvre du Belge Khnopff qu'elle appréciait tant, mais en plus lumineux avec ses tons ocre et brique et toute cette neige qui éblouissait le spectateur.

— Arrête, Irène, tu es ridicule quand tu parles comme ça, avait déclaré Bernard.

— J'ai le droit d'aimer qui je veux !

— Non, tu dois n'aimer que moi, avait-il décrété en souriant.

Mais plaisantait-il vraiment ? Il avait une manière de la regarder quand elle prenait Jeanne dans ses bras qui la mettait mal à l'aise. Il fallait qu'Annette ait raison et que Bernard finisse par s'attacher à leur fille… Celle-ci s'était endormie pendant qu'Irène feuilletait *Le Soleil*, et elle la coucha dans son berceau. À quoi rêvait un bébé ? Elle eut subitement envie d'inventer les songes de Jeanne, de les exprimer sur une toile, et elle se précipita dans son atelier pour tracer les premières ébauches. Elle dessina ainsi durant trois heures, dans un état de concentration extrême que brisèrent seulement les cris de Jeanne qui réclamait à boire. Irène n'avait pas entendu la sonnerie du téléphone et fut très étonnée quand Bernard, rentrant à la maison pendant qu'elle donnait le sein à Jeanne, lui demanda où elle était.

— Mais ici, je travaillais, j'ai eu une idée, une bonne idée… je crois…

— Tu aurais pu répondre quand j'appelais ! Je me suis inquiété !

— Tu m'as téléphoné ? Je n'ai pas entendu, je te le jure ! J'étais si enthousiaste que…

— Et notre fille ? Si elle était tombée de son berceau, tu ne l'aurais pas entendue ?

Il avait dit *notre* fille. Pour la première fois. Il parlait toujours de Jeanne en disant ta fille. Irène allait sourire à ce progrès, mais l'expression si sévère de Bernard l'en empêcha.

— Bien sûr que j'aurais entendu Jeanne. La preuve, elle a réclamé le sein et j'ai accouru. Regarde comme elle boit bien…

Bernard jeta un coup d'œil sur le bébé, se détourna, il détestait ces seins gorgés de lait, redoutait qu'ils ne reprennent jamais leur taille, leur forme normales.

— Donc, si je comprends bien, tu entends ta fille pleurer mais pas mes appels…

— Qu'y avait-il de si urgent ?

— Nous sommes invités à souper chez les Dumont samedi prochain.

— C'est très pressant, en effet. Une affaire d'État.

— Ne me parle pas sur ce ton, Irène. Tu pourrais comprendre que certaines sorties sont importantes dans mon milieu. D'ailleurs, nous devrions organiser une soirée pour Noël. On pourrait inviter tous nos amis.

Bernard avait un don pour détourner la conversation quand elle lui déplaisait. Noël ? Ils n'avaient jamais rien fait ce jour-là, et il voulait gâcher le premier Noël de Jeanne, cet événement si intime, en donnant une soirée ?

— Justement, fêtons cela ! Qu'elle s'en souvienne !

— Comment veux-tu qu'un bébé de trois mois se rappelle…

— Elle, non, mais nos invités, sûrement ! Il est temps qu'on présente officiellement notre fille. Son baptême était trop discret. On va engager le meilleur traiteur et tu vas trouver des cadeaux pour tout le monde. Tu as un budget illimité. Qu'est-ce qu'on mange pour souper ?

Elle faillit répondre qu'elle n'avait rien préparé, qu'elle avait peint au lieu de cuisiner, mais à quoi bon susciter une nouvelle discussion ?

— Bois ça en attendant que le repas finisse de cuire.

Elle savait qu'il ne viendrait pas dans la cuisine pour voir ce qu'elle y faisait. Il n'y entrait que pour y prendre son petit déjeuner ou une bière. Elle n'avait pas compris pourquoi il avait fallu que Bernard fasse construire une cuisine ultramoderne ; elle se débrouillait bien en cuisine, découpait souvent les recettes de Margot Oliver dans *Perspectives* mais elle n'avait pas l'intention de passer des heures derrière les fourneaux. Elle voulait prendre de nouveaux cours de dessin, encouragée par monsieur Langevin. Il lui avait parlé des Beaux-Arts de Québec, elle devait s'y inscrire, au moins aux cours du soir. Ou aux cours libres. Et elle en parlerait le lendemain à Bernard. Après avoir passé la matinée dans les boutiques à repérer des présents pour cette soirée de Noël, à téléphoner à des traiteurs ou à des restaurateurs pour établir des devis, à faire une liste des plats qu'elle pouvait elle-même préparer pour les invités. Qu'elle proposerait d'appeler pour les convier à cette soirée du 24 décembre. Elle devait renoncer à une nuit magique avec Jeanne pour réussir à faire admettre à son mari qu'elle poserait sa candidature à l'École des beaux-arts.

— Aux Beaux-Arts ? s'écria-t-il. Qu'est-ce que tu irais faire là ?

— Me perfectionner. J'ai besoin de découvrir de nouvelles avenues…

— Des avenues ? Tu n'es pas urbaniste, il me semble ?

— Bernard… Ça compte beaucoup pour moi.

Pourquoi ? Parce qu'elle pourrait rencontrer des jeunes hommes de son âge ? Des femmes qui lui mettraient n'importe quelle idée en tête ?

— Tu dessines assez bien comme ça.

— Je veux y aller.

— Ta place est ici, auprès de ta fille.

— Ginette est prête à la garder.

Elle avait même appelé Ginette ? Elle avait tout prévu… Comment pouvait-elle croire qu'il lui donnerait sa bénédiction ?

Il inspira lentement, but une nouvelle gorgée de scotch, y trouva un goût âcre. Il préférait le Johnny Walker, pourquoi avait-elle acheté du Chivas ?

— C'est une bouteille que tu as reçue en cadeau. Bernard…

Elle le regardait intensément ; pouvait-il un jour, ne serait-ce qu'un seul jour, comprendre l'importance de peindre pour elle ? Elle vit qu'il serrait les mâchoires et baissa les yeux ; il allait s'opposer à son désir.

À moins qu'elle lui démontre qu'elle pouvait échouer à l'examen d'entrée… Elle savait trop combien il se réjouissait des échecs de ses concurrents ; peut-être en serait-il de même avec elle ?

— Ce n'est pas sûr que je sois acceptée, de toute façon. C'est très difficile de rentrer dans cette école. Il doit y avoir des centaines de candidatures. Moi, avec monsieur Langevin, je n'ai pas appris tout ce qui est moderne… J'ai été stupide d'y penser. Je ne suis pas assez douée.

Bernard lui tapota aussitôt l'épaule ; elle devait peut-être tenter sa chance au fond…

— Tu crois ? s'exclama-t-elle, surprise que sa ruse ait fonctionné si rapidement. Tu penses que j'ai des chances de réussir ?

Il lui sourit avant de lui demander s'il ne traînait pas une bouteille de *son* scotch. Elle courut presque vers le bar, et Bernard se cala dans le chesterfield ; Irène serait refusée aux Beaux-Arts et elle perdrait enfin ses illusions sur l'Art avec un grand A. Qu'elle dessine des fleurs ou fasse des portraits était une chose, qu'elle se prenne pour Michel-Ange en était une autre… D'ailleurs, y avait-il des femmes peintres ? On n'en entendait jamais parler.

Et ce projet lui avait permis d'apprendre qu'Irène renonçait à allaiter le bébé. Puisqu'elle était prête à le confier à Ginette plusieurs heures par semaine… Il retrouverait enfin la femme qu'il avait épousée. Et il veillerait à utiliser un moyen de contraception efficace, elle avalerait cette pilule miracle qui protégeait des grossesses non désirées dès qu'il aurait chargé Provencher de surveiller sa femme de façon régulière. Elle ne profiterait sûrement pas de cette protection pour batifoler avec d'autres types… Il plaignit un instant les hommes qui n'avaient pas les moyens de payer les services d'un détective. Puis il repensa au corps d'Irène qui ne serait plus jamais déformé. Tant pis s'il n'avait qu'un seul et unique enfant. Tant pis si ce n'était pas un garçon, il n'aurait qu'à marier Jeanne à un homme digne de confiance.

Il regarda la liste que lui avait remise Irène ; elle avait bien travaillé. Il ne restait plus qu'à attendre les réponses des invités. Il avait finalement décidé, après en avoir parlé à Michel Fournier, de donner cette soirée le 22 au lieu du 24 décembre ; trop de gens seraient retenus par des obligations familiales ce soir-là. Il refusait d'imaginer qu'on décline son invitation. En voyant Irène revenir vers lui avec la bouteille de Johnny Walker et le petit seau en cristal rempli de glaçons, il lui sourit.

— Pourquoi ne dessinerais-tu pas un portrait de Jeanne ? Je pourrais le faire imprimer et on le remettrait à chacun de nos invités avec leur cadeau. Ça serait original. Et je suis certain que toutes les femmes te donneront ensuite des contrats pour que tu dessines leurs enfants. Tu sais que Ginette a fait encadrer…

— J'ai déjà dessiné Jeanne mais je ne suis pas satisfaite.

— Montre-moi ça. Je suis certain que tu es trop sévère envers toi-même.

Elle hésita mais céda vite à l'envie de lui présenter les esquisses de Jeanne. Il les examina durant quelques minutes avant de désigner une sanguine.

— On va prendre ce dessin-là. Mets-le dans une enveloppe, je vais m'en occuper demain.

— Mais on ne sait pas encore qui viendra…

— Personne ne refusera un aussi beau party, voyons !

— J'ai invité Françoise, Annette et son mari.

— Annette ?

— Mon amie du cours de dessin, je t'ai parlé d'elle cent fois !

— Qu'est-ce qu'il fait, son mari ?

— Fonctionnaire. Réjean travaille à l'immigration ou aux douanes.

Bernard se redressa dans le canapé ; aux douanes ? Et si cet homme pouvait lui être utile ? Il détenait peut-être des informations intéressantes…

— C'est bien de mêler nos amis.

— J'espère que vous ne parlerez pas de politique toute la soirée. Il n'y a pas de changement de toute manière puisque votre Pearson a été réélu.

*   *   *

— À quelle heure est parti Jean-Paul Duquette ? demanda Frédéric Fontaine à Bernard et à Irène.

L'enquêteur avait déboutonné le col de son manteau après avoir secoué son chapeau dans l'entrée pour donner au couple le temps d'assimiler la nouvelle qu'il venait de leur annoncer, qui justifiait une visite si tardive à leur domicile : un de leurs invités, monsieur Duquette, avait eu un accident de voiture dans la nuit. Il était mort sur le coup.

— Est-ce que sa voiture est tombée dans un ravin ? s'était écriée Irène.

— Qu'est-ce que tu racontes ? avait dit Bernard Nadeau pendant que, déjà, elle secouait la tête, faisait un geste de la main.

— Je ne sais pas pourquoi j'ai dit ça… Que s'est-il passé ? Entrez, monsieur…

— Sergent-détective Fontaine.

Il s'avançait maintenant vers le salon où s'était endormi un invité. La sonnerie de la porte ne l'avait même pas réveillé. Il y avait beaucoup de verres vides, d'assiettes sales, de cendriers pleins de mégots, de papiers d'emballage, de rubans sur le tapis.

116

— Vous aviez un party, c'est ce que madame Duquette nous a dit. Ce que j'aimerais savoir, c'est à quelle heure son mari vous a quittés ?

Bernard soupira ; qu'avait-il fait au ciel pour que Duquette se tue en sortant de chez lui ?

— À quelle heure ? Est-ce que je sais ? Et toi, Irène ?

— Aucun des invités n'est parti à la même heure... Mais attendez, Jean-Paul est venu dans la cuisine pour me remercier, il était minuit pile. Je m'en souviens parce qu'il a ri en disant « minuit, l'heure du crime ». Puis il a ajouté que c'était une bonne heure pour disparaître.

— Disparaître ? Ce sont ses mots ?

— Ou partir... S'en aller. Je n'ai pas fait attention, je parlais avec quelqu'un...

— Je voudrais savoir s'il s'est passé quelque chose ici d'inhabituel ?

— D'inhabituel ? répéta Bernard. C'était un party... assez bien arrosé, mais Jean-Paul n'avait pas l'air trop soûl quand il est parti.

— Vous vous souvenez donc de son départ ?

Bernard se mordit les lèvres, détestant immédiatement ce policier qui le prenait en défaut.

— Oui, c'est vrai, je le revois dans la porte alors qu'il cherchait ses claques. Il ne trouvait plus les siens. Dans le fond, il avait peut-être trop bu... Un party de Noël, c'est un party de Noël.

— On en est au café maintenant, mentionna Irène, en voulez-vous ?

Frédéric Fontaine inclina la tête tandis que la jeune femme se dirigeait vers la cuisine. Elle avait la démarche assurée d'une personne sobre. Son époux en revanche avait des gestes moins précis en désignant l'homme affalé sur le canapé du salon.

— Celui-là a bien de fait de rester ici. Il n'aurait jamais pu conduire sa Chevrolet.

— Quels sont vos rapports avec monsieur Duquette ?

— C'est un client. Il a un magasin de vêtements pour hommes. Mon associé l'a convaincu de garder une ligne de vêtements de sport. C'est ce qu'on vend, avec toutes sortes d'articles. On les fabrique en Asie et on les distribue ici.

— C'est payant, fit Frédéric en regardant autour de lui.

— Oui. C'est un marché en pleine expansion. Vous devez faire du sport, un policier doit être en forme, non ? Vous êtes peut-être allé au magasin de Duquette, sur Saint-Vallier. Vous dites qu'il s'est tué sur l'autoroute ? Qu'est-ce qu'il faisait là ?

— C'est ce que j'aimerais découvrir. J'ai besoin de la liste de tous vos invités.

— Vous n'allez pas les déranger cette nuit ?

— Je préférerais aller me coucher, monsieur Nadeau, mais oui, je vais être obligé de les rencontrer. Peut-être que monsieur Duquette se sera confié à l'un d'entre eux.

— Ça m'étonnerait, il ne connaissait personne.

— C'est surprenant pour un homme qui tient un commerce. Il me semble qu'il faut être sociable…

— Il a parlé une bonne partie de la soirée avec Annette et son mari, déclara Irène. Voulez-vous que je les appelle tout de suite pour les avertir de votre visite ? C'est mon amie. Ils sont partis juste après Jean-Paul. Peut-être qu'il leur a dit où il allait en sortant de chez nous…

— S'il est allé dans un bar, c'était pour voir quelqu'un, avança Bernard. Il y avait tout ce qu'il fallait pour boire ici.

— Est-ce qu'il était joyeux ? Ou triste, ou…

— Jean-Paul était toujours de bonne humeur, sauf quand les Canadiens perdaient au hockey.

Irène reposa l'écouteur téléphonique en soupirant.

— Annette n'a pas eu l'air de me croire. Êtes-vous certain que c'est bien le Jean-Paul Duquette qui était ici ce soir ?

— On a trouvé votre adresse dans son portefeuille, fit Frédéric en se relevant. Si vous avez oublié un invité, vous pouvez me rappeler demain à mon bureau.

— Commencez-vous déjà les préparatifs du déménagement ? s'enquit Bernard.

— Le déménagement ?

— N'allez-vous pas vous installer au parc Victoria ?

— Vous êtes bien renseigné, monsieur Nadeau.

— J'ai quelques immeubles dans le quartier. Mes locataires vont trouver ça rassurant que la centrale de police soit si près de chez eux.

— Je vous laisse ma carte si d'autres détails vous reviennent à l'esprit.

— Est-ce qu'on peut faire quelque chose pour madame Duquette ? Je ne la connais pas, mais…

— On a appelé sa sœur, elle devrait venir la rejoindre dans la nuit.

— C'est difficile à croire, un accident…

Bernard se rapprocha d'Irène, mit son bras autour de sa taille, expliqua que le père d'Irène était décédé dans un accident de voiture.

— Il est tombé dans la carrière, à Charlesbourg. Irène avait à peine treize ans.

— Mon père conduisait bien, on n'a jamais compris ce qui s'est passé.

Dans la carrière ? Frédéric Fontaine enfonça son chapeau sur son front pour contrôler le tremblement de ses mains. Dans la carrière ? Il avait devant lui la fille du chauffeur de taxi que son père avait tué ? Il suffoquait subitement et il ouvrit la porte en s'excusant auprès des Nadeau de les avoir dérangés si tardivement. Il s'efforça de marcher alors qu'il avait envie de courir vers sa voiture, de s'y enfermer et de fumer une Du Maurier, deux, trois, tout le paquet.

Bernard Nadeau le regarda par la fenêtre, trouva qu'il mettait du temps à démarrer ; était-il en train de prendre des notes sur eux ? Avait-il noté quelque chose de particulier dans leur comportement ? Il tenta de se rassurer ; le meurtre de Guylaine était de l'histoire ancienne et ce n'était pas le même enquêteur. Pourquoi celui-ci s'interrogerait-il sur lui ? Duquette avait eu un accident, un bête accident, il fallait espérer qu'il ait une bonne assurance-vie.

— Tiens, ça doit être ça, le problème.

— Quel problème ?

— Ils veulent savoir si Duquette s'est tué ou si c'est un accident. Si c'est un suicide, ça change quelque chose pour les assurances.

— C'est sordide de penser à ça alors que Jean-Paul n'est même pas…

— Va donc te coucher, oublie ça ! Si ce n'était pas de cette histoire-là, la soirée était vraiment réussie, Irène. Tout le monde parlait du buffet, on n'a manqué de rien. Tu vois que j'avais raison, tu es une très bonne maîtresse de maison. On devrait faire des fêtes plus souvent…

Irène, en haut de l'escalier, se retourna pour sourire à Bernard même si elle espérait qu'il ne donnerait pas suite à ces projets ; elle préférait mille fois passer une soirée tranquille avec Jeanne. Elle était trop sauvage… Heureusement qu'Annette était venue avec Réjean. Bernard lui avait posé bien des questions sur le fonctionnement des douanes, mais Réjean paraissait ravi qu'on s'intéresse à son métier. Les deux hommes avaient plaisanté et beaucoup ri quand Michel Fournier les avait rejoints, comme s'ils se connaissaient depuis longtemps.

Maintenant qu'elle repensait à cet instant, Irène se rappelait très clairement que Ghislain Dumont ne s'était pas mêlé au trio. Il avait très peu parlé à Bernard, était venu à la fête sans Ginette pour s'éclipser très tôt. En fait, il avait été le premier à partir. Il s'était excusé auprès d'elle de l'absence de son épouse — leur fille avait la rougeole, elle était restée pour la veiller. Était-il inquiet pour leur bébé ? Il n'avait bu qu'une coupe de champagne à son arrivée et avait à peine grignoté. Se pouvait-il que la petite soit plus malade qu'il ne l'ait dit ? Qu'il leur cache quelque chose ?

Irène redescendit l'escalier, rejoignit Bernard; est-ce que Ghislain lui avait fait des confidences?

— Sur quoi?

— Il semblait nerveux. Tu n'as pas remarqué?

— J'avais d'autre chose à faire que de m'occuper des états d'âme de Ghislain.

— Je vais téléphoner à Ginette demain matin.

Bernard soupira; pourquoi voulait-elle toujours se mêler de ses affaires?

— Laisse tomber, je me suis un peu disputé avec Ghislain au bureau. Ce n'est pas grave.

— Disputé? Pourquoi?

— Ça serait trop long à t'expliquer. Couche-toi, Jeanne va te réveiller tôt demain matin. Sais-tu que la fille d'Alain Trépanier est pensionnaire au Petit Couvent, à Loretteville? Les ursulines prennent des enfants dès la première année, on pourrait y envoyer Jeanne.

— Pensionnaire? s'écria Irène très fort. Jamais!

Bernard eut une moue agacée; il souhaitait seulement que Jeanne ait une bonne éducation. Il était tard, on parlerait de ça en temps et lieu.

— Je sais ce que c'est que d'être enfermée, ma fille ne connaîtra certainement pas ça…

— Tu exagères tout. Le couvent est en pleine nature, les ursulines sont accueillantes, rien à voir avec une école de redressement.

Des grognements venant du canapé firent taire Bernard; les exclamations d'Irène avaient réveillé Pierre. Leur discussion avait au moins servi à cela…

Irène remonta à l'étage, se glissa dans la chambre de Jeanne et se pencha sur son berceau pour lui faire la promesse de ne jamais se séparer d'elle. Elle comprenait que certains parents dussent mettre leur enfant en pension à cause d'un deuil, d'un divorce ou parce qu'ils étaient trop éloignés d'une bonne école, mais eux habitaient en plein cœur de la ville, Jeanne pourrait aussi bien étudier chez les ursulines, au collège Notre-Dame-de-Bellevue, qu'à Jésus-Marie.

Était-ce pour se débarrasser d'elle que Bernard voulait qu'elle soit pensionnaire ? Irène soupira, elle était trop fatiguée, elle voyait tout en noir. Bernard avait semblé très fier de Jeanne quand elle l'avait promenée parmi les invités. Irène caressa du bout de l'index les minuscules paupières, les joues rondes, le menton potelé et songea qu'aucune de ses œuvres, même si elle étudiait aux Beaux-Arts, ne serait aussi réussie que cette merveille qui dormait si paisiblement.

Dès qu'elle fut couchée, Irène repensa à Jean-Paul Duquette, elle ne voulait pas croire à son suicide, mais que faisait-il sur l'autoroute ? Est-ce que sa femme apprendrait qu'il était allé en voir une autre et s'était tué en rentrant chez eux ? Et elle-même, faisait-elle preuve de naïveté en croyant que Bernard lui était fidèle ?

Il ne l'avait pas rejointe dans son lit depuis des semaines, disant qu'elle avait déjà des nuits agitées avec Jeanne, qu'il refusait de la déranger. Mais il y avait peut-être une autre femme dans sa vie pour combler ses besoins ? Irène poussa un long soupir ; elle devait cesser de réfléchir et dormir. Dormir. Dormir. Est-ce que la femme de Jean-Paul Duquette y parviendrait ? Est-ce que le policier qui enquêtait frapperait vraiment aux portes de tous les invités en pleine nuit ou les avait-il dérangés, eux, parce qu'il avait trouvé le carton d'invitation dans le portefeuille de la victime ? Elle revit le visage de Frédéric Fontaine, son expression subitement douloureuse ; peut-être était-il trop sensible pour exercer son métier. Elle entendit la porte de l'entrée claquer au rez-de-chaussée, une voiture démarrer, remonta les couvertures avec satisfaction ; elle n'aurait pas à servir le café à Pierre Drouin le lendemain matin. Elle n'aimait pas cet homme, la manière dont il la regardait, dont il regardait toutes les femmes d'ailleurs. Bernard n'avait jamais de ces attitudes équivoques. Et il n'avait pas changé de comportement avec elle, il n'était qu'un mari qui vivait un peu en retrait parce que sa femme venait d'accoucher. Annette avait dit que Réjean ne l'avait pas touchée durant six mois. Elle-même ne s'était pas caressée depuis longtemps… mais les hommes avaient plus de besoins que les femmes… Ou non… on parlait beaucoup dans les journaux de la fameuse pilule, le pape l'avait condamnée, le gouvernement autorisée, et certains hommes prétendaient que les femmes coucheraient désormais avec n'importe qui puisqu'elles ne craindraient plus une grossesse accidentelle. Irène n'avait pourtant envie d'aucun homme et ne pensait pas qu'elle changerait d'idée simplement parce qu'elle avalerait une petite pilule. Cependant, il est vrai qu'elle ne souhaitait pas avoir un autre enfant avant deux ou trois ans. Elle voulait étudier aux Beaux-Arts.

* * *

Frédéric Fontaine découvrit que Jean-Paul Duquette était allé dans un bar où il avait commandé une bière qu'il n'avait pas bue. Il avait quitté les lieux à une heure trente. Il avait embouti le pilier de béton à deux heures vingt-trois. Avait-il roulé sur l'autoroute durant une heure avant de décider de mettre fin à ses jours ou s'était-il garé dans un quelconque terrain vague, hésitant encore à disparaître ? Il aurait pu se tuer en se tirant une balle dans la tête, il possédait une arme au magasin. S'il ne l'avait pas fait, c'était vraisemblablement pour protéger son épouse, pour qu'elle puisse toucher l'assurance-vie. Fontaine était furieux contre cet homme qui l'obligeait à dire la vérité à la veuve ; le médecin légiste était formel : si Duquette s'était endormi au volant, l'impact aurait été beaucoup moins violent. Et les traces sur la chaussée étaient franches, le conducteur n'avait pas fait un écart à la dernière minute pour éviter un autre véhicule, il avait décidé de la trajectoire. Et son décès avait amené le détective à rencontrer Bernard et Irène Nadeau, fille de Georges Pouliot.

Combien y avait-il de probabilités que le destin les mettrait en présence ? Autant qu'il en avait de dénicher un sulfure Clichy 1850.

Il ne devait pas revoir Irène, il ne devait plus penser à Marc Fontaine, il devait laisser ces fautes qui ne lui appartenaient pas derrière lui. Qu'aurait-il apporté à Irène en lui révélant que son père à lui avait assassiné le sien à elle des années auparavant et qu'il faisait encore des cauchemars en revivant cette scène ? Pourquoi ne l'avait-il pas précipité plus tôt dans l'escalier ? Pourquoi ? Même s'il disait à Irène Pouliot qu'il avait puni son meurtrier de père, cet aveu ne ressusciterait pas Georges Pouliot.

Il devait éviter cette femme, assumer sa culpabilité, la détester car elle n'était pas légitime ; il n'avait aucune raison de s'en vouloir d'avoir assisté à la mort de Georges Pouliot. Ce n'était pas lui qui l'avait assommé. Il n'était qu'un adolescent impuissant.

Et pourtant, il s'en voulait de s'en vouloir.

Ne pas revoir Irène. Surtout pas.

Peut-être parlerait-il à ce prêtre de la paroisse de Saint-Roch ? L'homme qui l'avait écouté dans le confessionnal qui sentait la cire avait réussi momentanément à l'apaiser. Ou il demanderait à être muté loin de Québec. De toute manière, il avait envie depuis des mois de s'installer à Montréal, où les enquêtes lui semblaient plus complexes. Il rêvait d'actions décisives contre la mafia. Ça ne lui arriverait jamais s'il restait au parc Victoria.

chapitre 7

1967

— Ne touche pas à ce pot de peinture, ma chérie, fit Irène en se tournant vers Jeanne. Tu es une petite curieuse ! Et maman doit travailler !

Était-ce un rêve ou allait-elle vraiment participer à une exposition ? À peine deux ans après être entrée aux Beaux-Arts ? Alors qu'elle n'assistait qu'aux cours libres ? Elle était encore abasourdie de la confiance que lui témoignaient les élèves du cours normal qui lui avaient offert de se joindre à eux pour partager cette aventure.

— Ce n'est pas une vraie galerie comme chez Zannettin, avait dit Julien Boucher. On va accrocher nos toiles dans un local du Vieux-Port. Le propriétaire nous prête ses murs pour un mois et, quand on part, on les peint.

— On les peint ?

— Tous les murs en blanc, sauf un. Il veut qu'on lui fasse un immense trompe-l'œil. Il s'est renseigné sur les prix. Il a compris que ça lui coûterait bien moins cher avec nous. C'est tant mieux !

On profite de son local durant tout un mois. Tu vas pouvoir exposer cinq toiles, tu n'es pas contente ?

Contente ? Irène était comblée ! Était-ce la série de tableaux sur les songes de Jeanne qui lui portaient bonheur ? Elle avait commencé timidement, avec des tons pastel qui devaient évoquer la douceur, jusqu'à ce qu'elle comprenne que les enfants font des cauchemars et que ceux-ci ne sont certainement pas en bleu poudre, mauve ou vert tendre. Elle s'était autorisé le carmin, l'écarlate, le violet, le noir, l'indigo, le vert olive, et ces couleurs lui avaient permis de dépasser son sujet ; les songes de Jeanne étaient devenus les siens, il y avait du sang dans ses toiles, des morts qu'elle seule voyait, des abîmes qui restaient secrets, même exposés aux yeux de tous, mais qui la libéraient de ses démons intérieurs. La série des « Songes » était si loin de son propos initial qu'Irène avait entrepris aussi d'illustrer pour Jeanne des contes plus appropriés à son âge.

Irène saisit son pinceau, le trempa dans la pâte bourgogne qu'elle venait d'étaler sur sa palette, ajouta une note infime d'écru et traça le profil d'une femme sur toute la hauteur de la toile. Elle sut immédiatement qu'elle scellerait ses lèvres avec des barreaux et qu'elle lui ferait porter un couvercle sur la tête. Un couvercle vert forêt sur la partie concave, mais bordé du vert printemps qu'elle affectionnait tant. Elle avait parfois l'impression que les teintes lui chuchotaient leurs secrets, lui suggéraient la place qu'elles désiraient occuper sur la nouvelle toile. Elles la stimulaient tout en l'apaisant, dissipaient ses inquiétudes. Pourquoi repensait-elle encore à la gifle que Bernard lui avait assénée quand il avait appris qu'elle était admise aux Beaux-Arts ? Parce qu'elle n'avait pas compris pourquoi il était si furieux de ne pas avoir été le premier à savoir qu'on l'acceptait à l'école ? Il devait avoir eu des ennuis au bureau ce jour-là pour manifester une telle colère. Elle était restée muette de stupeur et y songeait encore avec un malaise persistant même si Bernard s'était excusé. Il l'avait même interrogée sur ses cours les premiers jours où elle s'était rendue rue Saint-Joachim. Il ne semblait plus lui en vouloir, heureusement…

Elle ignorait que Bernard l'avait fait suivre rue Saint-Joachim durant les deux premiers mois de ses cours, que le détective Provencher avait ensuite espacé ses filatures, qu'il ne rédigeait plus qu'un rapport par mois sur elle pour Bernard Nadeau. Et qu'elle continuait à étudier parce que ces rapports satisfaisaient toujours son époux ; elle ne s'attardait pas après les cours, se contentait de discuter quelques minutes devant l'entrée de l'école avec ses compagnons au lieu d'aller boire un verre comme le faisaient plusieurs d'entre eux. Elle semblait s'être liée, la deuxième année, à un dénommé Julien Boucher, mais le détective avait vite rassuré son employeur ; le jeune Boucher était homosexuel, on n'avait vraiment rien à craindre de lui. Il voulait être décorateur de théâtre ! Bernard avait fini par se dire qu'il était préférable qu'Irène prenne des cours de dessin plutôt que de passer ses après-midi à boire comme la femme de l'avocat Beaulieu. Irène ne lui avait jamais fait honte, elle ne riait pas trop fort en public, écoutait patiemment les épouses de ses clients dans les soupers d'affaires et tenait correctement la maison malgré ses cours. Il trouvait toujours un repas prêt quand il rentrait chez lui, et le désordre ne régnait que dans l'atelier d'Irène. Et dans son esprit : comment pouvait-elle peindre des personnages aussi bizarres ? Il appréciait en revanche les contes qu'Irène illustrait pour Jeanne, cette Jeanne qui ressemblait tellement à sa mère ! Même blondeur éthérée, même peau translucide, même finesse, même grâce. Il n'aurait jamais pu croire qu'un bébé aurait pu le surprendre autant en grandissant, mais Jeanne serait un miracle vivant vers dix, onze ans. Tous les hommes la regarderaient, mais il les écarterait, c'était à lui qu'elle appartenait. Personne ne la lui enlèverait. Quand elle saurait lire, il ferait imprimer les contes qu'Irène rédigeait et illustrait pour elle. Jeanne pourrait en offrir à toutes ses amies à l'école. Bernard avait du mal à comprendre pourquoi on avait demandé à Irène d'exposer ses toiles plutôt que ces dessins si charmants. Ces artistes semblaient faire des efforts pour aimer ce que tout le monde détestait et vice-versa. Le détective lui avait remis la liste des autres élèves qui accrocheraient leurs toiles aux côtés de celles d'Irène, et le vernissage promettait d'être un ramassis de peintures vraiment curieuses. Et Ginette et Ghislain qui se pâmaient sur les tableaux d'Irène ! Ils en avaient acheté un très grand qu'ils avaient mis dans leur salon. Ils avaient hâte d'aller au vernissage. Ginette savait même qu'Irène avait choisi d'exposer une toile qui lui avait été inspirée par l'incendie du bois de Coulonge et le film *Blow Up*. Comment pouvait-on s'intéresser à un truc aussi décousu, aussi vide ? Il n'y avait même pas d'histoire dans ce film italien. Et qu'est-ce que les gens diraient en voyant la toile où une femme découvrait ses seins ; ils penseraient qu'Irène avait peint les siens. Il avait tenté d'amener Irène à modifier ses choix pour l'exposition, mais elle avait répondu qu'il y avait un lien entre les cinq tableaux qu'on lui offrait de faire découvrir au public en septembre.

Mais elle changerait peut-être d'idée ? Ils iraient au Planétarium, à l'Expo 67, elle trouverait autre chose pour l'inspirer… Ce serait toujours mieux que ce qu'ils avaient vu au Musée d'art contemporain de Montréal… Qui avait accepté de gaspiller autant d'argent pour construire un nouveau musée alors qu'il y avait tant à faire au port, tant à dépenser pour le moderniser ?

Bernard avait eu raison sur un point ; Terre des hommes avait fasciné Irène, elle avait pris un nombre incalculable de photos durant les quelques jours passés sur le site et avait commencé une série de portraits dès leur retour à Québec. Il avait été troublé par ces visages asiatiques qu'elle avait peints et qui lui rappelaient ces gamines qui savaient si bien le satisfaire autrefois ; pourquoi avait-il fallu que les relations commerciales soient bouleversées par la guerre du Vietnam ? Tout était si simple auparavant… Il devait maintenant baiser les petites Mexicaines qui traînaient dans ce trou perdu où il avait implanté une nouvelle usine. Elles n'avaient pas la finesse des Thaïlandaises, mais leur peau cuivrée était exotique. Il aurait bien aimé profiter plus souvent des filles de Toronto, mais il craignait toujours — à tort, sûrement — de croiser quelqu'un qu'il connaissait en quittant un hôtel minable et que cette personne raconte qu'elle l'avait vu, où et quand. C'était idiot, car il croyait qu'aucun de ses collègues ne fréquentait ces quartiers où il trouvait ce qu'il désirait, mais comment en être sûr à cent pour cent ? Au Mexique, on lui fichait la paix. Il n'avait qu'à ne pas s'y trouver en même temps que Ghislain Dumont. Ce dernier l'agaçait de plus en plus, malgré sa grande efficacité à trouver des appuis dans les différents ministères, mais Bernard hésitait à rompre leur association. Pourquoi n'avait-il pas décelé dès le départ que cet homme était aussi tatillon, aussi curieux, aussi vigilant ? Ghislain avait fait quelques allusions aux virées de Bernard dans le nord du village, sans rien préciser, se plaignant seulement d'avoir cherché à le joindre sans y parvenir. Bernard avait alors décidé de proposer à Ghislain d'alterner leurs séjours au Mexique, une rotation entre eux et Michel Fournier ; il n'était plus nécessaire qu'ils y aillent tous ensemble, l'entreprise roulait normalement maintenant. Ne feraient-ils pas d'énormes profits avec la nouvelle ligne de chaussures, de sandales de sport ? Tous ces gens qui visiteraient l'Expo 67 devraient être bien chaussés pour marcher durant des heures, faire la queue devant les pavillons, le Gyrotron ou la Pitoune à la Ronde ; les grossistes avaient passé des commandes substantielles à Sportec, tout allait pour le mieux dans le meilleur des mondes, et chaque associé se rendrait à l'usine tous les quatre mois. Pourquoi Ghislain ne s'arrangerait-il pas pour emmener toute sa petite famille dans son prochain voyage ? Ça tombait justement en plein été, son fils ne manquerait pas l'école.

— On va déjà aller à Montréal pour l'Expo, avait répondu Ghislain. Une sortie qui va nous coûter cher ; j'ai eu de la difficulté à trouver une chambre à l'hôtel, tout est réservé partout. On ira au Mexique plus tard. Mais toi, emmène Irène et Jeanne ; on n'a qu'à échanger notre tour ; j'irai à l'automne.

— Irène est déjà allée.

Et il n'était pas question qu'elle l'accompagne de nouveau !

Quelques mois plus tard, Irène achevait l'avant-dernière toile destinée à l'exposition quand Jeanne s'écria que son papa arrivait !

— Papa ! Papa ! fit-elle en courant vers la porte d'entrée.

Irène regarda sa montre ; était-il déjà midi ? C'était impossible ! Pas déjà ! Elle avait trop traîné dans le jardin avant de se mettre à peindre, mais Jeanne aimait tant cueillir des framboises qu'elle n'avait pu se résigner à rejoindre son atelier. Qu'allait-elle faire pour dîner ? Elle se précipita dans la cuisine, se bénit d'avoir acheté un trop gros filet de porc l'avant-veille, elle servirait des tranches de viande dans une sauce à la farine grillée. Tout serait prêt dans une demi-heure. Elle comptait sur Jeanne pour distraire Bernard durant quelques minutes. Il semblait toujours content de la retrouver mais ne l'écoutait jamais très longtemps. Elle mit les pommes de terre au feu, le beurre dans la poêle et retrouva Bernard et Jeanne au salon. Il venait d'allumer le poste de télévision.

— Je veux voir si on rediffuse la déclaration de De Gaulle. Il aurait dû se mêler de ses maudites affaires, asséna Bernard. On ne va pas dire aux Français ce qu'on pense de leur politique.

Irène évita de le contredire en retournant à la cuisine. Elle monta le volume du poste de radio, Claude Léveillée chantait *Frédéric*. Elle aurait bien aimé se foutre elle aussi du monde entier, mais elle redoutait l'opinion publique ; elle avait à la fois hâte et peur d'être en septembre, de voir des gens s'arrêter devant ses toiles et les commenter. Certains les regarderaient comme le faisait Bernard, un sourcil relevé en signe d'incrédulité, avec une légère moue de déception, et d'autres, elle l'espérait, découvriraient son univers avec une curiosité émue. Comment se sentaient les Giguère, Lemieux, Molinari, Letendre avant de livrer leurs tableaux au public ? Avaient-ils aussi l'impression d'être vulnérables et néanmoins très puissants ? Avec une boule de feu au ventre, un athanor où puiser la lumière qui définirait les lignes, qui mettrait tout en relief ou qui brouillerait les perspectives ?

Pouvait-on être à la fois parfaitement heureux et totalement angoissé ?

*   *   *

Il ventait très fort quand Frédéric Fontaine s'arrêta devant la porte du local où étaient exposées les toiles d'Irène Nadeau, les feuilles des arbres avaient formé des strates d'or et de grenat au pied de l'escalier qui menait à la rue Sous-le-Fort, et le policier s'essuya consciencieusement les pieds avant de pousser la porte. Il avait hésité longtemps avant de se rendre au Vieux-Port, mais quel mal y avait-il s'intéresser au travail d'Irène Nadeau ? Elle ne restait sûrement pas à la galerie pour attendre le chaland, elle devait s'être contentée d'assister au vernissage et devait être retournée à son atelier. Et lui rentrerait au parc Victoria après avoir traîné un peu chez les antiquaires ; mais, comme il était déjà au port, ce serait idiot de ne pas en profiter pour voir le travail d'Irène Nadeau.

« Est-ce que j'aime ou non ces tableaux ? » se demanda Frédéric Fontaine en s'attardant devant l'un d'eux. Aimait-il cette femme qui se fondait dans un horizon écarlate, et dont les cheveux s'enflammaient sous un soleil agressif ? Et ce visage — mais était-ce vraiment un visage ? — qui semblait se pencher au-dessus d'un gouffre. Une autre toile donnait cette sensation abyssale, cette impression de plongée, de bascule au cœur de l'inconnu.

— Elle a beaucoup d'imagination et de maturité, dit un visiteur à Frédéric, c'est étonnant pour quelqu'un qui peint depuis si peu de temps.

— Je me demande à quoi elle rêve la nuit. Ces tableaux sont assez violents…

— Elle a peut-être vécu des drames quand elle était plus jeune ; elle a été en maison de redressement, je peux en parler, c'était écrit dans *Le Journal de Québec*. C'est un nouveau quotidien, je suppose qu'ils cherchent à piquer la curiosité des lecteurs.

En retournant dans les nouveaux locaux de la centrale de police du parc Victoria, Frédéric Fontaine se demandait si le journaliste avait le droit de parler du passé d'Irène Nadeau. Il espéra qu'elle n'avait jamais caché la vérité à son mari, même s'il savait intimement qu'on peut taire bien des choses à bien des gens, et cela durant un temps infini.

* * *

Est-ce que l'empathie de l'enquêteur Fontaine aurait pu réconforter Irène, ou était-elle trop accablée pour réagir à une marque de compassion ? Bernard était tellement furieux qu'on ait révélé son passé à toute la ville de Québec qu'il avait quitté la maison. Il lui avait dit qu'il avait trop honte d'elle pour la revoir, qu'il valait mieux qu'il passe la fin de semaine à Montréal pour se calmer avant de revenir auprès d'elle et de Jeanne.

— On avait une belle vie, la paix, mais il a fallu que tu veuilles devenir une artiste ! Si tu n'avais pas attiré l'attention sur toi, personne n'aurait jamais su que tu étais allée à Cap-Rouge.

— Je n'en ai jamais parlé à personne ! Je ne sais pas comment ce journaliste a pu... Sais-tu au moins que toutes mes toiles sont vendues ?

— N'essaie pas de noyer le poisson. Tu t'es mise en avant, et maintenant tout Québec sait que ma femme est une délinquante.

— Une ex-délinquante ! Je t'ai posé la question cent fois avant qu'on se marie mais tu disais que ça ne te dérangeait pas ! Qu'est-ce qui a changé ?

— Tu n'as pas remarqué que je fréquente des politiciens ? Est-ce que tu crois que c'est bon pour mon image ?

— Mais l'exposition a été un succès ! Le journaliste a dit que l'art peut changer une vie, il a parlé de mes professeurs, de mes influences, de ce qu'il a aimé dans mon travail et...

Bernard avait interrompu Irène, il était inutile qu'elle gaspille sa salive, il quittait la maison pour quelques jours. Il n'avait pas envie de répondre au téléphone, d'expliquer, de se justifier auprès de leurs connaissances. Il lui en laissait le plaisir.

— Tu es injuste ! s'était-elle écriée. Tu devrais être content pour moi. Je t'ai remercié publiquement pour ton soutien, que veux-tu que je fasse de plus ? Ginette a téléphoné pour me féliciter. Elle a dit que Ghislain avait acheté l'*Autoportrait*.

— Tu appelles ça un autoportrait ? avait crié Bernard. Depuis quand as-tu les cheveux noirs et courts ? Ça ne te ressemblait pas du tout. Et tes espèces de cavernes n'ont rien à voir non plus avec des vraies cavernes !

Il avait fait sa valise pour clore toute discussion et s'était engouffré dans sa nouvelle Thunderbird sans se retourner. Il ne fallait pas qu'Irène comprenne qu'il était furieux de son succès. Il se moquait bien qu'on ait appris qu'elle avait été à Cap-Rouge, il se fichait de l'opinion publique et il ne briguait pas, comme il l'avait dit, un rôle de premier plan en politique. Il préférait rester dans l'ombre, consolider ses appuis, manœuvrer pour en apprendre davantage sur les marchés susceptibles de lui rapporter gros, il avait menti à Irène pour justifier cette colère qu'il ne parvenait pas à dissimuler : comment avait-il été assez sot pour l'autoriser à participer à cette exposition ? Pourquoi avait-il payé ses cours aux Beaux-Arts ? Il aurait dû l'enfermer chez eux au lieu de lui permettre d'étaler ses états d'âme en public. Il avait assisté au vernissage dans un état de stupéfaction grandissant ; alors qu'il s'attendait à des commentaires polis mais réservés sur les toiles de sa femme, les visiteurs s'étaient répandus en compliments, en exclamations admiratives. Ghislain Dumont lui avait encore répété combien il devait être fier d'Irène ! Savait-il à quel point elle était douée ? Il était rare qu'un élève finissant des Beaux-Arts participe si tôt à une exposition.

— Ce n'est pas encore la gloire, mais c'est un premier succès très encourageant !

— D'autant qu'il n'y a pas tellement de femmes connues dans ce milieu, avait renchéri Ginette. Mais vous allez prendre votre place, n'est-ce pas, Irène ?

Irène avait acquiescé mais noté que Bernard évitait de répondre à leurs amis. Étaient-ils d'ailleurs leurs amis ? Ou plutôt les siens ? Leurs relations avaient bien changé depuis ce premier repas au Vendôme où elle avait trouvé Ginette plutôt fade. Elle l'appréciait aujourd'hui autant que Françoise, et elle avait découvert une grande sensibilité chez Ghislain Dumont alors qu'elle s'était figuré qu'il fallait être aussi dur que Bernard pour travailler avec lui. Il devait être précieux dans l'entreprise pour que son mari se soit associé avec un homme si différent de lui. Ginette lui avait expliqué que Ghislain avait un talent naturel pour jongler avec les chiffres, le droit des affaires l'avait toujours passionné, il voyait chaque nouveau marché comme un défi personnel à relever : baisser les coûts, protéger les avoirs, faire fructifier le capital, multiplier les échanges commerciaux sans être inquiété par les services fiscaux tout en observant une parfaite légalité.

— Ghislain n'a pas l'audace de Bernard pour entreprendre des projets, mais dès qu'ils sont en place, il s'implique au maximum. Ton mari le sait. Et Michel Fournier aussi. Ils ont gagné beaucoup d'argent... Penses-tu que Fournier va vraiment leur vendre sa part pour aller vivre dans le Sud ? Il y a tellement longtemps qu'ils travaillent ensemble...

Irène avait fait remarquer que Fournier se plaignait constamment de l'hiver québécois ; peut-être souhaitait-il vraiment se retirer au soleil ? Il était plus âgé que leurs maris.

— C'est sûr qu'il pourra s'acheter une villa et paresser le

reste de ses jours. Nous, on a encore quelques années à attendre nos époux qui finissent toujours de travailler plus tard que prévu.

Ginette avait dit cela avec une grimace qui montrait son agacement, et Irène lui avait confié qu'elle se réjouissait pour sa part que Bernard rentre tard à la maison ; elle restait plus longtemps dans son atelier. Bernard lui reprochait parfois de porter encore des vêtements tachés de peinture quand il arrivait à la maison, il aimait avoir une épouse impeccable, mais elle ne pouvait s'empêcher de peindre.

— Bah, il oubliera tes vieux vêtements crottés quand il verra tes tableaux à l'exposition, il comprendra alors ce que tu fais.

Ginette se trompait, Irène l'avait su dès que Bernard était arrivé rue Sous-le-Fort. Il avait pincé les lèvres en allant d'une toile à l'autre et avait bu d'un seul trait le verre qu'on lui avait servi à l'entrée. Il n'avait pas dit un mot jusqu'à ce que les Dumont les rejoignent. Dès lors, il avait tenté de monopoliser l'attention de son associé, mais Ghislain lui avait signifié en riant qu'il ne voulait pas discuter des problèmes du bureau au vernissage d'Irène. Il voulait plutôt boire à la santé de l'artiste. Il avait levé son verre, imité aussitôt par Françoise, Ginette et plusieurs visiteurs.

En pensant à ce mouvement de sympathie des amateurs qui avaient envahi la galerie, Bernard Nadeau appuya sur l'accélérateur ; comment pouvait-on porter aux nues les barbouillages d'Irène ? Tout était de travers dans ses toiles !

Et maintenant, tout était de travers dans leur vie… Il regarda sa montre ; il arriverait à Montréal pour le souper. Il avait pris rendez-vous avec un avocat qui avait eu vent du départ de Michel Fournier et qui espérait le remplacer dans l'entreprise. Ça lui ferait du bien de discuter d'affaires, d'oublier Irène et ses bêtises. Il souhaitait seulement que Louis Méthot n'ait pas entendu parler de sa femme, de cette maudite exposition, de l'article dans le journal, de la critique à Radio-Canada.

Méthot ne dit pas un mot sur Irène mais parla de la commission d'enquête qu'avait annoncée Jean-Jacques Bertrand sur l'administration de la justice, de René Lévesque qui venait de rompre avec le Parti libéral, des retombées économiques de l'Expo, de la marche contre la guerre au Vietnam à Washington.

— Cent mille personnes, ça en fait du monde !

— S'ils avaient tous marché avec des souliers de chez Sportec, on aurait gagné un paquet d'argent, fit Bernard en terminant son dry martini. Mais ils pourront bien manifester tant qu'ils voudront, ça ne changera rien, les Américains ne quitteront pas le Vietnam avant longtemps.

Et lui ? Quand retournerait-il là-bas ? Quand retrouverait-il les petits corps dorés des gamines aux yeux bridés, ces ventres serrés où il s'enfonçait durant des heures. Qu'avaient-ils de si différent de celui d'Irène ? Pourquoi jouissait-il immédiatement quand il pénétrait sa femme, et pas avec ces filles ou les *chiquitas* qu'il ramassait dans certains hôtels mexicains ? Il était toujours aussi frustré quand il se laissait retomber aux côtés d'Irène. Il avait souvent l'impression qu'elle était distraite quand il la prenait. Mais la prenait-il seulement ? Il s'activait en elle tout en éprouvant un sentiment de désincarnation. Rien n'était moins charnel que ces étreintes. Comme s'il couchait avec un fantôme, comme s'il serrait une forme creuse, sans consistance. Comme si le joli corps d'Irène se vidait de sa substance, de sa chaleur quand il la baisait. Elle était mouillée et il avait pourtant une image de sécheresse, d'aridité.

Il s'était senti moins seul dans le désert de Sonora.

— Comment ça se passe, au Mexique ?

— Bien. Mataramos est un site idéal, pas trop loin de l'océan. On expédie tout par bateau. On a des contremaîtres qui ont enfin compris ce qu'on veut. Il faut penser aux nouveaux marchés...

— Les jeunes, c'est ça ?

— Les jeunes et même des vieux comme nous qui vont

voyager de plus en plus. Ils ne se contenteront plus de ce qu'ils ont vu à l'Expo, ils vont se rendre sur place. Et nous, on va leur vendre les chaussures de sport, les pack-sacs et tout ce qu'ils ont besoin d'avoir pour traverser l'Europe ou s'amuser en Inde.

— Mais ces jeunes, ces hippies sont contre la société de consommation.

— C'est ce qu'ils disent, mais ils apprécieront un petit minimum. Et ceux qui retournent à la campagne vont vouloir des bonnes bottes.

— Faut être drogué pour avoir envie d'élever des chèvres.

— Voyons, Louis! Réveille-toi! Ce ne sont pas les animaux qui les intéressent mais les fameuses communes. Baiser en gang! Ils vont accrocher partout des posters de Che Guevara, allumer des lampions à sa mémoire et parler de la révolution. Tu parles d'une révolution! S'installer au fond d'un rang… Où est-ce qu'on va souper? À l'*Altitude 737*?

— Si on allait chez *Moïshe's*? Un steak, c'est toujours bon. Je ne serai jamais végétarien même si tout le monde le devenait. Je ne suis pas un lapin.

Louis Méthot éclata de rire en finissant sa phrase, fit un clin d'œil à Nadeau, qui sourit tout en cherchant son portefeuille pour se donner une contenance. L'avocat ne pouvait pas savoir qu'il avait des problèmes au lit avec Irène, mais cette allusion à des rapports sexuels trop rapides, alors qu'il venait tout juste d'y penser, l'indisposa, et il faillit dire à Méthot qu'il préférait rester à l'hôtel. Il le suivit pourtant jusqu'à sa voiture, garée tout près du Château Champlain.

— Es-tu content de ta chambre?

— C'est parfait. Je comprends que l'hôtel ait coûté aussi cher à construire.

— Je connais un des architectes. Je te le présenterai si tu veux. On ne sait jamais, tu pourrais avoir envie d'ouvrir une autre usine…

Bernard Nadeau but beaucoup ce soir-là, mais il se souvenait de tout ce qu'avait dit Méthot quand il s'éveilla le lendemain matin. Il l'avait écouté, observé sans parvenir à se faire une opinion définitive sur l'avocat. Il attendrait avant de se lier avec lui, il ne voulait pas remplacer Fournier par une copie de Ghislain Dumont. Combien de temps allait-il devoir encore supporter ce dernier? Il fallait qu'il trouve un homme capable de le remplacer... sans avoir tous ses scrupules. Un homme qui ne lui donnerait pas l'impression extrêmement désagréable d'être jugé par un inférieur. Un homme qui ne s'intéresserait pas à la peinture, qui n'achèterait pas les tableaux d'Irène.

Est-ce qu'elle avait appelé Ginette après son départ pour critiquer la réaction de son mari? Ou Françoise, qu'elle se plaignait de ne pas voir assez souvent parce que cette dernière travaillait trop? Peut-être s'étaient-elles réunies toutes les trois pour déblatérer sur son compte? Alors que c'était grâce à lui si on avait parlé d'elle à la radio. Sans lui, elle n'aurait jamais pu suivre ses cours de dessin. Elle l'avait d'ailleurs remercié lors du vernissage, et il était maintenant obligé de conserver ce profil de mécène alors qu'il avait envie de brûler ses pinceaux, ses toiles et son chevalet, envie de lui couper les vivres. Mais personne ne comprendrait cette attitude; quel mari interdirait à sa femme de peindre? Sous quel prétexte? Les femmes prenaient de plus en plus souvent la parole dans les médias pour dénoncer le pouvoir, la tyrannie des mâles. La tyrannie! Il en enverrait bien quelques-unes en Chine ou en URSS pour qu'elles voient ce qu'était une vraie dictature... Irène, jusqu'à aujourd'hui, s'était gardée d'adhérer à ces discours insensés, mais si le succès lui montait à la tête?

— Rentres-tu directement à ton hôtel? avait demandé Louis Méthot à la fin de la soirée. On pourrait prendre un dernier verre. Je connais un bar dans l'ouest où il y a de belles filles...

Bernard Nadeau avait décliné l'invitation en souriant; il était ravi de constater que l'avocat n'était pas un modèle de vertu, mais il n'avait pas envie de ces femmes aux formes agressives, aux rires trop aigus, aux ongles trop longs, trop rouges. Il avait préféré retourner au Château Champlain et se masturber en regardant des images des petites Vietnamiennes qu'il avait pu photographier au cours de son dernier séjour en Asie. Les gamines devaient avoir quatorze ou même quinze ans aujourd'hui, elles ne l'auraient pas intéressé, mais, heureusement, leur jeunesse était prisonnière de ces images qui alimentaient ses fantasmes. En rangeant les photos dans une enveloppe qu'il glissa dans son attaché-case, Nadeau se souvint de l'idée séduisante qu'avait émise Méthot la veille ; il croyait qu'il y aurait une importante immigration asiatique.

— C'est toujours comme ça avec les guerres ; ceux qui peuvent quitter leur pays le font. On verra de plus de plus de Chinois à Montréal et à Toronto. Il y en a déjà pas mal à Vancouver.

— Ce ne seront pas des Chinois, mais des Vietnamiens, avait corrigé Bernard.

Louis Méthot avait haussé les épaules : quelle différence, ils étaient tous jaunes. Réussissait-il à les distinguer, lui ?

Y parvenait-il ? se demandait Bernard en faisant sa toilette.

Et s'il s'envolait à Vancouver pour vérifier si toutes les filles de l'Orient se ressemblaient ? La colonie asiatique y était de plus en plus importante… Il téléphona à la réception ; pouvait-on lui trouver rapidement un billet ? Il était prêt à partir le jour même.

Dans l'avion, en sirotant une vodka, après avoir détaché sa ceinture de sécurité, Bernard se détendait enfin ; il trouverait sûrement ce qu'il cherchait dans cette ville où personne ne le connaissait. Il rentrerait lundi avec un cadeau pour Jeanne. Qu'il n'achèterait évidemment pas à Vancouver. Personne ne saurait qu'il y était allé.

*   *   *

Bernard Nadeau n'avait pu prévoir qu'il se ferait agresser en sortant de l'hôtel de passe où il avait abusé d'une gamine de treize ans. Qu'on lui volerait son portefeuille après l'avoir rossé de coups de pied, de coups de poing. Qu'il se rendrait jusqu'à son hôtel et prétendrait avoir été battu en s'égarant au retour du restaurant. Il refuserait de parler aux policiers, affirmerait avoir perdu conscience rapidement et prierait seulement le médecin dépêché au Hilton où il était descendu de prévenir sa femme à Québec afin qu'elle lui envoie de l'argent.

Il ressentit un certain plaisir à lire l'inquiétude sur le visage d'Irène venue l'accueillir à l'aéroport de L'Ancienne-Lorette. Il n'avait pas vu cette expression depuis la mort de Guylaine. Devait-il toujours mêler le sang à leur existence pour qu'Irène réagisse comme il le souhaitait ?

Elle le dorlota si bien qu'il remit à plus tard la discussion à propos de sa peinture. D'ailleurs, elle avait à peine travaillé dans l'atelier depuis son retour ; elle s'était activée dans la cuisine, lui avait préparé tous les plats qu'il aimait, n'était sortie que pour acheter les journaux qu'il préférait et avait accepté de mentir à leurs amis comme il l'avait exigé.

— Je ne veux pas avoir à raconter ce qui m'est arrivé à Vancouver ; mes associés vont trouver que j'ai dépensé de l'argent sur un coup de tête. Et c'est vrai. Je ne veux pas revenir là-dessus. On dira que j'ai fait une mauvaise chute dans l'escalier du sous-sol. J'ai pu glisser sur un des jouets de Jeanne. Je vais rester ici sans sortir durant quelques jours, le temps que les marques sur mon visage soient moins visibles.

— Je peux te maquiller si tu sors, avait-elle proposé. Ou Françoise, c'est son métier.

— Je ne veux pas qu'elle vienne ici me maquiller ! Je ne suis pas une fille ! Es-tu folle ?

— Françoise m'a appris des trucs pour camoufler des petits défauts. Je suis assez habile…

Il avait refusé ; si on s'apercevait qu'il avait de la poudre sur le visage, on s'interrogerait à son sujet. Ça prend peu de choses pour faire partir une rumeur. D'autant plus qu'il avait une femme qui fréquentait un milieu où il y avait des tapettes. Il n'avait pas envie qu'on pense qu'il en était une.

— Avec moi et Jeanne dans ta vie ?

— Tu es donc naïve, ma pauvre Irène. Il y a des homos qui se marient pour sauver les apparences.

— Tu en connais ?

— Ce n'est pas la question, tout le monde sait ça. Au fond, c'est parfait que je reste à la maison quelques jours, je ne prends jamais le temps de m'arrêter. On pourrait en profiter pour réfléchir à ce qu'on fera l'été prochain.

— C'est loin… L'important, c'est que tu ailles mieux.

Elle avait effleuré son front d'une légère caresse de la main et il avait eu envie d'elle, l'avait entraînée dans leur chambre même si elle protestait que Jeanne pourrait les entendre.

— Elle fait sa sieste.

— Non, elle fait semblant de faire sa sieste… Attends à ce soir…

Mais il avait poussé Irène sur le lit, avait commencé à la déshabiller. Elle avait fini par l'aider, avait ôté elle-même ses collants et son slip et avait ouvert les draps pour s'y glisser. Il l'avait retenue, il voulait la regarder. Elle avait paru embarrassée mais elle lui avait obéi. Il avait joui dès qu'il l'avait pénétrée. Elle était restée quelques minutes à ses côtés, puis elle avait remis ses vêtements rapidement ; elle croyait avoir entendu Jeanne.

— Qu'est-ce qu'on lui dirait si elle nous surprenait en train de faire l'amour ? avait demandé Irène avec un petit sourire.

— Que tu soignes son papa…

Il l'avait regardée, perplexe, quitter la chambre, « en train de faire l'amour », avait-elle dit d'un ton langoureux. Ces quelques instants où il s'était agité en elle lui suffisaient pour croire à une relation satisfaisante ? Avait-il ou non de la chance d'avoir une femme si peu exigeante ? Elle émettait toujours quelques petits cris, des soupirs au moment où il jouissait, mais après avoir connu l'extase auprès de la fille de Vancouver, il ne pouvait s'empêcher de s'interroger sur Irène. Et si elle était frigide ? Si elle faisait semblant depuis le début ?

Il s'enfonça dans les oreillers, se traitant de vieux fou ; il se posait beaucoup trop de questions. Irène était réservée au lit comme elle l'était dans la vie. Point final.

Et s'il l'emmenait au Mexique comme elle le lui avait demandé ? Peut-être que la chaleur, la musique si entraînante, les margaritas, le dépaysement secoueraient cette fois sa pudeur. Ils pourraient partir ensemble, passer une semaine à Mexico, la laisser rentrer seule à Québec et rester quelques jours de plus. Il irait à l'usine le jour et profiterait des gamines la nuit.

*   *   *

Le vent soufflait du nord-ouest quand Irène, Bernard et Jeanne quittèrent le Musée du Québec où ils avaient vu une exposition d'estampes japonaises modernes, après avoir visité les salles des expositions permanentes. Bernard voulait montrer les tableaux de Krieghoff à Jeanne.

— Avec tous ces petits bonshommes, ces chevaux, ces Sauvages, elle va trouver ça plus intéressant que tes dessins chinois. Je vais essayer d'acheter un de ses tableaux. Ghislain a fini par me convaincre que c'est une bonne affaire d'investir dans l'art. Il y a des toiles qui prennent beaucoup de valeur avec les années. Il va falloir que tu me conseilles.

Irène avait été si surprise qu'elle avait lâché la main de Jeanne, qui en avait profité pour courir vers le grand escalier. Elle avait rattrapé la petite avant d'expliquer à Bernard qu'on ne trouvait pas des Krieghoff sous les sabots d'un cheval.

— On trouve tout quand on y met le prix. J'achèterais aussi

des peintures avec des paysages. C'est toujours beau. Il y avait un truc qui me plaisait bien dans la première salle, des grands arbres verts.

— De Marc-Aurèle Fortin... J'adore ce peintre.

— On va en acheter. Et maintenant, on retourne à la maison, tu auras juste le temps de te changer avant qu'on parte souper au Château.

Bernard referma le col de son manteau dès qu'ils poussèrent la porte du musée ; il avait l'impression qu'il était plus frileux depuis son agression. Était-ce une illusion ou sa peau était-elle plus fragile ? Il s'était longuement regardé dans la glace avant de sortir de la maison, mais Irène avait raison : les marques avaient quasiment disparu, personne ne le dévisagerait.

Une bourrasque emporta son chapeau qui roula dans un tas de feuilles écarlates. Jeanne courut aussitôt pour le ramasser, mais un autre coup de vent le souleva de nouveau et la fillette rit aux éclats en le poursuivant. Elle fonça droit sur un visiteur qui saisit le chapeau tout en s'assurant que la gamine ne s'était pas fait mal en se heurtant contre lui.

— Jeanne !

Frédéric Fontaine leva les yeux, reconnut Irène, esquissa un sourire.

— Votre fille a rattrapé le chapeau magique... Nous nous sommes déjà rencontrés, je suis...

— Je sais qui vous êtes.

Bernard les rejoignait et Fontaine lui tendit la main.

— On se revoit dans des conditions plus agréables, monsieur Nadeau, fit-il.

— Pardon ?

— Je suis déjà allé chez vous. Un de vos invités avait eu un accident...

— Excusez-moi, je ne vous avais pas reconnu. Il faut y aller, Irène, sinon la gardienne gèlera à nous attendre devant la maison.

Irène fit un geste d'au revoir tout en prenant la main de Jeanne. Celle-ci marchait du côté gauche de sa mère, elle-même enlacée par son mari. Elle ne s'était pas placée entre ses deux parents comme le faisaient la plupart des enfants. Parce que la manière dont Nadeau avait serré la taille de sa femme l'en empê-chait?

Cet homme lui avait-il menti? Nadeau se souvenait très cer-tainement de lui, l'accident de Jean-Paul Duquette était trop ré-cent pour qu'il l'ait effacé de sa mémoire, qu'il ait oublié son irruption chez eux l'avant-veille de Noël. Pourquoi s'était-il em-pressé de mettre ses lunettes fumées avant de s'avancer vers lui?

* * *

— Je veux participer à cette exposition à Montréal, Bernard, fit Irène, essaie donc de comprendre pour une fois! Je ne serai partie que deux jours à Montréal. Viens avec moi au lieu de bou-der. C'est un peu grâce à toi si j'ai peint avec une vision nouvelle.

S'il avait su, il n'aurait jamais emmené Irène à Mexico! Durant leur premier séjour à Cancun, elle s'était montrée indo-lente, fuyant le soleil des plages, se contentant de lire à l'ombre d'un parasol, mais elle avait changé à Mexico! Dès leur arrivée là-bas, il avait compris son erreur; elle avait lu, annoté des ouvrages, des guides, des cartes de la ville pour être bien certaine de voir toutes les fresques qui avaient été peintes dans la méga-pole, toutes les œuvres des artistes qu'elle admirait. Elle aurait quasiment pu se rendre à la Maison bleue les yeux fermés. Une maison bleue! Quelle idée avait eue cette Frida! Quelque chose de faire peindre sa maison en bleu. Les peintres mexicains étaient au moins aussi bizarres que ceux qu'admirait Irène au Québec, et son Orozco avec ses personnages difformes ne valait guère mieux qu'un Borduas auquel il ne saisissait rien. Comment avait-il pu être assez idiot pour s'imaginer que sa femme changerait sous un soleil ardent ? À Tehotuacan, elle avait sorti un carnet de croquis pour dessiner les pyramides au lieu de les gravir, comme le faisaient tous les touristes. Il avait insisté mais elle l'avait rembarré : ne se rappelait-il pas qu'elle était sujette au vertige ? Elle avait fini par monter trois des très hautes marches de pierre avant de s'asseoir en respirant péniblement. Et elle était redescendue en faisant face aux marches, attirant l'attention de tout le monde. Elle s'était aussi fait remarquer en poussant un cri d'admiration quand le guide leur avait montré qu'en broyant une plante locale il obtenait une teinte jaune. Elle avait voulu toucher cette sève étrange. Et elle avait demandé à conserver la feuille sur laquelle le guide avait écrasé des cochenilles, épatée par le rouge né des insectes sacrifiés.

— C'est juste du sang, avait dit Bernard, dégoûté.

— Mais il n'est pas rouge sang, justement ! C'est grenade ! J'aimerais réussir à reproduire cette nuance framboise où il y a pourtant une touche de tomate. C'est tellement lumineux !

— On ne va tout de même pas ramener des insectes morts dans nos bagages !

— Mais non, je garde la feuille de papier, c'est tout. Mon Dieu, que tu es dédaigneux. Les artistes utilisent cette substance depuis toujours pour…

— Je ne suis pas venu ici pour avoir un cours de botanique ! Ce soir, on sort dans un restaurant où il y a les meilleurs mariachis. J'en ai assez de visiter des monuments.

Irène avait acquiescé ; elle avait même montré de l'entrain quand les musiciens s'étaient approchés de leur table. Elle avait bu des margaritas, et Bernard avait eu l'impression qu'elle se donnait à lui avec plus de sensualité quand ils étaient rentrés à l'hôtel ; mais le lendemain elle déclarait qu'elle voulait revoir les fresques de Diego Rivera avant de prendre l'avion pour Montréal. Elle avait parlé de la passion qui unissait ce peintre à Frida Kahlo. Voulait-elle lui signifier qu'il n'y avait qu'avec un autre artiste qu'elle pourrait être heureuse ? Qu'il était trop bête pour la comprendre ? Il avait eu envie de lui dire que ce n'étaient pas ses amis qui auraient pu l'emmener au Mexique et que les peintres qui faisaient de l'argent ne s'intéressaient certainement pas à elle. Elle n'avait aucune chance de croiser ce Riopelle dont tout le monde parlait.

— Bernard ? Tu boudes ?

Irène se tenait face à lui, lui redemandant de l'accompagner à Montréal pour le vernissage.

— Je ne boude pas. Je ne peux pas quitter Québec cette semaine-là.

— C'est important pour moi ! Il y aura beaucoup de monde. Il faut que j'accepte de participer, sinon, je n'aurai jamais le courage de montrer de nouveau mon travail. Après la critique que j'ai eue dans *Vie des arts*…

— On ne peut pas plaire à tout le monde. C'est le jeu.

— Ce n'est pas un jeu, justement ! s'écria Irène. C'est ma vie ! Viens avec moi.

Bien sûr, elle lui offrait de l'accompagner dans une galerie parce qu'elle savait pertinemment qu'il détestait ça, qu'il allait refuser. Pensait-elle qu'il était aussi naïf ? Il la ferait suivre par Provencher. Il se resservit une vodka ; il avait eu tort de se réjouir de la mauvaise critique de *Vie des arts,* elle n'avait pas abattu suffisamment Irène. Pas plus que celle de *La Presse,* même si Irène s'était demandé pourquoi on l'attaquait après l'avoir appréciée.

Bernard aussi avait été surpris par ces critiques, il ne comprenait rien à cet univers. Et il le regrettait ; s'il avait pu appréhender les rouages de ce monde, il aurait depuis longtemps trouvé qui il devait arroser pour qu'on mette fin aux espoirs d'Irène. Il aurait payé bien avant des critiques pour la démolir. Il avait dû attendre que les choses se passent naturellement. Mais Irène se révélait plus combative qu'il ne l'aurait cru. Que devait-il faire pour qu'elle oublie sa maudite peinture ? Elle en parlait constamment. Elle avait même l'intention d'accepter la proposition d'une psychologue qui croyait que les enfants pouvaient se libérer de leurs angoisses par le dessin. Il en avait assez de supporter une femme qui s'enfermait la moitié de la journée dans un atelier, il n'allait pas accepter qu'elle travaille à l'extérieur de la maison l'autre moitié du temps !

— Tu es sûr et certain que tu ne veux pas venir à Montréal avec moi ? insista Irène. Je sais que tu n'es pas très à l'aise dans les vernissages, mais nous ne sommes pas obligés d'y rester longtemps. On pourrait retourner souper au Café Martin. C'est là que tu m'as emmenée lors d'un de nos premiers voyages ensemble.

Que cherchait-elle au juste ? Pourquoi se montrait-elle si aimable subitement ? La voilà qui se servait aussi un verre de vodka pour venir trinquer avec lui, souriante, gracieuse. Elle ne pouvait pas être si affable sans avoir une raison.

Comment pouvait-elle être aussi hypocrite alors qu'elle allait sûrement à Montréal pour le tromper ?

chapitre 8

1968

On annonçait de la pluie accompagnée de vents violents quand Raymond Tremblay décida de quitter la maison où il vivait depuis douze ans avec sa femme Madeleine et leur fille Marie. Raymond Tremblay s'en moquait, il aurait pu grêler, neiger qu'il n'aurait rien changé à ses résolutions. Il emporterait simplement son parapluie.

Raymond Tremblay n'attendit pas l'autobus très longtemps et s'assit sur le banc du fond en secouant son manteau. Il s'arrêterait au coin des rues Charest et de la Couronne. Il irait à la gare acheter un billet pour Montréal. Et peut-être qu'à Montréal il prendrait un autre autobus pour aller à Ottawa. Peut-être pas.

Au guichet, on l'informa que l'autobus pour Montréal démarrait à l'heure juste. Il lui restait donc quarante-trois minutes pour payer son billet et manger deux œufs-bacon au snack-bar de la gare.

En redemandant de la mayonnaise à la serveuse, Raymond Tremblay songeait qu'il arriverait dans la métropole pour dîner.

Peut-être un peu plus tard, à cause de la neige. Il ne savait pas encore ce qu'il ferait. Il savait seulement qu'il ne pouvait plus supporter l'appartement de la rue Saint-Olivier, sa femme, le radio-roman qu'elle écoutait fidèlement.

Il s'essuya les lèvres avec la serviette en papier, lissa sa moustache. Il la couperait en arrivant au motel. Il laisserait pousser ses cheveux. Personne ne le reconnaîtrait même si on diffusait des photos de lui pour le retrouver. Pour une fois dans sa vie, il était content d'avoir un visage quelconque. Rien ne le distinguait d'un autre homme de quarante ans, avec un nez ni trop long, ni trop court, un front moyen, une bouche ordinaire, des yeux d'un brun très banal. Il achèterait des lunettes rondes. Il avait retiré la moitié de l'argent qu'il y avait dans le compte d'épargne. Madeleine n'aurait qu'à se débrouiller avec sa part. Il avait déjà payé le loyer pour trois mois. Il n'était pas un salaud. Ou peut-être que si. Mais c'était préférable d'être un salaud plutôt qu'un assassin. Il allait enfin vivre. Seul. En paix.

Il avait hâte d'arriver à destination et tendit son billet au conducteur en souriant.

*　*　*

— Il faisait chaud mais je ne regrette pas d'être allée à Montréal ! dit Irène en déposant son sac de voyage dans le hall d'entrée. C'était tellement… tellement nouveau ! Ces femmes ensemble, dans cette cuisine, à coller des timbres.

— Des timbres ?

— Comme ceux que ma mère colle dans ses petits carnets Gold Star.

— Elles collent des timbres ? répéta Bernard. Pas durant toute la pièce…

— C'est le prétexte. C'est une pièce extraordinaire ! Je n'ai jamais rien vu de pareil. Je pense que Claude et moi, on pleurait plus que tout le monde.

— Pourquoi ?

Combien de fois avait-il vu Irène pleurer ? À l'enterrement de Guylaine, quand Jeanne était tombée sur le sol en se heurtant la tête, quand Jeanne avait parlé pour la première fois, quand Magritte était mort alors qu'elle ne le connaissait même pas. À l'assassinat de John Kennedy. Puis à celui de son frère Bob, cet été. Mais elle n'avait pas pleuré quand elle avait lu la critique qui l'éreintait dans le journal. Cette fois-là, elle avait serré les dents et inspiré profondément. Que racontait donc cette pièce qui l'avait tant attristée ?

— Je ne pleurais pas parce que c'était triste, même si c'est triste. Mais parce que c'était trop beau.

— Les décors ? Les costumes ?

Irène se mordit les lèvres, elle n'avait pas envie d'abîmer son émotion en tentant de la décortiquer, de l'analyser, elle voulait garder le choc intact, écouter le texte résonner en elle, le protéger.

— Tout était beau, se contenta-t-elle de répondre. Je vais chercher Jeanne chez Ginette. Est-ce que j'ai eu des appels ?

— Je ne suis pas resté à la maison pour jouer au secrétaire. Je travaillais.

— Tu aurais dû m'écouter et venir avec nous, fit Irène, qui s'était réjouie de partir seule à Montréal pour y retrouver ses amies Claude et Paula qui connaissaient tellement de gens passionnants !

— Personne ne t'attend dans un bureau, tu n'as aucune décision à prendre, c'est facile d'aller t'amuser.

— Tu m'en veux ? Tu étais pourtant d'accord…

— Tu avais dit que tu serais rentrée pour midi. On est à l'heure de l'apéritif !

— Mais j'ai téléphoné à Ginette pour la prévenir.

— Et moi ?

— Mais tu travailles toujours jusqu'à cinq heures trente. Qu'est-ce que ça pouvait te faire ?

— Quand on dit une chose, on s'y tient. Pourquoi es-tu revenue plus tard ?

— Parce que je me suis couchée tard. On est allées souper après la pièce. On a pris un verre. Veux-tu que je te dise ce que j'ai bu ? Ce que j'ai mangé ?

— Je m'inquiétais.

Irène poussa un soupir d'exaspération ; pouvait-il la laisser respirer ou était-ce trop demander ?

— Tu parles de respirer et tu n'as même pas remarqué que j'ai fait installer l'air conditionné.

Bernard Nadeau avait eu si chaud durant les deux dernières semaines qu'il avait changé d'idée ; il ne pouvait pas être efficace dans son travail s'il dormait mal. Il avait des décisions majeures à prendre pour la saison prochaine ; allait-il continuer à réinjecter les bénéfices de Sportec dans l'usine qui fabriquait les équipements sportifs au Mexique ou devait-il investir dans le marché de l'électronique comme le suggérait Dumont ? Ce dernier n'avait-il pas parlé plusieurs fois d'échanges lucratifs avec le Japon ?

Nadeau ne parvenait pas à déterminer s'il avait envie d'explorer ce nouveau marché par intérêt ou parce qu'il aurait de nouveau de bonnes raisons d'aller en Asie. Est-ce que les petites Japonaises étaient très différentes des Vietnamiennes ? Combien de temps mettrait-il à découvrir les quartiers chauds de Tokyo ?

— Je suis désolée, fit Irène. Je pense que la chaleur m'a tapé sur les nerfs durant le voyage. C'est fantastique ! Est-ce que toute la maison est climatisée ?

— Oui. Même ton atelier. Tu verras, ça fait toute une différence. Tu pourras peindre sans être épuisée par l'humidité. Tu y as goûté cet été, j'aurais dû réagir avant.

Irène se jeta au cou de Bernard, qui fut surpris par cette étreinte spontanée.

— Je suis de mauvaise foi, reprit Irène. Je pensais que ça

t'ennuyait que je travaille autant alors que tu fais tout ce que tu peux pour me rendre les choses plus faciles. Je ne te mérite pas !

Elle avait honte d'avoir pensé, durant le trajet en autobus, qu'elle aimerait être plus libre. Ne pas avoir de mari à qui elle devait téléphoner, ne pas avoir de repas à préparer, ne pas avoir de vestons à aller chercher chez le teinturier, ne pas avoir à entendre les Beach Boys ou Frank Sinatra. Elle avait l'impression de ressembler au personnage du roman de Claire Martin qui s'ennuie tellement auprès de son mari. Elle avait envié Claude et Paula, si amoureuses. Mais peut-être qu'elles semblaient si heureuses parce que leur vie commune était nouvelle ?

Elle prit la main de Bernard et l'entraîna vers l'atelier ; un frisson la parcourut dès qu'elle poussa la porte ; elle s'approcha de Bernard, se blottit contre lui.

— C'est vraiment efficace !

— Quand on met le prix...

Il serrait Irène dans ses bras ; le suivrait-elle s'il cherchait à l'entraîner dans leur chambre ou trouverait-elle un prétexte pour le repousser ?

— Viens, on va se réchauffer dans notre lit.

Est-ce qu'elle lui parut se raidir dans ses bras ou était-ce une réaction au froid ? Elle le précéda pourtant, se déshabilla et se glissa au lit en répétant que le système de climatisation l'impressionnait. Il faudrait même qu'elle s'habitue à cet air étrange.

— On peut le contrôler, précisa Bernard en prenant un sein dans sa main gauche.

Il lui sembla qu'Irène réagissait davantage, que ses mamelons s'étaient durcis plus vite. Il la pénétra en ayant l'idée saugrenue que le froid ralentirait peut-être son éjaculation, mais il jouit rapidement. Irène, toutefois, resta collée contre lui plus longtemps qu'à l'accoutumée. Était-elle si contente de respirer enfin dans son atelier ?

— Il faudra baisser le système dans la chambre de Jeanne, fit remarquer Irène en quittant le lit après avoir effleuré le front de Bernard d'un baiser furtif.

Il la regarda mettre sa robe de chambre et se diriger vers la salle de bain avec un mélange de ravissement et de frustration.

Il avait lu que certaines femmes pleurent quand elles ont un orgasme ; Irène n'avait jamais versé une seule larme durant leurs étreintes. Mais elle braillait au théâtre ! Il aurait eu de la peine à le croire s'il n'avait su qu'Irène avait vraiment pleuré à la représentation des *Belles-sœurs*. Le détective l'avait noté dans son rapport sur les activités d'Irène à Montréal. Elle avait été au théâtre avec Paula et Claude, deux filles qui vivaient ensemble, elle s'était rendue jusqu'au Musée d'art contemporain à la Cité du Havre, puis elle avait pris l'autobus pour rentrer. Provencher avait déclaré à Nadeau qu'il gaspillait son argent en le payant pour suivre Irène. « Vous vous trompez, elle est correcte, votre femme. » Il avait peut-être raison, mais personne n'allait lui dicter sa conduite. Surtout pas un petit détective. Bernard lui avait dit qu'il pouvait engager quelqu'un d'autre si le boulot l'ennuyait. Provencher s'était excusé, avait promis qu'il se mêlerait de ses affaires.

— Je pense que je vais investir au Japon, annonça Bernard à Irène qui se rhabillait.

— Au Japon ? C'est merveilleux ! Je veux y aller avec toi !

— Tu ne voulais pas aller à Paris et tu es prête à te rendre au bout du monde ?

— Maintenant, c'est maintenant. Pourquoi voulez-vous investir là-bas ?

— Le commerce de l'électronique pourrait nous intéresser. Les radiocassettes se vendent très bien… On ira à la mi-octobre.

— Mais il y a mon expo à Montréal ! gémit Irène.

— Tu viendras à Tokyo une autre fois.

Il se retenait de sourire, il était temps qu'Irène fasse quelques sacrifices pour sa maudite peinture. Renoncerait-elle à un voyage au Japon pour participer à une exposition dans une galerie qui venait à peine d'ouvrir ? Il lui donnait une semaine pour lui dire si elle l'accompagnerait à Tokyo.

À la mi-septembre, Bernard Nadeau devait admettre qu'il avait mal évalué la détermination d'Irène. Elle avait regardé les premières feuilles tomber en s'extasiant de leur mouvement, elle avait même parlé d'« épousailles avec la terre », déclaré que l'automne l'inspirait par son côté fauviste. Fauviste ! Elle employait des mots de plus en plus bizarres ! Comme ses toiles… Était-ce vraiment nécessaire de mettre autant de couches de couleurs les unes par-dessus les autres ? N'était-ce pas du gaspillage ?

Elle l'avait dévisagé sans répondre à cette question avant de lui tourner le dos pour saisir un couteau maculé de peinture verte.

— Es-tu toute seule à jouer dans l'huile avec un couteau ?

— Non. Marcelle Ferron aussi.

— Pourquoi ne te sers-tu pas de tes pinceaux ? Je t'en ai acheté un paquet…

— Je m'en sers aussi.

Était-il obligé de lui répéter qu'il payait tout pour elle ? Depuis la fin de l'été, Irène avait l'impression qu'il multipliait les allusions à ses largesses, et ces commentaires la persuadaient qu'elle ne pourrait plus continuer longtemps à travailler avec l'idée qu'elle devait tout à Bernard. Elle appliquait la peinture qu'il avait payée sur les toiles qu'il avait payées, lesquelles étaient installées sur le chevalet ou les tréteaux qu'il avait achetés. Elle s'efforçait de l'oublier quand elle revêtait sa blouse tachée, mais elle pensait de plus en plus souvent à son mari quand elle peignait, ou plutôt à sa dépendance envers lui, et elle craignait que ses pensées la détournent du sujet qui devait l'occuper tout entière. Elle ne devait songer qu'à reproduire l'émotion qui l'habitait quand elle enfouissait ses mains dans un tas de feuilles mortes, elle devait réussir à traduire les odeurs d'humus, de fumée, de bois pourri, de sel qui dormaient au cœur des tissus écarlates ou mordorés, châtaigne ou sépia. Peindre lui avait révélé l'âme des choses, leur intimité, et même si elle n'arrivait jamais à rendre ce qu'elle percevait avec autant de justesse qu'elle l'aurait souhaité, elle persévérerait, accepterait l'erreur pour mieux la corriger, pour creuser la vérité. Sa vérité, devait-elle plutôt dire, car chaque artiste avait sa propre vision du monde.

Aurait-elle dû insister pour que Bernard comprenne mieux ce qu'elle faisait ? L'initier à l'art moderne ? On pouvait vivre sans aimer les cubistes. N'y avait-il pas une part de prétention dans son obstination à convaincre Bernard de la beauté d'une œuvre ? Qui était-elle pour croire qu'elle détenait la vérité en matière d'art, de goût ?

Elle s'éloigna de la fenêtre en se demandant si elle n'était pas trop exigeante ; bien des femmes vivaient avec des hommes qui ne partageaient pas leur point de vue sur un millier de sujets sans s'en formaliser. Pourquoi se sentait-elle si seule et pourquoi croyait-elle que ce sentiment de solitude disparaîtrait si elle s'éloignait de son mari ? Pour vivre seule. Comment pouvait-on être moins seule en étant une qu'en étant deux ?

Elle se mentait ; elle n'était pas si seule puisque Jeanne rayonnait autour d'elle. Mais Jeanne était de sa chair, il était normal qu'elles se comprennent aussi facilement. Non, elle se trompait encore ; Lucile et elle n'avaient jamais rien eu en commun. Même la maternité ne les avait pas rapprochées. Ou si peu. Irène pensait toujours que sa mère s'offrait à venir garder Jeanne parce qu'elle aimait leur maison, leur nouveau réfrigérateur avec son distributeur de glaçons intégré. Lucile répétait qu'elle adorait boire son coke bien glacé. C'était peut-être parce qu'elle en buvait à longueur de journée qu'elle était aussi froide ? Tout le contraire de Georges Pouliot.

Pourquoi ne parvenait-elle pas à recréer la lumière si rassurante qui brillait dans les yeux de son père ?

Elle avait cru un instant qu'elle retrouverait un peu de cette quiétude en épousant Bernard. Comment avait-elle pu confondre chaleur et confort ?

Comment pourrait-elle continuer à vivre avec Bernard ?

Comment pourrait-elle vivre sans Bernard ?

Elle inspira lentement, tentant de refouler l'amertume qui la gagnait ; à quoi ça lui servirait de culpabiliser, de se fustiger d'avoir épousé Bernard ? Ce n'était pas ce qui lui permettrait de quitter Québec, de s'installer à Montréal. Elle n'avait pas de temps pour les regrets, elle devait reconsidérer la suggestion de Julien et fournir des paysages de la capitale aux touristes à un vendeur de la rue du Trésor. Si elle en produisait un bon nombre d'ici l'été, elle pourrait amasser assez d'argent pour payer la location d'un appartement dans le quartier du Plateau Mont-Royal. Les logements n'étaient pas trop chers à l'est de Christophe-Colomb. Elle dirait à Bernard qu'elle voulait suivre un stage à Montréal. Il refuserait sûrement. Elle lui annoncerait alors qu'elle irait tout de même vivre dans la métropole. Qu'elle ne lui demandait rien. Ou juste un peu de patience, de compréhension. Elle avait besoin de s'éloigner de cette ville où elle était née pour vivre autre chose. Elle avait besoin d'éprouver un choc, de changer son existence, son quotidien pour se découvrir, pour évoluer. Elle répéterait qu'elle ne voulait pas le quitter définitivement, qu'elle était réellement attachée à lui. Il crierait qu'il ne la croyait pas.

Et il aurait peut-être raison ; elle ignorait ce qu'elle souhaitait vraiment. Avait-elle le droit de quitter un mari généreux, une maison agréable, imposant ainsi des conditions de vie plus modestes à Jeanne ? Comment la fillette réagirait-elle ? Elle était habituée à courir dans la cour, dans le sous-sol. Elle ne pourrait pas aimer un logement de quatre pièces, elle ne comprendrait pas.

Elle-même se demandait comment elle pourrait installer un atelier dans un tel logement.

Devait-elle céder malgré tout à son intuition ? Est-ce que le voyage de Bernard au Japon préciserait ce désir de vivre sans lui ?

Elle se souvenait du séjour de son mari en Asie alors qu'elle vivait avec Guylaine ; son absence n'avait rien réglé. Pourquoi comptait-elle toujours sur un élément extérieur pour qu'il décide à sa place ?

chapitre 9

Est-ce qu'il avait déjà fait aussi beau à cette époque de l'année ? L'été indien teintait les rues de Montréal d'une couleur chaude, dorée, blonde comme la croûte d'un pain, et Irène avait l'impression que l'air embaumait la levure et le sel, avec une pointe d'iode. Est-ce que cette note piquante s'exhalait du fleuve ? Elle cherchait l'eau, à Montréal, accoutumée à la voir facilement à Québec. Le quartier du Vieux-Port lui paraissait très loin du Plateau Mont-Royal alors qu'il devait être à la même distance que celle qui séparait la maison de Sillery et la terrasse Dufferin. Et le métro facilitait les déplacements rapides ; elle devait visiter Montréal au lieu de rester dans le quartier où demeurait Paula. Elle avait dit à Bernard qu'elle serait absente durant trois jours, trois jours qui ne feraient pas une grande différence pour lui puisqu'il serait déjà arrivé au Japon. Il avait demandé qui garderait Jeanne, mais il n'avait pas désapprouvé ce voyage. S'habituait-il à ces départs ? S'il acceptait qu'elle aille régulièrement à Montréal, elle abandonnerait peut-être l'idée d'aller vivre là-bas même si elle continuerait à ramasser de l'argent, à exécuter ces petites aquarelles qu'Antoine vendait pour elle rue du Trésor. Elle aurait voulu se charger elle-même de la vente de ses œuvres, mais Bernard avait refusé tout net que son épouse quitte la maison pour traîner toute la journée avec des artistes plus étranges les uns que les autres. Il avait offert de lui acheter toute sa production pour qu'elle renonce au Vieux-Québec. Elle avait accepté de rester chez eux mais avait tenu à écouler ses aquarelles et ses encres comme prévu. À la fin de l'été, Bernard avait reconnu qu'elle s'était bien débrouillée ; les touristes aimaient beaucoup son travail. Il préférait d'ailleurs ces représentations des plus beaux sites de la ville à ces grands tableaux aux sujets si vagues qu'elle voulait emmener à cette galerie de la rue Saint-Denis. Il le lui avait répété au moins dix fois. Elle n'avait rien répliqué, s'était dit qu'il irait au Japon sans en goûter l'architecture, sans en apprécier l'harmonie, le dépouillement des jardins.

Comment était l'automne à Tokyo ? D'ailleurs, était-ce l'automne ? Les feuilles des arbres tombaient-elles dans les bassins où flottaient des nénuphars fleurant la vanille, les plantes changeaient-elles de couleur, les grues cendrées fuyaient-elles vers des cieux plus cléments, les carpes qui évoluaient dans les bassins en longs mouvements paresseux s'y enfonçaient-elles pour tout l'hiver ? Est-ce que ces poissons dormaient vraiment durant des mois sans manger ?

Comment pouvait-elle penser au Japon, à ce voyage auquel elle avait dû renoncer à quelques heures du vernissage ?

Y aurait-il du monde ? Le propriétaire de la galerie n'avait pas assez d'argent pour annoncer l'événement dans *La Presse* ou *Le Devoir*. On devrait espérer que les invitations postées aux journalistes suffiraient à piquer leur curiosité et que le bouche-à-oreille ferait le reste. Devait-elle se réjouir qu'il fasse aussi beau ? Les gens auraient envie de sortir de chez eux. Ou non. Ils préféreraient y rester pour nettoyer leur jardin, couvrir les arbres pour l'hiver. La pluie aurait été préférable.

Elle marchait d'un pas égal, se retenant de ralentir la cadence en approchant de la rue Saint-Denis, malgré son cœur qui battait trop vite et ses jambes qui semblaient prêtes à la trahir.

Elle reconnut des amies de Paula et Claude, chercha Julien en s'avançant à gauche de la pièce principale tout en évitant de regarder si des gens s'étaient arrêtés devant ses tableaux. Allait-elle entendre un commentaire désobligeant qui l'attristerait ?

— Eh ! Irène ? Irène Pouliot !

Était-ce possible ? Cette voix… cette voix qu'elle n'avait pas entendue depuis des années ? Elle se retourna, abasourdie, blêmit en reconnaissant Bobby.

Bobby ! À Montréal ? Dans cette galerie ?

Il avait changé, vieilli, ses épaules étaient plus larges, mais il avait le même demi-sourire qui l'avait tant charmée quand elle était plus jeune. Il portait une veste de cuir noir de qualité, et elle ne put s'empêcher de se demander s'il l'avait volée. Et comment elle devait le présenter au propriétaire de la galerie. À ses amis.

— Si on allait dehors ? On étouffe, déclara-t-elle.

— C'est bien toi ! Je n'étais pas certain en voyant ta petite photo sur l'affiche dans la vitrine à côté des peintures. Tu restes à Montréal ?

— Je n'y vis pas. Je suis toujours à Québec. Et toi ?

— J'ai déménagé ici en sortant d'Orsainville. Je n'avais pas tellement de bons souvenirs dans le coin.

Il parlait d'Orsainville sans aucune gêne, sans baisser la voix.

— Je ne me souvenais pas que tu aimais peindre autant que ça.

— Si on allait dehors ? répéta Irène. Il fait tellement beau, c'est bête de s'enfermer.

— Je vais reprendre un petit verre de vin. J'aime mieux la bière, mais il n'y en a pas. En veux-tu un ?

Irène déclina son offre et sortit pour l'obliger à la rejoindre.

— Qu'est-ce qu'on disait, déjà ? fit-il. Ah oui, je sais, que tu es toujours aussi cute.

— Arrête, Bobby.

— Mais c'est vrai.

Il la détaillait en souriant ; elle sentit qu'elle rougissait, s'en voulut, chercha quelque chose à dire pour changer de sujet, mais ne réussit qu'à lui redemander depuis quand il s'était installé à Montréal.

— Je te l'ai dit, depuis que je suis sorti d'Orsainville. J'aime mieux vivre ici. Il y a plus de… possibilités.

Irène hocha la tête en esquissant un sourire poli. Elle ne voulait pas savoir à quelles possibilités il faisait allusion. Elle voulait qu'il reparte aussi vite qu'il était apparu, qu'il la laisse avec Julien qui arrivait, qui s'approchait maintenant en tendant la main à Bobby.

— Moi, c'est Julien.

— Bobby, je suis un vieil ami d'Irène. Un ex, pour tout dire. On était amoureux, hein ?

Amoureux ? Pourquoi l'affirmait-il maintenant ? Il n'était pas venu sans raison à la galerie.

— Ça fait si longtemps, murmura Irène. On a changé.

— Pas toi, t'es toujours aussi belle. Même plus !

— Et elle est douée, as-tu vu ses toiles ? questionna Julien. Viens voir !

Il entraîna Bobby à l'intérieur sans qu'Irène ait le temps de réagir, lui montra les tableaux en les commentant. Bobby les regardait en lissant les poils de sa moustache, ne sachant que dire, se retournant fréquemment vers Irène pour lui sourire. Il se pencha pour lire le prix indiqué à côté d'une des toiles et déclara qu'il allait l'acheter.

— Eh ! Tu as entendu ça, Irène ? Bobby veut acheter *Résonances 7*.

— Non, non, ce n'est pas possible. Tu ne peux pas, Bobby.

— J'ai de l'argent, si c'est ça qui t'inquiète. Où il est, ton boss ? Je vais payer cash.

Bobby sortait déjà une liasse de la poche de son pantalon, la déroulait lentement, agitait des billets de cent dollars en cherchant des yeux le propriétaire de la galerie.

— Arrête, fit Irène en tentant de replier la main de Bobby. Arrête, tu ne peux pas aimer ça. Je te connais.

Bobby leva la main plus haut, tendant les billets vers le propriétaire, souriant à Irène. Il allait acheter son tableau, personne ne pouvait lui dire ce qu'il aimait ou non. Personne ne lui dicterait plus jamais sa conduite ; il avait obéi aux ordres durant trop longtemps.

— Tu étais dans l'armée ? demanda Julien tandis que le propriétaire expliquait à Bobby qu'il ne pourrait repartir avec la toile le soir même, qu'il pourrait l'emporter à la fin de l'exposition.

— L'armée ?

— Tu as parlé d'ordres…

— C'est une vieille histoire, fit Bobby. Irène te contera ça. Vous n'avez pas faim, vous autres ? Je vous invite au restaurant.

Irène secoua la tête ; il n'était pas question qu'elle quitte la galerie le soir du vernissage.

— Une autre fois, peut-être…

— Je viens de payer une peinture et tu ne veux même pas sortir avec moi ?

Il avait adopté le ton de la plaisanterie, mais Irène n'était pas dupe ; Bobby pensait qu'elle lui devait quelque chose. Elle songea aussitôt à Bernard, qui s'arrangeait si bien pour lui faire sentir qu'elle lui était redevable, et se dirigea vers le propriétaire de la galerie, lui expliqua qu'il y avait une erreur, qu'il devait rendre son argent à Bobby, qu'on vendrait *Résonances 7* à quelqu'un d'autre.

— Voyons, Irène, qu'est-ce que tu fais ? Tu es la première à vendre une toile et tu n'es pas contente ?

— Pas à n'importe quel prix.

Bobby s'approcha, que se passait-il ?

— On va te rendre ton argent.

— Je n'en veux pas ! J'en ai en masse, je n'en ai pas besoin, garde-le ! Pour qui te prends-tu, Irène Pouliot ? Je ne suis plus assez bien pour toi, c'est ça ? C'est donc vrai que tu as marié un big boss ? Madame est au-dessus de tout le monde ?

— C'est faux, protesta Irène. Arrête de crier, ce n'est pas la place.

— Ce n'est pas ma place, tu veux dire. Toi, tu peux venir parader ici, mais pas moi.

— Je n'ai pas dit ça. Viens dehors, je vais t'expliquer.

Elle sentait les visiteurs les dévisager, s'interroger sur les motifs de cette dispute alors qu'elle aurait souhaité qu'ils ne regardent que les toiles accrochées aux murs du demi-sous-sol. La galerie était discrète, dans une section de la rue Saint-Denis qui était moyennement fréquentée ; pourquoi avait-il fallu que Bobby passe devant, y lise son nom ?

Elle courut vers la sortie et tenta de s'éloigner du groupe de gens qui discutaient devant la galerie, mais Bobby la retint par le bras.

— Qu'est-ce qui te prend, Irène ?

— Parle moins fort.

— C'est toi qui cries !

Disait-il vrai ? Elle inspira profondément en secouant la tête. Elle ne voulait pas affronter Bobby, son passé et ce qu'il était devenu. Elle voulait seulement boire un verre de vin rouge en discutant gentiment avec Julien, en guettant l'arrivée de Claude ; elle devait calmer Bobby.

— Je m'excuse, dit-elle. Je suis très nerveuse avec l'exposition.

Elle avait légèrement incliné la tête dans une attitude plus humble, plus modeste.

— On n'en parle plus, déclara Bobby. Mais je ne change pas d'idée, je veux t'emmener manger au restaurant. Parce que j'ai bien compris que ton mari n'est pas ici...

— Ce n'est pas possible maintenant, mais on peut se retrouver demain midi si tu veux. Je dois rester ici ce soir, ce vernissage est important pour moi.

Bobby tapota la poche gauche de sa veste de cuir, trouva ses cigarettes, en offrit une à Irène qui l'accepta alors qu'elle ne fumait qu'une ou deux fois par an. Il inhala une longue bouffée, la rejeta lentement.

— O.K. Tu me promets qu'on se voit demain ?

— Oui. Promis, juré.

Elle lui souriait avec sincérité ; un lunch ne durerait pas éternellement. Elle l'écouterait raconter sa vie, resterait discrète sur la sienne et le quitterait après le café pour rentrer chez Paula.

— Je vais aller te chercher. Tu restes où ?

— Retrouvons-nous plutôt au restaurant, je ne veux pas t'obliger à venir me…

— Tu n'as pas vu mon nouveau char ! Donne-moi ton adresse, je te prends en passant.

Elle s'exécuta, et il s'approcha d'elle pour l'embrasser avant de partir. Il lui baisa les lèvres, et elle en fut si surprise qu'elle ne protesta même pas. Elle lut alors la satisfaction dans les yeux de Bobby et comprit qu'elle devrait être très ferme avec lui quand ils dîneraient ensemble ; il n'était pas question qu'elle le laisse de nouveau l'embrasser.

Elle l'entendit lui redire « À demain » et rentra dans la galerie sans se retourner, même si elle était certaine qu'il ne l'avait pas encore quittée des yeux. Elle marcha jusqu'au fond de la salle et se planta devant le tableau d'un de ses collègues, songeant que Pierre avait été sûrement influencé par Pellan. Pouvait-on deviner aussi facilement, en examinant ses propres toiles, son admiration pour Frida Kahlo et Romaine Brooks ? S'était-elle affranchie de leurs œuvres ? Est-ce qu'elle n'était pas la somme de toutes ces rencontres dans les musées, de ses expériences, des enseignements qu'elle avait reçus ? Pourquoi désirait-elle tant se libérer de toute influence ?

— Vous allez changer, dit un visiteur à Irène. Vous n'êtes ni fauviste, ni expressionniste.

— Des étiquettes…

— Vous plongerez dans l'abstraction.

— J'adore Pollock et McEwen, confia Irène, mais ce n'est pas ma manière de peindre.

— Vous y viendrez. Votre vérité vous rattrapera.

L'homme tourna les talons et se dirigea vers une artiste qu'il venait de reconnaître et dont il prit les mains qu'il baisa affectueusement.

— Qu'est-ce qu'il t'a dit ? demanda Julien. C'est un journaliste important !

— Il croit que je vais changer de style. Qu'est-ce que tu en penses ?

— Je pense qu'il t'a parlé, c'est ce qui compte !

— C'était peut-être de la curiosité, tout le monde nous regardait…

— Ton Bobby a l'air de tenir encore à toi.

Irène protesta avec véhémence ; ce n'était pas son Bobby, elle le verrait le lendemain midi pour la dernière fois. Elle lui ferait comprendre qu'elle n'avait pas envie de remuer le passé.

— Bobby ne m'a apporté que des ennuis. Il n'a pas changé. Je ne veux pas être mêlée à ses petits trafics. Une chance que Bernard ne m'a pas accompagnée…

— Cesse de t'en faire avec ton mari ; il est au Japon ! Bobby est beau et jeune…

— Tu dis n'importe quoi, Julien. Tais-toi.

La voix d'Irène, anormalement basse, surprit Julien, qui n'avait voulu que taquiner son amie.

— Excuse-moi, je ne me mêle pas de mes affaires. Je me demande ce que font Claude et Paula… D'habitude, elles ne sont pas en retard.

— Elles viendront, c'est sûr. Veux-tu un verre ?

Irène but le vin trop vite, se sentit un peu étourdie. Elle ne devait plus penser à Bobby, mais profiter de la soirée pour faire des rencontres intéressantes. Avec la nuit, le temps s'était rafraîchi ; elle frissonna malgré sa cape de feutre noir, sans se décider à rentrer dans la galerie. Elle avait besoin de respirer à pleins poumons, de déceler l'odeur de l'essence, de la fumée des cheminées, de la poussière soulevée par les voitures, de l'asphalte, des feuilles mortes qui s'amassaient au pied des arbres qui jalonnaient la rue Saint-Denis. Elle ferma les yeux et eut un mouvement de recul en sentant une main sur son épaule.

— Nous voilà ! dit Paula. Comment ça va ? Il y a du monde, tant mieux.

— Irène a même vendu une toile.

— Non, je vais reparler au propriétaire pour qu'on annule la vente.

— Qu'on l'annule ? De quoi parlez-vous ?

— Son ex a acheté *Résonances 7* mais Madame pense qu'il l'a fait pour l'impressionner, expliqua Julien. Puis après ?

— Fichez-moi la paix avec Bobby !

Irène courut vers la rue, la traversa, entendit Julien lui crier de revenir mais elle continuait à remonter Saint-Denis sans savoir où elle allait, s'en moquant, essayant de ne penser qu'à l'air frais qui piquait son front, ses joues. Dans sa fuite, elle passa devant Jean-Marc Provencher sans le voir. Il hésita à la suivre, craignant d'attirer alors son attention. Il avait déjà pu prendre de nombreux clichés ; Bernard Nadeau en aurait pour son argent ; il avait réussi à photographier Irène au moment où l'homme à la veste de cuir l'embrassait. Sur la bouche. Le détective était certain de ce qu'il avait vu et songea que son client avait peut-être eu raison, finalement, de douter de son épouse pour lui demander de la surveiller pendant son absence.

Quelle serait sa réaction en voyant les clichés ?

Provencher était déjà décidé à enquêter sur cet homme, il avait relevé la plaque d'immatriculation de sa voiture et l'aurait suivi s'il ne l'avait pas entendu dire à Irène qu'il la reverrait le lendemain.

Il gagna sa voiture, démarra en roulant lentement ; Irène n'était pas allée très loin. Elle était assise sur les marches d'un escalier en colimaçon et ramenait les pans de sa cape contre elle.

Elle avait froid ; Provencher espéra qu'elle rentrerait directement chez Paula, mais celle-ci accourait, suivie de Julien et de Claude.

— On ne voulait pas t'ennuyer avec ce Bobby, déclara cette dernière.

— On va souper au Piedmontais, viens-tu avec nous ?

— Au Piedmontais ? Vous êtes riches. J'y suis déjà allée avec Bernard.

— Paula a quelque chose à fêter, annonça Claude. On mangera des toasts le reste de la semaine, tant pis…

— Quoi ? Qu'est-ce que vous célébrez ?

— Tu le sauras si tu viens avec nous. On te jure qu'on ne parlera pas de Bobby.

Provencher soupira ; combien de temps devrait-il rester dans sa voiture à attendre qu'Irène ressorte du restaurant ? Heureusement qu'il était persuadé de réaliser des clichés intéressants le lendemain. Dès qu'il aurait vu Irène monter dans l'autobus qui la ramènerait à Québec, il appellerait son adjoint et le prierait de la prendre en filature dès son arrivée dans la capitale. Lui, il resterait à Montréal et mènerait son enquête sur ce Bobby. Il avait au moins appris son prénom grâce à la grande blonde qui parlait toujours si fort. Chose certaine, ce type avait de l'argent. Et aimait le montrer. D'où le tenait-il ?

*   *   *

Il pleuvait tellement quand Irène quitta Montréal que Provencher faillit sortir de sa voiture pour s'approcher de l'autobus afin d'être vraiment certain que c'était bien elle, en imperméable noir, tenant une petite valise verte à la main, tendant son billet au chauffeur. Il se trouvait ridicule d'imaginer qu'une autre femme ait pu se substituer à elle afin de lui permettre de rester plus longtemps à Montréal ; pourquoi aurait-elle prêté ses vêtements à une amie alors qu'elle pouvait demeurer dans la capitale sans que son mari l'apprenne ? Nadeau était au bout du monde… Mais peut-être savait-elle qu'il lui téléphonerait pour vérifier si elle n'était pas restée plus de deux jours chez Paula. Quelles étaient leurs relations ? Il aurait aimé les voir ensemble pour comprendre le lien qui les unissait. Ou ce qui les opposait, hormis l'âge et le milieu où ils évoluaient. Irène ne semblait pas davantage en bonne intelligence avec ce Bobby qui était venu la chercher chez Paula à midi ; elle avait sursauté quand il avait posé une main sur son épaule après lui avoir ouvert la portière de la voiture, et elle avait eu une moue d'agacement quand il lui avait pris les mains au restaurant. Elle les avait retirées aussitôt en secouant la tête. Provencher n'avait pu entendre leur conversation, mais Irène semblait contrariée par les propos de l'homme, elle avait secoué la tête plusieurs fois, haussé les épaules, soupiré en jouant avec la mie du pain, le papier d'emballage des toasts Melba. Quand Bobby lui avait repris les mains, elle avait mis plus de temps à réagir. Par lassitude ou parce qu'elle commençait à lui céder ? Provencher avait été témoin si souvent de cet instant précis où un homme ou une femme accepte qu'on couvre ses doigts, qu'on effleure un poignet ou un avant-bras quelques secondes de trop. Tout se scelle dans ces secondes qui s'étirent, cette étreinte qui s'épanouira dans la fugacité, s'en nourrira. Est-ce qu'Irène tromperait bientôt son mari ? Bobby avait eu un sourire carnassier qui n'avait pas échappé à Provencher. Il saluait maintenant Irène qu'il avait raccompagnée jusqu'au terminus. Il se tenait tout près de l'autobus, agitant la main droite en signe d'au revoir. La pluie empêchait le détective de voir si Irène lui répondait de l'autre côté de la vitre.

Il fit démarrer sa voiture afin d'être prêt à suivre Bobby.

*   *   *

Bernard Nadeau songeait à son retour à Québec, à son arrivée à la maison. Il avait offert des kimonos de soie à Jeanne et à Irène qui lui avait demandé s'il avait vu les fameuses grues cendrées.

Il avait répondu qu'il n'était pas allé à Tokyo en touriste, mais en voyage d'affaires. Qu'il avait néanmoins pensé à rapporter des livres à sa femme et à sa fille, qui pourraient ainsi voir où il avait séjourné durant ces deux semaines au Japon. Il avait ensuite interrogé Irène ; s'était-il passé quelque chose de nouveau en son absence ? Non, rien de spécial.

Et Bobby ?

Sa rencontre avec Bobby ? Ce n'était pas assez spécial pour qu'elle pense à lui en parler ?

Bernard Nadeau venait tout juste de refermer la porte derrière Provencher. Il avait écouté le détective en serrant les poings et il faisait maintenant des efforts considérables pour rester à son bureau au lieu de se rendre à la maison pour saccager le kimono qu'Irène avait enfilé la veille en lui souriant avec tant de duplicité. Il aurait voulu l'étrangler avec la ceinture, voir son beau visage bleuir. Il aurait aussi mis le feu à son atelier. Il l'aurait défigurée en lui lacérant le visage avec ce couteau qu'elle utilisait pour peindre, l'aurait forcée à avaler ses tubes de peinture, empoisonnée avec les produits nettoyants qu'elle déposait sur la plus haute étagère. Il aurait voulu la dissoudre, l'anéantir, mais il était resté à son bureau devant le dossier que lui avait remis Provencher, car il savait qu'il tuerait Irène s'il la voyait maintenant.

Et s'il la tuait, il serait accusé de meurtre. Il devait trouver une meilleure solution. Il avala deux scotchs bien tassés et recommença à respirer plus calmement. Dans un premier temps, il allait téléphoner chez lui pour dire qu'il devait partir sur l'heure à Toronto. Il irait plutôt à Montréal pour observer son rival. Et discuter avec Pierre Boutin. Il aurait voulu tuer lui-même Bobby et Irène, mais c'était dans un de ses immeubles qu'on avait découvert le corps de Guylaine. Et un invité s'était tué en voiture en partant de chez lui la veille de Noël. Les policiers trouveraient peut-être qu'on mourait beaucoup dans son entourage. S'ils se mettaient à tout remuer pour en savoir davantage sur lui et sur Irène? S'ils avaient gardé la trace de Bobby depuis qu'il avait quitté Orsainville? Ils sauraient qu'il avait revu Irène. Ils se demanderaient s'il l'avait appris. Ils lui poseraient un tas de questions auxquelles il n'aurait certainement pas envie de répondre.

Il ne perdait pas de vue non plus que Ghislain Dumont devrait bientôt disparaître. Même s'il était assassiné au Mexique, et même si lui, Bernard, était dans son bureau à Québec au moment où on trouverait le corps de son associé, il y aurait cette fois aussi des policiers pour l'interroger. Il devait attendre. Ou choisir : Irène ou Ghislain? La pute ou le curé? Il ne savait pas exactement ce que Ghislain avait appris sur ses visites aux *chiquitas* dans le Sud, ni par qui il avait su ce qui s'y passait, mais il avait maintenant une manière de le regarder qui lui déplaisait infiniment. Bernard était tout disposé à payer un Mexicain pour tuer Ghislain au cours de son prochain séjour en décembre. En même temps, il s'interrogeait sur son associé : et s'il avait parlé de ses soupçons à Ginette? Dans ce cas, elle ne manquerait pas de tout répéter aux policiers qui enquêteraient — à distance — sur la mort de son mari. Elle dirait peut-être qu'il avait voulu racheter les parts de Ghislain dans la compagnie et que celui-ci avait refusé. Si Irène disparaissait ensuite, il serait sûrement arrêté.

Mais avait-il raison de s'inquiéter autant à propos de Ghislain Dumont?

Il en parlerait à Pierre Boutin. Ensemble, ils pèseraient le pour et le contre, évalueraient les risques des deux opérations. Boutin serait sûrement gourmand, Nadeau s'y attendait, mais rien n'était trop cher s'il pouvait assouvir sa vengeance.

Il rouvrit le dossier que lui avait apporté Provencher, le parcourut en se remémorant les paroles de ce dernier. «Votre femme avait l'air très gênée de sortir avec son ancien ami. C'est certain qu'il y a cette photo où Bobby l'embrasse, mais elle a paru plus surprise que contente.»

Comment Provencher pouvait-il deviner ce que ressentait Irène ? Était-il un spécialiste des cœurs féminins ? Il avait répété qu'il n'y avait pas d'intimité entre Irène et Bobby. Qu'il ne fallait pas tirer des conclusions trop hâtivement : rien, absolument rien ne permettait d'affirmer qu'ils étaient amants.

— Je n'ai pas lâché Irène d'une semelle, monsieur Nadeau. Je l'aurais su si elle avait rencontré ce Bobby avant.

— Tu les as bien vus s'embrasser ! J'avais raison depuis le début ! Tu me disais que je payais pour rien, qu'Irène était sage comme une image !

— Je suis certain que, si je la surveille encore quand elle retournera à Montréal, je saurai pourquoi ils se sont revus. Et je pourrai vous en dire plus sur Bobby bientôt, j'ai mis un homme là-dessus. Je lui ai parlé hier et ça ne sent pas bon : Bobby serait proche des frères Dubois.

Proche ? De quelle manière ? Était-il des leurs ou non ? Est-ce que ces derniers tenaient à lui ou n'était-il qu'un sbire, qu'un petit crétin de plus dont ils se servaient pour leurs trafics ? Auraient-ils envie de le venger s'il était assassiné ? Chercheraient-ils à savoir qui l'avait tué et pourquoi ? Nadeau devrait tout raconter à Boutin ; il ne voulait prendre aucun risque. On ne devait jamais remonter jusqu'à lui. Apprendre qu'il rendait parfois service à des membres de la mafia en leur prêtant ses entrepôts du port de Montréal.

Nadeau referma le dossier en se demandant combien de temps s'écoulerait avant qu'Irène couche avec Bobby. Car elle y viendrait, il en était persuadé. Si elle n'avait rien eu à lui cacher, elle lui aurait parlé de lui, de leur rencontre à Montréal. Mais elle s'était tue, elle l'avait interrogé sur le Japon avant de lui servir un délicieux repas.

Irène, Bobby, Ghislain, il avait envie de tous les tuer. Et il devait pourtant patienter. Boutin aurait peut-être une bonne idée ?

Nadeau rangea le dossier dans le tiroir du bas, qu'il ferma à clé. Il appela ensuite chez lui pour annoncer son départ pour Toronto.

— Mais ce n'était pas prévu, fit Irène.

— C'est ça, les affaires.

— Tu pars longtemps ?

Voulait-elle savoir si elle avait le temps d'aller rejoindre son amant à Montréal avant qu'il revienne ? À moins que ce soit Bobby qui la retrouve à Québec ? Baiseraient-ils dans le lit conjugal ? Il serra le combiné de toutes ses forces, mais réussit à répondre d'une voix égale qu'il serait rapidement de retour.

— Tant mieux. J'ai invité les Dumont à souper vendredi. Mais je peux les déplacer si tu penses que tu ne seras pas rentré.

Elle dirait aux Dumont que Bernard était parti à Toronto pour affaires, il devrait donc se justifier auprès de Ghislain, qui pouvait parler à leurs clients anglophones. Encore une chose à régler ! Pourquoi ne pouvait-il pas les faire tous disparaître de la planète en claquant des doigts ? Il se sentait très las subitement, comme si la colère avait drainé toute son énergie.

— C'est une excellente idée, je serai ravi de les avoir à la maison, mentit-il.

＊　＊　＊

Quand Bernard téléphona à Irène le lendemain, elle lui parut très distante.

— Je te dérange ?

— Oui, admit-elle, Fernand Seguin reçoit Jean-Paul Riopelle au *Sel de la semaine*. Ça commence dans deux minutes. Quand reviens-tu ?

— Demain soir.

— J'irai te chercher avec Jeanne.

— Ce n'est pas la peine. Je rentre avec un client, il me déposera.

Elle ne lui avait pas demandé s'il se portait bien. Son ton était indifférent, il l'ennuyait et elle n'essayait même pas de le cacher. Regarder Riopelle faire le clown à la télé la passionnait davantage. Le trouvait-elle à ce point séduisant ? Avait-elle des chances de le rencontrer ? Provencher affirmait qu'un peintre de sa stature ne frayait pas avec les finissants de l'École des beaux-arts, qu'il exposait ses œuvres dans des galeries huppées de l'Ouest de Montréal — où on le voyait très peu d'ailleurs puisqu'il vivait à Paris. Il avait tort de se tracasser à propos de ce peintre mais l'indifférence d'Irène l'avait glacé. Après avoir appris de la bouche du détective engagé par Provencher à Montréal que Bobby n'avait pas quitté le périmètre où il travaillait, il s'était dit qu'il avait peut-être eu une réaction un peu trop vive en lisant le rapport sur la rencontre d'Irène et de Bobby. Il y avait bien cette photo où Bobby embrassait Irène, mais celui-ci ne s'était pas précipité à Québec pour la rejoindre comme il l'aurait parié. Et Irène n'avait pas bougé de Québec alors qu'elle était seule pour au moins deux jours. Elle lui avait menti par omission, certes, mais Bernard avait décidé de lui donner une dernière chance quand il rentrerait à la maison. Son ton si détaché au téléphone avait eu l'effet d'une douche froide ; chaque fois qu'il avait envie de croire en elle, Irène le décevait.

Et Boutin qui lui avait conseillé d'attendre avant de prendre des décisions sur l'avenir d'Irène comme sur celui de Dumont ! Est-ce que le policier avait raison ou s'était-il ramolli ? Se défilait-il ? Il avait pourtant besoin d'argent, il jouait toujours aussi souvent à Blue Bonnets.

— Essaie de te débarrasser de ton associé de façon légale. Si tu veux qu'Irène disparaisse dans quelques mois, tu ne peux pas faire autrement.

— Mais il ne veut pas vendre ses parts, j'en ai déjà parlé avec lui.

— À toi de le convaincre.

— Je ne peux pas le faire chanter.

— Et sa femme ? Est-elle aussi sage et pure que lui ? As-tu pensé à sa femme ?

Ginette ?

— Il n'y a rien à espérer d'elle non plus.

— Qu'est-ce que tu veux que je te dise, Ben ? Tu dois attendre. Surtout si le chum de ta femme travaille pour les Dubois.

— Justement, ça passera pour un règlement de comptes. Les policiers ne s'inquiètent pas trop quand les gars de la mafia se tirent dessus entre eux...

— Détrompe-toi ; on surveille tout ça avec attention.

— Je suis prêt à payer ce qu'il faut, Pierrot, je te le répète.

— O.K. Ben. C'est O.K., je vais penser à ton problème...

Ben. Pierre Boutin était la seule personne au monde à l'appeler Ben. Nadeau détestait les surnoms, mais il ne l'avait jamais dit au policier, il aimait que celui-ci s'imagine partager une certaine intimité avec lui. Il n'avait jamais rechigné à prêter de l'argent à Boutin, même s'il savait que celui-ci oublierait de le lui rendre. Boutin était assez futé pour ne pas faire des demandes exagérées, c'était juste des « dépannages » pour l'aider à payer des petites dettes de jeu. Jamais de sommes extravagantes, et pas plus d'une ou deux fois par an. Nadeau y voyait une manière d'entretenir leurs relations et était persuadé que Boutin trouverait une solution à ses problèmes.

Il lui avait tendu une enveloppe contenant mille dollars.

— Pour tes frais, si tu as du monde à payer pour approcher ce Bobby.

— Je vais réfléchir à ton affaire, Ben, avait répété Boutin en glissant l'enveloppe dans la poche de son imperméable. On se parle bientôt !

Ils s'étaient séparés en sortant du restaurant. Nadeau s'était rendu directement à son hôtel, d'où il avait téléphoné à Irène. Il regardait maintenant l'appareil, se remémorait le ton légèrement agacé de sa femme au bout du fil ; elle aurait certainement oublié Riopelle si c'était Bobby qui l'avait appelée.

Comment pouvait-elle penser à le tromper après tout ce qu'il avait fait pour elle ?

Il ressentit une brûlure à l'estomac, décida qu'Irène en était responsable ; c'était elle qui le rendait malade et non le sandwich à la viande fumée qu'il avait mangé avec Boutin, les trois scotchs qu'il avait bus. Il s'allongea sur le lit en pensant à toutes les nuits qu'il avait passées avec Irène à Montréal. Il ne la verrait jamais plus enfiler les peignoirs de l'hôtel et paraître encore plus menue dans ces vêtements trop grands. Il ne l'entendrait plus lui dire que Jeanne s'amuserait avec les produits de beauté, les savons miniatures, les petits pots de confiture du déjeuner. Bientôt, elle serait morte. Elle pourrirait dans la terre avec son amant.

Bernard Nadeau tenta de s'imaginer à l'enterrement d'Irène, debout devant un cercueil qu'on descendrait en terre, recevant des condoléances, puis rentrant chez lui dans une maison vide. Non, il y aurait Jeanne. Qui s'occuperait d'elle ? Il ne pouvait pas engager une étrangère qui habiterait chez lui, et Jeanne était encore trop petite pour être pensionnaire. Que ferait-il d'elle ?

Et s'il la confiait à sa grand-mère ? Il se vengerait encore d'Irène après son décès. Il pourrait proposer à Lucile d'habiter chez lui ou d'emmener Jeanne chez elle en attendant qu'elle puisse entrer au Petit Couvent, il l'enverrait dans les meilleures écoles, elle ferait de brillantes études et deviendrait une des premières femmes d'affaires du Québec. Du Canada. On parlerait d'elle en disant qu'elle avait su surmonter, grâce à l'appui de son père, l'épreuve de perdre sa mère très jeune.

Bernard laissa tomber ses souliers par terre, ôta sa cravate sans parvenir à se détendre ; se figurer la mort d'Irène ne le satisfaisait pas totalement. Il aurait voulu savoir immédiatement de quelle manière s'y prendrait Boutin pour tuer Irène.

Quand celui-ci pourrait-il passer à l'action ?

chapitre 10

1969

— Je ne sais pas comment je pourrais remercier Ghislain d'avoir montré *Stratus* à John Wilson.

— Il n'avait pas de mérite, il aime vraiment ce que tu fais.

— Mais tout de même, Ginette ! Exposer à Toronto ! C'est fantastique !

— Tu le lui diras toi-même quand il rentrera du Mexique.

— Tu n'avais pas envie de l'accompagner ? J'aurais dû insister pour que tu me laisses Jacinthe et Jérôme.

— Je me serais trop inquiétée avec les bronchites à répétition de notre fils. Pauvre chou, il a passé les fêtes de Noël au lit. Heureusement que Ghislain s'est occupé de lui. Ils doivent bien avoir joué une centaine de parties d'échecs durant les vacances. Je peux te dire que Jérôme a hâte que son père revienne à la maison !

— Il a de la chance… Bernard aime Jeanne, j'en suis certaine, il la couve tellement ! Mais il ne sait pas s'amuser avec elle. Il ne sait pas s'amuser tout court.

— C'est triste, dit platement Ginette, ajoutant qu'elles

devraient se dépêcher si elles voulaient avoir le temps de voir la nouvelle exposition au Musée du Québec.

Est-ce qu'Irène avait perçu son malaise ? Non, elle chaussait ses bottes, s'apprêtait à mettre son manteau. Elle ne pouvait tout de même pas lui révéler ce que Ghislain lui avait appris au sujet de Bernard Nadeau. Ghislain n'avait pas de preuves de ce qu'on lui avait raconté. Mais il avait pourtant pris la peine de téléphoner à Ginette pour lui faire jurer de ne jamais laisser Jacinthe seule avec son associé. Si c'était vrai qu'il avait eu des relations avec des gamines dans le Sud du Mexique, il n'y avait aucun risque à faire courir à leur fille. Ou à leur fils. Nadeau était peut-être un de ces pédophiles qui abusent indifféremment des garçons et des filles.

— Il faut le dire à Irène, avait déclaré Ginette.

— Peut-être plus tard. J'essaie d'avoir quelqu'un sur place pour obtenir des photos de Nadeau avec une fillette. J'ai peut-être tort de condamner Bernard aussi vite, mais Miguel m'a donné des détails…

— Vends-lui tes parts ! Si jamais il est accusé de quoi que ce soit, tu seras éclaboussé par le scandale. Je n'ai jamais aimé ton associé ; si on le fréquente, c'est pour Irène, avoue-le. Tu ne peux pas travailler avec un homme que tu méprises. Et qui peut t'entraîner dans sa chute.

— Tu as raison. Je lui parlerai dès que je rentrerai du Mexique.

— Non, avant. Fais-lui comprendre que c'est ton dernier voyage là-bas. Et n'oublie pas de rapporter les catalogues des musées pour Irène.

— Je ne comprendrai jamais comment une femme si intéressante a pu épouser…

— On devrait lui dire la vérité.

— Si j'ai des preuves, avait soupiré Ghislain. Mais pourquoi nous croirait-elle ? C'est son mari. Si quelqu'un te disait que j'ai abusé d'une fillette, est-ce que tu l'accepterais ?

— Ghislain !

— C'est la même chose.

— Non. Si toi tu as cru ce que le sous-directeur de l'usine t'a dit, c'est que tu sens que c'est possible que Nadeau agisse ainsi. Irène doit le savoir aussi.

— Tu te trompes, Irène refusera de nous écouter. Mais, au moins, j'ai pu m'organiser pour qu'Irène rencontre John Wilson. Il sera à Québec la veille de mon départ pour Mexico.

Ginette se remémorait le plaisir d'Irène en train d'écouter Ghislain traduire les propos de Wilson : il ne tarissait pas d'éloges sur son travail, voulait voir toute sa production. Ils avaient conclu des ententes pour que Ghislain se charge d'expédier ses toiles à Toronto, et Irène lui avait dit le lendemain qu'elle n'avait pas dormi de la nuit tellement elle était excitée et paniquée à l'idée de devoir exécuter plusieurs tableaux avant la fin du printemps.

— Est-ce que ton travail avance ? demanda Ginette à Irène en ouvrant la porte d'entrée. Seigneur ! On dirait qu'il a encore neigé. Je suis tellement tannée de l'hiver.

— Moi, ça m'inspire.

— C'est John Wilson qui sera content.

— Je ne sais pas.

— Tu doutes toujours de toi !

Ginette songea qu'elle ne pourrait jamais dire à Irène pour quelle raison Ghislain avait décidé de vendre ses parts de Sportec ; elle manquait déjà tellement de confiance en elle, de telles révélations sur Bernard la bouleverseraient. Si elle y ajoutait foi, elle devrait s'expliquer avec son mari. Et peut-être le quitter. Et si elle n'y croyait pas, elle se brouillerait avec eux.

— Peut-être que monsieur Wilson sera déçu…

— Arrête ! s'écria Ginette. Je vais aller voir ce que tu as fait après notre visite au musée, je suis certaine que c'est beau. C'est toujours beau.

Irène eut un sourire hésitant ; avait-elle eu raison de renier le

177

rouge grenade qu'elle utilisait depuis si longtemps et d'opter pour des teintes plus glacées ? Elle jouait maintenant avec l'anthracite, le gris fumé, l'ardoise. Est-ce que ce sentiment rebuterait le Torontois ? Et s'il refusait ses toiles, même si elle l'avait prévenu qu'elle n'allait pas refaire ce qu'il avait déjà vu ? S'il était déçu ?

Elle avait peut-être tort d'aller au musée avec Ginette ; elle ne pourrait s'empêcher d'établir des comparaisons entre son travail et celui de Luis Feito, le peintre honoré.

Elle inspira longuement, trouva un odeur piquante à l'air froid comme si une pointe de citron cherchait à l'agacer et s'imagina un instant que la neige avait un goût d'agrume, une note acidulée qui pourrait plaire à Jeanne. Il faisait trop froid pour qu'on ait envie d'un cornet de crème glacée, mais l'idée de cette étendue blanche parfumée au citron l'amusait. Elle devait conserver cette image pour les carnets qu'elle remplissait pour sa fille. Elle n'y consacrait qu'une demi-heure par jour, mais le faisait très sérieusement ; et quand Jeanne commencerait à lire, dans trois ans, elle découvrirait tout ce que sa mère avait écrit et illustré pour elle. Les histoires étaient courtes, simples, et Ginette répétait souvent à Irène qu'elle devrait les présenter à un éditeur. « C'est égoïste de garder ça pour un seul enfant ! » Irène répondait alors qu'elle y songerait après avoir tout montré à Jeanne ; celle-ci devait avoir la primeur des carnets.

— On ne gèlera pas longtemps, fit Ginette en refermant la portière de la voiture. Je vais mettre le chauffage au maximum. Même si c'est mauvais pour la peau. Tant pis, je serai une vieille toute desséchée.

— Tais-toi ! Françoise dit toujours que tu as une des plus belles peaux qu'elle a eue à traiter.

— Grâce à elle. Elle a des mains de fée. On ressort du salon d'esthétique avec dix ans de moins. On aurait dû l'appeler pour l'inviter à venir avec nous au musée.

— Tu sais bien qu'elle aurait refusé. Elle ne peut pas s'absenter du salon quand ça lui chante. Et même si elle le pouvait, elle préfère travailler et économiser pour pouvoir ouvrir un jour son propre salon. Je l'admire, elle est vraiment déterminée, elle avance sans l'aide de personne, tandis que moi…

— On se fait entretenir par nos maris, c'est ce que tu veux dire ? Mais tu peins ! Tu crées !

— C'est facile. Françoise ne devra jamais rien à personne. Elle est libre.

— Tu te sens captive ? fit Ginette.

Est-ce qu'Irène allait lui faire des confidences sur sa relation avec Bernard ? Ce serait peut-être l'occasion de lui parler de ce que Ghislain avait appris ?

— Captive ? Non. Bernard est possessif mais je suis habituée. Il est plus âgé que moi, il a tendance à me prendre pour une petite fille, à vouloir me dire quoi faire. Françoise a la paix, il n'y a personne pour la critiquer. C'est idiot que je me plaigne alors qu'elle aimerait avoir quelqu'un dans sa vie. Elle me l'a encore dit la semaine dernière quand on est allées au cinéma. Mais je ne connais pas d'homme à lui présenter ; toi ?

— Je vais réfléchir, répondit Ginette. Qu'est-ce que Bernard a dit quand tu lui as annoncé tes ventes à Wilson ?

— Je ne lui en ai pas parlé.

Devant la mine interloquée de Ginette, Irène s'expliqua : Bernard ne s'intéressait pas tellement à son travail. Tout ce qu'elle devait faire, c'était l'avertir à l'avance si elle comptait s'absenter de la maison. Lui-même ne l'entretenait pas de ses affaires, alors ? S'il avait des ennuis, c'est à peine si elle en avait conscience. Quoique… Depuis quelque temps, elle trouvait Bernard vraiment distrait. Et distant. Comme s'il pensait toujours à autre chose quand elle s'adressait à lui.

— Est-ce que Sportec a des problèmes ? Ghislain t'en a parlé ?

— Non. Sportec est en plein essor. Peut-être que ton mari est fatigué ?

— Oui, on devrait peut-être aller au soleil, au Mexique.

— Au Mexique ? Mais tu es déjà allée là-bas…

— J'y retournerais n'importe quand ! Ce serait bien si on y allait tous les quatre ensemble au printemps.

— C'est trop vite.

— À l'automne, alors…

Ginette acquiesça tout en se désolant de duper ainsi son amie. Mais quel était son devoir ? Elle poussa un soupir qui fit sourciller Irène.

— Ça va, Ginette ?

— Je déteste conduire l'hiver. C'est si glissant.

— On arrive. Regarde les grilles du musée qui se découpent sur les plaines, on dirait une toile de Pollock.

— Tu vois des Jackson Pollock partout !

— C'est vrai que je l'adore !

Qui l'émerveillerait aujourd'hui ? Qui la distrairait de ses inquiétudes ? Elle avait minimisé l'angoisse qui la taraudait depuis quelques semaines : Bernard était de plus en plus souvent absent de la maison, mais quand elle l'interrogeait à ce propos, il répétait qu'il devait travailler. Il ne l'avait pas touchée depuis son retour du Japon. Que s'était-il passé là-bas qui l'avait détourné d'elle ? Leurs étreintes ne lui manquaient pas, mais cette rupture dans leur existence était anormale et elle aurait voulu avoir une explication.

Vraiment ? Souhaitait-elle apprendre que Bernard avait une maîtresse ? Qu'il l'avait ramenée avec lui de Tokyo ? Qu'il l'avait installée à Québec ou à Montréal ?

La lumière extérieure modifiait l'atmosphère du musée, apportant une douceur qui réconforta Irène ; elle avait bien fait de venir visiter l'exposition cet après-midi-là. Un jour de soleil franc, les toiles de Luis Feito lui auraient semblé plus agressives alors qu'elles dégageaient maintenant une impression de force, de tonus, d'exubérance. Ses propres toiles étaient plus sombres, plus tristes. Elle devait assumer cette mélancolie, mais s'en détacher ensuite pour élever Jeanne dans la joie. Quand elle rentrerait à la maison, elle l'emmènerait jouer dehors, elles feraient un bonhomme de neige, elles apporteraient une carotte pour le nez, des biscuits Oréo pour les yeux, des cerises au marasquin pour la bouche, et Jeanne en mangerait sûrement deux ou trois, elle aimait tant les cerises! C'était même la première chose qu'elle avait dessinée à la maternelle où elle allait depuis septembre. Développerait-elle aussi un goût pour les arts? Irène examinait toujours avec attention les gouaches que ramenait Jeanne, la félicitait pour son choix de couleurs tout en s'efforçant de jeter un regard de mère et non de peintre sur les travaux de la petite. Elle ne devait pas chercher à faire une artiste de sa fille; Jeanne suivrait sa route sans qu'elle l'influence. Peut-être qu'elle choisirait d'imiter son père? Bernard ne disait-il pas que Jeanne savait parvenir à ses fins?

— Elle entortille les gens comme elle veut! avait-il fièrement déclaré. Elle n'a jamais peur d'un refus.

— Ça n'arrive jamais avec toi, de toute manière. Tu lui passes tous ses caprices…

— Je ne peux tout de même pas me disputer avec elle les rares fois où je suis à la maison.

— Tu l'as dit; il faudrait que tu y sois plus souvent. Jeanne grandit sans te voir plus de deux soirs par semaine.

— Tu n'auras plus de raisons de te plaindre bientôt. Les choses vont changer.

Disait-il vrai?

Et quels seraient ces changements? Est-ce que Bernard serait davantage présent au foyer? Était-ce ce qu'elle souhaitait? Quand Jeanne était couchée, elle retournait dans son atelier ou elle profitait du silence pour lire. Ou regarder *Format 30*. Les émissions d'informations l'intéressaient davantage que les variétés, elle avait l'impression qu'elle devait connaître l'actualité pour s'intégrer comme artiste dans le monde. Quand elle déplorait la violence qui régnait au Vietnam ou en Jordanie, Bernard lui disait de cesser de regarder le journal télévisé. Elle n'y était pas obligée, non ? Quelle idée de se rendre malade parce qu'il y avait des émeutes à Mexico ou des raids à Beyrouth !

— Mais on est allés à Mexico ! On a marché dans ces rues où ils ont tué des gens !

— Encore heureux qu'on n'ait pas été là quand ils ont tiré ! Écoute donc *Donald Lautrec chaud* au lieu de te tracasser pour la misère des autres. Ma secrétaire le trouve très beau. Pas toi ?

— Ce n'est pas mon genre, avait répondu distraitement Irène.

— Ça m'étonne !

— Pardon ?

Parce qu'il ressemble à ton Bobby…

— Pour rien, j'ai dit ça comme ça. Qu'est-ce qu'on mange pour souper ?

Irène avait repensé quelques fois à cette conversation en apparence anodine ; pourquoi Bernard l'interrogeait-il sur le genre d'homme qui pouvait lui plaire ? Il était jaloux, mais elle ne lui avait jamais donné la moindre raison de justifier ses doutes même si elle avait revu Bobby, à qui elle n'avait permis aucune familiarité. Et, de toute manière, Bernard l'ignorait. Il était au Japon quand elle avait rencontré Bobby pour la première fois, et à Toronto la deuxième fois. Et si elle avait accepté de retrouver Bobby à Montréal quand elle s'y rendrait à la fin mars, c'était parce qu'elle redoutait qu'il vienne la rejoindre à Québec et lui crée des ennuis. Elle allait lui répéter qu'elle ne souhaitait pas avoir la moindre relation avec lui. Le passé était le passé, ne pouvait-il pas le comprendre ? Il avait acheté une autre de ses toiles et avait demandé au propriétaire de la galerie d'appeler Irène pour lui demander de lui téléphoner. Il n'acceptait pas qu'elle le repousse. Il semblait croire qu'elle jouait un jeu, qu'elle voulait se faire désirer, mais elle devait mettre fin à ses illusions avant qu'il soit assez impudent pour se présenter chez elle. Il avait trop d'argent pour gagner honnêtement sa vie ; elle devait le convaincre qu'elle repoussait ses avances parce qu'elle aimait vraiment Bernard et qu'elle lui était fidèle.

Même s'il la trompait peut-être… Elle s'étonnait d'être si peu curieuse. Si peu furieuse. Elle ne ressentait pas de colère mais de l'inquiétude à l'imaginer avec une autre femme. La peur que leur vie change. Qu'il décide de divorcer alors qu'elle souhaitait que Jeanne grandisse dans une vraie famille. Qu'elle ne perde pas son père comme elle-même avait perdu le sien. Même si Bernard était peu présent à la maison, Jeanne ne pouvait pas ignorer à quel point il tenait à elle. Il la regardait comme si elle était la huitième merveille du monde — il lui avait d'ailleurs dit qu'il lui montrerait ces Sept Merveilles auxquelles il la comparait, et Irène s'était gardée de le reprendre, de préciser qu'on ne pouvait plus admirer que les pyramides d'Égypte et quelques fragments du mausolée d'Halicarnasse au British Museum.

— Aimes-tu ça? fit Ginette en désignant le tableau central. La composition est intéressante, mais je préfère celles qu'on a vues au début.

— Je ne sais pas.

— Tu as l'air un peu… absente aujourd'hui. As-tu des problèmes?

Il y avait une réelle compassion dans la voix de Ginette qui se sentait coupable de se taire, qui voulait vraiment aider Irène sans savoir comment s'y prendre.

Une heure plus tard, devant la porte de son atelier, Irène hésitait à y laisser entrer Ginette, redoutant sa critique, mais celle-ci se précipita vers une grande toile qui gisait au sol et la contempla sans dire un mot. Quand elle releva enfin la tête, il y avait une telle confiance dans son regard, un tel contentement qu'Irène poussa un long soupir de soulagement.

— C'est encore mieux que je le pensais. On dirait… des pierres. Comme si tu avais fait éclater une roche et que tu t'étais concentrée sur certains cristaux. C'est vraiment étrange, à la fois dur et souple.

Elle se tut un moment avant d'ajouter qu'elle n'avait même pas cherché la fameuse touche rouge grenade qu'Irène ajoutait à tous ses tableaux depuis deux ans :

— Je n'ai pas eu ce réflexe, je n'y pense que maintenant. Et c'est parce que tu m'en as parlé.

— Je ne travaillerai plus avec mes rouges avant longtemps. J'ai trop tendance à m'appuyer sur eux, sur leur chaleur, leur énergie, au détriment d'une autre qualité de mouvement, de densité.

— Vas-tu suivre les cours de Marcelle Ferron l'an prochain ?

— Si elle est encore à l'université… Elle a créé tout un émoi à Laval en y amenant des modèles nus. Il ne faudrait pas que Bernard l'apprenne…

Elle s'interrompit en percevant des rires.

— Jeanne est de retour, j'espère que les enfants ont aimé le film.

Jeanne tourbillonnait dans la cour quand Irène ouvrit la porte pour remercier la nouvelle voisine de s'être occupée d'elle tout l'après-midi et lui proposer de prendre soin de son fils la semaine suivante pour lui rendre la pareille. Il neigeait maintenant à gros flocons, et Irène proposa à Jeanne de faire le tour du pâté de maisons avant d'enlever ses vêtements d'hiver.

— Attends-moi dans la cour, ma princesse. Je mets mon manteau et j'arrive.

— Simon va avoir un chien, maman. J'aimerais ça, moi aussi.

— On ne peut pas, je te l'ai déjà expliqué. Papa est allergique.

— Il a peur des chiens ?

— Mais non, papa n'a peur de rien, Jeanne.

— Mon papa, c'est le plus fort ?

Irène acquiesça en boutonnant son manteau. Est-ce que Bernard savait combien sa fille l'admirait ? Était-il assez stupide pour mettre leur famille en péril ? Elle-même avait été idiote de s'imaginer vivre la bohème à Montréal. Jeanne devait grandir dans la stabilité.

Les réverbères encapuchonnés de neige transformaient les

flocons en une poussière si étincelante qu'Irène douta de parvenir un jour à saisir cette forme de lumière. Comment en rendre toute la brillance, toute la gaieté, toute l'excitation ? Les flocons se bousculaient comme s'ils jouaient ensemble, comme s'ils faisaient la course pour toucher le sol. Étaient-ce les plus gros, les plus lourds qui y parvenaient en premier ?

* * *

Bernard Nadeau se frottait les mains de contentement et, s'il n'avait craint d'intriguer Irène en rentrant à la maison avec une bouteille de Dom Pérignon, il se serait précipité aussitôt à la Commission des liqueurs pour acheter du champagne. Il était question d'autoriser le libre-service dans ces magasins, mais Nadeau n'y tenait pas ; il aimait bien se faire servir et comprenait mal le désir des consommateurs d'arpenter des allées pour trouver ce qu'ils désiraient. Certains parlaient d'une nouvelle liberté. Les grands mots, tout de suite ! C'eût été d'un tel ridicule que des petits employés du gouvernement imaginent détenir un certain pouvoir sur lui, Bernard Nadeau. Personne n'en avait jamais eu.

Sauf Irène. Sa joie fut aussitôt ternie lorsqu'il pensa à sa femme. Il se secoua : il ne devait pas lui laisser gâcher sa gaîté ! Ghislain Dumont avait confirmé son intention de lui vendre ses parts de la compagnie. Il s'était évidemment demandé pourquoi son associé voulait subitement le quitter.

— Pourquoi veux-tu partir ? Je n'étais pas certain d'avoir bien entendu quand tu m'as téléphoné du Mexique pour me dire que tu avais changé d'idée.

— Mes quarante ans. J'ai fait le bilan de ma vie, avait dit Ghislain Dumont. J'ai envie d'avoir mes propres projets.

Nadeau avait dressé l'oreille ; des projets ? Quels projets ? Il n'accepterait pas que Dumont se transforme en concurrent !

— Ouvrir une galerie.

— Une galerie? À Québec?

— Pourquoi pas? Il n'y en a pas tant que ça. Je voudrais m'occuper d'Irène. Entre autres…

S'occuper d'Irène? Était-il attiré par elle?

— Je sais que l'art te laisse plutôt indifférent, avait continué Ghislain, mais tu verras que j'ai raison de miser sur Irène. Elle a un réel talent.

Dumont le regardait droit dans les yeux sans la moindre gêne. Non, il n'était pas amoureux d'Irène. Il s'en serait rendu compte avant. Il l'aurait su. Provencher aurait surpris des rencontres, des gestes ambigus entre eux. C'était Bobby qui lui plaisait, mais si Dumont vendait ses toiles, Irène utiliserait cet argent pour se rendre encore plus souvent à Montréal. Ou pour faire des cadeaux à son bellâtre.

Elle n'aurait pas l'occasion de lui en offrir beaucoup. Le départ de Ghislain Dumont lui laissait enfin les coudées franches; il était débarrassé de lui en toute légalité. Il allait reparler à Pierre Boutin avant la fin de la semaine…

Et s'il proposait à Irène de partir avec lui à Montréal? Ils emmèneraient Jeanne avec eux, et Irène devrait s'occuper d'elle tandis qu'il irait voir Boutin pour discuter de la manière dont sa femme périrait. Elle magasinerait avec Jeanne tandis qu'il écouterait les suggestions de Pierre Boutin dans un bar tranquille de l'Est de la ville. Loin du poste de police où Boutin travaillait comme enquêteur. Loin des galeries, des musées où ne manquerait pas d'aller Irène.

Irène, qui se baladerait dans Montréal sans savoir qu'elle y mourrait bientôt. Il l'imagina dans sa tombe, son beau visage encore plus blême qu'à l'ordinaire. Il demanderait à Boutin d'épargner ce visage. Saccager le corps, oui, de toutes les manières possibles, mais ne pas toucher à ce front, à ces joues, à ce nez si délicat. Il voulait qu'on laisse le cercueil ouvert au salon funéraire.

Combien de temps souffrirait-elle ? Quelques heures… Alors qu'il souffrait de sa froideur, de ses infidélités depuis des mois.

Il ouvrit le tiroir de son bureau, se servit un scotch. Il n'avait plus envie de champagne, plus envie de fêter le départ de Ghislain Dumont. Liquider Irène n'apaiserait pas son besoin de vengeance. Il aurait fallu qu'il puisse la tuer lui-même pour être satisfait. Provencher lui avait dit qu'Irène avait l'air embarrassée par les attentions de Bobby, mais il savait très bien, lui, qu'elle avait attendu leurs retrouvailles avec impatience. Elle devait y penser déjà quand elle avait refusé de le suivre en Europe. Puis au Japon. Elle avait fait semblant d'être obnubilée par son art, par le vernissage, mais tout ce qui lui importait, c'était de rejoindre son amant. D'ailleurs, Provencher ne les avait-il pas revus ensemble par deux fois ?

La punir. La punir dans sa chair.

Il se souvenait d'une pièce de théâtre où Irène l'avait traîné, un soir d'hiver ; une tragédie où une reine se tuait avec ses enfants pour se venger de son mari. Irène avait été bouleversée par cette représentation.

Mais il ne pouvait tuer Jeanne, qui lui appartenait à lui également.

Et s'il privait définitivement Irène de sa fille ?

Comment pouvait-on enlever un enfant à sa mère ?

S'il divorçait, on lui confierait sûrement Jeanne, car il aurait le meilleur avocat exerçant à Québec, qui prouverait qu'Irène commettait l'adultère, qu'elle était une traînée, mais elle continuerait néanmoins à voir Jeanne chaque fin de semaine. Ce châtiment était bien loin de l'anéantissement qu'il souhaitait.

Il devait trouver un moyen de séparer Irène de Jeanne, un moyen de lui faire penser tous les jours à sa fille sans qu'elle ait aucune possibilité de le lui dire, aucune possibilité de communiquer avec elle. Et cela, pendant des mois, des années, des siècles. Il fallait qu'Irène pleure l'absence de Jeanne à chaque minute de son existence, qu'elle la voie dans ses rêves et qu'elle s'éveille pour étreindre le vide, qu'elle la cherche dans ses maudits dessins, qu'elle sache reproduire son visage, puis qu'elle l'oublie, qu'elle doive l'imaginer, ignorant comment Jeanne grandissait, ne sachant plus si elle lui ressemblait ou non. Ne sachant rien d'elle. Rien.

Mais il ne pouvait kidnapper Irène, l'enfermer et jeter la clé de sa prison...

La faire passer pour folle ? Bien des hommes s'étaient débarrassés de leurs épouses en les faisant interner à Saint-Michel-Archange pour hystérie ou dépression suicidaire. Il pourrait payer des psychiatres pour affirmer qu'Irène était déséquilibrée, mais cela suffirait-il à la garder à l'asile ?

Bernard sourit ; il y avait bien mieux que l'asile pour une femme comme la sienne. Vraiment mieux. Il se demanda où était située la nouvelle prison Tanguay à Montréal, ou si on n'enverrait pas plutôt Irène à Kingston. Il imaginait déjà le visage de sa femme derrière la grille qui l'empêcherait d'étreindre leur fille. Car, bien sûr, il jouerait le mari éploré, égaré et cependant fidèle. Il soutiendrait Irène durant tout son procès. On admirerait son attitude, on le plaindrait, on plaindrait Jeanne, si petite, avec une mère meurtrière qu'elle ne pouvait plus voir que derrière les barreaux. Il y aurait des gens qui conseilleraient à Bernard de ne pas emmener Jeanne à la prison pour ne pas la traumatiser, mais il répéterait à tous qu'il ne pouvait priver Irène de leur fille. Puis il se rendrait à leurs arguments et il espacerait ses visites. Il convaincrait Jeanne qu'Irène était une méchante femme qu'il valait mieux oublier. Un jour, on cesserait complètement de parler d'elle.

Il prendrait le temps nécessaire pour tout mettre au point, mais le jeu en valait la chandelle ; chaque fois qu'il aurait envie d'étrangler Irène de ses propres mains, il penserait au choc qu'elle éprouverait quand on l'accuserait d'avoir tué Bobby...

Il regarda son verre vide, hésita à se servir une nouvelle fois, décida qu'il prendrait plutôt un autre scotch chez lui ; il pouvait maintenant rentrer à la maison.

Il avait même hâte de parler de son dernier projet à sa tendre épouse : un pied-à-terre à Montréal.

*   *   *

— Un appartement à Montréal ? s'exclama Irène.

— Ça serait plus simple pour toi, non ? Tu devras y aller plus souvent si tu exposes régulièrement. Moi aussi, j'ai à faire là-bas, j'ai des clients, du monde à voir.

— C'est de l'argent…

— Je vais mettre ça sur les dépenses de la compagnie, c'est un détail.

— Un appartement, répéta Irène. Un appartement…

Elle ne savait pas si elle était ravie par cette nouvelle ou non ; Bernard avait-il deviné qu'elle aspirait peut-être à une autre vie ? Mais comment l'aurait-il su alors qu'elle-même n'arrivait pas à analyser ses propres sentiments ? Revoir Bobby l'avait troublée ; elle avait mesuré à quel point elle s'était autrefois illusionnée sur lui, elle avait pris pour de l'amour ce qui n'était qu'une attirance teintée de beaucoup d'orgueil ; elle voulait sortir avec le plus beau gars du quartier. Au restaurant, Bobby n'avait parlé que des voitures qu'il achetait et revendait avec profit. Bernard aussi parlait souvent d'argent, mais ses projets étaient plus intéressants. Il voyageait partout dans le monde… Elle serra contre elle le kimono, se promettant d'accompagner Bernard lorsqu'il retournerait au Japon. Leur relation n'était peut-être pas passionnée, mais ils étaient de bons partenaires. Pourquoi se posait-elle toutes ces questions sur ce qu'elle désirait ? Peut-être était-elle trop influencée par ce qu'elle lisait sur l'indépendance féminine ? En lui suggérant de louer un appartement à Montréal, Bernard lui disait indirectement qu'il croyait en ses possibilités.

— Dans quel quartier as-tu envie d'habiter ?

— Je connais mieux le centre-ville ou Westmount, fit Bernard. Mais j'aimerais assez Outremont. Il y a de belles rues tranquilles. Quand tu emmèneras Jeanne, vous pourrez faire des promenades sans vous inquiéter.

— Tu penses à tout...

Bernard sourit ; Irène ne croyait pas si bien dire. Il n'oublierait aucun détail dans son plan. Il n'y aurait pas le moindre grain de sable dans l'engrenage pour tout faire foirer. Tout se déroulerait à la perfection et Irène serait arrêtée d'ici quatre ou cinq mois.

— Je pourrais suivre des cours à l'École des beaux-arts de Montréal, ils ont un nouveau programme cette année.

— Pourquoi pas ?

Irène esquissa un pas de danse, tourbillonna sur elle-même avant d'étreindre Bernard pour le remercier de lui faciliter ainsi la vie.

Il lui tapota l'épaule en affirmant qu'il était heureux de pouvoir l'aider à réaliser ses rêves.

Heureux, très heureux de pouvoir l'aider à baiser avec son amant !

D'imaginer les caresses que Bobby lui prodiguerait, crierait-elle en jouissant ?

De compter les jours avant le meurtre de Bobby.

Il rediscuterait avec Boutin, il lui montrerait assez d'argent pour le décider à faire tout ce qu'il voulait. Boutin devrait être très prudent ; Provencher n'avait-il pas évoqué les relations peu recommandables de Bobby ? Il frayait avec le gang des frères Dubois, on l'avait vu avec des motards. Provencher ne savait pas quel rôle Bobby jouait exactement dans le milieu criminel, mais il pensait qu'il vendait de la drogue. Ses horaires irréguliers, ses sorties en pleine nuit pour se rendre à une adresse, puis à une autre, ses fréquentes visites dans les mêmes bars, autant d'éléments permettant de croire à un trafic. Un trafic très payant. Sa Camaro était une voiture de l'année, et il portait un costume très coûteux quand il avait emmené Irène au restaurant.

Et s'il attendait qu'Irène le quitte, qu'elle se mette en ménage avec Bobby et qu'il le dénonçait ensuite aux policiers ? Ils seraient arrêtés tous les deux. On reparlerait de leur ancienne complicité. Et c'était une opération beaucoup moins risquée, beaucoup moins compliquée à monter.

Mais il n'aurait pas le plaisir de faire semblant de soutenir Irène pour mieux la priver de Jeanne ensuite. Et Irène ne serait probablement pas condamnée à une peine trop lourde. Non, non, non, Boutin assassinerait Bobby chez Irène, à Montréal, il multiplierait les indices incriminant la jeune femme, puis il retournerait tranquillement à son travail. Lui-même, bien évidemment, serait en voyage à l'étranger. Il faudrait penser à faire le nécessaire pour qu'Irène choisisse de confier Jeanne à Ginette au lieu de l'emmener avec elle à Montréal. Quoique… Si Jeanne était présente au moment du crime, il paraîtrait encore plus sordide : comment une mère avait-elle pu tuer son amant sous les yeux de sa fille ? Bernard voyait déjà les titres des journaux…

Peut-être qu'elle serait condamnée à perpétuité s'il trouvait le bon avocat. C'est-à-dire le plus mauvais. Qui devrait néanmoins avoir une excellente réputation, sinon personne ne croirait que Bernard voulait vraiment aider Irène. S'il payait un avocat sans expérience, on le soupçonnerait de l'avoir choisi pour diminuer les chances d'Irène d'être bien défendue.

Où était cette perle rare ? Comment la dénicher ?

Il devait dénicher un avocat qui vivait sur sa réputation sans avoir eu à prouver depuis longtemps qu'il pouvait encore gagner ses causes.

— Je vais aller à Montréal en fin de semaine, déclara-t-il à Irène tandis qu'ils s'attablaient pour souper. Maintenant que j'en ai parlé, j'ai hâte de louer cet appartement.

— En fin de semaine ? Si vite ?

— Tu me connais, je n'aime pas que les choses traînent. Je sais ce qu'il nous faut. Une grande pièce éclairée pour ton atelier, deux chambres, un salon, une petite cuisine. Ce n'est pas la peine d'avoir une grande salle à manger ; on ne sera pas là pour que tu passes ton temps à faire à souper.

Il cessa de parler, il ne fallait pas qu'il brosse un tableau trop idyllique de cette vie montréalaise, car Irène se poserait des questions. Elle n'était pas idiote. Même si elle pensait qu'elle pouvait le berner…

— Un atelier ? Tu voudrais que j'aie aussi un atelier à Montréal ?

— Une pièce de plus ou de moins, qu'est-ce que ça change ? Je me suis rendu compte que j'aime mieux avoir une femme qui peint qu'une femme qui boit.

— Qui boit ?

— Comme la femme de Beaulieu, un avocat. Je suis chanceux que tu ne lui ressembles pas, que tu ne me fasses pas honte. Figure-toi donc qu'elle s'est déshabillée en plein party. Devant ses clients. Tu ne me ferais jamais ça.

Irène sourit ; l'idée était tellement saugrenue !

chapitre 11

1969

Irène avait mal, mais tellement mal à la tête qu'elle gémit en la tournant vers la gauche. Il lui semblait qu'une armée de bourdons, d'insectes avaient envahi chaque neurone de son cerveau pour le gruger en faisant un bruit infernal qui résonnait, explosait dans toutes ses cellules. Le son se propageait jusqu'au bout de ses orteils tachés de rouge.

Tachés de rouge.

Tachés de rouge ?

Comment était-ce possible ? Elle ne les vernissait jamais de cette couleur, car cela lui rappelait trop les ongles de sa mère.

Et elle n'avait pas travaillé avec son rouge grenade depuis des mois. Elle avait bien apporté un tube rue Hutchison, mais elle l'avait rebouché aussitôt après l'avoir ouvert. Il y avait pourtant du rouge autour d'elle. Et elle éprouvait une sensation poisseuse comme si Françoise lui avait fait un masque à la dimension du corps, que l'argile s'était figé et lui collait maintenant à la peau. Mais l'argile n'avait pas cette odeur ferrique, salée. Et comment pouvait-elle avoir autant de peinture sur elle ? Pourquoi était-elle à demi nue ? Qui avait déchiré sa chemise ? Qu'est-ce qui s'était passé ? Elle n'avait jamais eu une telle migraine, de telles nausées, elle devait être très malade et avoir saigné, s'être évanouie. Mais pourquoi était-elle si malade ?

Elle entendit un petit cri derrière elle, puis un hurlement. Jeanne, Jeanne, où était Jeanne et pourquoi hurlait-elle ainsi ?

Irène replia ses jambes sous elle, s'agenouilla en s'aidant de ses deux mains pour se relever. Mais pourquoi était-elle sur le sol ? Et cette odeur qui l'agressait, douceâtre, imprécise et pourtant violente ? Elle tenta de se redresser, mais un vertige la força à s'immobiliser. Il fallait qu'elle parvienne jusqu'à Jeanne. Pourquoi la petite ne courait-elle pas vers elle ? Qu'est-ce qui l'en empêchait ? Bernard lui avait acheté un vrai lit pour sa chambre à Montréal.

Mais le cri ne venait pas de la chambre. Il était plus proche. Il venait d'à côté d'elle, il emplissait la pièce. Il accompagnait l'odeur même s'il était très aigu, très pointu alors que l'odeur était flasque, écœurante.

— Jeanne, murmura Irène. Jeanne, où es-tu ?

Elle réussit à se redresser en prenant appui sur une chaise. Elle eut un haut-le-cœur, cessa de respirer un moment, puis fit un pas en direction du cri.

Le cri venait de la gauche. Irène se tourna lentement ; elle aurait voulu bouger rapidement mais elle sentait qu'elle retomberait si elle faisait des gestes trop brusques.

— J'arrive. Maman arrive, mon amour.

Mais pourquoi Jeanne restait-elle immobile derrière le chevalet ? Pourquoi le chevalet était-il par terre ? Pourquoi les tubes de peinture gisaient-ils sur le sol, débouchés ? Et qu'est-ce qu'il y avait en dessous du chevalet ?

Les bottes de cow-boy de Bobby. Que faisaient ces bottes dans son atelier de la rue Hutchison ? Les bottes de Bobby. Bobby était allongé sur le dos. Son tee-shirt blanc était aussi taché de rouge, encore du rouge, tellement de rouge sang.

Du sang. Il y avait du sang partout sur Bobby.

Irène se mit à hurler en courant vers Jeanne, referma ses bras sur le petit corps tremblant, en cachant le visage de sa fille contre sa poitrine, pour qu'elle ne voie plus le corps de Bobby, ses bras en croix, son tee-shirt, son jean ensanglanté, son bracelet de cuir, sa montre, sa ceinture.

Sortir. Sortir au plus vite !

Des voisins diraient plus tard que les hurlements d'Irène et de sa fille avaient réveillé tout le quartier, qu'on n'avait jamais rien entendu de pareil à Outremont. Monsieur Daignault, le locataire du premier étage, se précipita chez Irène Nadeau. Il recula en la voyant, elle était couverte de sang, hagarde, portant sa fille dans ses bras. Elle sentait l'alcool. L'alcool fort. Il redescendit immédiatement chez lui pour appeler la police, mais une voisine l'avait déjà fait.

— Je n'ai pas pensé tout de suite qu'Irène Nadeau avait tué un homme, dit-il au premier policier qui arriva sur les lieux. Elle n'est pas bien forte… Mais il paraît que l'adrénaline peut vous faire faire n'importe quoi. C'est quand même dur à croire, une petite femme si douce, jamais un mot plus haut que l'autre. Et puis, faire ça devant sa fille… L'enfant va être marquée pour le restant de ses jours !

Tandis que les voisins répondaient aux questions du patrouilleur, un autre agent demandait des renforts pour isoler la scène du crime. Il avait besoin d'une équipe de techniciens, d'un coroner, quelqu'un devait se charger d'emmener l'enfant en lieu sûr.

— On a ici un témoin : la femme paraît très choquée, mais elle est docile. Et incohérente.

— C'est Chartier qui va être sur cette affaire-là. Emmenez votre témoin au poste.

— On a au moins identifié le corps : Robert Lamothe. Bien connu des services policiers. Notre témoin dit qu'elle ne sait pas ce qu'il faisait dans son appartement. Qu'elle ne l'avait pas vu depuis trois mois. Que c'est un ami d'enfance. Elle dit aussi qu'un homme masqué l'attendait hier soir quand elle est rentrée chez elle, qu'il l'a forcée à boire une bouteille de scotch sous la menace d'une arme. Qu'elle s'est endormie et ne se souvient plus de rien d'autre. Elle ne se rappelle pas avoir poignardé la victime.

Au poste de police, Irène répéta qu'elle ne comprenait rien à ce qui s'était passé. On lui dit encore une fois qu'elle pouvait appeler un avocat. Elle réaffirma qu'on l'avait obligée à se soûler, qu'on avait tué un homme chez elle et qu'on les avait laissées, elle et Jeanne, avec un cadavre. Pourquoi?

Qui avait tué Bobby et pourquoi avait-on laissé son corps dans le salon?

— On n'a pas traîné le corps de Bobby Lamothe chez vous. Il a été tué sur place.

— Il est venu pendant que j'étais inconsciente?

— Ça serait plus simple si vous admettiez que vous vous êtes disputée avec Bobby, dit Jocelyn Chartier, ça arrive, des chicanes. Des fois, ça finit mal. Peut-être qu'il vous a agressée, vous vous êtes défendue en prenant le couteau. Vous ne vouliez pas le tuer mais ça s'est passé trop vite!

— Non! hurla Irène. Je... je n'ai tué personne!

L'enquêteur haussa les épaules, soupira légèrement; il était habitué à ce genre d'attitude. Dans une affaire de crime passionnel, il était fréquent que l'assassin nie tout, refusant d'admettre qu'il avait tué l'objet de son amour. Irène Nadeau n'était pas une meurtrière endurcie, elle était encore sous le choc d'avoir poignardé un homme et voulait échapper à la réalité. Mais elle finirait bien par avouer. Ils finissaient presque tous par avouer.

— On a vos empreintes sur le corps de la victime, sur l'arme du crime. Vous avez son sang sur vous.

— Je ne l'ai pas touché! Je ne sais pas ce qu'il faisait chez moi! Quand je l'ai vu la dernière fois, je lui ai dit que je ne voulais plus qu'il m'approche, que le passé était le passé.

— Quel passé? demanda Chartier en offrant une cigarette à

Irène Nadeau qui secoua la tête avant de demander un verre d'eau. Racontez-moi ça.

Il s'alluma une Player's, tira une longue bouffée tandis que la suspecte parlait de son adolescence à Québec, d'une tentative de vol qui avait mal tourné, de son arrestation avec Bobby.

— Robert Lamothe, c'est ça?

— Personne ne l'a jamais appelé Robert. C'est Bobby ou Bob. Je ne l'ai pas vu durant des années. Puis il est tombé sur moi à la galerie où j'exposais mes toiles. Il m'a couru après. Je lui ai dit que j'étais mariée, que j'allais tout raconter à Bernard s'il ne me laissait pas tranquille et qu'on porterait plainte contre lui.

— Comment a-t-il réagi?

— Il s'est fâché contre moi, il m'a traitée de snob avant de me dire que Bernard ne lui faisait pas peur. Il m'a crié : « J'ai des amis qui peuvent lui casser les deux jambes! Et à toi aussi! »

— Et qu'a dit votre époux quand vous lui avez rapporté cet incident?

Irène secoua la tête; elle n'avait rien dit à Bernard.

— J'ai pensé que je lui en parlerais si Bobby m'approchait de nouveau. Mais je n'ai pas entendu parler de lui depuis notre dernière rencontre.

— Et c'était quand?

— Début avril, juste après le premier match des Expos contre les Mets. Bobby disait qu'il prendrait des billets de saison pour nous deux. Je lui ai dit d'arrêter ses niaiseries, de m'oublier une fois pour toutes. J'étais certaine qu'il avait compris…

— En êtes-vous si sûre? C'était votre premier amour…

— J'avais dix-sept ans et il ne m'a attiré que des ennuis. C'est pour ça que je ne voulais plus le voir! Je savais bien qu'il faisait trop d'argent. Ce n'est pas normal d'être aussi riche quand on n'a pas de métier. Mon mari travaille dix-huit heures par jour, six jours par semaine pour ses affaires. Je sais ce que c'est qu'un homme honnête.

— Comment expliquez-vous que vos empreintes se retrouvent sur l'arme du crime ?

— C'est mon couteau, je travaille avec tous les jours.

— Étiez-vous en train de travailler quand Bobby vous a rejointe ?

Irène dévisagea Jocelyn Chartier ; avait-il écouté ce qu'elle venait de lui dire ? Elle ne savait pas comment ni pourquoi Bobby s'était rendu rue Hutchison. Et elle ne travaillait jamais en pleine nuit, elle avait besoin de la lumière du matin.

— Il était quelle heure ?

— Je suis rentrée vers onze heures. Mais je ne sais pas combien de temps j'ai dû boire. Il me semble que ça a duré des heures… Je veux parler à mon mari. Oh non ! Il est à New York ! Il faut le rejoindre…

— On va essayer.

— Et ma fille ? Ça fait trois fois que je vous demande où elle est !

— On l'a confiée à des gens responsables.

— Non, non, ramenez-la ici !

— Vous n'avez pas l'air de comprendre que vous êtes notre témoin principal, que vous allez sûrement être accusée de meurtre. Votre fille va rester là où elle est. À moins qu'un membre de votre famille puisse se charger d'elle.

Irène blêmit et se mit à trembler. Accusée de meurtre ? C'était impossible.

— Mais je n'ai pas tué Bobby !

— Peut-être qu'il vous menaçait de tout dire à votre mari et que vous vous…

— Non ! hurla Irène. Non ! Je veux ma fille ! Je veux rentrer chez moi. Appelez mon amie Claude, elle va s'occuper de Jeanne.

L'enquêteur lui précisa qu'elle devait plutôt demander à un parent de s'occuper de sa fille. Avait-elle une sœur, un frère, une mère qu'on pouvait appeler ?

— Ma mère est à Québec.

Irène inspira profondément pour vaincre la nausée qui montait en elle ; 17 novembre 1960, 17 novembre 1960. La maison du juge Casgrain, les policiers qui les arrêtaient, sa mère qui refusait de l'aider. Irène revivait le cauchemar au centuple sans parvenir à y croire. Il fallait pourtant que Lucile vienne à Montréal.

— Votre mère ? reprit Jocelyn Chartier. Vous avez son numéro de téléphone ?

— Dites-lui bien que Bernard remboursera ses frais de taxi et d'autobus pour le trajet jusqu'à Montréal. Et que je vais lui donner ma carte de crédit pour qu'elle puisse dormir à l'hôtel en attendant. Qu'elle aille au Reine-Élisabeth.

Jocelyn Chartier fixa Irène quelques secondes ; elle était peut-être plus lucide qu'elle le semblait pour prendre la peine de préciser que son époux réglerait les frais de transport de sa mère, que celle-ci logerait au centre-ville. Comment pouvait-elle penser à ces détails alors qu'elle venait d'être accusée de meurtre ?

Il écrasa sa cigarette en songeant que ce drame passionnel le changeait des dossiers habituels, du FLQ qui multipliait les attentats à la bombe.

— Je voudrais voir ma fille pour lui expliquer que sa grand-mère va s'occuper d'elle. Et je voudrais d'autres aspirines. J'ai tellement mal à la tête.

— Vous n'êtes pas habituée à boire autant…

— On m'a forcée ! Je déteste le scotch.

— Vous maintenez votre histoire d'un gars avec une cagoule qui vous aurait…

— Je n'invente rien ! Il m'attendait chez moi, assis à la table de la cuisine. Vous trouverez des traces de son passage. Des voisins l'auront vu entrer. Il m'a plaqué une main sur la bouche pour m'empêcher de hurler, puis il m'a tendu un verre de scotch rempli à ras bord. Il avait son arme braquée sur moi. Qu'est-ce que je pouvais faire ? Il m'a dit qu'il me tuerait si je criais encore. Qu'il fallait que je boive du scotch et qu'il s'en irait ensuite. J'ai pensé qu'il voulait me violer. Je pleurais, je l'ai supplié de repartir mais il m'a frappée.

— Pouvez-vous le décrire ?

— Plutôt grand. Je dirais qu'il doit être dans la quarantaine. Un peu gras. Il fume. Sa peau sentait la cigarette, non, le cigare. Il a des mains très carrées et il laisse pousser les ongles de ses petits doigts. Il doit être brun-roux. À cause des poils de ses mains. Mais je n'ai pas vu son visage…

Elle pensait encore aux détails ; comment une femme terrorisée par un pseudo-inconnu pouvait-elle remarquer les ongles de ses auriculaires ?

— Vous avez vraiment le sens de l'observation, fit remarquer Chartier. Ou beaucoup d'imagination.

Il soupira, se demanda ce que penserait son partenaire habituel de cette femme quand il rentrerait du camp de pêche. Chartier ne détestait pas faire équipe avec Dumouchel, ce dernier l'avait bien secondé sur la scène du crime, mais il avait hâte que Frédéric Fontaine revienne. Il aimait ses questions bizarres qui faisaient toujours avancer une enquête. Il disait toujours que Fontaine et lui formaient un couple parfait : la raison et la folie. Il n'avait pas tort. Fontaine employait des méthodes peu orthodoxes, mais elles donnaient souvent de bons résultats. Et Fontaine appréciait qu'il ne le critique pas, qu'il ferme parfois les yeux au lieu de suivre le manuel à la lettre. Il ne s'agissait pas de prendre des libertés qui pouvaient faire capoter une enquête, Fontaine ne se serait rien autorisé de tel. Mais il était original. Voilà le mot, original… Plus que deux jours, et il rentrerait avec des truites. Ils avaient convenu de souper ensemble le samedi soir. Murielle avait même une amie à présenter à Fontaine ; peut-être qu'elle lui plairait ? Qu'il cesserait d'aller d'une femme à l'autre ? Murielle disait qu'il avait peur de s'attacher. Mais pourquoi ? Un bel homme comme lui aurait dû être marié depuis longtemps, avoir une maison, une famille. Au lieu de ça, il vivait rue Fabre dans un appartement trop grand pour lui et il lisait des bouquins sur l'art, collectionnait les presse-papiers, réparait tout ce qu'on lui apportait, du grille-pain à la chaise antique, au lieu de courir dans le parc Lafontaine avec ses enfants.

— Je suis habituée à regarder les choses, les gens attentivement, dit Irène. J'ai fait beaucoup de portraits.

— On n'en a pas vu dans votre appartement. Il y avait de la peinture sur les meubles, sur les murs, mais pas de portraits.

— Ma démarche est différente maintenant.

— Oui, vous travaillez au couteau…

— Je veux voir un avocat. Je veux me laver et voir un avocat.

— La peinture rouge sur votre bras, c'était pour aller avec le sang?

Irène regarda la tache qui maculait son avant-bras droit, secoua frénétiquement la tête. Elle nageait en plein cauchemar, rien n'était vrai, ce policier n'existait pas, elle n'avait pas vu le corps de Bobby, elle se réveillerait bientôt et elle irait peindre tranquillement dans son atelier, elle fuirait la lumière glauque de cette pièce, Bernard reviendrait de New York en fin d'après-midi. C'était ça, la vie. Sa vie.

*   *   *

Bernard Nadeau attendait Paul-Roger Couture au restaurant Chez Ernest depuis quelques minutes. Habituellement, il détestait attendre mais, depuis qu'Irène était incarcérée, il était beaucoup moins impatient. Il savourait chaque minute qui passait, chaque seconde où son épouse pleurait l'absence de Jeanne. Quand il lui rendait visite en prison, elle lui répétait qu'elle allait devenir folle si elle ne quittait pas ces lieux rapidement. Puis elle parlait de Jeanne. Elle s'était mise à sangloter quand il lui avait apporté des photos de leur fille à sa dernière visite.

— Je n'aurais pas dû te les donner, excuse-moi, ça te fait encore plus de peine… Mais je pensais que…

— Non, mon chéri, tu as eu raison ! Je ne sais pas ce que je ferais sans toi. Tu me crois ? Dis-moi que tu me crois, que tu es certain que je n'ai pas tué Bobby !

— Évidemment ! C'est impossible que tu l'aies assassiné. C'est ridicule. Je ne comprends pas que les enquêteurs n'aient encore rien trouvé qui prouve que l'assassin est cet homme qui t'a forcé à boire pour tuer ensuite Robert Lamothe. C'est pourtant simple : Lamothe doit avoir fourré quelqu'un dans le milieu, un type a eu un contrat sur lui et il a décidé de te faire porter le chapeau. J'ai beau le répéter aux policiers, on dirait que ça ne leur rentre pas dans la tête.

— Ils ne te croient pas. Ils ne me croient pas.

— J'ai engagé un détective privé qui va faire le travail que les enquêteurs ne font pas. Il y a des limites à attendre ! C'est toi qui pourris ici parce qu'ils bossent mal. Ton nouvel avocat saura sûrement le démontrer au procès. Comment le trouves-tu ?

— J'aimais bien maître Caron.

— Je sais, mais il manque de nerf ! J'ai eu trop peur qu'il ne sache pas s'imposer. Mais si tu n'aimes pas maître Couture...

— Non. Il est gentil. Il a l'air de connaître tout le monde.

— Paul-Roger Couture va faire de l'effet en cour. Il est tellement à l'aise. Je l'avais déjà entendu plusieurs fois à la télévision, à la radio. Je me suis dit : c'est de lui qu'on a besoin !

Bernard montrait beaucoup d'assurance tandis qu'il parlait à Irène, mais il avait besoin de revoir Paul-Roger Couture pour être certain d'avoir fait le bon choix. Il en avait mis du temps avant de se décider ! Des mois avant d'avoir assez de renseignements sur Paul-Roger Couture pour comprendre qu'il était l'homme de la situation. Un homme qui avait une solide renommée auprès du public grâce à ses passages fréquents à la télévision, à ses déclarations à la presse, un homme qui aimait l'argent, qui ne refusait aucune cause mais qui confiait systématiquement les plaidoiries délicates à ses associés. Des jeunes loups aux dents longues qui adoraient se retrouver à la barre alors que Paul-

Roger Couture se contentait de poser pour les photographes, d'expliquer aux journalistes ce qui se déroulait à la cour. Il ne plaidait plus depuis des années.

Et il n'en avait aucun désir.

Louis Méthot, avec qui Bernard Nadeau avait failli s'associer, avait déjà dit de son collègue que c'était un dinosaure. Un *has-been* qui aimait faire parler de lui mais qui était maintenant incapable de défendre correctement un client.

— Il dirait n'importe quoi pour se faire remarquer. Je ne comprends pas pourquoi le public l'apprécie autant.

— Il doit quand même être doué…

— Il l'a été. Dans sa jeunesse. Ça fait longtemps.

Bernard Nadeau s'était rappelé cette conversation pendant qu'il se demandait quel avocat engager pour être certain de perdre le procès. Avait-il raison de miser sur Couture ?

— Bonjour, maître Couture, fit Bernard en se levant, en esquissant un geste de déférence.

— Excusez mon retard. Il y avait encore des journalistes qui voulaient me demander de confirmer que vous aviez changé d'avocat. Je ne leur ai rien dit.

— Je pense que maître Caron était compétent, mais on l'a choisi trop vite, dans un instant de panique. Vous, vous êtes d'un autre calibre. On connaît votre réputation.

— J'espère qu'on ne vous décevra pas. Vous avez vu mes associés, vous pouvez nous faire confiance. Ils veulent tous défendre Irène.

— Que buvez-vous, maître ?

— Scotch *on the rocks*.

— Même chose pour moi, dit Bernard Nadeau au serveur.

Dès que celui-ci se fut éloigné, Nadeau déclara qu'Irène détestait le scotch. Si elle avait voulu s'enivrer, elle aurait bu du vin. Il était très possible qu'on l'ait forcée à boire comme elle le prétendait.

— Son histoire est cependant difficile à croire…

— Pour qui ne connaît pas ma femme.

— Ce qui est le cas des policiers, des membres du jury, du juge. Mais on la présentera sous son meilleur jour. On aura des témoins pour parler d'elle, pour dire que c'est une bonne mère qui ne se serait jamais enivrée devant sa fille, qui n'aurait jamais ouvert sa porte à un homme en pleine nuit.

— Jamais !

— En discréditant Robert Lamothe, en montrant bien qu'il magouillait avec des gens du milieu, on pourra faire comprendre aux jurés que c'est un règlement de comptes. Quand ils entendront Jean-Marc Blais défendre votre femme, ils le croiront.

— Comment ? Qu'est-ce que Jean-Marc Blais vient faire ici ?

Paul-Roger Couture posa son verre, surpris par le ton de Nadeau.

— Vous n'aimez pas Blais ? Vous avez bien discuté avec lui au bureau… Mais on peut demander à Tremblay si vous préférez.

Bernard Nadeau but une gorgée de scotch, laissa s'écouler quelques secondes avant de répondre.

— C'est vous que j'engage, maître Couture. Ni Blais, ni Tremblay.

— Mais voyons donc ! Je n'ai pas plaidé depuis des années. Je suis plutôt l'avocat-conseil du cabinet.

— Nous nous sommes mal compris.

Bernard Nadeau fit mine de quitter la table ; Couture se leva pour l'en empêcher.

— Attendez, parlons calmement, ce n'est qu'un malentendu…

— Je veux vous voir défendre Irène en cour. Vous et personne d'autre ! Je paierai le double de vos tarifs habituels, l'argent n'a pas d'importance. Je veux qu'on comprenne bien que j'ai choisi le meilleur avocat parce que je crois en l'innocence de mon épouse. Pour l'instant, elle passe pour une mère indigne. On lui a craché dessus au centre de détention. Mais peut-être que vous ne la croyez pas ? C'est pour ça que vous refusez de plaider sa défense ?

Paul-Roger Couture protesta aussitôt ; il était certain qu'Irène disait la vérité.

— Alors, c'est que vous pensez que la cause est perdue d'avance...

— Mais pas du tout ! Bon sang ! On a eu des causes bien plus difficiles au cabinet. On a défendu de vrais mafiosi.

— Demandez le prix que vous voulez.

— Si au moins votre détective retrouvait des témoins, des gens qui auraient pu voir un homme sortir de votre appartement. Irène pense avoir aperçu un voisin. Il était peut-être toujours là quand le tueur est ressorti.

— Elle m'en a parlé, mais elle n'est même pas certaine que c'est un de nos voisins. C'est quelqu'un qu'elle a vu une ou deux fois dans le coin. Il peut s'agir d'un homme qui rend visite à sa blonde, ou à un ami.

Nadeau donna un coup de poing de la main droite dans sa paume gauche comme s'il était furieux et ajouta :

— Il doit bien y avoir un témoin ! On est en plein été, les gens sont dehors, sur leur balcon.

— Il était très tard. Et c'était un lundi, tout le monde travaillait le lendemain.

— Ou ils étaient partis en vacances. Mais il ne faut pas désespérer, c'est ce que je répète à ma femme, on va la sortir de là !

Et les policiers allaient se lasser de poser les mêmes questions... Ce Frédéric Fontaine avait bien envie de croire Irène, et rien n'avait été plus déplaisant pour Nadeau que d'apprendre que c'était cet homme qui était chargé de l'enquête. Depuis quand avait-il quitté Québec ? Et pourquoi est-ce qu'il avait fallu qu'on lui confie cette affaire ? Il se souvenait très bien de sa manière de regarder Irène. Comme s'il voulait la protéger. Ce policier allait faire du zèle. Mais tant pis pour lui, il ne trouverait rien. Pierre Boutin était extrêmement prudent. Il lui avait répété que tout s'était parfaitement déroulé. Il avait bien croisé un homme en sortant de chez Irène, mais qu'est-ce que ça prouvait ? Il avait promis à Nadeau d'essayer d'en apprendre plus sur Fontaine, même s'il était certain qu'il n'avait pas à s'inquiéter ; ni lui, ni personne ne découvrirait quoi que ce soit qui puisse innocenter Irène. Tous les indices recueillis serviraient le procureur de la Couronne.

— Maintenant qu'on a la chance de vous avoir pour la défendre, maître, reprit Nadeau, les choses vont changer.

L'avocat hocha la tête avant de finir son scotch ; il avait de la difficulté à s'imaginer de nouveau à la barre, mais il ressentait une sorte d'excitation à l'idée de revêtir la toge noire, d'entrer dans le prétoire et de sentir les regards de tous les jurés, de l'assistance se diriger vers lui. Pourquoi avait-il cessé de plaider ? Parce que son dernier client avait écopé d'une peine bien plus longue qu'il n'aurait dû ? Mais était-ce vraiment sa faute ? Ni la presse ni le public ne l'avaient boudé ensuite. En fait, c'était la faute de Simone ! Si elle n'avait pas demandé le divorce à ce moment-là, il n'aurait pas vécu cette cause comme un échec. Au fond, Bernard Nadeau lui offrait une grande chance sans le savoir… Il n'allait pas le décevoir. Il avait eu raison d'accepter. Il aurait fallu être fou pour refuser d'avoir un si richissime client. Il s'était informé sur Bernard Nadeau ; Sportec était une entreprise qui ne cessait de s'agrandir, avec des succursales au Mexique et en Asie. C'était un homme qui menait des projets d'envergure. Ils étaient faits pour s'entendre.

— On mange ? dit Bernard en levant la main pour appeler le serveur.

Il avait faim, maintenant qu'il était certain d'avoir fait le bon choix : l'attitude réservée, les hésitations de Paul-Roger Couture l'avaient rassuré. Ce serait un vieux lion édenté qui défendrait Irène…

Il se cala dans son fauteuil en feuilletant le menu, souriant :

les enquêteurs ne trouveraient rien. Et si l'un d'entre eux finissait par ajouter foi au récit d'Irène, il n'aurait aucune preuve pour démontrer son innocence. Qui pourrait croire à l'hypothèse d'un règlement de comptes ? Pourquoi un tueur à gages se serait-il donné tout ce tracas pour descendre Bobby ? Pourquoi l'aurait-il emmené chez Irène au lieu de l'abattre dans un coin tranquille ? Une chicane qui avait mal tourné était bien plus crédible.

La seule chose qui ennuyait Bernard dans cette histoire était qu'Irène serait accusée d'un crime passionnel. On ne pourrait pas prouver la préméditation. Elle ne serait condamnée qu'à dix ou quinze ans plutôt qu'à la perpétuité.

Mais ce serait tout de même une femme finie qui sortirait de Kingston ou de Tanguay. Et Jeanne ne la reconnaîtrait certainement pas.

*   *   *

Le ventilateur apportait une brise qui ravissait Raymond Tremblay ; il l'avait installé au plafond le matin même et l'appareil remplissait parfaitement sa fonction. Pourquoi n'en avait-il pas acheté un avant ? Son logement de la rue Hutchison était mal aéré, il aurait pu régler la situation des années plus tôt, quand il avait déménagé à Montréal. Il s'allongea et regarda les pales tourner dans un mouvement régulier ; peut-être s'endormirait-il à force de les regarder ? Peut-être parviendrait-il à oublier les questions de l'enquêteur qui avait sonné deux fois à sa porte ?

Il avait dit qu'il n'avait rien remarqué. Qu'il n'avait croisé personne rue Hutchison lorsqu'il rentrait de la montagne où il était allé promener Whisky.

— À cette heure-là, de toute façon, je suis tellement fatigué que je ne m'aperçois de rien. Tout ce que je veux, c'est mon lit. Mais Whisky a besoin de courir un peu sinon il est trop nerveux.

En parlant de la nervosité de son chien, Raymond Tremblay s'était demandé si le policier remarquait aussi sa propre fébrilité. Mais pourquoi s'en serait-il inquiété ? Il n'avait rien fait de mal. Ce n'était pas lui, le tueur. Ce n'était peut-être même pas l'homme après lequel Whisky avait aboyé. Il s'était aussitôt excusé, mais il n'avait même pas terminé sa phrase car l'individu, après l'avoir dévisagé, s'était enfui en courant. Il n'avait pas aimé du tout son regard, un regard glacé.

Tout le monde avait dit que c'était Irène Nadeau qui avait poignardé son ex-amant. C'était écrit dans les journaux même si on parlait de « présumée » suspecte. Qu'est-ce qui lui permettait de croire, à lui, Raymond Tremblay, simple chauffeur de taxi, que l'assassin était peut-être cet homme qu'il n'avait aperçu qu'une minute ?

— Donc, vous n'avez rien vu.

— Rien.

Il ne devait pas avoir été assez convaincant car le policier était revenu. Frédéric Fontaine lui avait posé les mêmes questions que la fois précédente, mais avait ajouté qu'un faux témoignage pouvait avoir de graves conséquences. Raymond Tremblay n'avait pas modifié sa version des faits. Il était décidé à oublier l'homme au regard de serpent. Comme il avait oublié Madeleine et Marie. Comme si elles avaient été la femme et la fille de quelqu'un d'autre.

Et il ne fallait pas que ça change. Il n'était pas question de retourner à son ancienne vie. Et si Frédéric Fontaine revenait encore une fois, il lui répéterait la même chose. S'il changeait sa version, il serait obligé d'aller faire une déposition au poste de police. Puis en cour. Il y aurait des journalistes. Des photographes. Madeleine et Marie verraient son visage en première page du journal. Et ça, c'était vraiment la dernière chose qu'il souhaitait.

— Je vais revoir tous les habitants de la rue Hutchison, déclara Frédéric Fontaine à Jocelyn Chartier en s'épongeant le front. Seigneur, qu'il fait donc chaud !

Dans ces moments de canicule, il regrettait d'avoir quitté Québec, son appartement du chemin du Foulon où il y avait presque toujours une légère brise venant du fleuve. Il se demandait pourquoi il avait renoncé à vivre dans un endroit aussi agréable, il oubliait presque qu'il avait souhaité être muté à Montréal dans l'espoir de participer à des enquêtes plus complexes. Chartier lui disait qu'il n'avait qu'à acheter un système de climatisation comme il l'avait fait lui-même, au lieu de se plaindre, et Fontaine y avait réfléchi durant la nuit après s'être relevé pour la troisième fois pour boire un verre d'eau. Il savait pourtant que ses insomnies n'étaient pas dues à la chaleur. Il pensait sans cesse à Irène Nadeau. À son sourire quand elle l'avait reconnu même si elle avait l'air si effrayé dans la salle d'interrogatoire.

— Je suis allé chez vous, avait-il dit, à Québec, pour…

— Je me souviens, c'était en décembre, un party de Noël. Mais on s'était vus avant dans la rue du Parloir. Il neigeait, vous m'aviez foncé dessus. Et un autre jour, en face du musée, j'étais avec ma fille et…

La voix d'Irène s'était brisée en évoquant Jeanne. Elle avait fermé les yeux pour tenter de se reprendre et il avait pensé que ses paupières légèrement bleuies avaient la teinte de certains coquillages.

— Qu'est-ce qui va m'arriver, monsieur Fontaine ? avait-elle demandé.

Elle se rappelait son nom alors qu'il ne le lui avait dit qu'une fois, le 23 décembre 1965. Avait-elle une très bonne mémoire et s'était-elle souvenue de lui parce que…

Parce que quoi? Elle ne s'intéressait sûrement pas à lui. Il était ridicule et devait se ressaisir, dominer le trouble qui l'avait envahi plus tôt en entendant Chartier mentionner Irène Nadeau.

— Irène Nadeau?

— Oui, une femme bizarre. Un format de poche, mais qui sait de quoi elle est capable quand elle est en colère? On en a vu qui…

— Irène Nadeau? L'épouse de Bernard Nadeau?

— Tu as entendu parler de lui? Il brasse de grosses affaires, à ce qu'il paraît. Sportec, c'est lui. Il est rentré avant-hier de New York. Il était… désespéré quand on lui a annoncé la nouvelle. Il répétait que c'était impossible que sa femme ait tué quelqu'un. Il s'est effondré dans mon bureau quand je lui ai dit qu'on ne pouvait pas la remettre en liberté. Il pleurait en répétant toujours la même chose.

— Il pleurait?

Frédéric Fontaine n'aurait jamais imaginé que Bernard Nadeau puisse pleurer.

— Il a l'air de tenir à sa femme! avait repris Jocelyn Chartier. Il était vraiment démoli.

Parce qu'il était réellement attaché à Irène ou parce qu'il redoutait le scandale?

— Il pleurait? Vraiment? J'ai de la misère à le croire. C'est un homme très sûr de lui. Je l'ai déjà rencontré à Québec, j'enquêtais sur la mort d'un homme qui avait eu un accident en quittant la résidence des Nadeau. Ça ne l'avait pas ému une miette…

— Et sa femme? Tu la connais aussi?

Frédéric Fontaine avait acquiescé tout en se disant qu'il exagérait; il connaissait si peu Irène Nadeau. Il ne savait d'elle que ce qu'elle avait livré dans ses toiles. Et elle ignorait qu'il lui devait d'aimer l'art. Elle l'avait apprivoisé sans le savoir, l'avait guidé vers Arp, Ernst, Colville, De Kooning, Letendre. Elle lui avait offert la seule évasion qui pouvait lui convenir et, s'il était allé au

Musée du Québec voir l'exposition Delaunay au printemps 1966 en espérant croiser son chemin, il avait oublié le but de sa visite dès qu'il avait vu les œuvres du couple. Non, de Sonia et de Pierre. Ils avaient chacun leur personnalité. Bien sûr, il avait repensé à Irène ; le premier choc passé, il s'était demandé quelle émotion elle avait ressentie en voyant l'exposition. Il s'était posé la même question, quelques mois plus tard, à la rétrospective Morrice ; avait-elle aimé autant que lui ces paysages de l'Afrique du Nord où l'exotisme suspendait le temps, ces marines si paisibles qu'elles donnaient l'impression qu'un peu de sel iodé flottait sur vos lèvres ? Frédéric montait toujours les marches du musée en pensant à Irène, puis son souvenir s'estompait, mais il éprouvait de la gratitude envers cette muse qui l'obligeait à sortir de chez lui pour découvrir ces univers avec lesquels il se sentait de plus en plus en harmonie. C'était grâce à elle qu'il ne se contentait plus de collectionner les sulfures mais s'intéressait aussi aux tableaux, aux sculptures qu'il voyait chez les antiquaires. Il attendait que le destin les remette en présence l'un de l'autre. Tout en se traitant d'imbécile ; qu'est-ce que ça lui donnerait de revoir Irène Nadeau, mariée au richissime Bernard Nadeau ? Il serait plus avisé de se décider à demander sa mutation.

Il ne savait même pas s'il était amoureux d'Irène Nadeau. Il n'avait jamais rêvé de la tenir dans ses bras, de l'embrasser. Il ne pensait pas à elle de cette manière, elle était trop mystérieuse, trop proche des esprits, trop abstraite. Comme une énigme qu'il devait résoudre.

— Tu vas interroger Irène Nadeau, avait dit Chartier. Elle sera plus en confiance avec toi, vous venez du même village.

Frédéric Fontaine n'avait pas réagi à la taquinerie de son partenaire qui s'amusait à attiser la rivalité qui existait entre les Québécois et les Montréalais.

— Qu'est-ce qu'il y a ?

— Je me demande si Irène Nadeau a pu tuer un homme.

— Les preuves sont contre elle, en tout cas...

Fontaine se souvenait des tableaux d'Irène, si forts, si violents.

— Parle-moi de ce que tu as vu sur place. J'ai regardé les photos, mais c'est ton opinion qui m'importe.

Jocelyn Chartier avait soupiré ; il n'avait pas d'opinion justement.

— C'est pour ça que j'avais hâte que tu reviennes. Dumouchel est certain que c'est elle qui a fait le coup. C'est son couteau, ses empreintes sont dessus, elle avait une bonne raison de tuer le gars, et on n'a aucun témoin pour corroborer sa version à propos d'un individu qui se serait introduit chez elle. Personne n'a rien vu. Elle a bu de l'alcool avec son amant, ils se sont chicanés, elle a saisi l'arme. Point final. C'est certain que ça n'en restera pas là, ce serait trop simple, on sait bien que son mari va brasser du monde pour la sortir de là. Elle va avoir droit au meilleur avocat.

— Elle n'en a pas, déjà ?

— Elle a appelé un certain Ghislain Dumont. Mais il est dans le droit des affaires. Il lui a envoyé un de ses collègues, Georges Caron, qui lui a conseillé de se taire. Mais peut-être qu'elle va te parler quand même ?

Frédéric avait demandé qu'on amène Irène dans une salle d'interrogatoire. Qu'on lui offre un café.

Il lui avait dit qu'elle n'était pas obligée de lui donner sa version des faits. Elle pouvait garder le silence, attendre d'avoir rediscuté avec son avocat.

— Mon histoire ne changera pas. Que je la raconte devant un avocat ou non.

— Vous avez dit que l'homme portait une cagoule. Il devait avoir chaud...

— Oui, je sentais son odeur de transpiration mêlée à celle de son cigarillo. Il m'avait attendue en fumant. J'aurais dû réagir tout de suite en respirant cette odeur-là ! Je ne fume pas et Bernard était à New York. Mais je dois avoir pensé que c'était lui qui était rentré.

— Votre agresseur portait une cagoule, c'est bête, vous auriez pu faire son portrait.

Irène avait haussé les sourcils.

— Votre collègue n'a pas l'air de croire que j'en serais capable. Il pense que je me contente de jeter de la peinture sur une toile.

— Je sais que vous savez dessiner des sujets plus classiques. J'ai vu un portrait d'un bébé autrefois. Dans les affaires du type qui s'était tué en quittant votre party de Noël. Pourquoi avait-il ce dessin ?

— Bernard avait fait imprimer le portrait de notre fille pour chacun des invités. Jeanne avait à peine trois mois.

Irène s'était mordu les lèvres ; quand lui permettrait-on de revoir sa fille ? Elle était si petite, elle ne pouvait pas comprendre pourquoi on les avait séparées.

— Votre mère s'occupe bien d'elle.

— Qu'est-ce que vous en savez ? s'était écriée Irène. Ce n'est pas votre mère.

— Non. Mais c'est vous qui avez demandé qu'on la fasse venir à Montréal.

— Je n'avais pas le choix... Mais Bernard est revenu, tout va s'arranger...

Il n'y avait cependant aucune note de soulagement dans la voix d'Irène.

— Reprenons depuis le début. Vous rentriez avec Jeanne d'une soirée chez des amis. Votre fillette dormait, vous avez pris un taxi qui vous a déposées en face de chez vous. Était-il tard ?

— Onze heures, onze heures et quart. C'est écrit dans le rapport.

— Continuez.

— Je n'avais pas vu Bobby depuis des semaines... Je ne sais pas pourquoi on est venu le tuer chez moi. C'est trop fou ! Si j'avais voulu le tuer, j'aurais fait ça ailleurs, j'aurais jeté le couteau. Et jamais je n'aurais mêlé ma fille à cela. Y avez-vous pensé ?

213

— Oui.

— Et toute cette peinture grenade qui tachait ma peau avec le sang. Je n'utilise plus ce rouge depuis des mois. Parlez-en avec mon amie Ginette, c'est un choix que j'ai fait parce que… Qu'est-ce que je vous raconte ? Ma peinture n'a rien à voir là-dedans. Je ne sais pas pourquoi il y avait du rouge. Tout ce saccage. Je n'aurais pas gaspillé mon propre matériel ! Je n'ai pas tué Bobby. Vous me croyez ?

— Reprenons depuis le début, voulez-vous ? avait-il doucement répondu.

Elle lui avait raconté la même chose qu'à Chartier. Mais Frédéric Fontaine l'avait crue.

Et il ne cessait de s'interroger depuis : ajoutait-il foi à sa version parce qu'Irène le fascinait ou parce que cette version était aussi valable que celle à laquelle voulait croire Chartier ?

Maintenant, il allait revoir tous les voisins d'Irène Nadeau. Si elle disait vrai, il devait bien y en avoir un qui avait vu quelque chose. Qui avait entendu quelque chose. Qui savait quelque chose. Il le trouverait.

— La moitié du monde est partie en vacances, dit Chartier. Tu es certain que tu veux reparler avec eux ?

— Je n'ai pas le choix.

chapitre 12

Est-ce que l'Amérique est devenue folle? se demanda Frédéric Fontaine en lisant *La Presse* au snack-bar où il avait pris ses habitudes depuis son emménagement à Montréal.

— C'est épouvantable! commenta Alice, la serveuse aux jambes enflées. Poignarder une femme enceinte! Et ils disent que c'est des filles qui ont fait ça! Penses-tu qu'ils vont les condamner à mort? C'est tout ce qu'ils méritent! Sharon Tate était si belle... Je ne comprends pas que tu sois contre la peine de mort. En plus, il paraît que ce n'est pas si facile que ça, poignarder quelqu'un. Qu'il faut vraiment le vouloir. C'est vrai?

— Oui.

C'était une des raisons qui le poussaient à croire qu'Irène Nadeau lui disait la vérité. Son avocat devrait mettre cet aspect de l'affaire au premier plan. Irène était menue, les jurés auraient du mal à l'imaginer en train d'enfoncer un couteau — son maudit couteau, pourquoi peignait-elle avec un couteau? — dans le ventre d'un homme bien plus massif qu'elle. Ils la regarderaient, si frêle, et oublieraient peut-être ce que l'avocat de la Couronne leur aurait dit : il n'y avait aucun témoin de la fable qu'avait inventée Irène Nadeau pour se disculper du meurtre, ses empreintes étaient sur l'arme du crime, ses vêtements étaient tachés du sang de la victime, il y avait des traces de lutte dans l'appartement et elle avait un bon motif. Tout la désignait comme coupable.

Tout. Et c'était précisément ce tout qui obsédait Frédéric Fontaine. Irène Nadeau était intelligente ; elle n'aurait jamais commis un crime de cette façon si elle avait voulu se débarrasser de son ex-petit ami.

— Voyons donc, Fontaine ! avait dit son partenaire. C'est un meurtre passionnel, elle n'a pas réfléchi.

— Non. Elle est *trop* désignée. Il y a *trop* d'indices.

— Quand on n'en a pas, tu te plains et quand on en a, tu les rejettes !

— On devrait avoir des empreintes de pas d'homme chez les Nadeau, mais on n'a rien trouvé. Il faut retourner chez Bobby, chercher des indices.

— Mais le plancher est en bois franc. On a juste ramassé un peu de terre.

— Il faut savoir d'où elle vient. J'ai l'impression qu'on a piégé Irène Nadeau. Quelqu'un qui savait qu'elle travaillait avec un couteau. Qui voulait se débarrasser de Robert Lamothe et faire porter le chapeau à Irène. On rit de nous !

— C'est sûr que si Lamothe avait été assez crétin pour trahir un parrain… Mais on est loin des bottines en ciment, les méthodes de la pègre auraient tant changé ? Ça m'étonnerait. De toute manière, tu n'as aucune preuve pour étayer tes intuitions. Le seul témoin que tu as trouvé rue Hutchison n'a pas identifié l'assassin fantôme. Il est venu au poste et ça n'a rien donné. On a organisé le défilé pour rien.

— Il me semble que Boutin a encore grossi. Qu'est-ce qu'il faisait au poste ?

— Il devait payer une dette à Bonneau, j'imagine. Ces deux-là, ils pensent juste à jouer. Mais Bonneau est plus chanceux que Boutin.

— En tout cas, s'il continue à manger et à fumer comme ça, c'est un bon candidat à la crise cardiaque. Il devrait acheter des parts chez Craven'A. Il m'a déjà dit qu'il habitait à côté de l'usine de tabac quand il vivait à Québec, qu'il sortait avec une employée qui le fournissait en cigarettes.

— Il a toujours fumé beaucoup…

— Fumé, et joué, et rien foutu. C'est un paresseux! J'ai quasiment dû forcer « Monsieur » à participer à la séance d'identification. Il protestait en disant qu'il venait juste de s'allumer une cigarette…

— C'est surtout qu'il aurait dû être à son poste plutôt que chez nous. Il aurait pu payer Bonneau plus tard. Ou à l'heure du lunch, mais Boutin s'arrange pour en faire le moins possible. Je suis content qu'il ne soit pas dans notre équipe.

— On en a assez de Bonneau.

Frédéric Fontaine soupira avant de murmurer qu'il était furieux d'avoir dû relâcher Marcel Lemieux.

— J'étais certain que Gaétan Dubuc l'identifierait. La description correspondait parfaitement! On sait que c'est un tueur à gages.

— Ça n'a pas été prouvé en cour.

— Les maudits avocats… J'étais pourtant certain que Lemieux…

— Reviens-en, ça nous arrive de nous tromper. Ton gars a voulu faire l'intéressant, voir ce qui se passait dans un poste de police. Il va raconter à ses amis qu'on a fait défiler cinq types devant lui.

— Je ne comprends pas ce qui s'est passé… Quand j'ai parlé la dernière fois à Gaétan Dubuc, il m'a décrit l'homme qu'il avait vu sortir de chez Irène avec une certaine précision, sinon je ne l'aurais pas amené ici pour lui montrer des photos de criminels.

C'est comme ça qu'il a dit qu'il hésitait à propos de Marcel Lemieux. Que l'homme lui ressemblait beaucoup mais qu'il n'était pas certain. On a été chercher Lemieux chez lui, on l'a fait défiler avec les autres, mais mon gars avait tout oublié. Comme s'il avait subitement eu peur.

— Tu penses qu'on a intimidé ton témoin ?

— Pourquoi pas ? Lemieux peut m'avoir vu faire le tour de voisins. Il a compris ce qui se passait. Il a un alibi pour le soir du meurtre, mais c'est sa femme qui dit qu'il était couché chez eux. Ce n'est pas si solide.

— Lemieux aurait vu tous les voisins un à un pour leur dire de se taire ? Ta théorie ne tient pas debout ! Tu ferais mieux de te méfier, Fontaine, tu es trop impliqué dans cette affaire.

— Je te dis que Gaétan Dubuc a changé de comportement trop vite. Je vais lui reparler. Et à Raymond Tremblay aussi. Lui non plus n'est pas net.

Avait-il tort d'aller de nouveau voir les voisins d'Irène Nadeau ? Il demanda un autre café à Alice.

— Il y a du pâté chinois à midi, est-ce que je t'en garde ? Parce que j'imagine que tu ne viendras pas manger à cette heure-là, comme tout le monde, hein ? Tu ne fais rien comme les autres.

Frédéric Fontaine haussa les épaules, mais en s'assoyant dans sa voiture, il repensa à l'affirmation de la serveuse. Avait-elle raison à son sujet ? Chercher à prouver l'innocence d'Irène Nadeau, était-ce une preuve de sa bizarrerie ?

Les feuilles des arbres n'avaient pas encore changé de couleur, mais le vert des pelouses était plus kaki qu'émeraude ; l'automne serait là dans quelques semaines et il irait marcher sur le mont Royal. Il y aurait des enfants qui feraient des tas de feuilles pour s'y jeter du haut d'un arbre et il les envierait. Il n'aurait jamais osé salir ainsi ses vêtements quand il était petit. Marc Fontaine l'aurait battu. Quand cesserait-il de repenser à cet après-midi où il avait précipité son père dans l'escalier ? Est-ce qu'il se débarrasserait de ce sentiment de culpabilité ? Il se souvenait des battements de son cœur, de sa satisfaction en voyant son père inanimé. Était-il aussi violent que lui ? On aboya derrière lui et il se retourna ; c'était une chienne au pelage noir et blanc, au long museau, aux oreilles dressées comme celles d'un berger allemand, mais elle rappelait à Fontaine le border colley d'un de ses voisins à Québec. Elle le regardait de ses doux yeux marron comme si elle attendait quelque chose de lui.

Frédéric fouilla dans ses poches à la recherche d'une tablette Kit-Kat. Il cassa un morceau de chocolat, le lança à la chienne qui l'attrapa avant même qu'il touche le sol. Elle s'assit ensuite, fixant toujours l'homme qui répéta le manège.

— Je t'ai tout donné, dit Frédéric en chiffonnant le papier métallique qui recouvrait le chocolat. Et, en plus, ce n'est pas bon pour tes dents.

La chienne continuait à l'observer, sagement assise.

— Où est ton maître ?

Frédéric s'approcha de l'animal, qui émit un couinement de plaisir quand il lui gratta le cou.

— Tu n'as pas de collier ? Tu es perdue ?

La chienne le lécha, puis s'élança devant lui, tournant à droite vers la rue Hutchison ; appartenait-elle à l'une des personnes qu'il avait interrogées ? Elle lui fournissait le prétexte rêvé pour revoir tous ces gens. Il la rattrapa, la flatta et sonna à une première porte.

— Non, ce n'est pas à moi, dit Antoinette Michaud. Avez-vous trouvé quelque chose pour votre enquête ? C'est vrai ce qui est écrit dans les journaux ? C'est difficile à croire ; une si petite femme…

— On va continuer à chercher.

Frédéric Fontaine sonna à toutes les portes. Gaétan Dubuc se mordit les lèvres en le reconnaissant.

— Qu'est-ce qu'il y a encore ?

— J'ai trouvé ce chien au bout de la rue. Je me suis demandé si vous saviez à qui il appartient. Je peux entrer ?

Dubuc retint la porte contre lui.

— Pourquoi faire? Ce n'est pas mon chien. Cherchez ailleurs.

— Je voulais reparler de votre témoignage. Ou plutôt, de votre non-témoignage.

— Je me suis excusé de vous avoir fait perdre du temps, ce n'est pas assez?

— J'aurais quand même voulu qu'on établisse un portrait-robot. On en avait parlé quand vous avez regardé les photos des criminels dans nos dossiers.

— Je vous ferais perdre encore votre temps.

Pourquoi Dubuc refusait-il de l'aider?

— Vous m'avez bien décrit un homme la semaine dernière, vous avez parlé de son regard clair, de sa stature, vous étiez d'accord pour guider notre technicien. Pourquoi avez-vous changé d'idée? Est-ce qu'on vous a intimidé? Si c'est le cas, on peut vous protéger contre Marcel Lemieux.

Gaétan Dubuc protesta : personne ne lui avait adressé de menaces. « Personne », répéta-t-il en regardant le policier droit dans les yeux. Il devait le convaincre qu'il s'était trompé, qu'il était incapable d'identifier l'homme aperçu le soir du meurtre. Frédéric Fontaine devait lui laisser la paix une fois pour toutes.

— J'avais bu quand vous êtes venu la première fois, mentit-il. Je ne sais pas pourquoi je vous ai dit que j'avais vu cet homme. J'avais envie de bavarder avec quelqu'un.

Le policier le dévisagea, mais Dubuc le fixa sans broncher. Celui-ci devinait que Fontaine ne le croyait pas, mais il ne pouvait pas l'obliger à lui dire ce qui s'était passé au poste de police. Fontaine allait repartir avec le chien dans quelques secondes, et lui, il retournerait à ses mots croisés en espérant que l'homme qu'il avait reconnu au poste ne viendrait jamais le menacer, en espérant qu'il avait eu raison de mentir à Frédéric Fontaine.

Mais qu'aurait-il pu faire d'autre?

Dubuc était arrivé au poste de police avec trente minutes

d'avance. Il détestait être en retard, mais détestait tout autant les gens qui se présentaient à son bureau avant l'heure. Est-ce qu'ils se rendaient compte que c'était impoli ? Ils étaient tous pressés, évidemment, mais s'il leur donnait une heure de rendez-vous, ils devaient la respecter. Lui, en tout cas, était bien éduqué et il s'était assis dans le parc en face du poste de police pour attendre l'heure de sa convocation. C'est de là qu'il avait vu l'homme au regard de reptile s'arrêter devant l'entrée du poste, serrer des mains, donner une claque dans le dos à un policier, puis pousser la porte en riant.

Dubuc avait retenu son souffle ; l'homme qu'il avait croisé rue Hutchison était donc très familier avec les policiers ? Pourquoi ? Parce qu'il en était un lui-même ?

Il s'était levé, s'était dirigé vers sa voiture garée dans la rue voisine. Il allait rentrer chez lui et dire qu'il était malade, qu'il ne viendrait pas à la séance d'identification. C'est alors que Frédéric Fontaine l'avait aperçu.

— Eh ? monsieur Dubuc ? Où allez-vous ?

— Je… je pense que j'ai oublié de barrer les portes de mon auto.

— Votre voiture est loin d'ici ? J'aurais dû vous dire que vous pouviez la laisser dans notre stationnement. On va envoyer quelqu'un vérifier les portières, vous n'aurez pas à vous déranger. Ça va ? Vous avez l'air un peu fatigué…

— C'est la chaleur. On dort mal.

— C'est sûr. Suivez-moi, je vais vous présenter à Jocelyn Chartier, c'est mon partenaire.

— Je l'ai déjà vu. Le lendemain du meurtre.

Est-ce que son ton était normal ? Sa voix tremblait-elle ?

— On va vous libérer rapidement, monsieur Dubuc, vous pourrez retourner travailler au frais. On crève ici, hein ? Comme je vous l'ai dit, ce n'est pas très compliqué. Vous êtes dans une pièce avec moi, on fait défiler des hommes de l'autre côté d'un miroir sans tain — ils ne peuvent pas vous voir —, et vous me dites si vous reconnaissez quelqu'un. C'est aussi simple que ça.

Dubuc avait fait semblant d'hésiter en voyant le numéro 3, ce Marcel Lemieux qu'il avait vu en photo, il avait demandé qu'il se tourne d'un côté, puis de l'autre par deux fois. Il avait bien regardé les hommes qui portaient les numéros 1, 2, 4 et 5, puis il avait soupiré longuement et déclaré à Frédéric Fontaine qu'il ne reconnaissait personne. Il n'était pas assez certain de ce qu'il avait vu. Tous ces hommes se ressemblaient beaucoup ; en les voyant ensemble, il comprenait qu'il avait pu faire une erreur.

Frédéric aurait voulu insister mais il ne devait pas influencer Gaétan Dubuc. Il avait dit aux cinq hommes qu'ils étaient libres de vaquer à leurs occupations. Tandis qu'ils quittaient la pièce, Dubuc avait demandé comment on organisait une séance d'identification.

— On essaie de sélectionner des hommes qui correspondent à peu près aux caractéristiques que vous nous avez données. On ne mettra pas des maigres si vous nous avez parlé d'un gros.

— Je suis désolé, avait répété Gaétan Dubuc, sachant que sa sincérité était perceptible et que le policier ne douterait pas de ses regrets, car ils étaient réels et ils lui empoisonnaient maintenant l'existence.

Mais s'il avait identifié le numéro 4, il n'aurait plus jamais dormi sur ses deux oreilles. Déclarer qu'un policier était un assassin relevait de l'inconscience ! L'homme pouvait avoir des relations avec des mafiosi et le faire descendre pour l'empêcher de témoigner. Il avait croisé son regard quand il était sorti du poste de police et il savait que le numéro 4 n'hésiterait pas à prendre certaines mesures s'il les jugeait nécessaires. Juste avant de quitter le poste de police, il avait entendu Fontaine saluer le numéro 4.

Ils se connaissaient donc. Il faisait bien partie de la police comme il le craignait. Il s'était empressé de répéter à Frédéric Fontaine d'une voix forte qu'il était navré de n'avoir identifié personne. Il était rentré chez lui en se demandant s'il devait déménager, et il avait sursauté à chaque sonnerie du téléphone durant quelques jours, redoutant d'entendre des menaces de la part de celui qu'il appelait maintenant Numéro 4, mais celui-ci ne s'était pas manifesté. Il commençait à mieux dormir et voilà que cet enquêteur revenait le harceler.

— Vous êtes certain que vous n'avez rien à me dire ? insistait ce dernier.

— Rien. Et maintenant, j'aimerais bien que vous me laissiez tranquille.

Le chien fit mine de grimper les marches de l'escalier pour rejoindre Frédéric Fontaine.

— Allez-vous-en ! Vous n'avez pas compris que j'ai peur des chiens ?

Ce mensonge supplémentaire allait-il lui permettre enfin de refermer sa porte sans que le policier tente de le retenir ?

De derrière le rideau de dentelle, il le vit enfin s'éloigner en tapotant le dos de l'animal. C'était le chien du policier, bien évidemment. Il avait cherché un prétexte pour venir le voir. Dubuc se laissa tomber dans un fauteuil ; allait-il avoir enfin la paix ?

*   *   *

— Il est mignon ! déclara la réceptionniste du poste de police. Comment s'appelle-t-il ?

— C'est une chienne. Elle n'est pas à moi, elle m'a suivi.

— Elle t'a adopté. Elle s'est fiée à son instinct et elle pense que tu peux être un bon maître.

— Je ne suis jamais là.

— Elle a l'air sage, elle comprendra.

— C'est un animal, pas une personne.

— Il y a des bêtes qui valent bien mieux que ceux que vous interrogez ici ! Puis, ton enquête ?

Frédéric poussa un soupir.

— Ça va s'arranger… Veux-tu qu'on prenne une bière en fin d'après-midi ? Je te dois bien une bière pour te remercier d'avoir réparé mon horloge !

— Les chiens ne sont pas admis dans les bars.

— Les terrasses sont encore ouvertes. Mais si ça ne te tente pas de sortir avec moi…

Frédéric Fontaine sourit, embarrassé, et se pencha pour flatter la chienne. En se relevant, il perçut le regard toujours insistant de Manon qui lui souriait à son tour.

— Tu es *cute* mais on dirait que tu ne le sais pas. Pourtant, il doit y avoir un tas de femmes qui te l'ont dit…

La sonnerie du téléphone permit à Frédéric Fontaine d'échapper aux commentaires de Manon Loiselle. Comment aurait-il pu lui expliquer qu'il ne pouvait voir ce qu'elle voyait quand il se regardait dans un miroir ? Il reconnaissait les traits de son père. Il avait la bouche, le nez, le front de Marc Fontaine, et s'il avait eu les yeux clairs, il aurait été son portrait tout craché. Enfant, il avait craint que sa mère finisse par le détester parce qu'il ressemblait au mari qui la battait et qui la trompait.

En tout cas, il n'irait pas prendre une bière avec Manon, qu'elle le trouve mignon ou non. Elle était gentille mais elle ne l'attirait pas. Ni elle, ni aucune femme depuis qu'il avait revu Irène Nadeau. Il se le reprochait et tentait de dissimuler ses sentiments quand il parlait d'elle avec son partenaire, mais Chartier l'avait mis en garde contre cette attitude tout en admettant qu'il subsistait un doute dans son esprit à propos d'Irène Nadeau. La présence de Jeanne sur les lieux du meurtre le gênait… Et le sang, tout le sang qu'il y avait sur Irène aussi. Au laboratoire de médecine légale où des spécialistes se penchaient sur la dispersion des gouttes de sang, on avait déclaré qu'il fallait qu'Irène Nadeau ait tenu Robert Lamothe dans ses bras après l'avoir poignardé pour avoir autant de sang sur elle. Tout s'était confondu dans le corps-à-corps. Chose certaine, la victime avait été poignardée avec énergie ; les plaies étaient nettes. Et elles avaient été faites quand la victime était allongée par terre. Robert Lamothe avait d'abord été assommé avec un rouleau à pâte trouvé sur les lieux du crime, puis poignardé. Si Irène Nadeau, qui mesurait cinq pieds deux pouces, avait été debout au moment d'enfoncer son couteau, la lame aurait pénétré différemment dans la chair. Ces constatations avaient inquiété Frédéric Fontaine, car l'avocat de la Couronne pourrait insinuer qu'il y avait peut-être préméditation et que la criminelle pouvait avoir assommé son amant afin d'être certaine de réussir ensuite à le poignarder. Chartier n'avait pas manqué de le lui faire remarquer.

— Ce n'est pas bon pour Irène Nadeau.

— Ça ne prouve pas que c'est elle pour autant. Un individu peut avoir assommé la victime pour la poignarder au sol parce qu'il savait qu'il ne parviendrait pas autrement à infliger à Lamothe le type de blessures que pouvait lui faire une femme de cette taille.

— Dans ce cas, c'est sur lui que le sang aurait giclé. Mais ce sont les vêtements d'Irène Nadeau qui étaient tachés.

— S'il a fait vite, il a pu la coucher sur la victime après l'avoir tuée. Ensuite, il l'a déplacée. Ou alors, il était aussi petit qu'Irène.

— Ça ne colle pas.

Non, ça ne collait pas. Frédéric Fontaine repensait sans cesse à ces photos d'Irène ensanglantée, qu'il avait vues au poste de police quand il était rentré de vacances, celles de Bobby étendu par terre, les bras en croix. Tant de désordre dans la pièce, mais un corps qu'on avait pris la peine de disposer en croix. Est-ce que la montre de Bobby s'était brisée quand il était tombé au sol après avoir été assommé? Les aiguilles indiquaient deux heures dix. Il était tard, mais il faisait si chaud que la plupart des Montréalais mettaient du temps à s'endormir. Pourquoi n'y avait-il pas de témoins? Que pouvait-il faire de plus pour en dénicher un? Devait-il retourner chez Gaétan Dubuc? Le menacer, lui dire qu'il prouverait qu'il lui avait menti? Non. Si l'homme se plaignait à ses supérieurs, on lui retirerait l'enquête et il n'y aurait plus personne pour tenter de prouver l'innocence d'Irène Nadeau.

— Qu'est-ce que ce chien fait là ? demanda Antoine Picard.

— Elle ne restera pas ici.

— Avancez-vous dans votre enquête ? L'avocat d'Irène Nadeau a encore déclaré hier aux journalistes que sa cliente était innocente. Il me semble pourtant qu'on a un paquet de preuves qui disent le contraire. Qu'est-ce qui vous manque encore ?

— Que je croie à sa culpabilité, boss.

Antoine Picard haussa les sourcils ; Fontaine lui avait déjà dit qu'il pensait qu'Irène Nadeau était innocente, mais devant le manque d'éléments pour étayer cette hypothèse, il croyait qu'il s'était rendu à l'évidence.

— C'est justement le mot, boss : évidence. Ce crime est trop parfait. C'est quelqu'un qui en voulait à Irène Nadeau qui a tué Bobby.

— Si quelqu'un haïssait à ce point cette femme, il l'aurait tuée.

— Pas s'il pensait qu'Irène était très attachée à Bobby : il tue son amant pour la faire souffrir, et il s'arrange pour la faire condamner à sa place. Il se venge doublement.

— Il… Qui, il ?

— Qui peut être jaloux d'un amant ? Un mari…

Antoine Picard secoua vivement la tête ; comment pouvait-on soupçonner Bernard Nadeau ? Celui-ci avait engagé un avocat célèbre pour défendre son épouse et il la soutenait dans toutes ses déclarations à la presse.

— Arrête d'inventer n'importe quoi. Si Irène Nadeau était un peintre célèbre, on aurait pu croire à la jalousie d'un rival, mais elle n'est pas connue. Chartier a raison, c'est une chicane qui a mal tourné.

— Je n'y crois pas.

— Tu ne vas pas consacrer tes heures à chercher des preuves qui n'existent pas. Je t'ai laissé faire, mais maintenant, il n'y a pas que cette enquête… Le mort qu'on a trouvé hier soir au port ?

— Ça, c'est quelqu'un qui gênait dans le milieu.

— Pourquoi en es-tu si sûr ? Il n'est pas connu de nos services.

— Vous savez très bien qu'on lui a coupé la langue. Ce n'est pas un crime passionnel.

— C'est un crime de sadique.

— Non, un sadique l'aurait torturé davantage. C'est un avertissement pour ceux qui auraient envie de trop parler. Et ceux à qui s'adresse ce message se sont sûrement reconnus.

— Tu m'énerves, Fontaine. Oublie l'affaire Nadeau pour le moment et mettez-vous sur le cas du port. J'en ai assez d'avoir les journalistes sur le dos. La langue coupée les excite beaucoup, ça va leur faire oublier « la femme au couteau ». Maudit qu'il fait chaud ici !

— Ça achève. Dans un mois, on va commencer à se plaindre du froid.

— Pas toi, Fontaine. Tu ne te plains jamais de rien. Tu es parfait.

Antoine Picard souriait à Frédéric Fontaine en disant cela, mais il le pensait réellement ; c'était précisément ce qui le gênait avec cet enquêteur, il était sérieux, poli, réservé, calme. Il ne s'énervait jamais, ne récriminait jamais, ne protestait jamais quand il le blâmait ou quand il lui réclamait un rapport pour la veille. Il était trop tranquille. Même ses yeux étaient comme deux lacs étales. C'était pourtant impossible qu'il ne se mette jamais en colère. Se contrôlait-il devant lui, devant ses collègues parce qu'il savait que ses fureurs étaient trop violentes pour exploser devant témoins ? Antoine Picard aurait souhaité qu'il pousse parfois la porte de son bureau, comme le faisaient tous ses enquêteurs, pour réclamer une augmentation de salaire, un traitement différent, un changement d'affectation. Il aurait aimé qu'il soit un peu plus normal.

— Je veux un rapport sur le cadavre du port avant la fin de la journée. Oublie l'affaire Nadeau pour aujourd'hui.

Frédéric Fontaine flatta la chienne qui s'était collée contre lui. Il n'oublierait pas, même durant une seconde, qu'Irène Nadeau était détenue rue Fullum en attendant son procès.

— Comment s'appelle ta chienne ?

— Fila. Pour *filature.*

— C'est bon. Mais ne prends pas l'habitude de l'amener ici tous les jours.

Fila émit un jappement bref qui réjouit Antoine Picard.

— On dirait qu'elle a compris ce que je disais. Bon, assez perdu de temps, va faire un tour au port.

Frédéric Fontaine s'arrêta en route pour acheter un collier et une laisse à sa protégée. Il avait un sentiment bizarre en payant ses achats, s'étonnant d'adopter si facilement la chienne. De lui avoir si spontanément trouvé un nom. Fila. Il aurait peut-être dû chercher un peu plus longtemps. Fila lui rappela subitement un chien qu'avait peint Rosa Bonheur dans une scène de foire aux chevaux. Les mêmes oreilles bien droites, la même truffe noire, le même pelage. Est-ce qu'Irène Nadeau avait déjà vu des tableaux de Rosa Bonheur ? Qu'en pensait-elle ?

Comment pouvait-il se poser ce genre de questions ?

— Qu'est-ce que tu ferais à ma place ? dit-il à Fila qui dressa les oreilles.

Avait-il tort de croire à l'innocence d'Irène Nadeau ? Tenait-il encore à la sauver parce qu'il voulait racheter la faute de son père ? Ce n'était pas l'unique raison, il le savait très bien, car il ne dirait jamais à Irène Nadeau la vérité sur la mort de Georges Pouliot. Alors ? Il voulait qu'Irène le regarde différemment. Allait-il trouver un témoin avant qu'il ne soit trop tard ?

chapitre 13

1970

La pluie coulait plus rapidement sur la vitre que sur les barreaux de la fenêtre, comme si la moindre aspérité dans la fonte
tentait de freiner les gouttes, de les retenir captives. Captives ?
Comment des gouttes pouvaient-elle être captives ? L'eau est le
symbole même de la liberté. L'eau voyage de par le monde. L'eau
se glisse partout. L'eau balaie tout. L'eau n'a besoin de personne.
L'eau est tout. L'eau est salée. Plus salée que ses anciennes larmes.
Ses larmes avaient coulé durant des heures, des jours, des
semaines, puis elles s'étaient taries. Comme son sang. Irène
n'avait pas eu ses règles depuis qu'elle avait été arrêtée. Et maintenant, elle ne pleurait plus. Sa bouche lui semblait plus sèche ;
est-ce qu'elle n'aurait bientôt plus de salive ? Allait-elle se momi-
fier avant son procès ? Allait-elle mourir ? Allait-on l'innocenter
après sa mort ? Pourquoi le ferait-on puisqu'on ne la croyait pas
de son vivant ? Pourquoi ce Frédéric Fontaine secouait-il la tête
quand elle lui affirmait qu'elle n'avait jamais couché avec Bobby
depuis leur adolescence ? Elle avait eu pourtant l'impression qu'il

la croyait quand elle disait qu'elle n'avait pas tué Bobby. Il acceptait une partie des faits et réfutait l'autre ; il s'était plaint qu'elle ne l'aidait pas. Mais en quoi l'aurait-elle aidé en mentant sur ses relations avec Bobby ? Il n'était pas son amant, elle n'avait jamais voulu tromper Bernard. Quand elle avait lu *Madame Bovary,* elle n'avait pas compris ce qui avait poussé Emma dans les bras de ce Rodolphe qui ne pouvait lui attirer que des ennuis, des déceptions. Bobby ne valait pas mieux, elle le savait. Elle l'avait repoussé. C'était facile à saisir, non ? Elle ne comprenait plus Fontaine. Elle ne comprenait pas davantage son avocat qui lui posait toujours les mêmes questions. Il n'y avait que Bernard pour la retenir loin de la folie. Il lui répétait qu'il savait qu'elle était innocente, il lui disait qu'il parlait d'elle à Jeanne tous les jours, qu'il regrettait son absence. Même l'odeur de ses tubes de peinture, de la térébenthine lui manquait quand il rentrait à la maison. Le jardin semblait triste sans elle, désolé, abandonné, et la maison était vide. Comme sa vie. Il avait tellement hâte que tout ce cauchemar soit terminé ! Tellement hâte qu'elle rentre avec lui à Québec.

Il répétait tout cela à chacune de ses visites. Maître Couture avait affirmé que l'attitude de Bernard allait sûrement influencer les jurés : si la personne qui la connaissait le mieux au monde croyait en son innocence, c'est que ça devait être plausible !

— Quand on vous verra, on saura bien que vous n'avez pu tuer un homme !

Frédéric Fontaine ne lui avait jamais dit ça. Il n'avait jamais parlé de sa fragilité pour expliquer qu'il la croyait innocente. Il mentionnait une accumulation suspecte de preuves. Pourquoi avait-il insisté sur d'hypothétiques relations sexuelles avec Bobby ? Pourquoi avait-il changé d'attitude envers elle ? Il paraissait déçu et même fâché quand il l'avait quittée. Mais qu'aurait-elle donc dû lui dire pour le satisfaire ? Si elle avait menti et prétendu avoir couché avec Bobby, elle aurait aggravé son cas ; elle aurait fourni une raison pour que les jurés croient qu'elle s'était disputée avec Bobby. Il lui semblait qu'elle devait s'en tenir à la vérité ; elle ne l'avait pas vu depuis mars. Elle ne savait pas ce qu'il faisait chez elle. Mort.

Elle s'était demandé si elle avait pu le tuer dans un moment de folie après que l'homme au regard trop clair l'avait fait boire. Mais comment y serait-elle parvenue en étant inconsciente ? Pouvait-elle avoir tout oublié ? Non. Elle n'avait pas tué Bobby, elle ne devait pas se mettre à douter d'elle-même, ce serait la fin. Sa fin. De toute manière, elle n'avait pas de raison d'assassiner Bobby. Il l'avait laissée en paix depuis leur dernière rencontre. Et même quand il l'avait plaquée, elle n'avait pas songé alors à se venger. Pourquoi l'aurait-elle fait des années plus tard ? C'était absurde !

Elle s'approcha de la fenêtre, cherchant à humer l'air. Est-ce qu'elle pourrait déceler l'odeur des feuilles mortes, ou les relents d'ennui qui suintaient sur les murs de l'établissement carcéral empêchaient-ils tout parfum naturel de parvenir jusqu'aux femmes en attente de sentence ?

En attente. Elle détestait ce mot. Attente. Comme attenter. À la vie. À sa vie. On avait détruit son existence, et tout le monde lui répétait qu'elle devait attendre. Attendre que Jeanne ne la reconnaisse plus ? Que Bernard se lasse de venir lui rendre visite ? Se lasse d'être seul dans son lit ? Attendre ?

Attendre la mort ?

La veille, une femme s'était suicidée dans une autre aile. Une détenue avait dit qu'elle ne pouvait pas vivre avec son crime sur la conscience : elle avait étouffé son petit garçon.

— Agathe avait déjà essayé de se tuer, avait affirmé Pauline. Avais-tu remarqué ses poignets ?

Oui, Irène avait noté les dessins étranges sur les poignets d'Agathe. Ils lui avaient rappelé les scarifications que certains guerriers s'imposent avant d'aller au combat. Quel combat ? Celui qu'on mène contre la folie ? Elle-même avait eu envie de se mutiler pour évacuer la tension qu'elle éprouvait depuis son arrestation ; son sang qui coulerait la rassurerait peut-être ; elle saurait alors qu'elle était toujours vivante. Son sang rouge, son sang preuve de vie. Et perte de vie. À quoi avait pensé Agathe en regardant couler son sang? Qu'elle était enfin libérée de sa culpabilité? Irène refusait de se laisser envahir par ce sentiment, mais c'était un mal si répandu dans le lieu où elle se trouvait… Tout le monde avait quelque chose à se reprocher. Même elle… rien ne serait arrivé si elle avait raconté à Bernard qu'elle avait revu Bobby, mais si Bernard l'avait su, il se serait mis en colère, et elle s'était tue pour préserver sa tranquillité, sa liberté. Elle savait bien que Bernard ferait toute une histoire si elle voulait aller à Montréal sans lui. Alors elle avait gardé le silence sur Bobby. Mais qui avait tué cet homme chez elle?

Au centre de détention, personne ne croyait à son innocence. Pauline lui avait même dit qu'elle aurait fait la même chose qu'elle si un ex était venu lui rendre visite en pleine nuit.

— Pourquoi tu n'as pas dit que tu pensais que c'était un voleur? Ou un violeur? Il t'a attaquée, tu t'es défendue. Je ne comprends pas que ton avocat ne t'ait pas dit de raconter ça.

— Mais c'est faux! Je ne sais pas ce qui est arrivé! Je me souviens juste de l'homme qui m'a obligée à boire.

— Il y en a un paquet qui ont tenté de plaider l'amnésie, ma pauvre fille. Ce n'est pas une méthode qui marche à tous les coups…

— Mais c'est la vérité!

— Ça non plus, ce n'est pas garanti. Mais tu es chanceuse, ton avocat est une star! Ton mari a du cash pour te payer Paul-Roger Couture. Le mien parle de divorce depuis que j'ai été arrêtée.

Irène n'avait pas demandé à Pauline pourquoi elle était incarcérée. Elle s'était souvenue des quelques mois passés à Cap-Rouge, les fouineuses étaient mal vues. On devait deviner la gravité du crime à l'importance de la condamnation. Ne pas poser de questions directes. Irène n'aurait jamais d'ennuis de ce côté-là. Elle ne prononçait guère plus qu'une dizaine de phrases par jour. Qu'aurait-elle raconté? À qui? Pauline et Josette lui avaient dit que tout le monde savait qui elle était, pourquoi on l'avait arrêtée. Elle avait répondu qu'elle n'avait pas tué Bobby, mais les filles avaient éclaté de rire. À quoi bon essayer de les convaincre ? Ce n'étaient pas elles qu'il fallait persuader de son innocence, c'étaient les jurés.

Elle se disait pourtant, chaque matin en s'éveillant, qu'elle devait essayer de convaincre ses compagnes, s'exercer avec elles à prendre le ton qu'il fallait pour qu'on croie à sa version, mais une heure après s'être levée, elle se sentait épuisée à l'idée d'une nouvelle journée à affronter et remettait au lendemain le projet de raconter son histoire. Et elle se taisait. Elle se contentait d'écouter celles qui avaient malgré tout envie de parler et se demandait comment elles pouvaient discuter des vedettes de la télévision dans un tel endroit. Est-ce que les odeurs ne les gênaient pas ? Il y avait celle du détergent, agressive et omniprésente. Mais qui ne parvenait pas à masquer les relents fades d'aisselles mal lavées, de vêtements parfois douteux, de cheveux ternes, d'aliments, de friture, de mauvais café, d'haleines fétides, de tabac froid, de béton, de métal, de l'huile destinée aux portes des cellules. Les portes qui grinçaient pourtant. Les portes qui gémissaient, qui claquaient, qui résonnaient en permanence. Métal contre métal. Les portes qui vous rappelaient à chaque minute où vous étiez. Les portes qui s'ouvraient le matin sur rien. Qui se refermaient la nuit sur vous. Les portes et leurs clés. Les clés qui tintaient à la ceinture des surveillantes, qui geignaient en s'enfonçant dans les serrures, qui cliquetaient entre elles avec arrogance, qui semblaient se moquer des détenues. Les milliers de cling et de clang comme des petits rires qui se répondaient en échos venimeux. Les odeurs et les bruits, toujours, à chaque seconde passée entre les murs. Les femmes gardaient le secret sur leurs délits, mais le silence, le vrai silence, n'existait pas. Il y avait les sons secs, durs, envahissants du jour, et les sons aigus et déchirants de la nuit, les pleurs et les cris réprimés des détenues, les hurlements dus aux cauchemars. Tous se relayaient afin de chasser le silence.

Irène aurait tout donné pour une minute de silence.

Mais peut-être que je le regretterais. Peut-être que certaines filles ne supporteraient pas ce silence. Peut-être qu'elles deviendraient folles. Est-ce qu'elles ont aussi peur que moi de perdre la tête ? Est-ce qu'on se ressemble sans se ressembler ? Combien de temps a mis Diane, par exemple, pour sortir de sa cellule ? Avait-elle comme le vertige dès qu'elle s'en éloignait ? J'avais peur de regarder à dix pieds devant moi. Peur de m'aventurer dans l'inconnu. Peur des autres. Peur de moi. Peur de tout. Peur d'avoir encore plus peur.

Irène tenta de suivre le tracé d'une goutte contre la vitre. Une grosse goutte d'un bel ovale, d'une parfaite clarté qui se glissait avec assurance entre les autres avant de s'écraser contre le rebord en pierre de la fenêtre. La pierre buvait la goutte, toutes les gouttes, et Irène envia la pierre d'être une pierre et d'absorber les gouttes de pluie. Quand elle sortirait de prison, elle se promènerait tête nue sous la pluie et boirait l'eau. Elle emmènerait Jeanne et elles pataugeraient dans les flaques, dans les mares, sans se soucier de salir leurs mollets.

Jeanne. Elle ne devait pas penser à Jeanne.

Elle y pensait pourtant, se rappelait ce que Bernard avait dit ; il l'avait emmenée chez un psychologue pour enfants afin qu'il évalue le traumatisme qu'elle avait subi rue Hutchison en découvrant le corps d'un homme mort, en voyant autant de sang pour être ensuite séparée de sa mère. Le psychologue pensait que tout rentrerait dans l'ordre avec le temps. Ginette prenait souvent la petite chez elle pour soulager Lucile, que Bernard avait gardée auprès d'eux pour s'occuper de Jeanne.

— Je sais que tu n'es pas proche de ta mère, mais dans les circonstances je ne pouvais pas demander à n'importe qui de se charger de Jeanne. Je n'avais pas le temps de trouver une gardienne. Elle est bien installée et commence à connaître notre quartier. Tu sais que Ginette invite Jeanne chez elle régulièrement. Elle s'informe de toi presque tous les jours.

— Et Françoise? Elle m'a écrit que tu refuses qu'elle s'occupe de Jeanne. Pourquoi?

— On en a déjà discuté, avait soupiré Bernard. Françoise était enfermée avec toi à Notre-Dame-de-la-Garde. Ce n'est pas une référence.

— Il y a si longtemps. Tu sais qu'elle est honnête, elle a travaillé pour toi!

— Tu ne veux pas mettre toutes les chances de ton côté? Garder des liens avec une ancienne délinquante n'est pas la meilleure idée. Vous vous reverrez quand tu sortiras d'ici. J'aime mieux que Jeanne ne la voie pas.

— Mais elle l'aime beaucoup...

— Sois patiente, Irène. Je fais tout ce qu'il faut pour te faire libérer! Ta mère viendra d'ici la fin du mois.

— Ma mère?

Irène avait eu un geste de recul. Elle entendait déjà les soupirs de Lucile, elle savait qu'elle lèverait les yeux au ciel, secouerait la tête et lui dirait qu'elle était douée pour s'attirer des ennuis.

— Non, qu'elle reste à Québec pour s'occuper de Jeanne. Dis-lui que je la remercie, mais que je ne resterai pas longtemps ici. Qu'elle ne fasse pas tout ce voyage pour rien. Je suis déjà assez mal à l'aise que tu viennes ici. Si je n'avais pas revu Bobby, on ne m'aurait pas aperçue avec lui... On doit d'abord l'avoir suivi, et ensuite c'est moi qu'on a filée. Ils m'ont vue rentrer rue Hutchison et ont décidé de se débarrasser de Bobby là-bas.

— Bobby trempait dans toutes sortes de combines. Tu ne t'en doutais pas?

— C'est bien pour ça que je voulais qu'il me laisse tranquille!

— Il ne faudra pas dire ça en cour. Ils croiront que tu l'as tué pour avoir la paix. Dis que tu ne te souviens de rien.

— Est-ce que c'est toujours aussi long avant qu'un procès n'ait lieu?

— Je suppose que oui, ma chérie.

— Il y a une femme, ici, qui n'a pas attendu plus de quatre mois.

— Ça dépend des cas. Ce qui te nuit, c'est que l'affaire a fait la manchette des journaux. Ça exagère son importance. Et la sélection des jurés est plus longue ; tout le monde a entendu parler de ton affaire. C'est difficile de trouver des jurés neutres. Maître Couture doit avancer prudemment s'il ne veut pas te nuire. Tu comprends ?

Oui. Non.

Qu'est-ce qu'on peut comprendre quand on est dépossédée de soi-même ? Quand on vit en permanence dans un univers gris terne ? Est-ce que les numéros ont une couleur ? Non. Et ici, elle n'était qu'un numéro. Elle était restée une personne durant les interrogatoires au poste de police mais, dès qu'on l'avait embarquée dans le fourgon, elle avait senti que sa personnalité se désagrégeait et avait songé qu'elle devrait lutter contre cette délitescence. Puis le fourgon s'était arrêté devant l'établissement carcéral, on l'avait poussée, les premières portes de la prison Tanguay s'étaient refermées sur elle. Elle avait dû remettre aux autorités ses effets personnels, prendre une douche. On l'avait fouillée. Et voilà, elle était maintenant un numéro.

Julien lui avait déjà dit qu'il trouvait les chiffres poétiques. Qu'il aurait aimé exprimer la beauté de leur abstraction.

Que dirait-il des numéros de matricule ?

Bernard lui avait rapporté que Julien avait appelé plusieurs fois pour avoir de ses nouvelles. Il lui avait écrit qu'il croyait en son innocence. Claude et Paula aussi. Ils seraient appelés à témoigner pour décrire la rencontre d'Irène et de Bobby à la galerie, ils pourraient affirmer qu'elle était très contrariée de le voir apparaître et qu'elle avait cherché à faire résilier la vente d'un de ses tableaux, mais que vaudrait le récit de ses amis en cour ? Elle avait parlé d'eux à Frédéric Fontaine afin qu'il les interroge pour en apprendre davantage sur Bobby. Il les avait sûrement vus mais ne lui en avait rien dit.

La pluie diminuait, les dernières gouttes coulaient plus lentement sur la vitre, paresseuses, insouciantes, indolentes. Irène tendit le doigt pour accompagner le tracé de l'une d'elles mais ferma le poing, sentit son cœur se serrer. Elle avait levé la main comme elle le faisait quand elle peignait. Il y avait si longtemps qu'elle n'avait tenu un pinceau. Un couteau. NON. Elle ne devait pas penser au couteau. Elle ne peindrait plus jamais avec cet outil. Frédéric Fontaine l'avait interrogée sur cette technique. Lui, au moins, semblait croire que c'était possible de travailler ainsi. Elle lui avait reparlé de la peinture grenade qui tachait ses vêtements et les meubles de l'appartement.

— Vous ne l'utilisez plus du tout?

— Demandez à voir mes dernières toiles. Il y en a dans mon atelier à Québec. Ginette et Ghislain Dumont pourront vous le confirmer; ils possèdent aussi un tableau récent. Sans une touche de rouge. J'ai trop compté sur l'effet de ce grenade, j'en étais obsédée quand je suis rentrée du Mexique, on m'avait expliqué que cette couleur venait des cochenilles, un rouge teinté de framboise écrasée, mais je dois… je devais m'en détacher pour le revisiter plus tard. J'ai donné aussi un tableau à Françoise Lepage, pour son salon d'esthéticienne.

— Est-ce que Françoise Lepage était très amie avec Guylaine Gendron?

Irène avait hoché doucement la tête sans quitter l'enquêteur des yeux; Frédéric Fontaine savait déjà tout sur elle, sur son passé.

— Ça ne vous aide pas, l'assassinat de Guylaine Gendron. C'est une histoire de violence de plus dans votre dossier.

— Mais je n'y étais même pas! J'étais en train de souper avec mon mari. Vous n'allez pas m'accuser aussi de ce crime!

— Je sais très bien que vous n'êtes pour rien dans le meurtre de Guylaine Gendron. Je vous préviens seulement que l'avocat de la Couronne vous en parlera en cour. C'est son travail.

— Et le vôtre, c'est de trouver qui a vraiment tué Bobby. Il n'y a rien de nouveau, j'imagine. Ou peut-être que si, mais vous n'avez pas le droit de m'en parler.

— Non. Il n'y a rien de neuf. Bobby a été tué autour de trois heures du matin et on n'a pas de témoins qui auraient vu quelqu'un sortir de chez vous.

— Mais comment...

— Comment ?

Irène s'était pincé les lèvres, avait froncé les sourcils ; l'espace d'un instant, elle avait eu l'impression qu'un détail clochait dans cette histoire d'heure et de témoins, mais l'effet avait été trop fugace et elle avait tenté désespérément de se souvenir de ce qui l'avait agacée.

— Comment quoi ? avait repris le policier.

— Je... rien. Il y a quelque chose qui... un détail... comme une petite lumière qui clignote dans ma mémoire, qui s'éteint quand j'essaie de m'en approcher.

— Quelque chose qui se serait passé au moment du meurtre ? Vous avez toujours dit que vous étiez inconsciente.

— Je l'étais. Je ne me souviens de rien.

— Alors, ce détail ?

Irène avait lissé ses cheveux en prenant une longue inspiration ; qu'y avait-il d'autre au fond de sa mémoire ? Elle devait s'efforcer de dissiper les ténèbres, de retrouver ce fameux détail qui... Mais si elle retrouvait autre chose ? Si elle découvrait qu'elle avait vraiment tué Bobby, que son amnésie la préservait de l'horreur ? Non. NON. NON. Elle ne devait pas douter d'elle-même. Et ce détail pouvait bien rester là où il était, ce n'était pas ce qui la sauverait. Ou peut-être que si. Et si on l'hypnotisait ?

— Je peux vous rapporter les photos de la scène du crime.

— Les photos ? Non ! Je ne veux plus les revoir !

— Je serai à Québec en fin de semaine.

Il l'avait quittée sur cette phrase ; il irait chez Ginette et Ghislain. Elle aurait dû réagir aussitôt et lui demander... lui demander quoi ? De remercier ses amis d'entourer Jeanne de leur affection ? Elle le leur avait écrit, mais est-ce que les lettres qu'elle remettait à la surveillante étaient vraiment acheminées ? Elle n'avait pas osé poser la question. Car elle n'avait pas eu de réponse à ses missives. Elle ne voulait pas savoir si on retenait les lettres qu'elle recevait pour des raisons qui lui échappaient, ou si Ginette et Ghislain s'abstenaient de lui écrire volontairement. Bernard avait répété qu'ils parlaient beaucoup d'elle ensemble quand il allait chercher Jeanne chez eux, mais elle aurait aimé une preuve tangible. Quelques mots d'encouragement qu'elle aurait pu lire et relire. En tout cas, cette épreuve avait permis à Bernard de se rapprocher de Ghislain ; ils n'étaient plus associés mais ils étaient restés amis.

Irène s'étonnait encore que Ghislain ait brisé cette association ; il aurait pu ouvrir une galerie tout en conservant son poste au sein de Sportec, mais Ginette lui avait expliqué qu'il avait envie de changer radicalement d'univers. Ce n'était pas elle qui se plaindrait d'avoir un ami pour établir des contacts dans le monde de l'art.

Qu'en était-il ? Elle n'avait pas écrit un mot au sujet de Wilson dans ses lettres aux Dumont. Elle ne pouvait pas mêler des considérations aussi terre-à-terre aux émotions qu'elle exprimait à ses amis. Mais elle devrait en parler avec Bernard. Il pourrait s'informer auprès d'eux : peut-être que Wilson avait vendu quelques toiles ? Bernard pourrait utiliser cet argent pour payer une partie des honoraires de maître Couture. Elle était si malheureuse de laisser Bernard encore tout assumer.

Quand est-ce que tout cela finirait ? Pourquoi était-ce si long ?

* * *

— Roger-Paul Couture est le meilleur, Irène! On va gagner!

— Quand? Je suis ici depuis onze mois, Bernard! Onze mois sans Jeanne! Je ne l'ai vue que quelques heures!

— Ça va s'arranger. Si seulement je pouvais payer pour que ça aille plus vite. Mais si je fais ça et qu'on l'apprend, ça va te nuire. On va dire que j'ai voulu acheter du monde.

— Tu me promets d'amener Jeanne la prochaine fois?

— Elle avait une gastro, mentit Bernard Nadeau. Ginette m'a déconseillé de lui faire faire le voyage.

— Qu'est-ce que tu lui as donné comme médicament?

— Ce que le médecin m'a prescrit. Ta mère s'en occupe.

— Si seulement j'avais pu être enfermée à la maison Gomin. Ça serait tellement plus simple pour vous voir.

— Bobby a été tué à Montréal. On n'y peut rien. Sauf garder le moral! Quand je vais t'amener Jeanne dans deux semaines, je veux qu'elle trouve sa maman aussi belle qu'avant. Tu es trop maigre, il faut que tu manges plus.

— Je n'ai pas faim. Je n'ai jamais faim ici. C'est drôle, c'est l'un ou l'autre; soit on s'empiffre, soit on est dégoûtée. As-tu apporté mes livres?

— Bien sûr. Mais tu ne penses pas que ça va te déprimer de les regarder? Tu ne peux pas peindre ici...

Mais j'ai besoin plus que jamais de la beauté. De voir des Chagall, des Dufy, des Matisse pour respirer. Et des Pollock pour m'abriter. Je veux me dissoudre dans un Pollock. Je ne pourrais pas dans un Dallaire. Pas assez dur. Sauf le portrait de La Folle. *On est toutes un peu folles ici. Ou très. Est-ce que je suis moyennement ou très folle? Est-ce que je ressemble aux personnages de Schiele? À chaque fois que Diane crie au bout du corridor, je pense à Munch. Peut-être que j'ai crié comme ça quand je suis arrivée. Ou la nuit. On crie quand on fait des cauchemars. Je hurle sûrement comme les autres même si je ne rêve jamais que je tue Bobby.*

Bernard observait les traits tirés de sa femme. Elle avait vieilli depuis son arrestation. Elle perdait cet air de jeunesse qui l'avait tant attiré ; elle n'aurait plus jamais de pouvoir sur lui. Elle n'avait servi qu'à léguer ses gènes à Jeanne, qu'à enfanter une fille aussi jolie qu'elle. Une enfant qu'il élèverait à sa manière. Dès septembre, il l'enverrait au Petit Couvent des ursulines, à Loretteville. Elle serait pensionnaire et ne sortirait qu'une fin de semaine par mois. Il avait hâte d'annoncer la nouvelle à Irène. Juste avant le procès. Il lui dirait qu'il ne pouvait se débrouiller autrement, que c'était tellement mieux pour Jeanne d'être encadrée par toutes ces présences féminines, qu'il fallait penser à son éducation, que personne n'était mort d'avoir été pensionnaire. Irène se lamenterait, dirait qu'elle n'avait jamais voulu ça pour Jeanne. Il aurait un sourire légèrement attristé, il répéterait qu'il fallait songer au bien de leur fille. Qu'Irène devait comprendre qu'il n'avait pas le choix maintenant qu'elle avait été condamnée pour de longues années.

Il attendrait ensuite quelques mois avant de semer le doute dans son esprit. Il lui donnerait de petits indices qui lui permettraient de saisir que c'était lui qui l'avait envoyée en prison. Elle en perdrait la raison. Il avait très envie de tout lui raconter, mais il devait se maîtriser, ne pas tout gâcher pour assouvir ce désir avant que son appel ait été rejeté. Pour le moment, il devait se contenter de la démoraliser.

— Je vais partir au Japon cette semaine. Pour un mois.

— Un mois ! Mais qui va s'occuper de Jeanne ?

— Ta mère, voyons. Je la paie assez cher.

— Mais…

— Elle fait très bien la cuisine, tu sais. Et Jeanne est toujours propre, bien coiffée. Une vraie petite poupée.

Comme il les aimait ! Comme tout le monde les aimait ! Il voyait les regards des gens quand il sortait avec Jeanne. On s'extasiait sur sa blondeur, sur le bleu lumineux de ses yeux, sur la forme de sa bouche, un cœur parfait, sur ses adorables fossettes. Les hommes comme les femmes étaient attirés vers Jeanne comme vers un aimant. Et c'était sa fille. À lui seul. Quand il posait la main sur son épaule et qu'elle levait la tête vers lui comme s'il était un dieu, il aurait voulu que le temps s'arrête pour goûter l'instant, pour savourer pleinement sa vengeance. Il était tout pour Jeanne. Et Irène ne serait bientôt plus rien.

— Je reviendrai dès mon retour de Tokyo, promit-il. Mais je vais voir maître Couture avant de partir pour m'assurer qu'il est toujours aussi motivé. Je suis certain qu'il nous annoncera bientôt la date du procès.

— Tu crois?

— Oui, mentit-il en souriant. Ça ne peut plus s'éterniser. On va aller en cour et on va gagner!

— Tu as l'air si sûr de toi. Ça serait quasiment mieux que ce soit toi qui plaides!

— Voyons, Irène, maître Couture est parfait.

— Il ne me semble pas si confiant. Il me fait toujours répéter les mêmes choses. Je ne sais pas si…

Bernard agita les mains en signe de dénégation.

— Irène, tu vois tout en noir parce que tu es ici. Mais maître Couture n'est pas célèbre pour rien. Mets-toi bien ça dans la tête.

— Ce serait plutôt en gris.

— En gris?

— Ce n'est pas noir ici. On ne parvient jamais à être dans une totale obscurité. Il y a toujours des lumières qui restent allumées. Comme des yeux qui nous guettent.

— Des yeux… Tu délires un peu, ma chérie.

— C'est tout ce qu'il y a à faire ici.

— Tu prends toujours tes pilules?

— Oui, mentit Irène en détournant le regard.

— Qu'y a-t-il?

— J'ai peur de devenir dépendante si je continue à prendre des pilules. Je ne veux pas ressembler à Nicole qui a l'air d'un vraie zombie.

Bernard s'empressa aussitôt de rassurer Irène; elle n'aurait jamais rien d'un zombie! Nicole était certainement une droguée à qui on devait donner des doses très fortes pour la contrôler. Rien à voir avec ses comprimés contre l'anxiété.

— Comment peux-tu le savoir ? Tu n'es pas médecin.

Bernard s'efforça de sourire ; il n'aimait pas ce ton arrogant. Irène avait encore de l'énergie alors qu'elle aurait dû être complètement anéantie.

— C'est sûr, admit-il. Parlant de médecin, le pédiatre qui a vu Jeanne l'a trouvée très petite pour son âge.

— Mais j'étais aussi petite, ma mère a dû te le dire !

— Peut-être que le choc qu'elle a eu… J'ai toujours peur qu'elle reste traumatisée. Elle fait toujours des cauchemars. Et elle ne veut jamais aller se coucher, comme si elle avait peur.

Irène ferma les yeux en se mordant violemment les lèvres, offrant à Bernard ce qu'il cherchait en exagérant l'état de Jeanne.

— Si seulement je pouvais lui parler plus souvent !

— Elle est toujours contente de t'entendre. Mais ça la bouleverse tellement…

— Il faut que je sorte d'ici, Bernard !

— On fait tout ce qu'il faut pour ça ! Promis ! On fêtera le prochain anniversaire de Jeanne ensemble. Courage !

chapitre 14

1970

Il faisait 80 °F, mais Frédéric Fontaine demanda quand même à Alice de lui verser une seconde tasse de thé.

— T'as pas assez chaud? On crève! J'étais quasiment contente de venir travailler aujourd'hui à cause de l'air conditionné. Chez nous, c'est étouffant. Mario a de la misère avec son asthme.

— Ça ne va pas mieux?

— On a vu un autre docteur. Il lui a donné une sorte de pompe.

Alice tapota le journal ouvert devant l'enquêteur.

— Je ne comprends pas que Charles Manson n'ait pas été condamné à mort, même si ce n'est pas lui qui a poignardé Sharon Tate et ses amis. C'est lui qui a tout organisé! En tout cas, j'espère qu'ils vont le garder en dedans pour toujours.

Est-ce que les jurés au procès d'Irène seraient dans les mêmes dispositions d'esprit qu'Alice? L'affaire Manson inquiétait Frédéric; certaines personnes pourraient être influencées par le verdict rendu en Californie, confondre le drame de Sharon Tate et l'assassinat de Bobby. C'étaient des femmes qui avaient poignardé l'actrice et ses amis. On avait longuement décrit leur sauvagerie, leur absence de remords. Fontaine craignait qu'Irène paraisse insensible au jury. Il l'avait mise en garde.

— Que voulez-vous que je fasse ? Je ne peux pas regretter un geste que je n'ai pas commis. Je suis innocente, je devrais être libérée depuis longtemps, je paye à la place de quelqu'un d'autre, et je devrais me repentir ? Ça n'a pas de sens.

Elle avait raison. Mais cette attitude pouvait lui coûter cher.

Frédéric Fontaine referma *La Presse* d'un geste rageur. Pourquoi n'avait-il pas réussi à trouver le vrai coupable ?

— Qu'est-ce que tu as ? Ils reparlent du coup de la Brink's ? Ce n'est même pas toi qui es sur l'affaire. Oublie-la. Prends des vacances.

Pourquoi faire ? Marcher en forêt, aller pêcher des truites alors qu'un assassin se félicitait d'avoir tué Robert Lamothe en toute impunité ? Fontaine avait interrogé tous ses informateurs sans recueillir le moindre indice ; personne n'avait entendu parler d'un contrat sur Bobby dans le milieu.

— C'est sûr qu'y'aurait fini par payer pour ses niaiseries, avait admis un délateur. Y'était dû pour un bon avertissement, mais je pense pas qu'on l'aurait tué parce qu'y'a fourré un des Dubois. C'est pas leur intérêt d'attirer votre attention ces temps-ci.

Frédéric Fontaine n'avait même pas demandé ce qui poussait les Dubois à cette prudence. Il avait payé le délateur, qui s'était étonné de sa générosité ; il ne lui avait pas livré d'information substantielle.

— Lamothe était juste un petit dealer qui se prenait pour un gros boss, avait-il répété. J'ai pas grand-chose à ajouter sur lui.

Frédéric Fontaine avait quitté le délateur avec la certitude qu'Irène n'était pour rien dans le meurtre de Bobby. Quelqu'un avait été payé pour tuer Bobby chez elle. Qui était le commanditaire de ce crime ? Pourquoi avait-il mêlé Irène à ce meurtre ? Qui la détestait assez pour ruiner sa vie ? Les journalistes avaient parlé de crime passionnel. Ils n'avaient peut-être pas tort, mais l'objet de la vengeance n'était pas Bobby. Bobby n'avait été qu'un outil, c'était Irène qu'on visait. Et dans les drames passionnels, il y avait presque immanquablement le même trio à la base : le mari, la femme, et l'amant ou la maîtresse. On s'était interrogé sur Irène Nadeau et sur Bobby. Il fallait maintenant creuser du côté de l'époux...

Quand Frédéric Fontaine avait avoué à son partenaire qu'il continuait à enquêter sur Bernard Nadeau, Chartier l'avait mis en garde : il aurait des ennuis si leur patron l'apprenait.

— Je vais le surveiller quand même.

— Tu ferais mieux de classer cette histoire-là ! On n'a jamais trouvé de témoins...

— Il y a quelque part quelqu'un qui sait quelque chose. Et je dois l'apprendre avant que le procès commence.

— Tu rêves en couleur ! s'était exclamé Chartier. Ça fait des mois qu'Irène Nadeau a été arrêtée, elle va bientôt passer en cour. Reste donc à Montréal au lieu de perdre ton temps à tourner autour de son mari. Il va finir par porter plainte.

— Je te demande juste de garder Fila pendant que je suis parti. C'est mon seul problème.

— Tu te trompes, t'en as bien plus qu'un... Mais amène-nous Fila, on va s'en occuper.

Frédéric Fontaine avait été étonné d'être aussi ému en traversant le pont de Québec ; le fleuve lui avait manqué plus qu'il ne l'imaginait. Il aimait les grands arbres du parc Lafontaine, les lacs artificiels qui attiraient quelques canards et où Fila aimait tant barboter, mais le Saint-Laurent avait un pouvoir apaisant qu'il n'avait pas retrouvé à Montréal, même en longeant le port. Il s'était rendu chez Sportec en empruntant le chemin Saint-Louis, il avait ralenti à la hauteur du musée, se rappelant le sourire d'Irène quand ils s'étaient croisés dans l'allée principale. Il y avait longtemps qu'elle ne souriait plus de cette manière qui évoquait les vierges de Botticelli. Elle lui rappelait maintenant les personnages de Delvaux.

Est-ce que Bernard Nadeau trouvait lui aussi que sa femme était pâle et amaigrie ?

Il n'avait pas caché sa surprise d'avoir la visite de l'enquêteur dans ses bureaux.

— J'avais à faire à Québec. J'en ai profité pour venir vous voir. C'est juste pour un petit détail. Votre femme dit qu'un individu l'a obligée à boire du scotch. On a effectivement trouvé une bouteille vide dans votre appartement. C'était du Chivas. Est-ce que c'était votre bouteille ?

— Ma bouteille ?

— Une bouteille qui était à l'appartement, qu'Irène ou vous auriez achetée. Comme elle prétend détester le scotch, ça doit être vous qui en buvez.

Nadeau avait acquiescé tout en fronçant les sourcils ; il suivait difficilement le raisonnement du policier.

— Je me disais que, si c'est votre bouteille, ça veut dire que l'homme qui a forcé votre épouse à boire en a eu l'idée une fois rendu sur place. Si ce n'est pas votre bouteille, c'est qu'il l'a apportée dans ce but précis.

— Qu'est-ce que ça change ?

— Rien. Mais il me semble que si je voulais soûler quelqu'un, je n'achèterais pas une bouteille aussi chère puisque ce n'est pas moi qui la boirais…

Bernard Nadeau haussa les épaules ; il ne se souvenait pas s'il avait acheté ou non une bouteille de Chivas. Ça faisait si longtemps.

— Oui, avait admis Frédéric Fontaine. Ça fait longtemps mais je ne désespère pas de trouver d'autres éléments. Je crois vraiment à l'innocence de madame Nadeau. Je vais tout faire pour le prouver !

Il espérait avoir inquiété Bernard Nadeau ; en sortant, il avait cru percevoir un mouvement à la fenêtre du bureau de l'homme d'affaires. Le regardait-il regagner sa voiture ? Frédéric Fontaine avait quitté le chemin Saint-Louis pour rejoindre le quartier Montcalm, bien décidé à faire parler Ghislain Dumont.

Celui-ci avait cherché à dissimuler son désagrément en le reconnaissant, mais Frédéric Fontaine avait parfaitement perçu son malaise.

— Est-ce que vous venez revoir les tableaux d'Irène Nadeau ?

— Non. Je voudrais simplement savoir pourquoi vous n'avez pas répondu à ses lettres alors que vous gardez si souvent Jeanne.

L'étonnement de Ghislain Dumont n'était pas feint, il avait même pris le pas sur son embarras.

— Jeanne ?

— Vous ne la voyez pas chaque semaine ?

— Non. Je ne sais pas pourquoi Irène a inventé ça, mais on ne peut pas se mêler de cette histoire et…

— Ce n'est pas Irène qui a inventé cette fable, mais son mari. Est-ce que ça vous étonne que Bernard Nadeau lui ait menti ? En avait-il l'habitude avec vous ? Pourquoi avez-vous rompu votre association ? Sportec devait vous rapporter de jolis dividendes…

— Je n'étais pas à ma place.

— Il me semble que vous m'avez dit, l'an dernier, que vous étiez maintenant associé à un groupe pharmaceutique. Comme avocat d'affaires. Ce n'est pas très différent de ce que vous faisiez avec Nadeau, n'est-ce pas ?

Ghislain Dumont, visiblement tendu, avait fixé le tapis du salon avant de répondre à Fontaine qu'il n'avait pas le droit de lui faire perdre ainsi son temps.

— Le temps s'écoule différemment en prison, le saviez-vous ? Irène Nadeau me parle souvent du temps.

— J'ai une femme, deux enfants, il n'est pas question que ma famille soit mêlée à cette histoire. C'est vraiment regrettable, mais je pensais avoir été clair quand vous êtes venu la première fois.

— Est-ce que Bernard Nadeau vous mentait ?

Ghislain Dumont avait haussé les épaules.

— Comme tout le monde, j'imagine. Personne ne dit jamais la vérité.

— Vous pensez donc qu'Irène Nadeau ment en clamant son innocence.

— Je n'ai pas dit ça !

— Vous croyez qu'elle est coupable ?

L'homme avait secoué la tête ; il ne croyait rien du tout.

— Il me semblait qu'il y avait un tableau d'Irène Nadeau sur ce mur, avait fait Frédéric Fontaine en se levant pour regarder de près la toile de Mimi Parent qui l'avait remplacé.

— Je change souvent les tableaux de place.

— En quoi Nadeau vous a-t-il menti ? Ça devait être grave pour que vous décidiez de quitter Sportec ?

— Non, avait rétorqué Ghislain Dumont avec un empressement qui avait prouvé à Fontaine qu'il lui cachait quelque chose. J'ai quitté Sportec parce que je voulais ouvrir une galerie d'art mais j'ai changé d'idée. Je ne connais pas assez ce marché.

— Vous étiez pourtant en relation avec John Wilson ? On dit beaucoup de bien de sa galerie à Toronto.

— Vous avez enquêté sur moi ? s'était indigné Dumont. Vous n'avez aucun droit et…

— C'est Irène Nadeau qui m'a appris que vous lui aviez présenté Wilson, qu'ils s'étaient bien entendus.

— C'est beaucoup dire. Elle ne l'a rencontré qu'une fois ou deux. Il lui a acheté six toiles. Je servais d'interprète.

— Irène Nadeau devrait se débrouiller beaucoup mieux en anglais quand elle sortira de Kingston. On devrait l'envoyer là-bas. Qu'est-ce que vous cachait Bernard Nadeau ?

Ghislain Dumont avait secoué la tête ; le policier avait tort d'insister, il n'avait rien à lui apprendre.

L'enquêteur s'était dirigé lentement vers la sortie. Sur le pas de la porte, il avait demandé à son hôte pourquoi il avait peur de Bernard Nadeau.

— On peut vous protéger si…

— Rentrez donc à Montréal, monsieur Fontaine. Oubliez-nous.

— Je n'y arrive pas, avait avoué l'enquêteur. Je sais que vous savez quelque chose sur Nadeau, et je ne crois pas qu'il vous a payé pour vous taire. J'en conclus donc qu'il vous a menacé.

— Non, avait protesté Dumont. Absolument pas ! Je n'ai pas revu Nadeau depuis qu'on n'est plus associés.

L'homme avait alors paru sincère, et Fontaine avait regagné sa voiture en hésitant entre deux hypothèses : soit Dumont disait vrai et Nadeau ne l'avait jamais menacé ; fin de l'histoire. Soit Nadeau n'avait jamais intimidé Dumont parce qu'il n'avait pas eu besoin de le faire ; celui-ci savait de quoi était capable son ancien associé. Il savait que Nadeau pouvait commanditer un meurtre. Et il l'avait compris en travaillant avec lui. Quand ? De quoi s'agissait-il ? Est-ce que Ghislain Dumont avait soupçonné Nadeau du meurtre de Guylaine Gendron ? Non… cet assassinat avait eu lieu en 1962, et ils n'avaient rompu leur association qu'en 1969. On n'attend pas sept ans pour se séparer d'une personne qu'on redoute. Dumont avait donc découvert autre chose. Quoi ? Où ? Irène avait parlé des nombreux voyages de son mari et de Ghislain au Mexique et en Asie. Frédéric Fontaine était revenu sur ses pas, avait sonné de nouveau chez les Dumont.

— Qu'est-ce qui s'est passé au Mexique ? avait-il demandé sans préambule. C'est là que vous avez commencé à craindre Nadeau, non ?

Ghislain Dumont avait blêmi. Il n'avait rien à déclarer.

— Vous êtes certain ?

Ghislain Dumont n'avait pas répondu.

— On vous aidera, avait promis l'enquêteur, prenant le silence de son interlocuteur pour un encouragement à poursuivre la discussion. Vous êtes avocat, vous savez qu'on peut…

— Laissez-moi tranquille.

— Je reviendrai parler avec votre épouse, avait rétorqué Fontaine, surpris par cette repartie brutale. Peut-être que ses souvenirs seront plus frais que les vôtres.

Après s'être assis dans sa voiture, Frédéric Fontaine tira une cigarette d'un vieux paquet laissé dans la boîte à gants. Il fumait très rarement, mais l'impression d'avoir failli convaincre Dumont de se confesser l'exaspérait. Qu'aurait-il donc dû faire pour le persuader de se confier à lui ? Il demanderait à Irène de lui reparler des séjours de Bernard Nadeau au Mexique. Peut-être qu'elle s'en souvenait ?

Il était allé voir sa plus jeune sœur, avait dîné au Petit coin breton avant de se rendre chez Bernard Nadeau. Il l'attendrait. Puis il le suivrait. Ou il verrait qui lui rendrait visite. Et il enquêterait ensuite sur ces personnes.

Il était rentré à Montréal deux jours plus tard sans avoir vu quiconque se présenter au domicile de Bernard Nadeau. Celui-ci n'était sorti qu'une seule fois durant la fin de semaine pour se rendre Chez Rabelais, où il avait retrouvé le juge Casgrain et son épouse. Pourquoi soupait-il avec eux ? Avec ces gens que Bobby avait cherché à cambrioler dix ans auparavant en entraînant Irène ? Qu'avait-il à leur dire ? Il ne pourrait en parler avec Irène sans lui dire qu'il était allé à Québec pour espionner son mari. Car c'était bien de l'espionnage, s'était-il avoué en promenant Fila dans le parc Lafontaine. Il n'avait pas l'ombre d'une preuve contre Bernard Nadeau, rien qu'un paquet d'intuitions. Qui ne vaudraient rien en cour.

Comment faire parler Ghislain Dumont ?

Il était retourné à Québec le mois suivant, avait frappé à la porte des Dumont mais Ghislain l'avait menacé d'appeler ses supérieurs s'il revenait les harceler.

— Tu as couru après, lui avait dit Jocelyn Chartier. Tu n'as aucune raison de…

— Ils savent quelque chose sur Bernard Nadeau. J'en mettrais ma main au feu.

— Et tu garderais l'autre pour ouvrir la porte de la cellule d'Irène Nadeau ? Arrête ça, Fontaine. C'est malsain.

— Je ne peux pas rester les bras croisés quand je sais qu'Irène Nadeau est innocente.

— Tu ne sais rien ! Tu l'espères. Et c'est déjà trop.

Est-ce que Chartier avait raison ? s'était demandé Frédéric Fontaine pour la centième fois. Est-ce que son jugement était faussé ? Est-ce qu'il avait le droit de continuer à rencontrer Irène Nadeau en prison pour lui affirmer qu'il cherchait toujours des indices, lui donnant de faux espoirs ?

C'était maintenant l'été, il se posait encore les mêmes questions en repoussant le journal, en terminant sa tasse de thé. Il espérait que le procès d'Irène serait encore retardé pour que les jurés n'aient plus en mémoire celui de Charles Manson et de ses disciples. Il soupira en cherchant son portefeuille pour payer Alice.

— Avez-vous l'air conditionné au poste ?

— Ça dépend des jours. Ça ne fonctionne pas très bien.

— Tu reviendras te rafraîchir ici ! Tu vas avoir une grosse soirée.

Alice lui rappela que c'était la pleine lune, les gens seraient plus énervés. Puis, avec la chaleur, ils auraient le sang en ébullition. Elle était contente de terminer son quart de travail à dix-huit heures.

Irène aussi lui parla de la pleine lune quand il la vit à Tanguay à la fin de la semaine.

— Je ne pensais pas que c'était vrai que la lune nous influence, mais les filles sont plus énervées ce jour-là. On est toutes à fleur de peau. Karen m'a provoquée toute la journée ! Elle me comparait aux filles qui avaient poignardé Sharon Tate.

— Elle ne sait pas de quoi elle parle.

— Pauline dit que mon histoire est trop compliquée, que personne ne croira qu'on m'a forcée à boire avant de tuer Bobby. Diane, elle, pense que je devrais plaider l'homicide involontaire, comme elle le fera. C'est ce que mon avocat me conseille mais mon mari croit que je devrais plaider la légitime défense.

— Vraiment ? s'efforça de répondre Frédéric Fontaine d'un ton neutre.

Bernard Nadeau avait sûrement omis de dire à son épouse que prouver la légitime défense était un exercice très périlleux. Surtout quand on sait que l'accusée devra inventer une histoire, fournir des détails pour accréditer la thèse, se souvenir de tous ses mensonges au procès. Irène n'avait jamais assisté à un procès, elle ignorait dans quel état y arrivait un accusé. Dans quel état il entendait les avocats débattre de son sort, le présenter sous son pire ou son meilleur jour, le désigner du doigt et s'étonner alors d'être cette personne dont on venait de parler tant la situation lui semblait irréelle. Certains accusés racontaient, après leur procès, qu'ils n'avaient pas compris la moitié de ce qu'il y avait été dit, que rien ne s'était passé comme ils l'avaient imaginé, qu'ils avaient eu l'impression d'être niés dans leur identité, de ne plus exister vraiment. On poserait des tas de questions à Irène, qui chercherait à éviter les pièges, qui hésiterait sur un détail, qui ferait la joie du procureur et qui la perdrait à tout coup.

— Je ne me suis pas défendue, reprit-elle. Bernard le sait, je le sais, vous le savez. Mais personne ne me croit. Si vous ne trouvez pas le vrai coupable, je n'ai pas d'autre solution que d'inventer une dispute qui aurait mal tourné entre Bobby et moi. Ça me rend malade de mentir, d'admettre que j'ai tué un homme alors que c'est faux, mais au moins, si je parle de légitime défense, je n'aurai pas l'air d'avoir voulu assassiner Bobby. Les gens penseront que j'ai été obligée de me défendre. C'est mieux, il me semble.

— Ne faites pas ça. Vous perdriez.

Bobby avait été assommé avant d'être poignardé. Personne n'admettrait qu'Irène avait donné ces coups de couteau pour se défendre puisque Bobby était inconscient. Il y aurait certainement un des jurés qui dirait qu'elle n'aurait eu qu'à fuir l'appartement avec sa fille après avoir assommé Bobby et aller chercher de l'aide. Au lieu de ça, elle s'était acharnée sur un homme gisant au sol. Frédéric rapporterait les photos de la scène du crime à Irène afin de lui faire comprendre qu'elle ne devait pas plaider la légitime défense. Tant qu'à mentir, il valait mieux parler d'homicide involontaire ; elle avait assommé Bobby, puis elle l'avait poignardé parce qu'il avait menacé de s'en prendre à Jeanne. Elle avait voulu être certaine qu'il ne leur ferait plus jamais de mal. Maître Couture pourrait dire ainsi que les circonstances, les propos inquiétants avaient provoqué une réaction démesurée chez sa cliente. Oui, elle avait tué Robert Lamothe. Mais elle ne le voulait pas, elle n'y avait jamais pensé avant cette nuit-là. Tout s'était enchaîné trop vite. Le juge aurait une plus grande latitude pour infliger une sentence.

— Si vous plaidez la légitime défense, vous devrez convaincre à la fois le jury et le juge. Même si Bobby vous a déjà menacée auparavant, votre avocat n'aura pas le droit d'utiliser cette information. Il faudra démontrer que vous étiez en danger de mort. Alors qu'on n'a retrouvé aucune autre arme que votre couteau dans l'appartement. Vous ne pouvez même pas dire qu'il a tenté de vous étrangler, car vous n'aviez aucune marque au cou quand on vous a arrêtée.

— Je dirai qu'il menaçait Jeanne, que j'ai défendu ma fille !

— C'était suffisant de l'assommer. Le procureur parlera d'acharnement.

— Il dira la même chose si je plaide l'homicide involontaire.

— Mais la peine risque d'être moins élevée, car on vous croira. Alors qu'on ne croira pas à la légitime défense.

Irène se prit la tête à deux mains. Pourquoi devait-on croire à tel type de mensonge et pas à un autre ?

— Je vais devenir folle. Ils auront une vraie démente au procès et ça arrangera tout le monde. Mon avocat pourra plaider la folie.

— Ça non plus, ce n'est pas à conseiller. Les défenseurs y arrivent très rarement. Vous n'êtes pas schizophrène, vous n'entendez pas des voix, vous ne délirez pas sur Dieu ou sur Satan. De toute manière, vous ne souhaitez pas être enfermée à l'asile pour le reste de vos jours, non ?

— Non, je veux sortir d'ici !

— Je fais tout ce que je peux.

— Vous croyez toujours que je suis innocente ? Quand je dis ça aux filles, ici, elles ont des sourires apitoyés. Elles ne pensent pas qu'un policier peut croire à l'innocence d'une accusée. Pour elles, c'est simple, vous cherchez à obtenir des détails supplémentaires pour me coincer. Je ne sais pas pourquoi je refuse de les croire. Parce que j'ai trop besoin de vous entendre dire que vous me croyez ? Il n'y a que Bernard et vous pour accréditer ma version des faits. C'est curieux, vous êtes si différents tous les deux…

Et nos motifs le sont encore plus, avait envie de répondre Frédéric Fontaine.

— Bernard lui-même s'étonne que vous me fassiez confiance.

S'étonnait-il ou s'inquiétait-il ?

— Vous pouvez lui dire que je n'abandonnerai jamais. Que je finirai par connaître la vérité, par apprendre ce qui s'est vraiment passé cette nuit-là rue Hutchison. Il peut compter sur moi, répétez-le-lui. Vous voulez bien ?

Irène acquiesça, reconnaissante à l'enquêteur de montrer autant de détermination à l'aider. Il n'avait rien trouvé, mais au moins il ne baissait pas les bras.

— Vous pensez vraiment que je ne dois pas plaider la légitime défense si jamais vous n'arrêtez pas le vrai coupable avant le procès ?

— J'en suis certain.

Et tout aussi certain de lui montrer de nouveau les photos du corps de Bobby.

Qu'Irène se mette bien dans la tête que cette image impressionnerait les jurés ; ils verraient un corps massacré, ils imagineraient le couteau entrant et sortant des plaies, plongeant dans les chairs, une fois, deux fois, trois fois. Adjugé ! Irène gagnerait le gros lot, une longue, très longue sentence.

— Je reviendrai après-demain.

— Merci, Frédéric.

Il frémit en entendant Irène l'appeler par son prénom pour la première fois. Il la dévisagea un long moment avant de se lever et de répéter qu'il lui rendrait visite bientôt.

Il retourna au poste de police en se disant qu'il maintiendrait, lui, la distance entre eux en continuant à l'appeler madame Nadeau. Il était déjà mal à l'aise de la nommer Irène dans ses pensées. Il n'en avait pas le droit.

Mais Bernard Nadeau le pouvait. L'homme qui voulait anéantir Irène était celui qui avait partagé son intimité. Il n'avait plus aucun doute sur la perversité de Nadeau ; qu'il ait conseillé à Irène de plaider la légitime défense était une preuve supplémentaire de sa cruauté, de sa duplicité.

Il devait retourner à Québec, le suivre de nouveau, tenter de découvrir… Quoi ?

Ginette Dumont. Il suivrait Ginette Dumont, la surprendrait chez elle sans son mari pour la maintenir dans le silence. Ce couple craignait Bernard Nadeau et il devait en apprendre la raison. Les raisons.

Est-ce que Ghislain Dumont pouvait avoir commis une faute qui permettait à Nadeau de le faire chanter ?

Qu'est-ce qui avait clos les lèvres de l'avocat et de son épouse ?

— Eh ? Chartier ? Est-ce que je peux te confier Fila vendredi ?

— Tu ne retournes pas encore à Québec ?

— Je n'ai pas le choix.

— Il faut que tu t'arrêtes, Fontaine. C'est mauvais, tu es obsédé. Ça dure depuis trop longtemps…

Et si Chartier avait raison ? Frédéric Fontaine inspira longuement et prit une décision.

— J'y vais pour la dernière fois, Jocelyn. Promis.

Chartier hocha la tête, rassuré ; son partenaire l'appelait rarement par son prénom, il tiendrait parole, il cesserait enfin de poursuivre des fantômes et redeviendrait le gars qu'il avait accueilli au poste trois ans plus tôt.

— Amène-nous Fila, pars à Québec et reviens-nous au plus sacrant. Qu'on règle cette affaire-là une fois pour toutes.

Frédéric Fontaine mit plus de trois heures pour gagner la capitale, car un accident de la route avait ralenti la circulation à la hauteur de Trois-Rivières. Il devrait peut-être s'y arrêter au retour pour voir sa sœur Aline ? Pourquoi ne rencontrait-il pas plus souvent son frère et ses sœurs ? Même quand il habitait à Québec, il ne les fréquentait pas. Il les aimait, pourtant. Et ils devaient l'aimer aussi. Mais le spectre de leur père assombrissait leurs relations, ils ne pouvaient s'empêcher de penser à lui quand ils étaient ensemble tous les quatre, unis dans le même amer soulagement. Ils s'efforçaient tous d'éviter de parler de Marc Fontaine, mais ils savaient qu'ils rêvaient encore de lui, qu'ils se réveillaient en sueur parce que ses coups de ceinture semblaient si réels dans leur cauchemar.

Irène Nadeau avait parlé de son père, le mois précédent. Elle avait dit qu'elle rêvait souvent de lui à Tanguay, qu'elle avait l'impression qu'il lui apparaissait dans ses songes pour la soutenir, pour l'aider à survivre en prison.

— Il paraît si vivant, je pourrais le toucher. Quand je m'éveille, je le cherche durant quelques secondes, puis je me souviens de l'endroit où je suis.

— Et c'est pire…

— Non. Je regrette que ce ne soit qu'un rêve, mais ça

m'apaise tout de même. J'ai été tellement chanceuse d'avoir un père comme lui. C'est lui qui m'a montré à dessiner. Il avait toujours un papier et un crayon avec lui, et il dessinait entre deux appels, dans sa voiture ou au Laurentien. Il lisait des romans policiers. S'il avait su que sa fille en vivrait un…

— Il allait au Laurentien ? Moi aussi.

— Il prenait toujours un club sandwich. Ma mère disait que c'était idiot de dépenser de l'argent pour quelque chose qu'elle pouvait lui faire aussi bien, mais il continuait à manger là-bas deux fois par semaine. C'est là que j'ai goûté mon premier sundae. Avec des cerises. Leur couleur me fascinait. Je n'ai jamais tenté de la reproduire. C'est une couleur trop synthétique. Les marasques existent pourtant, j'ai vérifié dans le dictionnaire, ces cerises poussent dans le bassin méditerranéen. Elles n'ont certainement pas la même couleur sur place, sur les branches des arbres. Je me demande si la terre est aussi ocre, si la mer est aussi bleue que dans les tableaux de Dufy. Je voudrais voir aussi la montagne Sainte-Victoire.

— Je l'ai vue. Pour comprendre pourquoi Cézanne l'a peinte tant de fois. Je crois que ça m'a aidé pour enquêter.

— Aidé ?

— Il faut toujours regarder un problème sous tous ses angles. Sur les côtés, sur les flancs, dans des lumières différentes.

— Est-ce qu'il y a un aspect de mon affaire que vous n'avez pas exploré ? Un éclairage oublié ?

— Il y a des zones d'ombre. Je sais qu'on y cache des indices.

— On ? Qui, on ?

— Celui qui a voulu vous faire accuser de meurtre.

— Mais je vous répète que je n'ai jamais nui à personne.

— On peut vous détester simplement pour ce que vous êtes. Belle et douée.

Elle avait sourcillé avant de hausser les épaules.

— La beauté est aussi une question d'éclairage. Quant au talent, je commençais à peine à exposer, personne ne peut m'envier.

— Je n'ai pas parlé d'envie, mais de haine.

Elle l'avait fixé un long moment avant de lui répéter qu'elle n'avait jamais, consciemment, lésé quelqu'un. Qui pouvait la haïr à ce point ?

Il l'avait quittée sans répondre ; comment lui dire qu'il soupçonnait Bernard Nadeau ? Chartier l'avait mis en garde ; il ne devait pas discuter ainsi de l'enquête avec une prévenue. S'il n'avait pas encore eu d'ennuis avec leur patron, c'est que ce dernier ignorait tout de ces trop nombreuses visites à la prison.

— Mais il faut que je voie Irène, Chartier ! Elle est persuadée qu'il y a un détail qui lui échappe. J'essaie de chercher avec elle…

— Qu'elle le trouve toute seule !

— Il faut qu'elle se rende compte que son mari est une ordure.

— Tu n'as aucune preuve. Et aucune neutralité. Tu n'as pas le droit de lui dire que tu soupçonnes Bernard Nadeau.

Chartier avait-il tort ou raison ? Parlerait-il à Irène en rentrant de Québec ?

Il ralentit en passant devant la demeure des Dumont. La porte du garage était ouverte ; il était vide. Ghislain Dumont avait probablement pris la voiture pour se rendre au travail. Peut-être avait-il déposé les enfants à l'école ? La maison était bien éclairée, Ginette s'y trouvait peut-être. Il croisa les doigts ; il fallait qu'elle soit seule.

Quand elle le reconnut, Ginette poussa un long soupir et ouvrit la porte pour le laisser entrer.

— Encore vous.

— Encore moi. Je suis têtu quand je sais que j'ai raison. Je veux savoir ce que vous me cachez sur Bernard Nadeau. Ensuite, je partirai et vous ne me reverrez plus. Avez-vous peur de lui ?

— C'est ridicule.

— On peut avoir peur d'une chose qui peut paraître ridicule et qui ne l'est pas tant que ça. Ne parlons pas de faits, si vous préférez, mais d'intuitions. Qu'est-ce que vous pensez de Nadeau ?

259

— Je ne sais pas.

— Il vous effraie suffisamment pour que vous ayez cessé toute relation avec Irène. Qui était certaine que vous étiez son amie. Vous ne vous êtes même pas informée d'elle.

— Pour que vous me répondiez qu'elle est désespérée et que je devrais me sentir coupable de l'avoir laissée tomber ?

— Vous avez sûrement une bonne raison. C'est pour ça que je suis ici.

— Je pourrais appeler mon mari et il vous poursuivra pour harcèlement.

— Vous pourriez, mais vous avez envie de me dire ce que je veux entendre, même si votre mari vous a demandé de garder le silence. Vous n'avez pas envie de vous reprocher d'avoir raté cette chance d'aider Irène.

— C'est si vague. Ça ne pourrait pas l'aider.

— C'est à moi d'en juger.

— Pourquoi la défendez-vous ? Ce n'est pas votre rôle. Vous devriez être dans le camp adverse.

— La vérité n'a pas de camp.

Ginette eut un geste de la main pour désigner la cuisine. Elle venait de faire du café. Elle avait besoin d'en boire une tasse avant de commencer son récit.

La salle à manger était propre, bien rangée, mais des jouets d'enfant traînaient sur le sol, et il y avait des dessins collés sur la porte du réfrigérateur. Fontaine était prêt à parier que les bricolages de Jeanne n'avaient pas droit au même traitement chez Bernard Nadeau. Irène avait décrit sa mère comme une femme totalement dénuée de fantaisie. Et d'empathie.

L'odeur du café emplit toute la pièce, et Frédéric Fontaine s'assit sur la chaise que Ginette lui désignait.

— Ghislain va m'en vouloir. On s'est assez disputés à propos d'Irène… Mais il dit que c'est pour notre propre sécurité, pour Jacinthe et Jérôme qu'il faut oublier les Nadeau.

Et Ginette parla du Mexique. De cette première allusion

qu'avait faite, en présence de son mari, Miguel Alban, le sous-directeur de l'usine à propos des sorties de Bernard Nadeau durant ses séjours à Matamoros. Il ne restait pas dans cette ville mais s'éloignait vers San Antonio où il y avait des bars, des hôtels louches où des hommes lui fournissaient autant de gamines qu'il le souhaitait. Des gamines de dix, onze ans. Alban était dégoûté de travailler pour Nadeau et avait demandé à Ghislain Dumont d'agir.

— Mais comment ? En disant à Nadeau que ce qu'il faisait était mal ? Il n'avait aucune preuve.

— Il croyait cependant Miguel Alban.

— Oui. Et moi aussi. Sans savoir pourquoi. Cet homme devait être notre ami, on avait mangé cent fois au restaurant avec Irène et lui, mais on a pourtant cru la première personne qui l'a accusé de délits sexuels. Ghislain a rappelé Miguel Alban à Matamoros, il lui a demandé d'essayer de réunir des preuves, des photos de Nadeau, qui était alors retourné au Mexique, des témoignages, n'importe quoi pour s'assurer de la véracité des affirmations d'Alban. Nadeau est rentré. Ghislain a dû attendre quelques semaines avant d'aller à son tour à l'usine. Quand il est arrivé là-bas, il a appris que Miguel Alban était mort, supposément dans un accident. Il est rentré et a décidé de rompre son association avec Bernard Nadeau. Celui-ci voulait racheter ses parts depuis quelques mois, il n'a jamais posé aucune question. Et Ghislain non plus. Qu'est-ce qu'il pouvait faire ? Retourner encore une fois au Mexique, suivre Nadeau à son insu, le prendre en flagrant délit avec une fillette ? Pour aller voir ensuite les autorités mexicaines alors qu'on sait très bien que cette forme de tourisme sévit dans tous les pays pauvres ? Qu'on ne fait rien pour l'enrayer ?

— Vous n'avez pas bougé…

— Non, pas au Mexique. Mais, ici, Ghislain a engagé un homme, un certain Dufour, pour suivre Nadeau durant deux mois. Ça nous a coûté très cher et on n'a rien appris sur les activités sexuelles de Nadeau. Par contre, on a su qu'un autre détective travaillait pour Bernard Nadeau. Un dénommé Provencher. Dufour l'a reconnu. Il a craint que celui-ci se doute de quelque chose. On a cessé de faire appel à ses services. De toute façon, on n'a rien trouvé. Puis Irène a été mêlée à ce meurtre… Ça fait beaucoup de morts violentes autour des Nadeau. Le père d'Irène, Guylaine Gendron, Miguel Alban, Bobby. Ça sentait trop mauvais. Ghislain a répondu à l'appel d'Irène, au poste, quand elle a été arrêtée, comme vous le savez, mais il n'était pas question qu'il s'en mêle. Il a fait semblant de regretter de ne pas pouvoir aider Irène quand il a parlé à Bernard Nadeau, lui disant qu'il n'était pas criminaliste, s'excusant de ne pouvoir être d'un grand secours. Puis vous êtes venu pour voir les dernières toiles d'Irène, et vous nous avez dit qu'Irène avait changé d'avocat. Ghislain s'est souvenu qu'il avait déjà mentionné l'incompétence de Paul-Roger Couture devant Nadeau.

— Et Nadeau l'a engagé pour être certain qu'il perdrait au procès.

Ginette s'étira, repoussa sa tasse de café.

— Ghislain n'a pu s'empêcher d'appeler Nadeau pour lui demander pourquoi il avait embauché Couture. Nadeau lui a dit de se mêler de ses affaires. Qu'il avait besoin d'amitié dans les circonstances et non pas de critiques. La semaine suivante, notre colley s'est fait écraser dans la rue voisine. Coïncidence ? On ne le saura jamais. Mais nous avons des enfants. Et nous devons les protéger. Et, de toute façon, on n'a rien de concret. Rien qui puisse aider Irène dans sa défense. Juste l'impression que Nadeau est un monstre.

— Vous n'avez jamais parlé à Irène de l'épisode mexicain ?

— Ce n'est pas évident d'interroger une amie sur les penchants sexuels de son mari. Et je vous rappelle qu'on n'avait pas de preuves.

— Mais elle ne vous a jamais rien confié à ce sujet ?

— Irène est une femme réservée. Je n'ai jamais vraiment su ce qu'elle pensait, ce qu'elle vivait intimement. Elle se livrait un

262

peu plus quand il s'agissait de Jeanne. Ou de son travail, des expositions qu'on voulait voir ensemble. Mais on ne parlait pas tellement de nos maris. Elle s'est sûrement posé des questions quand Ghislain a quitté Sportec, mais elle n'a pas insisté. Elle était heureuse qu'il songe à ouvrir une galerie. Elle se voyait déjà y exposer ses toiles.

— Y en aura-t-il une un jour ? Votre mari et vous semblez être très avisés dans ce domaine. J'ai reconnu un Cosgrove, un McEwen dans votre salon.

Ginette eut une moue mélancolique ; Ghislain avait abandonné l'idée d'avoir une galerie. Il avait préféré la sécurité. Leur sécurité.

— Je ne peux pas lui en vouloir. Mais j'aurais tant aimé travailler dans une galerie. Dites à Irène que… Non. Qu'est-ce que je pourrais lui dire ?

— Que vous la croyez innocente.

Ginette se tut jusqu'à la porte de l'entrée, puis souhaita bonne chance à Frédéric Fontaine. Elle avait évité de commenter sa dernière phrase. Pensait-elle qu'Irène pouvait être coupable malgré tout ce qu'elle venait de lui dire sur Nadeau ?

Si une amie, un ex-amie, ne croyait pas Irène à cent pour cent, quel membre du jury ajouterait foi à son témoignage ?

chapitre 15

1970

— Ils ont arrêté quasiment cinq cents personnes ! affirma Marlène. C'est incroyable ! Il ne peut pas y avoir tant de gens qui font partie du FLQ ! Peux-tu t'imaginer en train de poser une bombe ?

— J'ai entendu une gardienne parler des femmes qui sont arrivées ici hier soir. Ça faisait trois jours qu'elles étaient à Parthenais. Elles vont rester dans une section spéciale, on ne les verra peut-être pas. Il y en a qui pleuraient, elles s'inquiétaient pour leurs enfants.

— On est toutes pareilles quand on se fait arrêter, fit Geneviève, arrivée à Tanguay en août.

— Mais elles n'ont pas pu toutes poser des bombes ! Elles ont peut-être seulement aidé leurs chums.

— Il y a plusieurs femmes ici qui purgent une peine pour cette raison-là, fit remarquer Irène. La plupart d'entre nous... on est là à cause d'un homme.

— Toi, au moins, ton mari ne t'a pas laissée tomber.

Irène sourit à Geneviève sans trouver un mot pour l'encourager. Le mari de celle-ci n'était venu qu'une seule fois la rencontrer depuis son arrestation, alors que Bernard continuait à venir régulièrement. Nadeau n'avait pas ramené Jeanne depuis qu'elle était pensionnaire au Petit Couvent, mais Irène ne le lui avait pas reproché, ne sachant toujours pas s'il était préférable que Jeanne lui rende visite ou non, si la rencontrer en prison la traumatisait ou si c'était pire d'être privée de sa présence. Elle lui écrivait, dessinait pour elle et remettait ces petits carnets à Bernard pour qu'il les lui donne, espérant maintenir le lien. Quelle serait leur vie quand elle sortirait de Tanguay? Est-ce que Jeanne lui en voudrait de l'avoir abandonnée? La petite était beaucoup plus réservée quand elle l'avait vue fin août. Trop calme, trop sage. Elle en avait fait la remarque à Bernard qui y avait vu la preuve que la prison terrifiait Jeanne. Il avait peut-être raison.

— Mon garçon m'a dit au téléphone qu'il y avait des camions de l'armée partout dans les rues. Ça doit être bizarre…

— Ils devraient libérer l'Anglais, déclara Geneviève. S'ils le tuent aussi…

— Ils vont être arrêtés avant; tous les policiers du Québec les cherchent! Eh, Irène, tu pourrais demander des détails à ton enquêteur.

— Tu sais très bien qu'on ne parle que de mon affaire, Marlène.

— Tu ne trouves pas ça bizarre qu'il vienne te voir si souvent?

— Oui. Mais il peut venir tous les jours si on finit par trouver une preuve de mon innocence.

— Comment? En jasant avec lui? T'es vraiment naïve, ma cocotte. Il te mène en bateau.

— Pourquoi perdrait-il du temps avec moi? Ça ne lui rapporte rien.

— C'est sûr, mais c'est bizarre quand même. On n'a jamais vu ça, un bœuf qui pense que la fille qu'il a arrêtée est innocente.

On n'est pas dans *Irma la douce,* ce n'est pas normal. Il ne rit pas de toi ?

— Il doit être amoureux d'elle, avança Geneviève.

— Vous dites n'importe quoi ! Il a vraiment autre chose à faire. Surtout maintenant. Je n'aurai pas de visite avant long-temps.

— Tu ne peux pas te plaindre. Ton mari vient souvent. Et ta chum de Québec était ici la semaine dernière.

Irène acquiesça, se rappelant le visage soucieux de Françoise derrière la cloison qui la séparait d'elle, ses mèches de cheveux qui glissaient hors du cerceau de velours, son écharpe qu'elle tri-turait dans ses mains aux ongles coupés ras, joliment vernis de rouge incarnat.

— Je ne comprends rien à ton affaire, ma pauvre Irène, ce n'est pas normal qu'on change encore la date de ton procès !

— Bernard dit que ça ne devrait plus tarder.

— J'ai une cliente qui est avocate, je vais lui demander de…

— Non, il faudrait que tu lui parles de moi, que tu expliques pourquoi on se connaît…

— J'ai juste à dire que tu étais une cliente. Tu ne peux pas rester ici alors qu'un assassin se promène dehors au lieu d'être à ta place.

Irène avait haussé les épaules, elle ne pouvait rien faire d'autre qu'attendre.

— Heureusement que tu es là, Françoise.

Celle-ci avait souri en secouant la tête ; elle aurait voulu aider davantage son amie.

— Tu m'écris, on se parle au téléphone. Tu pars de Québec pour venir jusqu'ici alors que tu n'as qu'une journée de congé par semaine. C'est déjà beaucoup !

— Si je comprenais ce qui s'est passé, je pourrais… Ça ne me rentre pas dans la tête qu'on soit rentré chez toi pour y tuer Bobby et te faire accuser. On voit ça dans les films.

Irène avait soupiré ; elle vivait avec un constant sentiment d'irréalité, se couchait chaque soir en espérant qu'elle se réveillerait chez elle. Mais elle était toujours dans sa cellule. Entre quatre murs.

Des murs qui avancent un peu chaque jour, les uns vers les autres, comme s'ils espéraient se toucher et nous écraser entre eux. Même quand je suis dehors, j'ai l'impression que les briques se tassent les unes sur les autres. Si elles se tassent trop, elles vont s'effriter, les murs vont tomber, le toit. On va toutes mourir étouffées. Je dis n'importe quoi. Il y a trop de béton. Je pense que je ne serai jamais capable de reproduire la vraie couleur du béton.

— Irène? M'écoutes-tu?

Diane faillit lui toucher l'épaule, retint son geste.

— Penses-tu que tu pourrais me maquiller et me coiffer pour mon procès la semaine prochaine?

— Je ne sais pas si c'est une bonne idée de te maquiller, déclara Irène. Ça serait mieux que les jurés te voient comme tu es. Si tu as l'air trop en forme, ils ne te prendront pas en pitié. Et il faut que tu fasses pitié pour qu'ils comprennent ce qui s'est passé. Que tu n'avais pas le choix…

… de tuer ton mari parce qu'il allait le faire si ce n'était pas toi qui agissais en premier. Après quatorze ans de mauvais traitements.

Mais Irène n'avait pas fini sa phrase. À Tanguay, on évitait les mots qui rappelaient trop la réalité, les motifs d'incarcération. Si Geneviève avait parlé si spontanément du meurtre de Pierre Laporte, c'est parce qu'il s'agissait d'une personnalité publique. D'un événement si énorme qu'il en paraissait irréel. Comme si c'était du cinéma.

— Madame? héla Geneviève. Est-ce qu'on va les voir, celles qui viennent d'arriver?

— Ça m'étonnerait, répondit la surveillante sans préciser que les conditions de détention des nouvelles venues étaient particulières.

— Est-ce que c'est ça, des prisonnières politiques?

La surveillante avoua son ignorance. Elle savait seulement

que la directrice, madame Boisseau, avait demandé qu'on serve un repas chaud à ces femmes qui avaient été gardées durant trois jours à Parthenais où elles avaient été nourries de sandwichs. Trois jours sans savoir ce qui était arrivé à leurs enfants, si une voisine s'en était chargée, si on avait averti quelqu'un de la famille.

— Tu penses vraiment que c'est mieux que je ne sois pas maquillée ? murmura Diane. Mon fils va être dans l'assistance, ça me gêne qu'il me voie comme ça.

— Ton fils t'aime, c'est le principal. Tu es chanceuse, Éric est assez grand pour comprendre ce qui s'est passé.

— Jeanne comprendra plus tard, quand tu lui auras tout raconté.

— Le problème, c'est que je n'ai rien à raconter. Je ne me souviens de rien.

— C'est toi qui es chanceuse. J'aimerais donc ça, avoir tout oublié. J'ai peur de raconter ce qui s'est passé au procès, je vais tout revivre… Je me réveille encore le matin en me disant que j'ai cinq minutes pour me maquiller et me coiffer avant que Daniel se lève. Il voulait que je sois toujours impeccable.

C'est pour ça qu'il te battait, pour que tu aies des bleus ? Ah non, j'oubliais, il te frappait à des endroits où ça ne paraissait pas.

— Après, je me rends compte que je suis à Tanguay, que Daniel ne peut pas entrer dans ma cellule pour me taper dessus. Mais j'ai encore peur. De tout et de rien. D'une porte qui claque, de mon procès…

— Tu vas en sortir !

— J'ai assez peur ! répéta Diane.

Pourquoi est-ce qu'on attend notre procès avec autant d'impatience et qu'on a aussi peur quand c'est le temps d'y aller ? Est-ce que je vais être comme Diane, en février ? Le 14 février. Ça me décourage, cette date-là. Il me semble que ce n'est pas une bonne date, j'ai peur que le procureur fasse une allusion à la Saint-Valentin pour parler d'amants maudits comme dans les journaux. Le 13 ou le 15, ça aurait été mieux. Je déteste la Saint-Valentin, la fête des Mères, Noël, les dimanches. C'est la pire journée, ici. On dirait que le temps passe encore plus lentement. Même si je ne pense pas que c'est possible. Une seconde est une seconde. Mais on dirait que les secondes se décomposent plus doucement à Tanguay, qu'elles pourrissent, suintent sur les murs, le long des grilles, le long de nos nuits. C'est pire la nuit. On peut quasiment entendre le temps s'effriter. C'est effrayant, inexorable. On pense que tout peut arriver. Diane a toujours peur que le feu prenne, qu'on meure brûlées vives, que les surveillantes n'aient pas le temps d'ouvrir les portes, qu'elles partent pour sauver leur peau en nous laissant griller. En même temps, elle dit que c'est bizarre qu'elle ait si peur du feu alors qu'elle a vécu en enfer pendant tant d'années. Je n'ai pas osé lui demander pourquoi elle n'a pas quitté Bernard. Non, Daniel, voyons. Bernard, c'est mon mari à moi. Daniel est le mari de Diane.

Est-ce que j'aurais dû quitter Bernard ? Je n'aurais pas voulu de Bobby pour autant. Je ne me serais pas remise à sortir avec lui, c'est certain. Mais on n'aurait jamais loué un appartement rue Hutchison et personne ne serait venu se faire tuer là en pleine nuit. Non, ce n'était pas la pleine nuit. C'était la pleine lune. Mais il était deux heures dix du matin.

Comment Frédéric peut-il me dire qu'il était cette heure-là ? Ça ne se peut pas qu'on sache à quelle heure précise est mort Bobby à moins d'avoir assisté au meurtre et d'avoir eu le sang-froid de regarder sa montre.

Qu'est-ce que Frédéric Fontaine aurait fait rue Hutchison avec Bobby ? Non. Je suis folle. Il n'était pas là, il ne sent pas le cigarillo.

Geneviève dit qu'il s'intéresse à moi. Ça n'a aucun bon sens. Je suis juste en train de devenir folle. Il ne peut pas avoir tué Bobby pour que j'aille en prison. S'il s'intéresse à moi, ça ne lui donne rien que je sois enfermée. Il a encore moins de chance que si j'étais dehors, même mariée. Je dis n'importe quoi. Je deviens folle. Il faut que j'arrête de penser. Mais il sait quand même l'heure où Bobby a été tué. Il me cache quelque chose. Ça ne se peut pas qu'un médecin *soit capable de dire quelle heure il était avec la chaleur qu'il faisait dans l'appartement cette nuit-là. On devait frôler les 90 °F. C'était humide, collant.*

Comme le sang sur moi.

Non, il ne faut pas que je pense à ça. Ni au sang sur Bobby. Sur son linge. Ses bottes. Je me suis demandé longtemps pourquoi il portait des bottes en plein été au lieu de mettre des souliers comme tout le monde. Mais c'était à cause des talons, il voulait être plus grand. Ça devait être pour ça qu'il sortait avec moi quand on était jeunes, j'étais plus petite que lui. Il y avait du sang sur ses bottes. Il y en avait partout. Ne pas penser à ça. Il y en avait sur sa montre.

Sa montre ?

Irène eut l'impression que son sang coulait beaucoup plus vite dans ses veines. La montre ! Jocelyn Chartier lui avait montré les photos de la scène du crime, Bobby allongé par terre, poignardé. Elle avait fermé les yeux. Et, plus tard, Frédéric aussi avait étalé les photos devant elle pour lui faire comprendre ce qu'on présenterait aux jurés ; elle avait encore fermé les yeux. Mais elle avait eu le temps de revoir le corps de Bobby, les bras écartés, son tatouage à l'épaule droite, sa main ouverte vers le ciel, la montre à son poignet.

Bobby n'avait jamais eu de montre de toute sa vie !

Il fallait que quelqu'un la lui ait mise !

Irène s'appuya contre le dossier de la chaise, étourdie. Elle avait enfin la preuve qu'elle n'était pas folle, qu'elle n'avait pas commis ce meurtre comme on tentait de le lui faire croire, de le faire croire à tous. C'était un étranger qui avait mis une montre au poignet de Bobby avant de le tuer. Ou après. Mais pourquoi avait-il fait ça ?

— Qu'est-ce que tu as, Irène ? s'inquiéta Diane. Tu es toute pâle, ça ne va pas ?

— Non, au contraire. Ça va très bien. Mieux que jamais.

Diane et Geneviève dévisagèrent Irène ; que racontait-elle ?

— Il faut que je parle à Frédéric Fontaine !

— Tu vas attendre, avec le bordel qui se passe dehors. Ton avocat s'occupe peut-être des felquistes, il n'aura pas le temps de venir te voir.

— Je veux parler tout de suite à une surveillante !

*   *   *

Le ciel était si bas qu'on aurait pu croire que la neige avait déjà commencé à tomber, et Frédéric Fontaine s'en réjouissait. Il avait hâte que la ville soit encapuchonnée de blanc, que ses incessants bruits soient feutrés par la neige, que les lumières soient adoucies, nimbées de mystère. Est-ce qu'on aurait enfin une vraie tempête de neige ? Une bonne bordée qui resterait au sol ?

— Vas-tu prendre de la tarte au sucre ? s'enquit Alice après avoir ramassé l'assiette vide de Frédéric.

— Tu sais bien que je ne prends pas de dessert.

— Tu peux bien être *slim*. Je devrais faire comme toi.

— Tu es belle comme tu es !

Alice éclata de rire avant de froncer les sourcils : pourquoi son client était-il si gai ce jour-là ?

— Eh ? Es-tu amoureux pour être de si bonne humeur ? Ou bien as-tu gagné à la loterie ? Ou t'as encore trouvé une vieillerie à réparer ?

— Je n'achète jamais de billets.

— Alors, t'es en amour. Vas-tu me la présenter ?

Frédéric secoua aussitôt la tête, il n'y avait personne dans sa vie. Il était seulement content que la crise d'Octobre soit terminée, que James Richard Cross ait été libéré. Il n'allait pas dire à Alice ni s'avouer à lui-même qu'il pensait enfin détenir un indice sur le meurtre de la rue Hutchison. Il irait relire le dossier de cette affaire et consulter la liste des éléments qui étaient consignés comme preuves à conviction ; la montre s'y trouvait sûrement puisqu'on pensait qu'elle pouvait indiquer l'heure du crime. Il fallait qu'il voie cette montre cet après-midi !

— Une chance qu'ils l'ont retrouvé, ce pauvre monsieur anglais. Je pense pas qu'y revienne jamais au Québec. Il va faire des mauvais rêves pour un bout de temps. Imagines-tu ce que ça peut être, d'être emprisonné quand t'as rien fait ? Puis de te demander tous les jours ce qui va t'arriver ?

— Personne ne peut savoir ce que c'est. Tant qu'on n'est pas dans la situation…

Pourtant, il était capable de ressentir la détresse d'Irène. Et son excitation quand elle lui avait dit qu'elle avait trouvé une preuve de son innocence. Sa propre fébrilité en l'écoutant lui parler de la montre. En l'entendant lui dire qu'elle était certaine que les aiguilles n'indiquaient pas deux heures pile. Que c'était impossible.

— Doucement, Irène, vous allez trop vite.

— On a assez perdu de temps ! La montre de Bobby ! Ça fait un mois que j'y pense ! Je voulais vous en parler mais…

— On était débordés.

— Quand Bobby est tombé, la montre s'est cognée contre le sol et s'est arrêtée. Vous indiquant l'heure de la mort. Dites-moi qu'il n'était pas trois heures pile.

— Non, les aiguilles marquaient trois heures dix.

— Parce que la personne qui a mis la montre au poignet de Bobby s'est dit que ça paraîtrait bizarre si elle indiquait deux heures précises. C'était mieux trois heures dix, plus naturel.

— Quelle personne ?

— Celui qui ignorait que Bobby ne pouvait pas porter de montre.

— Il ne pouvait pas ?

— Non, il faisait une allergie au métal, il ne portait jamais de montre, de bague. C'est quelqu'un qui la lui a attachée au poignet pour vous indiquer l'heure de la mort. Mais il a pu tuer Bobby plus tard. Ou avant. Et s'arranger pour avoir un alibi à trois heures dix. Être allé boire un café sur Parc, puis être revenu ici après.

— Pendant que vous étiez ivre morte ?

— Il est allé chercher Bobby pendant que j'étais dans le coma. Bobby n'était pas dans l'appartement quand l'homme m'a forcée à boire du scotch. Jeanne dormait dans mes bras quand je suis rentrée de chez Paula vers onze heures. J'ai traversé la cuisine pour aller la coucher dans sa chambre. L'homme m'a sauté dessus après que j'ai eu couché ma fille. Il m'a mis une main sur la bouche pour m'empêcher de crier et il m'a dit de rester tranquille, qu'on allait boire du scotch. J'ai bien essayé de me battre mais il était plus fort que moi. La porte de notre chambre était à moitié ouverte ; si Bobby avait été là, il me semble que je l'aurais vu.

— La lumière devait être éteinte.

— L'homme doit l'avoir amené chez nous une fois que j'étais inconsciente.

— Il a pris des risques énormes ! Il fallait que le type soit vraiment sûr de lui. Sûr de ne pas être inquiété.

— Les gars de la mafia n'ont pas peur de grand-chose. Et il était tard.

— C'est trop compliqué comme méthode, et c'est pour ça que je vous crois depuis le début. Quelqu'un vous a piégée.

— La montre était seulement là pour bien montrer l'heure du crime. Mais ce n'est certainement pas la montre de Bobby. Ça veut dire que l'homme l'a entraîné chez nous, qu'il l'a tué, qu'il a décidé de briser sa montre avant de la régler à trois heures dix, et de la rattacher au poignet de Bobby, puis qu'il s'est rendu compte que Bobby n'avait pas de montre. Qu'est-ce qu'il pouvait faire ? Certainement pas en acheter une en pleine nuit ! Il a été obligé de lui mettre la sienne. On va trouver ses empreintes dessus. Vous pourrez comparer dans vos fichiers avec celles des criminels.

— S'il est un peu malin, il aura mis vos empreintes et celles de Bobby sur la vitre et sur le métal de la montre. Je vais vérifier mais je suis à peu près certain de ce que je dis.

Irène avait porté la main à sa bouche avant de secouer la tête ; ce n'était pas possible que cette découverte soit inutile ! Frédéric devait faire quelque chose, examiner la montre sous toutes ses coutures.

— Bien sûr que je le ferai, mais ne comptez pas trop sur ces empreintes.

Irène avait soupiré avant de s'affaisser en murmurant que Frédéric aurait pu lui laisser un peu d'espoir.

— En tout cas, vous êtes franc…

Il avait eu envie de la corriger ; non, il n'était pas si honnête avec elle. Il lui mentait depuis longtemps par omission. Il n'avait jamais parlé de son père à lui, de son père à elle. Ni des soupçons qu'il entretenait sur Bernard Nadeau. Irène devait en venir seule à cette conclusion, sinon elle pourrait croire qu'il avait cherché à l'influencer. Ou pire, elle pourrait dire à son mari qu'on le soupçonnait. Elle avait d'ailleurs rapporté à Frédéric que Bernard Nadeau l'avait interrogée plusieurs fois à son sujet ; pourquoi venait-il la voir si souvent ? De quoi parlaient-ils ? Est-ce qu'il n'allait pas lui attirer des ennuis auprès de la direction ou des autres prisonnières ? Est-ce que des policiers venaient les rencontrer elles aussi ? Non, alors Irène devait se méfier… Elle avait tout raconté à Frédéric ; et comme il s'étonnait de cette franchise, elle lui avait dit qu'elle avait confiance en lui sans pouvoir l'expliquer, qu'elle continuerait à le voir, qu'elle avait besoin de parler avec lui du meurtre pour finir par comprendre ce qui s'était passé. Et qu'elle aimait aussi leurs échanges sur l'art. Même si cela agaçait Bernard.

— Ça l'a toujours énervé que je discute de peinture, de sculpture avec Ginette ou Ghislain. Il s'arrangeait pour changer de sujet parce qu'il n'y connaissait rien. J'avais beau lui dire que la connaissance était une chose, soit, mais que l'appréciation personnelle d'une œuvre était aussi importante, il s'impatientait, disait qu'on employait des mots à cinquante piastres pour parler d'un barbouillage qui ne ressemblait à rien…

— Il était jaloux de votre passion pour l'art. De son importance dans votre vie…

— Il avait peut-être raison. Peut-être que je le négligeais un peu. Quand je pense à toutes ces visites qu'il me rend ici régulièrement, je me sens coupable de ne pas avoir été assez… enfin, j'aurais pu être une meilleure épouse, plus attentive. Et lui parler de Bobby quand il était rentré du Japon. J'ai fait une telle erreur en me taisant !

— Mais vous vous taisiez parce que vous saviez que votre mari se mettrait en colère. C'est ce que vous m'avez dit. Et si vous redoutiez une crise, c'est que vous aviez des raisons, c'est qu'il s'était déjà énervé pour le même genre de choses, non ? Votre mari est un homme jaloux.

Frédéric Fontaine s'était tu quelques secondes, attendant qu'elle proteste, mais elle n'avait rien ajouté.

Quand comprendrait-elle que Bernard Nadeau était beaucoup plus possessif qu'elle l'imaginait ? Au point de la faire condamner à vie ? Au point de la faire surveiller ?

— Vous n'avez jamais eu l'impression d'être suivie ? avait-il demandé.

— Suivie ?

— Dans la rue. Épiée, guettée.

— Non. Mais j'imagine que l'homme à la cagoule m'a suivie pour connaître l'appartement de la rue Hutchison.

Il s'était retenu, encore une fois, de tout déballer sur Bernard Nadeau. Le détective Provencher avait bien admis avoir suivi Irène quelques fois, il avait même dit que Nadeau était un mari jaloux. Comme la plupart des clients qui faisaient appel à ses services. Mais Nadeau ne l'avait pas rappelé depuis des mois. Et le dossier d'Irène ? Remis au client. Il payait pour ça. Provencher avait juré qu'il ne gardait pas de copies chez lui. Il avait même offert à Fontaine de fouiller ses tiroirs. Fontaine avait pu constater que Provencher ne lui avait pas menti : il n'y avait rien sur Irène Nadeau dans ses papiers. Mais pourquoi n'avait-il pas conservé ce dossier-là alors qu'il en avait gardé des dizaines d'autres ? Pour plaire à son client ?

— Un autre thé, Frédéric ? demanda la serveuse.

— Finalement, je vais prendre un dessert.

Alice dévisagea son client préféré avant de lui apporter un quartier de tarte au sucre.

— Tu pourrais au moins me dire ce qui te rend si joyeux !

— La neige, j'avais hâte qu'il neige.

Et c'était vrai qu'il était heureux d'entendre les crissements de la neige sous ses pas, de sentir la caresse si fine des flocons sur ses joues, de voir l'empressement des enfants à faire des boules de neige, à les lancer en poussant des cris de plaisir. Il mettrait un peu plus de temps pour se rendre au bureau où il pourrait revoir les pièces à conviction, les rues étaient un peu plus glissantes, mais il s'en moquait ; il avait recommencé à croire en l'innocence d'Irène. Il croyait qu'elle disait vrai quand elle affirmait que Bobby ne portait jamais de montre. Et que son assassin l'ignorait.

chapitre 16

1971

— On devrait prendre le contrôle de Tanguay! déclara
Renée. Leur montrer ce que c'est que d'être enfermé comme
nous autres!

— Comment veux-tu qu'on fasse ça? demanda Jacky.

— Comme les gars de Kingston, avec des otages.

— Ça ne leur a pas donné grand-chose au bout du compte,
fit remarquer Irène.

Jacky s'approcha d'Irène, la toisant avec mépris, cherchant à
lui faire baisser les yeux sans y parvenir.

— Ils ont apeuré les *screws*, ils ont montré de quoi ils étaient
capables. J'aurais voulu voir ça! Six cents prisonniers qui s'exci-
tent! C'est toute une émeute, ça! La prochaine fois, ils vont avoir
ce qu'ils veulent. Tu me crois pas? Eh? Irène Nadeau, je te parle,
ma crisse, regarde-moi!

Renée intervint, posa une main sur l'avant-bras de Jacky qui
réagit aussitôt.

— Touche-moi pas!

Renée recula, effrayée par la violence du ton.

— Qu'est-ce que t'as à me fixer ? Veux-tu ma photo ?

— Laisse donc Renée tranquille.

— Tiens, Irène Nadeau qui s'abaisse à me parler… Je les connais en calvaire, les filles dans ton genre, vous regardez tout le monde de haut parce que vous vous pensez plus fines que les autres. C'est pas parce que t'as tué quelqu'un que tu me fais peur. Moi, j'ai bien failli l'avoir, la grosse torche… Eh ? Où tu vas ?

Irène tournait le dos à Jacky, s'efforçant de marcher d'un pas égal vers les tables à jouer de la salle de séjour. Elle n'ignorait pas que Jacky Johnson pouvait l'agresser par derrière, mais elle ne voulait pas être tentée de répondre à ses provocations. Elle n'avait pas envie de se battre. Elle espérait simplement que Jacky quitterait bientôt cette aile, qu'une paix relative y reviendrait. Depuis son arrivée, les incidents se multipliaient, et toutes les détenues espéraient que le procès de Jacky aurait lieu rapidement. Qu'on la jugerait, qu'on la condamnerait et qu'on la mettrait dans une autre aile.

Son procès va peut-être avoir lieu avant le mien. C'est fou. Elle est ici depuis trois mois et elle pense que sa sentence sera prononcée au début de l'été. Comme Geneviève. Est-ce qu'ils vont remettre encore mon procès ? Bernard dit qu'on n'a pas eu de chance jusqu'à maintenant, mais qu'il est sûr et certain que le procès aura lieu le 10 mai. Au lieu du 14 février. Est-ce une meilleure date ? Le lendemain de la fête des Mères. Il va en parler, le procureur de la Couronne, il va dire que j'étais une mauvaise mère pour rentrer à l'appartement à onze heures du soir alors que Jeanne aurait dû être couchée depuis longtemps. Il dira que, si j'étais restée chez nous, rien ne serait arrivé. Que si l'homme à la cagoule avait vraiment existé, je l'aurais entendu entrer et j'aurais crié. Et je serais sortie par la porte de derrière, par l'escalier de secours. C'est ça que j'aurais fait. C'est vrai, c'est ce qui serait arrivé. Mais c'était l'anniversaire de Paula, et j'y suis allée avec Jeanne.

Ne pas penser à Jeanne. Ne pas penser au procès. Mais je ne peux pas ne pas penser.

Paul-Roger Couture ne m'a rien promis. On en est encore au même point. Il pense que je dois plaider l'homicide involontaire, et Bernard soutient maintenant que je dois dire la vérité. Parler de l'inconnu à la cagoule, dire qu'il m'a fait boire et que je ne me souviens de rien ensuite. Quand je lui avais dit que Frédéric me conseillait de plaider l'homicide involontaire au lieu de la légitime défense comme lui me le suggérait, Bernard avait admis qu'il avait peut-être raison, finalement. Mais, après avoir bien réfléchi et me connaissant mieux qu'eux, il croit maintenant que je ne dois pas mentir aux jurés. Inventer une histoire pour justifier l'homicide involontaire est trop dangereux ; je me tromperais dans mes mensonges, l'avocat de la Couronne pourrait le prouver, et plus personne ne croirait ce que je dirais.

Bernard a raison. Je n'ai jamais été très bonne pour mentir. Je dois raconter les choses comme elles se sont passées. D'un autre côté…

— Irène Nadeau ! hurla Jacky. Écoute-donc quand je te parle.

Irène continuait à avancer vers les tables du fond, consciente des regards tournés vers elle, se concentrant pour continuer à respirer lentement, à marcher d'un pas égal et souple comme celui d'un chat, songeant qu'elle aurait voulu être une panthère pour se défendre contre Jacky, se disant qu'elle avait pourtant l'ouïe presque aussi fine qu'un félin, car elle percevait maintenant le souffle de cette femme derrière elle, ce souffle qui s'approchait, qu'elle sentirait bientôt dans son cou. Elle attendit que ce souffle l'atteigne quasiment, accéléra alors vers le fond de la pièce, puis se déporta brusquement vers le côté, laissant Jacky continuer sa course et foncer dans le mur. Irène entendit un bruit mat mais évita de se retourner, elle se dirigea vers une des tables de jeu et prit un paquet de cartes en s'assoyant, les brassa et en tira une. Une seule. La reine de carreau. Bon présage. Pauline lui avait toujours dit que cette carte apportait la chance. Elle avait échappé à Jacky. Le 10 mai serait une bonne date pour son procès.

Irène avait l'impression de glisser dans la boue, d'être aspirée par elle, sucée, tétée jusqu'à la moelle, ses jambes étaient emprisonnées dans un étau mouvant et pourtant implacable, un étau qui étendait sa prise, gagnait le cœur, l'oppressait jusqu'à le faire exploser. Elle savait maintenant ce qu'avaient ressenti les victimes de Saint-Jean-Vianney quand la terre les avait englouties, quand le sol s'était dérobé sous elles, les avait impitoyablement broyées. Elle manquait d'air. Elle ne respirerait plus jamais. Elle avait de la boue dans la bouche, dans le nez, les yeux, les oreilles. Elle ne voyait plus rien. Elle n'entendait plus rien. Elle se fondait dans la vase, engouffrée, dévorée, elle disparaissait. Elle était morte.

Un gardien l'attrapa sous les aisselles au moment où elle perdait connaissance.

— Je la tiens, dit-il à un autre gardien tandis qu'une rumeur parcourait la salle d'audience.

— Elle ne pèse pas lourd. C'est dur à croire qu'elle a tué son chum.

— As-tu oublié qu'il était couché par terre, assommé ? fit Rodolphe Duquette. C'était facile. En tout cas, elle a eu ce qu'elle méritait.

Il avait frissonné en s'imaginant poignardé par sa maîtresse. Mais Adeline ne ferait jamais ça. Irène Nadeau était une femme perverse, anormale.

— Si j'avais été le juge, je lui aurais donné bien plus que neuf ans. Elle va à peine en faire sept. Elle en a déjà fait deux. Il en reste cinq. C'est pas beaucoup pour un homicide involontaire. Elle l'a poignardé, câlice ! C'est pas rien !

— Quand je pense que son mari avait l'air déçu du verdict. Je ne peux pas croire qu'il l'appuie encore. Il va bien finir par comprendre qu'il se trompe. Je le regardais durant tout le procès, il ne la quittait pas des yeux. Comme si c'était une déesse.

— Elle n'est pas laide.

— Laide ou pas, elle mérite sa sentence. Y'a pas trop de trafic, on devrait la débarquer à Tanguay avant le souper. On fait un barbecue ce soir, j'aimerais ça rentrer de bonne heure, ma femme a invité nos nouveaux voisins.

Irène reprit conscience quelques minutes plus tard. Maître Couture était à ses côtés et répétait qu'il porterait le jugement en appel, qu'elle ne devait pas se laisser abattre. Irène entendait sa voix mais ne parvenait pas à comprendre ce qu'il lui disait, comme si les sons étaient assourdis, trop feutrés pour être audibles. Elle voyait Bernard, resté assis derrière un grand pupitre, qui hochait la tête en la regardant. Il semblait lui faire signe. Mais de quoi ? Elle ne comprenait rien de ce qui se passait autour d'elle. Elle avait l'impression que tous les gens bougeaient au ralenti, qu'elle-même respirait plus lentement, mais elle ne sentait pas son cœur battre. Peut-être qu'elle était en train de mourir et que personne ne s'en apercevait. Ou qu'elle était déjà morte. Elle avait lu le témoignage d'une femme qui était décédée durant une opération et qui avait flotté au-dessus de son corps, regardant les médecins s'activer pour la sauver. Puis une lumière l'avait réchauffée. Et elle avait réintégré son enveloppe charnelle. Mais son corps à elle était désintégré, broyé, effacé, anéanti. Irène Nadeau n'existait plus. Comment aurait-elle pu continuer à vivre après avoir été condamnée à neuf ans de prison pour un meurtre qu'elle n'avait pas commis ?

Elle sentait les mains des gardiens qui la tenaient solidement, la soulevaient presque de terre. Comment y parvenaient-ils alors que ses jambes étaient si lourdes ? Tous ses membres étaient de plomb, de béton, de blocs de ciment, de briques amalgamées. Elle n'arrivait pas à les remuer, elle n'arrivait même pas à respirer, et les gardiens l'entraînaient pourtant vers le fond de la salle par où elle était entrée… quand ? Quand avait-elle franchi la porte de cette pièce ? Hier, ce matin, la semaine dernière, tantôt ? Où l'emmenaient-ils ?

— Aide-toi un peu, dit un gardien. On ne va pas passer la journée ici.

Quelle journée ? Quel jour était-on ? Quelle importance ?

Elle réussit à tourner la tête vers Bernard. Ou peut-être qu'il longea la salle, la suivit juste avant qu'elle ne franchisse la porte. Il la fixait en souriant. Pourquoi souriait-il ? Non, elle se trompait, il ne pouvait pas sourire. Elle vit l'avocat le rejoindre, le visage de Bernard s'affaisser soudainement, maître Couture le prendre par les épaules, le pousser vers la sortie. La porte se referma sur elle.

Ensuite, ce fut celle du fourgon qui claqua dans un bruit assourdissant.

Puis celle de Tanguay.

Celle de l'aile où elle vivrait désormais.

Celle de sa cellule.

Elle s'assit sur le lit en se demandant quand elle recommencerait à respirer. En même temps, elle reconnaissait l'odeur du détergent, des murs, du métal. Elle s'allongea, étonnée de réussir à déplier ses bras, ses jambes. Elle resta immobile. Elle entendit le va-et-vient, derrière la porte de sa cellule. Puis les lumières s'éteignirent.

Sa nuit commençait. La première des centaines de nuits qu'elle devrait vivre à Tanguay.

Geneviève lui demanda, le lendemain et le surlendemain et les vingt-cinq jours qui suivirent, si elle avait réussi à dormir sans faire de cauchemars.

Lorraine lui dit qu'elle aimait mieux être dans cette aile-là plutôt que dans celle des prévenues.

— On se raconte des histoires quand on est en attente de procès. On pense que ça va bien aller. Ici, on est fixées. C'est aussi bien. La pilule est dure en maudit à avaler mais on peut organiser notre vie.

Irène la dévisagea sans comprendre. De quelle vie parlait-elle ?

— C'est trop tôt pour lui dire ça, reprocha Geneviève à Lorraine. Elle est encore sous le choc.

— Mais, au moins, elle ne passe plus tout son temps dans sa cellule. Tu ne veux vraiment pas participer à l'atelier de couture ? C'est plate mais ça nous occupe. On fait des housses de coussin.

— Irène, renchérit Geneviève, Lorraine a raison ; tu devrais venir à l'atelier de couture. Le temps passe plus vite. Josée Gingras, la surveillante qui nous enseigne, est correcte.

— C'est même la plus correcte dans notre aile. Elle ne nous tanne pas pour des niaiseries. Elle aime vraiment la couture, elle fait tous ses vêtements.

— Elle a déjà assisté à des défilés. Il paraît que c'est essoufflant tellement les mannequins se changent vite.

Changer de vêtements. Changer de peau. Les serpents perdent leur vieille vie, la laissent derrière eux pour en commencer une nouvelle sans se rappeler leur ancienne peau, sans la regretter, sans y penser sans arrêt, sans se dire il y a trois ans Jeanne mangeait des framboises dans le jardin, Jeanne voyait un papillon monarque pour la première fois, Jeanne portait des souliers rouges, Jeanne riait aux éclats. Changer de peau, changer de vie. Pourquoi faut-il continuer à vivre ? Claude Gauvreau s'est suicidé il y a deux jours. J'aimais ses poèmes. J'aimerais peut-être aussi sa fin.

— Irène ? Viens avec nous à l'atelier. Juste une fois. Pour voir.

— Tu pourrais dessiner des modèles, renchérit Lorraine.

— Dessiner ?

— Tu viens ou tu ne viens pas avec nous ?

Irène haussa les épaules mais suivit Geneviève et Lorraine. C'était moins fatigant de les accompagner que de discuter encore avec elles. Et comme elle ne voulait pas retourner dans sa cellule...

Josée Gingras accueillit chaleureusement Irène, lui désignant une place, lui expliquant rapidement comment coudre les housses de coussin, les taies d'oreillers, les détails à vérifier, les fils à utiliser.

— C'est archisimple, tu verras. As-tu déjà fait de la couture ?

— Non, mais c'est une artiste, déclara Geneviève, c'est elle qui a dessiné le portrait de mon amie qui est morte. C'est le plus beau dessin que j'ai vu de toute ma vie !

Irène esquissa un sourire tant le ton de Geneviève était enthousiaste. Elle avait peine à croire que cette fille, à l'expression si juvénile, si candide, ait pu commettre des fraudes aussi importantes.

— Tu sais vraiment dessiner ? s'enquit la gardienne.

— Je ne sais plus grand-chose. Et c'est aussi bien comme ça.

Josée observa Irène durant quelques secondes, faillit lui dire qu'elle changerait d'idée, mais elle frappa plutôt dans ses mains pour attirer l'attention. Irène lui sut gré de ne pas avoir cherché à argumenter avec elle, de ne pas lui avoir dit qu'elle la comprenait. Personne ne pouvait la comprendre. À moins d'avoir été emprisonné, innocent, pour un meurtre commis par un inconnu.

*   *   *

Le bar où Pierre Boutin attendait Bernard Nadeau était très animé pour un mercredi après-midi, mais il y avait un congrès dans l'hôtel et les participants semblaient plus portés à s'amuser qu'à assister aux conférences de leurs collègues.

— Ils viennent d'où ? demanda le policier au serveur qui lui apportait une bière.

— Du Texas. Ils doivent s'ennuyer dans leur coin parce que depuis qu'ils sont arrivés ici, ils n'arrêtent pas… Mais je ne m'en plains pas, hein, c'est payant. Je vous apporte un cendrier.

Pierre Boutin écrasait sa deuxième cigarette quand Bernard Nadeau entra dans le bar. Ce dernier lui fit signe dès qu'il le repéra mais adressa sa commande au serveur avant de le rejoindre.

— Je vais avoir mérité mon scotch, fit-il en s'assoyant. C'est fatigant, les voyages.

— Tu es content ? Ça se passe bien là-bas ?

— Jamais autant qu'on voudrait.

Il n'allait pas dire à Boutin qu'il faisait encore plus d'argent qu'il ne l'avait espéré. Il savait très bien que le policier avait demandé à le voir pour lui demander une rallonge sur le meurtre de Bobby. Ou une avance sur une prochaine job. Le jeu finirait par perdre Boutin… Il se félicitait de n'être soumis à aucun de ces vices qui peuvent détruire une existence, drogue, alcool, jeu, femmes. Il savait gérer ses petites envies, lui. Avec sa fortune, il aurait pu y succomber beaucoup plus souvent. Mais il était prudent. Tout lui réussissait parce qu'il savait se contrôler. Il ne se précipitait pas au Mexique dès qu'il voulait baiser une fille. Il s'astreignait à maintenir une fréquence raisonnable. Heureusement, l'essor de l'usine justifiait plus de déplacements. Et il retournerait en Asie dès qu'il en aurait le temps.

— On n'a jamais ce qu'on veut, exactement comme on veut, déclara Boutin. Le procès de ta femme, par exemple. Je sais que la sentence t'a déçu.

— C'est ce Fontaine du diable ! S'il n'avait pas dit qu'il la pensait innocente ! Elle aurait pris au moins quinze ans ! Est-ce que Fontaine était mêlé à la saisie de dope dans le port ? Je n'ai pas aimé ça même si c'était loin de mes entrepôts !

— Tu les as loués ces jours-ci ?

Nadeau hocha la tête ; pourquoi n'aurait-il pas rendu service à des gars qui payaient aussi bien ? Et qu'il valait mieux avoir avec lui que contre lui ? Mais même si Fontaine avait participé par hasard à l'opération de saisie au port, Bernard n'avait pu s'empêcher de s'inquiéter de la coïncidence. Fontaine ne pouvait pourtant pas savoir qu'il avait rencontré un proche de Cotroni au Mexique. Personne n'était au courant sauf Boutin.

— Je veux que tu me débarrasses de Fontaine.

— Es-tu fou ? articula Boutin en s'étouffant.

— C'est dans ton intérêt. Tu n'étais pas là, au procès, quand il a clamé qu'Irène était innocente, que c'était un coup monté, qu'il…

— Je sais, je sais, tu m'as déjà dit tout ça.

— Et ça ne t'inquiète pas ? Il va continuer à chercher, il l'a juré !

Pierre Boutin soupira ; il aurait bien voulu toucher un beau paquet d'argent, mais exécuter Fontaine était trop dangereux. Ce n'était vraiment pas le moment de descendre le héros du jour ; comment Nadeau pouvait-il lui demander ça ?

— Tu sais que je paie bien…

— Ça n'a rien à voir.

— Mais si, ça a toujours à voir. À moins que tu ne veuilles pas faire la job parce que Fontaine est le fils de ton ancien parte-naire ?

Boutin secoua la tête vigoureusement en se reprochant pour la centième fois d'avoir informé Nadeau de ses liens avec Marc Fontaine. C'était au moment du suicide de Jean-Paul Duquette, Nadeau l'avait appelé à Montréal pour lui parler du jeune enquê-teur qui s'était présenté chez lui à deux heures du matin.

— Tu parles d'un effronté. Duquette a foncé dans un poteau, il était mort, ce n'était pas si urgent de savoir quand il était parti de chez nous.

— C'est un zélé, Frédéric Fontaine.

— Tu le connais ?

— Non, pas vraiment, c'est ce qu'on m'a dit. Il paraît qu'il est tout le contraire de son père. Lui, je l'ai connu avant sa mort. On jouait au billard ensemble. C'était un maudit bon joueur.

— Est-ce que son fils avait le droit de venir nous déranger en pleine nuit ?

— Il faisait juste son travail.

— Du moment qu'il ne pense pas à revenir fouiner par ici…

Boutin avait rassuré Nadeau : Frédéric Fontaine enquêtait sur le suicide d'un homme qu'il connaissait à peine. Il classerait rapidement ce dossier.

Boutin but une gorgée de scotch et conseilla à Bernard Nadeau d'oublier Frédéric Fontaine.

— Ta femme est à Tanguay, qu'est-ce que tu veux de plus ? Le mieux, c'est de ne plus jamais reparler de cette affaire-là.

— Elle a encore de l'espoir. Si Fontaine n'était plus dans le trafic, elle saurait qu'elle est perdue. Tu dis que ça ne te dérange pas d'avoir connu son père, mais je n'en suis pas si sûr.

Boutin reposa son verre vide, se réjouit de voir le serveur s'approcher aussitôt de leur table pour lui en proposer un autre. Nadeau déraillait, il était toujours obsédé par sa femme. Il s'était plaint à plusieurs reprises du fait que Fontaine rendait visite à Irène à Tanguay, il devait être jaloux de lui, même s'il prétendait qu'il devait disparaître pour des raisons de sécurité. Ou pour ôter toute espérance à son épouse. Voyons donc ! Elle avait été condamnée à neuf ans de prison, elle ne vivait certainement pas sur un petit nuage ! Nadeau cachait ses véritables motifs. Peut-être qu'il était même trop obsédé pour en être conscient. Mais cette obsession pouvait être dangereuse. Les mettre en péril. Maintenant que tout devait être réglé, il voulait rouvrir le dossier… Descendre Fontaine était pur délire.

— On ferait mieux de parler d'autre chose. Ou ailleurs qu'ici.

— Et attendre que Fontaine trouve des preuves ?

— Arrête ! Il n'a rien découvert en deux ans. Pourquoi voudrais-tu que ça change ?

— Mais ça serait le bon temps pour faire ce travail. Avec tous ceux qui lui en veulent ces jours-ci…

Boutin secoua la tête. Si Nadeau s'entêtait, il leur attirerait des ennuis.

— Quels ennuis veux-tu qu'on ait ? Tout le monde pensera que…

— Le monde, c'est le monde. La police, c'est la police. Il y aurait une enquête vraiment sérieuse. Je ne suis pas fou !

— Trouve-moi quelqu'un que ça intéresserait.

— Pourquoi tu n'attends pas qu'ils se chargent de lui ? avança Boutin.

Bernard Nadeau passa sa langue sur ses lèvres ; est-ce que son complice pensait vraiment que le crime organisé mettrait un contrat sur Fontaine ?

— Évidemment, mentit Boutin. Pour ça, je pourrais t'avoir des informations. On va savoir assez vite ce que vaut Fontaine. N'oublie pas qu'il leur a coûté des millions !

Le policier était assez fier d'avoir trouvé cet argument. Nadeau patienterait durant quelque temps, il constaterait que Fontaine n'allait plus voir sa femme à Tanguay et il oublierait ce projet. Et il le paierait durant quelques semaines pour avoir des prétendues informations. Ensuite ? On verrait. Il découvrirait bien un moyen de lui faire cracher son cash. Il était certain qu'il en gagnait beaucoup plus qu'il ne l'avouait. Nadeau était un cachottier, il l'avait toujours été. Il aurait pu découvrir ses secrets s'il l'avait voulu. Mais à quoi bon ? Ils n'allaient pas se faire chanter mutuellement… N'empêche, il le trouvait de plus en plus arrogant à chacun de ses retours du Mexique.

— Tiens, j'allais oublier, je t'ai rapporté un souvenir de Mexico.

Bernard Nadeau tirait une bouteille de tequila de son sac de voyage. Il la montra à Boutin avant de la remettre dans un sac de papier brun.

— J'espère que tu vas aimer ça.

— C'est gentil.

Combien de billets tapissaient le fond du sac ? Boutin finit son verre en trois gorgées. Il avait hâte de compter l'argent.

Bernard Nadeau ne s'était pas moqué de lui. Comment pourrait-il continuer à le satisfaire sans exécuter Fontaine ? Il ne devait pas céder à cette tentation. Pas à quelques années de la retraite. Tous les policiers enquêteraient sur ce meurtre ; Fontaine était auréolé de gloire depuis ses deux bons coups. Lui-même devrait faire semblant de vouloir venger sa mort. Ça n'avait aucun sens. Peut-être qu'il pourrait obtenir un peu plus d'argent de ses mignons protégés ? Même si Lucien Paquet l'avait payé ce mois-ci avec du retard. Paquet avait sous-entendu qu'il ne se soumettrait plus longtemps à son chantage, qu'il préférait révéler à son employeur qu'il était homo plutôt que continuer à être victime de son chantage. Ils disaient tous ça après quelques mois, ils tentaient de se révolter, puis ils se résignaient. Il n'était pas si gourmand que ça après tout. Dans ce type de business, c'était le volume qui était rentable. Depuis le temps qu'il arrêtait des tapettes sur la montagne ou dans le village, il avait un beau petit troupeau d'agneaux bien dociles. Ce n'était pas Paquet qui l'inquiétait. Il paierait. Il ne ferait pas comme l'autre travesti qui s'était suicidé.

— O.K., Boutin, concéda Nadeau, on va attendre un peu pour Fontaine. Mais c'est dans ton intérêt de nous débarrasser de lui. S'il a réussi à mettre au jour ce trafic d'héroïne, archi-organisé d'après ce qu'on lit dans les journaux, c'est qu'il est très bon dans sa job.

— Ou chanceux.

— Ou les deux. S'il continue à croire à l'innocence d'Irène, il va finir par trouver quelque chose.

— Tu t'inquiètes pour rien. Il sera bientôt promu, avec plus de responsabilités. Il n'aura plus le temps de fouiner. Ça fait deux ans que ça traîne, ta femme a été jugée et condamnée. Que veux-tu qu'il fasse de plus ?

— Je ne comprends pas qu'elle n'ait pas été transférée à Kingston. Avec cette sentence…

— Je ne sais pas pourquoi. Mais ils parlent de garder de plus en plus les francophones au Québec. En plus, vous avez un enfant.

— Ça m'écœure ! Elle aurait vraiment paniqué si elle s'était retrouvée en Ontario. Elle parle à peine quelques mots d'anglais. Tandis qu'à Tanguay elle a des amies, elle est habituée.

— Elle n'est quand même pas dans un camp de vacances, avança Boutin. Tu trouves qu'elle avait l'air heureuse quand tu l'as vue ?

Bernard Nadeau sourit, admit qu'Irène était désespérée lors de sa dernière visite. Elle avait maigri et ses joues étaient creuses, son regard éteint. Comme il aurait aimé lui révéler la vérité sur le meurtre de Bobby !... Le pourrait-il un jour ? Oui. Quand il serait débarrassé de Fontaine. Boutin était frileux sur ce coup-là. Mais peut-être avait-il raison de retarder cette exécution, l'arrestation de trois chefs de réseau de drogue avait fait la manchette des journaux. Cela, sans que le nom de Fontaine soit jamais écrit, mais Boutin avait dit qu'on avait fêté cette fameuse prise au poste de quartier où travaillait Fontaine. Avec du champagne ! Pourquoi ce Fontaine avait-il donc quitté Québec ? Pourquoi tournait-il autour d'Irène ? Il devait être amoureux d'elle même s'il savait que ça ne servait à rien, qu'elle était incarcérée pour plusieurs années. À moins qu'il déniche une preuve de son innocence... Elle serait libérée et elle lui tomberait dans les bras pour le remercier. Il serait le preux chevalier qui l'aurait délivrée de sa prison.

— On n'attendra pas indéfiniment, dit-il à Pierre Boutin.

— Tu vas voir qu'il va arrêter d'aller à Tanguay.

D'un ton assuré, Pierre Boutin déclara que Fontaine oublierait Irène.

chapitre 17

— Hostie ! Je peux pas croire que j'ai manqué le concert des Rolling Stones ! Ils repasseront peut-être jamais à Montréal. Ça m'écœure.

Jacky tapait sur les tables de la cafétéria en hurlant sa rage.

— Tu n'es pas obligée de tout casser, fit Lorraine. Reviens-en, ça fait deux mois.

— Toi, écrase, je t'ai rien demandé. C'est pas juste que j'aie manqué le show !

Ce qui n'est pas juste, c'est que Jacky ait eu une peine aussi courte. Elle a failli tuer sa voisine mais elle va sortir l'an prochain. C'est injuste, mais je suis contente qu'elle ne reste pas plus long-temps dans notre aile. Quoique... À force de chercher les pro-blèmes, elle aura des jours ajoutés à sa sentence. Elle est déséquili-brée. Elle s'énerve si on la regarde plus de dix secondes. Elle a battu Andrée parce qu'elle a pris sa place à la cafétéria. Sa place ? Son nom n'est pas écrit sur la chaise, ni sur la table. On a certaines habi-tudes, mais de là à taper sur quelqu'un parce qu'il s'est trompé de siège… Comment pouvait-elle le savoir ? Andrée vient juste d'arriver au A-2. Vol par effraction. Cinq ans. Elle est choquée. Comme moi l'an dernier. On n'a plus de repère. Les jours sont trop longs. Les nuits trop courtes. Les nuits sans cauchemars, évidemment. Les autres, on s'en passerait. Mais on ne contrôle pas nos rêves. On ne contrôle rien ici. Ni nos vies, ni nos nuits. Ni nos corps. Je note toujours la date de mes règles. Pour avoir des repères si elles s'arrêtent de nouveau. Ça nous arrive à toutes, d'être débalancées. Déséquilibrées. Jacky est la championne du déséquilibre. Une vraie folle. On va l'entendre encore treize mois. C'est ce qui est le pire, ici. Être obligées de vivre avec des gens qu'on n'a pas choisis. Vingt-quatre heures sur vingt-quatre. Tu ne peux pas les oublier, tu les entends, les vois, les sens. Toujours autour de toi. Jacky comme une grosse mouche bruyante dans notre aile. Pourquoi est-ce toujours Lorraine qui attrape la grippe et pas Jacky ? Une bonne extinction de voix, qu'on ait la paix durant quelques jours. Il n'y a qu'à l'église où Jacky est bien obligée de se taire. Ailleurs, on est forcées de l'endurer. Sauf au cours de couture ; Josée s'est tannée d'elle. C'est bien mieux maintenant qu'elle n'y vient plus. Si Bernard peut m'apporter le tissu que j'ai demandé, je vais fabriquer un costume de chat pour Jeanne. Elle pourra le porter la fin de semaine de l'halloween. J'imagine que les religieuses vont faire une petite fête pour les pensionnaires qui restent au Petit Couvent. Peut-être que Françoise pourrait aller porter des bonbons à Jeanne ? Bernard est en voyage au Mexique, il ne le saura pas. Il ne saura pas non plus que Françoise prend congé la semaine prochaine pour venir ici. J'ai hâte de lui donner le portrait que j'ai fait de Paul Newman ; elle l'aimait déjà quand on était à Cap-Rouge. Elle collectionnait ses photos. Il y a beaucoup de filles qui mettent des photos dans leur cellule. Moi, j'ai rangé celles de Jeanne. Ça me fait trop mal de les voir tout le temps. De me demander si elle a perdu une autre dent. De me dire que personne ne lui parlera de la fée des dents, que personne ne mettra d'argent sous son oreiller. Je ne sais même pas à quoi ressemble le dortoir où elle se couche.

— Eh, Irène ? Je te parle ! cria Jacky.

Irène se retourna lentement, inspirant profondément. Que lui voulait encore Jacky ?

— Tu pourrais dessiner Roger ?

— Roger ?

— Mon mari, voyons !

Irène secoua la tête, cherchant une justification à donner à son refus.

— Je ne peux pas. Mon avocat s'appelle Roger, et je suis ici à cause de lui. Les Roger ne m'inspirent pas. Et je ne veux pas commencer à faire les portraits des chums de toutes les filles de l'aile.

— Je ne suis pas « toutes les filles ».

— Je ne changerai pas d'idée.

— Tu vas le regretter ! gronda Jacky.

Irène haussa les épaules malgré sa lassitude ; elle devrait se méfier encore davantage de Jacky. Était-ce possible ? Elle la surveillait toujours du coin de l'œil, s'arrangeait pour être derrière elle ou loin d'elle dans la cour, dans la file d'attente à la cafétéria, à la chapelle. Il n'y avait qu'à la bibliothèque, où allait rarement Jacky, qu'Irène l'oubliait un peu. Est-ce qu'on lui confierait un jour un poste à la bibliothèque ? Elle avait une conduite irréprochable depuis son arrivée, ce qui étonnait Lorraine. Celle-ci avait été déjà deux fois en isolement pour s'en être prise physiquement à Jacky et à Melody. Qu'est-ce que ça lui avait rapporté ? Rien, songeait Irène. Du pouvoir, prétendait Lorraine : personne ne chercherait à l'ennuyer. Peut-être. Et peut-être pas. Jacky n'était pas du genre à encaisser des coups sans riposter. Et elle pourrait obtenir l'appui de Melody. « On verra bien », avait dit Lorraine en souriant. Comme si elle se moquait de cette menace. Ou qu'elle l'espérait ? Avait-elle besoin, elle aussi, de goûter à une certaine violence ?

— Mais oui. C'est toi qui es anormale, Irène. Pas un mot plus haut que l'autre. Toujours égale. Un jour, tu vas exploser... Étais-tu comme ça, dehors ? Calme, archi-calme ?

Irène n'avait pas su quoi répondre ; elle n'avait jamais eu

l'impression d'être posée. Elle était extrêmement tendue chaque fois qu'elle commençait à peindre. Elle éprouvait un sentiment paradoxal d'angoisse et d'excitation comme si elle grimpait sur un ring, comme si elle allait se battre avec la toile, les couleurs, les formes pour leur faire cracher leur sens. Combien de fois s'était-elle raisonnée pour relâcher la pression qu'elle exerçait sur un pinceau, le couteau ! Elle tenait le couteau si solidement.

Non, ne pas penser au couteau. Suis-je si calme ? Non. Lorraine se trompe. Je ne suis pas calme, je suis engourdie. Le calme suppose la paix. Et je n'ai pas la paix. Aucune forme de paix. Je respecte la routine, le règlement, parce que c'est moins compliqué que de s'y opposer. J'étais comme ça à Cap-Rouge. Ça ne me dérangeait pas d'obéir. La seule chose qui me dérange, c'est de ne pas voir Jeanne. La seule fois où j'ai été punie, c'est quand je n'ai pas voulu raccrocher le téléphone. J'aurais pu assommer Hélène Fournier avec le récepteur. C'est le regard de Lorraine, de l'autre côté de la vitre, qui m'en a empêchée. Peut-être qu'elle aurait dû détourner les yeux ? Peut-être que je devrais taper sur quelqu'un ? Que ça me ferait du bien ? Peut-être que mon engourdissement est plutôt une forme de paralysie qui attaque lentement les cellules de mon cerveau ? J'ai l'impression d'avoir des petits clapets dans la tête qui se referment un à un. Clic-clac. Ils se verrouillent tous les jours pour m'empêcher de vomir, de hurler, de tuer. Je sais que je n'ai pas tué Bobby, mais je sais maintenant que je pourrais tuer Jacky parce qu'elle parle trop fort. Ça prend des dizaines de clapets pour me permettre de garder le contrôle, comme les pelures d'un oignon qui sont efficaces parce que juxtaposées. Les clapets me protègent contre moi-même. Moi-même qui ne suis plus moi-même, qui ne sais plus qui je suis. Je sais seulement que je m'ennuie de Jeanne, de notre vie, de notre maison, de Bernard, même si je ne rêve jamais que je fais l'amour avec lui. Ni avec un autre homme d'ailleurs. Je dois être anormale pour n'avoir jamais envie d'un homme. J'ai eu le temps d'y penser dans ma cellule. On attend toute la journée que la nuit arrive pour se reposer du bruit constant, mais quand tout s'arrête, c'est le cerveau qui se met en route, la machine à remonter dans le temps. On revoit mille détails du passé. On se torture à se rappeler des moments heureux. Ou malheureux. Ça me donne quoi de penser à la mort de papa ? Ce n'est pas ça qui peut m'aider à vivre ici. Mais le souvenir de la naissance de Jeanne ne m'est pas d'un grand secours non plus. Ni mes souvenirs de liberté totale dans l'atelier, l'huile sur la toile, l'odeur forte, entêtante de l'huile, la luminosité de la couleur, sa verticalité parfois. Ici, tout est horizontal ; des couches de frustration empilées les unes sur les autres. On met un couvercle par-dessus, on les cache. On va au salon de coiffure pour changer de tête alors qu'on voudrait changer de vie. Mais les filles se maquillent pour rester elles-mêmes. Pour rester des femmes. Surtout quand elles ont des parloirs. Ou quand elles partent. Les femmes rêvent à des retrouvailles avec leurs maris à leur sortie, mais je ne pense pas que Bernard va vouloir encore de moi. Et Jeanne ne me connaîtra plus. On vit toutes avec l'espoir de sortir d'ici. Mais j'en ai vu qui paniquaient à la veille de leur libération. Il ne faut pas que je pense à ça. C'est trop loin. Il faut que je reste anesthésiée.

— Eh ? Irène Nadeau ?

Que lui voulait encore Jacky ?

— Tu te penses plus fine que nous autres ? Nos hommes sont pas assez beaux pour que tu les dessines ? C'est ça ? Madame est snob, on n'est pas assez bien pour elle. Mais t'apprendras qu'on est toutes pareilles ici ! C'est pas toi la meilleure, entends-tu ?

Irène se dirigea vers la porte sans regarder Jacky.

— Câlice ! Je te parle ! Es-tu sourde ? Je vais t'arranger ça. Je vais te taper sur la tête assez longtemps pour que tu deviennes sourde pour vrai. Puis je vais te crever les deux yeux. Comme ça, tu nous verras pas, tu vas être contente, hein ? Si on est trop laides pour toi, trop ordinaires, avec des maris trop pauvres. Mais le tien va te sacrer là, c'est sûr. Il ne va pas rester à t'attendre. C'est lui qui a le cash, pas toi. Puis un homme avec du cash, ça reste pas tout seul ben longtemps. As-tu pensé à ça, mon hostie de snob ?

J'y pense tous les jours. J'ai peur qu'une autre femme élève

Jeanne. Une femme qui ne l'aimerait pas. Ou qui l'aimerait trop. Ma fille va m'oublier. Je ne peux pas rester ici à ne rien faire pendant qu'elle m'oublie. Mais si je m'évade, je ne pourrai pas revoir Jeanne. Ils vont savoir que je voudrai la rejoindre, ils m'attendront pour m'attraper à ce moment-là. Ils me ramèneront ici pour plus longtemps encore. Jeanne apprend à lire et à compter sans moi. Je ne sais même pas les noms de ses maîtresses d'école, de sa meilleure amie. J'espère qu'elle a une meilleure amie. Il faut qu'elle ait une Françoise dans sa vie.

— Tu réponds pas ? Tu veux pas me parler ?

Irène s'arrêta, pivota sur elle-même et se rua sur Jacky avec une telle violence qu'elles tombèrent au sol, entraînant une table, des chaises dans leur chute, roulant sur elles-mêmes, Irène cherchant à étrangler Jacky, lui répétant qu'elle allait se taire une fois pour toutes. La soudaineté de l'attaque étonna autant les détenues que les gardiennes qui mirent quelques secondes à réagir, à se précipiter pour séparer les combattantes.

— Qu'est-ce qui s'est passé ?

— J'ai rien fait, gémit Jacky, c'est elle qui est folle !

— Irène ?

Irène tremblait de tous ses membres sans s'en apercevoir, stupéfaite d'avoir attaqué Jacky, d'avoir voulu l'étouffer. Elle sentait encore le corps de Jacky sous elle, la veine qui palpitait dans son cou, cette veine qu'elle voulait écraser, écraser jusqu'à ce que le corps de Jacky devienne mou sous elle. Elle se rappelait la force de ce corps, son poids, sa nervosité, sa vigueur, sa chaleur. Sa dureté. Les os de Jacky étaient très durs, elle avait touché les omoplates, le sternum, elle avait reçu un coup de genou sur la hanche. Elle devait avoir entendu le bruit que les os avaient fait en se heurtant, et pourtant elle ne s'en souvenait pas. Elle essayait de reprendre son souffle, mais elle continuait à haleter.

Comme une bête. Comme les huskies qui traversent des étendues glacées. Qui courent derrière un traîneau. Qui se fondent dans les nuits polaires. Mais non, les huskies dorment la nuit.

— Qu'est-ce que tu as à nous dire, Irène?

Irène essayait de retrouver une respiration normale sans y parvenir. Allait-elle haleter toute sa vie maintenant?

— Qu'est-ce qui s'est passé? redemanda Hélène Fournier en regardant les autres détenues, même si elle savait qu'aucune d'entre elles ne lui donnerait de précisions sur l'agression.

— C'est elle! cria Jacky. C'est une hostie de malade!

Hélène Fournier raffermit sa poigne sur les bras d'Irène.

— Je l'emmène en cellule pendant que tu calmes les autres, dit-elle à Louise Dubé. Et toi, Jacky, arrête de brailler.

Irène entendit Louise Dubé ordonner aux détenues de remettre de l'ordre dans la cafétéria avant d'aller chercher leurs plateaux.

— Est-ce que j'en prépare un pour Irène? demanda Andrée.

— Oublie donc Irène Nadeau, maudite niaiseuse, elle va pourrir au trou après ce qu'elle m'a fait! Je suis sûre que je vais rester marquée.

— Tais-toi, Jacky, fit Lorraine, tu n'es pas une martyre. On voudrait manger en paix. C'est le meilleur moment de ma journée, et tu es en train de me le gâcher.

— Calmez-vous, les filles, leur intima Louise. Vous n'allez pas recommencer...

Irène perdit la fin de la phrase, entraînée dans une autre aile par Hélène Fournier.

— Tu ferais mieux d'oublier ton souper. Tu ne réponds pas? T'as rien à me dire?

La porte de la cellule claqua derrière Irène qui s'écroula sur le lit trop dur. Elle se força à s'allonger, à déplier lentement ses membres tétanisés; quand allait-elle recommencer à respirer normalement? Elle était étourdie, manquait d'air, et les pulsations qui lui battaient les tempes étaient de plus en plus fortes, de plus en plus rapprochées. Son cerveau allait exploser. Ou son cœur. Le cœur allait lâcher en premier. Elle allait mourir sans revoir Jeanne. Elle voyait le visage de sa fille multiplié à l'infini, un kaléidoscope de petites filles blondes qui pleuraient. Elle ne devait pas mourir sans la revoir, sans lui demander pardon de ne pas avoir été une meilleure mère, pardon de l'avoir abandonnée. Elle n'avait plus de tempes, plus de pulsations, rien qu'un terrifiant vertige qui la plongeait dans la nuit en tournoyant à toute vitesse comme une essoreuse qui la viderait de son sang, de sa vie. Elle appuya sur le bouton d'alarme de toutes ses forces.

*   *   *

— Eh! Les filles? Savez-vous ce qui est arrivé? Léopold Dion a été battu à mort.

— Ça aurait dû arriver bien avant, fit Jacky. Ça leur a pris du temps pour le coincer. Après ce qu'il avait fait aux petits garçons. Moi, je lui aurais coupé les parties et je l'aurais laissé se vider comme un cochon.

— Est-ce qu'ils étaient plusieurs à fesser dessus?

— Je ne sais pas, dit Lorraine. J'ai seulement entendu Louise en parler à la grosse vache.

— Elle aussi, j'aimerais ça que quelqu'un la batte au sang, la grosse Fournier! Elle m'a ôté ma plus belle photo de Mike Brandt, parce qu'elle cachait le trou dans la porte. « Il faut qu'on puisse te voir tout le temps. » Mais elle a juste à ouvrir la porte, la *screw,* elle va me voir! Je n'avais pas d'autre place pour la mettre, la photo. Puis je suis certaine qu'elle l'a déchirée. Elle brise toutes nos affaires.

— Essaie de voir avec Josée, lui conseilla Irène. Peut-être qu'elle pourra la récupérer.

— Josée est en vacances, l'as-tu oublié? Elle est chanceuse. On n'a jamais de vacances, nous autres.

— Mais si tu te plains, tu vas te faire dire que tu n'es pas obligée de travailler. Qu'ici ce n'est pas comme à Kingston.

Qu'on fait ce qu'on veut. Et qu'en plus on est payées plus cher que les filles en Ontario.

— Pauvre Diane, elle doit trouver ça vraiment dur là-bas.

— Diane, c'est celle qui a tué son mari, qui était ici avant? demanda Jacky. C'est tout ce qu'elle mérite, de faire son temps là-bas. Tuer son mari! C'est grave en maudit!

— Tu ne sais rien d'elle, Jacky, fit Irène. Tais-toi donc.

— Cherche-moi pas, Irène Nadeau, ou tu vas me trouver! Mais peut-être que tu veux retourner au trou? Avais-tu aimé ça? Il paraît que t'as paniqué?

J'ai eu tellement peur de moi. Tu ne sais pas que je rêve souvent que je t'ai tuée. Que mes mains sont rouges de ton sang. J'ai peur de t'agresser encore. Et de paniquer. Je n'en ai pas parlé avec Bernard. Mais je l'ai écrit à Frédéric Fontaine. Peut-être qu'il va me répondre. Peut-être pas. Il fait peut-être partie de la CECO maintenant, on en parle à la télévision. Il n'aura plus le temps de venir ici. Comme Bernard, qui vient moins souvent. Et qui a toujours l'air d'avoir envie de me dire quelque chose et de le garder pour lui. Je sentais la même chose quand il est venu fin novembre. Ou début décembre? Qu'est-ce que ça change? L'hiver, le printemps, l'automne, l'été, les saisons passent toutes aussi lentement. Non, l'hiver c'est pire. À cause de Noël. À cause du jour de l'an. À cause de la Saint-Valentin. Mon procès devait avoir lieu à cette date-là. Ça n'a rien changé qu'il ait lieu plus tard. J'ai été condamnée. Personne ne m'a crue. Jacky a raconté mon histoire à la nouvelle qui vient d'arriver dans l'aile. Élise m'a dévisagée comme si elle voulait me poser une question. Mais elle doit avoir déjà été enfermée quelque part, parce qu'elle sait qu'il vaut mieux se taire que de trop parler. Quand est-ce que Jacky va comprendre ça?

— C'est pas vrai que t'as paniqué, Irène Nadeau? Dis-nous-le si c'est pas vrai! Pis dis-nous donc ce que tu tiens dans tes mains. On veut voir!

Irène regarda Jacky et lui sourit en tapotant la feuille de papier roulé qu'elle gardait coincée sous son bras.

299

— Tu m'avais demandé un portrait de ton mari, il y a quelques mois, t'en souviens-tu ?

Jacky fronça les sourcils, méfiante, le sourire d'Irène l'inquiétait.

— Mais c'est difficile quand on n'a pas le modèle sous les yeux. Alors j'ai préféré faire le tien. Pour que tu aies un beau souvenir de ton séjour ici. Comme tu pars à la fin de la semaine…

— Donne-moi ça ! ordonna Jacky.

— Je suis certaine que nos amies voudraient le voir avant.

Irène grimpa sur une chaise et déroula le portrait d'une Jacky caricaturée en bouledogue. Les détenues éclatèrent toutes de rire en même temps, ravies qu'Irène ait trouvé ce moyen pour humilier cette Jacky. Celle-ci tenta d'attraper Irène par les chevilles pour la faire tomber, mais Irène sautait déjà par terre en lançant le dessin vers Lorraine qui le saisit avant de le donner à Geneviève qui le passa à Germaine qui le tendit à Marie-Claude.

— C'est vraiment toi ! s'exclama cette dernière.

— Donnez-moi ça ! hurla Jacky.

— Promets-nous de l'encadrer et de le mettre à la place d'honneur quand tu retourneras chez vous.

Un bruit de clés avertit les prisonnières qu'une gardienne revenait dans la pièce.

— Qu'est-ce qui se passe ?

— Regarde, Josée, Irène a fait le portrait de Jacky.

Marie-Claude apporta le dessin à Josée, qui se mordit aussitôt les lèvres pour retenir un fou rire.

— Bon, ça suffit. Vous allez être en retard à l'atelier.

La surveillante roula le dessin pour éviter de le regarder de nouveau. Elle n'aurait pu s'empêcher d'éclater de rire. Elle était aussi soulagée que les détenues du départ de Jacky et espérait qu'elle ne reviendrait plus jamais à Tanguay.

— Donne-moi ce dessin-là, lui dit Jacky.

Josée jeta un coup d'œil à Irène, qui continuait à sourire. Elle tendit la feuille à Jacky qui s'empressa de la déchirer.

— Tu vas me payer ça, Irène Nadeau.

— À ta place, je me tiendrais tranquille, Jacky, avança Josée Gingras. Tu ne voudrais pas retarder ta sortie ?

Jacky cracha par terre sur le petit tas de papier et quitta la salle commune pour gagner sa cellule.

— Tu as un peu exagéré, Irène, fit remarquer la surveillante. C'était de la provocation.

— Je le sais.

— Mais ce portrait était très réussi. Tu pourrais être caricaturiste.

— Mon amie Françoise m'a déjà dit ça, mais je ne fais des portraits que pour plaire aux filles. Si je pouvais peindre…

Josée lui adressa un sourire navré ; l'huile et la térébenthine étaient des produits inflammables. Avec toutes les femmes qui fumaient dans l'aile, on ne pouvait prendre de tels risques.

— Tu comprends pour quelle raison tu ne…

Irène acquiesça ; elle avait trop souvent rêvé qu'un incendie détruisait Tanguay, qu'elle y brûlait vive sans avoir pu redire à Jeanne qu'elle l'aimait. Qu'elle n'avait jamais voulu l'abandonner. Et si elle était honnête avec elle-même, elle devait admettre qu'elle se plaignait de ne pouvoir peindre mais qu'elle appréhendait des retrouvailles avec les toiles, les pinceaux, l'huile, les brosses. Mais pas le couteau. Plus jamais de couteau. Il y avait si longtemps qu'elle n'avait respiré l'odeur forte de l'huile, si longtemps qu'elle n'avait esquissé de grands traits. La blancheur de la toile, ses dimensions lui sembleraient vertigineuses. Depuis que Frédéric Fontaine avait cessé de lui rendre visite, Irène n'avait plus aucune discussion sur l'art, aucun échange qui lui aurait permis de croire qu'elle avait un rôle à jouer dans cet univers. Les lettres de Frédéric Fontaine étaient laconiques et de moins en moins régulières. Elle avait pu répondre franchement à Bernard, quand il l'avait interrogée au cours de sa dernière visite, que l'enquêteur s'était lassé de son dossier depuis que son appel avait été rejeté.

— C'est mieux comme ça, Irène, avait dit Bernard. Tu ne trouvais pas étrange qu'il s'intéresse autant à toi ? J'ai toujours pensé qu'il cherchait à te faire avouer.

— Mais, au procès, il a tenté de démontrer…

— Avec quoi ? Des preuves qui ne valaient rien. Des détails insignifiants. Il a voulu se rendre intéressant.

— Ce n'est pas son genre.

— Qu'est-ce que tu en sais ? Tu ne le connais pas si bien. Non ?

Bernard l'avait dévisagée, elle avait haussé les épaules. Il n'allait pas lui faire une scène de jalousie alors qu'elle était enfermée entre ces murs de béton ? Elle avait failli lui dire qu'il était ridicule, s'était raisonnée, puis s'était tue.

— Reparle-moi plutôt de Jeanne. As-tu apporté son bulletin ?

— J'ai oublié. Mais elle avait deux étoiles dorées.

— Comment as-tu pu l'oublier ? Ce n'était pas bien difficile de le mettre dans ta valise !

— Je n'ai pas que ça dans la tête, Irène. Je suis en train de créer une nouvelle société. Qui rapportera gros, je l'espère. À sa majorité, Jeanne se retrouvera à la tête d'un business archipayant.

— Rien ne dit qu'elle aura envie de travailler dans le monde des affaires.

— Je la connais mieux que toi, avait-il rétorqué, la réduisant au silence.

Qu'aurait-elle pu répliquer alors qu'elle voyait si rarement leur fille ? Bernard lui avait souri avant de quitter le parloir, mais ce sourire était figé, sans chaleur, distrait. Même pas distant. La distance suppose une intention de bien montrer à l'autre qu'on le tient à l'écart. La distraction naît de l'indifférence.

Bernard. Frédéric. Indifférents dorénavant. Est-ce que Françoise me laissera tomber elle aussi ? Viendra-t-elle me voir durant les Fêtes comme elle me l'a promis ? De quoi parlerons-nous ? De nos vies si différentes que ça m'exaspère. Je suis de mauvaise foi ; je veux des nouvelles du dehors, mais quand on m'en donne, j'ai envie de bâillonner la messagère. Qu'elle se taise, qu'elle ne me dise pas tout ce que je rate. Je ne veux pas l'entendre se plaindre des tempêtes de neige, des rues impraticables, des clientes qui n'ont pas pu se rendre au salon. Je donnerais tout pour me promener sur les plaines d'Abraham en pleine tourmente, être bousculée par les vents, griffée par la poudrerie. Je me coucherais dans la neige et je ferais l'ange. Jeanne aimait tant ce jeu. Faire l'ange. Les anges n'ont pas de sexe. Pourquoi est-ce que ça ne m'intéresse pas plus ?

— Dépêchez-vous un peu, les filles, dit Josée Gingras. On n'a pas toute la nuit devant nous. Attention, Geneviève, tu as posé la fermeture éclair à l'envers.

Geneviève jura ; c'était trop long, faire une jupe. Elle froissa le vêtement et le jeta en boule dans un coin de l'atelier.

— De toute façon, peut-être que personne ne va me voir avec.

— Mais si, voyons. Tu vas avoir de la visite.

Et moi ? Est-ce que Bernard viendra avec Jeanne ? Il a dit qu'il aurait un cadeau pour moi.

*   *   *

La maison Tanguay paraissait encore plus isolée quand il neigeait, comme si les flocons tombaient en un rideau opaque autour de l'établissement, gommant les rues avoisinantes, les bruits quotidiens, la vie au dehors. Bernard Nadeau ralentit en quittant le périmètre de la maison, pencha la tête à l'extérieur de la voiture pour voir Tanguay une dernière fois, imaginer Irène se cognant la tête contre les murs de sa cellule. Il n'allait pas y retourner de sitôt ; sa tendre épouse ne voudrait certainement plus le rencontrer au parloir après ce qu'il lui avait dit.

Il avait goûté chaque instant de cette ultime visite. Chaque millième de seconde. Les yeux écarquillés d'Irène, sa bouche ouverte dans un cri qui ne sortait pas, ses narines qui palpitaient trop vite, son teint si pâle subitement. Irène était tellement bouleversée qu'elle perdrait peut-être la tête. Ce qui serait regrettable ; elle ne pourrait plus souffrir de ses révélations. Elle ne pourrait plus le maudire matin, midi et soir, ni se réveiller la nuit pour se répéter qu'elle avait eu tort de lui faire confiance.

Il appuya sur l'accélérateur ; il serait à l'aéroport avant une heure si les routes étaient correctement déblayées. Même s'il arrivait plus tard, quelle importance ? Il avait tout son temps. Lucile et Jeanne étaient déjà parties pour Miami où il avait loué une villa pour le temps des Fêtes. Il avait hésité avant d'offrir à Lucile de se joindre à eux pour ce séjour en Floride, mais il y avait vu deux avantages ; il n'aurait pas à chercher une gardienne pour Jeanne, à supporter une étrangère dans la villa, et il donnait l'image d'un homme qui cherchait à maintenir les liens familiaux. Sa femme était en prison, certes, mais il n'allait pas priver Jeanne de l'affection de sa grand-mère. Si Irène racontait ce qu'il lui avait dit plus tôt dans la journée, si elle cherchait à lui nuire, personne ne la croirait. Entre une détenue qui fabule et un homme respectable, qui entretient sa belle-mère pour le bien de son enfant, le juge trancherait rapidement. Irène serait peut-être internée. Serait-ce une bonne chose ? Il avait suggéré à Lucile d'emmener une amie avec elle, une femme de son âge qui aurait une petite-fille qui s'amuserait avec Jeanne. Elles s'occuperaient ensemble. La villa était si grande qu'il n'aurait pas à endurer leur bavardage. Elles passeraient leurs journées autour de la piscine tandis qu'il travaillerait de son côté. Il aurait bien voulu éviter ce séjour en Floride, mais il devait soigner son image de père idéal. Au retour, il trouverait une jeune gardienne bien docile pour s'occuper de Jeanne quand elle rentrerait du Petit Couvent. Il devrait bientôt songer à un nouveau pensionnat car on n'accueillait les fillettes à Loretteville que pour les trois premières années scolaires. Où enverrait-il Jeanne ? Au collège Jésus-Marie ? À Notre-Dame-de-Bellevue ? Juste avant Noël, il avait croisé chez Simon's Ginette Dumont, qui lui avait dit que Jacinthe travaillait très bien à Bellevue. Elle avait vieilli, Ginette. Comme Irène. Celle-ci gardait une allure juvénile, mais les traits de son visage s'étaient durcis en prison. Qu'était-il arrivé à Ginette Dumont ? Elle l'avait salué sans sourire, avait pris des nouvelles de Jeanne mais n'avait pas dit un mot à propos d'Irène. Et elle était restée très évasive quand Bernard s'était enquis de Ghislain. Oui, il aimait son travail au cabinet Asselin et Leclerc, non, il n'était pas encore associé.

Comme cet homme manquait d'ambition ! Bernard Nadeau se débrouillait très bien sans lui. Personne n'est irremplaçable.

Après avoir commandé un scotch au bar de l'aéroport, Nadeau repensa à sa chance, il y avait un bon Dieu pour les hommes entreprenants ! La seule erreur qu'il avait commise dans sa vie avait été d'épouser Irène Pouliot. Mais il l'avait bien punie de l'avoir trompé et il repenserait régulièrement, avec grand plaisir, au désespoir qu'il avait lu sur son visage. Dommage qu'il n'ait pas pu prendre alors des photos d'elle. Est-ce que l'objectif aurait pu capter l'effroi dans son regard ? La stupeur horrifiée ? Dire qu'il avait failli renoncer à la jouissance de lui révéler la machination dont elle était victime, mais Boutin lui avait appris que Frédéric Fontaine faisait maintenant partie de la commission d'enquête sur le crime organisé, qu'il avait beaucoup moins de temps à perdre avec Irène. Il en avait eu la confirmation par son contact à Tanguay.

— Ça fait un bon bout de temps que ta femme n'a pas eu de visite de Fontaine. Hélène Fournier dit qu'ils ne s'écrivent quasiment plus. Fontaine a classé ce dossier-là. Il paraît qu'il va travailler pour la CECO.

— Es-tu sûr de ce que tu dis ?

— Il y a cinquante gars qui ont été engagés, ça ne se peut pas que Fontaine ne soit pas dans le lot, il enquête déjà sur la mafia.

C'est gros la CECO, tu vas en entendre parler dans les journaux. On n'a jamais mené une opération comme celle-là avant... Les trois procureurs vont avoir des pouvoirs immenses. Je n'aime pas trop ça.

— Ils pourraient découvrir quelque chose sur toi ?

— Non. Rien. Des niaiseries. J'ai fermé les yeux quelques fois. Mais j'ai toujours été très prudent, ils ne pourront pas établir des liens entre moi et les gars de...

— En es-tu certain ?

Pierre Boutin avait secoué énergiquement la tête, souri à Nadeau ; il n'avait pas à s'inquiéter.

Alors, pourquoi Bernard y repensait-il maintenant, dans cet aéroport où des vacanciers plaisantaient entre eux en commandant des margaritas et des *rhum and coke* ? Pourquoi devait-il songer à Boutin, gâcher son plaisir au lieu de voir et revoir encore le visage défait d'Irène ? Une Irène qui ne pouvait même plus compter sur Frédéric Fontaine. Ce sont les informations de Boutin au sujet de Fontaine qui avaient décidé Bernard Nadeau à tout révéler à Irène. S'il avait fait part de ses intentions à Boutin, celui-ci lui aurait certainement dit de se taire, qu'il était fou de jouer avec le feu, mais Nadeau ne pouvait renoncer à parfaire sa vengeance, à anéantir totalement Irène. Elle était encore trop digne quand il la rencontrait à Tanguay. Elle avait vieilli, oui, mais elle se tenait toujours droite, comme si elle faisait du ballet entre les quatre murs de sa cellule. Elle ne changeait d'attitude qu'en entendant le nom de Jeanne. Son assurance se diluait alors, le masque s'ébréchait. Mais elle continuait pourtant à dessiner dans ses petits carnets pour leur fille, refusait de renoncer à elle, exigeait qu'il la lui amène. Et lui demandait même d'apporter des coffrets d'aquarelle. Elle n'avait pas cessé de s'intéresser à son art. Son Art !

Est-ce qu'elle aurait encore envie de gribouiller maintenant ? Elle avait toujours la bouche ouverte en quittant le parloir, mais il avait eu le temps de voir qu'elle s'était griffé les mains jusqu'au sang. Elle s'attaquerait peut-être à son visage ensuite ? À quoi pensait-elle dans sa petite cellule ? Qu'est-ce qui l'atteignait le plus ? Qu'il ait organisé le crime ou qu'il ait cherché avec tant de minutie l'avocat qui perdrait leur procès ? Il lui avait tout raconté. Tout. Mais elle n'aurait jamais aucune preuve. Personne ne l'avait crue quand elle disait qu'elle était innocente, sauf Frédéric Fontaine, et ce dernier ne s'intéressait plus à elle depuis des semaines. Il s'était découragé de n'arriver à rien. Bernard était enfin débarrassé de Fontaine. Même si Irène criait au monde entier que son mari l'avait trahie, personne ne l'écouterait ; les prisons étaient remplies de femmes qui clamaient leur innocence.

Nadeau sirota son scotch, hésitant à en commander un second. Et s'il mangeait ? Oui, il avait faim. Et même grand-faim subitement. Le bonheur ouvre l'appétit.

Que mangerait Irène à Tanguay ? Serait-elle capable d'avaler une bouchée ou se laisserait-elle mourir d'inanition ?

Elle allait d'abord digérer ce qu'il lui avait dit.

Est-ce qu'il pourrait avaler un steak au restaurant de l'aéroport ? Il avait envie d'un beau morceau de viande bien cuite, avec des patates. Et une bière. Il se leva, attrapa son manteau, sa mallette. Elle était lourde des carnets qu'Irène avait dessinés pour Jeanne. Elle les oublierait vite. Elle oublierait Irène. Comme lui devait le faire maintenant qu'il avait bouclé la dernière boucle. Ou le nœud. Un joli nœud qui étranglerait Irène aussi sûrement que la corde d'un bourreau.

chapitre 18

1973

— Irène pleure encore ? demanda Lorraine à Marie-Claude.

— Depuis qu'on a annoncé la mort de Picasso à la télévision. Elle ne le connaissait même pas ! Ils ont montré des peintures qu'il avait faites ; penses-tu qu'Irène aime ça pour vrai ?

Lorraine soupira ; Irène avait poussé un tel hurlement lors du bulletin de nouvelles ! Elle s'était ensuite recroquevillée sur elle-même en tremblant. Comment la mort d'une célébrité — fût-elle un peintre — pouvait-elle à ce point atteindre sa compagne ? Irène avait tellement changé depuis Noël que Josée Gingras avait même oublié sa règle de conduite et avait discuté de son cas avec Lorraine.

— On aurait dit qu'elle avait vu un fantôme quand elle est revenue de son parloir. Elle était blême comme un drap. Je lui ai demandé ce qui s'était passé, mais elle ne m'entendait même pas.

— Elle est comme ça avec tout le monde. On dirait qu'elle-même est un fantôme. Qu'est-ce que son mari lui a dit ? Vous le sauriez s'il était arrivé quelque chose à Jeanne ?

— Non, non, ce n'est pas leur fille. Il demande le divorce.

— Le divorce ?

— Oui. Mais ce n'est pas seulement ça. Quand les femmes apprennent ce genre de nouvelles, elles pleurent, elles se fâchent, elles crient. N'importe quoi, mais elles réagissent. Irène est apathique. Je veux savoir pourquoi, il faut que tu l'apprennes, Lorraine.

— Mais je l'ai interrogée plusieurs fois. Elle ne dit rien. Elle me regarde fixement sans dire un mot, comme si elle était gelée, mais je sais qu'elle ne prend rien. Vous aussi, d'ailleurs. Il faudrait qu'il se passe quelque chose pour la sortir de cet état-là !

Lorraine n'aurait jamais pu deviner que c'était la mort de Picasso qui secouerait Irène, ferait sauter ses défenses, comme un raz-de-marée emportant tout sur son passage, rasant tout, laissant une terre dévastée derrière lui, une Irène anéantie, incapable d'ériger de nouvelles digues dans son esprit pour se protéger d'une trop grande douleur. Elle ne savait plus que pleurer, pleurer et pleurer encore la trahison de Bernard, sans parvenir à chasser la lucidité nouvelle qui lui révélait qu'elle avait perdu Jeanne. Que son mari l'avait sûrement déjà dressée contre elle. Qu'il ne lui avait pas remis les derniers carnets. Qu'il les avait jetés avec les autres. Toutes ces preuves simples mais si sincères de son amour pour elle. Bernard avait pensé à tout pour la détruire. Elle ne se souvenait pas d'avoir parlé quand il lui racontait ses machinations. Qu'aurait-elle dit ? Il l'avait fait suivre durant des années et il croyait pourtant qu'elle l'avait trompé. Parce qu'il voulait y croire.

Et c'était à ce déséquilibré qu'était confiée Jeanne. Irène fut secouée par un profond sanglot, eut un haut-le-cœur, des sueurs, puis des frissons. Elle aurait voulu vomir Bernard. Se vomir elle-même pour avoir été assez sotte pour l'épouser. Pourquoi n'avait-elle pas compris tout de suite qu'il était fou ? Elle avait rêvé à une certaine indépendance, elle avait même pensé devenir coiffeuse pour gagner sa vie, mais Bernard lui avait offert la facilité, une existence luxueuse et la possibilité, ainsi, de suivre des cours aux

Beaux-Arts. Elle avait vendu son âme au diable sans même s'en rendre compte. Si elle avait eu le courage de Françoise, elle aurait refusé la vie dorée, la vie facile. Françoise qui viendrait à la fin du mois. Françoise à qui elle tairait ce que Bernard avait fait. Françoise pourrait être en danger si elle en savait trop. Non, Bernard était tellement pervers qu'Irène devait la mettre en garde… Elle devait se protéger. Il avait mentionné Guylaine dans son récit, avait parlé d'elle comme d'une traîtresse qui avait bien mérité sa punition. S'il fallait qu'il arrive quelque chose à Françoise… Non ! Elle en parlerait à Frédéric. Pas à Françoise. Irène se remit à pleurer ; elle avait beau se répéter que Bernard ne pouvait avoir une mort de plus dans son entourage, elle avait peur.

— Irène ! Irène ! Qu'est-ce qui se passe ? Ça ne peut pas être seulement la mort de Picasso qui te fait autant de peine, voyons !

Lorraine était entrée dans la cellule d'Irène, elle s'était assise près d'elle. Elle ne la toucherait pas. Elle n'aimait pas toucher les gens. Mais Irène sentirait qu'elle s'inquiétait vraiment pour elle.

— Il faut que tu me dises ce qui se passe ! Je ne partirai pas tant que je ne saurai pas pourquoi tu pleures. Tu sais que c'est moi, la boss, ici. Tu me connais depuis cinq ans !

Irène leva la tête, surprise par le ton ferme de Lorraine.

Oui, tu es la patronne dans l'aile. Les filles te respectent. Ou te craignent. Elles savent que tu as beaucoup d'amis à l'extérieur. Que tu n'as pas donné un seul nom quand la police t'a interrogée. Que tu sais tout ce qui rentre à Tanguay, qui prend de la dope, quoi, quand, pourquoi, qui fait de la broue. On n'en a jamais parlé ensemble. On ne parle pas des raisons qui nous ont amenées dans l'aile A-2 nord. Tu m'as seulement entendue dire que j'étais innocente. Avant mon procès. Après la sentence. Mais tu en doutes. Je te comprends, j'ai douté moi-même. J'ai pensé que j'avais peut-être eu un éclair de folie et que j'avais tué Bobby, comme tout le monde le disait. J'ai maintenant la preuve que je ne suis pas folle.

Et cette preuve me rend folle.

— Je pense que Diane a eu un meilleur mari que moi.

— Diane ? Diane qui est à Kingston ? Es-tu folle ?

— Peut-être. Je l'espère. C'est ce qui pourrait m'arriver de mieux. Perdre la tête.

— Voyons donc ! Diane avait tellement peur que Daniel la tue qu'elle s'arrangeait toujours pour qu'il la batte dans le salon ou dans leur chambre. Pas dans la cuisine à cause des couteaux. Comment peux-tu dire ça ?

Irène soupira. Oui. Lorraine avait raison, personne ne pouvait envier Diane. Mais Daniel n'était pas hypocrite.

— Hypocrite ? Mais il l'était ! Les gens pensaient que c'était un bon gars, mais il frappait Diane quand ils étaient seuls. Souviens-toi ! Il la battait sous les pieds pour qu'on ne voie pas les marques. Ça prend un vrai vicieux pour faire ça. La seule erreur qu'elle a commise, c'est de ne pas avoir tiré dessus avant.

— Ou de l'avoir épousé. Comme moi avec Bernard.

Un goût de pourriture faisait grimacer Irène chaque fois qu'elle prononçait le nom de Bernard. Des relents de mort, les cadavres de ses illusions, décomposés, puants, prégnants, tapissant son palais, sa gorge, jusqu'à l'étouffer. Elle aurait voulu cracher cette pâte gluante qui collait à ses gencives, qui obstruait ses narines, bouchait ses yeux, scellait son existence.

— Envoye, crache le morceau, Irène Nadeau.

— C'est le diable. J'ai épousé Satan, Lorraine.

Lorraine agrandit les yeux ; Irène était-elle frappée de délire mystique ? Il y avait eu une fille dans l'aile B-1 nord qui parlait tout le temps de l'Apocalypse. Elle n'était pas restée longtemps, heureusement, car ses propos terrifiaient les détenues, même si elles tentaient de se raisonner.

— Le diable, Lorraine. Il a tout organisé. Je n'ai rien vu. Et j'ai perdu ma fille à cause de mon aveuglement.

Lorraine écouta Irène avec un sentiment d'irréalité. Dans le milieu où elle avait évolué avant d'être incarcérée, les hommes étaient durs, cruels, souvent injustes, machos, menteurs et malhonnêtes, ils pouvaient tuer une femme qui les trompait, mais n'auraient jamais imaginé un scénario aussi tordu que celui de Nadeau.

Au bout d'une heure, Irène se tut, éprouvant une subite envie de dormir.

— Je suis épuisée, s'étonna-t-elle. J'ai l'impression que je n'ai pas dormi depuis des semaines.

Lorraine sourit à Irène ; pour la première fois depuis Noël, elle réentendait la vraie voix d'Irène. Peut-être plus dure, plus sèche, mais qui n'avait rien de commun avec la voix effroyablement atone des dernières semaines. Elle retrouvait le regard d'Irène, vacillant mais vivant de nouveau. Son amie revenait d'outre-tombe. Et elle ne devait pas y retourner...

— Dors, Irène. On reparlera de tout ça.

— Personne ne doit savoir. Je me sens tellement... humiliée. Comme si je découvrais qu'on m'avait violée durant mon sommeil. Je vis un cauchemar depuis des années et je découvre que ce n'est pas le pire. Je ne sais pas quoi faire, Lorraine. J'ai l'impression que ma peau rétrécit sur moi, que mes vaisseaux s'écrasent pour empêcher le sang de circuler, ça m'étourdit.

— Penche-toi la tête entre les deux jambes. Respire lentement. C'est une crise de panique. Et c'est moins inquiétant de savoir qu'on panique que de penser qu'on fait une crise cardiaque et qu'on va mourir.

Irène obéit et prit de longues inspirations.

— Comment sais-tu tout ça ? Je ne t'ai jamais vue paniquer.

— Mon frère était claustrophobe. Il blêmissait dans les ascenseurs. Dans les toilettes ; il n'y allait jamais dans les restaurants de peur de rester coincé à l'intérieur. Chez nous, il prenait sa douche parce que c'était plus rapide qu'un bain.

— Il a guéri ?

— Il s'est tiré une balle dans la bouche. C'est radical. Tu ne peux pas laisser ton mari s'en tirer comme ça, déclara Lorraine avant de quitter la cellule d'Irène. Dors, on va chercher une solution demain.

Une solution? À part le décès naturel de Bernard, il n'y a aucune autre issue au scénario qu'il a écrit pour moi. Et même s'il mourait paisiblement dans son sommeil, il se trouverait bien quelqu'un pour dire que c'est moi qui l'ai tué. Mais il ne mourrait pas en dormant parce que le diable n'a pas besoin de dormir. Jamais.

*   *   *

— Pourquoi tu n'en parles pas à Frédéric Fontaine? demanda Lorraine à Irène.

— Il n'a pas répondu à mes dernières lettres. Il ne s'intéresse plus du tout à mon affaire. Il doit trouver qu'il a perdu assez de temps avec moi. Et depuis qu'il est enquêteur à la CECO, il a autre chose à faire.

— À la CECO? Comment sais-tu ça?

Irène haussa les épaules. Quelle importance? Frédéric Fontaine avait cessé de venir à Tanguay.

Lorraine insista : Irène était-elle certaine que Fontaine faisait partie de la CECO? Irène observa sa compagne; s'imaginait-elle que Frédéric mènerait une enquête contre son Matteo?

J'ai toujours dit que Frédéric Fontaine est tenace, persévérant. Qu'il a tout fait pour prouver mon innocence. Elle a peur qu'il arrête Matteo.

— C'est Bernard qui m'a dit ça quand… avec tout le reste. Pour m'écraser encore plus. « Tu n'as plus personne pour te protéger. Même ton fameux Frédéric Fontaine est trop occupé avec la CECO pour se souvenir de toi. » Et je…

Comment Bernard était-il au courant des nouvelles activités de Fontaine? Il lui avait menti pour la décourager. Il ne pouvait pas savoir si Frédéric faisait partie ou non de la CECO. Les noms des cinquante enquêteurs recrutés par la Commission n'avaient pas été publiés dans les journaux! Mais elle avait cru Bernard quand il lui avait dit ça.

313

— Il m'a raconté n'importe quoi !

— Non, ça se peut que Fontaine travaille pour la CECO.

— Même s'il revenait me voir, il ne m'en parlerait pas, voyons ! Je sais bien comment il est…

Non. C'est faux. Qu'est-ce que je sais de lui ? Qu'il aime Sonia Delaunay et Norman Rockwell, qu'il vient de Québec, qu'il doit avoir trente-sept, trente-huit ans. Je ne sais même pas son âge. Je ne lui posais jamais de questions sur lui. J'aurais peut-être dû.

— Je me demande s'il va y avoir des femmes qui vont être condamnées à cause de l'enquête de la CECO, fit Lorraine. Elles viendront peut-être ici. Il paraît qu'on va nous envoyer maintenant des longues peines. Ça va faire du bien de ne pas être seulement avec des filles qui restent juste quelques mois et qui se plaignent pour rien tout le temps qu'elles sont ici. Marie-Claude me tape sur les nerfs, je ne peux plus l'entendre !

— Ces détenues-là vont peut-être être plus…

— Plus quoi, Irène Nadeau ? « Plus pires » que nous ? C'est ça que tu penses ? Plus pires comme Diane ? Comme toi ? Comme moi avec mon trafic de dope ? Je portais un paquet pour un chum. Il était rentré du bar plus tôt ce soir-là, il était fiévreux. Il voulait ressortir pour livrer un paquet. Je lui ai dit qu'il devait rester à l'appartement. Mais il s'obstinait à porter le maudit paquet au centre-ville. J'ai dit : « O.K. Je vais y aller à ta place. Ça va me prendre une demi-heure aller-retour. » J'ai pris pas mal plus de temps que je pensais… J'ai joué avec le feu. Je savais bien qu'on était surveillés. Mais j'ai voulu me montrer plus forte que la police pour épater Matteo. Tu parles d'une bonne idée !

— C'est lui qui devrait être en dedans, pas toi.

— Il ne m'a pas forcée à partir avec la dope.

— Il fallait qu'il *deale* gros pour qu'on enquête sur lui.

— C'est sûr qu'il avait beaucoup d'argent. Personne ne m'avait jamais gâtée avant lui.

— Tu l'aimes encore.

— Il m'aime encore. Mais j'ai toujours peur qu'il se fasse

arrêter. Puis avec la CECO… Je rêve qu'il rentre à Bordeaux au moment où je sors de Tanguay et qu'on continue toujours à se voir au parloir, à travers une vitre. Qu'on est des poissons dans un aquarium. Matteo s'imagine qu'il est un requin, mais il se trompe. Il vient me voir ici, mais quand il rentre chez nous, il oublie ce que c'est d'être enfermé entre quatre murs. Avec le même monde. Il n'a pas assez peur que ça lui arrive. Je ne sais pas ce que ça prendrait pour qu'il comprenne.

— Qu'il prenne ta place.

— Il y a des chances que ça arrive.

— C'est bête, la vie : tu as peur que ton Matteo aille en prison, et moi, je ferais n'importe quoi pour envoyer Bernard à Bordeaux, à Saint-Vincent-de-Paul, à Kingston pour le restant de ses jours, mais je n'ai aucune chance qu'il se mette à vendre de la dope.

— C'est pourtant sûr et certain qu'il est malhonnête ; il doit avoir fourré d'autres personnes que toi. Dans son business… Mais tu ne peux pas faire grand-chose ici. Ça te prendrait du cash pour payer un détective qui te renseignerait sur Bernard.

— Et probablement qu'il s'en apercevrait, lui… Moi, je ne me suis jamais méfiée. Ça me glace de savoir qu'on m'a épiée pendant des années sans que je le sache. Il faut vraiment être innocente…

— Tu avais dix-huit ans. L'amour rend aveugle.

— Non, toi, tu aimes Matteo. Je n'ai même pas cette excuse-là.

Lorraine haussa les épaules, tira une cigarette de son paquet, l'alluma. Elles devaient changer de sujet.

— Sinon, c'est trop démoralisant. On a manqué de jugement. On paye pour.

— J'ai envie de tuer ! Si j'avais Bernard en face de moi, je…

— Ne dis pas ça trop fort. Écris plutôt à Frédéric Fontaine.

— Tu sais ce qu'il va me répondre ? Que je n'ai aucune preuve de ce que j'avance.

— Écris-lui quand même. Il n'est pas venu te voir si souvent sans raison. Je t'ai toujours dit que tu le fascines.

— Ça n'a pas de sens, Lorraine. Comment veux-tu qu'un homme s'intéresse à moi en sachant que je suis ici pour des années ?

— Il est pourtant venu à Tanguay pendant des mois. Il devait avoir un motif…

— Mais moi, je ne m'intéresse pas à lui.

— Ça ne te manque pas, un homme ?

Irène haussa les épaules.

— Ce n'est pas le souvenir de Bernard qui peut me rendre nostalgique. En cinq minutes, tout était réglé.

Denise, qui s'était approchée d'elles, intervint.

— Je connais ça, les lapins. Il faut tout le temps qu'on les rassure, mais c'est le genre de clients que j'aime. J'en ai un, dehors, que je vois tous les lundis. J'ai juste à le toucher un peu, il vient aussi vite. Il me parle tout le temps de sa femme, il pense qu'elle le trompe. Je sais pas quoi répondre ; moi, si j'avais un gars qui jouit trop vite, ça me dérangerait pas. Pour autant qu'il soit fin avec moi, j'ai pas besoin d'être au septième ciel ! Je ne comprends pas les filles qui se lamentent parce qu'elles n'ont pas d'hommes. Moi, je suis en *break* icitte. Nourrie, logée. Pis mon tricot avance. Regardez !

Denise déroulait le dos d'un chandail rayé noir et blanc, l'étirait pour le montrer à Irène et à Lorraine.

— Ensuite, je vais faire les manches. Ça va être plus difficile parce qu'il y a des motifs. C'est des grosses coccinelles. Mais Louise va m'aider. Hein, Louise ?

Tandis que Denise rejoignait la surveillante, Irène leva les yeux au ciel.

— Elle tricote un chandail rayé comme celui des prisonniers dans les films !

— Il y a des coccinelles, ça porte bonheur. Je l'aime bien, Denise. Elle est reposante.

— Oui. J'aimerais lui ressembler. Elle est bien la seule que ça ne dérange pas d'être enfermée. Elle vient ici, elle repart, puis elle est de retour, presque détendue. Comme si elle arrivait dans un chalet.

Lorraine dévisagea Irène, éclata de rire. Un chalet ! Tanguay n'était certainement pas une oasis de détente.

— Je n'ai jamais eu, ça, moi, un chalet. On devait en acheter un avec Matteo mais on n'a pas eu le temps. Toi ?

— Non, mais on avait une piscine dans notre cour.

— Tu as dû en profiter, tu ne savais pas que tu vivais avec un fou !

— Je ne savais pas que je vivais.

Je vivais sans le savoir, et maintenant je sais que je ne vis plus. Tout est au ralenti. Est-ce que mon père a vu toute sa vie défiler quand il a plongé dans la carrière ? J'espère qu'il a fait une crise cardiaque, une crise de peur en sentant qu'il basculait dans le vide, une crise qui lui aurait évité de sentir ses os broyés par la ferraille, ses organes éclater, son cerveau se pulvériser. Le cercueil n'était pas fermé pour rien. Combien de temps papa a-t-il souffert avant que la voiture explose ? Qu'est-ce qui restait au juste dans le cercueil ? Qu'est-ce qu'on mettra dans le mien ?

— Tu vas revenir à l'atelier, maintenant ? demanda Lorraine.

— Rester dans ma cellule ne changera rien.

— Tu peux aussi écrire à Frédéric Fontaine.

— Tu es têtue, Lorraine Roy !

— C'est ce que les bœufs ont dit quand ils m'ont interrogée.

— En savais-tu aussi long qu'ils le pensaient ?

Lorraine haussa les épaules. Quelle importance ?

— Excuse-moi, je n'aurais pas dû te demander ça.

Ne pas poser de questions. Surtout pas à Lorraine. Je ne dois pas savoir ce qu'elle sait. Si jamais il y avait un problème, elle penserait que j'ai tout répété à Frédéric Fontaine. Et pourtant, elle me dit de lui écrire.

*   *   *

Même si la neige avait disparu depuis longtemps, les rues étaient encore poussiéreuses, mais la lumière du printemps qui caressait les jeunes pousses des arbres détournait les regards du sol, forçait le passant à remarquer les éclats céladon qui se multipliaient de jour en jour sur les branches des ormes, des érables, des tilleuls. Dans moins d'un mois, les feuilles auraient atteint la taille qu'elles conserveraient tout l'été et Fila ne distinguerait plus si aisément les écureuils quand ils lui échappaient en grimpant dans un arbre. Dans un mois, le gazon serait vert dans la cour de Tanguay. Est-ce qu'Irène Nadeau s'assoirait par terre avec deux ou trois amies pour bavarder ? Est-ce que le mot bavarder convenait à une prison ? Bavarder suppose une certaine légèreté, on parle de tout et de rien, sans vraiment penser aux conséquences. Irène devait savoir maintenant qu'il y a des mots qui acquièrent du poids en prison. Un degré de dangerosité. Mais elle avait pu parler de son mari à une codétenue sans savoir si elles étaient réellement amies ou simplement compagnes d'infortune. Est-ce que la nuance est si importante ? Amies, compagnes. Mais oui, Fontaine avait des collègues, mais un seul ami : Chartier. Et sa femme. Et Fila. Est-ce qu'il devait considérer sa chienne comme une amie ? Il lui avait dit ce qu'il n'avait dit à personne, Fila ne répéterait pas qu'il avait frémi en reconnaissant l'écriture d'Irène Nadeau sur une enveloppe blanche, qu'il avait caché cette enveloppe dans le tiroir de sa table de chevet, qu'il ne voulait pas que Julie la voie, qu'elle lui pose des questions sur cette lettre.

Depuis combien de semaines n'avait-il pas écrit ou téléphoné à Irène ? Depuis qu'il avait rencontré Julie. Il y avait une tempête ce soir-là. Il était sorti pour promener Fila et riait de la voir jouer dans la neige. Il avait l'impression que le parc Lafontaine leur appartenait. Mais Julie avait surgi, courant pour rattraper son dalmatien. Celui-ci s'était arrêté en face de Fila. Plus tard, les maîtres avaient bu un café rue Mont-Royal. Il neigeait aussi cette nuit-là.

Est-ce que cette histoire avec Julie était une histoire d'hiver, ou vivrait-elle aussi un printemps, un été, un automne ?

Il l'avait espéré jusqu'à ce que la lettre d'Irène arrive par le courrier. Il l'avait lue plusieurs fois. Irène écrivait qu'elle avait besoin de lui.

Mais lui n'avait pas besoin d'elle dans sa vie. Bien au contraire. Il avait besoin d'une femme comme Julie, simple, gentille, joyeuse, qui s'entendait avec Jocelyn et Murielle, qui venait d'une famille normale. Avec une vie normale.

Que voulait donc lui dire Irène ? Elle faisait allusion à un nouvel élément. Quel élément pourrait modifier les règles ? L'appel avait été rejeté. Il aurait fallu que le vrai coupable se dénonce pour qu'elle soit libérée ; c'était impossible qu'elle ait appris le nom de l'assassin. Alors ? Qu'avait-elle à lui raconter ? Se pouvait-il qu'il lui manque ?

La chienne jappa et courut derrière une mouette qui se posait au bord du bassin. L'oiseau s'envola sans précipitation pour se reposer cinq mètres plus loin. Rien ne semblait effrayer les mouettes, elles régnaient sur le ciel de Montréal avec une assurance teintée d'arrogance. La ville leur appartenait chaque jour davantage, et la multiplication des aires de restauration rapide les confortait dans leur puissance. Elles planaient au-dessus du fleuve pour se distraire, car elles trouvaient toujours à manger, où que ce soit, dans la métropole. Et ce n'étaient pas les chiens ni les hommes qui les inquiétaient. Elles devaient même se poser parfois dans les cours des prisons. Est-ce qu'Irène les dessinait pour sa fille ? Voyait-elle sa fille plus souvent maintenant ? Ou moins ? Avait-elle changé durant l'hiver ? Elle lui répondrait que c'était toujours l'hiver, même en plein mois de juin, à Tanguay. Elle dirait qu'elle peindrait un jour son âme gelée.

Mais non ! Elle ne dirait rien de tout ça. Il n'entendrait rien. Il n'irait pas là-bas.

Il siffla, Fila se précipita vers lui, se colla contre ses jambes.

— Attention, tu vas me faire tomber. Allez, on rentre à la maison.

Pourquoi disait-on la « maison » Tanguay ? Aucune détenue ne pouvait croire qu'une prison était une maison. Qui pouvait goûter cette douteuse ironie ? Bernard Nadeau, peut-être, s'il s'était arrêté à y penser.

*   *   *

— Pensez-vous qu'ils le libéreront de nouveau ? demanda Irène à Frédéric Fontaine. Il devrait être en train d'aider des femmes au lieu de moisir à Parthenais !

— Le cas du docteur Morgentaler est compliqué.

— Évidemment, ce sont des hommes qui font les lois.

— Il y a de plus en plus d'avocates, de femmes juristes.

— J'aurais eu peut-être plus de chance avec une femme. Mais Bernard avait soigneusement choisi maître Couture. Il avait pensé à tout.

— C'était pourtant risqué ; Couture aurait pu réagir, tenter de redevenir le ténor du barreau qu'il était...

— Bernard n'a jamais connu d'échec, Frédéric. C'est le diable ! Il réussit dans tout ce qu'il entreprend. Qu'il s'agisse d'implanter une usine d'équipements sportifs ou de m'anéantir. Vous le savez, maintenant. Qu'est-ce que je peux faire ?

Frédéric Fontaine soupira ; que devait-il répondre ?

— Je ne sais pas.

— O.K. J'ai compris ; vous ne voulez pas m'aider.

Elle se levait déjà derrière la vitre, le visage dur, fermé, de nouveau farouche. Elle lui parut encore plus belle.

— Attendez ! Pourquoi pensez-vous que j'ai enquêté durant tout ce temps sur votre affaire ? Vous êtes injuste ! J'avais deviné que votre mari...

Irène se rassit lentement en dévisageant le policier. Il savait que Bernard était derrière toute cette horreur et il ne lui avait rien dit ? Elle avait subitement très chaud. Ou froid. Et envie de sauter à la gorge de cet homme qui secouait la tête, qui commençait déjà à lui expliquer qu'il n'avait pas pu lui faire part de ses soupçons.

— Je n'avais aucune preuve, Irène. J'ai cherché partout. Je suis allé plusieurs fois à Québec. J'ai suivi votre mari, interrogé ses relations. Tout ça, sans en parler à mon patron. Et pour rien.

Il n'allait pas lui avouer qu'il espérait toujours faire parler le détective Provencher.

— Mais... Bernard m'a avoué qu'il avait tout organisé ! Je ne peux pas rester ici ! Lui laisser Jeanne !

— Personne ne vous croira. Je suis la seule personne à savoir que vous avez raison et je n'ai pas réussi à le prouver.

Irène se mordit les lèvres ; Frédéric Fontaine était sincère.

— Mais vous êtes un bon enquêteur, pourtant ! On ne vous aurait pas envoyé à la CECO si vous n'aviez pas...

— Qui vous a dit que j'enquêtais à la CECO ?

— Comme ça, c'est vrai ? Bernard avait raison ?

— Bernard Nadeau vous a dit que je faisais partie de la CECO ?

— Oui, quand il est venu me raconter ses machinations. J'ai pensé qu'il avait peut-être menti...

— Vous auriez dû m'en parler avant !

— Vous étiez trop occupé pour venir ici.

L'homme soupira sans détourner le regard ; Irène le fixait, cherchant à comprendre ce qui se passait, percevant une nouvelle réalité, une idée qui lui avait effleuré l'esprit sans qu'elle puisse la préciser.

— Vous êtes certaine que c'est votre mari qui vous a dit que...

— Oui. Et vous vous demandez comment il a pu l'apprendre, c'est ça ?

Frédéric se mordit les lèvres, mesurant l'énormité de la révélation si Bernard Nadeau n'avait pas simplement bluffé en parlant de lui avec Irène. Si Nadeau avait dit à Irène qu'il appartenait à la CECO parce qu'il le savait, c'est que quelqu'un l'en avait informé… Avec qui Bernard Nadeau avait-il parlé de lui ? Pourquoi ? Quand ? Qui connaissait l'identité des hommes recrutés par la Commission ? Quelques policiers. Des agents doubles. Des enquêteurs. Des hommes comme lui. Non, un seul suffisait. Frédéric savait déjà que Nadeau avait fait suivre sa femme, il avait toujours cru qu'il lui avait tendu un piège ; les propos d'Irène ne l'avaient donc pas étonné, sauf par l'impudence de son mari, mais il avait minimisé sa jalousie paranoïaque. Nadeau s'était intéressé à lui. S'y intéressait encore.

— C'est quelqu'un qui vous connaît qui a parlé de vous à Bernard, fit Irène. Bernard vous a peut-être fait suivre aussi. C'est un malade ! S'il…

Frédéric Fontaine aurait voulu prendre les mains d'Irène dans les siennes pour la rassurer même s'il appréciait qu'elle s'inquiète à son sujet.

— Que voulez-vous qu'il me fasse ? Il ne s'en prendrait pas à un policier…

À moins d'être assuré de s'en sortir aussi bien qu'avec Irène ? Qui avait-il payé pour organiser le meurtre de Bobby ? Comment et quand avait-il connu ce complice ? Qui renseignait Nadeau sur ses faits et gestes ?

Qui était ce traître ? Quelqu'un de l'intérieur ? Ou Bernard avait-il des contacts plus étroits qu'il ne l'imaginait avec la mafia ?

Qui lui souriait peut-être chaque jour avant de téléphoner à Bernard ?

— Il n'a rien dit à propos du tueur qu'il a engagé ? Non, évidemment, il n'est pas allé jusque-là.

— Il s'est toujours vanté d'être assez riche pour garder des contacts dans tous les milieux. Il a déjà affirmé qu'il comprenait les hommes d'affaires qui sont prêts à payer ce qu'il faut pour briser une grève. À l'époque, je n'avais pas cherché à en savoir plus, je jouais parfaitement mon rôle d'autruche. Je suis responsable de ce qui m'est arrivé, j'ai fermé les yeux pour mon propre confort. Et si Jeanne ne payait pas pour ma bêtise, je croirais presque que j'ai mérité de me retrouver ici. Mais Bernard a tous les pouvoirs sur ma fille… Il faut que vous trouviez son complice ! Vous êtes concerné maintenant que vous savez…

Irène s'interrompit, s'excusa. Frédéric Fontaine n'avait pas attendu d'être dans la mire de Bernard Nadeau pour chercher l'assassin de Bobby. Et il avait deviné bien avant elle que son époux était un homme trop jaloux.

— J'ai repensé aux questions que vous me posiez à son sujet ; vous aviez vu juste…

— Sans avoir de preuves. Des intuitions ne valent rien en cour.

— J'aurais eu une peine plus longue si vous n'aviez pas témoigné en ma faveur. Vous avez semé le doute dans l'esprit de quelques jurés. C'était déjà bien. Et ça m'aidera pour ma libération conditionnelle.

Irène appuya sa main contre la paroi qui la séparait de Frédéric Fontaine ; il hésita, puis y posa la sienne, sans cesser de fixer la prisonnière. Il avait l'impression que le temps s'était arrêté, que la vitre fondait entre leurs mains, qu'il sentait le sang palpiter dans la paume d'Irène, qu'il pouvait déceler les lignes qui la striaient, modifier leur cours, que la ligne de vie s'éterniserait en épousant la ligne de cœur.

En quittant le périmètre de la prison, il ralentit, se retourna, se demandant s'il avait déjà vécu un moment aussi intime avec une femme. Non. Il devrait parler à Julie, lui dire que leur relation ne serait jamais ce qu'elle espérait.

* * *

Pierre Boutin s'essuya le front avec le bas de son tee-shirt. Il regrettait d'avoir oublié sa casquette pour assister à ce match des Expos. Il aurait préféré aller à Blue Bonnets, les courses étaient vraiment plus excitantes qu'une partie de base-ball, mais il ne refusait jamais les sorties entre policiers. Il apprenait toujours un petit détail sur l'un ou sur l'autre qui pouvait lui servir un jour. Il doutait que Fontaine soit présent, mais peut-être que son partenaire, ou un collègue, pourrait lui dire quelque chose à son sujet. Il savait qu'il était retourné à Tanguay deux fois durant l'été, mais il n'en avait pas parlé à Bernard Nadeau. Il n'avait pas envie qu'il exige de nouveau de lui qu'il exécute Fontaine. D'un autre côté, il devait savoir pourquoi l'enquêteur avait recommencé à voir Irène Nadeau. Il était certain qu'il s'était entiché d'elle, car il ne voyait aucune autre raison à ces visites à la prison, mais il n'arrivait pas à comprendre pourquoi un homme prétendument sensé, dont on vantait le jugement et la perspicacité, était assez stupide pour bander pour une fille qui était enfermée. C'était ridicule, impensable. Et Boutin se remettait alors à croire que Fontaine n'avait pas abandonné l'enquête sur le meurtre de Bobby Lamothe. Et ça l'ennuyait même s'il se répétait que Fontaine ne trouverait rien qui lui permette de remonter jusqu'à lui. Au procès d'Irène, Fontaine avait déclaré qu'il était persuadé qu'un tueur avait été engagé pour exécuter Lamothe. Un tueur professionnel. Où recrutait-on ce genre d'individus? Chez les bandits! Certainement pas chez les honnêtes gens, chez des hommes qui protégeaient la veuve et l'orphelin… Fontaine s'entêtait peut-être à trouver l'auteur du meurtre de Lamothe, mais il allait continuer à fouiner du côté des motards, de la mafia. Il ne penserait jamais à lui. N'empêche, ça l'ennuyait que Fontaine soit retourné voir Irène à Tanguay.

Il hélait un vendeur de hot-dogs quand il reconnut Wilbrod Pérusse. N'avait-il pas rejoint les rangs de la CECO? Pierre Boutin lui fit un grand signe de la main en souriant et lui offrit une bière dès qu'il s'installa à ses côtés.

— Tu as le temps de venir au base-ball, toi ? Ils vous laissent vous amuser, à la Commission ?

Pérusse but une gorgée de bière avant de répondre qu'il ne travaillait pas vingt-quatre heures sur vingt-quatre.

— Avez-vous trouvé quelque chose d'intéressant ?

— C'est long. Il y a tellement de vérifications à faire. Une histoire en entraîne une autre. C'est tentaculaire. On a toujours su que la mafia s'infiltrait partout, mais à ce point-là !

Pérusse se tourna vers la droite, cherchant des yeux le vendeur de hot-dogs.

— Ils doivent avoir des chips, ici ? J'en profite ; ma femme n'en achète pas parce qu'elle est au régime.

— La tienne aussi ?

Wilbrod Pérusse dévisagea Boutin, il ignorait qu'il était marié. Depuis quand ? Pourquoi ne l'avait-il pas appris ?

— Mais non, je suis un vieux garçon. Mais au barbecue annuel, j'ai entendu Jocelyn Chartier se plaindre que Murielle fait des repas trop sains. Il va bien, Chartier ?

— Oui.

— Puis Maltais ? Fontaine ? Ça fait longtemps que je n'ai pas vu Fontaine. Il paraît qu'il a une belle blonde…

Pérusse haussa les épaules. Fontaine n'avait jamais parlé des femmes avec lui.

— C'est un drôle de gars. Je dis ça, mais c'est le contraire, il n'est pas drôle du tout. Je me demande s'il comprend mes *jokes*. Il ne rit jamais. Je ne sais pas comment Chartier fait pour s'entendre avec lui. Je ne peux rien dire sur son travail, c'est un maniaque. Et un fichu de bon bricoleur ! Mais il devrait peut-être travailler moins et avoir un peu plus de fun dans la vie. On dirait qu'il a un manche à balai dans le cul.

— Il peut se détendre ; il a un maudit bon score au tableau, les boss l'aiment. Mais il n'a peut-être pas digéré l'affaire Nadeau.

— Veux-tu bien me dire pourquoi il s'obstinait à dire qu'elle était innocente ? On avait toutes les preuves ! Au bureau, personne ne comprenait pourquoi il était aussi toqué ! On ne lui disait pas en pleine face, mais il se rendait ridicule avec cette affaire-là.

— Ça fait un bout de temps, il doit avoir oublié ça.

— Il est maso. On dirait toujours qu'il faut que ça soit difficile, compliqué. Il n'y a pas un gars qui est aussi content que lui de travailler à la CECO. Il en a pour son argent entre le prêt usuraire, les évasions fiscales, les paris illégaux. Sans oublier le…

Une rumeur dans la foule interrompit Pérusse qui se mit à crier. Un but avait été marqué, les Expos devançaient maintenant l'équipe adverse.

— Une autre bière ?

— *Yes, sir !* Je suis en congé demain. Toi aussi ?

— Non, c'est la dernière que je bois. J'ai hâte d'être à la retraite et de faire ce que je veux quand je veux ! Encore un an.

— Chanceux ! Moi, il m'en reste deux.

Deux ans… Irène Nadeau ressortirait probablement dans deux ans. C'était une détenue modèle qui pourrait demander à bénéficier d'une remise après avoir purgé les deux tiers de sa peine. Est-ce que Bernard Nadeau s'acharnerait de nouveau sur elle ? C'eût été bien plus simple de la tuer et de l'oublier pour de bon. Mais quand il en avait parlé à Nadeau, celui-ci s'était emporté ; Irène devait d'abord être punie pour l'avoir trompé. Il passerait ensuite à une autre étape. Maintenant qu'elle croupissait à Tanguay, il aurait dû être satisfait mais il continuait à s'informer à son sujet ; avait-elle des visites ? Qui ? Quand ? Boutin avait menti en affirmant qu'il n'avait eu vent que d'une seule visite, celle de Julien, la tapette qui faisait du théâtre. Nadeau ne pourrait jamais être jaloux d'un homo, il ne lui demanderait pas de le suivre. Ni de le faire disparaître. Il n'était pas question qu'il y ait des éléments nouveaux dans le dossier Irène Nadeau ; Fontaine réagirait au quart de tour, et là, il aurait tous ces ennuis dont il avait su se préserver jusqu'à maintenant. Il n'allait pas tenter le démon. Seulement, le démon, c'était Bernard Nadeau.

Nadeau était bien agaçant avec tous ses dollars... Comment pouvait-il continuer à lui en soutirer sans s'attirer des ennuis ? Boutin avait encore perdu cinq cents dollars aux courses l'avant-veille. Mais peut-être qu'il en gagnerait le double ce soir ? Ou le triple ? Qu'il pourrait bientôt oublier Nadeau et ses dangereuses obsessions. Il avait eu beau détailler Irène durant une heure pendant qu'il la forçait à boire du scotch, il ne comprenait pas qu'on puisse perdre la tête pour elle. Elle était jolie dans le genre petite poupée fragile, mais elle n'avait rien de ce qui justifie qu'un homme soit attiré par une femme ; quasiment pas de seins, pas de fesses. Nadeau et Fontaine étaient aussi bizarres l'un que l'autre. Et qui dit bizarre dit imprévisible. Pierre Boutin finit sa bière d'une traite, s'essuya de nouveau le front ; la Molson ne l'avait pas rafraîchi, il avait toujours trop chaud quand il pensait à Frédéric Fontaine.

— C'est un bon match ! déclara Wilbrod Pérusse. Je n'étais pas sûr de venir mais j'ai bien fait. C'est plaisant de se voir en dehors du travail, de ne plus entendre parler de *gambling* et de viande avariée.

— De viande avariée ?

— On est juste au début de l'enquête. Ça part dans toutes les directions, mais on dirait que le bœuf de William O'Bront n'était pas aussi bon qu'on le croyait. Ce n'était peut-être même pas de la viande. Quand je pense que Salaison Alouette fournissait les restaurants de Terre des hommes...

Pierre Boutin déposa son hot-dog dans l'assiette en carton.

— Tu peux le finir, plaisanta Pérusse. C'est même le meilleur temps pour en manger, la viande n'a jamais été aussi saine !

— T'es sûr ?

— Oui, Fontaine était le premier à commander une pizza ce midi. Ça faisait longtemps que je ne l'avais pas vu manger autant. Il était vraiment de bonne humeur. Mais quand Hamel l'a taquiné en lui demandant s'il avait eu une belle nuit d'amour, il l'a envoyé promener. Peut-être que c'est vrai. Mais pourquoi est-il gêné de nous le dire ?

Pierre Boutin hocha la tête avant de prendre une bouchée de son hot-dog. Une nuit d'amour ? Il devrait vérifier cette hypothèse.

chapitre 19

—

FIN 1973

Est-ce que c'était bien la voix de Diane qu'entendait Irène en sortant de la cafétéria ?

— Diane ? Diane !

L'interpellée laissa tomber la couverture de laine et le paquet qu'on lui avait remis à son arrivée à Tanguay ; la brosse à dents, les serviettes hygiéniques, le rouleau de papie-toilette, le savon, le peigne et le crayon s'éparpillèrent sur le sol.

— Je suis tellement contente d'être ici ! s'écria Diane en étreignant Irène.

— C'est rare qu'on dise ça, plaisanta Irène.

— Si tu revenais de Kingston, tu penserais la même chose. Mon Dieu ! Je suis enfin à Montréal. Avec toi !

— Et moi ! fit Lorraine.

— Tu es encore là ?

— Tu n'as pas changé !

Diane secoua la tête ; Lorraine était gentille, mais elle savait bien qu'elle avait beaucoup vieilli au pénitencier. Ne plus voir son fils à cause de l'éloignement, être obligée de parler constamment anglais, se sentir isolée, oubliée de tous l'avaient meurtrie, usée autant que les travaux d'entretien ménager qu'elle devait effectuer quotidiennement.

— On va te gâter ! déclara Irène.

— Vous allez surtout vous calmer, intervint Josée Gingras. On vous entend jusqu'au bout du corridor ! De toute façon, l'atelier va commencer.

— Diane peut venir avec nous.

— Laissez-la donc s'installer, fit Louise Dubé. Viens, Diane, je te montre ta cellule.

Diane suivit la gardienne non sans se retourner plusieurs fois vers Irène et Lorraine qui lui souriaient.

Tout en taillant la manche d'une robe dans un tissu de coton marine, Irène se surprit à chantonner. Elle ne l'avait pas fait depuis son arrivée à Tanguay. Depuis qu'on l'avait séparée de Jeanne.

Jeanne que je ne peux voir sans Bernard. Bernard qui nous interrompt constamment, qui ne nous laisse jamais parler. Qui répète que le divorce sera bientôt prononcé. Il sait que j'ai peur qu'il m'amène Jeanne encore moins souvent. Ça le fait jouir, ma peur. Il prononce le mot divorce avec plaisir. Même si Jeanne frémit à chaque fois qu'elle l'entend.

— Trouves-tu que Diane a vieilli, toi ? fit Lorraine.

— Oui.

— Ça devait être dur là-bas. On va l'emmener se faire coiffer, maquiller. Elle ne sait pas qu'on a des soirées disco le vendredi soir. Ça lui changera les idées.

— Elle doit seulement penser à revoir Éric.

— Oui, ils vont reprendre le temps perdu.

Est-ce qu'on peut vraiment rattraper le temps qui s'est écoulé sans son enfant ? Même si je ne quittais plus jamais Jeanne, même si je l'étouffais de baisers en sortant d'ici, ça n'effacera pas des années d'absence. Elle gardera toujours une méfiance envers celle qui l'a abandonnée. Elle aura eu une enfance sans mère. Sans mon regard sur ses premiers pas, ses premiers devoirs, la première étoile dans le cahier, à côté des petits anges, les premières chutes à la patinoire. Qui lui montrera à patiner ? Pour le ski, je suis certaine que Bernard va lui payer le meilleur moniteur au mont Sainte-Anne afin que Jeanne lui fasse honneur. J'espère qu'elle ne sera pas trop douée et que ça décevra Bernard. Non, c'est faux, je veux qu'elle soit douée. Mais pour elle. Qu'elle soit fière d'elle. Qu'elle éprouve ce sentiment pour effacer la honte de m'avoir comme mère. Je suis ici parce que je n'ai pas su nous protéger. Et Frédéric Fontaine continue à tourner en rond. Frédéric Fontaine passe ses loisirs à tenter de prouver mon innocence. Et ça, ce n'est pas innocent. Je devrais pourtant l'interroger sur ses motivations. Je ne peux pas me remettre la tête dans le sable et faire semblant que tout est normal. Comme je l'ai fait avec Bernard. Comme Diane a essayé de le faire avec son mari parce qu'elle espérait toujours qu'il cesse de la battre. Je ne peux pas être amoureuse de Frédéric Fontaine. Je ne sais pas ce que c'est que d'être amoureuse. Quand Lorraine parle de Matteo, elle a des intonations que je n'ai jamais utilisées. Elle ne lui en veut même pas d'être à Tanguay. Comme les trois quarts des femmes qui sont ici à cause des hommes. Et le plus fou, c'est que la plupart des filles espèrent les visites de ceux à qui elles doivent d'être enfermées ici.

Et moi, je suis comme les autres. J'attends la visite d'un homme. De Frédéric. Je rêve qu'il me dit qu'il arrêtera bientôt le complice de Bernard, qu'il lui fera tout avouer, qu'on révisera mon procès. Je compte davantage sur une remise de peine. Si tout va bien, je retrouverai ma fille avant qu'elle soit adolescente. C'est moi qui lui parlerai de la sexualité, pas une gardienne anonyme. Je ne serai pas la mieux placée pour le faire, mais j'essaierai, sinon elle fera son éducation avec ses copines. Elle croira tout et n'importe quoi. Pourquoi est-ce que je ne me suis même pas intéressée à mon propre corps ? J'ai eu tellement peur de ressembler à Lucile en devenant une femme. Être aussi ennuyeuse qu'elle, ne penser qu'aux apparences, qu'à être habillée, coiffée à la dernière mode. Je voulais être

331

transparente. Qu'elle ne me voie pas, qu'elle m'oublie. Ne pas habiter mon corps. Ne pas habiter la maison de Lucile. Ne pas habiter notre vie.

— Si tu continues comme ça, Irène, tu vas finir de découper le patron l'an prochain ! Tu es dans la lune…

— Si seulement c'était vrai. La lune est beaucoup plus belle que Tanguay.

— Tu n'aurais pas grand monde à qui parler, c'est assez désert.

— Si tu étais sur la lune, tu n'aurais pas revu Diane, dit Lorraine. Je suis contente qu'elle soit revenue !

— Qu'est-ce que vous lui trouvez ? fit Marie-Claude.

— Tu ne comprendrais pas.

— Dis tout de suite que je suis une imbécile.

— Non, c'est toi qui viens de le…

Josée Gingras mit un doigt sur ses lèvres pour intimer à Lorraine de se taire. Marie-Claude était de plus en plus nerveuse à l'idée de quitter Tanguay ; pourrait-elle vivre chez sa mère comme prévu ? Trouverait-elle une job avec son casier judiciaire ?

— En tout cas, crâna Marie-Claude, je vais aller voir *The Who* la semaine prochaine. Puis je vais me faire couper les cheveux.

— Ça va te coûter cher. Tu ferais mieux de te faire ça ici.

Marie-Claude haussa les épaules ; Lorraine avait raison. Elle se tourna vers Irène.

— Tu voudras bien me coiffer avant que je parte ?

— On pourrait s'arranger.

Elle prierait Marie-Claude, qui allait vivre à Québec chez sa mère, de remettre un cadeau à Françoise pour Jeanne. Un cadeau acheté à l'extérieur des murs. Qui n'aurait pas son odeur fade et pourtant entêtante. Pouvait-elle faire confiance à Marie-Claude pour trouver une poupée Barbie ?

Elle ne pouvait tout de même pas demander à Frédéric

d'acheter une poupée pour sa fille et de la lui apporter à Québec. Même si elle savait qu'il retournait parfois dans la capitale. De toute façon, elle ne le verrait probablement pas avant des semaines. Ou des mois. Qui sait ce que Bernard lui réservait ? Il fallait que Frédéric Fontaine trouve son complice ! Il fallait qu'elle soit libérée ! Elle comprenait Lorraine qui voulait s'évader.

∗   ∗   ∗

— Pas encore vous ! dit Gaétan Dubuc en reconnaissant Frédéric Fontaine. Je vais finir par me plaindre !

— C'est votre droit.

— Qu'est-ce que vous voulez ?

— Je veux reparler de votre déposition. Vous apprendre que Marcel Lemieux est mort.

L'homme se résigna à laisser entrer l'enquêteur.

— Dépêchez-vous, on gèle. Il ne faut pas que je prenne du mal. C'est qui, Marcel Lemieux ?

— L'homme que je pensais que vous aviez vu rue Hutchison le soir du meurtre.

— Je ne comprends rien à ce que vous dites.

— Quand vous êtes venu au poste, vous nous avez aidé à faire un portrait-robot ; un homme un peu gros, avec des yeux clairs. Ça correspondait à Marcel Lemieux, un criminel bien connu de nos services. On vous a fait venir pour une séance d'identification. Il avait défilé devant vous. Mais vous ne l'avez pas reconnu.

Gaétan Dubuc se gratta la poitrine.

— Je ne le reconnaîtrai pas plus cinq ans plus tard. Je vous ai dit que j'avais bu ce soir-là.

Frédéric Fontaine acquiesça ; il s'en souvenait très bien. Mais il se rappelait surtout que Dubuc avait semblé très inquiet durant la séance.

— Je pense que vous avez reconnu Lemieux et que vous avez eu peur qu'il vous retrouve. Même si c'était impossible. Nos témoins sont invisibles derrière la vitre. Mais la plupart des gens sont comme vous ; ils craignent que les assassins les aperçoivent malgré nos précautions quand ils arrivent au poste pour la séance d'identification. C'est normal, c'est humain de s'inquiéter...

Il s'interrompit en désignant une copie du *Journal de Montréal* sur la table du salon.

— Huit à zéro ! Je ne peux pas croire que les Bruins ont lavé les Canadiens ! Chartier, mon partenaire, était au Forum. Il m'a dit que c'était la pire soirée de sa vie. Huit à zéro ! Se faire blanchir comme ça !

— C'est écœurant ! L'arbitre ne leur a pas donné une chance !

— Marcel Lemieux était aussi un maniaque de hockey. En prison, il *gamblait* sur les parties.

— Je pensais qu'il était en liberté ? Il l'était quand j'avais participé à votre séance.

— Mais il a été arrêté après pour un autre meurtre ; un contrat sur un *dealer.* C'était le genre de travail pour lequel on le payait. Robert Lamothe *dealait,* j'ai donc pensé que c'était Lemieux qui l'avait poignardé avant de faire accuser Irène Nadeau. Mais vous ne l'avez pas reconnu.

— Non.

— Peut-être parce que ce n'était pas lui le meurtrier. Ça serait une bonne raison, non ?

Gaétan Dubuc se gratta de nouveau le cou.

— Il est mort, qu'est-ce que ça change maintenant ?

— Ça change que, si ce n'est pas lui, c'est quelqu'un d'autre qui faisait partie de la séance d'identification. Quelqu'un que vous auriez pu voir au poste.

— Je ne m'en souviens pas, mentit Dubuc. Ça fait cinq ans. Je viens de passer des mois à l'hôpital, ils m'ont donné des drogues contre la douleur. Ma mémoire est maganée.

— Attendez, je vais vous montrer des photos des hommes qui ont défilé lors de la séance, ça va vous aider.

Gaétan Dubuc secoua la tête tandis que Frédéric Fontaine tirait les clichés de la poche intérieure de son manteau.

— Pourquoi je les regarderais? Si je n'ai pas voulu reconnaître Lemieux parce que j'avais peur qu'il me retrouve, pensez-vous que je serai plus rassuré si je reconnais quelqu'un d'autre? Qu'est-ce qui me prouve que vous n'êtes pas un de ses amis? Que vous n'êtes pas ici pour savoir ce que je sais et le renseigner? Laissez-moi donc tranquille. Tout ce que je veux, c'est me reposer. En paix.

— Irène Nadeau aimerait ça, elle aussi. Mais, à Tanguay, il y a toujours des bruits de serrures, de portes qu'on ouvre, qu'on ferme, les cris des autres détenues. Ce n'est pas facile d'avoir la paix en prison. Saviez-vous qu'un faux témoignage peut vous y conduire?

— Vous n'avez pas le droit de me parler comme ça! Je suis un homme malade. La prochaine fois que vous venez ici, je vais me...

— Un des mes collègues recevra volontiers votre plainte. Peut-être que ce sera un des quatre hommes qui défilaient derrière une vitre en août 1969? Peut-être que ce sera celui qui vous a fait peur? Regardez donc les photos!

Gaétan Dubuc rapprocha les pans de sa veste de laine de sa poitrine avant de se résigner à prendre les clichés. Il les regarda moins de dix secondes avant de les rendre à Frédéric Fontaine. Sa main tremblait.

— Quand vous a-t-il menacé? De quel homme s'agit-il?

— Personne ne m'a menacé! Je vous le jure sur la tête de ma mère! Allez-vous-en!

— Comme vous voulez. Mais rappelez-vous que je peux vous aider.

— Laissez-moi tranquille !

Après être sorti, Frédéric Fontaine s'arrêta, se retourna pour s'assurer que Gaétan Dubuc l'observait de la fenêtre du salon, puis il alla frapper à la porte de madame Michaud qui l'accueillit chaleureusement.

— Entrez vite ! Il fait tellement froid dehors !

— Vous vous souvenez de moi ?

— Pensez-vous que je laisse entrer des gens que je ne connais pas ? Je suis peut-être vieille, mais je ne suis pas sénile ! C'est encore votre enquête ? Il me semblait qu'Irène Nadeau avait été condamnée.

— Ce n'est pas parce qu'on est condamnée qu'on est coupable.

— Je n'ai jamais cru qu'elle avait tué cet homme-là.

Madame Michaud offrit un thé à Frédéric Fontaine, lui fit signe de s'attabler dans la cuisine. Elle sortit une jarre à biscuits, la déposa sur la table.

— Prenez-en ! Grand comme vous êtes, il faut vous nourrir !

— On avait aussi une jarre en verre chez ma mère.

Et Marc Fontaine l'avait projetée sur sa femme, un soir de beuverie. La jarre s'était cassée en mille miettes ; le bruit avait réveillé Frédéric qui avait vu sa mère ramasser les éclats, en tenir un entre ses mains, arrêter son mouvement. Songeait-elle à se taillader les poignets ou à utiliser le tesson pour attaquer son mari qui s'était laissé tomber dans la chaise berçante, ronflant déjà ? Elle avait fini par déposer le morceau de verre dans le porte-poussière, résignée.

— Prenez-en un autre ! Il y en a à l'érable, c'est les meilleurs !

— Pourquoi ne m'avez-vous pas dit que vous ne pensiez pas que madame Nadeau était la meurtrière ?

— Parce que… c'était seulement une impression. Vous cherchiez un vrai témoin, quelqu'un qui aurait vu quelque chose. Moi, j'avais juste une opinion. Je sais bien que tout le monde me trouve bizarre avec mes chapeaux multicolores, mais Irène m'avait demandé de la laisser faire un croquis de moi. Elle était avec son bébé, elle passait son temps à vérifier si la petite couverture qui recouvrait l'enfant était bien en place. Une vraie mère poule ! Quand l'enquête a commencé, je pensais qu'Irène Nadeau avait tué pour protéger sa fille. Ensuite, j'ai appris qu'elle était accusée d'avoir poignardé un homme au sol. Je n'y crois pas. Irène Nadeau aurait fui l'appartement avec sa fille. Elle ne serait pas restée une seconde de plus dans un endroit aussi dangereux.

— C'est ce que j'ai déclaré au procès.

— Ils ne vous ont pas écouté.

— Je n'avais aucune preuve de son innocence.

— Et vous en cherchez toujours. Et je ne peux rien vous dire de plus. C'est fâcheux parce que je fais souvent des insomnies. Mais pas cette nuit-là, j'étais couchée. Mais le type qui habite au troisième, en face de l'église ? Il n'a rien vu, lui ? Il est réglé comme une horloge : il rentre de sa promenade avec son petit chien à deux heures du matin, ça va ensuite à dix heures le lendemain. Après, il embarque dans son taxi. Mais j'imagine que vous l'aviez interrogé aussi ?

— Il a toujours dit qu'il n'avait rien remarqué.

— Ça ne se peut pas qu'il soit rentré beaucoup plus tôt et qu'il se soit endormi aussitôt. Une horloge, je vous dis ! Il arrive toujours chez lui entre deux heures moins quart et deux heures. Il allume toutes les lumières quand il rentre. Ensuite, il sort son chien. Il revient une demi-heure plus tard. Pile. Pas cinq minutes de plus ou de moins.

— Il vit encore seul ?

— Je n'ai jamais vu de femme chez lui. Jamais. Ni d'homme d'ailleurs. Ce n'est pas normal. Il est encore jeune. Le dimanche, il s'installe sur son balcon et reste toute la journée à regarder les gens passer dans la rue. Moi, si je pouvais encore marcher sans ma canne, j'irais me promener sur la montagne, j'en profiterais ! Lui, il ne bouge pas.

Madame Michaud but une gorgée de thé, reposa délicatement sa tasse.

— Est-ce qu'Irène Nadeau dessine encore ?

— Oui, je crois que oui.

— Elle a du talent. Elle m'avait donné un des croquis qu'elle a réalisés. Voulez-vous le voir ?

Madame Michaud attrapait déjà sa canne, s'éloignait vers une des pièces du fond, revenait avec le croquis.

— Je l'ai fait encadrer, je l'aime beaucoup. Irène m'avait rajeunie. Vous ne trouvez pas ? Et j'adorais le chapeau que je portais ce matin-là.

Frédéric Fontaine regardait le dessin avec un mélange d'amusement et de mélancolie. Le sujet était joyeux, mais il rappelait à l'enquêteur que le croquis avait été exécuté dans les beaux jours de liberté de l'artiste. Irène serait-elle capable, aujourd'hui, d'insuffler une telle gaîté à un dessin ? Remarquerait-elle la coquetterie touchante d'une vieille voisine ?

— Si vous voyez Irène Nadeau, dites-lui que je regarde souvent son dessin et que je pense à elle. Vous ne voulez pas un autre biscuit ?

Frédéric refusa, mais lui demanda de regarder les clichés qu'il venait de montrer à son voisin.

— Vous avez déjà vu un de ces hommes ? Je ne parle pas de la nuit du meurtre, mais avant ? Ou après ?

Madame Michaud prit tout son temps pour examiner les photos et les rendit à Frédéric en soupirant. Elle ne reconnaissait personne. Elle était sincèrement navrée d'être aussi peu utile.

— Ne dites pas ça, ça m'a fait du bien de me réchauffer !

— Bon courage !

Devait-il maintenant retourner chez Raymond Tremblay ? Il était persuadé que l'homme lui avait menti dès leur première rencontre et qu'il n'avait pas cessé depuis. Pourquoi ? Pourquoi refusait-il de dire la vérité ? En 1969, Fontaine avait enquêté sur Tremblay, mais l'homme n'avait aucun dossier criminel. Pas la moindre infraction. Il était l'employé modèle de la compagnie de taxis depuis son arrivée à Montréal, c'était un bon locataire, payant son loyer le premier du mois, silencieux, propre.

Raymond Tremblay avait haussé les épaules quand Fontaine lui avait demandé s'il avait reconnu un de ses clients, ou un voisin, le soir du meurtre.

— Un client? Pensez-vous que je les prends en photo? Dès qu'ils sont sortis de l'auto, je les oublie. Et mes voisins, je ne leur parle pas.

— Pourquoi?

— J'aime ça, avoir la paix.

Frédéric Fontaine. se souvenait de l'ordre qui régnait dans l'appartement de Tremblay. Tout était parfaitement rangé, les chaises étaient bien ordonnées autour de la table, les rares livres glissés sur une étagère étaient classés selon leur taille, le pot de fleurs artificielles était disposé en plein centre de la table à café du salon. On sentait bien que Tremblay n'aurait pas toléré qu'on déplace quoi que ce soit, qu'il avait dû payer cher pour avoir un chien bien dressé qui n'entrerait jamais dans le salon. Quand il avait dû laisser entrer l'enquêteur chez lui, il lui avait désigné la chaise sur laquelle il devait s'asseoir. Il n'était pas question de s'installer au salon où les pièces d'un modèle réduit de bateau étaient méticuleusement alignées. Il avait répondu à toutes les questions de Fontaine mais n'en avait posé aucune, et c'était ce manque de curiosité qui avait alerté ce dernier. Les gens interrogeaient toujours les policiers qui venaient chez eux, ils voulaient connaître les détails qui ne paraîtraient pas dans les journaux, ou bien être rassurés, demander aux enquêteurs de leur promettre qu'ils allaient arrêter le criminel en fuite, ou tout simplement rompre leur solitude, leur ennui. Mais Tremblay avait montré une indifférence troublante; n'éprouvait-il aucune émotion à l'idée qu'un meurtre avait été commis à vingt mètres de chez lui? Il avait admis avoir aperçu Irène Nadeau deux ou trois fois, mais il ne lui avait jamais parlé. Il n'avait pas d'opinion sur elle. Ni sur l'assassinat. Il ne s'intéressait qu'à ses maquettes de bateau. Il y avait des photos encadrées de paquebots, de corvettes, de voiliers, de frégates.

— Avez-vous déjà navigué ? avait demandé Frédéric Fontaine.

— Non.

— Mais vous aimez les bateaux.

— Oui.

Rien que des réponses laconiques. Même quand il s'agissait de son passe-temps favori. L'enquêteur n'avait jamais rencontré de témoins aussi peu loquaces, hormis ceux qui étaient détenus comme suspects et qui attendaient leur avocat pour s'exprimer. Mais l'enquête sur Tremblay avait révélé qu'il avait pris un client rue Sherbrooke Ouest pour le conduire rue D'Iberville, qu'il était ensuite rentré chez lui, avait promené son chien avant de téléphoner à Paris. Comme Fontaine s'étonnait de cet appel outre-mer, Tremblay avait précisé qu'il tentait d'obtenir un type de peinture pour ses modèles introuvable à Montréal, et même à Toronto. Un relevé téléphonique avait confirmé ses dires. Et quand Frédéric avait montré une photographie de Tremblay à Irène Nadeau, elle avait secoué la tête : il était trop maigre pour être le meurtrier, ses mains étaient beaucoup trop fines. L'homme à la cagoule avait de gros doigts, avec des petits poils roux.

Pourquoi Frédéric Fontaine avait-il eu néanmoins l'impression que Tremblay lui cachait quelque chose ?

Détecterait-il le même malaise aujourd'hui ? Il avait réinterrogé ce témoin deux fois avant le procès, mais ne l'avait pas revu depuis des mois. S'expliquerait-il enfin ?

Raymond Tremblay entrebâilla sa porte, fixa l'enquêteur durant quelques secondes avant de se décider à lui ouvrir.

— Je travaille dans une demi-heure, prévint-il.

— Je suis venu vous dire que Marcel Lemieux est mort. Peut-être le connaissiez-vous ?

— Non.

— Sous un autre nom ? Regardez sa photo.

Raymond Tremblay prit le cliché que lui tendait Fontaine.

— Jamais vu.

— Ce n'est donc pas cet homme que vous avez aperçu le soir du meurtre ?

— Non.

— C'est peut-être un de ceux-ci ? fit Fontaine en déployant les clichés en éventail.

Tremblay les regarda sans s'y attarder.

— Vous devriez mettre vos lunettes. Elles sont sur la table, à côté de la maquette. Je suppose que vous en avez besoin pour voir de près. Pour lire des notices. Ou pour regarder des photos.

Raymond Tremblay alla chercher ses lunettes et tendit la main à contrecœur. Frédéric Fontaine lui remit un premier cliché, patienta quelques secondes avant de le reprendre et de lui en donner un autre, guettant une réaction, un frémissement de la paupière, une certaine tension dans la mâchoire, une nervosité dans la manière de lui rendre la photographie. Il lui sembla que la respiration du chauffeur de taxi se modifiait quand il lui tendit le dernier cliché. Pierre Boutin. Pierre Boutin ?

— Vous reconnaissez cet homme.

— Non, protesta Tremblay. Je vous ai répété cent fois que je n'avais vu personne ce soir-là.

— C'est quand même bizarre ; vous avez emmené votre chien sur la montagne, en êtes revenu sans rencontrer âme qui vive. On était en plein été. Il y a toujours du monde sur la montagne, des amoureux, des hommes qui cherchent une aventure.

— Eh ! Je ne suis pas une tapette !

La vivacité de la réplique surprit Frédéric Fontaine. Celui-ci ferma les yeux, découragé ; c'était donc ça, son secret ? Tremblay avait été si prompt à rejeter l'éventualité d'une aventure homosexuelle… Et Boutin ? Que venait faire Boutin dans sa vie ? L'avait-il croisé sur la montagne en allant promener son chien ?

Boutin l'avait-il arrêté, accusé de grossière indécence ? L'avait-il menacé de le traîner au poste, de faire savoir à son employeur qu'il ne rentrerait pas au travail parce qu'il était détenu pour quelques heures ? Est-ce que Boutin était de cette race de tortionnaires ?

De maîtres chanteurs ?

Frédéric Fontaine sentit des picotements au bout de ses doigts, comme s'il tenait, comme s'il palpait réellement un indice, un fil conducteur. Il savait, comme la plupart de ses collègues, que Boutin était un gros joueur. Il s'était même demandé d'où il tirait ses revenus pour assouvir son vice ; il en avait parlé à Chartier, mais comme Boutin ne travaillait pas avec eux, ils avaient décidé de ne pas chercher à en savoir plus. Il était temps pour Fontaine de s'interroger, de découvrir d'où Boutin tenait tout ce fric. Gagnait-il vraiment aux courses ? Non. Ça n'existe pas, des joueurs qui gagnent plus qu'ils ne perdent. Frédéric était bien placé pour le savoir, puisque son père passait son temps à l'hippodrome de Québec. Est-ce que Boutin pouvait faire chanter les gais qu'il interpellait sur la montagne ? Après les avoir frappés, ou avant ? Est-ce que Tremblay était une de ses victimes ?

— Peut-être que vous avez rencontré cet homme dans votre taxi ? insista Fontaine en agitant la photographie de Pierre Boutin.

— Je vous ai dit que je ne me souviens pas des gens que j'embarque. À moins qu'ils refusent de me payer. Là, je me retourne et je les regarde pour me rappeler leur maudite face de voleur. Pour ne pas les prendre une autre fois.

L'homme ne reconnaîtrait jamais qu'il avait déjà vu Boutin, et Frédéric Fontaine dut se résoudre à le quitter. Le froid le fit larmoyer pendant qu'il descendait les marches extérieures de l'immeuble, et il releva le col de son manteau pour se protéger les oreilles. Il avait encore perdu son bonnet de laine. Il courut jusqu'à sa voiture, garée au coin des rues Hutchison et Saint-Joseph, s'y engouffra et sentit craquer les photographies dans la poche où il les avait rangées. Boutin… Il devait en apprendre plus sur lui sans qu'il s'en aperçoive. Il allait le suivre. Il attendrait de le voir au moins une fois en compagnie de Nadeau pour en parler à Chartier. Celui-ci s'emporterait sûrement en apprenant que Frédéric avait pris Boutin en filature, qu'il était allé revoir des témoins, il clamerait qu'il aurait des ennuis si on le découvrait. Qu'un enquêteur à la CECO s'occupe du crime organisé. Pas d'une affaire vieille de cinq ans. Et surtout classée.

chapitre 20

1974

Est-ce que Lorraine avait raison de vouloir s'échapper ou non ?

— Je n'ai pas le choix, Matteo part à Vancouver la semaine prochaine. C'est trop *hot* pour lui ici. Ça fait deux mois qu'il n'est pas venu me voir, ce n'est pas pour rien. Il a été très clair au téléphone.

— Justement, ça m'inquiète, tu sais bien qu'on écoute souvent nos conversations. Vous avez un code, c'est sûr, mais… Si on te reprend, ta peine sera plus longue.

— Il faut que je sorte d'ici ! Il faut que je rejoigne Matteo !

— Personne ne pourrait t'oublier, voyons.

Lorraine sourit à Irène ; elle lui manquerait. C'était la première femme en qui elle avait confiance. Dehors, elle fréquentait quelques filles, mais Irène était la seule à la connaître vraiment. Si elle n'avait pas eu Jeanne, elle se serait peut-être enfuie avec elle… Mais elle resterait à Tanguay, elle ferait son temps sagement pour ne pas être punie, pour éviter que des jours ou des semaines s'ajoutent à sa peine. Avait-elle le droit de lui demander de l'aider à se travestir pour fuir ?

— Je ne suis pas sûre, pour le maquillage et la coiffure…

— Je vais m'occuper de toi, coupa Irène. Personne ne pourra te reconnaître.

— Mais si on apprend que c'est toi qui m'as aidée ?

— Elles ne l'apprendront pas. Tout le monde a du maquillage ici.

— C'est toi qui nous coupes les cheveux.

— Nicole aussi. Et tu pourrais aussi bien t'en être chargée. Laisse-moi faire, sinon tu auras l'air fou pendant des semaines. Ce n'est pas ce que tu veux. Tu veux que ton Matteo te trouve belle, non ?

Lorraine acquiesça, même si elle savait que Matteo la préférait avec les cheveux longs. Mais il comprendrait qu'elle les ait fait couper quand elle lui raconterait son évasion. Elle regarda l'horloge ; dans cinquante-deux heures, elle aurait quitté le périmètre de la prison. Elle avait interrogé Denise, qui purgeait une nouvelle peine ; comment étaient les alentours de Tanguay ? Pourrait-elle se rendre facilement au métro ? Est-ce que c'était compliqué ? Elle n'avait pris le métro qu'une fois, en 1967, pour aller à la Ronde, elle ne se souvenait pas s'il y avait de nombreuses stations avant la gare d'autobus au coin de Berri et Maisonneuve. De là, elle irait à Sorel, où elle était certaine de retrouver Matteo. Ils s'envoleraient ensuite vers Vancouver. Il y faisait déjà beau alors qu'on pouvait encore redouter des tempêtes de neige au Québec.

— Le froid ne me manquera pas. Mais toi… Je vais t'écrire chez ton amie Françoise. Dès que tu sortiras, je pourrai t'aider.

— Non, je vais m'organiser.

— J'aurai de l'argent, Irène. Si je réussis à m'enfuir, ce sera en partie grâce à toi. Je regrette seulement que tu ne…

— Ça ne me donnerait rien de m'enfuir. J'irais voir Jeanne et ils m'arrêteraient aussitôt. Devant elle. C'est une des choses que je regrette le plus dans toute cette histoire ; j'étais certaine de ne pas avoir pu tuer Bobby devant ma fille, mais je me suis laissé influencer, j'ai fini par douter de moi. Ça paraissait sûrement au procès.

— Peut-être, peut-être pas. Ton sort était déjà décidé. C'est plate que j'aille me faire oublier à Vancouver, fit Lorraine. Si j'avais pu, je serais allée voir ta fille à Québec avec tes dessins.

— Mon amie Françoise essaie de la voir quand Bernard part en voyage d'affaires.

— C'est bizarre qu'il t'informe de ses déplacements…

— Non, il sait que je déteste que Jeanne soit confiée à ma mère.

— Mais si ce n'est pas ta mère, c'est lui. Ce n'est pas mieux.

— Je connais Bernard, il n'aime pas s'occuper d'un enfant. Quand il a fini de parler d'argent, il n'a plus rien à dire. Il engage des gardiennes qui jouent avec Jeanne. Ma mère ne joue pas avec elle, elle essaie de faire d'elle une vraie demoiselle, une championne de danse ou de patin artistique. Les petites gardiennes sont jeunes, plus proches de Jeanne.

— Et si Jeanne parlait de Françoise à Bernard ?

Irène haussa les épaules, même si elle redoutait toujours une fuite de la part de Jeanne. Jusqu'à maintenant, sa fille semblait n'avoir rien dit de ses rencontres avec Françoise, mais était-ce sain de lui imposer ce secret supplémentaire ? Mais qui lui donnerait tous les carnets que sa mère dessinait pour elle ? Irène refusait de les remettre à Bernard ; il fallait bien que les calepins parviennent à Jeanne, elle faisait tant d'efforts pour créer des personnages qui lui plaisaient, pour entretenir cette complicité, cette intimité qu'elles partageaient jadis dans l'atelier. Pendant que sa mère peignait, Jeanne s'amusait avec ses crayons sur les grandes feuilles blanches déposées sur le sol. Elle avait cessé depuis. Bernard avait jeté tout son matériel d'artiste et reconverti l'atelier en salle de gym pour Jeanne. Une fillette de huit ans n'avait pas besoin d'avoir une salle d'exercices ! À leur dernière visite, Bernard avait annoncé qu'il ferait aménager un toit au-dessus de la piscine afin qu'ils puissent en profiter plus long-temps. Jeanne semblait ravie. Était-ce essentiel dans la vie d'une enfant de nager dans une piscine intérieure ? Qu'allait offrir Bernard à Jeanne quand elle aurait quinze ans ? Des fourrures, des bijoux ? Une voiture à sa majorité ? Deux ? Pourquoi pas ? Une décapotable pour l'été et une autre pour la saison froide ?

Tout ce que je voudrais, c'est faire de la bicyclette avec ma fille. On irait au bois de Boulogne. On s'arrêterait pour écouter les merles. On aurait apporté un pique-nique. Il ferait chaud.

— C'est déjà le printemps à Vancouver, reprit Lorraine. Je vais m'écraser au soleil et me faire bronzer en bikini. Je vais l'acheter là-bas, ici, on vend encore des manteaux.

— C'est une bonne chose pour toi, ta silhouette sera plus facile à modifier qu'en plein été.

Lorraine hocha la tête avant de se lever brusquement ; elle allait faire des redressements du buste au gymnase.

— Il faut que je bouge, je n'en peux plus d'attendre !

Irène la regarda s'éloigner sans savoir si elle l'enviait ou non. S'enfuirait-elle vraiment avec Lorraine s'il n'y avait pas Jeanne dans sa vie ? Pour aller où ? Elle n'avait pas de Matteo pour l'accompagner à Vancouver. Personne ne pourrait l'accueillir. Que ferait-elle alors ? Où se cacherait-elle ? Comment survivrait-elle sans argent ? Combien de temps ? Irène frissonna ; était-elle devenue si craintive ? Son attitude docile envers Bernard durant les visites l'avait-elle changée ?

Je suis idiote de penser à ça. Si je m'enfuis, Frédéric ne pourra plus rien faire pour moi. Tout le monde dira qu'une innocente ne s'enfuit pas, que si je l'étais vraiment comme je l'ai clamé au procès, je serais restée à Tanguay. Durant l'Inquisition, on jetait les femmes soupçonnées de sorcellerie en plein milieu d'un lac ; si elles coulaient, c'était la preuve de leur innocence. Si elles flottaient, on les brûlait. Si je suis coupable, je m'enfuis, si je reste à Tanguay, c'est que je suis innocente.

— Irène? fit Diane. Est-ce que Lorraine va bien? Je viens de la croiser dans le corridor et…

— Elle est un peu nerveuse.

— Elle a l'air d'une fille qui prépare un mauvais coup. Elle m'a regardée sans me regarder. Comme si elle était déjà ailleurs… C'est ça? Elle va sauter par-dessus le mur?

— Pourquoi penses-tu qu'elle veut s'évader?

— Parce qu'elle ressemble à Édith la veille de son départ. J'espère qu'ils ne la reprendront pas aussi vite; Édith doit être restée une journée dehors? Trente-six heures maximum.

— Elle s'était évadée sur un coup de tête. Comme tout ce qu'elle fait.

— Tant mieux si Lorraine est mieux organisée.

— Toi, tu n'as jamais envie de t'enfuir?

— Tanguay est tellement mieux que Kingston. Et tu sais comme moi que les femmes qui ont des enfants restent ici. Les enfants sont les otages de notre bonne conduite. Ils sont libres et pourtant des otages.

— Tu avais pensé à t'enfuir quand tu étais avec Daniel, tu es resté à cause d'Éric?

— Mais j'ai déjà quitté la maison. Je suis partie durant vingt-trois jours. Vingt-trois jours de diarrhée tellement j'avais peur que Daniel m'attrape par surprise, j'entendais tout le temps son auto, ses pas, son rire. À la maison au moins, je connaissais la routine, les moments plus dangereux. J'avais l'impression que je pouvais mieux contrôler la situation. J'espère que Lorraine sait ce qu'elle fait en allant rejoindre Matteo. Moi, avant que je fasse confiance à un homme…

* * *

348

Un cri interrompit le geste d'Irène qui allait saler sa soupe. Qui hurlait comme ça ? Elle tourna imperceptiblement la tête, reconnut Élise qui se disputait avec Angie. Encore une histoire de dope. Élise en voulait toujours plus pour son argent. Elle n'avait pas encore compris que le marché n'était pas le même en prison qu'au dehors, qu'une once n'était pas une once à l'intérieur des murs, qu'on devait se contenter de ce qu'on voulait bien nous vendre. Irène sala aussi les pâtes aux tomates qu'on servait ce soir-là au souper.

— C'était le plat préféré de Lorraine, dit-elle à Diane.

— Arrête d'y penser ! On saura bien assez vite ce qui lui est arrivé.

— Mais je ne veux pas l'oublier !

— Tu ne l'oublieras pas, voyons. On n'oubliera rien de ce qu'on aura vécu ici. Des années qui comptent pour le triple. On vieillit toutes plus vite. J'ai l'air de ma mère. Au moins, je n'ai pas perdu mes dents comme celles qui se droguent. Élise exagère… elle va finir par faire une overdose.

— Tu n'y peux rien, c'est sa vie. Elle rentre, elle sort, elle se dope et elle revient.

— Elle a seulement vingt-quatre ans ! Elle se suicide à petit feu !

— C'est ça, Tanguay, des histoires de morts. Je te gage que Frances va réessayer de se tuer. Combien tu paries ?

— Arrête, Irène ! Ce n'est pas un jeu.

— Il faut bien se distraire.

— C'est indigne de toi…

Irène fit des boulettes avec la mie de sa tranche de pain, tenta de se justifier.

— Comment veux-tu qu'on reste digne, ici ? Je suis un numéro ; on décide pour moi de l'heure à laquelle je dors, je mange, je me lave. Je n'ai plus de pensée. Je suis un objet.

— Non, protesta Diane. Tu ne sais pas ce que c'est que d'être vraiment la chose de quelqu'un. De n'avoir justement qu'une pensée : ne pas provoquer la colère de son mari. Je suis mieux à Tanguay qu'avec Daniel. Je ne suis pas en danger.

— Ça dépend... Si c'est vrai que Jacky est dans l'aile des prévenues, on va peut-être en hériter.

— Qui t'a dit ça ?

— Marie-Claude a entendu Josée en parler.

— C'est juste une rumeur de plus.

Pourquoi croit-on certaines rumeurs et oublie-t-on les autres sitôt entendues ? Les filles inventent des histoires d'amour entre les surveillantes et les surveillants. Entre les surveillantes et les détenues. Entre les surveillants et les détenues. Entre les détenues. Un regard, un silence, un soupir, un mot, tout est déformé comme les miroirs de nos cellules. On se regarde dans nos miroirs, on voit qu'on a changé et on se dit « non, c'est la faute du miroir, il n'est pas clair, il est gondolé ». Ce n'est jamais notre faute, ce qui nous arrive ici. Mais on ne doit le dire à personne. Ça pourrait être répété. Perçu comme un signe négatif, un refus de prendre ses responsabilités, une absence de contrition. Acte de contrition : Mon Dieu, j'ai un extrême regret de vous avoir offensé car vous êtes infiniment bon. *Bon ? Qui a dit ça ? Qu'on me donne une preuve de la bonté divine ! Je vais à la messe tous les dimanches car je suis une détenue modèle, et je regarde prier Marianne, Élisabeth, Marie-Claude et Diane. Elles prient en baissant la tête. Moi, je regarde les vitraux. C'est la seule vraie débauche de couleurs qui existe à Tanguay. Elles paraissent vivantes. Je pense à Marcelle Ferron tous les dimanches. J'aurais aimé, moi aussi, faire des vitraux.*

— Ne commence pas à t'inquiéter pour rien. Jacky n'est peut-être même pas ici. Rien ne dit qu'elle aboutira dans notre aile...

— Gages-tu ?

— Tu sais bien que je n'ai pas d'argent à gaspiller. Je mets tout de côté pour Éric.

Et pour toi ? Qu'est-ce que tu auras pour vivre en sortant d'ici ? Es-tu certaine qu'Éric t'aidera quand tu seras dehors ? Est-ce que Jeanne ressemble plus à Bernard qu'à moi ? Elle m'a parlé d'une gardienne au téléphone, Nadia. Elle dit qu'on la prend pour sa grande sœur. Je ne peux pas m'empêcher d'être jalouse alors que je devrais être heureuse qu'une femme soit chaleureuse avec ma fille. Je me déteste d'être jalouse.

— Éric veut devenir avocat, fit Diane. Ça m'a surprise. Il les a tellement détestés au moment de mon procès.

— Il fera ce qu'on n'a pas fait pour toi.

— Ou pour toi…

— Non, mon avocat n'était qu'un pion dans le grand jeu de Bernard.

— Quand je pense que je t'enviais d'être mariée à un homme qui te soutenait autant !

— Moi, je t'envie d'être débarrassée du tien.

Diane eut un mouvement de dénégation ; ce n'était pas si simple de vivre avec la responsabilité d'une mort. Même après des années, Diane rêvait encore à cette nuit où elle avait tué pour ne pas être tuée.

— Je suis certaine que je ne regretterais pas la mort de Bernard. C'est à ça que je rêve, moi. Le cauchemar, c'est quand je me réveille et que je comprends qu'il est toujours vivant. Auprès de Jeanne. À la gâter, à la pourrir avec son argent. Quand je vais sortir…

— Oublie ça, Irène ! Oublie tes idées de vengeance, tu vas seulement t'attirer des ennuis. Tu n'as pas encore compris que ton mari est vraiment dangereux ? Tu n'as pas pensé qu'il n'en a peut-être pas fini avec toi ?

— Il m'a enlevé ma fille ! Qu'est-ce que tu veux de plus ?

— Il pourrait te tuer.

— Il l'aurait fait avant, protesta mollement Irène. Il a préféré m'envoyer ici.

— Ça ne peut pas l'enchanter que tu sortes l'an prochain, reprit Diane.

— Ce n'est pas fait ! Je sais bien qu'on peut être libérées après les deux tiers de notre peine, mais ça dépend de…

— De toi. Si tu continues à te tenir tranquille. Ne parle plus jamais de tes fantasmes sur Bernard. Fais une croix là-dessus. Pense plutôt à ton avenir.

— Qu'est-ce que tu veux que je fasse? Je n'ai pas le choix. Je vais travailler dans un salon de beauté. Françoise a dit qu'elle pourrait m'employer.

— Tu es vraiment douée pour le maquillage.

— On a vu les résultats avec Lorraine. Je n'aurais pas dû...

— Arrête de te plaindre, Irène. Je suis certaine qu'elle n'est pas morte. Tu as la chance d'avoir du talent pour coiffer, pour coudre, pour dessiner, maquiller, tu as déjà un emploi qui t'attend en sortant d'ici alors que moi, je n'ai rien devant moi! Tu m'énerves...

Diane souleva sa tasse de café et se dirigea vers l'évier de la salle commune pour la laver, laissant Irène médusée par sa dernière remarque. Irène faillit se lever, rattraper Diane, mais se rassit en souriant; sa compagne avait acquis de l'assurance pour s'exprimer si directement. L'assurance d'une femme qui avait repris sa vie en mains. Qui allait bientôt jouir de sa liberté.

Et moi? Est-ce que j'aurai ma remise de peine? Je sortirais dans vingt mois. Jeanne viendrait d'avoir dix ans. Est-ce que je fêterais l'anniversaire suivant avec elle? Peut-être que oui, peut-être que non. C'est encore Bernard qui déciderait. Je devrai lui être soumise quand je serai libérée de Tanguay, sinon je serai punie. Je ne serai jamais libérée de Bernard. Il sera autour de moi, toujours, comme ces murs de béton. Mais je peux frapper sur les murs. Pas sur Bernard. Et j'aurai peur qu'il me tue, je vivrai en permanence avec cette menace. Peut-être qu'il souhaite que j'en vienne à regretter Tanguay, à regretter le temps où j'étais en sécurité.

— Irène?

Non, je ne me retourne pas. J'avance vers l'autre aile. Je continue jusqu'à ma cellule. Ne pas répondre à Marie-Claude. Elle n'a même pas remis sa poupée à Jeanne quand elle était dehors. Tant pis pour elle si elle s'est fait reprendre. Elle n'a pas fini de faire des allers-retours ici. Pas de tête. Je n'aurais jamais dû lui donner de l'argent pour acheter la poupée Barbie. Elle doit l'avoir dépensé en vernis à ongles et en mascara. Ma cellule, gagner ma cellule, esquisser les personnages des miniatures. Josée m'a promis que j'aurais de l'aquarelle la semaine prochaine.

— Irène ? Tu as une visite, ton mari.

— Bernard ? Qu'est-ce qui se passe ? Jeanne est avec lui ? Il est arrivé quelque chose à Jeanne ? C'est ça ?

Comment pouvait-elle courir alors qu'elle ne sentait même pas ses jambes ? Josée la rattrapa, tenta de la rassurer. Elle avait vu Bernard s'asseoir dans la salle de rencontres, il ne paraissait pas du tout ému. Il était même souriant.

— C'est vrai ?

— Ce n'est rien de grave, j'en suis sûre.

Irène n'eut pas à mimer l'inquiétude, elle pénétra dans la pièce, se rua vers le cubicule où l'attendait Bernard.

— Tu as l'air un peu nerveuse.

— Est-ce que Jeanne va bien ?

— Très bien. De mieux en mieux. Elle a tellement de plaisir avec Nadia.

— Avec Nadia ? La petite gardienne ?

— C'est ça. Elles s'entendent à merveille.

Pourquoi souriait-il ? Qu'avait-il à lui dire qui le réjouissait autant ?

— Je voulais t'annoncer moi-même que je me remarierai avec Nadia quand on sera divorcés. Jeanne va avoir une nouvelle maman ! Une belle et jeune maman qui saura s'occuper d'elle.

— Non ! Tu n'as pas le…

— Le droit ? Mais si, j'ai tous les droits. C'est pour le bien de Jeanne. Elle a besoin d'une présence féminine. Ta mère était trop vieille, je l'ai renvoyée chez elle. Mais Nadia a à peine dix-huit ans…

Bernard marqua une pause avant d'ajouter que Nadia ressemblait beaucoup à Irène, au même âge. C'est pourquoi Jeanne passait souvent pour sa petite sœur.

353

— Je sais. Elle me l'a dit au téléphone.

Irène se rappelait la note de gaîté dans la voix de Jeanne. Une note qu'elle n'avait pas entendue depuis longtemps. À chacune de leurs conversations, elle guettait les intonations de sa fille, l'émotion derrière les mots. Était-elle plus ou moins triste que la fois précédente ? Plus ou moins résignée, ou décidée, enthousiaste, excitée ? Contente d'être la deuxième de sa classe en calcul ?

— Papa dit que je vais devenir une bonne femme d'affaires si je sais bien compter !

Elle cherchait à plaire à Bernard. Mais comment l'en blâmer ? Elle ignorait tout de lui.

— C'est bien, ma belle princesse, je suis certaine que tu vas faire ce que tu voudras quand tu seras grande. As-tu fait de beaux dessins cette semaine ?

Jeanne avait parlé d'un bricolage réalisé à l'école, avant de revenir sur le voyage. Elle allait prendre l'avion ! Elle allait manger avec un petit plateau sur ses genoux. Est-ce qu'Irène avait déjà pris l'avion ?

— Mais oui, ma chouette, je suis allée au Mexique, à Paris.

— C'est là qu'on va. Dans la tour Eiffel.

Irène avait senti son cœur se serrer ; elle aurait tant voulu faire découvrir la Ville lumière à sa fille.

— M'écoutes-tu, Irène ? reprit Bernard. On part à Paris pour Pâques. Nadia a très envie d'y aller. C'est curieux, vous avez les mêmes goûts. Mais elle ne dessine pas. Elle aime mieux la mode. Elle me coûte cher ! Tout le monde la remarque quand on va au restaurant. Jeanne est fière d'elle ! Elles regardent les catalogues ensemble, les robes de mariées.

— C'est pour quand ?

Bernard adressa un large sourire à Irène, savourant à l'avance sa cruauté.

— On va attendre que tu sortes de prison. Comme ça, tu pourras assister à notre union.

— Tu veux que je sois présente ?

Bernard était vraiment fou! Irène baissa la tête, prit une longue inspiration; elle devait pouvoir lui offrir une expression de soumission atterrée. Elle s'efforça de bégayer.

— Mais… mais… on n'est pas… pas encore…

— … divorcés. Je sais. Mais je ne suis pas si pressé. Ce n'est qu'une formalité. Si tu pouvais voir Jeanne avec Nadia! On va faire des photos de notre voyage à Paris. Jeanne aime ça, prendre des photos; c'est Nadia qui lui a montré comment fonctionne l'appareil que je viens d'acheter. On t'en enverra. Tu pourras les mettre dans ta cellule. Es-tu encore là pour longtemps? Il me semble que tu devrais être libérée en octobre ou novembre de l'an prochain.

Quelqu'un continuait donc à le renseigner sur elle. Et sur Frédéric Fontaine probablement…

— On verra si j'obtiens ma libération conditionnelle.

— C'est sûr que c'est un peu loin… Mais je veux que tu assistes à notre mariage. Que tout le monde sache que nous sommes en bons termes. J'imagine que tu n'as pas l'intention de m'embêter en sortant d'ici?

Irène secoua la tête.

— Ça serait mieux que tu restes à Montréal où tu as tous tes amis, non?

— Jeanne est à Québec.

— Je ne suis pas certain que ce serait bon pour elle de te voir trop souvent. Elle n'est plus habituée à toi. Ce serait compliqué pour elle d'avoir deux mamans, non?

Irène baissa la tête pour cacher la haine qui la dévorait. Ne pas réagir. Rester soumise. Résignée. Perdue. Respirer lentement. Un goût fade dans la bouche. Irène s'était mordu les lèvres.

C'est salé, c'est mon sang. C'est le sang qui coulait quand j'ai accouché de Jeanne. C'est ma fille. Il ne me l'enlèvera pas une seconde fois. Je dois relever la tête lentement, compter jusqu'à vingt. Lentement. Lui offrir un visage décomposé. Il l'est sûrement, de toute manière.

— C'est mieux pour Jeanne, répéta Bernard. Et quand elle aura un petit frère, on formera une vraie famille.

Irène soupira sans répondre, finit par dire qu'elle enverrait un œuf de Pâques peint à Jeanne.

— Tu dessines toujours, hein ? C'est sûr qu'il faut bien passer le temps.

— On m'a demandé de montrer aux autres à décorer des œufs.

Bernard s'esclaffa.

— Franchement, vous avez la belle vie, ici, vous bricolez, vous dessinez sur des œufs pendant que nous, on paie des impôts pour vous entretenir.

— Ça dépend des points de vue, laissa tomber Irène après un long silence.

— As-tu eu d'autres visites ces jours-ci ?

— Non. Après quelques années, les gens viennent moins nous voir.

Savait-il que Frédéric Fontaine n'avait pas mis les pieds à Tanguay depuis des semaines ? Le faisait-il suivre encore ? Et celui qu'il avait engagé pour épier Fontaine avait-il deviné qu'il était filé par celui-là même qu'il devait surveiller ? Qui était l'arroseur arrosé ?

Je vais dire à Frédéric de tout laisser tomber. Bernard a l'air trop sûr de lui. Il doit penser que Frédéric a découvert son complice, et il a sans doute déjà établi un plan pour se débarrasser de lui. Non. Pas Frédéric ! Penser au goût ferrique de mon sang, me concentrer sur la texture, aspirer mes joues pour m'empêcher de parler. Tais-toi, Irène. Silence. Écoute les battements de ton cœur, écoute les bruits de Tanguay, reste immobile, attends qu'il bouge le premier comme si tu avais besoin de sa permission pour bouger à ton tour.

Bernard se leva enfin, répéta à Irène qu'il lui enverrait des photos. Qu'il lui téléphonerait pour lui dire quand il reviendrait avec Jeanne. Il ferait beau. Le mois de mai est toujours plus printanier à Montréal. N'était-ce pas elle qui lui avait fait remarquer que les lilas y poussent quinze jours plus tôt qu'à Québec ?

— Nadia aime bien les lilas, elle aussi. Un autre point en commun !

Irène était maintenant persuadée que Bernard avait choisi cette gardienne, cette fille qui lui ressemblait, afin que Jeanne s'attache rapidement à elle. Il la remplaçait par sa copie, s'amusait de cette perverse cruauté.

— Est-ce qu'il y a des arbres dans la cour où vous vous promenez ? demanda Bernard. Je ne l'ai jamais vue.

— Il n'y a pas de lilas, fit Irène en quittant son siège à son tour.

— À bientôt !

Elle ne se retourna pas pour le saluer, traîna volontairement les pieds jusqu'à la porte, sachant que Bernard ne la quittait pas des yeux.

Elle devait maintenant écrire à Frédéric Fontaine. Il recevrait sa lettre jeudi ou vendredi. Il lui téléphonerait et elle lui dirait qu'il était en danger ; Bernard était trop souriant pour que l'annonce de son mariage soit la seule raison à sa joie.

* * *

Une brise bienveillante, taquinant les jeunes feuilles des tilleuls du parc Lafontaine, ridant imperceptiblement l'eau des lacs artificiels, permettait de croire que la journée serait idéale. Frédéric et Fila avaient couru ensemble durant une demi-heure, et la chienne aurait bien continué mais une tension dans sa laisse lui indiqua qu'ils rentraient à la maison. Son maître se doucha, s'habilla et lui promit qu'il reviendrait bien vite la retrouver.

Est-ce qu'il avait raison d'avoir gardé Fila ? se demandait pour la centième fois Frédéric en faisant démarrer sa voiture. Il se sentait coupable tous les matins de l'abandonner pour la journée et, s'il le pouvait, il venait dîner chez lui pour alléger ses heures de solitude. La chienne l'accueillait toujours avec des manifestations joyeuses, pas rancunière pour deux sous. C'était une si bonne bête, douce et sage. Il ne la méritait pas. Elle resterait enfermée jusqu'à midi au lieu de profiter du temps splendide de cette fin mai. Mais il ne pouvait pas l'emmener avec lui aujourd'hui. Si Gaétan Dubuc avait vraiment peur des chiens comme il le prétendait, il fermerait sa porte à l'enquêteur en apercevant Fila. Frédéric avait eu du mal à s'endormir, se demandant ce que Dubuc voulait lui dire, s'efforçant de se calmer, de ne pas s'imaginer trop vite qu'il allait enfin avouer qu'il avait vu Pierre Boutin le soir du meurtre de Bobby. Mais pourquoi Dubuc lui aurait-il téléphoné au poste s'il n'avait rien d'important à lui apprendre ? Est-ce que Frédéric avait vraiment perçu une lassitude dans sa voix ? Elle lui avait paru plus basse. Son débit était plus lent. Gaétan Dubuc n'avait pas parlé de son état de santé, mais Frédéric devinait qu'il ne s'était pas amélioré.

Il fut malgré tout surpris par l'apparence de Gaétan Dubuc. L'homme avait beaucoup maigri, son teint était cireux, ses yeux semblaient enfoncés dans leurs orbites et ses lèvres décolorées trahissaient le secret de la mort, le sang qui circule de moins en moins bien dans le corps, comme s'il l'oubliait.

Frédéric Fontaine remercia Gaétan Dubuc de l'avoir rappelé.

L'homme soupira en lui faisant signe de refermer la porte derrière lui. Il y avait des boîtes de carton dans le grand salon, mais les couvertures, les oreillers sur le canapé indiquaient que Dubuc s'y allongeait encore.

— Je déménage. Je vais aller mourir dans un centre pour des malades comme moi.

— À Montréal ?

Dubuc secoua la tête. Il irait à Montmagny, là où il était né.

— Vous, au moins, vous ne me dites pas que tout va s'arranger. Mon neveu m'énerve assez ! Il répète tout le temps que j'ai l'air mieux. Je ne suis pas fou, ni aveugle, je sais bien que je ressemble déjà à un cadavre.

Gaétan Dubuc serra les poings quelques secondes.

— Vous êtes fâché, constata Frédéric.

— Je ne suis pas si vieux ! Il me semble que je pourrais vivre encore quelques années.

— Personne n'a jamais envie de mourir.

— Non. J'imagine que Robert Lamothe n'était pas trop content de se faire poignarder.

— Robert Lamothe ?

— Celui dont vous recherchez encore le meurtrier. Parce que je suis certain que vous n'avez pas abandonné cette affaire. Vous m'avez reconnu tout de suite quand je vous ai appelé. C'est toujours présent dans votre tête, cette histoire-là, non ?

Frédéric Fontaine acquiesça, précisa qu'il n'avait jamais cru à la culpabilité d'Irène.

— Elle n'a pas été chanceuse, hein ? Son mari avait pourtant payé un des avocats les plus connus de Montréal. Il passe souvent à la télévision. Je l'ai vu la semaine dernière. C'est ça qui m'a décidé à vous appeler. Je n'ai plus rien à perdre, hein ? Je ne veux pas partir d'ici sans vous avoir dit que je pense que j'avais vu le gars de la photo. Celle que vous m'avez montrée quand vous êtes venu au début de l'hiver. Ça lui ressemblait.

— Un peu ? Beaucoup ?

— Beaucoup. C'est sûr que j'avais vu votre homme le soir, qu'il était tard. Mais il marchait assez près du lampadaire quand je l'ai aperçu. Il avait un regard… que je n'ai pas aimé. Comme celui des vampires dans les films. Mais quand je l'ai revu au poste, à votre séance d'identification, je n'étais plus si sûr. Ou bien j'étais sûr, mais je ne voulais pas m'en souvenir. En tout cas, votre gars riait avec d'autres policiers. Il avait l'air normal. C'étaient ses mêmes yeux pâles mais ils étaient ordinaires. Pas comme le soir du meurtre. Mais c'était peut-être parce que c'était le soir justement. Ou la lumière du lampadaire. En plus, il n'y avait rien qui me disait que c'était lui qui avait…

— Est-ce que vous vous souvenez de l'heure ?

— Deux heures et quart, deux heures et demie. Je m'en souviens parce que le chauffeur de taxi arrive souvent vers ces
heures-là.

— Vous l'avez vu aussi, le chauffeur ?

— Oui, il a garé sa voiture devant chez nous.

— Vous l'avez croisé ?

— Non, je l'ai vu qui s'éloignait vers chez lui.

— Vous le connaissez ?

— On se salue, c'est tout. Ça m'a l'air d'un gars tranquille.
Vraiment tranquille ; je n'ai jamais vu personne chez lui.

— Pourquoi étiez-vous dehors à cette heure-là ?

— Vous ne vous en souvenez pas ? Voyons, je vous l'avais
dit, cet été-là. Je sortais dehors pour fumer. J'aimais ça, fumer
dehors, sur le balcon. J'aimais tellement ça, fumer. Je me réveil-
lais la nuit pour fumer. Toutes les nuits.

Il y avait du regret, de la nostalgie dans cet aveu. Dubuc n'arrivait pas à détester la cigarette qui le tuait. Il l'avait trop aimée
pour la haïr.

Frédéric Fontaine sortit une enveloppe contenant des photos
de criminels où il avait glissé un cliché de Pierre Boutin ; il les
tendit à son hôte.

— Il ressemble vraiment à l'homme que j'ai vu ce soir-là.

— Vous pourriez le dire en cour ?

— Ça va prendre trop de temps si vous voulez lui faire un
procès. Je vais être mort. Mais je peux signer un papier si ça vous
arrange. Et tant pis si votre homme le trouve. Vous travaillez
ensemble, c'est ça ?

Frédéric aurait dû expliquer à Gaétan Dubuc qu'il n'avait pas
le droit de lui révéler ces détails, mais il avait envie de satisfaire la
curiosité du malade qui lui avait enfin dit ce qu'il souhaitait
entendre depuis des années.

— On se connaît à peine.

— Mais c'est quand même un policier ? Il pourrait savoir
que c'est moi qui vous ai parlé de lui.

— Je ne sais pas comment il l'apprendrait. Ce n'est pas moi qui le lui dirai. Ça va rester un secret entre nous. Je reviendrai vous faire signer une déclaration demain, il n'est pas question que vous veniez au poste. C'était un hasard que ce policier ait été là au moment de la séance d'identification. On lui a demandé de participer à la parade parce qu'il est gros. On avait cherché des hommes qui correspondaient à la description que vous nous aviez donnée lors de votre première déclaration. Et moi j'ai cru qu'il s'agissait de Marcel Lemieux. Et je l'ai emmené au poste. Mais ce n'était pas lui que vous aviez reconnu.

Gaétan Dubuc fut secoué par une quinte de toux ; Frédéric se leva aussitôt pour aller prendre le verre d'eau qui traînait sur la table derrière le canapé.

— Merci.

— Non. C'est moi qui vous remercie, monsieur Dubuc. Votre témoignage est très important pour moi. Je reviendrai demain si ça ne vous dérange pas trop. Je ne vais pas rester plus de cinq minutes.

— Venez vers midi.

— Est-ce qu'il y a quelque chose qui vous ferait plaisir ?

— Un paquet de cigarettes. Mais je suppose que vous allez dire non…

La douceur de l'air surprit Frédéric quand il sortit de l'appartement ; le soleil, haut dans le ciel, royal et fier, annonçait le retour de l'été et de ses parfums sucrés, de ses couleurs pimpantes, de ses journées qui n'en finissent plus. Il respira à pleins poumons et se félicita d'avoir cessé de fumer. Il marcha d'un pas rapide jusqu'à sa voiture, pressé de rentrer au poste pour discuter avec Jocelyn Chartier. Il était temps que Frédéric lui parle de Pierre Boutin même s'il ne l'avait pas vu avec Bernard Nadeau. Mais comme il ne pouvait suivre Boutin en permanence… Chartier serait incrédule, au début, mais il le convaincrait qu'il avait eu raison de s'intéresser à Boutin. Il lui dirait qu'il pensait à lui depuis sa conversation avec Raymond Tremblay. Il persuaderait Chartier de revoir les hommes qui avaient été battus sur la montagne ou dans le Village au cours des dernières années, qu'on avait trouvés, amenés à l'hôpital, et qui avaient prétendu avoir tout oublié. On leur montrerait des photos de Boutin. Peut-être que certains admettraient qu'ils l'avaient déjà vu si on leur promettait un total anonymat ? Si on leur expliquait qu'on voulait empêcher Boutin de continuer ses persécutions ?

— Les victimes refusent de porter plainte, dit Chartier. On ne va nulle part avec ça…

— Sauf que le mont Royal est près de la rue Hutchison. Je suis certain que Boutin fait chanter ces pauvres gars…

— Il serait aussi pourri que ça ?

— Pire.

— J'ai souvent entendu dire qu'il jouait gros. Et qu'il était malchanceux. Bonneau, qui ne crache pas sur une partie de poker, l'a déjà taquiné devant moi en lui disant qu'il devait être heureux en amour. Boutin avait dit que la chance tournerait, qu'il allait gagner aux courses pour compenser ses pertes avec les cartes.

— Ça prend de l'argent pour jouer autant que lui. Au moins trois soirs par semaine. On n'a pas des salaires qui permettent de telles dépenses. Je retourne à Québec en fin de semaine. Il a travaillé là-bas avant d'arriver ici.

— Et alors ? Même s'il a vécu dans cette ville en même temps que Nadeau, ça ne prouve rien. Mais si tu apprends qu'il a connu ton père, tu pourras te poser des questions…

— Qu'est-ce que tu veux dire ?

La brusquerie du ton ne surprit pas Chartier ; Fontaine était toujours sur la défensive quand il s'agissait de son père. Ils en avaient pourtant déjà parlé ensemble, Chartier savait que Marc Fontaine avait été un policier corrompu. Quand son fils cesserait-il d'en avoir honte ?

— Tu ne m'as jamais dit si Boutin connaissait ton père.

— Tu penses qu'ils étaient complices ?

Voilà, il avait formulé cette hypothèse qui l'obsédait un peu plus chaque jour, qui l'empêchait de trouver facilement le sommeil. Et dont Chartier ne pouvait mesurer toute l'horreur. Son père et Boutin? Son père, Boutin et Nadeau? Non. Oui. Trop de coïncidences. Non. Québec n'était pas une si grande ville.

Chartier avait perçu l'embarras de son partenaire et rompit le silence.

— Qu'est-ce que tu attends de moi?

— Que tu obtiennes des confidences des victimes.

— Ça ne sera pas facile. Je me mets à leur place; après avoir été battus, il faudrait qu'en plus tout le monde sache qu'ils sont gais? C'est peut-être facile à vivre quand tu es un artiste, mais la révolution sexuelle n'a pas changé tant que ça les mentalités. Quand tu travailles au gouvernement, ou dans un ministère, dans l'armée…

— … ou dans la police.

— Tu seras prudent à Québec? Bernard Nadeau est peut-être informé de tes déplacements.

— Boutin ne peut pas me suivre constamment.

— Tu penses qu'il renseigne Nadeau sur tes visites à Tanguay?

— C'est quelqu'un là-bas qui le renseigne, il ne me suit pas jusqu'à la prison. Il ne peut pas être partout en même temps. Je vais partir à Québec pendant qu'il sera aux courses.

Jocelyn Chartier alluma une cigarette sous l'œil réprobateur de son partenaire. Il n'avait pas réussi à cesser de fumer plus de deux semaines.

— Si tu avais vu Dubuc, tu écraserais ta cigarette tout de suite.

— Tu es bien mal placé pour me donner des conseils de prudence. Tu rôdes autour de Boutin depuis des semaines! Un accident est vite arrivé.

— Ça serait la preuve que j'ai raison, que c'est un assassin.

Chartier inspira une longue bouffée en secouant la tête; Fontaine avait probablement raison en ce qui concernait Boutin, mais son obsession pour l'affaire Nadeau lui faisait oublier la prudence.

— Boutin finira par s'apercevoir que tu enquêtes sur lui. Si ce n'est pas déjà fait.

— Tant mieux. Il va paniquer, commettre des erreurs.

Chartier protesta : Boutin faisait chanter des hommes depuis des années, il avait peut-être tué Robert Lamothe sans être inquiété, il était prudent, rusé, organisé.

— Même si on recueille des témoignages contre lui, il ne sera accusé que d'agression et de chantage. Pas de meurtre. Tu as la déclaration de Gaétan Dubuc, mais ça ne prouve qu'une chose : que Boutin était dans la rue Hutchison le soir du crime. Ce n'est pas ça qui le fera condamner. Tu n'as rien de solide. En plus, tu es peut-être en train de lui donner un alibi pour cette nuit-là.

— Un alibi ?

— Si une des victimes me dit que Boutin l'a agressée sur la montagne entre minuit et trois heures du matin, ça prouvera qu'il n'était pas chez Irène Nadeau, qu'il était occupé ailleurs à tabasser un homo.

— Je vais trouver autre chose à Québec.

— Tu es déjà allé vingt fois pour rien.

— Je veux que Boutin et Nadeau paient pour ce qu'ils ont fait à Irène.

— Tu te prends pour Zorro. Mais on n'est pas à la télévision où le héros gagne à tous les coups.

Un héros ? Alors qu'il était incapable de tenir les promesses qu'il avait faites à Irène ? Il savait parfaitement que le seul témoignage de Dubuc, même précieux, ne justifierait jamais qu'on rouvre le dossier Lamothe. Il devait revoir Raymond Tremblay, le faire parler. Et pousser Boutin à commettre une bêtise, lui faire ensuite avouer sa participation au meurtre.

— Pourrez-vous garder Fila en fin de semaine ?

— Évidemment ! Tu nous épargnes bien des discussions avec les enfants.

Richard et Micheline tannaient Jocelyn Chartier pour qu'il leur permette d'adopter un chien, mais il avait tenu bon jusque-là, soucieux de tenir le même discours que sa femme. Accueillir Fila contenterait momentanément les enfants. C'était du moins à espérer…

— Tu coucheras chez une des tes sœurs à Québec ?

— J'irai chez Lise. Elle vient de déménager, ça me permettra de voir son nouveau logement. Elle s'est installée dans Montcalm.

— Elle ne vient jamais à Montréal ? Ni ton autre sœur, tes frères ?

— Avec les enfants, c'est compliqué. Quand ils grandiront… Ils veulent tous venir à la Ronde.

— Est-ce qu'il y en a qui te ressemblent ?

— J'espère bien que non ! lâcha Frédéric.

Le ton très brusque et si convaincu de cette remarque surprit Chartier ; pourquoi cela gênait-il Fontaine qu'un enfant ait hérité de ses traits ? Il le dévisagea sans masquer son étonnement, mais son ami garda le silence. Comme toujours quand il s'agissait de lui ou de sa famille.

chapitre 21

1974

Après avoir déposé son sac de voyage chez sa sœur, Frédéric Fontaine se rendit à la centrale du parc Victoria. Il dut saluer plusieurs collègues, discuter, rire avec eux avant de pouvoir relire tranquillement le dossier sur l'affaire Gendron, vérifier les déclarations de Bernard Nadeau. Celui-ci avait bien dit qu'il était resté dans l'appartement de Guylaine pendant qu'Irène allait téléphoner à la police. Il s'était approché du corps mais ne l'avait pas trop bougé, il s'était seulement assuré que Guylaine était vraiment morte, qu'il ne pouvait plus rien faire pour elle. Il avait ensuite essayé d'empêcher Irène de s'approcher du cadavre, puis des patrouilleurs étaient enfin arrivés.

Nadeau était donc resté plusieurs minutes à côté d'une femme qu'on venait d'égorger, sans s'inquiéter de sa propre sécurité. Parce qu'il savait que l'assassin ne s'en prendrait pas à lui? Parce qu'il l'avait payé? Nadeau n'avait pas été assez fou pour révéler le nom de son complice quand il avait raconté à Irène comment il l'avait piégée, mais il pouvait très bien avoir rencontré Boutin à Québec et compris qu'ils étaient faits pour s'entendre.

Se connaissaient-ils déjà quand Guylaine avait été assassinée ? Dans quel quartier travaillait Pierre Boutin quand il était à Québec ? La centrale du parc Victoria n'existait pas, à l'époque. Frédéric se souvenait de son père qui se plaignait de l'étroitesse du bureau où il travaillait : « On crève l'été. J'aime mieux être dehors à patrouiller. En plus, personne ne m'écœure, j'ai la paix. Pierrot, le petit nouveau, est comme moi, il déteste ça, rester au bureau. »

Pierrot ? Pierre ? Frédéric Fontaine s'était demandé durant des mois qui était ce Pierre qui avait aidé son père à faire disparaître Georges Pouliot, il avait cherché à savoir s'il était présent à l'enterrement de Marc Fontaine, mais il n'avait pu reconnaître un homme qu'il n'avait aperçu que de dos. De plus, il était trop angoissé au moment du meurtre pour remarquer les détails qui permettent d'identifier quelqu'un. Il entendait les cris de Pouliot, ses râles, puis la voix de son père, un peu lasse mais satisfaite.

Pierre. Sautait-il trop vite aux conclusions comme le disait souvent Chartier ? L'accumulation d'éléments tournant autour de Boutin le poussait pourtant à suivre son intuition. Même s'il y avait des dizaines de policiers qui s'appelaient Pierre, Paul ou Jacques, Jean, Raymond. Ces prénoms étaient très répandus. Si seulement son père avait hélé son complice en l'appelant par son patronyme. Comme le faisaient presque tous les policiers. Lui-même s'adressait à son partenaire en disant « Chartier », très rarement « Jocelyn ». Ou alors chez lui, quand il le voyait avec sa femme et ses enfants. Mais, au travail, c'était Chartier et Fontaine. Pas Jocelyn et Frédéric. Si son père avait dit « Pierrot » à l'homme à qui il demandait de pousser Georges Pouliot et sa voiture dans la carrière, c'est que cet homme devait être beaucoup plus jeune que lui. En début de carrière ? Frédéric Fontaine revoyait le complice, de dos ; il était mince. Il acceptait le cigarillo que lui tendait Marc Fontaine. Il le fumait comme si la proximité de leur victime le laissait froid. Des cigarillos. Irène avait parlé de cigares. Elle était certaine d'en avoir perçu le parfum entêtant dans l'appartement de la rue Hutchison.

Georges Pouliot était mort en avril 1956. Boutin devait avoir vingt-cinq, vingt-six ans à ce moment-là. Il était jeune, mince et pas encore assez riche pour s'acheter de gros cigares. Il devait fumer des cigarettes, se contenter des cigarillos que lui offrait Marc Fontaine. Y avoir pris goût. Frédéric se rappelait l'odeur douceâtre des cigarillos de son père, se rappelait l'anniversaire de ses quinze ans, Marc Fontaine lui tendant un cigarillo en lui disant qu'il était assez grand pour fumer. Il n'avait pas osé refuser, même s'il détestait cette odeur trop associée au tyran. Il s'était étouffé. Son père avait ri en disant qu'il fumait comme une tapette. Les vrais hommes ne s'étouffaient pas avec la fumée. On ne ferait jamais rien de bon avec lui.

Est-ce que son père et Boutin se fréquentaient ? Étaient-ils complices dans le meurtre de Georges Pouliot ? Qui avait aidé son père à assassiner celui d'Irène ? Qui lui dirait si Boutin avait connu Marc Fontaine ? Un ancien partenaire ? Frédéric revoyait Maurice Labrecque à l'enterrement de son père, discutant avec Armand Fortier. Ces deux hommes avaient travaillé avec Marc Fontaine. Il devait maintenant espérer qu'ils étaient toujours vivants. Et à Québec.

Il quitta la centrale du parc Victoria en sifflotant ; la chance lui souriait enfin. Gisèle Dubois, qui était déjà secrétaire au moment où il vivait à Québec, lui avait affirmé que Labrecque demeurait toujours à Charlesbourg, qu'il s'occupait de son jardin. Frédéric lui avait même promis de lui apporter du lilas. Souhaitait-il qu'elle lui téléphone pour annoncer sa visite ?

Maurice Labrecque ne cacha pas son étonnement en ouvrant sa porte à Frédéric Fontaine.

— C'est fou comme tu ressembles à Marc. Puis non, en même temps. J'ai appris que ça marche bien pour toi à Montréal.

— Je ne me plains pas. Mais je préférerais ne pas ressembler à mon père. En rien.

Son hôte poussa un long soupir. Que savait au juste Frédéric Fontaine des exactions de son père ? Et que lui voulait-il à lui, Labrecque ?

— Marc était Marc. Toi, c'est toi.

— Vous souvenez-vous de ses partenaires, à part vous ?

— On a été ensemble dans nos débuts. Puis j'ai été blessé. Et Marc a fait équipe avec Armand Fortier. Pour dire la vérité, j'étais content que le boss me donne Cadorette comme partenaire quand je suis revenu au poste. Ton père était trop… soupe au lait.

— A-t-il travaillé avec Pierre Boutin ?

— Boutin ?

— Pierre Boutin.

Maurice Labrecque secoua la tête ; non, mais ils jouaient au *pool* ensemble.

— Ton père exerçait une sorte de fascination sur Boutin. Il n'était pas vieux à l'époque. Marc payait des tournées au bar. Il avait toujours l'air au-dessus de ses affaires. Tout le monde le connaissait à Québec, tout le monde le saluait.

— Il devait ressembler davantage à un parrain qu'à un enquêteur… Ça ne dérangeait pas Boutin ?

— Non, il en profitait.

— Vous n'avez jamais eu envie de dénoncer les magouilles de mon père ?

— Envie, oui. Mais si ça s'était su dans les journaux, on aurait dit que la police était corrompue. Tu sais ce que c'est…

Frédéric Fontaine haussa les épaules. Il n'était pas venu pour faire le procès des collègues trop conciliants de son père.

— Je revois parfois Boutin à Montréal, dans les partys de Noël. Est-ce qu'il était gourmand quand il était jeune ? Il est toujours en train de grignoter quelque chose.

Frédéric fit un geste circulaire autour de sa taille.

— Il est gros, maintenant ? Pierrot était mince comme on

l'est à vingt ans quand il travaillait dans notre secteur. Il doit avoir fait comme beaucoup d'entre nous ; mal manger, n'importe quoi à n'importe quelle heure. Tu le vois souvent ?

Pierrot. « Mon petit Pierrot », avait dit Marc Fontaine après avoir tué Georges Pouliot.

— Non, on n'est pas au même poste. C'est grand, Montréal.

— Il doit être proche de sa retraite. Dans un an ou deux, je suppose.

Boutin devrait remettre son insigne, son arme, il ne serait plus protégé par son uniforme, il redeviendrait un simple citoyen ; tabasserait-il toujours des homosexuels, les ferait-il encore chanter, ou deviendrait-il plus prudent ? Boutin ne se contenterait pourtant pas de sa pension. Il aurait besoin d'argent pour jouer. Car il aurait encore plus de temps pour traîner aux courses, rôder autour des tables de black-jack. Dans un an ou deux… Irène quitterait Tanguay. Est-ce que Nadeau retiendrait les services de Boutin pour se débarrasser d'elle ? Il n'avait pu rassurer Irène quand elle lui avait fait part de ses craintes. Quand elle lui avait dit de cesser de suivre le complice de son mari, de cesser d'enquêter sur Bernard Nadeau.

— C'est trop dangereux, avait-elle répété. Ils vont vous tuer ! J'ai eu ma réponse pour ma libération ; je sortirai dans un an. Il vaut mieux que Bernard croie que je me suis résignée. Ce qui n'est pas faux, de toute manière…

— Ce n'est pas ça qui vous sauvera, avait-il répliqué.

— Écoutez-moi ! Bernard était trop content, trop satisfait de lui quand il est venu m'annoncer son mariage. Je suis certaine qu'il a des projets vous concernant. Et je ne veux pas être responsable de votre mort.

— Vous ne pouvez pas exiger que j'oublie tout ce que j'ai appris sur votre mari et son âme damnée. Quand j'aurai assez de preuves, il y aura des mises en accusation.

— Et un procès ? Pour lequel Bernard se paiera un vrai bon avocat ? Vous n'avez pas encore compris qu'il est très puissant ?

Qu'il a des appuis dans des sphères dont on ne soupçonne même pas l'existence ? Vous enquêtez sur le crime organisé. Si on vous retrouve avec une balle dans la tête, on dira que c'est un des parrains qui a mis un contrat sur vous. Parce que vous étiez trop curieux, ou trop près de découvrir des éléments majeurs pour la commission d'enquête.

— Ce n'est pas si simple.

— Si ! Ça l'est pour mon mari. Bientôt mon ex. J'ignore pourquoi il ne m'a pas encore fait signer les papiers du divorce. On dirait qu'il étire le processus pour le plaisir. Et je ne sais pas ce que je ferai quand il se décidera à m'apporter les papiers ; si je signe, il épousera peut-être cette Nadia dont il me parle sans arrêt. Elle n'est qu'un pion dans ses plans.

Irène avait marqué une pause avant d'ajouter qu'elle n'était plus aussi certaine de la volonté de Bernard de la faire assassiner à sa sortie.

— Ce serait trop simple. Sur quoi, sur qui exercera-t-il son sadisme si je disparais ? Bernard est trop malsain pour m'éliminer si vite. Je ne parviens pas encore à imaginer la surprise qu'il me réserve, mais je suis cependant persuadée qu'il veut vous éliminer. C'est peut-être ça, la surprise : me montrer qu'il n'y a plus personne pour me protéger. Si Jeanne n'était pas sa fille, il l'aurait tuée pour m'atteindre.

— J'aurai des preuves pour…

— Non ! Arrêtez vos recherches. Je ne veux pas que vous mouriez !

Frédéric Fontaine avait quitté la maison Tanguay avec un curieux sentiment d'invincibilité ; Irène lui avait répété qu'il allait se faire tuer s'il continuait à enquêter sur le complice de Nadeau, mais son inquiétude l'avait galvanisé au lieu de l'alarmer. Irène se souciait de lui ! Elle préférait rester plus longtemps en prison pour éviter qu'on l'assassine. Alors qu'il n'avait pas encore trouvé, après toutes ces années, de preuves assez solides pour faire réviser son procès. Après qu'il eut échoué à la faire libérer comme il le lui avait promis. Elle ne lui en voulait pas. Elle se sacrifiait même pour garantir sa sécurité. Elle tenait à lui.

Il avait eu envie d'en parler à Chartier mais il redoutait ses remarques sur Irène. Son partenaire avait décidé une fois pour toutes qu'elle ne pouvait lui attirer que des ennuis. Il n'avait pas décelé comme lui une réelle angoisse sur son visage de madone quand elle le conjurait de tout arrêter. D'attendre.

Attendre quoi ? Qu'elle soit libérée et que Nadeau la piège de nouveau ?

— Pourquoi t'intéresses-tu autant à Boutin ? demanda Maurice Labrecque à son visiteur. Il s'est fourré le nez dans quelque chose de pas catholique ?

— C'est son genre ?

Maurice Labrecque fit une moue dubitative ; il n'avait pas assez connu Boutin pour avoir une opinion.

— Tout ce que je sais, c'est qu'il jouait déjà gros quand il était à Québec. Un fou des cartes, des machines à sous. Ce n'est jamais bon d'aimer trop. Que ce soit une table de black-jack, la boisson ou les femmes.

— Je sais. Mon père aimait les trois.

Et moi, je n'aime qu'une femme.

Frédéric Fontaine frémit en pensant à Irène, la revit telle qu'elle était, rue du Parloir, lors de leur première rencontre. Était-il anormal d'éprouver une telle fascination pour une femme ?

Même si Irène s'inquiétait de son sort, elle n'était peut-être pas amoureuse, mais simplement attachée à lui. Peut-être qu'il l'aimerait tellement qu'elle finirait par l'aimer. Il devrait alors lui dire que son père à lui avait tué son père à elle. Elle se détournerait de lui. À moins qu'il ait réussi à racheter cette faute en la débarrassant de Bernard Nadeau.

— Tu aimes vraiment ça ? demanda Diane à Irène en commentant le journal télévisé ; on annonçait que le prix Molson avait été décerné à Jean Paul Lemieux.

— Oui, depuis toujours.

Irène se réjouissait de cette distinction. Frédéric en serait sûrement heureux lui aussi. Ils avaient déjà évoqué ensemble les paradoxes qui les séduisaient dans l'œuvre du peintre ; un certain mystère qui n'excluait pas l'humour, une impression de vastitude qui ne reniait pas l'intimité, une distance plutôt froide opposée à des tons chauds. Ils aimaient tous deux ses personnages au regard dubitatif ou rêveur, leur candeur, leur simplicité. Ils semblaient s'interroger sur le monde.

— Heureusement, ils n'ont pas de réponse, avait dit Irène. Ils seraient déçus s'ils savaient ce qu'est la vraie vie.

— Nous le savons vraiment ?

Frédéric avait exprimé ses doutes sur l'existence ; il avait souvent l'impression de traverser la vie sans l'habiter réellement. Les années s'écoulaient sans qu'il puisse dire si elles défilaient à toute vitesse ou si elles s'éternisaient.

— À Tanguay, c'est très clair, elles passent beaucoup trop lentement. Dehors, je n'avais jamais prêté attention au 29 février mais, en prison, c'est une journée de plus, une journée où on va à l'atelier pour suivre un semblant d'horaire, pour se donner l'illusion qu'on a fait quelque chose d'utile. Ça use, de vivre ici. Regardez-moi comme il faut et dites-moi que je n'ai pas changé.

Frédéric avait murmuré des paroles qu'elle n'était pas certaine d'avoir bien entendues. Avait-il vraiment dit qu'il la trouvait toujours aussi belle ? Quand elle avait rapporté cette conversation à Diane, celle-ci lui avait demandé quelles preuves supplémentaires elle voulait pour comprendre que cet enquêteur était amoureux d'elle.

— C'est impossible !

— Non. Tout est possible et tu le sais très bien. On en a des exemples tous les jours à Tanguay. Ce policier ne vient pas te voir pour rien. Tu as le temps d'y penser…

Mais est-ce que je veux vraiment y réfléchir ? Je pense à Frédéric en apprenant que Jean Paul Lemieux a remporté le prix Molson. Et je sais qu'il pense à moi aussi, pour la même raison. Et pour quelles autres ? Je devrais lui dire que tout ce que je veux dans ma vie, c'est Jeanne.

— J'ai hâte d'être dehors quand il y aura une vraie tempête, fit Diane. Les tableaux de Lemieux qu'ils ont montrés dans le journal me donnent envie de me perdre dans une tempête, d'avoir de la neige plein les cheveux, plein les yeux. Il me semble que toute cette blancheur me purifierait.

— Ça en prendrait pas mal plus pour ça, déclara Frances. Tu ne pourras jamais oublier que tu as tué ton mari. Il n'y a pas un homme qui va vouloir de toi ! Tu vas être toute seule pour le restant de ta vie.

— C'est parfait, rétorqua Diane. Exactement ce que je veux ! La paix. La sainte paix !

— Tu n'es pas bien placée pour parler de sainte paix après ce que tu as fait…

— Arrête, Frances, fit Josée Gingras. Laisse donc Diane boire son café tranquille.

Frances fixa la surveillante durant quelques secondes avant de marmonner qu'elle voyait clair dans son jeu, qu'elle savait très bien qu'elle avait des chouchous parmi les détenues.

— Tu es plus fine avec Diane et Irène qu'avec moi. Tu les défends toujours ! Hein, Josée, c'est vrai que tu aimes mieux les meurtrières ?

— Arrête, Frances. Tu nous fatigues.

— Je te fatigue ? Tu passes tes journées assise à nous surveiller sur ta petite télé ou à boire du café. C'est pas trop forçant comme job !

Frances s'agitait de plus en plus, attrapa une tasse vide, s'apprêtait à la lancer quand Irène l'interpella.

— Ça ne te tenterait pas que je te coupe les cheveux à la place ?

Diane, Louise, Josée et même les détenues qui regardaient la télévision fixèrent Irène, interloquées ; elle avait toujours refusé de coiffer Frances et évitait autant que possible de se trouver en sa présence.

— Tu veux me coiffer ? Qu'est-ce qui te prend ?

— Il faut que je m'exerce ; je vais être coiffeuse en sortant d'ici.

— Tu veux me couper les cheveux pour que j'aie l'air folle ! C'est ça ton plan ? Ou tu vas me couper la gorge avec tes ciseaux ?

Irène haussa les épaules, parcourut la salle et sourit en proposant une coupe gratuite aux trois premières qui répondraient à son offre.

— Moi ! Moi, s'époumona Louise.

— Tu vas attendre ton tour, ma maudite, fit Frances. C'est à moi qu'elle l'a demandé en premier ! Bon, on y va tout de suite ou tu me niaisais ?

Irène hocha la tête en tendant le *Châtelaine* à Frances qui siffla son approbation.

— C'est vrai que je vais être *cute* les cheveux plus courts.

Josée fit signe à Blandine de rester auprès des détenues tandis qu'elle accompagnait Irène et Frances.

Celle-ci fut applaudie quand elle revint dans la salle de séjour ; Irène l'avait transformée. Frances souriait et répétait sans arrêt qu'Irène était cool quand elle le voulait.

Quand Josée avertit les détenues qu'il leur restait quinze minutes avant de regagner leur cellule pour la nuit, la quotidienne rumeur désapprobatrice monta tandis que la surveillante s'approchait d'Irène pour lui demander pourquoi elle avait coiffé Frances.

— Tu ne devines pas ? fit Diane. Irène a eu peur que Frances s'en prenne à toi. Tu aurais été obligée de faire un rapport, et Frances serait restée un peu plus longtemps avec nous au lieu de sortir vendredi.

— Et toi, fit Josée, vas-tu changer de coiffure quand tu sortiras d'ici ? Tu arranges toutes les filles, mais tu gardes toujours la même tête.

Irène haussa les épaules ; est-ce que changer de tête changerait sa vie ? Se teindre en noire, ressembler à l'autoportrait qu'elle avait fait d'elle dans une autre existence, est-ce que cela modifierait les choses ? Est-ce que Bernard lui laisserait voir Jeanne plus souvent ?

Changer ? Pourquoi ?

Elle se dirigeait vers sa cellule quand elle s'arrêta soudainement. Mais oui ! Elle allait changer ! Changer autant que Lorraine ! Elle ne se déguiserait pas en homme. Elle se déguiserait en dépressive. Rien ne pourrait autant réjouir Bernard que de la voir malheureuse. Et s'il la croyait vraiment déprimée, il serait peut-être moins méfiant envers elle.

Peut-être. Peut-être pas.

Ça valait pourtant le coup d'essayer. Lorraine avait pu s'enfuir grâce à sa nouvelle apparence, non ? Irène tenterait de gagner une certaine forme de liberté en appliquant la même méthode. Elle avait bien des modèles, à Tanguay, dont elle pouvait s'inspirer…

chapitre 22

JUIN 1974

— Richard Blass n'est pas resté dehors longtemps, fit remarquer Bernard Nadeau à son complice.

— Trois jours et demi, répondit Boutin. C'est moi qui rêve ou il fait chaud ici ?

— C'est ta ménopause, mon Pierrot. Bois, ça va te rafraî-chir.

Les hommes rirent avant de trinquer. Ils burent quelques gorgées de margarita.

— C'est bon en maudit, ce petit drink-là.

— Oui, même Irène aimait ça. Et tu es bien placé pour savoir que ma femme n'aime pas trop le fort.

Est-ce que Nadeau attendait une réponse, ou s'amusait-il simplement à lui rappeler le meurtre de la rue Hutchison ? Il lui parlait de plus en plus souvent de cette nuit-là. Pourquoi ? La confirmation de la libération conditionnelle d'Irène l'agaçait-il ? S'il évoquait l'assassinat de son amant, était-ce parce qu'il s'amu-sait déjà à inventer une nouvelle punition pour sa femme ? Sa femme… Ne devait-il pas divorcer ? Il lui avait annoncé qu'il épouserait Nadia au début de l'hiver, mais il n'en avait plus jamais reparlé. Il faisait surveiller la jeune fille comme il l'avait fait avec Irène. Mais Provencher n'avait rien à révéler à son employeur ; Nadia passait tous ses temps libres à la Place Laurier à courir les boutiques et à dépenser l'argent de son amant. Une fille sans histoire. Simple.

Trop simple. Boutin connaissait assez Nadeau pour deviner qu'il s'ennuyait avec Nadia. Il ne pouvait pas s'amuser avec elle comme avec Irène. Jouer au chat et à la souris. Agiter Jeanne comme un morceau de fromage sous le nez d'Irène, puis l'écraser ensuite d'un bon coup de griffe.

— C'est ma chance qu'elle aime autant notre fille, lui avait déjà dit Nadeau. Je peux faire faire n'importe quoi à Irène quand il s'agit de Jeanne. Un vrai petit caniche bien dressé.

Mais si Irène était si bien dressée, s'il avait tant de pouvoir sur elle, pourquoi Nadeau souhaitait-il se débarrasser d'elle ? Il l'avait pourtant dit clairement. Or, Boutin n'avait aucune envie de tuer Irène Nadeau. Il savait que Frédéric Fontaine le surveillait. Il savait qu'il avait rencontré les tapettes. Et qu'aucune d'entre elles n'avait parlé. Elles n'étaient pas folles, les grandes folles ! Mais Fontaine protégerait sûrement Irène quand elle quitterait Tanguay. Et Provencher ou un autre reprendrait ses filatures, rapporterait à Nadeau que sa femme voyait l'enquêteur. Fontaine était venu assez souvent à Québec pour fouiner, il ne cesserait pas ces allers-retours quand Irène s'installerait dans la capitale. Il viendrait la voir. Lequel des deux tourtereaux Nadeau lui ordonnerait-il de tuer en premier ? En premier, vraiment ? Nadeau était assez fou pour souhaiter qu'ils disparaissent ensemble dans un accident. Il avait si bien réussi dans ses affaires qu'il s'imaginait capable d'obtenir tout ce qu'il désirait. Il ne voudrait rien entendre de ses arguments. Il dirait à Boutin qu'il trouverait quelqu'un d'autre pour exécuter Irène et Frédéric Fontaine s'il refusait le contrat. Et il trouverait ce tueur. Et il le paierait peut-être pour trois meurtres au lieu de deux. Et on le retrouverait, lui, Pierre Boutin, au fond d'un lac. Lui qui avait toujours détesté l'eau.

— C'est vrai que c'est bon, la tequila, dit-il en finissant son verre.

— En veux-tu une autre ?

Bernard Nadeau avait à peine esquissé un geste que le serveur s'approchait de leur table, souriant.

— La même chose. Avec des steaks bien cuits. Des T-Bone. Des patates frites. Du ketchup.

Nadeau commandait toujours pour son invité, et Boutin n'avait jamais osé lui dire, même s'ils se connaissaient depuis vingt ans, même s'il l'appelait Ben, qu'il préférait les pommes de terre à la crème sûre.

— Blass, ça n'a pas eu l'air trop difficile pour lui de s'échapper…

— Faut croire qu'il était bien organisé.

— Il l'était ou pas ? Sais-tu ce qui est arrivé ?

— Je n'ai pas vraiment de contacts à Saint-Vincent-de-Paul.

— Tant que tu en as à Tanguay… Elle est toujours là, ta madame Fournier ?

— Toujours. J'ai appris tantôt que Fontaine est allé voir Irène avant-hier.

Bernard Nadeau soupira ; comment pouvait-il supporter encore cet enquêteur ? Pourquoi écoutait-il Boutin qui lui répétait qu'il était trop dangereux de descendre Fontaine ? Qu'il y avait vraiment trop de monde autour de lui. Que l'enquête sur sa mort serait trop poussée, que trop de moyens seraient mis en œuvre car tous les médias se délecteraient d'une pareille affaire. Il fallait attendre. Attendre quoi ? Que la CECO ait fini d'entendre tous les témoins raconter leurs histoires de viande avariée ? Ça s'éternisait déjà depuis des mois. Il faudrait se débarrasser de Fontaine avant qu'Irène sorte de Tanguay. Quant à elle, il hésitait ; elle pouvait très bien disparaître quelques mois après sa libération, mais auparavant, il la verrait ramper, quêter des moments d'intimité avec Jeanne, dépendre totalement de lui. Elle savait maintenant qui était le maître. Elle n'osait même pas lui reparler des papiers du divorce.

Il ne paierait pas un avocat pour divorcer alors qu'il serait veuf d'ici peu de temps. On ne devenait pas aussi riche que lui en gaspillant son argent.

— Fournier t'a appris autre chose ?

— Non, Irène est toujours aussi tranquille. Elle continue à coiffer les détenues et à décorer des petites bébelles. Il paraît qu'elle a lâché les œufs de Pâques pour faire des oiseaux en papier mâché.

— Puis on paye pour les entretenir ! s'esclaffa Bernard Nadeau. Quand je pense qu'il y en a qui se plaignent.

— Mais ils ne boivent pas de tequila…

— C'est sûr que de ce côté-là… Tu devrais aller au Mexique, tu aimerais ça. Margarita et *chiquitas*… Non, toi tu aimes mieux les chevaux que les femmes.

— Surtout ces temps-ci, j'ai gagné trois soirs de suite !

— C'est ce que je dis, tu vas pouvoir te payer un voyage au soleil.

— Pourquoi j'irais ailleurs ? On est bien au Québec en été. C'est l'hiver qui est haïssable.

— Tu as raison, tu devrais aller dans le Sud en décembre ou en janvier. Si tu t'organises comme il faut, on trouvera le corps de Fontaine pendant que tu te feras dorer la couenne là-bas.

Pierre Boutin serra les dents ; il avait hâte que le serveur revienne avec les margaritas et se répétait qu'il ne devait pas boire son verre d'un seul trait s'il ne voulait pas que Nadeau s'aperçoive de son trouble ; il n'était pas question de tuer Fontaine maintenant. Même s'il aurait volontiers descendu l'enquêteur qui avait osé fouiner dans ses affaires, mais il ignorait ce qu'il avait découvert, se demandait s'il en avait parlé à son partenaire. C'était Chartier qui avait cherché à recueillir les témoignages des tapettes. Il n'avait rien obtenu mais il n'avait pas ouvert les dossiers sans raison. Fontaine était derrière tout ça. Fontaine qu'il avait suivi durant des semaines pour satisfaire Bernard Nadeau, pour lui répéter que l'enquêteur cherchait à en apprendre le maximum sur ses habitudes, son mode de vie afin d'utiliser toutes ces données plus tard. Tuerait-il ou non Fontaine ? Il s'énervait contre lui-même d'être si hésitant, de changer d'idée toutes les cinq minutes. Allait-il enfin se décider ? Penser sérieusement au décès « accidentel » de Fontaine, ou renoncer à satisfaire Nadeau, dire adieu à un beau paquet de dollars ? Mais où trouverait-il l'argent dont il avait tant besoin s'il décevait la vache à lait ?

— Qu'est-ce que tu en penses ? reprit Nadeau. Décembre, c'est un bon mois.

— Décembre... Peut-être que les audiences de la CECO seront terminées.

— Arrête de me parler de la CECO ! Et fais ce que je te demande.

— Ça serait tellement plus simple si Irène mourait en prison. Tu serais débarrassé d'elle. On n'aurait pas besoin de s'occuper de Fontaine.

Bernard Nadeau dévisagea son interlocuteur ; était-il aussi imbécile qu'il le paraissait ? Il n'était pas question qu'Irène meure en prison ! Il fallait qu'elle goûte à la liberté retrouvée durant quelques semaines, qu'elle ait l'impression de refaire sa vie avant de comprendre qu'elle n'en profiterait pas très longtemps.

— Je veux qu'elle ait peur. Qu'elle ne puisse plus sortir de chez elle sans trembler. Qu'elle voie des assassins dans tous les hommes qu'elle croisera dans la rue. Elle n'est pas devenue complètement folle en prison ? Je vais arranger ça ! On ne doit pas avoir Fontaine dans les pattes. Décembre... Ça te laisse du temps pour trouver la meilleure façon de procéder, non ?

Boutin sourit sans répondre. Décembre ? Il pouvait se passer bien des choses en six mois. S'il gagnait gros, il n'aurait pas à satisfaire Nadeau aussi vite. Il pourrait retarder l'exécution. Ou chercher une autre solution. Il ne pouvait oublier le partenaire de Fontaine ; Chartier devait en savoir long et remuerait ciel et terre si son ami disparaissait. Boutin savait ce qui attend un policier quand il est envoyé en prison ; tous les détenus rêvent de se venger sur lui de leur arrestation. Comment pourrait-il supporter une détention à perpétuité ? Car il serait sûrement condamné à la peine maximale pour le meurtre d'un enquêteur. Il n'allait tout de même pas passer le reste de sa vie à Sainte-Anne-des-Plaines ou à Kingston pour faire plaisir à Bernard Nadeau. Il se prenait parfois à souhaiter que celui-ci crève dans un accident d'avion ou de jeep au cours d'un de ses voyages au Mexique. Il perdrait de l'argent mais il dormirait mieux et profiterait de l'avenir. Tenter de tuer Fontaine à un an de la retraite l'ennuyait vraiment. Mais comment combler le manque à gagner ?

*   *   *

Trois cent cinquante jours à attendre. On ne peut pas dire un an quand on vit à Tanguay. On pense en jours, en minutes quand on sait qu'on va sortir. Le 21 août. J'entendrai pour la dernière fois le cliquetis des trousseaux de clés, le grincement des portes. Je marcherai en ligne droite sans m'arrêter pendant des kilomètres. Je me perdrai dans la ville. Et quand je serai fatiguée de marcher, je pousserai la porte d'un restaurant et je commanderai un café. J'imagine que je mangerai aux mêmes heures durant les premières semaines. Mais je me coucherai plus tard. J'irai me promener la nuit. Non, j'aurai trop peur. C'est plus facile de faire disparaître quelqu'un en pleine nuit. Je me promènerai le jour dans des endroits publics, j'irai sur les plaines d'Abraham me rouler dans les feuilles, je resterai étendue sur la pelouse durant des heures. Et si Bernard me fait suivre, il apprendra que j'ai un comportement étrange. Même Fré-

382

déric s'inquiétera. *Est-ce que la nomination du juge Dionne à la CECO changera quelque chose pour lui ? Est-ce que le meurtre du caïd Réal Lépine est relié à cette commission ? J'ai peur qu'il y ait des représailles, qu'un policier soit tué par un gars de la pègre et que Bernard en profite pour l'imiter et se débarrasser de Frédéric.*

— À quoi penses-tu ? demanda Diane.

— À mon ange gardien.

— À ton ange ? Tu as toujours dit que tu ne croyais pas en Dieu…

Irène battit des paupières pour dissimuler le trouble qui l'envahissait : et si Diane venait de lui fournir un atout supplémentaire pour égarer Bernard ? Si elle faisait semblant d'avoir la foi ?

— J'ai peut-être eu tort. J'ai fini par me poser des questions… Toi, ça t'a aidée.

Diane acquiesça ; durant de longs mois, elle avait pensé qu'il n'y avait que Dieu et Dieu seul pour lui pardonner son geste.

— Mais tu avais raison de tuer ton mari… C'était lui ou toi !

— Je suis pourtant responsable de la mort d'un homme. J'ai cessé de me sentir coupable mais je demeure responsable.

— Arrête ! On dirait que tu crois encore que c'est ta faute ! Tu as la paix, alors que moi, je devrai subir les caprices de Bernard pour revoir Jeanne. À condition, bien sûr, qu'il ne décide pas de me faire disparaître trop vite.

— Tu ne pourras pas vivre en pensant qu'il cherche à te tuer ! Il faut que tu te protèges ! Que ton policier fasse quelque chose !

— On en a déjà parlé. Je ne crois pas que les contribuables accepteraient de payer un garde du corps à une ancienne détenue qui a peur de son mari, un homme d'affaires exemplaire qui distribue des bourses d'études, qui offre des équipements sportifs à des jeunes qui ne pourraient jouer au hockey sans son aide bienveillante.

— Qu'est-ce que tu feras ?

— Rien, mentit Irène. Croiser les doigts.

— Prier.

— Pourquoi pas ?

En regagnant sa cellule à la fin de la journée, Irène repensait toujours à l'idée d'une conversion ; est-ce que Bernard y croirait ? Devait-elle jouer la carte du mysticisme ou celle de la dépression ? Un peu des deux ? Le mysticisme impliquerait moins de changements d'ordre physique et n'exigerait qu'une présence quotidienne à la messe, des rencontres fréquentes avec l'aumônier, mais elle devrait conserver la même attitude quand elle vivrait à Québec. Il faudrait que le détective la voie fréquenter l'église assidûment. Non, il était plus simple et plus prudent de gérer une fausse dépression ; si elle persuadait Bernard d'une conversion, il pourrait prendre le prétexte d'un délire religieux inquiétant pour l'empêcher de voir Jeanne sans lui. Mais il pourrait dire la même chose à propos d'une dépression ; n'avait-on pas lu dans les journaux des récits de mères infanticides qui se suicident en entraînant leurs enfants dans la mort ?

Il pourrait dire n'importe quoi et tout le monde le croirait. Il confierait, après sa mort, qu'elle souffrait d'une grave névrose : délire paranoïaque. Il raconterait à tout le monde autour de lui que c'était la même chose qui était arrivée quand Bobby avait été tué, il préciserait qu'elle l'avait pris pour un loup-garou. Un monstre menaçant. Va savoir.

Va au diable, Bernard. Mais non, il ne peut pas aller au diable. Il est le diable. Et je ne peux pas le combattre avec des prières, vraies ou fausses, elles sont inutiles. Il faut combattre le mal par le mal. Il me veut détruite, je vais m'offrir ainsi à lui. Le temps qu'il baisse sa garde. La garde. Habituellement, ce sont les mères qui ont la garde de leur enfant. Mais je n'aurai jamais celle de Jeanne sans l'autorisation de Bernard. Et il ne me la donnera pas. Peut-être me gardera-t-il vivante juste pour jouir de ma frustration, de mon humiliation ? Je devrai donc mon existence à ma fille. Lui dirai-je un jour qu'elle m'a sauvée de son père ?

Irène dressa l'oreille, une chanson de Renée Claude lui parvenait d'une cellule voisine. La surveillante dirait sûrement à Angie d'éteindre son poste de radio, mais la musique avait éveillé des émotions contradictoires chez Irène ; elle se rappelait qu'elle écoutait cette chanson la semaine précédant son arrestation, qu'elle avait vraiment cru qu'elle vivrait des « temps nouveaux », que le bonheur était à portée de la main, au bout de son pinceau, dans le regard de Jeanne. À quoi croyait-elle maintenant ? En qui ? Devait-elle faire confiance à Frédéric ? Oui, s'il lui disait qui était le complice de Bernard. Mais elle le rejetterait s'il refusait de parler à sa prochaine visite.

*   *   *

Le temps maussade s'accordait à l'humeur de Frédéric Fontaine ; il quittait la maison Tanguay avec l'impression d'avoir été piégé par Irène. Il lui avait révélé le nom de l'âme damnée de Bernard Nadeau.

— Vous me dites que vous savez qui est l'homme engagé par Bernard depuis des mois. Rien n'a pourtant changé depuis. Il faut cesser d'enquêter sur cet individu, c'est dangereux. Mais je dois savoir qui il est. Le voir en photo. Savoir de qui je devrai me méfier quand je sortirai.

— Ce n'est pas si simple.

— J'en rêve la nuit, Frédéric. Et quand je ne rêve pas, je reste assise sur mon lit à me demander à quoi il ressemble aujourd'hui. L'homme à la cagoule était gras, peut-être a-t-il maigri maintenant ? Je pense qu'il était roux, mais ça fait si longtemps… J'aurai peur de tous les hommes qui s'approcheront de moi quand je quitterai Tanguay.

— Il ne vous suivra pas à Québec, où vous voulez vous installer. Il travaille à Montréal.

— Il pourrait être muté.

— Pas si près de la retraite…

— C'est donc un homme plus vieux que vous. De l'âge de Bernard ?

Frédéric avait haussé les épaules ; il n'était pas nécessaire qu'elle sache maintenant de qui il s'agissait.

— Mais pourquoi pas ? Je ne vais pas engager quelqu'un du fond de ma cellule pour qu'il aille lui tirer une balle dans la tête !

— Taisez-vous !

— C'est ce que je fais depuis des années, me taire. Vous n'êtes pas obligé de m'imiter. Je commence à croire que vous n'avez rien à me dire. Que vous m'avez menti.

— Dans quelle intention ?

Irène avait poussé un long soupir, replacé une mèche de cheveux derrière son oreille. Pourquoi s'était-elle teinte en noir ? Ça ne lui allait pas du tout. Cette masse sombre autour de son visage si délicat l'écrasait tout en accentuant sa pâleur. Quand il l'avait interrogée sur ce changement, elle avait répondu qu'elle voulait ressembler à un autoportrait exécuté en 1967 ou 1968, mais il ne l'avait pas crue.

— Vous m'avez menti pour m'empêcher d'être trop découragée. Si vous ne savez pas qui est ce complice, dites-le moi franchement au lieu de faire semblant d'avoir un nom. C'est ridicule. Après toutes ces années, j'imaginais qu'il y avait davantage de confiance entre nous. Mais je me trompe parfois sur les gens, j'ai payé assez cher pour le savoir.

— C'est du chantage, Irène. Et nous nous connaissons assez, comme vous me le faites remarquer, pour savoir que je tais ce nom pour vous protéger.

— Comment ?

— Moins on en sait, mieux c'est.

Elle avait secoué ses mèches d'ébène avant de déclarer qu'elle n'aimait pas les clichés. Qu'elle ne lui en voudrait pas de lui avoir menti en prétendant connaître le complice de son mari.

— Pierre Boutin. Vous êtes contente ?

Elle s'était bien gardée de sourire, mais son regard était victorieux.

— Que ferez-vous avec cette information ?

— Que voulez-vous que j'en fasse ? On se répète, Frédéric. Dites-moi plutôt qui est cet homme.

Il précisa qu'il n'avait que des soupçons, que les preuves étaient trop minces pour agir maintenant même s'il avait parlé à plusieurs témoins.

— Plusieurs ? Il y avait donc du monde rue Hutchison à trois heures du matin ! Et ils n'ont pas voulu témoigner !

— Ce n'est pas si simple.

— C'est votre phrase préférée. O.K. Rien n'est simple. Mais essayez tout de même de résumer.

Frédéric avait parlé de Gaétan Dubuc, qui avait signé une déclaration avant de mourir.

— C'est trop léger comme preuve. Boutin trouvera facilement un avocat qui dira que Dubuc n'avait plus toute sa tête. Et les autres personnes sont des victimes de Boutin mais ne se trouvaient pas sur les lieux du crime en août 1969.

— Que viennent-ils faire dans notre histoire ?

Elle avait dit « *notre* histoire » et il n'avait pas regretté, à cette seconde précise, de l'avoir renseignée sur Boutin. N'était-elle pas la première concernée ? Il avait parlé des homosexuels que persécutait le policier, raconté qu'il avait tenté, avec Jocelyn Chartier, de les convaincre de témoigner contre Boutin, mais qu'aucun d'entre eux n'avait accepté.

— C'est pourtant dans ce sens-là que je poursuis mes recherches. Je vais finir par trouver quelqu'un qui voudra accuser Boutin. Qui en aura assez d'être victime d'un chantage. Car j'ai suivi Boutin, je l'ai vu revoir ses victimes. Mon dossier s'épaissit. Je ne peux pas agir tout de suite, mais je l'aurai.

Irène avait aussitôt posé une main contre la vitre qui séparait les détenues des visiteurs.

— Ne prenez pas de risques !

— Laissez-moi faire, Irène. C'est mon métier.

— Boutin n'avouera jamais qu'il a tué Bobby simplement parce que vous l'accuserez d'agresser des gais ! Des gais qui refusent d'admettre qu'il les maltraite ! Il peut dormir tranquille…

Frédéric avait eu envie de lui expliquer qu'il fallait être patient pour arriver à des résultats. On croyait que les policiers devaient être courageux pour exercer leur métier, mais c'est à la patience qu'ils devaient leurs meilleurs résultats.

— En plus, vos collègues diront que vous exagérez. Ou que vous avez un conflit personnel à régler avec Boutin.

— Qu'est-ce que vous en savez ? s'était-il écrié.

Il n'avait pas su dissimuler son émotion, et Irène l'avait dévisagé ; que lui cachait-il encore ?

— Rien, avait-il affirmé. Vous en savez déjà trop.

— Ça change quoi ? Vous vous sentez mal de m'avoir révélé le nom de Boutin ? Parce que c'est un collègue ?

— Vous n'avez pas le droit de me parler…

— Nierez-vous que les policiers se protègent entre eux ? Qu'ils font front à chaque bavure ?

— Qu'en savez-vous ?

— Ça doit ressembler à ce qui se passe ici.

— Vous n'avez pas le don de voyance, Irène. Votre horizon est un peu limité.

Elle avait eu un petit rire déplaisant ; bien sûr que son horizon était limité. Il était même grillagé. Elle avait gardé le silence durant quelques secondes avant de s'excuser, mais elle était très nerveuse à la perspective de sortir dans quelques mois.

— Je vous protégerai…

— Vous ne pourrez me suivre vingt-quatre heures sur vingt-quatre !

— On trouvera une solution.

— Parlez-moi plutôt de Christo ! Je suis vraiment intriguée par son travail.

Irène avait si vite changé de sujet qu'il avait compris qu'elle avait déjà envisagé une solution. Qu'obtenir le nom de Boutin en faisait sûrement partie. Et qu'il s'était fait avoir comme un débutant.

Comme il se taisait, elle avait dit qu'elle regrettait vraiment de ne pas pouvoir assister à l'événement artistique.

— Newport n'est pas si loin. Et je parle mieux anglais maintenant à force d'entendre les filles ici. Emballer King's Beach ! C'est fou !

— Il paraît qu'il a utilisé 12 600 mètres de tissu. Ça pèse huit tonnes. Mais je ne sais pas si ça me plaît ou non. C'est tellement d'argent pour de l'éphémère…

— On ne peut pas juger sur les photos qu'on a vues dans *La Presse*… C'est comme dire qu'on n'aime pas *Les Tournesols* parce qu'on les regarde en noir et blanc sur du papier journal !

— Vous comparez Van Gogh à Christo, c'est un peu gros…

— Je ne compare pas. Je dis que tout est une question d'éclairage. De perspective.

Éclairage. Perspective. Sous quelle lumière Irène le voyait-elle ? Brillait-il à ses yeux ou était-il aussi mat que les murs de béton de la prison ? C'était parce qu'il avait voulu l'impressionner qu'il lui avait parlé de Pierre Boutin. Lui prouver qu'il avait bien cherché et trouvé le complice de Bernard Nadeau. Qu'allait-elle faire, maintenant, de cette information ? Il essuya les gouttes de pluie qui mouillaient son visage en s'assoyant dans sa voiture. Il tenta de se rassurer : Irène était détenue à Tanguay jusqu'à l'été suivant ; elle ne pouvait accomplir d'acte décisif avant sa libération, mais elle avait pourtant une idée derrière la tête, il aurait parié cent dollars là-dessus. Et il aurait gagné. Frédéric Fontaine n'acceptait une gageure que s'il était sûr à cinq cents pour cent d'avoir raison. C'est pourquoi il jouait si rarement. Au contraire de Boutin. Combien celui-ci pouvait-il flamber en une semaine entre les cartes, les paris et les courses ? Combien d'hommes faisait-il chanter ? Est-ce qu'un seul d'entre eux finirait par accepter de témoigner contre lui ? Comment choisissait-il ses victimes ?

Il allait interroger tous ces hommes qui payaient Boutin pour son silence. Il leur dirait qu'il ne revenait pas les voir pour les prier de témoigner, qu'il comprenait les raisons qui les poussaient à se taire. Qu'il voulait seulement connaître les circonstances exactes des agressions et du chantage. Et si certaines constantes se dégageaient, ce serait lui qui choisirait et présenterait sa prochaine victime à Pierre Boutin. Il entendait déjà les protestations de Jocelyn Chartier...

La pluie tombait si dru quand Frédéric Fontaine se gara derrière le poste de police que ses cheveux lui collaient au front quand il gagna son bureau.

— Il paraît qu'il va pleuvoir jusqu'à vendredi, dit Chartier en levant la tête. Les enfants passeront l'halloween avec des imperméables par-dessus leurs déguisements.

— Il y aura peut-être moins de partys. Ça sera plus tranquille en ville.

— Je n'aime pas cette fête-là ! Je suis toujours un peu inquiet quand Micheline et Richard partent pour quêter des bonbons. Mais je ne peux pas les accompagner. Ils sont trop grands maintenant. Ils s'amusent avec leurs amis.

— Ils restent dans votre quartier, tu n'as pas à t'en faire.

Chartier haussa les épaules ; Fontaine avait sûrement raison. Il voyait des détraqués partout à cause de son travail.

— Il n'y a pas tant de fous, dit Frédéric. Les enfants maltraités le sont bien plus souvent par leurs parents que par un inconnu.

— Pourquoi ont-ils des enfants s'ils n'en veulent pas ! Je ne comprendrai jamais ça ! La petite Audrey était si jeune...

Chartier ne s'était pas remis de la vision d'une fillette de sept ans, étranglée par sa mère la semaine précédente. Il en avait rêvé toutes les nuits depuis, avait pleuré contre l'épaule de sa femme.

— En tout cas, j'espère que Marie Fortin va être condamnée à perpétuité ! Tuer sa propre fille ! Il ne faut pas que les jurés la croient folle et l'envoient à l'asile. C'est à Tanguay qu'elle doit aller ! Pour le restant de ses jours ! C'est tout ce qu'elle mérite.

— Irène m'a parlé d'elle. Marie Fortin est détenue dans l'aile des prévenues, mais tout le monde sait qu'elle est là même si personne ne l'a vue. Elle ne sort pas avec les autres. C'est aussi bien comme ça.

— Je ne lèverais pas le petit doigt si des filles la battaient. Qu'elle voie un peu ce que ça fait…

— Je ne veux pas qu'Irène soit mêlée à…

— Irène. Irène. Encore Irène. Tu es encore retourné la voir !

— C'est de ma faute si elle est encore là.

— Ta faute ? Tu me fais vraiment chier, Fontaine ! C'est la faute de son mari. Peut-être de Boutin. Mais pas de la tienne. Pas de la nôtre. Tu t'obstines à enquêter depuis tellement d'années que tu ne vois plus clair.

— Tu es pourtant d'accord avec moi : Boutin est un pourri qui bat des hommes, qui s'engraisse à les faire chanter.

Chartier rappela à son partenaire qu'il avait interrogé toutes les victimes potentielles de Boutin sans succès.

— Je le sais, mais sors-moi les témoignages que tu as recueillis. Il faut qu'on trouve les points communs.

— Les points communs ?

— Comme si on pistait un tueur : quand on n'a pas assez d'information sur un meurtrier, on creuse du côté des victimes, non ? Elles nous en apprennent sur lui indirectement. Si toutes les victimes d'un violeur sont blondes, on suppose qu'il déteste les blondes, on cherche quelle est la raison. On va procéder de la même manière avec Boutin. Est-ce qu'il agresse le même type d'hommes ? Dans les mêmes circonstances ? Je veux en savoir plus sur lui.

— Si Boutin ne te connaissait pas, je pense que tu serais assez fou pour essayer de devenir une de ses victimes afin de pouvoir témoigner ensuite contre lui. Mais il te connaît. Et tu ne peux pas demander à quelqu'un de se faire battre pour arranger tes affaires, hein ?

C'était pourtant ce que souhaitait Frédéric Fontaine ; il

songeait à un petit dealer qu'il avait intercepté la semaine précédente. L'homme lui avait proposé des informations en échange de sa liberté, et Fontaine avait laissé entrer Luc Bélanger chez lui en l'avertissant qu'ils se reverraient bientôt et qu'il devrait pouvoir compter sur lui. Il pourrait peut-être l'utiliser pour piéger Boutin. Bélanger ne serait sûrement pas enthousiaste, mais il lui expliquerait qu'il avait le choix entre se faire agresser par une seule personne, une seule fois, ou vivre la même expérience, à répétition, à Bordeaux. Il lui promettrait d'intervenir rapidement afin qu'il ne soit pas trop malmené par Boutin. Et il s'assurerait que…

Mais que lui arrivait-il ? Perdait-il la tête pour imaginer un tel scénario ? Forcer un délinquant à se faire battre pour servir ses intérêts ? Comment avait-il pu penser, ne serait-ce qu'une minute, à abuser ainsi de son pouvoir ? Il ferma les yeux, subitement étourdi, terrifié à l'idée de ressembler encore davantage à son père.

— Qu'est-ce que tu as ? lui demanda Chartier. Tu es pâle comme si tu avais vu un fantôme.

Un fantôme, oui. Qui lui avait transmis ses gènes. Il craignait depuis toujours de commettre un geste violent ; il se surveillait constamment, à l'affût de lui-même, guettant le mouvement d'humeur pour l'étouffer aussitôt. Il s'empêchait de réagir à toute provocation, affichait une impassibilité confiante pour masquer son angoisse. Il avait dû frapper des voyous dans son métier, mais il n'avait jamais donné un coup de trop, un coup par colère, un coup pour se défouler, un coup pour ci, un coup pour ça. Il s'était toujours arrêté à temps.

Il s'était trahi aujourd'hui. Il s'était raconté une histoire, s'était dit qu'il fallait tout tenter pour piéger Boutin, et il y avait cru, il avait échafaudé un plan qui n'aurait même pas tenu en cour. Il avait failli mettre un homme en danger pour satisfaire ce besoin obsessionnel de venger Irène.

— Ça ira, affirma Frédéric Fontaine en se massant l'estomac. Quelque chose que je n'ai pas digéré.

— Pour Boutin, on ne peut pas faire grand-chose pour l'instant.

— Je veux quand même relire les témoignages. Trouver un détail.

— On dirait que tu oublies pour qui tu travailles. Sur quoi. Cherche plutôt un lien entre Boutin et le crime organisé.

— Si je pouvais le mettre sur écoute. Il doit parler à Nadeau. Ou à ses victimes. Réclamer de l'argent à quelqu'un pour pouvoir jouer.

— Il est beaucoup question des rackets de protection à la CECO. Boutin n'a rien à voir dans ce genre d'affaires ? Ils sont neuf frères chez les Dubois, il ne pourrait pas en connaître un ? Là, tu serais en business. Si tu démontrais que…

— Ça serait trop beau ! Mais je n'ai pas entendu son nom jusqu'à maintenant.

— Il paraît que Dutil va être nommé à la CECO ?

— Je l'espère. Il a l'air décidé.

chapitre 23

1975

Un éclat de rire général fit sursauter Hélène Fournier qui se dirigea aussitôt vers les détenues qui regardaient la télévision.

— Qu'est-ce qui se passe encore ?

— Rien, répondit Agnès. Ils viennent d'annoncer aux nouvelles que cette année est l'Année internationale de la femme. Ils parlent de nos droits. Ils devraient venir faire un tour à Tanguay, je leur promettrais une belle petite visite guidée. Ils verraient ce qu'on en fait, de nos droits…

— Tu n'es pas ici pour rien, Agnès Drapeau.

— Tu parles de ce que tu ne connais pas.

— Sois polie, sinon tu vas apprendre à me connaître assez vite !

Diane s'interposa en demandant à la surveillante si les détenues pourraient regarder le match de hockey comme prévu.

— Pourquoi veux-tu que ça change ? Ça fait partie de vos droits ! Vous ne faites pas pitié…

Hélène Fournier dévisageait Agnès, mais Diane posa une

main sur son bras, l'empêcha de répliquer. Elle voulait que sa dernière soirée à Tanguay se déroule dans le calme. Elle chercha le regard d'Irène, mais celle-ci était en train d'échanger un superbe oiseau en papier mâché rose contre deux tablettes de Caramilk. Elle avait mis des heures à peindre l'oiseau destiné au fils de Ginette. Deux tablettes de chocolat contre tant de travail! Qu'est-ce qui était arrivé à Irène pour qu'elle ait autant changé depuis l'automne? Elle avait d'abord teint ses cheveux en affirmant qu'elle voulait se vieillir, avoir l'air plus respectable quand elle quitterait Tanguay. Mais ne voyait-elle pas qu'elle avait gagné des rides durant son incarcération? Il n'était pas nécessaire qu'elle se teigne en noir, cela ne lui allait pas du tout. Comme toutes ces livres en trop. Quand avait-elle commencé à grossir? Durant les Fêtes, c'était la norme pour tout le monde, mais on arrivait à la fin janvier et Irène continuait à manger des sucreries, délaissait le gymnase, s'intéressait au hockey. Elle partageait cette nouvelle passion avec Agnès, la dernière arrivée dans l'aile, qui connaissait les noms et numéros de tous les joueurs de la ligue de hockey, mais qui ferait mieux de se lier d'amitié avec une autre femme qu'Irène car celle-ci sortirait dans sept mois. Et elle dans quatorze heures. Était-ce possible? Elle ne devait pas y penser, sinon elle aurait une crise d'angoisse. Elle devait plutôt profiter de ses derniers moments avec Irène. Les filles se promettaient toujours de se revoir quand elles seraient libres, mais le faisaient-elles? De toute façon, Irène n'avait-elle pas dit qu'elle s'installerait à Québec, que son amie Françoise lui trouverait du travail? Elle en parlait comme d'une femme très ordonnée, qui avait su prendre sa destinée en main après avoir eu une adolescence houleuse. Comment Françoise réagirait-elle à l'apparence d'Irène? Lui reprocherait-elle, à sa prochaine visite, de se laisser aller? Non, Irène répétait souvent que Françoise était la seule personne qui ne l'avait jamais critiquée. Quand Irène irait travailler dans son salon, elle exigerait seulement qu'elle soit une maquilleuse qualifiée. Une bonne coiffeuse. Irène allait lui faire une mise en plis pour la dernière fois ce soir. Et elle lui retoucherait sa coiffure au matin afin qu'Éric soit fier d'elle quand il se présenterait à la sortie.

— Irène ? Tu n'oublies pas que tu dois me coiffer tantôt ?

Irène sourit à Diane ; est-ce qu'elle serait aussi nerveuse qu'elle quand elle serait libérée, ou serait-elle tellement pressée de retrouver Pierre Boutin qu'elle ne penserait qu'à cet instant ? Qu'elle ne pourrait jouir du moment où elle mettrait enfin les pieds dehors ? Elle n'avait jamais reparlé de Boutin à Frédéric Fontaine. Elle s'était contentée d'engraisser et d'aller plus souvent à la chapelle. Elle avait décelé une certaine inquiétude dans le regard de sa fille à sa dernière visite, mais la petite était restée muette, contrairement à Bernard qui n'avait pas dissimulé sa surprise.

— Tu as grossi. Et je n'aime pas ces cheveux noirs.

Bernard avait continué à l'examiner, avant de déclarer qu'elle devait se reprendre en main.

— Tu ne peux pas rester comme ça. Ça ne te ressemble pas.

— Je ne sais même plus qui je suis…

Elle avait baissé la tête dans une attitude résignée.

Elle avait prévu qu'il réagirait à sa transformation puisqu'elle avait changé sans lui demander son avis, puisqu'elle avait osé échapper à sa mainmise, mais cette première étape, périlleuse, était indispensable à son projet ; Bernard finirait par croire qu'elle était dépressive et que c'était une vraie loque qui serait libérée en août. Une loque qui s'empiffrait pour calmer son angoisse.

Combien d'oiseaux de papier confectionnerait-elle pour payer les tablettes de chocolat et les chips jusqu'à sa sortie ? Elle ne voulait pas dépenser l'argent gagné à l'atelier, car elle le réservait pour retrouver Boutin à la fin de l'été, mais elle devait manger des croustilles pour engraisser. Attirer l'attention des surveillantes sur cette soudaine gourmandise. Diane avait été la première à remarquer ce changement, mais Irène ne lui avait pas révélé pourquoi elle se malmenait ainsi, craignant que Bernard ne tente de s'approcher de Diane à sa sortie, qu'il lui soutire des informations d'une manière ou d'une autre. Paranoïa ou prudence ? L'une n'allait pas sans l'autre quand il s'agissait de sa sécurité. Si Bernard parlait un jour avec Diane, celle-ci lui dirait qu'Irène semblait dépressive. Et si ce n'était pas Diane qui le faisait, ce serait son informateur. En attendant, Bernard la verrait grossir à chacune de ses visites. Il n'avait pas parlé de son remariage quand il était venu avec Jeanne la dernière fois. Il s'était vanté de ses succès financiers, avait monopolisé la conversation afin de l'empêcher de parler avec Jeanne. Elle n'avait eu droit, de la part de sa fille, qu'à une énumération des cadeaux reçus le 25 décembre. Il lui avait semblé pourtant qu'une lueur d'étonnement avait éclairé le visage de Jeanne quand elle lui avait remis son propre présent. Était-elle vraiment heureuse de recevoir un théâtre avec toutes ces marionnettes ? S'était-elle reconnue dans la petite poupée aux longues tresses blondes ?

Qu'était devenu ce théâtre un mois plus tard ? Bernard l'avait-il descendu à la cave ? Jeanne s'en était-elle désintéressée ou l'avait-elle montré à ses amies ? Et que leur avait-elle dit ? Que sa mère qui était en prison avait réalisé ces figurines pour elle ?

Diane lui avait dit qu'elle devrait songer à fabriquer ces marionnettes à une plus grande échelle ; elle pourrait peut-être en vendre quand elle quitterait Tanguay ? Pour arrondir le salaire qu'elle toucherait en travaillant avec Françoise. C'était une bonne idée ; le détective qu'elle engagerait pour retrouver et suivre Boutin lui coûterait cher. Elle devrait effectuer de nombreux allers-retours entre Québec et Montréal. Elle devrait payer sa chambre, sa nourriture. Elle avait beau regarder les annonces diffusées à la télévision, elle ne parvenait pas à assimiler le prix réel des choses. Il y avait trop longtemps qu'elle n'avait mis les pieds dans un supermarché ou dans une boutique. Françoise avait cherché à la rassurer : elle se réhabituerait très vite à la vie en société, elle aurait son amie près d'elle, ainsi qu'Yvan, son nouvel amoureux, pour l'aider.

— J'espère que Guy Lafleur va être en forme ce soir, soupira Agnès. Même si ça ne se peut pas qu'il compte encore quatre buts dans une partie.

— Non, pas deux fois de suite !

— Avec lui, on pense pourtant que tout est possible. Il vole sur la patinoire ! Il est partout en même temps. Maudit que t'es chanceuse, Diane, tu vas pouvoir aller au Forum.

— Les billets coûtent cher…

— On trouve toujours un moyen quand on veut.

Diane secoua la tête ; elle était honnête.

— C'est vrai, toi, tu ne piques pas dans les magasins, tu tues.

— Tais-toi !

— Ce n'est pas parce que tu sors demain qu'il faut que tu te prennes pour une autre !

Irène intervint ; Agnès était jalouse de Diane, comme elle-même, comme plusieurs des détenues qui la verraient partir le lendemain matin, mais ce n'était pas une raison pour la menacer. Diane était déjà assez anxieuse à l'idée de ce qui l'attendait dehors. Serait-elle rongée par l'angoisse quand elle serait libérée ?

— Je comprends que vous m'enviiez, fit Diane, je sais ce que c'est de regarder une fille partir. On a l'impression que notre tour ne viendra jamais. Mais il vient. Ce sera vous, ce sera toi, Irène, dans quelques mois, qui te coifferas pour être belle aux yeux de Jeanne.

Frédéric Fontaine avait répété qu'il la protégerait, mais ses moyens d'action étaient réduits. Il ne pourrait la suivre comme une ombre. Il ne serait pas muté à Québec simplement parce qu'il le demandait. Il ne lui fournirait jamais d'arme. On ne donne pas une arme à une ancienne détenue ; si l'agent de probation l'apprenait, il y aurait bris de conditions de mise en liberté. Il ne serait donc à ses côtés que deux ou trois jours par mois. Ce qui serait bien assez pour exaspérer Bernard. Elle ne doutait pas qu'il la ferait suivre par un détective dès qu'elle arriverait à Québec. Elle devait convaincre Frédéric de rester à

Montréal. De cesser de la voir. Tant qu'il serait près d'elle, il serait en danger. Elle serait brutale s'il le fallait. Elle ne voulait surtout pas que Frédéric soit témoin de sa rencontre avec Pierre Boutin.

Irène entortilla une mèche de cheveux autour de son petit doigt; elle redeviendrait blonde le mois prochain, montrerait à Bernard qu'il avait encore de l'emprise sur elle, qu'elle ne voulait pas lui déplaire. Il ne fallait surtout pas qu'il reparle de divorce avant qu'elle ait quitté Tanguay. Elle devait tout faire pour qu'il ait encore envie de se distraire avec elle. Même s'il pensait qu'elle était en train de devenir folle. Peut-être que sa perversité goûterait cet attrait supplémentaire? Du temps, un peu de temps, c'est tout ce dont elle aurait besoin quand elle quitterait Tanguay.

* * *

Il commençait à neiger quand Pierre Boutin retrouva Bernard Nadeau dans un bar du Vieux-Montréal, et le vent qui se levait annonçait la tempête.

— Encore une! maugréa Nadeau. Je pensais qu'après celle de la Saint-Patrick, on serait tranquilles! J'ai juste eu le temps d'aller à Tanguay et de revenir. Je n'aurais pas voulu rester coincé là. C'est plate, comme endroit, pas beaucoup de distractions…

Il rit avant de prendre une poignée de noix mélangées et de les croquer. Boutin nota qu'il avait déjà fini son scotch; combien en avait-il bu avant son arrivée? Était-il content de sa visite à Tanguay ou cherchait-il à se calmer? Il avait toujours de la difficulté à deviner Nadeau. Et il détestait cela.

— Il paraît que les vents soufflent à trente milles à l'heure! La ville va être paralysée si ça continue.

— Ce n'est pas grave, tu as pu me rejoindre, c'est tout ce qui compte.

Évidemment. C'était facile pour Nadeau qui demeurait à

l'hôtel et n'aurait qu'une rue ou deux à parcourir pour rejoindre sa chambre, alors que lui pourrait arriver en retard à la *game* de poker. Boutin regarda les flocons qui tombaient dru, qui s'amoncelaient au sol dans une joyeuse pagaille ; la chaussée était déjà glissante. Mais Nadeau refusait qu'ils discutent au téléphone et il ne pouvait lui donner tort. Avec toutes ces histoires d'écoute électronique, on n'était jamais trop prudent.

— Comment va ta femme ?

Boutin avait dit « ta femme » intentionnellement ; est-ce que Nadeau tiquerait comme il le faisait l'année précédente ? Il n'avait pas reparlé du divorce depuis des mois et Boutin n'aimait pas ce mutisme.

— Irène a encore grossi, laissa tomber Nadeau. Mais elle est redevenue blonde. Elle est de plus en plus bizarre. Elle n'a même pas demandé des nouvelles de Jeanne. Elle n'a quasiment pas dit un mot. Je veux savoir si elle prend de la dope ou non. Dis-moi ce qui se passe.

— Mais je ne sais pas ce qui se passe ! Je ne vis pas à Tanguay !

— Tu as un contact !

— Mon contact ne doit pas savoir qu'on s'intéresse autant à Irène. J'ai toujours dit que c'étaient les visites de Fontaine qui étaient suspectes, j'ai laissé croire que c'était mon boss qui exigeait ça. Si je pose trop de questions sur Irène, Hélène Fournier va se poser des questions. Mais elle m'a dit que Fontaine n'est pas retourné voir Irène depuis février. Et que ça doit être pour ça qu'Irène est *down*.

— Depuis février ?

— Oui, il doit s'être dit qu'il va être pris avec elle quand elle sera libérée. Il se trouvait fin d'aller lui remonter le moral, mais c'est une autre *game* de s'en occuper tous les jours. Personne ne pourrait comprendre qu'il sorte avec une ex-détenue, il aurait des problèmes au poste. Ça ferait un maudit scandale ! Un enquêteur avec une meurtrière !

— Il pourrait perdre sa job ?

— Il n'y a pas un gars qui voudrait travailler avec lui.

Nadeau s'entêterait-il à le faire disparaître maintenant qu'il se désintéressait d'Irène ?

— Et n'oublie pas qu'elle est moins *cute* qu'elle était.

Nadeau eut un petit rire ; Fontaine ne valait pas mieux que les autres. Il voulait baiser Irène tant qu'elle ressemblait à une poupée fragile, mais maintenant…

— Il continue à fouiner dans tes affaires ?

— Non. J'ai la paix depuis février.

— À part tes histoires de tapettes, est-ce qu'il a autre chose contre toi ?

— Rien. Et il ne peut pas se servir de ces niaiseries-là…

— Il me semble que je te paye assez bien, avais-tu vraiment besoin de te faire remarquer en fessant sur des fifs ?

— Ils m'énervent, Ben.

Comme Bernard Nadeau. Toujours à lui reprocher quelque chose. Oui, oui, oui, il voulait plus d'argent. Faudrait-il qu'il tue Irène pour gagner un gros paquet ? Nadeau allait peut-être oublier Fontaine, mais pas Irène. Il voudrait qu'il la « suicide ». Mais ça ne pourrait pas se passer avant sept ou huit mois. Le temps qu'elle sorte et qu'elle paraisse à tous si bizarre que personne ne s'étonne qu'elle avale des pilules. Avec de l'eau puisque Madame n'aime pas le scotch. Il faudrait que ça se passe avant que lui-même prenne sa retraite. Après, tout serait plus compliqué. Même avec les tapettes. Combien Nadeau était-il prêt à payer pour se débarrasser de sa femme ?

— Irène les aime bien, elle, les tapettes. Est-ce qu'elle reçoit encore la visite de son petit Julien ?

— Je t'ai dit que je m'informe seulement des visites de Fontaine. Tu en demandes trop.

— Tu es payé pour ça.

— Ciboire ! Je ne peux pas mettre des micros dans sa cellule !

Le verre de Bernard fit un bruit sec quand il le posa sur la table avant de dévisager son complice ; sur quel ton lui avait-il répondu ?

— Je peux trouver quelqu'un d'autre pour mes petites opérations si c'est trop d'ouvrage pour toi.

Boutin leva les mains en signe d'apaisement, s'excusa ; la tempête le rendait nerveux. Nadeau haussa les épaules avant de tourner la tête vers la salle.

— Où est-ce qu'il se cache, le *waiter* ? On a fini nos verres depuis cinq minutes !

— Non, je vais rentrer.

— Tu vas me laisser boire tout seul ?

— Il y a une tempête, Ben. Je veux retourner chez nous avant le gros trafic.

— Si c'est ça, ton problème, je vais te payer une chambre au Reine-Élisabeth.

Pour qu'il manque sa partie alors qu'il sentait qu'il allait gagner ce soir-là ?

— Pour qu'on nous voie ensemble, Ben ? Bonne idée !

Boutin n'aimait pas la désinvolture grandissante de Bernard Nadeau face aux précautions qu'exigeaient leurs rencontres. S'il avait commis une fois l'erreur de rejoindre Nadeau à son hôtel quand il revenait du Mexique, il ne l'avait pas répétée depuis des mois, choisissant toujours un lieu différent de rendez-vous, dans des bars où on ne les connaissait pas.

— Tu viens de me dire que Fontaine ne s'intéresse plus à toi. As-tu une autre raison d'être paranoïaque ?

— C'est la tempête, mentit Boutin. Tu as raison, je vais prendre un autre verre pour relaxer.

Il aurait fallu qu'il boive plus que deux ou trois drinks pour cesser de s'inquiéter de l'attitude de Nadeau. Les derniers succès financiers lui montaient à la tête et il finirait par commettre une erreur qui les perdrait… Et comme Nadeau était riche, il paierait ce qu'il faut pour se sortir d'un mauvais pas. Mais paierait-il aussi pour lui ? Il ne pouvait pourtant pas l'oublier, pas un vieux complice, un vieux copain qui savait tant de choses sur lui. Peut-être trop ?

Le serveur déposa les verres sur la table tandis que Nadeau sortait un billet de cent dollars de sa poche. Il payait toujours avec des billets de cent dollars. Comme si les coupures de deux, de cinq, de dix, de vingt n'existaient pas. D'ailleurs, quand le serveur lui remit des billets, il les fourra sans les compter dans la poche de son manteau. C'était de l'argent de poche pour lui. De la menue monnaie. Quatre-vingt-trois dollars de menue monnaie ! Comme il aimait étaler son argent, lui montrer sa puissance, se vanter d'avoir si bien dissimulé de l'argent au fisc ! Des milliers et des milliers de dollars.

Est-ce que quelqu'un, quelque part, ne s'intéresserait pas d'un peu plus près à la colossale fortune de Bernard Nadeau ? Est-ce qu'il n'y avait pas une commission, une branche de la CECO qui se pencherait sur les affaires brassées chez Sportec ? Pierre Boutin but une gorgée de scotch : il lui paraissait meilleur, subitement plus velouté. Al Capone était tombé pour une histoire de fraude fiscale. Il pourrait arriver la même chose à Nadeau. Après qu'il l'aurait payé pour tuer Irène. Au moment où il penserait à se débarrasser d'un témoin de son passé. Boutin ne lui en laisserait pas le temps ; il le dénoncerait. Anonymement, bien sûr.

— Essaie quand même de parler à la surveillante de Tanguay, reprit Bernard Nadeau. Je veux en savoir plus sur Irène. À moi, la directrice a dit qu'Irène est dépressive.

— Je t'ai dit que Fontaine ne va plus la voir. Elle a une peine de cœur. C'est évident !

Bernard Nadeau vida son verre, héla le serveur, lui fit signe d'apporter de nouvelles consommations. Boutin devait avoir raison ; une peine de cœur ! Il fallait fêter ça ! Il sortit un billet de cent dollars de son portefeuille, le tendit à Boutin en riant.

— C'est pour te remercier de m'apporter des bonnes nouvelles ! Irène qui se fait plaquer par son beau chevalier servant…

Il fit claquer sa langue, se pencha pour saisir des noix.

— Ça ne peut pas être autre chose, tu l'as dit toi-même, elle sort bientôt. Elle devrait être de bonne humeur. S'il y en a un qui doit l'être moins, ces jours-ci, c'est Cotroni… Je ne croyais pas qu'il serait condamné. Quinze ans de prison. C'est long. J'étais sûr qu'il trouverait un moyen pour s'en sortir. Avec tout le cash qu'il a…

— On ne peut pas toujours tout acheter. Il y a des limites.

— Ça m'étonne, fit Nadeau. Ça m'étonne beaucoup. Le monde est en train de changer…

Boutin but une nouvelle gorgée ; s'il fallait écouter Nadeau philosopher, il y en avait pour des heures.

— Le monde ne change pas tant que ça, protesta-t-il. Cotroni a sûrement été trahi.

— Par qui ?

Boutin haussa les épaules.

— C'est souvent quelqu'un de notre entourage qui nous vend, murmura Nadeau. Tu ne me ferais pas ça, mon petit Pierrot, hein ?

— Arrête de dire des niaiseries. Depuis le temps qu'on se connaît…

— Cotroni devait se dire la même chose de ses amis, insista Nadeau.

Boutin réussit à soutenir son regard même s'il se demandait pourquoi Nadeau lui parlait ainsi. On aurait dit qu'il avait deviné ses intentions. Non, c'était impossible. Cet homme n'était pas le diable. Boutin chercha pourtant à changer de sujet.

— C'est possible que Cotroni ait été piégé par l'écoute électronique… La CECO a mis des micros partout.

— Partout ? Ils ont le droit ?

— Ils ont beaucoup de droits. Plus que personne n'en a jamais eu.

— Ça veut dire que Fontaine peut faire ce qu'il veut. Poser des micros où ça lui chante.

— Je n'ai pas dit ça.

— Il pourrait trouver une raison de me mettre sur écoute.

Et voilà ! On allait reparler de Fontaine.

— Ce n'est pas si facile quand même !

— Et la commission Cliche ? C'est vrai qu'ils enquêtent sur les syndicats ? Sur ce qui se passe dans la construction ?

— *Come on,* Ben ! Tes usines sont au bout du monde…

— Mais j'ai fait un *deal* avec des gars du port.

— Il n'y en a pas un qui va s'ouvrir la gueule. De toute façon, ce n'est pas ça qu'ils veulent. C'est « l'exercice des libertés syndicales » qui les excite. Pas tes petits trafics…

Petits trafics ? Boutin semblait oublier qu'il prêtait ses entrepôts de plus en plus souvent.

— La face de Mulroney ne me revient pas, finit-il par dire. Ni celle des trois autres. Il faut qu'on en reparle.

Boutin soupira, se leva pour se diriger vers les toilettes, s'attarda devant les fenêtres ; la neige tombait rapidement, lourde, volontaire, et le vent la soulevait dès qu'elle touchait le sol, l'entraînant dans un tourbillon sauvage. Combien de temps mettrait-il pour rentrer chez lui ? Combien de temps devrait-il supporter les caprices de Bernard Nadeau, ses changements d'humeur ? Il buvait au malheur d'Irène dix minutes plus tôt, et voilà qu'il s'emportait contre les commissions… Un génie en affaires, O.K., mais pas tellement équilibré. De moins en moins. Un homme normal aurait divorcé d'une épouse adultère, il ne l'aurait pas envoyée en prison. Il ne continuerait pas à aller la voir là-bas, à la faire surveiller. Provencher devait avoir ramassé un beau paquet de dollars avec un client aussi fou. Et il reprendrait sûrement du service à la libération d'Irène.

Peut-être que non, que Nadeau ne ferait pas appel à Provencher ; il craindrait peut-être qu'Irène le reconnaisse. Mais non, Irène n'avait jamais remarqué ce détective. Elle serait méfiante en quittant Tanguay, mais ses soupçons se porteraient sur tous les hommes sans exception. N'empêche, Provencher devrait être habile. Trouvait-il, lui aussi, que Nadeau était de plus en plus bizarre ? Perdrait-il carrément la boule quand Irène serait libérée ? Jusqu'à lui demander de la tuer le lendemain de sa sortie, par exemple ?

*   *   *

Il y avait toujours de la lumière à Tanguay. Des lumières qui gâchaient la nuit. Qui ruineraient celle du 24 mai. Dans quelques heures, l'éclipse totale de lune séduirait les gens qui sortiraient sur leurs balcons, dans leur cour, s'arrêteraient en pleine rue pour assister au phénomène, mais les détenues n'en jouiraient pas de la même manière. Elles devraient se contenter d'étirer le cou, de jeter un coup d'œil par une fenêtre grillagée. Plusieurs d'entre elles avaient fumé davantage ce jour-là, fébriles, dans l'attente de l'événement qui n'allait pourtant rien changer à leur condition. Mais toute modification à la routine était en soi un événement. Une fille partait, une fille arrivait, c'était un événement. Une surveillante avait un nouvel amoureux, c'était aussi un événement. On changeait l'aumônier trop jeune pour un plus âgé, c'était un événement. Une éclipse était encore plus excitante qu'une tempête de neige. Ginette avait raconté que sa tante Ida était devenue aveugle après avoir regardé une éclipse de soleil, ajoutant que celle de la lune était peut-être dangereuse, mais Frances s'était empressée de se moquer d'elle. Irène respira lentement ; plus que onze semaines avant sa mise en liberté. Dans onze semaines, elle n'aurait plus à entendre les rires stridents de Frances, elle n'aurait plus à supporter les réflexions idiotes de Suzanne, les commérages de toutes les filles, elle n'aurait plus à se surveiller, à éviter de croire ou de colporter une rumeur. À s'efforcer de garder le secret sur tout, à ne rien répéter, à ne rien commenter, car tout se sait toujours dans une prison, aucune confidence ne peut être totalement protégée. Le silence. Elle jouirait tellement du silence quand elle quitterait Tanguay ! Elle ne dresserait plus jamais l'oreille pour deviner qui s'approchait de sa cellule. Elle se ficherait de tout ce qui se dirait sur elle ou sur autrui. Elle oublierait même Frances qui lui avait prédit le matin même qu'elle reviendrait à Tanguay avant la fin de l'année.

— Tu vas tuer ton mari quand tu sauras qu'il s'est mis avec une autre.

Irène n'avait pas sourcillé, continuant à peindre le visage d'une marionnette.

— Tu es devenue trop grosse, il ne voudra plus de toi.

— Il continue à venir la voir, avait protesté Louise.

— Mais l'autre ne vient plus, hein, Irène ? Le beau grand brun n'est pas venu depuis les Fêtes. Tu pensais le retrouver quand tu sortirais, tu t'es trompée, ma câlice !

Irène avait perçu un mouvement, mais n'avait pas réagi même si elle devinait les intentions de Frances. Elle l'avait laissée se saisir de la marionnette, n'avait pas esquissé un geste quand Frances avait piétiné sa Schéhérazade même si elle avait envie d'étrangler cette junkie qui lui pourrissait la vie dès qu'elle était en manque. Pourquoi est-ce que ce n'étaient jamais les bonnes personnes qui faisaient des overdoses ? Les détenues avaient appris au début de la semaine qu'Angie était morte. Elle était sortie, elle avait pris trop d'héroïne et elle pourrissait maintenant six pieds sous terre. Irène était prête à parier que ça n'arriverait jamais à Frances. Elle ressortirait, elle se piquerait avec n'importe quoi, n'importe qui, elle se ferait arrêter et elle reviendrait à Tanguay emmerder tout le monde.

Mais je serai partie quand on la ramènera. Je n'entendrai plus ses glapissements quand les lumières s'éteignent dans notre aile. Je refuserai que leur écho me suive dans le monde libre. Je ne penserai qu'à revoir Jeanne. Puis à retrouver Pierre Boutin. Je ne resterai pas longtemps à Québec, je repartirai à Montréal pour engager un détective. Le plus difficile sera de garder Frédéric hors de toute cette histoire. Il ne m'a pas crue quand je lui ai dit que je n'avais plus envie qu'il me rende visite. Que je n'avais plus envie de rien. En sait-il assez sur la dépression pour comprendre que je feins d'être malade ? Il doit s'être renseigné sur le sujet, il est sérieux, il fait ses devoirs. Il est toujours de service. Il est le devoir incarné. Et je suis l'objet de son devoir. Mais je dois être un peu déprimée quand même pour ne peindre que des poupées, des œufs et des oiseaux. Frédéric prétend que je réussis très bien les miniatures, que j'ai autant de talent quand je crée sur des petits formats que sur des grandes surfaces. On verra ça plus tard. Pour l'instant, Bernard doit croire que je me plais à bricoler et que j'ai hâte de travailler chez Françoise, de coiffer les clientes comme je l'ai fait ici. Comme j'aurais dû le faire quand j'avais dix-neuf ans au lieu de m'enchaîner à Bernard. Quelle aurait été ma vie si j'avais refusé de l'épouser ? Je n'aurais jamais eu Jeanne. Regardera-t-elle l'éclipse ? Que vais-je dire à Lucile en rentrant à Québec ? Je serai bien obligée de lui parler afin qu'elle répète à Bernard que j'ai beaucoup changé. Je ravalerai tout ce que je voudrais lui crier. J'irai au musée du Québec pour me calmer. J'emmènerai Jeanne. Si Bernard me le permet. J'aimerais aller au musée avec Frédéric, mais Bernard l'apprendra. Je ne peux nous mettre en danger. Pourquoi Frédéric a-t-il obéi à mon interdiction de revenir me voir ? Que me cache-t-il ?

* * *

Que me cache Irène ? se demandait Frédéric Fontaine en détachant la laisse de Fila, qui s'ébroua avant d'entrer dans l'appartement. Est-ce qu'il pleuvrait toute la semaine ? Pour ces premiers jours de vacances, les enfants n'étaient pas choyés, étant confinés à l'intérieur alors qu'ils avaient tellement envie de courir, de redécouvrir toutes les ruelles du quartier sans entendre leur mère leur rappeler qu'il y avait des devoirs et des leçons à terminer avant le souper. La pluie tombait tiède et douce et ravivait l'odeur des pelouses qu'on venait tout juste de tondre au parc Lafontaine. Est-ce qu'Irène était sortie dans la cour de la prison ? Comptait-elle les jours qui la séparaient de sa mise en liberté ? Oui. Évidemment. Comme toutes les détenues. Même si elle n'était pas comme toutes les détenues. Si. Il se trompait. Elle était devenue pareille aux autres femmes, elle mentait elle aussi après toutes ces années passées à Tanguay. Pourquoi n'avait-elle pas confiance en lui ? Il lui avait prouvé qu'il était intègre, mais elle avait préféré soutenir qu'ils devaient cesser de se voir, que ça ne servait à rien, à quelques mois de sa libération, de continuer à discuter de son cas. Elle l'avait remercié de tout ce qu'il avait fait pour elle avant de répéter qu'elle n'aspirait plus qu'à une vie simple. Combien de fois avait-elle dit qu'elle était lasse, fatiguée ? Une ou deux fois de trop. Elle avait encore des progrès à faire pour l'abuser. Il s'était inquiété de ses transformations physiques, de la voir se teindre les cheveux, grossir, courber les épaules, mais il ne croyait plus que ces changements étaient spontanés. Irène ne faisait rien sans raison. Cette manière de marchander l'agaçait, même s'il s'efforçait de croire qu'elle cesserait de tout calculer quand elle serait libre. Vraiment libre, débarrassée de Bernard Nadeau. Frédéric Fontaine ne s'était pas entêté vainement : une des victimes de Pierre Boutin avait enfin accepté de témoigner contre lui quand son père serait décédé.

— Je ne veux pas qu'il apprenne qui je suis réellement avant de mourir, avait dit Pierre-François Routhier. Mais ensuite ça n'aura plus d'importance.

— Pourquoi ? n'avait pu s'empêcher de demander l'enquêteur.

— Je suis le fils unique d'un homme riche. Ma mère est morte quand j'avais dix ans. Mon père a fondé tous ses espoirs sur moi. Je ne pouvais pas le décevoir. On n'a pas le droit d'être homosexuel dans notre milieu.

— Vous avez pourtant pris de gros risques en traînant dans

les parcs… Pierre Boutin aurait pu choisir de faire chanter votre père plutôt que vous.

— C'est pour ça que je l'ai toujours bien payé. Mais mon père sera mort et enterré avant la fin de l'été. Boutin sera plus gourmand dès qu'il apprendra que j'ai hérité. Je témoignerai contre lui après les funérailles.

— Et ensuite ?

— L'Europe. L'Inde. Loin d'ici.

« Avant la fin de l'été », avait dit Pierre-François Routhier. Avant ou après la sortie d'Irène ? Il n'irait pas l'attendre devant la grille de la prison. Il aurait pu le faire s'il l'avait fait libérer avant la fin de sa sentence, mais il avait échoué. Il ne pourrait gagner son estime qu'en la débarrassant de Bernard Nadeau. Pierre Boutin l'y aiderait. Dès la fin de l'été. Quand considère-t-on que l'été est terminé ? Quand les enfants sont plus imprudents à bicyclette, affolés à l'idée que les vacances s'achèvent ; ils oublient de regarder avant de traverser une rue, trop pressés de jouir des derniers moments d'insouciance. Est-ce qu'Irène jouissait de ses derniers jours à Tanguay, ou était-elle trop anxieuse pour se délecter de sa libération imminente ? Qui viendrait la chercher quand elle quitterait Tanguay ? Bernard Nadeau, évidemment. Pour s'assurer de bien gâcher ses premières minutes de bonheur.

chapitre 24

1975

Tout ce que charriait le vent collait à la peau ; comment était-il possible qu'il vente autant et qu'il fasse si humide en même temps ? Irène avait l'impression d'être moite, sale, malodorante, même si elle avait pris une douche avant d'aller rencontrer l'officier de probation. Mais le bureau de Lucie Aubert était mal aéré. Plus grand qu'une cellule mais plus petit qu'un parloir. Irène jura ; elle continuait à tout comparer à ce qu'elle avait connu à Tanguay. Combien de temps lui faudrait-il pour trouver ses références dans le monde normal ? Le séparer du monde anormal ? Une détenue qui avait eu une permission de sortie pour enterrer sa mère lui avait dit qu'elle s'était crue dans un hôpital psychiatrique quand elle était revenue à Tanguay après deux jours de liberté, mais Irène pensait parfois que c'était la société dans laquelle elle tentait de reprendre pied qui manquait de règles. Son voisin écoutait la radio jusqu'à deux heures du matin. Fort. Elle n'irait jamais lui dire qu'il la gênait, car elle avait cru qu'elle-même voudrait regarder la télévision jusqu'à tard dans la nuit.

Quand elle était détenue à Tanguay, elle rêvait de se coucher après minuit mais elle n'était restée éveillée que durant sa première semaine de liberté, étant trop anxieuse pour dormir malgré la fatigue accumulée, les émotions fortes, la colère et la joie confondues. Jusqu'à la dernière minute, elle avait espéré que Bernard renoncerait à venir la chercher, mais elle n'avait pu faire autrement que de monter dans sa voiture, de supporter son petit discours avant qu'il la dépose à la maison de transition. Elle s'était figée devant la prison, avait fait mine d'être étonnée, puis inquiète, avait hésité à ouvrir la portière même s'il lui faisait signe de le rejoindre.

— Surprise ?

— Est-ce que tout va bien ? Est-ce que Jeanne est… ?

— Jeanne est au camp de vacances, tu le sais, voyons.

Elle avait poussé un soupir de soulagement. Y avait-il cru ?

— Surprise ? avait-il répété, si content, si fier de cette bonne blague.

— Un peu… C'est toi qui m'as envoyée ici. C'est bizarre que tu viennes me chercher. Tu dois regretter que je n'y sois pas restée plus longtemps.

Il avait souri avant de protester ; non, il considérait qu'elle avait eu sa leçon. Il ne lui reprendrait sûrement pas la fantaisie de le tromper.

— Tu as parlé de divorce quand tu venais me voir, de remariage…

— Nous sommes toujours mari et femme. J'espère que tu te conduiras correctement, que tu ne me feras pas honte.

— Tout ce que je veux, c'est la paix. Voir Jeanne, travailler et rentrer chez moi.

— Tu n'as pas envie de faire des rencontres ?

— Non. La seule personne que je veux voir, c'est Jeanne.

— On avisera quand tu sortiras de la maison de transition. Ça coûte cher, un appartement. À moins d'avoir un bon contact. Je ne t'en veux plus de m'avoir humilié, je suis prêt à t'aider quand tu t'installeras à Québec. On va oublier le passé et se comporter comme des adultes. Pour le bien de Jeanne. Ça ne nous servirait à rien de nous disputer, hein ?

Elle avait tenté d'avaler sa salive, mais sa gorge était trop sèche. Bernard était aussi fou qu'elle le pensait. Elle devrait agir rapidement, lui enlever Jeanne au plus vite. Dans combien de temps pourrait-elle parler à Pierre Boutin ?

— Non, ça ne servirait à rien, avait-elle admis. Je suis un peu bouleversée aujourd'hui, je ne suis pas vraiment capable de réfléchir, mais tu dois avoir raison.

— J'ai toujours raison, l'avais-tu oublié ?

Il lui avait tapoté la main, pincé le gras de l'avant-bras.

— Il faut que tu maigrisses, Irène. Tu t'es laissée aller. Je t'aime mieux quand tu es mince.

— Oui, mais...

— Mais quoi ?

— Il y a des jours où je me sens si mal... Je voudrais juste dormir. Dormir durant une semaine d'affilée.

— Prends-tu des pilules ?

— J'ai eu des somnifères.

Mais elle ne les avait pas pris. Elle les avait échangés contre des chips. Tout ce qu'elle voulait, c'est que la taupe qui rapportait à Bernard tout ce qui se passait à Tanguay pense vraiment qu'elle était déprimée. Oui, elle maigrirait. Mais pas trop vite. Juste assez pour montrer sa soumission.

— On y va ? avait-il dit en faisant démarrer la voiture, comme s'ils partaient pour une ballade.

Elle s'était mordu les lèvres en s'efforçant de regarder droit devant elle, ravalant sa colère ; il avait fallu que Bernard lui gâche cette journée !

La route défilait si vite qu'elle avait eu un vertige. Toutes ces maisons, toutes ces voitures, toutes ces couleurs, et ces distances si grandes entre les choses, entre les immeubles, entre les gens. Elle n'avait vu des personnes se rapprocher les unes des autres qu'à l'entrée d'un métro. Des gens devaient aussi accepter de s'asseoir sur des sièges jumeaux dans les wagons de métro ou dans les autobus, mais le reste du temps, ils se croisaient les uns les autres dans la rue sans prêter attention à un regard, à une attitude, à des mains. On ne sait jamais ce que peut tenir une main. Et pourtant, tous ces gens marchaient sans prêter attention à ceux qui les suivaient ou les précédaient. Ils étaient insouciants. Ils pensaient à aller acheter ce qu'il fallait pour préparer le dîner ou le souper. Ils savaient où se trouvaient les magasins d'alimentation. Y avait-il encore des Steinberg? Et des laiteries Borden? Elle n'en avait pas vu. Mais elle avait fermé souvent les yeux pour chasser le vertige, peut-être qu'elles existaient toujours. Pourquoi pas? Pourquoi est-ce que tout aurait changé en son absence? Le monde n'arrêtait pas de tourner parce qu'une innocente, dans tous les sens du terme, avait vécu des années en prison. Le monde se moquait bien d'Irène Pouliot. Non, Nadeau. Elle était encore madame Irène Nadeau. Grâce à la folie de Bernard, à son sadisme. Ce sadisme qui la servirait peut-être.

— Est-ce que Jeanne s'amuse au camp?

— C'est un camp d'équitation, Irène. Au prix que ça coûte, il faut qu'elle aime ça! Si on allait manger chez Moishe's?

Il voulait vraiment l'inviter à dîner avec lui? Fou. Il était fou.

— J'aimerais ça, mais je ferais mieux de passer ma première journée à la maison de transition. Rencontrer les officiers, les autres filles. Je veux mettre toutes les chances de mon côté, tu comprends?

— Il n'y a aucune raison pour que tu retournes en prison si tu te conduis bien.

Elle avait murmuré qu'elle serait très sage. Qu'elle ferait ce qu'on lui demanderait. Il l'avait dévisagée quelques secondes avant de répéter qu'elle devait perdre du poids.

— Je le sais, mais manger me calme.

— Peut-être qu'il y avait du monde pour t'agacer en prison,

mais maintenant c'est différent. Il ne peut rien t'arriver tant que tu fais ce qu'il faut, non ?

Tant que je fais ce que tu veux.

— Jeanne revient du camp le 29 août, avait-il poursuivi. On pourrait dîner ensemble tous les trois.

Elle avait secoué la tête en pensant que ces dix jours seraient terriblement longs. Aussi longs que tous ceux qu'elle avait passés à l'intérieur des murs. Comment était-ce possible ? Les jours devaient s'écouler rapidement dehors. Dehors. Le mot même l'étourdissait. Dehors. Je suis dehors.

Avec Bernard à mes côtés.

Les arbres avaient semblé plus verts à Irène, les rues plus larges, les immeubles plus hauts, le soleil plus étincelant, le ciel plus bleu, les nuages plus gros. Plus. Tout était plus après des années vécues dans le moins. Dans le rien. Dans le non.

— Tu n'as pas remis ton alliance, avait constaté Bernard.

— Je n'en ai plus l'habitude. Mais je vais la remettre. Je n'ai même pas regardé ce qu'on m'a rendu à la sortie.

Elle avait fouillé dans son sac, récupéré l'alliance, avait tenté de la glisser à son annulaire, y avait renoncé.

— C'est trop juste. Et je la perds si je la mets au petit doigt.

— Je te l'ai dit, tu as trop grossi. Il faut que tu redeviennes comme avant. Tu étais tellement belle quand je t'ai rencontrée.

C'est ça, oui. Vingt ans plus tôt, dont six qui comptaient pour cinquante. Bernard se moquait-il d'elle ou était-il assez dérangé pour exiger d'elle qu'elle s'efforce de ressembler à la jeune femme qu'il avait épousée ? Quels fantasmes l'habitaient ?

— C'est drôle, ça me rappelle quand je suis allé te chercher à Cap-Rouge.

— C'était en hiver, avait-elle dit, se fustigeant aussitôt d'avoir contredit Bernard qui s'était renfrogné. Mais c'est vrai que tu m'attendais comme aujourd'hui. Tu étais là, avec ton auto rouge.

— Tu vois qu'on n'a pas tant changé. J'aime toujours les grosses voitures.

— De toute manière, avec ton statut, tu ne peux pas acheter n'importe quelle auto.

— Toi, vas-tu en acheter une ?

— Avec quel argent ? On ne gagne pas cher de l'heure à Tanguay.

Bernard avait fait la moue avant de tapoter le bras d'Irène. Il fallait qu'elle bannisse le mot Tanguay de son vocabulaire. Tanguay, prison, cellule, surveillants, détenues, tous ces mots devaient disparaître. On ne devait pas deviner d'où elle venait.

— Tu comprends ce que je te dis ?

— Tu crois que les gens ont la mémoire si courte ?

Elle avait respecté un court silence avant de concéder à Bernard qu'il avait raison ; elle n'avait jamais eu de nouvelles des Dumont.

— C'est mieux comme ça. Tu vas repartir à zéro. Même Françoise, tu devrais l'oublier. Elle fait partie de ton passé.

Françoise ? Il voulait qu'elle se prive de sa seule amie ? Était-ce à cette condition qu'il l'autoriserait à voir Jeanne ?

— Je travaillerai chez elle seulement quelques semaines. Elle accepte de m'employer, c'est bon pour moi vis-à-vis de l'officier de probation ; Françoise pourra m'écrire une lettre de recommandation si jamais ça ne marche pas avec mes poupées.

— Tes poupées ?

Elle avait chuchoté qu'elle espérait gagner un peu d'argent en fabriquant chez elle des marionnettes. Une surveillante lui avait même donné l'adresse d'une boutique où elle pourrait peut-être placer ses poupées.

— Tu penses vraiment que tu pourrais en vendre ? C'est des bébelles. Mais c'est vrai que le monde achète n'importe quoi.

Diane disait que son mari la dénigrait constamment. Non, elle ne devait pas penser à Diane, à elles, ensemble, dans l'aile A-2 nord. Qu'était-elle devenue ? Non, non, ne pas penser. N'avait-elle pas eu tout le temps nécessaire pour s'exercer à ne pas penser ? Elle avait dit à Frédéric Fontaine qu'elle y arrivait parfois en se regardant dans le faux miroir de sa cellule jusqu'à ce que son image soit déformée, jusqu'à ce qu'Irène Nadeau disparaisse. Non, ne pas penser à Frédéric. Il savait qu'elle était sortie. Viendrait-il la voir à la maison de transition ? Elle l'appellerait pour lui dire de rester loin d'elle, car Bernard avait sûrement déjà payé quelqu'un pour l'épier. Comment pourrait-elle deviner qui la suivait ? Et semer cet homme pour rencontrer Pierre Boutin ? Et si c'était Boutin lui-même qui était chargé de la suivre ? Qui Bernard avait-il engagé ?

— Tu vas rester longtemps en maison de transition ?

— Le temps qu'ils vont vouloir. Ça dépend de ma conduite. Je vais être sage, je te le jure sur la tête de Jeanne.

La tête blonde de Jeanne. Qui sentait la vanille et l'enfance. Elle poserait ses lèvres sur son front, sur ses tempes, devrait se retenir pour ne pas affoler sa fille en lui donnant mille baisers, deux mille, dix mille. Elle avait baissé la tête subitement.

— Qu'est-ce que tu as ?

— Je suis fatiguée, je n'ai pas dormi les deux dernières nuits. J'étais trop excitée. Mais là, je me sens toute molle, d'un coup. Je n'ai plus de jambes. J'ai le goût de pleurer.

— Voyons donc ! Tu devrais être contente au lieu d'être *down.*

Elle avait laissé couler ses larmes, avoué qu'elle ne savait plus très bien ce qu'elle ressentait.

— Je suis trop fatiguée. Je pense que je vais me coucher en arrivant au centre de transition.

— Si tu as le droit. Peut-être que vous ne pouvez pas vous coucher durant le jour.

Elle avait essuyé ses larmes, reniflé doucement sans répondre. Elle s'était tue durant le reste du trajet. Elle avait bien fait de pleurer, Bernard n'oublierait pas qu'elle était déprimée. Elle pleurerait toutes les fois qu'elle lui parlerait. Non, Jeanne ne devait pas toujours la voir en larmes, elle pourrait croire qu'elle n'était pas vraiment heureuse de la retrouver. Elle devrait doser sa dépression. Avec Bernard, avec Jeanne, avec l'officier de probation, avec les filles qu'elle côtoierait à la maison de transition, avec tout le monde. Il n'y avait qu'avec Françoise qu'elle pourrait se comporter normalement. Et encore, elle devrait être vraiment réservée quand elle travaillerait au salon. Bernard pouvait facilement engager une femme pour lui demander de devenir une cliente du salon et lui rapporter ensuite ce qu'elle y aurait vu. Il pouvait payer vingt détectives s'il lui en prenait la fantaisie.

— Ce n'est pas le plus beau des quartiers, avait-il dit en la déposant devant la maison de transition.

Elle s'était alors retenue de dire que tout était beau quand on sortait de Tanguay, qu'une maison modeste était une vraie maison, donc aimable, agréable, séduisante.

*   *   *

Est-ce qu'il ferait chaud encore longtemps ? se redemanda Irène en poussant la porte d'un restaurant. Août s'achevait, les nuits étaient plus fraîches mais le soleil et l'humidité conjugués durant le jour gênaient Irène. Elle avait du mal à respirer. Mais peut-être que ce n'était pas la moiteur qui la faisait suffoquer. Que c'était le stress. Oui, probablement. Elle attendit qu'une serveuse lui fasse signe de choisir une place dans la salle. Elle se dirigea vers le fond de la pièce comme elle le faisait quand elle mangeait à la cafétéria de la prison, revint sur ses pas ; elle devait chasser ses maudits réflexes, ses fichues habitudes ! Elle se força à s'installer au comptoir, commanda un club sandwich, repensa à sa rencontre avec Lucie Aubert. Celle-ci lui avait proposé de se présenter à une fabrique de jouets.

— J'ai déjà parlé au contremaître, je lui ai dit que tu étais adroite de tes mains. Fiable. Que tu travaillais bien à Tanguay. Il est d'accord pour faire un essai. Tu commences lundi. Pour un mois. Après, on verra. Peut-être que tu vas vouloir t'installer à Québec pour être plus près de ta fille. On te trouvera un agent de probation là-bas.

— Est-ce que je pourrai y aller dans quinze jours ? C'est l'anniversaire de Jeanne.

— On verra ce qu'on peut faire.

— Je peux prendre l'autobus aller-retour dans la même journée s'il faut que je dorme à Montréal.

— Vas-tu lui donner une marionnette ?

— Non ! Je veux lui offrir des crayons. La grosse boîte de Prismacolor. Mais peut-être qu'elle l'a déjà… Je ne sais pas ce qu'elle a et ce qu'elle n'a pas. Je ne sais rien d'elle.

— Ça va s'arranger avec le temps. Ta sortie est récente. Si tu te conduis comme il faut, tout va rentrer dans l'ordre.

Est-ce que Lucie Aubert croyait vraiment à ce qu'elle disait ? Elle répétait probablement le même couplet à toutes les filles.

— Peut-être que le boss de l'usine de jouets va s'intéresser à tes poupées ?

Non, sûrement pas, avait pensé Irène. Elles coûteraient beaucoup trop cher à produire. Il fallait mettre le temps nécessaire pour peindre de jolis visages. Le temps, dont elle ne savait que faire à Tanguay et qui lui manquait depuis qu'elle était libérée. Elle marchait durant des heures à travers tout le quartier et s'était même aventurée au centre-ville, s'était arrêtée devant l'hôtel Reine-Élisabeth ; était-ce vraiment elle, à vingt ans, qui avait accompagné Bernard comme une idiote, qui avait pactisé avec le diable ? Elle avait téléphoné au poste de police du centre-ville d'une cabine de la gare Centrale, avait demandé si Pierre Boutin travaillait ce jour-là. On lui avait dit qu'elle faisait erreur, que Boutin travaillait dans Rosemont. Elle avait remercié, raccroché doucement ; enfin ! Après tant d'appels, elle savait où Boutin travaillait ! Elle s'était attardée, jouissant de cette première victoire, avait détaillé la fresque qui occupait tout le mur nord de la gare. Elle était ensuite allée au Musée des beaux-arts pour célébrer sa

patience enfin récompensée ; y croiserait-elle Frédéric Fontaine ?
Non. Ni là, ni ailleurs. Et pourtant, elle savait qu'il était près
d'elle, elle le sentait. Et peut-être que non. Peut-être qu'elle se faisait des idées ; comment démêler l'intuition de la réalité, de la
vérité ? À Tanguay, il fallait décoder toutes les informations,
savoir mesurer la justesse d'une rumeur ou la balayer si elle était
sans valeur. À l'intuition, on fonctionnait à l'intuition. Et à la
paranoïa. Mais dehors ?

— Veux-tu du vinaigre pour tes frites, du ketchup ?
demanda la serveuse en déposant une assiette devant Irène.

— Non, merci. Juste du sel.

— Il y en a devant toi.

Et personne n'avait dévissé le bouchon de la salière pour
qu'elle inonde ses frites de sel, elle pouvait l'utiliser sans souci.

— Il fait chaud, hein ? dit la serveuse. En plus, on est obligés
de marcher, avec leur maudite grève ! Quand je pense à ce qu'ils
gagnent, comparé à moi ! Ce n'est pas juste. Ça me prend une
heure pour rentrer chez nous après la job. Ils ne devraient pas
avoir le droit de fermer le métro. Toi, as-tu une auto ?

— Non, je marche moi aussi.

Irène n'ajouta pas qu'elle pourrait arpenter la ville durant des
semaines avant de s'en lasser, qu'elle redoutait d'être enfermée de
nouveau, même dans une usine de jouets et qu'elle s'était réjouie
de la grève des transports ; elle devrait rentrer à pied à la maison
de transition, et Lucie Aubert lui avait précisé qu'on comprendrait, vu la situation, qu'elle se présente un peu plus tard. Elle
marcherait lentement lundi. Très lentement. Et tous les jours qui
suivraient, on s'habituerait à la voir rentrer à la maison après
l'heure du souper. Et, un jour, elle marcherait plus vite car elle se
serait arrêtée dans un parc ou dans un snack-bar pareil à celui-ci
pour rencontrer Pierre Boutin. Elle courrait peut-être, s'il le fallait, pour être à temps à la maison. Elle serait essoufflée, expliquerait qu'elle avait eu l'impression qu'un homme la suivait,
qu'elle avait eu peur. On la croirait ou non, des filles riraient

d'elle, diraient qu'elles aimeraient bien qu'un mâle les suive même si certaines sursautaient dès qu'un homme s'approchait d'elles. En combien de temps retrouvait-on l'habitude de regarder les hommes, de parler avec eux ? De mettre ce qu'il fallait de parfum ou de rouge à lèvres ? Irène ne se maquillait jamais et ne portait pas de bijoux. Sauf sa montre, évidemment. À quelle heure rejoindrait-elle Pierre Boutin ? Est-ce qu'elle gâcherait tout en le rencontrant ? Si Frédéric savait…

Mais il ne savait pas. Et il ne pouvait la suivre sans qu'elle le sache. Contrairement à Bernard. Elle avait beau observer les gens autour d'elle, elle était incapable de repérer l'homme que son mari avait engagé pour la suivre depuis qu'elle avait quitté Tanguay. Ce ne devait pas être Pierre Boutin en tout cas ; il n'avait pas assez de temps pour se consacrer à elle. Et un homme qui est engagé pour tuer ne devait pas accepter un petit boulot de filature. Trop insignifiant. Les frères Dubois ou les Cotroni ne devaient pas s'abaisser à… À quoi ? L'argent était le seul langage que ces hommes connaissaient. Si Boutin était bien rémunéré, il pouvait la suivre, ou la faire suivre. Elle se félicitait de vivre en maison de transition. Quand elle emménagerait à Québec, elle habiterait dans un appartement où auraient été cachés des micros. Bernard n'oublierait sûrement pas de charger quelqu'un de s'en occuper. Boutin l'épiait-il ou non ? Elle avait le souvenir d'un homme un peu gras, roux, mais elle avait beau ralentir quand elle passait devant une vitrine afin de vérifier si on la suivait, tenter désespérément de deviner qui la guettait, elle n'arrivait à aucune certitude. Comment pourrait-elle rencontrer Pierre Boutin sans qu'il y ait aucun témoin ? C'est Boutin lui-même qui trouverait une solution s'il acceptait de la voir.

Sans en parler à Bernard ? Boutin la trahirait-il ou préférerait-il lui parler avant d'appeler son mari ? S'il l'informait de son appel, elle serait totalement à la merci de Bernard. Mais elle tenterait pourtant le tout pour le tout.

Elle ferait comprendre à Pierre Boutin qu'il y avait de l'argent à toucher s'il la rencontrait. Trois cents dollars. Seulement pour lui parler. Qu'il choisisse le lieu, l'heure. Il la prendrait probablement pour une folle mais il viendrait peut-être… Et s'il renseignait Bernard, elle tenterait de le persuader qu'elle avait voulu voir Boutin pour le tuer. Boutin lui demanderait qui l'avait renseigné sur lui et elle parlerait de Frédéric Fontaine.

Irène repoussa son assiette, l'estomac subitement noué ; elle ne pouvait penser à Frédéric sans malaise. Il lui avait dit que Boutin savait qu'il cherchait à le coincer, mais s'il se trompait ? Ce serait elle alors qui jouerait les Judas. Comment protéger Frédéric Fontaine sans l'informer de ses projets ? Mais si elle lui parlait de son plan, il voudrait l'aider. Et si elle échouait, il serait entraîné dans sa chute. Elle ne pouvait pas prendre ce risque. Elle devait le protéger de lui-même. Après l'avoir mis en péril.

La chaleur accabla encore davantage Irène, la suffoqua. Elle se souvint de son premier mois à Tanguay, de cette impression d'étouffement continue, de la peur constante de s'évanouir, de ses vertiges. Elle n'aurait jamais cru qu'on pouvait avoir autant de vertiges en dehors des murs qu'en dedans, mais ces premières semaines de liberté lui avaient prouvé le contraire. Elle commençait tout juste à pouvoir entrer dans un supermarché sans être étourdie par tant de lumière, tant de produits, tant de monde. Elle était allée deux fois au cinéma et s'était assise tout au fond, près de la porte pour être certaine de pouvoir sortir sans être piétinée s'il y avait un incendie. En avait-elle rêvé, à Tanguay, de cet incendie qui la grillerait vive dans sa cellule close…

Devait-elle téléphoner à Frédéric pour tenter de… De quoi ? De lui redire de ne se mêler de rien ? Ses mises en garde produiraient l'effet inverse, le mettraient en alerte. Boutin était dangereux, mais elle devait l'affronter seule.

Irène commanda un café, le goûta ; il était bon, elle n'aurait pas à le sucrer comme elle le faisait à Tanguay.

— Il paraît qu'il faut boire chaud quand il fait chaud, dit la serveuse.

— Je ne peux pas me passer de café, répondit Irène. Même s'il faisait 90 °F, j'en boirais quand même.

— Toi aussi, tu as de la difficulté avec les nouveaux degrés ? Ça sert à quoi, d'avoir changé tout ça, il fait aussi chaud. En veux-tu un autre quand même ?

Comme Irène hésitait, Jeannine avait précisé que le second café était gratuit.

— Merci, merci beaucoup, c'est vraiment gentil.

— C'est seulement un café.

Non, ce n'était pas seulement un café, c'était un café vraiment gratuit. Jeannine n'avait aucune arrière-pensée en le lui offrant, elle n'avait pas calculé ce que son geste pouvait lui rapporter. Est-ce qu'elle parviendrait un jour à l'imiter et à agir spontanément sans réfléchir à toutes les conséquences d'une action, d'une parole, sans se surveiller, se censurer ?

*　*　*

Bernard Nadeau lut le rapport que lui avait remis le détective dans les cinq minutes qui suivirent son retour à la maison. Il avait déjà oublié son voyage au Mexique, les gamines qu'il avait baisées, sa satisfaction en constatant que les rendements s'étaient accrus à l'usine. Il tenait le rapport du détective Bourget et le parcourait sans y trouver rien de suspect ; Irène était vraiment sage. Irène ne voyait personne ni à son travail, ni en dehors, elle était ponctuelle et marchait, courait même parfois pour rentrer à l'heure rue Saint-Hubert. Courait ? S'était-elle décidée à maigrir pour lui obéir ou non ?

Il se servit un verre de Glenfiddich, le but d'un trait, en versa un deuxième. Il préférait vraiment le scotch à la tequila. Irène avait-elle bu de l'alcool depuis sa sortie de Tanguay ? Bourget avait inscrit qu'elle était allée dîner trois fois dans un restaurant familial, qu'elle s'était installée au comptoir, mais qu'il n'avait pu voir ce qu'elle avait commandé. Une bière, peut-être. Mais non, Irène n'avait jamais aimé la bière. Ni l'alcool. À moins qu'elle n'ait acquis ce goût en prison ? Il l'aurait su.

Il laissa tomber le rapport sur le canapé, fit claquer sa langue, satisfait ; Irène était aussi docile qu'un agneau. Il retarderait peut-être le sacrifice, histoire de la voir ramper plus longtemps. D'un autre côté, il devait être libre s'il voulait se remarier. Ce ne serait pas avec Nadia, trop ennuyeuse. Il en trouverait une autre. Encore plus jeune, encore plus belle. Et plus rétive. À dresser. Il avait acquis de l'expérience comme dompteur. Devait-il offrir une petite friandise à Irène pour la féliciter d'être aussi obéissante ? Lui permettre de célébrer l'anniversaire de Jeanne ? La lui laisser tout un après-midi ? Il n'avait rien à craindre ; il les ferait suivre de toute manière. Il termina son verre de scotch, composa le numéro de la maison de transition. On lui répondit qu'Irène était déjà couchée. Qu'elle le rappellerait le lendemain. Mais il serait absent quand elle téléphonerait, et elle s'inquiéterait toute la journée en se demandant s'il était arrivé quelque chose à leur fille. Il préviendrait sa secrétaire, lui répéterait de ne lui passer aucun appel d'Irène. Il n'accepterait de lui parler qu'en rentrant à la maison. Il reprit le rapport de Bourget, le rangea dans le dernier tiroir de son bureau avec ceux qu'avait établis Provencher avant qu'Irène soit arrêtée. Il était content de Bourget, de son attitude respectueuse. Provencher l'avait vraiment déçu après l'incarcération d'Irène. Il avait même osé lui dire de la laisser tranquille, de l'oublier. Et il ne lui avait jamais révélé que Frédéric Fontaine était allé le voir. Pourtant, c'était inévitable ; l'enquêteur avait sûrement appris, à l'époque, que Bernard avait loué ses services. Pourquoi Provencher ne lui avait-il rien dit des visites de Fontaine ? Parce qu'il n'avait pas respecté le secret professionnel et raconté à ce maudit policier qu'il avait fait suivre Irène durant des années ? Mais aucune loi n'interdisait d'engager un détective. Sinon les détectives seraient tous chômeurs. Fontaine n'avait peut-être pas pu le cuisiner autant qu'il l'aurait voulu. Il avait dû se contenter de fouiner dans ses affaires, de rencontrer sa secrétaire, ses employés. Peut-être avait-il tenté de parler aux Dumont. Mais les Dumont n'étaient pas idiots et n'avaient sûrement rien appris à l'enquêteur. Ils n'avaient jamais écrit à Irène. Et ils ne la reverraient pas quand elle reviendrait à Québec. Il avait hâte qu'elle arrive, même si ça le contrariait réellement qu'elle s'installe chez Françoise dans les premiers temps. Elle l'ennuyait, cette Françoise; s'il avait pu se débarrasser d'elle, il l'aurait fait depuis longtemps. Mais une mort de plus dans le dossier Irène Nadeau serait suspecte; Fontaine se jetterait là-dessus comme un chien sur un os. Bourget était formel; Irène et l'enquêteur ne s'étaient pas vus une seule fois depuis qu'elle vivait rue Saint-Hubert. Fontaine n'était jamais allé à la maison de transition, ni à la fabrique de jouets. Mais si Irène perdait du poids, il recommencerait peut-être à s'intéresser à elle? Il reviendrait dans le décor. Il demanderait à être muté à la centrale du parc Victoria pour s'occuper d'Irène. Non, Boutin avait raison; Fontaine ne pouvait affronter le scandale qui résulterait d'une liaison avec une ex-détenue. Une meurtrière... Même s'il aimait les artistes, même s'il allait au musée, il n'était pas assez fou pour avoir des relations suivies avec Irène. De toute manière, elle ne peignait plus. Et ça, c'était une chose de plus qui réjouissait Nadeau. Il avait réussi à dégoûter Irène de la peinture. Elle se contentait maintenant de bricoler, avait oublié ses idées de grandeur. Elle resterait bien gentiment à Québec, ne parlerait plus d'exposer à Montréal, Toronto, New York, ne lui casserait plus les oreilles avec Riopelle ou un autre barbouilleur. Elle travaillerait au salon de beauté de Françoise, rentrerait à son appartement et jouerait avec ses poupées. Et même ses poupées, il lui suggérerait peut-être d'y renoncer. Il n'avait pas aimé que la petite amie de Jeanne s'extasie sur ses marionnettes, qu'elle lui demande où elle les avait achetées, qu'elle déclare qu'elle en voulait pour son anniversaire. Jeanne avait promis de lui en donner une. « C'est ma mère qui les fait, elle est vraiment bonne, hein ? » Bonne… En y repensant, il était moins certain d'avoir envie de confier Jeanne à Irène le samedi suivant. Il attendrait encore un peu, même si Irène semblait repentante ; son obéissance depuis sa libération était bien la preuve qu'elle avait quelque chose à se reprocher quand il l'avait envoyée à Tanguay. Elle avait admis qu'elle méritait sa punition, elle avait compris qu'il ne pouvait pas rester les bras croisés alors qu'elle le trompait. Elle aurait été moins coulante si, même en sachant qu'il avait orchestré son arrestation, elle ne se sentait pas coupable. Elle avait eu du temps pour réfléchir et semblait l'avoir utilisé à bon escient. Ça ne changerait cependant rien à sa décision, il faudrait qu'elle se suicide dans quelques semaines.

Peut-être lui amènerait-il Jeanne samedi. Ou non. Il y repenserait après une bonne nuit de sommeil.

Est-ce qu'Irène dormait mieux ou prenait-elle encore des somnifères ? Elle semblait très nerveuse. Il lui offrirait de lui procurer des pilules. Préparer tout de suite le terrain pour son suicide. Le mois de novembre serait parfait, c'est un mois triste, les gens doivent se tuer plus souvent durant cette période. Il s'arrangerait pour être en motoneige, loin, très loin de Québec, quand elle mourrait. Il faudrait donc qu'il emmène Jeanne avec lui. Est-ce qu'elle aimait vraiment les marionnettes que fabriquait Irène ? Il lui avait pourtant acheté la maison de Barbie et tous les vêtements qu'on pouvait trouver en magasin, que trouvait-elle à des poupées de chiffon alors que toutes les fillettes de la planète voulaient posséder la fameuse Barbie ? Mais si Jeanne avait raison d'aimer les poupées si bizarres d'Irène ? Si elle représentait, avec ses petites amies, une certaine couche de la population qui pouvait apprécier de tels jouets ? Il devrait peut-être songer à les rentabiliser. Proposer à Irène de la payer pour créer de nombreux modèles qu'il pourrait exploiter. Bien après sa mort. Mais si elle faisait un travail qu'elle aimait, si elle gagnait assez d'argent, si elle voyait Jeanne régulièrement, on se demanderait certainement pourquoi elle se serait tuée. Frédéric Fontaine s'en mêlerait. Fontaine l'emmerdait. Est-ce que Boutin avait raison en soutenant qu'il ne pouvait disparaître sans leur attirer de gros ennuis ? Boutin le décevait depuis quelques mois, il devenait frileux. Et susceptible ! Il s'était presque fâché quand Bernard lui avait dit qu'il le trouvait un peu mou. Mais il fallait bien le secouer un peu. Depuis qu'Irène avait quitté Tanguay, il ne lui avait rien appris sur elle que Bourget n'eût pas consigné dans ses rapports.

Peut-être qu'il payait Boutin pour rien. Il le laisserait tuer Irène, mais reconsidérerait ensuite leur relation.

Lui aussi lui avait dit qu'elle marchait beaucoup, qu'elle courait même pour rentrer à la maison de transition. S'il n'avait su qui travaillait rue Saint-Hubert, qui était employé, qui était bénévole, il aurait pu croire qu'elle était pressée de rejoindre quelqu'un. Mais Bourget était formel ; les deux seuls hommes qui se rendaient régulièrement dans cette maison de l'Est de Montréal étaient un prêtre et un avocat à la retraite qui faisait partie du conseil d'administration de l'établissement. Irène devait vouloir maigrir pour lui obéir.

Ou pour plaire de nouveau à Frédéric Fontaine ?

En tout cas, celui-là, elle ne l'avait pas encore vu.

Nadeau se versa une nouvelle rasade de scotch, vida son verre d'un trait, grimaça ; l'alcool était subitement plus amer, avec un goût de caoutchouc brûlé. Il aurait dû boire un Negroni. C'est ce que prenait Dumont, dans le temps. Quand ils sortaient avec leurs femmes au Café de la Paix ou au Continental. Irène avait mieux vieilli que Ginette malgré la prison ; quand elle aurait minci, elle ressemblerait à ce qu'elle était quand ils allaient souper dans un des restaurants du Vieux-Québec. Elle n'aurait pas les moyens de s'installer en face du fleuve comme elle en rêvait. L'avait-elle assez tanné, quand ils sortaient en ville, pour arpenter la terrasse Dufferin ! Elle se pâmait devant le Saint-Laurent, prétendait qu'il l'inspirait, alors qu'il n'avait jamais reconnu le fleuve dans aucun de ses maudits tableaux. Là, elle serait bien obligée de prendre l'autobus pour l'admirer, elle ne louerait certainement pas d'appartement dans la haute-ville. Elle devrait se contenter d'un petit deux et demi à Limoilou. Elle vivrait de nouveau près de sa chère mère. Ou peut-être irait-elle à Sainte-Foy, près du salon de Françoise. Elle n'avait pas les moyens de s'installer à Sillery pour être plus proche de Jeanne. Combien pouvait-elle avoir amassé en prison ? Les détenues gagnaient des sommes dérisoires ; même si elle avait peu dépensé, ses économies ne lui permettaient certainement pas de faire la difficile pour se loger. Elle regretterait leur belle maison chaque fois qu'elle viendrait voir Jeanne rue Belmont. Et l'été, quand elle crèverait de chaud dans un appartement sans climatisation. Mais non, elle serait morte l'été prochain.

chapitre 25

L'automne était arrivé un jeudi en fin d'après-midi. Le vent s'était levé pour s'acharner sur les feuilles des arbres comme s'il avait décidé qu'elles tomberaient toutes au sol ce jour-là. Les passants courbaient l'échine pour lutter contre la bise, s'étonnaient de ce changement si brusque de température ; ne faisait-il pas 11 °C quand ils étaient partis travailler ? Le froid les choquait par sa traîtrise, les femmes regrettaient d'avoir mis des bas trop fins, les hommes d'avoir négligé de prendre leur imperméable comme leur conseillaient leurs épouses. Irène Nadeau était la seule personne à goûter ce climat qui convenait si bien à son état d'esprit où les émotions les plus diverses se succédaient. La colère, évidemment, une colère bien domptée qui entretenait sa volonté de se débarrasser de Bernard, le bonheur d'avoir revu Jeanne, de l'avoir emmenée jouer sur les plaines d'Abraham ; la joie immense qu'elle avait éprouvée quand la petite lui avait demandé de fabriquer une poupée pour son amie, la surprise émue d'apprendre que Lorraine avait envoyé mille dollars pour elle à Françoise, évoquant une dette envers celle qui l'avait aidée à vivre sa vie. Françoise avait d'abord reçu une carte postale de Vancouver, puis un mandat postal. Mille dollars! Mille dollars pour l'avoir travestie, lui avoir permis de disparaître dans la nature. Irène avait tremblé en palpant les billets que Françoise lui avait remis; elle n'aurait pas que ses économies à proposer à Boutin, mais beaucoup plus…

Irène tapota la liasse de billets cachée sous son pull, contre sa peau, respira profondément. Elle avait envie d'arpenter la terrasse Dufferin, mais elle craignait d'être trop troublée par ce pèlerinage; n'avait-elle pas été suffisamment bouleversée en revoyant la maison, le jardin, la balançoire qui plaisait tant à Jeanne et les plaines, le musée, l'odeur du parc chargée d'humus, l'idée de l'iode charriée par le Saint-Laurent. C'était beaucoup en une seule journée. Elle allait rentrer chez Françoise et se promènerait aux alentours du Château Frontenac le lendemain matin avant de reprendre l'autobus. Bernard avait dit qu'il irait la chercher avec Jeanne pour la conduire à la gare. Elle avait protesté, il était trop gentil, mais il avait insisté. Elle l'avait remercié de l'avoir laissée dîner avec Jeanne pour son anniversaire. Quand elle l'avait ramenée à la maison, la fillette s'était précipitée dans la cuisine pour voir le gâteau que Bernard avait commandé pour elle. Elle ne l'avait pas embrassée, ne lui avait pas dit au revoir, et même si Irène s'était répétée cent fois qu'il faudrait du temps pour restaurer sa relation avec Jeanne, elle avait eu un pincement au cœur. Et deviné la satisfaction que ressentait Bernard en décelant son malaise. Elle aurait pu dissimuler sa déception, elle avait eu soixante-dix mois pour apprendre à cacher ses sentiments, mais elle ne devait pas priver Bernard de ce plaisir.

— C'est une enfant, avait-il fait en haussant les épaules. Elle n'est plus habituée à toi. Votre lunch s'est bien passé?

Irène avait acquiescé sans donner de détails. Qu'aurait-elle dit d'ailleurs? Qu'elle avait eu la sensation d'être malhabile, gauche, perdue? Jeanne lui parlait d'émissions de télé, de chansons à la mode qu'elle n'avait pas écoutées, de ses amies qu'elle ne connaissait pas. Entre deux silences. Entre dix, vingt, trente silences. Elles avaient à peine touché à leurs assiettes. Heureusement, Jeanne avait aimé les crayons de couleur qu'elle lui avait donnés, elle le lui avait dit avant d'ajouter que Bernard avait retenu les services d'un magicien pour son anniversaire ; elle avait invité toutes les élèves de sa classe, il y aurait un gâteau géant et beaucoup de cadeaux. Elle n'avait pas prononcé un mot sur la présence ou l'absence de sa mère à cette fête, mais Irène avait cru bon de la rassurer en lui disant qu'elle n'y serait pas, sans oser lui demander si elle avait parlé d'elle à cette copine, cette Laurie pour qui elle ferait une poupée comme Jeanne l'avait demandé. Elle n'avait posé aucune question. Jeanne l'avait imitée. Au musée, elles s'étaient un peu détendues en commentant les tableaux. Jeanne avait paru contente de revoir les toiles de Krieghoff. Elle se rappelait les personnages, les chevaux qui traînaient des carrioles, les costumes bariolés, les parures de plumes des Indiens. Elle avait décrété qu'il y avait un peu trop de personnages qui portaient des bonnets rouges. Elle n'aimait pas le rouge. Parce qu'elle avait été marquée par la découverte du corps de Bobby baignant dans son sang ? Irène s'était contentée de murmurer qu'elle n'aimait pas non plus cette couleur. En descendant les marches de pierre de l'escalier extérieur, Irène avait songé à Frédéric, croisé à la sortie de l'exposition d'estampes japonaises. Il ne lui avait toujours pas fait signe. Et elle ne savait plus quoi penser de cette réserve.

— J'ai engagé un magicien, avait déclaré Bernard.

— Jeanne est tout excitée. Elle m'en a beaucoup parlé.

— Je t'aurais bien dit de rester avec nous, mais c'est un peu trop…

— … tôt. Allons-y doucement. De toute manière, je suis fatiguée. Je n'ai presque pas dormi cette nuit.

— Tu devrais prendre des pilules. J'en ai, si tu veux.

Elle avait acquiescé tandis qu'il s'éloignait vers la salle de bain. Elle était restée sur le pas de la porte, refusant d'avancer jusqu'au salon. Bernard n'avait conservé que le canapé. Disparues les tables de verre, volatisées les lampes suédoises.

— Tu dois voir un médecin, avait conseillé Bernard en lui tendant un sachet de plastique contenant des somnifères.

— Je le sais, je suis trop nerveuse. Je manque de souffle, parfois. Comme si j'étouffais. Je devrais me sentir bien mais… C'est dur de rester en ville. Je manque d'air.

— T'installeras-tu bientôt à Québec ?

— Ça ne dépend pas de moi.

— Tu vas chercher un atelier ?

Elle avait secoué la tête ; il n'était pas question qu'elle perde du temps à peindre. Elle devait gagner sa vie.

Elle avait tendu la main à Bernard, qui l'avait prise en riant, tout en faisant basculer Irène vers lui pour l'embrasser sur la joue. Deux heures plus tard, elle ressentait toujours la pression de ses lèvres sur sa peau, elle avait hâte d'arriver chez Françoise pour se laver. Que signifiait ce baiser ?

— Que ton mari est encore plus pervers qu'on le pense, fulmina Françoise. Frédéric Fontaine est vraiment certain de pouvoir faire quelque chose ? Tu ne peux pas endurer ça encore longtemps !

— C'est une question de semaines, un mois maximum, il me l'a juré, mentit Irène.

— Veux-tu qu'on sorte ou qu'on reste à la maison ? Tu dois être fatiguée.

— On pourrait se faire livrer une pizza. C'était le rêve de Simone, à Tanguay. C'est la dernière chose qu'elle m'a dite quand je suis partie : « Maudite chanceuse, tu vas te commander une *all-dressed* ! » Mais on peut souper au Laurentien. Mon père aimait tellement ce restaurant. Frédéric aussi, quand il habitait à Québec.

— Est-ce qu'il préfère vivre à Montréal ?

Irène hocha la tête même si elle ne savait pas si Frédéric

aimait ou non la métropole. Comment pouvait-elle ignorer autant de choses sur cet homme qui avait été son plus fidèle visiteur, son plus grand soutien ? Elle s'intéresserait à lui quand elle aurait réglé ses comptes avec Bernard. Elle lui montrerait qu'elle n'était pas si égoïste.

— Toi, aimerais-tu mieux rester là-bas au lieu de revenir ici pour Jeanne ?

— C'est pareil. Une place ou l'autre. Du moment que je peux marcher dehors, qu'il y a un parc avec des arbres. Tu es certaine qu'Yvan ne m'en veut pas de le priver de toi ce soir ?

— Yvan n'est pas possessif, dit doucement Françoise.

— J'avais trop peur que Bernard m'ait fait suivre jusqu'ici, qu'il sache qu'un homme y était en même temps que moi.

— Mais c'est mon chum !

— Bernard est fou… Il peut s'imaginer n'importe quoi. Yvan serait en danger. Tous les hommes qui m'approchent risquent d'avoir des ennuis…

— Tu dois t'inquiéter pour Frédéric, même s'il est capable de se défendre… J'ai hâte que tout ça soit terminé.

— Je ne sais pas si j'aurais tenu en prison sans toi, sans tes lettres, tes visites.

— Je ne suis pas venue souvent, mais avec le salon…

— On se parlait au téléphone ! Ça doit t'avoir coûté cher en longues distances…

Françoise sourit à Irène. Elle était heureuse d'avoir pu l'aider.

— Tu aurais fait la même chose pour moi.

— Non. Je ne suis pas aussi bonne. Et ce n'est pas à Tanguay que j'ai acquis de l'empathie pour les gens. Je suis seulement devenue plus lucide.

— Tu n'es pas aussi dure que tu le penses.

— Et toi, tu es plus naïve que tu le crois.

— On change de sujet ! décréta Françoise. Il y a un film avec Alain Delon ce soir, *La Piscine*. On pourrait s'écraser devant la télévision en mangeant notre pizza ? Et même se mettre en pyjama ?

— O.K. pour la soirée en pyjama, mais j'aimerais mieux qu'on écoute de la musique. C'est une histoire de meurtre, *La Piscine...* Josée Gingras était allée le voir quand c'est sorti parce qu'elle est pâmée devant Delon.

— Josée ? La surveillante ? Elle te racontait les films qu'elle voyait ?

— Elle en avait parlé avec... Non, je ne veux pas me rappeler Tanguay ! Mets de la musique.

Françoise attendit qu'elles aient fini de manger pour interroger Irène sur sa rencontre avec Jeanne ; est-ce que la fillette semblait heureuse de sortir avec elle ?

— À moitié, confia Irène. Elle me regarde avec intensité durant quelques secondes, puis elle se ferme. J'avais tellement envie de l'embrasser, de la toucher ! Mais je ne veux pas l'effrayer. Je suis une inconnue pour elle.

— Tu exagères.

— Que sait-elle de moi ? Qu'est-ce que Bernard lui a mis dans le crâne ?

— Tu vas bientôt pouvoir tout lui expliquer.

Certainement pas, songea Irène. Elle ne pourrait pas raconter à sa fille comment elle se serait débarrassée de Bernard. Elle devrait se taire. Voilà une chose qu'elle avait parfaitement assimilée durant son séjour à Tanguay. S'il n'y avait jamais de vrais silences en prison, les secrets, eux, y proliféraient.

*   *   *

Les jours avaient raccourci, la brunante tombait vers seize heures, et le temps gris poussait à une mélancolie que tenteraient de dissiper les enfants en se déguisant pour l'halloween. Heureusement, la grève des transports était bel et bien terminée.

— Une chance que les autobus fonctionnent, mon party

d'halloween est à l'autre bout de la ville, déclara Marie, qui était assise à côté d'Irène à l'atelier.

— Oui, mentit Irène en se rappelant ses sueurs froides à la lecture du journal. Comment justifierait-elle son retard à la maison de transition si les autobus et les métros fonctionnaient ? Elle avait dû convaincre Lucie Aubert qu'elle avait pris l'habitude de marcher pour rentrer à la maison de transition et que cette promenade lui faisait le plus grand bien. Elle avait perdu du poids depuis le début de la grève, on devait l'encourager à continuer, elle semblait moins déprimée, plus dynamique. Elle ne rentrerait pas beaucoup plus tard de toute manière.

— Fais-tu quelque chose pour l'halloween ? demanda Marie à Irène en lui tendant la tête d'une poupée.

— Non, rien de spécial.

Un mensonge, puis un autre. Rien de spécial alors qu'elle rencontrerait Boutin ? Pourrait-elle se défaire un jour de cette habitude prise à Tanguay ?

Rien de spécial ? Irène sourit en pensant aux mille dollars qu'elle portait sur elle en permanence. Elle savait qu'elle tapoterait les billets quand elle appellerait Pierre Boutin durant la pause du midi. Pour se donner du courage, pour se convaincre qu'elle avait raison de vouloir le rencontrer. Il fallait qu'elle passe à l'action avant que ne réapparaisse Frédéric Fontaine, dont la réserve lui semblait de plus en plus suspecte. Qu'aurait-elle dit si elle avait su que l'enquêteur pensait exactement la même chose à son sujet, au même moment ?

Frédéric Fontaine regardait la pluie tomber en se rappelant qu'Irène lui avait déjà dit qu'elle aimait les orages. L'inspiraient-ils encore aujourd'hui ? Elle avait prétendu, quelques mois plus tôt, qu'elle avait renoncé à peindre. Mais il ne l'avait pas crue. Il n'avait ajouté foi à aucun des propos qu'elle lui avait tenus durant sa dernière visite à Tanguay. Il l'avait fait surveiller depuis sa sortie, et il se demandait pourquoi elle courait quand elle quittait la fabrique de jouets pour ralentir avant d'arriver rue Saint-

Hubert, s'arrêter et attendre quinze minutes avant de marcher vers la maison de transition. Pourquoi ne courait-elle pas jusqu'à sa destination ? Que cachait cette pause systématique ? Elle ne parlait à personne, elle restait plantée devant la pharmacie et attendait. Elle prenait l'autobus pour se rendre au travail depuis que la grève était terminée mais continuait à rentrer à pied. Pourquoi ? Lui ne l'avait suivie qu'une fois depuis trois semaines, histoire de vérifier que la femme qu'il avait engagée pour surveiller Irène était douée et lui rapportait correctement les faits. Paulette Auclair n'avait mentionné qu'une exception à la routine d'Irène Nadeau : elle était allée dimanche rue Saint-Dominique à la galerie Powerhouse. Frédéric Fontaine avait souri en apprenant cette visite au centre d'exposition multidisciplinaire pour les femmes ; si ses pas l'avaient guidée à cet endroit, c'est qu'Irène redevenait elle-même. Elle peindrait de nouveau. Paulette Auclair lui avait aussi confirmé qu'Irène était déjà suivie par un homme. Taille moyenne, cheveux bruns, banal, discret. Nadeau n'avait pas requis les services de Boutin pour guetter Irène. Sentait-il que le vent tournait pour son complice ?

La veille, Pierre-François Routhier avait téléphoné à Frédéric Fontaine pour lui annoncer la mort de son père. Il était prêt à témoigner contre Pierre Boutin, qui n'avait pas manqué de l'appeler dès qu'il avait lu l'annonce du décès de Charles Routhier dans la rubrique nécrologique.

— Je savais qu'il voudrait en avoir plus dès que mon père mourrait, dès qu'il saurait que je reprends la compagnie. C'est un vorace, monsieur Boutin.

— Il cherchera bientôt ses proies en prison. Merci de nous aider.

— Je viendrai signer tout ce que vous voudrez demain, avait promis Routhier.

— Ne vous dérangez pas, j'irai chez vous, c'est la moindre des choses.

Frédéric Fontaine ne souhaitait pas que Chartier apprenne

tout de suite que Routhier avait témoigné. Il verrait Boutin seul, lui montrerait le témoignage de Routhier, ajouterait que Gaétan Dubuc et Raymond Tremblay étaient revenus sur leurs déclarations et l'avaient reconnu sur des photos. Il le menacerait d'une fuite dans les journaux, de tout révéler à son patron, parlerait de son arrestation imminente. Boutin l'enverrait promener, mais il serait sûrement ébranlé. Il appellerait probablement Nadeau pour lui demander de lui payer un avocat. Et quand lui-même dirait à Boutin qu'il avait été témoin de la mort de Georges Pouliot, il serait moins arrogant. Il chercherait à négocier sa liberté, à acheter son silence. Boutin ne pouvait évidemment pas charger Nadeau sans révéler sa propre participation à la machination, à moins qu'il le persuade que l'homme d'affaires intéressait la CECO, qu'on voulait le faire tomber à n'importe quel prix. Qu'on était prêt à protéger un délateur. Même si c'était un criminel. Par Irène, Frédéric Fontaine avait appris que Bernard Nadeau s'était trouvé au Mexique en même temps que Frank Cotroni, au moment de l'arrestation de celui-ci, en hiver 1971, il expliquerait à Boutin que ce n'était pas un hasard. Nadeau lui avait-il jamais parlé de sa rencontre avec le parrain de la mafia ? Non ? Nadeau lui cachait beaucoup de choses… Fontaine offrirait à Boutin de piéger Nadeau, de le faire parler du meurtre de Bobby et d'enregistrer cette conversation. Il conviendrait d'un lieu, d'une heure, et Fontaine se trouverait sur place pour arrêter Nadeau dès qu'ils auraient entendu ses aveux. Peut-être que Boutin hésiterait, mais Fontaine répéterait que Nadeau était millionnaire parce qu'il avait rendu beaucoup de services aux Cotroni. Pensait-il qu'une usine de vêtements de sport pouvait rapporter autant ? Il ferait douter Boutin. Et peut-être que Boutin accepterait le marché.

Et s'il ne l'acceptait pas de plein gré, il devrait l'y forcer.

La pluie avait doublé d'intensité, on distinguait à peine l'enseigne du snack-bar situé en diagonale du poste de quartier.

— Tu es là, toi ? fit Chartier derrière Fontaine.

— Je suis passé chercher des documents.

— J'ai hâte que tu reviennes pour vrai. C'est long, les enquêtes de la CECO !

— J'achève mon temps avec eux.

Le sourire de Chartier accentua le sentiment de culpabilité que ressentait Fontaine à mentir ainsi à son ami. Mais avait-il le choix ? Il ne pouvait pas lui dire qu'il tendait un piège mortel à Bernard Nadeau et qu'il devrait probablement remettre sa démission, se trouver un autre emploi avant la fin du mois.

— J'aimerais mieux de la neige, dit Jocelyn Chartier, les enfants étaient haïssables en fin de semaine, enfermés à cause de la pluie. Au moins, avec de la neige, ils jouent dehors.

— Ce n'est pas pour tout de suite, on est à Montréal, pas à Québec. À Québec, j'ai déjà vu neiger début octobre. Mais ici...

— Tu voudrais y retourner ?

Frédéric Fontaine haussa les épaules, devinant que le ton taquin de son partenaire n'excluait pas une certaine inquiétude ; Chartier devait se demander s'il ne chercherait pas à être muté pour suivre Irène dans la capitale.

— Québec est une plus belle ville mais Montréal est plus animé. J'aime les deux.

— Est-ce qu'Irène Nadeau s'est installée à Québec ?

— Pourquoi me demandes-tu ça ?

— Pour voir si tu mens bien.

La voix de Chartier avait perdu toute trace de gaîté ; il regardait Fontaine droit dans les yeux en lui disant qu'il voulait savoir ce qui se passait entre lui et Irène Nadeau.

— La vois-tu en cachette ?

— Non ! Je te le jure !

Chartier dévisagea son partenaire ; il semblait sincère pour une fois même si son regard était toujours aussi farouche, aussi tendu.

— Elle ne t'apportera que des ennuis, Frédéric. Je n'ai jamais compris pourquoi tu t'entêtes à...

— C'est une longue histoire.

— Raconte. Je me demande depuis des années ce qui vous unit. Ce n'est pas seulement parce qu'elle t'attire. Tu te sens lié à Irène, comme si tu lui devais quelque chose parce qu'on n'a pas réussi à lui éviter la prison. Tu n'étais pas seul au moment de l'enquête, on était ensemble. On n'a rien négligé, je le sais, tu le sais. Tu t'es acharné durant des années. Qu'est-ce que tu veux de plus? Boutin? O.K. Dans ce cas-là, c'est bizarre que tu ne m'aies pas reparlé de lui depuis un bon bout de temps. Tu dis que tu n'as pas revu Irène, mais c'est difficile de te croire. C'est illogique. Tu lui rendais visite pendant qu'elle était enfermée, et tu te priverais de la voir maintenant qu'elle est libre? À quoi ça rime?

Frédéric Fontaine appuya ses mains contre la vitre, se rappela la première fois qu'il avait fait ce geste à Tanguay, le regard d'Irène derrière la paroi de verre, surpris mais consentant, l'émotion qui l'avait envahi pour ne plus jamais le quitter. Il avait peur de revoir Irène, d'avoir envie de poser ses paumes contre les siennes et qu'elle garde les bras croisés. Quand elle était enfermée, elle avait besoin de lui. Aujourd'hui encore, même si elle rejetait son aide; mais qu'en serait-il de leur relation quand il l'aurait débarrassée de Nadeau? Aurait-elle de la gratitude pour lui? Rien que de la gratitude? Il ne voulait pas de ses remerciements. Il voulait qu'elle continue à compter sur lui tout en sachant que ce désir était malsain, qu'il ne pouvait souhaiter qu'Irène soit dépendante de lui. Un tel vœu le rapprochait dangereusement du si possessif Bernard Nadeau. Mais si Irène n'avait pas besoin de lui, pourquoi l'aimerait-elle? Les femmes lui disaient qu'il était bel homme, mais lui, il ne voyait que le visage de Marc Fontaine quand il se regardait dans une glace. Encore et toujours Marc Fontaine. Irène ne pourrait s'éprendre d'un homme qui ressemblait au bourreau de son père. Car il lui dirait ce qui était arrivé en 1956. Il savait qu'il saboterait ses chances de s'attacher Irène, il savait qu'il ne savait pas être heureux. Il lui prouverait cependant qu'il était différent de Marc

Fontaine et qu'il avait tenté de racheter la faute de son père. Même s'il avait mis trop de temps pour y parvenir. Irène lui reprocherait de s'être tu durant toutes ces années, elle le repousserait et leurs chemins se sépareraient. Mais il ne garderait pas le silence sur les actes de Marc Fontaine, sur sa propre lâcheté à l'époque, il ne pouvait plus vivre avec ce secret entre Irène et lui. S'il n'y avait qu'une chance sur mille que cette femme le regarde comme une femme regarde un homme, il ne pouvait l'entacher de mensonge. Cette chance devait être une vraie chance, pure et simple, un miracle.

Un miracle ? Dieu n'interviendrait sûrement pas dans ce dossier-là. Il ne cautionnerait pas une aussi sale affaire. Frédéric n'ignorait pas qu'en dressant Boutin contre Nadeau, il jouait avec le feu. Qu'il pourrait y avoir mort d'homme. Et qu'il l'espérait de toute son âme. Qu'il en rêvait. Même s'il pouvait être l'une des victimes. Avait-il le choix ? Il ne pourrait pas vivre normalement tant que Nadeau traquerait Irène. Et après non plus, probablement. Mais il essaierait. Il tenterait de tout oublier. Il le faudrait bien si Irène le rayait de son existence.

— Je te dirais tout, Jocelyn. Mais pas aujourd'hui. C'est une histoire ancienne. Ça remonte à vingt ans.

— Tu connaissais Irène Nadeau quand elle était jeune ?

— Non. Pas elle, mais… Je n'ai pas le temps maintenant, je te promets de tout…

— On pourrait aller prendre une bière après la job. Viens souper en fin de semaine, veux-tu ?

L'arrivée d'Albert Dumouchel évita à Frédéric Fontaine d'avoir à refuser l'invitation de son partenaire.

— Il faut que j'y retourne ! Chartier, je t'appelle ! Sans faute !

— Je me demande pourquoi je ne te crois pas.

Fontaine répéta qu'il téléphonerait. Promis, juré. Puis il dévala l'escalier, sortit sous la pluie, se pressa jusqu'à sa voiture ; il aurait déjà dû avoir rejoint le collègue qui analysait les bandes enregistrées des conversations de Paolo Violi. Il s'épongea le visage avec un mouchoir avant de démarrer. Irène devait être arrivée ruisselante, frissonnante, à la fabrique de jouets, les mains glacées. Mais le cœur chaud ? Le sien était brûlant. Dévorant. Il le détruirait peut-être. Il doutait d'être comme le phénix qui renaissait de ses cendres. Irène s'était déjà inspirée de ce mythe. Si elle le revisitait quand elle commencerait à peindre, elle donnerait peut-être son visage au monstre. Il aurait bien voulu voir ce qu'on exposait au centre de la rue Saint-Dominique, mais c'était imprudent. Irène avait-elle bien réfléchi avant de se rendre là-bas ? Bernard Nadeau l'avait sûrement appris puisqu'il était arrivé à Montréal le lendemain de cette visite, qu'il avait rencontré Boutin. Il avait fait surveiller ce dernier par Paulette Auclair ; elle avait vu les deux hommes dans un bar du centre-ville. C'est ce tête-à-tête qui avait décidé Fontaine à agir plus rapidement, et le témoignage de Pierre-François Routhier confirmait son intuition. L'heure était venue.

Mais les minutes s'écoulaient lentement. Irène avait parlé du temps qui stagne en prison comme les eaux troubles d'un marais, épaisses, lourdes, chargées de miasmes, cachant des créatures étranges sous leur opacité. Frédéric s'efforça tout l'après-midi de se concentrer sur les enregistrements, mais son esprit revenait sans cesse à Pierre Boutin ; il fallait que celui-ci réagisse comme il le souhaitait. À seize heures, un collègue le releva enfin de son poste.

Il vit Boutin quitter le poste de quartier, monter dans sa voiture. Il le suivit jusqu'à un restaurant de la rue Maisonneuve. Comme Boutin garait sa voiture au coin de la rue Amherst, Frédéric l'imita, tâchant de faire vite pour intercepter Boutin avant qu'il ne pénètre dans l'établissement. Il cessa de respirer quand il reconnut Irène Nadeau qui se dirigeait, en sens inverse, vers le restaurant. Irène ! Irène qui marchait d'un pas raide, écrasant son sac à main contre sa poitrine, le visage figé, les dents serrées, les traits tirés. Elle ne devait pas avoir beaucoup dormi ces dernières semaines, pensant et repensant à cette rencontre avec Boutin. Car c'était sûrement elle qui l'avait joint. Par sa faute à lui, parce qu'il lui avait appris le nom du complice de son mari.

Elle avait eu au moins la prudence de retrouver Boutin dans un lieu public. Prudence ? Elle se doutait sûrement que Bernard Nadeau continuait à la faire suivre. Qu'il saurait qu'elle avait vu Boutin. Si ce dernier ne le lui avait déjà dit. S'il ne les attendait pas au restaurant. Il devait se calmer. Boutin ne ferait aucun mal à Irène maintenant. Frédéric Fontaine s'approcha de la vitre en remontant le col de son imperméable, mit la casquette qu'il avait achetée quelques semaines plus tôt, regarda à l'intérieur du casse-croûte, repéra Irène qui glissait une enveloppe vers Pierre Boutin qui la prenait, la mettait dans la poche de son veston.

Fontaine faillit entrer vingt fois dans l'établissement, se retint, sacra, regarda sa montre toutes les cinq minutes, mais attendit qu'Irène et Boutin quittent le casse-croûte. Elle sortit la première, un homme patienta quelques secondes, de l'autre côté de la rue, avant de commencer à la suivre, et Frédéric renonça aussitôt à aborder Irène. Il lui téléphonerait. Il observerait plutôt Boutin. Celui-ci poussa la porte du restaurant, alluma une cigarette en regardant autour de lui. Son expression était indéchiffrable, mais sa démarche assurée, quand il gagna sa voiture, indiquait une certaine satisfaction. Il ouvrit la portière d'un geste large, s'installa au volant, regarda de nouveau à droite et à gauche en ajustant son rétroviseur ; avait-il perçu la présence de Frédéric ? Il fit démarrer sa voiture et Frédéric l'imita, empruntant la rue Sainte-Catherine, remontant la rue Papineau jusqu'à ce que Boutin s'arrête devant un téléphone public. L'homme parla quelques minutes avant de raccrocher en souriant. Il roula ensuite jusqu'à la rue Jean-Talon, se dirigeant alors vers l'ouest. Or, Boutin n'habitait pas dans l'Ouest, et le poste de police où il travaillait était situé dans Rosemont. Fontaine conclut qu'il allait à l'hippodrome, s'en assura. Quand il vit Boutin pénétrer dans l'enceinte du stationnement, il fit demi-tour. Boutin pouvait rester là durant des heures. Pourquoi avait-il eu cette soudaine envie de miser sur des chevaux ? Avec quel argent ?

Avec l'argent qu'Irène lui avait remis. En s'approchant des guichets, Boutin recomptait les billets en souriant. Qui disait qu'on ne pouvait pas avoir le beurre et l'argent du beurre ? Il avait touché de l'argent de Bernard Nadeau, et c'était maintenant sa bonne femme qui le payait. Et qui prendrait la relève. Il misa cent dollars sur Sultan et cinquante sur Tonnerre, étant persuadé que ces chevaux gagneraient la course ; c'était une trop bonne journée pour lui, il ne pouvait pas perdre. Quand il vit Tonnerre franchir le premier la ligne d'arrivée, il eut la certitude de prendre la bonne décision en s'associant avec Irène Nadeau. Il n'aurait jamais pu espérer meilleur retournement de situation. La vie était pleine de surprises ; quelques jours auparavant, il sentait que Bernard Nadeau avait envie de se débarrasser de lui, et voilà qu'on lui offrait de le payer pour que l'inverse se produise. Il serait riche. Et vengé des humiliations que Nadeau lui avait fait subir durant toutes ces années, l'écrasant avec ses millions, se moquant de son goût pour le jeu. « Tu ne deviendras jamais riche, il faut savoir se contrôler, tu n'en es pas capable, tu manques de contrôle sur toi. » Depuis quelques mois, Nadeau le traitait avec un mépris non dissimulé, l'accusant de manquer d'audace, d'être devenu vieux, trop vieux pour le servir correctement. À leur dernière rencontre, il lui avait reproché de ne pas avoir encore tué Frédéric Fontaine.

— Il est encore dans mes jambes, ce christ-là ! J'ai été trop faible avec toi, je n'aurais pas dû t'écouter, on aurait dû se débarrasser de lui la première fois que je t'en ai parlé. Irène s'est mise à maigrir, il va revenir dans le décor, ça va être encore plus compliqué de la tuer. À cause de qui ? Si tu n'avais pas eu peur, on ne…

— T'exagères, Ben. On peut encore…

— J'exagère ? Tu sauras qu'Irène est retournée dans une galerie de peinture. Elle fait semblant de ne plus s'intéresser à rien, mais elle s'est rendue dans une place appelée Powerhouse, c'est un groupe de femmes qui tient ça. Des maudites féministes qui vont lui enfler la tête en lui faisant croire qu'elle est un grand peintre.

— Pis après? Elle va disparaître. Quand bien même elle barbouillerait quelques toiles...

— Elle m'a dit que ça ne l'intéressait plus. Elle m'a menti! Elle rit de moi et je devrais trouver ça drôle?

Bernard Nadeau avait conservé un ton égal alors qu'il était en colère, mais Boutin ne s'y était pas trompé : l'homme d'affaires n'admettait aucune réplique. Il avait donc gardé le silence, bu son scotch, mangé les bretzels qu'une serveuse avait déposés devant eux quand ils étaient arrivés au bar.

— Elle rit de moi. Elle a toujours ri de moi, répéta Bernard Nadeau. Vas-tu t'occuper d'elle?

— Oui.

— Quand?

— Quand elle sera à Québec. On avait parlé du début de l'hiver...

— Je veux que ça se fasse avant. Je ne veux plus la voir.

— Mais...

— Mais quoi? Tu as peur? J'aurais dû me trouver quelqu'un d'autre depuis longtemps.

— Arrête, je t'ai dit oui, c'est oui. J'avais pensé à un accident de motoneige.

Il avait dit ça pour gagner du temps, mais Nadeau avait encore baissé la voix.

— Un accident de motoneige? Et tu penses que ça ressemblerait à un suicide?

— Tu veux qu'elle meure, oui ou non? Qu'est-ce que ça change si on pense qu'elle a eu un accident?

— Donne-moi une bonne raison pour qu'on trouve normal qu'Irène se tue en motoneige?

— Elle n'en a jamais fait.

— Justement! Pourquoi se déciderait-elle tout à coup à

444

essayer ça ? Avec qui ? Où trouverait-elle un skidoo ? Tu n'as rien dans la tête ! Il n'y aura même pas assez de neige à moins qu'elle se rende dans le Nord. Elle doit se suicider, est-ce que c'est si difficile que ça à comprendre ? Si tu ne veux pas, dis-le tout de suite. Je chercherai un gars qui a du *guts*. Tu me déçois, mon petit Pierrot.

— Tu n'as pas le droit de dire ça, ciboire ! Depuis le temps qu'on travaille ensemble !

— Tu étais plus enthousiaste au début, je ne te payais pas pour rien. Tu faisais ce que je te disais de faire, mais maintenant tu me coûtes cher. Je vais finir par me demander si tu ne joues pas contre moi.

Contre lui ? Boutin avait fixé Nadeau qui présentait le même visage impassible, mais il avait compris qu'il était encore plus paranoïaque qu'il ne l'avait cru ; il devenait dangereux, incapable d'admettre qu'il était inconcevable de faire disparaître Irène si vite après sa mise en liberté. Il y aurait une enquête, on parlerait avec son agent de probation, avec les surveillantes de Tanguay. Elles diraient qu'Irène avait semblé déprimée durant l'hiver, mais qu'elle montrait tous les signes d'une bonne réadaptation au monde libre depuis la fin de l'été. Qu'elle tentait de retrouver la forme. On ne se met pas au régime quand on veut se suicider. Frédéric Fontaine se poserait sûrement cette question-là. Qu'on lui confie ou non l'enquête sur la mort d'Irène, il s'en mêlerait. Boutin n'avait pas envie que Fontaine fourre de nouveau son nez dans ses affaires. Pas à quelques mois de la retraite. Il fallait calmer Nadeau.

Mais comment ?

Boutin n'aurait jamais pu croire qu'Irène lui apporterait la solution sur un plateau d'argent. Une solution qui exigeait beaucoup de réflexion ; le meurtre de Bernard Nadeau devrait être maquillé en accident, car il y aurait une enquête très sérieuse. Irène serait inévitablement soupçonnée. Supporterait-elle la pression des interrogatoires ? Probablement. Elle n'avait rien reconnu la première fois. Il est vrai qu'elle était innocente, mais des innocents avouent parfois tout ce qu'on veut parce qu'ils ont peur. Irène s'était aguerrie à Tanguay. Et elle était motivée ; elle voulait Jeanne pour elle seule. Et l'argent de Nadeau pour l'élever. Avait-il été vraiment étonné qu'elle lui propose ce contrat ? Non. C'est son premier appel qui l'avait surpris. Et il avait été alors assez prudent pour en parler à Nadeau, pour lui dire qu'Irène voulait le voir. Après leur rencontre, il avait rappelé immédiatement Nadeau à Québec pour lui mentir : Irène était folle, avait-il déclaré.

— Je te le répète depuis des années.

— C'est toi qui avais raison, Ben. Elle va nous donner du trouble. Je vais faire ce que tu veux. Au plus sacrant !

— J'aime mieux ça. Qu'est-ce qu'elle te voulait ?

— Elle m'a parlé de pardon… de Dieu.

— De Dieu ?

— Elle est complètement détraquée ! Elle a dit qu'elle voulait faire la paix avec tout le monde, commencer une nouvelle vie. Et elle m'a confirmé que c'était son petit enquêteur qui lui avait parlé de moi. Qu'elle lui pardonnait à lui aussi.

— Lui pardonner ? Quoi ?

— Je ne sais pas. Elle dit n'importe quoi. Qu'il y a un prêtre qui vient à la maison de transition et qui l'aide à voir clair en elle, des niaiseries du genre. Elle ne t'a pas parlé de Dieu à toi ? À votre fille ?

— Elle lui a donné des petits anges qu'elle a fabriqués… Il faut que tu te dépêches. On ne comprendra pas qu'elle avale des pilules si elle vient de découvrir Dieu. Mais ça peut être encore un autre de ses mensonges.

— Elle n'aurait pas voulu me voir si elle préparait quelque chose. Elle n'aurait pas parlé de Fontaine. Elle ne ment pas pour le prêtre ; il est allé souvent rue Saint-Hubert. Je m'occupe de tout. Je t'appelle pour les détails.

Les détails… il y en aurait plusieurs à vérifier avant d'assassiner Nadeau. Mais ça valait le coup ! Irène avait promis de lui verser la moitié de ce qu'elle toucherait en héritant des biens de son mari. La moitié de plusieurs millions ! Jamais Nadeau ne lui en donnerait autant. Il pourrait s'installer en Floride, près des casinos, des golfs. Faire le tour du monde, des croisières, jouer à Monte-Carlo, descendre dans les gros hôtels.

— La moitié de tout, avait-elle dit. Je vous propose la moitié de tout. Des avoirs, des actions, de la vente de la maison. Je ne resterai jamais rue Belmont. Je vais me débarrasser de la baraque. La moitié pour vous.

Il avait exigé des garanties. Elle lui avait remis une lettre où elle reconnaissait être coupable du meurtre de Bobby.

— Qu'est-ce que tu veux que je fasse de ça ? Tu ne retourneras pas en prison même si j'ai tes aveux. Ça ne vaut rien. Tu ne peux pas être condamnée deux fois pour la même affaire.

— Continuez à lire…

Irène avait écrit qu'elle était l'auteur du meurtre de Bernard Nadeau.

— C'est une confession. Ça vous protège au maximum. Mais si vous me dénoncez, vous n'aurez pas un sou parce que je ne pourrai pas toucher l'héritage, étant la meurtrière de mon mari. C'est Jeanne qui aura tout à sa majorité. Mais ce n'est pas ce qu'on souhaite, ni vous, ni moi… Moitié, moitié ?

— Je vais réfléchir, avait-il dit.

Et plus il réfléchissait à cette proposition, plus elle lui plaisait, même s'il se demandait comment il expliquerait qu'il détenait cet aveu si les choses tournaient mal. Mais pourquoi y aurait-il des problèmes ?

chapitre 26

1975

Une sorcière, un pirate et une geisha traversaient la rue Rachel quand Frédéric Fontaine rentra chez lui. Malgré la pluie, les enfants riaient en ouvrant grand les sacs remplis de bonbons qu'ils venaient de récolter en sonnant aux portes. Ils crièrent à un couple de fantômes de les rejoindre au coin de la rue Garnier, ils décideraient ensemble de la suite de leur itinéraire. Fontaine les envia ; il n'avait jamais pu célébrer l'halloween avec cette joyeuse insouciance, car il savait que son père ferait la fête lui aussi ce soir-là, qu'il rentrerait ivre, qu'il voudrait continuer à boire et qu'il battrait sa femme parce qu'elle n'aurait pas acheté d'alcool comme il le lui avait ordonné. Marc Fontaine avait le don de gâcher toutes les fêtes, et Frédéric n'avait jamais réussi, même après la mort de son père, à aimer l'halloween, Noël, Pâques ou son propre anniversaire. Peut-être que ça changerait s'il avait lui-même des enfants ? Peut-être qu'il vivrait ces journées par procuration ?

Mais aurait-il des enfants ? Et avec qui ? S'il fallait que l'un d'entre eux hérite de ses traits, de ceux de Marc Fontaine... L'aimerait-il ou penserait-il qu'il perpétue une lignée maudite ? Les aboiements de Fila chassèrent ces pensées noires ; il avait tort de se laisser envahir par la mélancolie ; sa sœur aînée avait trois beaux enfants, bien dans leur peau, à qui on ne parlait jamais du grand-père qu'ils n'avaient pas connu.

La chienne avait posé son museau sur sa cuisse quand Frédéric téléphona à Irène Nadeau ; il tenait le récepteur d'une main et caressait Fila de l'autre en attendant qu'Irène prenne l'appel.

— Je n'ai rien à vous dire, murmura-t-elle en reconnaissant sa voix.

— C'est moi qui parlerai. Je vous ai vue avec un homme cet après-midi. À cinq heures vingt.

— Vous me suivez, vous aussi ? Vous devriez fonder un club. Vous êtes assez nombreux.

— J'irai vous voir ce soir.

— On n'a pas vraiment le droit d'avoir des visites.

— Les policiers ont des droits que les autres hommes n'ont pas.

— Vous voulez dire que vous prenez ces droits. J'aurai des ennuis à cause de vous.

— Non, c'est vous qui vous les attirez !

— On vous verra entrer ici.

Frédéric Fontaine soupira ; il n'était pas assez idiot pour entrer par la porte principale.

— Personne ne me reconnaîtra, c'est l'halloween. C'est facile de se travestir, vous le savez mieux que moi. Et il fait déjà noir.

Il raccrocha avant qu'elle ne puisse protester et se dirigea dans la cuisine pour réchauffer une soupe. Il l'engloutit en s'étonnant de sa faim. Il pensait avoir l'estomac noué par sa colère contre Irène, mais la soupe chaude l'avait réconforté. Il but un café avant de s'appliquer à modifier son apparence. Il s'était procuré depuis longtemps, dans des surplus de l'armée, un vieux manteau vert qu'il n'avait porté qu'une fois, et il avait acheté un masque dans l'après-midi. Il héla un taxi, se fit déposer à deux rues de chez lui, prit un autre taxi qui le laissa tout en bas de la rue Saint-Hubert. Il marcha rapidement, sous une pluie qui avait redoublé d'intensité, jusqu'à la maison de transition. Il était frigorifié en se présentant à la porte arrière, mais il n'avait pas pesté contre ce mauvais temps si à propos ; le détective devait être rentré chez lui dès qu'Irène avait regagné le centre. Elle n'était jamais ressortie le soir depuis qu'elle s'y était installée. L'homme ou les hommes engagés par Nadeau n'auraient sûrement pas fait de zèle un soir de tempête.

Irène l'attendait, le guettant derrière la fenêtre. Il prit une longue inspiration avant de pousser la porte. Il avait imaginé différemment leur première rencontre dans le monde libre, mais voilà qu'Irène était là, à quelques centimètres de lui. Avec son visage triste et dur et beau. Elle ne ressemblait plus aux madones préraphaélites, elle lui rappelait les Modigliani. Il ne posséderait jamais un tableau du maître et Irène non plus. Posséder ! Pourquoi ce mot détestable cherchait-il à s'imposer à lui ? Il n'avait aucun droit sur Irène, mais il aurait tant voulu enfouir ses mains dans la chevelure blonde de cette femme qu'il n'avait vue qu'à travers une vitre durant des années. Comme si elle était l'un de ces camées emprisonnés dans le verre des sulfures. Il hésita à lui tendre la main, y renonça, demanda à rencontrer la responsable de l'établissement, se présenta en déclarant qu'il devait s'entretenir avec Irène car de nouveaux éléments venaient d'être portés à sa connaissance. Il avait pris soin, auparavant, de faire annoncer sa visite par un avocat, un vieil ami du conseiller du centre de Saint-Hubert. On l'autorisa à discuter avec Irène dans le petit bureau, loin de la salle commune où s'étaient réunies les femmes pour fêter l'halloween.

— Vous n'auriez pas dû venir, déclara Irène.

— Vous n'auriez pas dû voir Boutin ! C'est de la folie !

— Je voulais être certaine que c'était bien lui qui avait tué Bobby.

Frédéric Fontaine secoua la tête ; il n'avait pas de temps à perdre, elle devait lui dire pourquoi elle avait rencontré Boutin, lui rapporter leur conversation. Sans rien omettre.

— Vous n'avez pas le droit de…

— Je le prends, vous l'avez dit. J'ai le droit d'un homme qui vous a rendu visite en prison pendant six ans et demi. Qui a cru en votre innocence. Qui a échoué à la prouver mais qui a essayé. J'ai droit à l'erreur. Et à votre respect. Cessez de jouer avec moi.

— C'est parce que je vous respecte que je vous tiens hors de cette histoire ! s'écria Irène. Je ne vous dirai rien.

Elle paraissait si déterminée à se taire qu'il devait parler, brûler ses vaisseaux. Il redoutait cet instant depuis des années, et voilà qu'il se décidait en une fraction de seconde. Comme s'il avait contemplé trop longtemps l'abîme pour ne pas s'y jeter. Reverrait-il défiler sa vie durant la chute ? Sa première rencontre avec Irène rue du Parloir, puis la veille de Noël, devant le musée, au poste de police, à Tanguay. Ici, maintenant, dans une pièce qu'on avait tenté d'égayer avec une reproduction des fameux *Tournesols*. Était-il fou comme Van Gogh, désespéré, ou simplement pitoyable avec ce manteau trop grand et un masque de caoutchouc dans une poche ? Est-ce que ce serait la dernière image qu'Irène garderait de lui ? Celle d'un homme de quarante ans plutôt las ?

— Vous devez me laisser tranquille, Frédéric. Qu'est-ce que je dois dire pour vous en convaincre ?

— Je fais partie de cette histoire.

— Plus maintenant. C'est du passé. Je vous demande de partir. Je ne suis pas amoureuse de vous et je ne le serai jamais.

Elle l'avait d'abord regardé avec intensité, mais avait baissé les yeux une fraction de seconde. Comme le faisaient les témoins quand ils mentaient.

— Comprenez-vous ce que je vous dis ? demanda-t-elle.

— Nous avions déjà un passé avant que Bernard Nadeau ruine votre univers.

Irène fit une moue ; de quoi parlait-il ?

— De votre père. C'est le mien qui l'a tué. Marc Fontaine a assassiné Georges Pouliot. J'étais là. Je n'ai rien fait.

Cette fois, elle était sincère, sa stupeur n'était pas feinte. Elle restait muette, battant rapidement des paupières, la respiration saccadée.

— C'est… impossible, finit-elle par dire.

— J'étais présent. C'était l'été de mes dix-sept ans. Je fais des cauchemars depuis ce jour-là. Mon père a tué le vôtre parce qu'il allait dénoncer ses rackets. Il avait un complice : Pierre Boutin. Et j'ai maintenant la preuve que Boutin a participé à ce meurtre.

— La preuve ?

— Oui, mentit Fontaine. C'est pour ce crime que je peux le faire plonger aujourd'hui. Oubliez l'assassinat de Bobby, n'allez pas tout gâcher avec Boutin alors que je peux enfin agir.

— Mon père… On nous a dit qu'il s'était endormi au volant et que son auto avait heurté un arbre avant de tomber dans la carrière.

Irène essayait d'avaler sa salive sans y parvenir.

— Je vais aller chercher un verre d'eau, fit Frédéric Fontaine.

Il savait qu'elle n'aurait pas bougé d'un pouce quand il reviendrait. Elle frémit cependant quand il déposa le verre d'eau devant elle. Puis elle s'étouffa en buvant comme s'il s'agissait d'un alcool fort. Il lui tapa dans le dos, et sa main brûlait au contact de la laine du chandail d'Irène. Il mit néanmoins du temps à la retirer et Irène secouait la tête quand il se rassit.

— Je ne vous crois pas, vous inventez cette histoire pour me… vous me l'auriez dit avant.

— Pour que vous me détestiez ?

Irène continuait à secouer la tête, refusant d'admettre la vérité. Et cependant soulagée d'avoir enfin une explication à la mort de son père. Elle n'avait jamais compris pourquoi il était sorti acheter des cigarettes en pleine nuit alors qu'il lui restait la moitié d'un paquet de Benson & Hedges à la maison. Elle était certaine qu'il était allé rencontrer quelqu'un. Et qui d'autre qu'une femme ? Quand on est marié à une idiote comme Lucile, on a envie d'aller voir ailleurs. Non, pas Georges Pouliot, c'était un homme honnête, droit, qui n'aurait pas trompé son épouse. Irène s'en était voulu d'avoir cru un instant que son père était faillible. Elle avait enfoui cette pensée au plus profond de sa mémoire, avait voulu croire à l'histoire des cigarettes, n'y était jamais parvenue et s'était dit qu'elle ne saurait jamais ce qui s'était passé cette nuit-là. Les révélations de Frédéric Fontaine la libéraient du poids de l'incertitude, lui rendaient le père qu'elle avait toujours connu. Et même mieux : c'était son courage qui l'avait perdu. Sa droiture. Il avait refusé de céder au chantage et l'avait payé de sa vie. Elle était la fille d'un héros.

Heureusement qu'il était mort avant qu'elle soit envoyée à Tanguay. Il n'avait pas eu à vivre avec cette honte.

Non, il l'aurait crue. Il aurait cru qu'elle était innocente. Tout comme Frédéric.

— C'est pour racheter la faute de mon père que je vous ai protégée toutes ces années.

Avait-elle eu tort de croire durant tout ce temps qu'il l'aidait parce qu'il était amoureux d'elle ou se mentait-il à lui-même ? Elle observa Frédéric, qui ne la quittait pas des yeux ; se pouvait-il qu'un homme la regarde avec autant d'attention s'il n'était pas attaché à elle ? Elle n'avait jamais accepté de reconnaître les sentiments de l'enquêteur, et maintenant qu'un doute planait sur eux, elle voulait retourner en arrière, se revoir, le revoir à Tanguay quand il lui apportait le magazine *Vie des arts*. Quand il posait ses mains contre la vitre qui les séparait. Elle n'avait pas rêvé tout ça ! Elle protestait quand Diane soutenait que Frédéric Fontaine était amoureux d'elle, elle avait refusé de s'interroger trop souvent sur leur relation, elle l'avait rejeté en quittant Tanguay, se répétant qu'elle devait mettre de l'ordre dans sa vie, se débarrasser de Bernard avant de songer à l'avenir. Une chose à la fois. Une journée à la fois. Diane répétait souvent qu'il ne fallait pas penser à leur peine en termes de jours, trop nombreux. On devait parler seulement de mois. Mais combien de femmes biffaient méthodiquement les jours qui passaient sur un calendrier? Une journée à la fois. S'occuper de Bernard. Penser ensuite à Frédéric. Elle frémit en reconnaissant enfin le sentiment qu'elle repoussait depuis… Depuis quand aimait-elle Frédéric? Depuis sa sortie de prison? Elle avait rêvé qu'il l'attendait devant les portes de Tanguay, même si elle lui avait dit qu'elle ne voulait plus le voir. Elle croyait qu'elle lui avait demandé de rester en dehors de sa vie pour le protéger. Par amitié. Mais elle avait voulu le tenir à l'écart par crainte de souffrir si elle l'aimait. Elle savait que plus rien ne serait pareil quand elle s'avouerait vaincue. Vaincue? Ce n'était pas un combat qu'elle devait livrer; Frédéric n'était pas son ennemi. Il l'aimait. Ou non? L'avait-il protégée par devoir comme il le prétendait?

Irène ramena les manches de son chandail sur ses poignets, hésitant à interroger Frédéric et pourtant incapable de se taire.

— Vous ne m'aimez pas? Vous ne m'avez pas aidée parce que vous m'aimiez?

Frédéric se leva, tourna le dos à Irène. Il n'avait pas imaginé non plus que ce serait elle qui parlerait d'amour la première. Dans une maison de transition le soir de l'halloween. Il avait trop peur d'entendre ce qu'elle dirait. Il avait peur qu'elle le rejette. Et peur qu'elle l'aime. Peur du rêve qui devenait réalité. Il s'était permis de fantasmer à propos d'Irène car elle était inaccessible. Ce soir d'halloween, il s'approchait de la vraie vie, Irène cessait d'être une déesse, elle n'était qu'une femme, il n'était qu'un homme et, comme bien des mortels, ils rateraient leur histoire d'amour.

— On ne peut pas parler de ça ici. Pas maintenant. On mêlerait tout. Je ne veux pas vous avoir tout raconté sur Marc Fontaine le même soir où je… J'aurais dû tout vous dire sur mon père bien avant. Tout aurait été plus clair.

— Vous auriez dû. Mais il y a beaucoup de choses qu'on doit faire et qu'on ne fait pas. J'aurais dû refuser d'épouser Bernard Nadeau.

— C'est un bon exemple…

Frédéric s'étonnait de la douceur de la voix d'Irène, de son regard teinté de mélancolie. Il n'y avait que des regrets dans ses yeux bleus, aucune colère.

— Vous savez maintenant de qui je suis le fils, quel sang coule dans mes veines.

— Le vôtre, Frédéric. Le sang d'un homme qui s'est cru trop longtemps responsable de la folie d'un autre.

— J'aurais dû empêcher mon père de…

— Vous aviez dix-sept ans ! Ils étaient deux. Vous deviez être terrorisé. Tout ce qu'on doit retenir de cette histoire, c'est que vous avez vu Boutin commettre un acte criminel. Vous pensez vraiment que vous pouvez le traîner en cour ? Après tout ce temps ? Vous êtes le seul témoin, ce sera sa parole contre la vôtre. On étouffera l'affaire.

Il avait pensé à tout cela, mais Boutin s'affolerait tout de même, se demanderait ce que savait Frédéric de son passé.

— Il ignore ce que je sais ou non. Il n'est pas impossible qu'il ait été mêlé au meurtre de Guylaine Gendron. C'est un homme dangereux, Irène, le comprenez-vous ? Pourquoi l'avez-vous vu ?

— Pour lui demander d'agir avec Bernard comme il l'a fait avec Bobby.

Elle avait prononcé cette phrase avec une froide placidité, sans émotion, sans hésitation ; elle avait eu des mois, des années pour imaginer de quelle manière elle se vengerait de son mari, et elle croyait maintenant qu'elle avait eu raison d'appeler Boutin.

— Vous perdrez votre âme.

— Mon âme ?

— Celle qui vous fait peindre.

— Je ne peins plus.

— Vous peindrez à nouveau. C'est votre âme qui vous a permis de regarder votre fille droit dans les yeux à chacune de ses visites. Vous vous saviez innocente.

— Mais je le serai encore d'une certaine façon. Il y a une part de ressentiment dans mon plan, mais c'est aussi une question de sécurité. Je serai en danger tant que Bernard sera en liberté.

— Vous perdez la tête ! Vous retournerez à Tanguay. Il n'y aura aucune circonstance atténuante… Vous ne pouvez pas demander à Boutin de tuer Nadeau.

— Je lui ai promis la moitié des millions de Bernard. Nous ne sommes pas divorcés, j'hériterai donc d'un beau paquet de dollars. Boutin m'a semblé très intéressé par ma proposition.

— Il vous dénoncera !

— S'il me dénonce, il ne touchera pas un sou.

— Et il vous a crue ? Il a accepté ? Il a déjà tout raconté à votre mari ! C'est vous qui disparaîtrez.

— Non, ce sera Boutin.

— Boutin ?

Irène eut un demi-sourire, qui inquiéta Frédéric, avant de lui révéler qu'elle appellerait Bernard Nadeau pour l'avertir que Boutin voulait l'assassiner. Qu'il jouait un double jeu.

Frédéric écarquilla les yeux ; Irène était vraiment cinglée !

— Vous lui direz que vous voulez payer Boutin pour le tuer ?

— Pourquoi pas ? C'est la vérité. Je dirai à Bernard que je fais marche arrière, que je ne veux plus qu'il meure, que je refuse que Jeanne soit privée de père, et qu'il doit se protéger contre Boutin. Je sais que Bernard a une arme. Il s'en servira. Je le préviendrai du moment choisi, de la méthode envisagée par Boutin pour le faire disparaître. Et il tuera Boutin. Je n'aurai plus à craindre cet homme, et Bernard sera accusé du meurtre d'un policier. Il prendra le maximum. Sans possibilité de libération conditionnelle. Il comprendra plus intimement ce qu'il m'a fait subir. Mais je ne lui rendrai pas visite comme il le faisait. Je n'aime pas tellement les prisons.

Frédéric saisit les poignets d'Irène; avait-elle pensé que Nadeau s'entourerait des meilleurs avocats? Qu'il plaiderait la légitime défense?

— Je ferai parler Boutin avant qu'il retrouve mon mari. Je saurai dans quelles combines ils ont trempé ensemble.

— Rien ne se déroulera comme vous le pensez; vous avez élaboré un plan sans tenir compte de la principale donnée: la nature humaine. L'humain est imprévisible, Irène, et vous aurez de mauvaises surprises. Le crime n'est pas votre domaine...

— J'ai eu assez de temps pour me familiariser avec cet univers, rétorqua Irène.

— Vous ne connaissez rien à ce monde! Je traque des assassins depuis plus de quinze ans, j'ai été formé pour faire ce métier, je travaille en équipe, je suis protégé, j'ai de bons partenaires, et je sais pourtant que tout peut m'arriver, que l'homme qui est en face de moi peut tirer plus vite que moi. Ou m'abattre par derrière quand je lui tournerai le dos. Que Chartier peut arriver avec une seconde de retard. Parce que la vie ne nous obéit pas toujours. Vous n'avez jamais tenu une arme entre vos mains. Vous ne pouvez pas tremper dans ce genre d'affaires. Ce n'est pas vous. Ce n'est pas l'Irène que j'ai connue.

— L'Irène dont vous parlez est morte en août 1969.

— Et la mère? Comment réagira Jeanne après l'incarcération de son père? En admettant que votre plan réussisse...

Irène se troubla; oui, elle se sentirait coupable envers Jeanne, à qui elle ne pourrait rien expliquer. Mais avait-elle le choix? Nadeau était une bête malfaisante qu'elle devait écarter de leur fille. Jeanne resterait sous la coupe de son père, sans personne pour la protéger de sa folie si Irène disparaissait.

— Ce n'est pas à vous de vous charger de Bernard. Et surtout pas de cette manière, c'est... idiot.

Irène secoua la tête, refusant les arguments de Frédéric.

— Il y a une autre donnée que vous semblez oublier : l'argent mène le monde, et Boutin fait partie du monde. Il veut ces millions dont je lui ai parlé.

— Vous allez tout gâcher ! J'ai voulu racheter la faute de mon père et…

— On ne rachète que ses propres erreurs. Moi, j'ai épousé Satan. Il m'a envoyée en enfer et je vais lui rendre la monnaie de ses pièces d'or.

— Je vous ai protégée pour rien…

Irène toucha l'épaule de Frédéric, murmura qu'il ne l'avait pas aidée vainement. Il l'avait empêchée de sombrer dans la folie pendant qu'elle était incarcérée. Elle s'était répété chaque jour qu'un homme croyait en son innocence.

— Beau résultat ! C'est maintenant que vous perdez la tête ! Nadeau se demandera pourquoi vous le prévenez, pourquoi vous avez changé d'idée. Il se méfiera autant de vous que de Boutin. Il fera semblant de ne rien savoir de ce qui l'attend et demandera à Boutin de vous descendre.

— Boutin refusera : si je meurs, il n'aura pas un sou.

— Quand Boutin refusera, Nadeau s'adressera à quelqu'un d'autre. Qui tuera aussi Boutin, tant qu'à y être… Votre mari peut se payer tous les frères Dubois réunis si ça lui chante. Il est encore plus riche que vous ne le croyez. Boutin vous a peut-être dit qu'il acceptait ce contrat, mais il vous mène en bateau, il sait à quel point Nadeau est dangereux. Il ne prendrait pas un tel risque !

— Même pour des millions ? Ses yeux brillaient, il pensait déjà à tout ce qu'il pourrait s'offrir.

Irène serra ses bras contre sa poitrine, murmura qu'elle avait eu très peur en écoutant Boutin, en respirant l'odeur de ses cigarillos. Elle s'était obligée à détailler son visage, ce visage qu'elle n'avait jamais vu.

— C'était étrange de reconnaître sa voix, mais de découvrir ses yeux, sa bouche ! Avec la cagoule, je n'avais pu que l'imaginer… J'ai fait tant de cauchemars à Tanguay, où un homme masqué m'apparaissait ; il enlevait sa cagoule et je découvrais une tête de mort, avec des yeux exorbités. Boutin a les yeux écartés, reptiliens. On a l'impression que l'œil droit vous regarde tandis que le gauche vérifie ce qui se passe aux alentours.

— Il devait repérer le détective que votre mari paie pour vous suivre.

— Ça ne l'inquiétait pas, il avait déjà prévenu Bernard de notre rencontre. Et il lui a téléphoné en me quittant pour lui dire que je suis bonne à interner. Que j'avais voulu le voir pour parler de Bobby, pour savoir pourquoi il avait accepté de le tuer. Et que j'avais parlé de pardon. De Dieu.

Frédéric Fontaine soupira ; rien ne se passait comme il l'avait prévu. Rien ne se passait jamais comme prévu avec Irène Nadeau. Tout allait beaucoup trop vite ! Elle aurait dû le rejeter parce qu'il était le fils de l'assassin de son père, mais elle s'était rapprochée de lui. Il allait échanger la culpabilité qu'il ressentait à propos de Marc Fontaine contre une autre ; il n'aurait jamais dû dévoiler le nom de l'assassin de Bobby, Irène ne l'aurait jamais retrouvé, elle ne serait pas là, à treize pouces de lui, en train de décrire ses projets criminels. À penser qu'il les cautionnerait parce qu'elle devinait qu'il voulait la perte de Bernard autant qu'elle-même. À quel degré évaluait-elle son attachement envers elle ?

Et lui ? Savait-il vraiment s'il était prêt à se damner pour Irène Nadeau ? Il la prévenait qu'elle perdrait son âme en plongeant dans des eaux trop troubles, mais lui-même avait choisi de contempler l'abîme. Il était à moitié fou. À cause de son père. Et parce qu'il avait rencontré Irène. Irène qui le rendait fou, Irène qu'il avait retrouvée dans les madones de Botticelli ou les étranges Delvaux, elle avait été toutes ces œuvres réunies, et il attendait depuis ce premier soir où il l'avait bousculée près du Clarendon qu'elle lui montre son attachement. Pourquoi refusait-il maintenant d'entendre les mots qu'il avait tant espérés ? Il devait rentrer chez lui, promener Fila autour du parc Lafontaine, croiser des princesses et des morts vivants aux visages peinturlurés, compter les citrouilles qui ornaient le devant des maisons, appeler Jocelyn Chartier pour lui dire qu'il allait passer chez lui pour célébrer l'halloween, qu'il avait envie de s'amuser. Et Chartier saurait qu'il lui mentait parce qu'il n'avait jamais évoqué le besoin de se distraire depuis qu'ils se connaissaient. Il devinerait qu'il avait vu Irène.

— Dieu ne vous aidera pas beaucoup dans votre entreprise, laissa-t-il tomber. Boutin doit avoir enregistré votre conversation pour la faire entendre à votre mari.

— Il perdrait les millions.

— Quelles garanties lui avez-vous données ?

— Vous ne serez pas content, murmura-t-elle en songeant à la lettre.

Non. Il ne l'était pas ; il devrait agir encore plus vite que prévu parce qu'Irène se comportait comme une kamikaze.

— Pourquoi ne m'avez-vous pas appelé, Irène ?

— Je ne veux pas que tu sois mêlé à ça. Tu n'as pas à prendre des risques pour moi.

Elle le tutoyait pour la première fois, et cette intimité soudaine accentua son trouble ; il se demanda s'il se souviendrait plus tard de tous les détails de cette soirée, ou s'il était trop bouleversé pour les retenir ou les ordonner. Peut-être ne se souviendrait-il que de l'ombre qui cachait la moitié du visage d'Irène, de l'autre moitié trop éclairée par une mauvaise lampe, de ses cheveux dorés qui l'attiraient comme la lumière fascine les papillons. Qui se brûlent les ailes ou s'épuisent à force de tourner autour de la flamme.

Il n'avait rien d'un monarque. Il n'irait pas émigrer au Mexique. Il resterait à Montréal et…

— Tu te rappelles m'avoir dit que ton mari était à Mexico en même temps que Cotroni ?

— Oui, il m'avait raconté ça devant Jeanne ! Cotroni avait

été arrêté pour une histoire de vol de voitures, et Bernard trouvait très drôle qu'on arrête un parrain pour une niaiserie. J'étais encore en attente de procès, je m'étais inquiétée tout le temps que Bernard avait été parti.

— Boutin est sûrement au courant de cette histoire. Je vais lui dire que ton mari connaît les Cotroni encore mieux qu'il ne l'imagine.

— Ou peut-être pas. Il sait peut-être si Bernard a des liens avec la mafia. C'est toi qui n'en sais rien… Boutin pourra le vérifier.

— La CECO va s'intéresser aux affaires de Sportec, je leur ai parlé d'une rencontre entre ton mari et Cotroni, j'ai laissé entendre qu'il y avait peut-être de la drogue qui rentrait au pays avec les équipements sportifs. Je vais offrir à Boutin de m'aider à faire tomber Nadeau en échange de sa liberté.

— Il changera de pays, d'identité ? Vous ne le paierez pas très cher pour être délateur.

— Non seulement on lui laisse sa liberté, mais on lui sauve probablement la vie. Et la tienne, évidemment.

— Boutin va préférer ma proposition, insista Irène.

Elle avait raison, mais Frédéric lui rappela qu'il allait aussi évoquer le meurtre de Georges Pouliot commis avec la complicité de Pierre Boutin.

— Tu n'as pas de preuves ! Il dira que ton père est le seul coupable.

— Non, mentit Frédéric, j'ai parlé avec un policier à la retraite quand je suis allé à Québec, il avait vu mon père et Boutin partir ensemble le soir du meurtre.

— Ça ne prouve toujours rien. Ça ne tiendrait pas en cour.

— C'est toi qui dis ça ? On t'a accusée sans preuves et tu as été condamnée.

— Parce que mon cher mari m'avait choisi maître Couture comme avocat. Mais Boutin est policier. Vous vous protégez entre vous. Sauf toi, évidemment.

Frédéric fit un geste de la main pour balayer les arguments d'Irène ; l'important était que Boutin croie qu'il détenait assez d'informations sur lui pour le traîner en justice.

— Avec ce que je vais lui dire sur la rencontre de Cotroni et Nadeau, il saura qu'il est en danger. Et que je suis le seul à pouvoir l'aider.

Irène observait Frédéric, ses yeux trop brillants, ses gestes trop amples. Elle secoua la tête en l'accusant de lui cacher ses véritables intentions.

— Tu me mens. Pour me protéger, j'imagine. Tu ne peux pas t'en empêcher.

Frédéric haussa les épaules, regarda dehors la pluie qui se changeait en neige. Il désigna la fenêtre, déclara qu'il espérait une vraie neige, qui resterait au sol. Il était habitué à voir de la neige plus tôt.

— À Québec, ça tombe plus vite qu'ici.

— À Québec, tu as protégé ta famille.

Frédéric eut un rire si triste qu'Irène comprit immédiatement qu'elle avait ouvert la boîte de Pandore alors qu'elle souhaitait seulement lui démontrer qu'il n'avait pas su aider Georges Pouliot, mais qu'il avait réussi à aider les siens. Il avait très peu parlé de son père quand il venait la voir à Tanguay, mais elle avait vu son regard se ternir chaque fois qu'elle lui parlait d'une détenue qui avait subi des violences conjugales, et il avait toujours affirmé qu'il faudrait des lois pour protéger les femmes.

— Je suis certaine que tu as aidé ta mère, insista Irène.

Elle posa sa main gauche sur celle de Frédéric, qui lui parut étrangement froide. Elle la souleva, la porta à ses lèvres pour la réchauffer de son souffle.

— « Mains froides, cœur chaud », dit le dicton.

Frédéric ferma les yeux, incapable de répondre ; l'haleine d'Irène sur sa peau, douce, si douce, mille fois imaginée, le faisait frémir. S'il y avait de fausses sorcières dans les rues de Montréal, c'était une vraie magicienne qui gardait sa main, son âme captives.

— Parle-moi de ta mère, fit Irène en reposant la main de Frédéric sur ses genoux, tout en continuant à lui caresser les doigts.

— Ma mère a épousé un sadique qui prenait plaisir à la battre. Jusqu'à ce que je le tue en le poussant en bas de l'escalier. J'ai peur d'être aussi violent que lui. J'étais content de l'entendre hurler en tombant. Puis son silence, ensuite, j'en ai savouré chaque minute. Chaque minute de son coma. Je lui ressemble. J'ai son visage. Et sa rage. Il avait brisé le presse-papiers que je venais d'acheter chez Zaor. J'avais économisé durant des semaines, c'était un millefiori de Murano avec des cannes dans les tons de turquoise, le troisième de ma collection. Je voulais détruire mon père comme il avait détruit mon presse-papiers. Je suis aussi violent que lui.

— Tu dis n'importe quoi, Frédéric. Je suis absolument certaine que tu n'as jamais frappé un témoin pour le faire parler. Jamais.

— Ce n'est pas la même chose.

— Si tu étais sadique, tu sauterais sur la moindre occasion. Tu n'es ni pervers comme ton père, ni psychopathe comme Bernard, ni... mercenaire comme Boutin. Tu es un homme vigilant qui domine ses passions. « À vaincre sans péril, on triomphe sans gloire. »

Malgré la gravité des propos, Frédéric ne put s'empêcher de sourire.

— As-tu tout un stock de citations pour la soirée ?

Elle rit, goûtant cette détente, expliquant qu'elle avait trouvé un recueil de citations dans les quelques livres mis à la disposition des femmes qui habitaient rue Saint-Hubert.

— Ce ne sont pas les vers de Corneille qui vont assurer ta sécurité. Tu te jettes dans la gueule du loup.

Un loup qui ne ferait qu'une bouchée d'elle et de ses plans foireux. Irène s'entêta ; proposer un marché à Boutin était tout aussi hasardeux.

— J'ai bien vu ce qu'est la justice. Bernard va s'en sortir même si Boutin le dénonce.

— Mais il sera accusé du meurtre de Bobby. Un meurtre prémédité !

— Je veux qu'il soit accusé de l'assassinat d'un policier. Là, c'est le maximum garanti. Sans aucune possibilité de libération conditionnelle. Le meurtre de Bobby est trop loin dans le temps, une autre a déjà payé pour ça…

— Mais justement, tu serais blanchie sur la place publique.

— Une réputation ne vaut pas la paix de l'esprit. Bernard s'en tirera si on passe par les voies légales.

Elle avait dit « on ». Elle gardait toujours sa main entre les siennes. Il craignait le moment où il devrait la retirer, où il briserait le rêve.

— Cotroni a bien été condamné, réussit-il à avancer.

— Pour combien d'autres gros poissons qui vous échappent ? Ne me demande pas d'avoir confiance dans ce système qui m'a envoyée à Tanguay.

— Tu es inconsciente ! Veux-tu que Jeanne se retrouve orpheline ?

— Elle le sera de toute manière si je ne fais rien. Et tu le sais aussi bien que moi. Boutin m'a dit que Bernard lui a déjà demandé de me tuer. J'ai raison de vouloir agir. Je ne suis pas une bête prise au piège qui attend le coup de grâce.

— Boutin t'a menti. Nadeau te gardera vivante pour faire ses griffes sur toi. Pour achever son travail. Il espère probablement te faire emprisonner à nouveau.

— En me demandant de poignarder un autre Bobby ? Ça serait trop gros ! Personne n'avalerait cette histoire. Même un mauvais jury. Même un mauvais juge.

— Et l'asile ? As-tu pensé à l'asile ? À Saint-Michel-Archange ? Nadeau va trouver un médecin qui dira que tu souffres de délires mystiques, de schizophrénie, et que tu es dangereuse pour Jeanne.

Il tentait de garder un visage tendu alors qu'il jubilait d'avoir eu cette inspiration ; Irène allait enfin le croire ! Elle secouait la tête pour refuser cette hypothèse, mais elle avait déjà baissé les épaules.

— C'est lui qui devrait être à l'asile. Qu'on lui fasse une lobotomie et qu'il oublie mon existence…

— Laisse-moi régler ça !

— Quand ?

— Je vais rencontrer Boutin, mais promets-moi de ne plus chercher à entrer en contact avec lui.

— Je dois voir Bernard cette semaine. Il vient à Montréal. Il faut que je parle à Boutin avant !

— Qu'est-ce que ça te donnerait ? Tu ne pourras pas savoir si Boutin te dit la vérité ; il a pu rapporter exactement vos propos à ton mari, ou lui avoir servi la fable que tu voulais, tu ne le sauras pas. Tu ne dois pas revoir Boutin !

— Il ne peut tout de même pas me descendre en pleine rue.

— Il ne courra pas le risque de te voir encore en public s'il embarque dans ta combine ! Tu n'es pas assez tordue pour cette *game*-là, Irène. Boutin est un professionnel du crime et Nadeau est un psychopathe. Il serait assez fou pour mêler votre fille à vos histoires pour avoir raison.

— Non ! Il tient à elle, protesta Irène. Il la gâte depuis toujours.

— Il est fou ! Rentre-toi bien ça dans la tête ! Je pensais que tu avais eu assez de temps à Tanguay pour le comprendre. Tu ne lis pas les journaux ? Chaque année, il y a des hommes qui tuent leurs enfants pour les enlever à leur mère.

— Mais ils se tuent ensuite, murmura Irène.

— Pas toujours. Je veux repartir d'ici avec la promesse que tu ne joindras pas Boutin.

— C'est lui qui va m'appeler pour toucher de l'argent. Je lui ai promis cinq cents dollars pour ses frais. Quand il aurait trouvé comment faire disparaître Bernard. Il va venir les chercher. Qu'il ait l'intention ou non de descendre mon cher mari.

— Vois-tu l'absurdité de ton plan ? Tu paies sans savoir pourquoi. Laisse-moi faire !

— Je suis pressée, Frédéric. Bernard a sûrement des projets pour moi. Je ne peux pas vivre plus longtemps avec cette épée de Damoclès au-dessus de la tête.

— Tout va beaucoup trop vite !

— Ce n'est pas de ma faute si Bernard est malade ! T'es-tu demandé pourquoi il n'avait pas divorcé après m'en avoir parlé ? Moi, je me pose la question depuis des mois. Et j'hésite entre deux réponses : il sait que je vais mourir, donc il n'a pas d'argent à gaspiller avec un avocat pour régler notre séparation, ou bien il a l'intention de me garder vivante pour les raisons que tu as évoquées. Il a suggéré que je rentre à la maison comme s'il ne s'était rien passé ! Comme si je revenais de vacances. C'est dément !

— Je sais. Il faut que ça cesse.

— Je ne peux plus faire marche arrière ! Qu'est-ce que je vais dire à Bernard quand il arrivera à Montréal ? Comment dois-je agir avec lui ? Boutin lui aura certainement parlé à ce moment-là. On ne peut pas reculer. Est-ce que tu peux me garantir que Boutin va accepter le marché que tu lui proposes ?

— J'ai la CECO derrière moi. C'est gros, la CECO. Je n'ai pas le droit de t'en parler, mais tu ne peux pas imaginer les moyens dont on dispose. Bernard sera sur écoute électronique d'ici quelques jours. Boutin aussi, évidemment.

— Tu penses vraiment que Bernard est relié au crime organisé ?

Frédéric hocha la tête ; d'où tirerait-il une telle fortune ? Et tous ces voyages en Asie, au Mexique ? Elle n'avait rien soupçonné parce qu'elle s'intéressait plus à la peinture qu'aux profits que réalisait son mari, mais Sportec devait servir à blanchir de l'argent sale depuis des années.

— Bernard n'a jamais eu l'air inquiet depuis que je le connais. S'il fait partie de la mafia, il devrait être plus nerveux.

Bon sang ! Allait-elle cesser de discuter ? Il était à bout d'arguments. Il ne pensait qu'à la manière de l'éloigner de Boutin et de Nadeau pour un moment. Il n'y avait pas trente-six solutions ; Irène le détesterait. Mais elle avait joué à la roulette russe en parlant avec Boutin, multiplié les dangers autour d'elle ; que Boutin dise ou non à Nadeau la vérité sur leur rencontre n'était plus qu'un détail maintenant. Irène était allée beaucoup trop loin. Au cœur du cyclone qu'elle avait créé. Il pensait que ses années à Tanguay l'auraient rendue plus méfiante. Ou plus réfléchie, mais elle était aussi obsédée par son mari qu'il l'était par elle. Elle avait été jusqu'à maîtriser sa peur de Boutin.

Il s'en voudrait jusqu'à la fin de ses jours de lui avoir livré ce nom. Par orgueil, par dépit ? Il se rappelait cette visite à Tanguay, l'obstination d'Irène à vouloir connaître le nom du vrai coupable du meurtre de Bobby. Ils n'en seraient pas là s'il s'était tu.

Combien d'autres erreurs avait-il commises ?

— Si Bernard n'est pas plus stressé, c'est qu'il est persuadé qu'il sait manœuvrer avec la mafia. Il est très sûr de lui, tu ne peux pas dire le contraire.

Irène acquiesça ; si Frédéric avait raison, cela signifiait que Bernard était encore plus puissant et plus dangereux qu'elle l'avait imaginé. Il était le diable en personne. Et Jeanne vivait avec lui depuis des années.

— Il faut lui enlever Jeanne au plus vite ! On ne peut pas attendre plus longtemps ! Tu comprends ça ? Si un parrain pense que Bernard peut être coincé par la CECO, il voudra l'empêcher de parler. Est-ce qu'il aura un accident de voiture ? Une balle dans la tête ? Est-ce qu'on brûlera sa maison ? Avec Jeanne à l'intérieur ?

— La mafia ne s'en prend pas aux enfants.

— Arrête de me mentir. Ça n'existe pas, des hommes d'honneur. Ces gens-là ne respectent aucune famille hormis la leur. Et encore… à Tanguay, il y avait une fille qui était mariée à un gars de la mafia. Quand elle était soûle, elle racontait que son cousin avait tué son beau-père pour trois cents piastres. Je veux qu'on sorte Jeanne de cette maison !

— Calme-toi! Jeanne est pensionnaire. Elle n'est pas chez vous.

— Ce n'est surtout pas chez nous! Quand Bernard sera en prison, je ferai raser cette maison.

— Mais non, c'est la maison de Jeanne. Et tu ne voudras pas bouleverser ta fille en la privant des lieux de son enfance.

— Quelle enfance?

Frédéric replaça une mèche de cheveux derrière l'oreille d'Irène, qui s'immobilisa en ouvrant un peu la bouche. Ses lèvres étaient légèrement humides, plus rouges d'avoir été mordillées durant toute cette conversation. Qui se pencha en premier vers l'autre? Ils furent surpris de la violence de leur baiser, s'écartèrent, se dévisagèrent avant de recommencer à s'embrasser à pleine bouche comme s'ils se buvaient l'un l'autre, étanchant une soif douloureuse. Frédéric repoussa doucement Irène en la baisant au front.

— On peut attendre encore un peu. Après sept ans…

— Pas sept ans, Frédéric. Au moins dix. Depuis la rue du Parloir. Ma fille n'était même pas née.

Irène marqua une pause avant de murmurer qu'il fallait protéger Jeanne.

chapitre 27

1975

Le vent gagnait en force depuis le début de l'après-midi, et Frédéric Fontaine faillit perdre son chapeau. Pourquoi portait-il maintenant un chapeau au lieu d'un bonnet comme il le faisait quand il habitait à Québec? Est-ce qu'Irène aimait ce chapeau?

— Tu as l'air d'un homme d'affaires, dit Jocelyn Chartier. Veux-tu impressionner quelqu'un?

Frédéric haussa les épaules, mais Murielle déclara au même moment que ce chapeau lui allait très bien, qu'elle était prête à l'échanger contre toutes les casquettes de son mari.

— Non, protesta Chartier, je les aime, mes casquettes, je les garde!

— Rentre donc au lieu de rester sur le pas de la porte, fit Murielle. Jocelyn va attraper le rhume, et c'est moi qui l'entendrai ronfler. Installez-vous dans le salon pendant que je finis de préparer le souper.

Les enquêteurs burent deux bières avant de se mettre à table, un peu tendus comme le sont les policiers qui voient trop de choses dans leur métier pour s'abandonner complètement, mais joyeux quand même, presque insouciants. Les enfants venaient de terminer leur dessert et portaient leurs assiettes vides à la cuisine quand Murielle sourit à Frédéric.

— Alors, dis-nous maintenant comme elle s'appelle ?

— Ça paraît tant que ça ?

— Tu es plus… non, tu es moins raide.

— Raide ? Je suis raide, moi ?

Chartier repoussa son assiette en dévisageant son ami ; Murielle avait raison. Fontaine tentait maintenant de leur offrir un visage lisse comme il le faisait chaque fois qu'une question l'embêtait. Comme il le faisait chaque fois qu'il était question d'Irène Nadeau.

— C'est elle ? fit Chartier.

Frédéric acquiesça. Il avait décidé d'être aussi honnête qu'il le pouvait avec son partenaire. Bien sûr, il ne pourrait lui raconter tout ce qui s'était dit rue Saint-Hubert, mais il ne voulait pas mentir au sujet de son attachement pour Irène ; il aurait eu l'impression de la renier. Il s'étonnait d'attendre les questions de Murielle, de les souhaiter, il avait envie de prononcer le nom d'Irène devant ses amis, de le répéter, de l'entendre dans leur bouche. Il avait même parlé d'elle avec la serveuse du café où il buvait des expressos, ces cafés si forts, si épais qu'il avait cru qu'il ne s'y ferait jamais.

— Les Italiens aiment vraiment ça ? avait-il demandé à Giovanna.

— C'est du vrai café, bon pour la santé.

— J'en avais déjà bu quand j'étais allé à Paris.

— Chanceux ! C'est là que je voudrais aller en voyage de noces.

— Tu te maries ? Il y a encore une femme qui a envie de se marier ? Ce n'est pas à la mode.

Giovanna avait fait la moue ; elle se fichait bien de la mode. Elle voulait que son amoureux l'épouse.

— On sort ensemble depuis quinze mois ! Toi, tu attendrais un an pour demander quelqu'un en mariage ?

— Plus encore. J'aurais peur qu'elle refuse.

Giovanna avait éclaté de rire ; refuser un beau gars comme lui ? Avec une bonne job ? Ça prendrait une idiote pour dire non.

— Tu le penses vraiment ?

La jeune femme avait cru que son client plaisantait, mais elle avait perçu dans son regard une anxiété, un trouble qu'elle n'y avait jamais lus. Frédéric était un habitué qui parlait peu, qui s'installait à une table s'il avait un objet à réparer, sinon, il s'assoyait au comptoir pour discuter avec elle. Mais ils n'avaient jamais parlé d'amour avant ce soir de novembre.

— Tu as rencontré une fille ?

— Non, je la connais depuis toujours.

Et il avait raconté Irène, son visage nacré dans le soleil qui éclairait la façade du musée du Québec, ses visites à l'hôpital où elle avait été placée durant des années.

— Qu'est-ce qu'elle avait ?

— Son mari l'avait fait interner en disant qu'elle était folle. Mais elle ne l'a jamais été. Pas plus que moi, en tout cas.

— Continue, j'aime ça, les histoires d'amour.

Obéissait-il à Giovanna pour lui faire plaisir ou pour lui-même ? Pour se persuader de cette nouvelle réalité qui l'emplissait autant de crainte que de bonheur ? Il avait envie de parler d'Irène à tout le monde, d'appeler ses sœurs, son frère qu'il voyait trop peu, de leur annoncer qu'il organiserait une fête de famille, tout en sachant qu'il ne devait pas caresser ce genre de projets. Tout en ne pouvant s'en empêcher, même s'il n'y avait pas une seconde qui s'écoulait sans qu'il pense également à Boutin et à Nadeau. Il n'avait pas dormi depuis qu'il avait quitté Irène, depuis dix heures et vingt minutes, et il avait l'impression de flotter tout en étant hyperlucide. Tout lui apparaissait sous un jour nouveau, si clair, tellement net, éblouissant. Comme s'il avait porté des lunettes teintées gris pâle depuis toujours et qu'on les lui avait enlevées. Il devait pourtant retrouver sa manière habituelle de voir le monde pour affronter les prochains jours. Réussir à se calmer, à ne pas penser constamment aux lèvres d'Irène sur les siennes, ne songer qu'à Nadeau qui viendrait bientôt à Montréal. Il aurait besoin de Chartier. Il l'avait appelé du café en buvant un deuxième expresso. Chartier l'avait taquiné : il se levait tôt pour un célibataire. D'habitude, les célibataires traînaient au lit le samedi matin. Puis il l'avait invité à souper. Fontaine avait acheté des cerises à l'alcool dans une épicerie italienne ; il n'en avait jamais goûté mais il se rappelait qu'Irène aimait les cerises.

— C'est Irène ? répéta Chartier.

— Oui.

— *God damn !*

— Laisse Dieu où il est. Ou n'est pas. Irène est…

— … mariée à Bernard Nadeau.

— Je n'ai toujours pas compris pourquoi ils ne sont pas divorcés, fit Murielle. Car c'est bien ça que tu m'as dit, Jocelyn ?

Les Chartier discutaient donc d'Irène à la maison ?

— Au bureau, tu m'avais dit que tu m'appellerais…

— C'est ce que j'ai fait aujourd'hui, Jocelyn. Et je suis là.

— Pour nous dire que tu l'as revue ? Tu te mets dans le trouble, Fontaine !

— Tu l'aimes vraiment, fit Murielle. Qu'est-ce qu'elle a de si spécial ?

— Elle est mouvante.

Frédéric tenta d'expliquer les multiples visages d'Irène, ses sourires aussi bien empruntés à la Joconde qu'à Jane Avril, son teint irisé comme l'intérieur de ces gros coquillages que les enfants collent à leur oreille pour écouter la mer. Est-ce qu'Irène avait déjà entendu les vagues, l'appel du large ?

— J'aimerais partir avec elle à Tahiti.

— À Tahiti ?

— À cause de Gauguin. Mais ça doit coûter une fortune.

— Depuis le temps que tu économises… Tu dépenses juste

472

pour tes boules de verre, tu dois avoir ce qu'il faut. Mais qu'est-ce que je suis en train de te dire ? Tu voudrais t'en aller d'ici ? Qu'est-ce que vous feriez là-bas ? Tu tresserais des paniers d'osier ?

— On ne partirait pas pour la vie. Juste des vacances.

— Qu'est-ce qu'elle en pense ? demanda Murielle.

— Je ne lui en ai pas parlé, voyons ! C'est un rêve.

— Tu ferais mieux de continuer à rêver.

Frédéric but une gorgée de Montmessin ; il avait eu son compte de bons et de mauvais rêves au sujet d'Irène Pouliot. Il pensait à elle depuis dix-neuf ans.

— Dix-neuf ans ? s'écria Chartier.

— Tu voulais savoir ce qui nous unit ?

Les Chartier écoutèrent le récit de leur invité avec une stupeur consternée et observèrent un long silence avant que Jocelyn ne regarde son ami.

— Je me sens coupable, Frédéric. J'aurais dû te faire parler avant... Je savais bien que ton enfance n'avait pas été facile. La réputation de ton père t'avait précédée à Montréal, mais je n'aurais jamais pu deviner qu'il était un...

— ... un assassin. Je suis le fils d'un assassin.

— Et Boutin était complice ? Je n'en reviens pas ! Es-tu sûr de ce que tu me dis ?

Murielle se dirigea vers la cuisine, revint avec une nouvelle bouteille, la tendit à son mari pour qu'il l'ouvre.

— Nous n'aurions pas aimé Irène si elle t'avait rendue responsable des crimes de ton père. Quand nous l'amènes-tu ?

— Vous êtes les seuls amis que j'aie jamais eus. Vous aimerez Irène.

— L'important, c'est qu'elle t'aime, fit Murielle.

— Et qu'elle divorce. Si Nadeau n'a pas poussé plus loin les démarches qu'il avait prétendument entreprises l'an dernier, c'est qu'il a une raison... La raison d'un malade qui obéit à sa propre logique. Il fait suivre Irène depuis qu'elle a quitté Tanguay.

— Il en a le droit ?

— Il a toujours fait ce qu'il voulait. Il rôde autour d'elle comme un prédateur. Irène l'a vu quelques fois depuis qu'elle est libre, et il lui tient des discours inquiétants. Il lui a même parlé de revenir vivre à la maison. Comme si elle pouvait oublier que c'est lui qui l'a envoyée à Tanguay ! Comme si c'était un petit détail. Il est tellement possessif qu'il peut faire n'importe quoi si elle refuse de retourner chez lui. On est pressés. Il faut piéger Boutin. Qu'il nous donne Nadeau.

— Ce n'est pas dans son intérêt…

— On ne lui laissera pas le choix. Tu vas lui dire qu'un des hommes qu'il a agressés est prêt à témoigner. Routhier m'a téléphoné après l'enterrement de son père ; il a signé une déclaration où il accuse formellement Boutin.

— Quoi ?

— J'ai besoin de toi pour mettre de la pression sur Boutin. Je sais que j'aurais dû t'en parler avant, mais je cherchais encore des preuves à Québec. Boutin demandera sûrement à Nadeau de l'aider à se sortir de ses ennuis. Et Nadeau acceptera de payer un avocat pour le protéger, pour l'empêcher de parler de leurs relations, à moins qu'il ne décide de le faire tuer. Mais si on a la preuve que Nadeau paie pour faire défendre Boutin, on pourra l'interroger sur les raisons qui le poussent à l'aider ainsi, il ne pourra pas nier qu'ils se connaissent.

— Et comment obtiendras-tu cette preuve ? Les avocats n'ont pas à nous dire qui règle leurs honoraires. N'importe qui peut payer pour Boutin. À commencer par lui-même ; il dira qu'il puise dans ses économies.

— On va analyser les comptes bancaires, vérifier s'il a des versements.

— Ton Nadeau est bien trop intelligent pour avoir fait des versements bancaires ! Tu n'as rien de solide. Tu pourras bien raconter que tu as été témoin du meurtre de Georges Pouliot, ça ne vaudra rien en cour. À l'époque, on a cru à un accident, tu as sûrement lu le rapport d'autopsie, non ?

Frédéric soupira. Son partenaire avait raison, mais il refusait de l'avouer.

— Que tu saches que Boutin est un criminel est une chose, continuait Chartier, que tu puisses le prouver en est une autre. On doit monter un vrai dossier sur Boutin, revoir Routhier, suivre la procédure. Si tu commences à jouer au cow-boy, tu vas perdre en cour. L'avocat de la défense prouvera que tu as manipulé l'accusé pour parvenir à tes fins. Et Boutin sera relâché. Ce n'est pas ce que tu veux, pas vrai ?

Frédéric regarda sa coupe de vin, la souleva pour l'observer dans la lumière ; Irène avait répété qu'elle n'utiliserait plus jamais la couleur grenat si elle peignait de nouveau. Achèterait-elle une grande toile et des pinceaux quand elle serait débarrassée de Bernard Nadeau ?

— Tu as raison, Jocelyn. Je suis trop concerné par cette histoire. C'est pour ça que je veux que ce soit toi qui parles de Routhier à Boutin. Il faut qu'il ait peur. Que tu lui présentes son avenir en prison sans l'épargner… même s'il n'est condamné qu'à quelques semaines à Bordeaux, c'est bien assez pour être victime d'un accident. Un policier n'a pas beaucoup d'amis en prison. Surtout si on fait courir le bruit qu'il est pédophile.

Chartier s'empara de la bouteille de vin, en versa à Murielle avant d'emplir son verre. Il ne pensait pas que ces menaces seraient suffisantes pour que Boutin se mette à table et parle de Bernard Nadeau. Bien au contraire ; s'il était condamné pour agressions multiples, il perdrait son salaire, peut-être même sa retraite. De quoi vivrait-il s'il vendait Nadeau, sa vache à lait ?

— Il faut trouver autre chose. Il y a trop de trous dans cette histoire, ça ne vaudra rien devant des avocats.

— Je ne sais plus quoi faire, mentit Frédéric. J'ai peur pour Irène.

Chartier tenta de rassurer son invité ; Nadeau n'allait tout de même pas la tuer, il n'était pas à ce point déséquilibré. Il savait bien qu'on enquêterait sérieusement.

— Pour quels résultats? Notre enquête n'a pas beaucoup aidé Irène quand Bobby a été assassiné. On ne trouvera rien de plus si Nadeau engage quelqu'un pour la tuer.

— Non, non! Tu connais des gens haut placés aujourd'hui. Tu es respecté. Tu as des contacts à la CECO. Ils seront intrigués par Nadeau quand tu leur montreras qu'il y a trop de morts dans sa vie. On ne peut pas fermer les yeux indéfiniment. Tu menaceras la direction de parler à des journalistes. Claude Poirier t'écouterait avec attention… Tu n'as rien trouvé sur des liens qu'aurait Boutin avec le crime organisé?

— Rien de solide.

— J'imagine que tu m'as apporté le témoignage de Routhier? Celui que j'aurais lu si tu ne me l'avais pas caché. Est-ce qu'il y a autre chose que je devrais savoir? Tant qu'à déballer ta vie, continue, vide ton sac, Frédéric.

Fontaine leva son verre, secoua la tête en se maudissant d'être capable de regarder son ami droit dans les yeux tout en lui mentant. Mais avait-il le choix? Chartier devait alarmer Boutin en l'accusant par des voies officielles, et il s'acquitterait parfaitement de ce rôle. Il pourrait aussi témoigner, plus tard, que Frédéric Fontaine lui avait dit qu'il craignait pour la vie d'Irène. Qu'il avait dit qu'il fallait agir rapidement, mais qu'ils avaient peu de moyens à leur disposition.

On verrait. Peut-être que Chartier n'aurait jamais rien à raconter à personne, qu'il parlerait de lui comme d'un homme qu'il avait cru connaître mais qui lui avait menti lors de leur dernière rencontre. Le Montmessin lui paraissait subitement trop lourd, épais, et il eut peine à l'avaler avant de bâiller pour se justifier de prendre congé de ses hôtes.

— Tu ne veux même pas un café?

— Non, il faut que je dorme. J'étais trop énervé hier soir mais je dois me reposer. Tu parles à Boutin?

— Aussi vite que je le peux.

— Je me sentirai mieux si Boutin est sous contrôle. Ce n'est jamais Nadeau qui se salit les mains, il a toujours tout fait faire par Boutin. Il peut engager quelqu'un d'autre pour tuer Irène, mais il ne le trouvera pas si vite. Ça nous laisse le temps de réfléchir…

— Il ne faut pas qu'elle aille à Québec en tout cas, déclara Murielle. Tu ne peux pas être là-bas et ici en même temps.

— Mais elle ne peut pas refuser quoi que ce soit à Nadeau. Il la privera de sa fille. Et Irène ne veut plus être séparée de Jeanne.

— Je parle à Boutin au début de la semaine ! promit Chartier.

— Eh ! Tu oublies ton chapeau ! s'écria Murielle. C'est ça, l'amour, ça rend distrait.

Chartier serra sa femme contre lui en regardant Fontaine s'éloigner vers sa voiture garée de l'autre côté de la rue, la chienne sur ses talons.

— Il n'est pas au bout de ses peines.

— Il l'aime.

— Il y a des femmes qui portent malheur.

— Tu dis n'importe quoi ! Ce sont des hommes qui ont nui à Irène. Penses-tu que Boutin va collaborer avec vous ?

Jocelyn Chartier haussa les épaules ; il devrait parler au directeur dès son retour de Miami, lui raconter tout ce qu'il savait sur Pierre Boutin. Et sur Marc Fontaine. Frédéric était trop impliqué dans cette histoire pour prendre les bonnes décisions ; il lui en voudrait d'avoir déballé ce pan de son passé, mais Jocelyn craignait trop que son partenaire n'agisse sur un coup de tête pour protéger cette fameuse Irène.

— Si Boutin nous donne Nadeau, c'est qu'il aura admis avait été payé par lui pour assassiner Bobby. Il faudra qu'il ait vraiment peur de la prison pour parler. Ce n'est pas un enfant de chœur, plus j'y pense, moins j'y crois. Et Fontaine doit avoir la même opinion que moi. Il me ment, Murielle. Il me ment depuis qu'Irène a quitté Tanguay.

— L'histoire de son père est vraie, j'en suis sûre !

— Oui, mais il a encore trop de secrets. Et je n'aime pas ça. Je vais parler à notre patron aussi vite que je peux ! Quelle idée d'aller en Floride ! Et quelle idée d'être amoureux d'Irène Nadeau ! Elle me fait peur.

— Tu ne la connais pas !

— Fontaine est prêt à n'importe quoi pour elle.

— Ce n'est peut-être pas elle qui exige, mais lui qui veut tout lui donner. Il se sent encore coupable des actes de son père, même si elle lui a dit de tourner la page. Il est temps qu'il passe à autre chose ; il est engourdi, en hibernation depuis qu'on le connaît ! On a toujours l'impression qu'une partie de lui est absente. Il a caché trop de choses, trop longtemps. Tu sais, sa manie d'avoir toujours un truc à réparer sous la main, c'est une façon d'éviter de regarder les gens. Il se penche sur un train électrique ou sur une montre, et oublie le reste du monde.

— Mais pas Irène Nadeau.

* * *

Les nuages étaient si bas que l'antenne de la fabrique de jouets allait les percer sous peu et des milliers de flocons constelleraient la rue Larivière, feraient oublier la tristesse des immeubles, l'abandon des rues trop petites ou trop larges qui semblaient ne mener nulle part. Nulle part, ce serait mieux qu'à la morgue, songeait Irène en faisant un signe de la main à sa voisine d'atelier. La morgue tout à côté où Irène rêvait qu'on autopsierait bientôt Pierre Boutin. L'expert en balistique n'aurait aucun mal à prouver que c'étaient bien les balles tirées du revolver de Bernard Nadeau qui avaient causé la mort d'un honorable policier. Car Bernard tirerait probablement plus d'une fois. Mais peut-être pas. Il serait prévenu que Boutin l'attendait, il lui tirerait dans le dos. Mais non ! S'il tirait par derrière, il aurait bien du mal à évoquer la légitime défense. Ou l'accident. Que lui conseillerait-on de plaider ?

— J'espère qu'on va avoir une vraie tempête, dit Maria.

— Je l'espère aussi, mentit Irène.

Il ne fallait pas que Bernard remette son voyage à Montréal. Elle était idiote ; rien n'avait jamais freiné son mari quand il avait une idée en tête. Elle l'avait suffisamment exaspéré en prétendant lui montrer son nouvel appartement.

— Tu ne reviens pas à Québec ? s'était-il écrié. Je pensais que c'était décidé.

— J'ai un travail ici alors que rien ne m'attend ailleurs.

— Mais on est là ! Jeanne vit à Québec ! Je pensais que tu te mourais d'envie de voir ta fille !

— Oui, mais j'ai beaucoup parlé avec l'abbé Fortier qui vient ici, et il pense que ça vaut mieux que je me sois débrouillée seule un certain temps, que je sois fière de moi quand je retournerai auprès de Jeanne. Je viendrai souvent à Québec, mais je ne dois pas brusquer les choses. Il faut qu'on se réhabitue doucement l'une à l'autre.

— Qu'est-ce que tu racontes ? Tu as déjà un emploi à Québec, Irène, chez ton amie Françoise. Arrête ces folies-là ! Je vais monter à Montréal pour t'aider à emballer tes affaires.

— Je n'ai rien qui ne puisse pas rentrer dans une valise. Je n'ai pas besoin de toi pour déménager dans mon nouvel appartement.

— Avec quel argent vas-tu le payer ?

— C'est petit. La rue de Rouen est juste derrière celle de la fabrique. C'est un immeuble correct. Il y a même des religieuses, des sœurs ouvrières.

— Arrête tes bondieuseries ! Tu n'as jamais cru en rien.

— La prison m'a changée. Écoute, je ne veux pas qu'on se dispute, je crois simplement que je fais mieux de rester à Montréal pour un certain temps.

— C'est lui, c'est ça ? Ton policier revient dans le décor ?

— Arrête !

— Il ne traînera pas longtemps autour de toi. Je serai mardi après-midi rue Saint-Hubert et je te ramènerai ici. Sinon, tu ne verras plus jamais Jeanne ! Est-ce que c'est clair ?

— Mais j'ai déjà payé un mois d'avance, Bernard.

— Si tu ne veux pas qu'on se parle, j'emmènerai Jeanne avec moi. Tu ne pourras pas la renvoyer à Québec sans rien lui dire, hein ? Tu seras obligée de lui expliquer que tu ne veux pas la voir. Parce que tu as un homme dans ton lit. Sinon, c'est moi qui m'en chargerai. Mais je vous vois très bien toutes les deux à la gare d'autobus en train de vous expliquer…

— Bernard !

— Tu es encore ma femme, je viens te chercher mardi après-midi !

Irène tremblait en raccrochant l'écouteur. Elle n'avait pas cessé de jouer avec le fil téléphonique durant toute la conversation et l'avait serré encore longtemps entre ses doigts comme si elle pensait à s'en servir pour étrangler Bernard. Elle n'aurait pas ce plaisir, mais peut-être qu'un détenu s'en chargerait à Bordeaux ou à Kingston. Elle avait ensuite téléphoné à Pierre Boutin pour lui annoncer l'arrivée de Bernard à Montréal.

— Vas-tu aller voir ta fille à Québec cette fin de semaine ? questionna Maria.

— Non, mais j'irai la suivante.

— J'aimerais ça, passer une nuit au Château Frontenac. Me mettre une grande robe pour souper, me promener en calèche. J'ai vu des cartes postales, c'est vraiment beau. As-tu déjà marché sur la terrasse ?

— Oui, il vente beaucoup. À cause du fleuve.

Qui l'avait vue faire ces deux appels téléphoniques au snack-bar où elle s'était arrêtée pour boire un café avant de se rendre à la fabrique de jouets ? Bernard payait toujours un détective pour l'épier, mais elle se méfiait autant de Frédéric qui pouvait bien faire croire à un jeune policier qu'il ne fallait pas la quitter des yeux, lui inventer n'importe quelle raison pour lui ordonner de la suivre. Elle avait pris la précaution d'appeler Frédéric aussitôt après avoir parlé à Bernard, pour qu'il puisse croire, si on l'avait vue se diriger vers le téléphone, que c'était lui qu'elle tentait de joindre. Elle avait frémi en reconnaissant sa voix. De plaisir et de gêne ; n'allait-elle pas encore lui mentir ? C'était pour son bien, se répétait-elle. Pour son bien. Leur bien. Il était inquiet :

— Tu n'as pas changé d'idée ?

— Non. Je voulais seulement t'entendre. Et te dire que Bernard arrive jeudi à Montréal.

Frédéric avait eu un petit rire de soulagement ; il aurait bien assez de temps pour discuter avec Boutin avant le jeudi.

— Tant mieux. Plus vite vous vous expliquerez, mieux ce sera.

Elle s'était sentie rougir en parlant ainsi à Frédéric ; elle détestait ce double jeu, mais avait-elle le choix ? Elle avait dû prévenir Boutin, pour lui prouver sa loyauté, des projets de Frédéric à son égard. Elle lui avait dit qu'il comptait l'accuser de chantage et lui parler du meurtre de Georges Pouliot, qu'il lui proposerait ensuite de le laisser en liberté s'il l'aidait à piéger Nadeau. Elle avait ajouté que Frédéric Fontaine était amoureux d'elle et qu'elle pourrait facilement le retenir auprès d'elle quand lui se chargerait de faire disparaître Nadeau.

— Irène ? Tu m'écoutes ? avait dit Frédéric.

— Mais oui…

— Tu seras bientôt délivrée de ton mari et de Boutin. Je te le promets.

Elle avait ri en espérant qu'il croyait à sa joie malgré sa nervosité. Elle devait être aussi convaincante que le soir de l'halloween ; en comprenant que Frédéric pouvait nuire à ses projets sous prétexte de la protéger, elle avait admis que son plan était boiteux. Qu'elle avait besoin de son aide. Frédéric avait alors décidé qu'elle piégerait son mari quand il arriverait à Montréal ; elle porterait un micro sur elle et elle le ferait parler de Boutin.

Boutin serait lui aussi équipé pour enregistrer une conversation entre lui et son complice. Et toutes ces discussions seraient livrées au patron de Frédéric Fontaine, à celui de Boutin et à la CECO.

— Ils vont réagir assez vite, je te le garantis ! Ton mari ira en prison, Irène, c'est sûr !

Elle avait hésité encore, puis elle avait fait semblant de se rallier aux arguments de Frédéric. Il avait une démarche plus légère quand il avait quitté la maison de transition. Elle avait réussi à le tromper. Elle suivrait le plan qu'elle avait mis au point. Oui, il était boiteux. Mais les plans parfaits n'existent pas ; Lorraine le lui avait souvent répété. Il y a toujours un grain de sable. Il faut improviser. Tout en assurant ses arrières. Elle verrait Boutin dans un endroit public pour lui remettre mille dollars. Puis elle retrouverait Bernard rue Saint-Hubert. Elle prétendrait devoir attendre une permission pour aller souper avec lui, mais montrerait une grande anxiété, disant qu'elle devait lui parler tout de suite avant que le pire n'arrive. Elle raconterait que Boutin l'avait approchée pour lui proposer de le faire disparaître moyennant la moitié de l'héritage. Elle dirait qu'elle avait très peur de cet homme, qu'elle lui avait promis tout ce qu'il voulait, mais qu'elle n'avait pas dormi de la nuit en imaginant ce qu'il pouvait leur faire à tous deux. Mais qui prévenir ? Certainement pas des policiers ! Nadeau verrait rouge, hurlerait à la trahison. Elle savait qu'il avait toujours une arme sur lui depuis qu'il s'était fait attaquer à Vancouver. Elle parlerait de l'appartement qu'elle avait loué rue de Rouen où Boutin devait les surprendre quand elle amènerait Bernard le visiter. Mais c'est Boutin qui aurait la surprise quand Nadeau tirerait sur lui. Si son mari objectait qu'on ne pouvait pas tuer quelqu'un si facilement, Irène lui proposerait alors de raconter aux policiers qui enquêteraient sur la mort de Boutin que celui-ci avait tenté de la violer et que Bernard l'avait secourue.

Elle aurait aimé croire en Dieu et prier pour qu'Il l'aide dans son entreprise, mais il y avait longtemps qu'ils étaient brouillés.

— Trouves-tu que le nouveau contremaître est *cute*? demanda Maria.

Irène lui sourit sans regarder Christian Filteau. Maria lui rappelait Guylaine et son intérêt constant pour la gent masculine. Guylaine qui avait été égorgée. Irène avait rêvé de la rue Aberdeen, de tout le sang qui maculait le tapis du salon, du regard épouvanté de Guylaine, et elle s'était dit qu'elle devait être cinglée pour discuter avec Boutin. Frédéric Fontaine lui avait répété que celui-ci était certainement l'auteur de ce meurtre, mais Boutin représentait le seul moyen dont elle disposait pour abattre Bernard Nadeau. Et pour protéger Frédéric. Pourquoi avait-elle rêvé de Guylaine au lieu de rêver de lui? Elle s'était couchée en espérant le voir en songe, elle voulait le toucher, l'entendre et s'inquiétait peut-être plus qu'elle ne s'émerveillait de ce besoin puissant, de cette émotion nouvelle, délicieusement envahissante, qui la poussaient vers Frédéric. Depuis le soir de l'halloween, elle n'était plus la même; ses pulsations cardiaques augmentaient chaque fois qu'elle entendait la sonnerie d'un téléphone, chaque fois qu'elle croyait reconnaître les épaules, la démarche de Frédéric chez un passant, chaque fois que Maria ou Charlène parlaient d'amour devant elle à l'atelier. Elle avait lu pêle-mêle des pensées de Montaigne et de Musset sur le sujet pour comprendre ce qui lui arrivait, pour tenter d'organiser ce chaos, mais elle avait dû renoncer à cette lecture car les phrases dansaient sous ses yeux, dessinant le beau visage aimé. Elle devait pourtant retrouver toute sa lucidité pour protéger Frédéric.

— Hein? Il est *cute*, Filteau, répéta Marie. Je ne lui ferais pas de mal. Toi?

— Moi, j'ai rencontré quelqu'un, s'entendit dire Irène.

Allait-elle vraiment parler de Frédéric avec cette compagne d'atelier qu'elle connaissait à peine? Les mots, les phrases se succédaient pourtant, suscitant un sourire ravi sur le visage ingrat de Maria.

— Tu le connais depuis vingt ans? Et vous vous étiez perdus

de vue et vous vous retrouvez ? C'est une belle histoire ! Hein, les filles ? Irène a revu son premier amour ! Elle va divorcer et se remarier avec !

Divorcer ? Se remarier ? Comme ces verbes sonnaient étrangement maintenant. Divorcer… Elle n'aurait pas dû dire à Frédéric que Nadeau n'avait pas divorcé parce qu'il voulait revivre avec elle comme autrefois. Elle lui avait rappelé à quel point son mari était fou, et Frédéric avait alors répété qu'il fallait agir rapidement.

Oui. Mais elle bougerait avant lui.

chapitre 28

FIN 1975

Jocelyn Chartier attendait son partenaire dans un restaurant depuis dix minutes. Il n'aimait pas ce retard. Il n'aimait pas cette journée. Il avait toujours détesté les lundis. Il regarda sa montre pour la troisième fois, tenta de se convaincre que Frédéric mettait simplement du temps à le rejoindre à cause de la chaussée glissante, mais il avait hâte que leur patron revienne de Miami. Peut-être devrait-il parler à son remplaçant même s'il savait que Paul-André Simard n'avait jamais aimé Fontaine? Quand la porte du restaurant grinça, Chartier leva la tête et éprouva une sorte de gratitude en voyant apparaître son ami.

— Excuse-moi, j'avais un rapport à remettre, je n'en finissais pas.

Ils commandèrent le plat du jour et, dès qu'ils eurent avalé la soupe, Chartier relata son entretien avec Pierre Boutin. Il lui avait montré le témoignage de Routhier, la pile de dossiers concernant les autres agressions, la déclaration de Réjean Dubuc.

— Boutin m'a dit que personne ne lui en voudrait au poste

485

d'avoir sacré une volée à des tapettes. Que ça n'irait même pas en cour, que les déclarations d'un mourant drogué à la morphine ne vaudraient rien, qu'il connaissait un bon avocat. Mais il était nerveux quand je lui ai rappelé que Routhier est assez riche pour se payer lui aussi un très bon défenseur. Je lui ai dit que j'allais prévenir son supérieur dès que notre patron rentrerait.

— C'est parfait. Je vois Boutin demain soir, il aura eu le temps de méditer et de s'inquiéter. Et peut-être d'appeler Nadeau. À qui il va demander de lui trouver un avocat.

— Pas si sûr... Pourquoi se vanterait-il de ses mauvais coups ? Nadeau n'est pas nécessairement au courant de ses petits chantages...

— Ça ne change pas grand-chose qu'il lui demande de l'aide ou pas. Il va sûrement l'appeler, car Irène fait venir Nadeau à Montréal vendredi. Elle va rencontrer son mari, lui dire que Boutin a cherché à la voir pour lui proposer de l'aider à se débarrasser de lui.

— Je ne comprends plus rien...

— Elle prétendra que Boutin a peur des accusations qu'on porte contre lui, qu'il ne veut pas aller en prison, qu'il craint que Nadeau le devance et le fasse descendre pour être certain qu'il ne révèle pas qu'il a commandité le meurtre de Bobby. Elle ajoutera que Boutin lui a offert de le tuer pour la protéger. Et pour toucher la moitié de l'héritage. Pour de l'argent... C'est un langage que comprend bien Nadeau ; il verra bien que c'est autant dans l'intérêt d'Irène que dans celui de Boutin qu'il meure. Boutin aura pu raconter n'importe quoi de son côté à Nadeau, celui-ci ne saura pas qui dit la vérité. Sauf nous ; Irène portera un micro. Avec ce qu'on enregistrera avec elle et ce qui sortira des conversations entre Boutin et Nadeau, on devrait avoir ce qu'il faut pour envoyer le directeur de Sportec en prison pour une bonne vingtaine d'années.

Fontaine affichait un peu trop d'assurance. S'imaginait-il vraiment que, après l'avoir côtoyé durant des années, son partenaire le devinait si peu ? Fontaine comptait régler l'affaire Boutin à sa manière. Il fallait le freiner jusqu'au retour de leur patron. Chartier soupira, jeta un coup d'œil dehors ; le ciel était gris, il neigerait avant la fin de la journée, les enfants seraient contents, la cour ressemblerait à cette boule de verre qui ornait le bureau de Fontaine. Il l'avait déposée là le jour de son installation à Montréal. C'était en juillet, il faisait lourd, et Fontaine avait déclaré, en agitant sa boule de verre, en observant les flocons qui y descendaient lentement, qu'il avait hâte de voir arriver l'hiver. Que l'été en ville était pénible même s'il habitait en face d'un parc.

— Il y a un avantage à l'été, avait dit Chartier à son nouveau partenaire, c'est le barbecue. Viens donc souper chez nous ce soir !

Frédéric Fontaine avait hésité avant d'accepter, surpris par cette spontanéité, lui qui était si réservé, si laconique.

Chartier se retourna vers Fontaine, qui parlait trop pour être franc ; il le laisserait lui mentir tout en lui offrant une certaine résistance afin qu'il ne se doute pas qu'il l'avait percé à jour.

— Ça me paraît trop facile, déclara-t-il. Tout est trop rapide.

— On n'a pas le choix ! s'écria Frédéric Fontaine. Nadeau débarque à Montréal à la fin de la semaine pour ramener Irène à Québec. Il était fou furieux quand elle lui a dit qu'elle avait loué un appartement. Il veut l'enfermer chez lui. Et quand il se sera lassé d'elle, il l'enverra à l'asile. Il aura tout prévu, payé toutes les complicités.

— Il ne peut tout de même pas kidnapper Irène…

— Et Jeanne ? Tu oublies Jeanne ? Irène va suivre Bernard, sinon elle ne reverra pas sa fille. Il serait assez fou pour la tuer.

— On met l'enfant en sécurité, on attend le retour du boss et on décide avec lui. Il sera là jeudi matin. Ça ne nous laisse pas beaucoup de temps pour décider de la meilleure façon de piéger Nadeau, mais on va y arriver.

— Ah oui ? Tu as un mandat pour retirer Jeanne du

pensionnat ? Ce n'est même pas de notre juridiction. Elle est à Québec !

— Tu te conduis comme un cow-boy. Mais on n'est pas au Far West…

— Et tu n'es pas le shérif, laissa tomber Frédéric. De toute manière, j'ai déjà fait ce qu'il faut pour me procurer l'équipement. On va pouvoir tout enregistrer ! Nadeau n'aura pas juste à répondre d'une accusation de meurtre.

Le ton était convaincu, mais Jocelyn Chartier n'était pas dupe ; Fontaine n'aurait jamais accepté qu'Irène rencontre son mari ou Boutin alors qu'il ne pouvait lui offrir une protection maximale. Irène avait peut-être cru qu'il entrait dans son jeu, mais lui n'était pas si naïf : Frédéric Fontaine empêcherait sûrement Irène de se retrouver face à Nadeau et Boutin, puis il s'arrangerait pour que les deux hommes soient mis en présence. Information, désinformation ; qui dit la vérité, qui ment ? Ils s'accuseraient mutuellement de leurs crimes, et ce sont leurs aveux que Fontaine espérait recueillir. Et il devait aussi souhaiter que les complices se querellent. Au Far West, Fontaine se croyait au Far West, imaginait Nadeau en train de dégainer en même temps que Boutin ; lequel tirerait en premier ? Peu importe, l'un des deux mourrait et l'autre échouerait en prison. En terminant son café, Chartier était décidé à agir, il n'attendrait pas le retour du patron, il rencontrerait Jasmin Charland, un enquêteur qui comptait vingt-quatre ans de métier, qui connaissait tout le monde. Dont des gars à la CECO. Il pourrait vérifier discrètement si Fontaine avait réellement parlé de Nadeau aux autres enquêteurs, si ceux-ci l'appuyaient, s'ils allaient lui fournir un soutien logistique, s'ils participeraient à l'opération. Fontaine était-il ou non un cow-boy solitaire ?

— As-tu revu Irène ?

— C'est trop risqué qu'on nous voie ensemble, Nadeau pense qu'elle est ma maîtresse. Il lui a dit qu'elle n'avait pas le droit de le tromper ! Il délire ! J'ai d'ailleurs bien peur qu'on l'envoie à l'asile plutôt qu'à Bordeaux ou Saint-Vincent-de-Paul.

Et Fontaine ferait tout pour que cela n'arrive pas, songea Chartier. Il devait rejoindre Jasmin Charland, le convaincre que Frédéric allait faire une bêtise, qu'on devait le surveiller dès que possible. Frédéric Fontaine avait dit que Nadeau arrivait à Montréal le vendredi. Il lui avait probablement menti, Nadeau serait là bien avant. Charland comprendrait-il toute l'urgence de la situation ? Aurait-il la possibilité d'intervenir ou devrait-il dire à Chartier qu'il fallait attendre le retour de leur patron ? Et s'il pouvait agir, comment expliquerait-il à ses hommes qu'ils devaient prendre en filature un enquêteur émérite ?

Chartier soupira ; allait-il plonger Fontaine dans un bourbier d'où il ne pourrait jamais s'extirper ?

— Je prendrais un autre café, dit-il en soulevant sa tasse en direction de la serveuse. Toi ?

— Non, je dois être au palais de justice dans quinze minutes, je témoigne pour l'affaire Colin, je vais perdre mon après-midi.

— C'est toujours comme ça en cour mais on ne s'habitue pas. Pour demain soir, veux-tu que je vienne avec toi pour affronter Boutin ?

Frédéric Fontaine secoua la tête, c'était inutile. Il voulait seulement inquiéter Boutin.

— Il n'a pas digéré le témoignage de Routhier, fit Chartier. C'est vraiment quelqu'un de bien, cet homme-là.

— Il en faut pour équilibrer le tout…

C'est ça, mon beau Frédéric, donne-moi un petit cours de philosophie. Attends que je parle avec Charland ; on ne va pas te laisser tout gâcher…

Chartier regarda son partenaire payer son repas à la caisse, taquiner la serveuse, attraper un bonbon emballé dans un papier de plastique rouge, se retourner pour lui faire un signe d'au revoir. Irait-il rencontrer Boutin après avoir quitté le palais de justice ou attendrait-il vraiment au lendemain soir ? Peut-être que oui s'il voulait vraiment s'équiper d'un micro. Chose certaine, ce n'était pas Irène qui porterait ce micro. Fontaine avait menti sur ce point comme sur la date d'arrivée de Bernard à Montréal. Vendredi ? Non, jeudi. Ou même mercredi. Chartier renonça à un deuxième café, il devait parler immédiatement à Jasmin Charland.

*   *   *

Irène regardait la neige tomber de la fenêtre de la prison de la rue Fullum, aussi furieuse qu'incrédule, aussi paniquée que désespérée. Deux policiers l'avaient arrêtée rue Saint-Hubert alors qu'elle s'apprêtait à sortir pour retrouver Pierre Boutin et lui remettre les mille dollars qu'elle lui avait promis au téléphone. On avait saisi cet argent comme preuve.

— Preuve de quoi ? avait-elle hurlé.

— Vous le savez aussi bien que nous.

On l'avait emmenée rue Fullum mardi midi, on l'avait fouillée, on lui avait retiré sa bague, les lacets de ses bottes, puis on l'avait enfermée dans une cellule. Elle ne se souvenait pas de ce qu'elle avait pensé durant les deux premières heures. Elle s'était assise sur le lit de fer, avait regardé fixement le mur nu, la porte close, trop bouleversée pour réfléchir. Dans quel cauchemar était-elle plongée ? Elle remontait dans le temps, août 1969, retrouvait l'odeur de désinfectant, si agressive qu'elle l'empêchait de penser. Durant les deux premières heures. Ensuite, était venue La question : qui l'avait fait arrêter ? Elle avait naturellement pensé à son mari, mais ne comprenait pas comment cette arrestation servait ses intérêts ; elle devait le rencontrer dans l'après-midi, lui parler de Boutin. Boutin l'avait-il prévenu contre elle ? Et il l'avait cru ? Et Boutin l'avait sans doute dénoncée, avait précisé qu'elle aurait mille dollars sur elle en liquide pour payer… Payer quoi ? De la dope ? Et Nadeau aurait décidé aussi rapidement de la renvoyer en prison ? Non. Justement, son mari aimait prendre son temps pour la faire souffrir. Sa perversité était plus complexe ; il voulait la garder enfermée, certes, mais tout près de lui, détenir la clé de sa cellule, l'observer sous une cloche de verre. Elle devait parler à Frédéric, il fallait qu'il sache qu'elle avait été arrêtée, qu'il la sorte de là, qu'il…

Frédéric ! C'était lui ! Il l'avait fait emprisonner pour la protéger ! Pour s'occuper seul de son mari, de Boutin !

Elle s'était mise à hurler si fort que deux gardiennes s'étaient ruées vers sa cellule.

— Qu'est-ce que tu as ?

— Il va se faire tuer ! Et ce sera de ma faute ! Il faut que je parle…

— Tu as quelque chose à dire ? Ton avocat n'est pas là et…

— Appelez Jocelyn Chartier ! C'est une question de vie ou de mort. Je vais tout lui dire.

— Tu peux nous parler.

— Non ! Je veux l'enquêteur Chartier. C'est lui qui m'a arrêtée la première fois. Et si son partenaire meurt, ce sera de votre faute.

Irène avait répété qu'il fallait rejoindre Jocelyn Chartier et s'était mise à faire les cent pas dans sa cellule, s'arrêtant pour vérifier si son cœur battait toujours, regardant la neige, s'étonnant qu'elle continue à tomber comme si de rien n'était. La poussière blanche s'était teintée de mauve à la fin de l'après-midi. Où était Chartier pendant que la rue Fullum se couvrait de blanc ? Irène entendit enfin une voix d'homme qu'elle voulut reconnaître comme celle de l'enquêteur. La porte de la cellule n'était pas encore ouverte qu'elle criait qu'il fallait sauver Frédéric.

— Où est-il ? questionna Chartier. Que faites-vous ici ?

— Je ne sais pas !

L'enquêteur se tourna vers les gardiennes. L'une d'entre elles marmonna le mot « trafic ».

— C'est Frédéric ! Il m'a fait arrêter pour me protéger ! Pour voir Boutin seul à seul.

— Maudit baptême ! Il m'a dit que Nadeau arrivait vendredi. Mais j'étais sûr que ça serait avant.

— Je ne voulais pas qu'il se mêle de mon histoire. Il a fait semblant de me croire. Et maintenant, il est quelque part à… Ils vont le tuer !

— C'est ça que ça vous prenait pour comprendre le bon sens ?

Est-ce qu'entendre parler de coups, de plans d'évasion, de trafics, de meurtres, de vengeance durant toutes ces années à Tanguay avait banalisé le crime au point de permettre à Irène Nadeau de s'illusionner sur sa capacité à affronter un assassin ? Venait-elle tout juste de se rendre compte qu'elle vivait en plein fantasme ?

— Où deviez-vous retrouver votre mari ?

— À la maison de transition.

Chartier jura ; Frédéric était tout à fait capable d'avoir attendu Nadeau rue Saint-Hubert pour le forcer à le suivre ailleurs. Où les attendait peut-être Boutin.

— Qu'est-ce que vous avez dans la tête ?

— Je ne veux pas qu'il meure !

Elle s'était arraché une mèche de cheveux sans s'en apercevoir ; si elle s'affolait encore davantage, Chartier n'obtiendrait rien d'elle. Il fallait la rassurer, la calmer.

— J'ai besoin de vous. Vous êtes la mieux placée pour savoir ce que votre mari peut faire.

— J'ai parlé à Bernard de l'appartement de la rue de Rouen. Et aussi à Boutin…

— Racontez-moi tout de A à Z. Dites-vous bien que si vous mentez, vous nuisez à Frédéric.

Irène résuma les derniers jours, les dernières heures. La rapidité de son débit ne l'empêchait pas de regarder fixement Chartier. Trop fixement. Elle prenait conscience du fantasme dans lequel elle s'était complu, du fantasme de vengeance qu'avait adopté trop volontiers Frédéric. Elle avait entraîné l'homme qu'elle aimait dans sa chute. Elle était aussi criminelle que son mari. Elle ferma les yeux, tout tournait dans cette cellule, l'odeur suffocante, la chaleur subite, le sang qui martelait ses tempes, le bruit de l'horloge et cette neige qui tombait doucement, si doucement pour la narguer alors que tout allait trop vite. Où était Frédéric ?

— Que fait votre mari quand il vient à Montréal ? Il a un appartement ? Il descend à l'hôtel ?

— Il n'a sûrement plus l'appartement où il a fait tuer Bobby. Il a souvent dormi au Reine-Élisabeth quand il venait me voir à Tanguay. C'est bien placé, entre la prison et le port.

— Le port ?

— Il y a des entrepôts pour la marchandise, pour recevoir les caisses qui arrivent d'Asie ou du Mexique.

— Où ?

— Je ne sais pas. Il ne m'y a jamais emmenée. Mais on peut téléphoner à son bureau à Québec.

Chartier sortit de la cellule en courant, se précipita en hurlant qu'il voulait qu'on lui apporte un téléphone. Il composa le numéro que lui avait indiqué Irène sans obtenir de réponse.

— Trouvez-moi quelqu'un qui peut me dire où sont les entrepôts ! On a déjà perdu trop de temps ! J'ai eu des enquêtes dans le port, des affaires de dope, c'est un vrai dédale.

— J'ai déjà peint un Minotaure dans son dédale. Frédéric avait vu cette toile, je pense qu'il aime ma peinture.

Sa peinture ? Que racontait-elle maintenant ? Elle délirait ! Chartier dévisagea Irène, pria une gardienne de lui apporter un café. Corsé. Il le fit boire à Irène qui s'étouffa et recracha tout dans la cuvette de la cellule.

Des gouttes de sueur perlaient à son front, elle tremblait de tous ses membres.

— Ça sera ma faute !

La voix était de plus en plus aiguë, et Chartier prit les poignets d'Irène d'une main tout en la giflant de l'autre.

— Trouvez-moi quelqu'un qui sait où sont les entrepôts! Un employé, un associé, n'importe qui!

— Ghislain Dumont! À Québec. Je me souviens encore du numéro de Ginette. Ginette, parlez à Ginette si Ghislain n'est pas là.

Chartier laissa sonner dix coups avant de raccrocher, de regarder sa montre en s'interrogeant sur sa marge de manœuvre : où était Fontaine, avec qui, depuis quand?

— Vous ne pouvez pas demander à des policiers de visiter tous les entrepôts du port?

— Avec quel mandat?

— Passez-vous des mandats, vous vous expliquerez plus tard! Faites quelque chose!

Elle s'était ressaisie et il respira un peu mieux; elle pourrait peut-être trouver une autre personne pour les renseigner?

Elle ferma les yeux, faisant défiler les noms de tous les gens qui avaient travaillé avec Bernard Nadeau quand elle vivait à Québec, mais elle dut avouer son impuissance.

— Bernard n'a pas pris d'autre associé après le départ de Ghislain.

— Sa secrétaire?

— Jacqueline? Oui! Jacqueline…

Irène s'interrompit; Jacqueline qui? Qui? Elle avait oublié son nom de famille.

— Calmez-vous, vous allez le retrouver. Calmez-vous. Il y a peut-être un ami, une connaissance qui pourrait nous le dire…

— Mon mari n'a jamais eu d'amis. Pas même un chien.

Il y eut un silence que rompit Irène une fraction de seconde avant que Chartier pousse un cri : Fila! Il irait chercher Fila pour l'emmener au port. Elle retrouverait la trace de son maître.

Chartier se rua vers la sortie, Irène le suivit, mais il se retourna subitement pour lui rappeler la réalité.

— On n'est pas au cinéma. Vous êtes en état d'arrestation. Vous restez ici. Vous êtes la dernière personne que je veux avoir près de moi pendant que je répare votre gâchis.

— Non, je pourrais parler à mon mari, essayer de…

Elle criait toujours qu'il devait l'emmener avec lui quand il sortit pour regagner sa voiture. Il rejoignit Charland par radio, lui demanda de se rendre au port avec d'autres policiers.

— Qu'est-ce qu'on cherche ?

— Des hommes qui s'entretuent. Moi, je vais récupérer Fila chez Fontaine. Elle me connaît, elle nous fera peut-être gagner du temps.

La chienne aboya en reconnaissant Jocelyn Chartier et le suivit jusqu'à la voiture. Elle hurla dès que la sirène du gyrophare retentit et ne cessa de s'agiter qu'au moment où Chartier ralentit à quelques rues du port. Elle dressa les oreilles alors qu'il lui parlait tout en lui faisant renifler un chandail appartenant à Frédéric. Était-il devenu fou lui aussi pour mettre toute sa confiance en Fila, pour lui expliquer qu'elle devait sauver son maître ? La chienne s'élança dès qu'il ouvrit la porte et il réussit à grand-peine à la freiner.

— Doucement, ma belle, doucement.

Elle courut, puis s'arrêta, tournant la tête à droite, puis à gauche, posant sa truffe sur le sol, revenant vers Chartier, repartant dans une autre direction, s'immobilisant, levant la tête avant de se diriger vers une série de hangars mal éclairés. Une Continentale était garée derrière le dernier bâtiment, et la neige l'avait partiellement recouverte, mais Chartier savait déjà que ce n'était ni la voiture de Fontaine, ni celle de Boutin. Celle de Nadeau, peut-être ?

Un gémissement de la chienne, une tension au bout de la laisse força Chartier à museler Fila qui se débattit. Chartier crut entendre le bruit d'une voiture. Étaient-ce les renforts ? Non, il avait rêvé. Il ramena la chienne à sa voiture, parla de nouveau à Charland, lui indiqua sa position.

— Bouge pas! ordonna Charland, même s'il savait que Chartier s'approcherait de l'entrepôt pour vérifier si Frédéric Fontaine s'y trouvait ou non.

Jocelyn Chartier ferma la portière pour entendre aussitôt aboyer Fila. Elle allait alerter tout le monde! Il rouvrit la portière, la laisse lui glissa des mains, et il se mit à courir derrière la chienne, la chienne qui filait vers le hangar numéro 7, qui grognait devant la porte, qui sursautait en entendant un coup de feu.

— Police! hurla Chartier. Police. Ouvrez. Je vais tirer…

Il n'avait jamais cru que trois secondes pouvaient être aussi longues et que le bruit des balles sur une porte de métal serait aussi fort, qu'il résonnerait aussi longtemps; il était peut-être devenu sourd, car il n'entendit pas tout de suite Frédéric Fontaine lui crier de partir, il ne voyait que Bernard Nadeau qui dirigeait son arme vers Boutin qui agitait les bras. Bernard Nadeau sur qui Fontaine pointait son fusil. Puis il entendit de nouveau. La voix de Fontaine, trop rauque, comme s'il avait fumé un paquet de cigarettes dans l'après-midi alors qu'il ne fumait qu'occasionnellement. La voix de Fontaine, trop impérieuse, trop métallique. Il n'aimait pas cette voix, ni cette fin de journée. Il n'aimait pas entendre Fontaine ordonner à Bernard Nadeau de descendre Boutin. Il n'aimait pas que son ami ne ressemble pas à l'homme qu'il appréciait comme partenaire depuis depuis des années.

— Police! Baissez vos armes!

— Va-t'en, Chartier, sacre ton camp, tu n'as rien à faire ici!

— Tout est correct, Charland s'en vient avec d'autres gars. Tout est sous contrôle.

Mais Frédéric Fontaine secouait la tête en lui répétant de les laisser seuls. Il semblait plus petit au fond du hangar, perdu. Perdu dans une histoire qui avait trop mal commencé pour connaître une fin heureuse.

— Baissez vos armes, répéta Chartier. Baissez tous vos armes!

En donnant cet ordre, Jocelyn Chartier savait bien que personne ne lui obéirait; Frédéric pointait toujours son arme en direction de Nadeau qui continuait à viser Boutin. L'air sentait déjà la poudre des balles. Les trois hommes étaient trop près les uns des autres pour que le carnage soit évité, mais Chartier ne pouvait admettre son impuissance.

— Frédéric ! Écoute-moi, Frédéric !

Celui-ci tourna légèrement la tête vers son partenaire ; son regard était trop dur, exempt de la tristesse qu'on pouvait y lire habituellement.

— Va-t'en, Jocelyn ! Va-t'en donc !

Boutin esquissa alors un mouvement pour s'enfuir. Un coup de feu l'atteignit à l'épaule, mais il n'eut pas le temps de hurler avant le second coup qui le projeta au sol. La force du coup de feu avait fait reculer un instant Bernard Nadeau, mais il tournait maintenant son arme vers Frédéric quand un aboiement le fit sursauter ; il vit la chienne s'élancer vers lui, entendit Fontaine hurler à sa chienne de se coucher, mais la chienne fonçait sur lui, gueule ouverte, oreilles baissées, et elle rappela à Nadeau les chiens errants sur lesquels il tirait dans les champs quand il était gamin. Fila parut s'immobiliser, suspendue dans l'atmosphère quand la balle l'atteignit en plein poitrail, après quoi elle retomba en poussant un cri de douleur vite étouffé. Elle eut tout juste le temps de tourner la tête vers Frédéric pour s'excuser de lui avoir désobéi avant de mourir. Il y avait déjà de la neige dans ses yeux.

Chartier allait tirer sur Nadeau pour protéger Frédéric, mais celui-ci se rua sur Nadeau, méprisant l'arme pointée sur lui, oubliant la sienne, fou de fureur et de douleur, prenant Nadeau à la gorge, serrant de toutes ses forces en criant « Fila, Fila, Fila », continuant à serrer même après que Nadeau lui eut tiré une balle dans le bras gauche, serrant encore quelques secondes avant de sentir sa tête exploser sous le coup de crosse asséné par Chartier. Chartier qui tenait Nadeau en joue tout en essayant de le dégager du poids de Frédéric. Celui-ci gémissait à chaque geste que faisait Chartier pour l'écarter de Nadeau qui râlait mais qui tâtait déjà le sol à la recherche de son arme.

— C'est fini, dit Chartier.

Était-ce parce qu'il le souhaitait ou entendait-il vraiment la plainte stridente des sirènes ? Charland arrivait-il enfin ? Chartier avait l'impression qu'il l'attendait depuis des heures, même s'il savait que tout le drame s'était déroulé en quelques minutes. Frédéric Fontaine était maintenant accroupi à côté du corps de Fila, secoué de sanglots, répétant à l'animal qu'il n'avait pas voulu sa mort. Nadeau se redressait, se tournait vers Chartier, le prenait à témoin.

— Vous l'avez vu ! Vous avez vu qu'il voulait m'étrangler ? Vous allez pouvoir témoigner !

Il ajouta à voix basse : « Je suis prêt à vous payer comme il faut ! »

Chartier secoua la tête, dégoûté, avant de menotter Bernard Nadeau, qui protesta : on n'avait pas le droit de le traiter ainsi, c'était lui, la victime ; il alerterait la presse, dirait qu'un policier avait tenté de l'assassiner.

— Vous avez l'air d'oublier Boutin, dit Chartier. Vous…

Il ne termina pas sa phrase, soudainement très las. Il avait envie de rentrer chez lui, d'oublier l'odeur du sang, le bruit des balles, le regard fou de Frédéric, mais il entendait maintenant les portières des voitures claquer, la voix de Charland et de ses hommes. Il leur cria d'appeler une ambulance.

— Fontaine a été touché au bras. On a aussi un mort.

Il poussa Nadeau vers une des voitures. On l'emmènerait rue Parthenais. On l'incarcérerait dans les étages supérieurs, tandis que le corps de Boutin reposerait au sous-sol, à la morgue. Pendant que la voiture s'éloignait, les éclairs du gyrophare de l'ambulance aveuglèrent Chartier. Il retourna auprès de Frédéric sans savoir ce qu'il devait lui dire. Sans savoir ce qu'il écrirait dans son rapport.

— C'est de ma faute, répétait Fontaine. Fila est morte à cause de moi.

— C'était une bonne chienne, fit Chartier. Maintenant, tu

vas aller à l'hôpital. Je vais te rejoindre là-bas. Je vais dire que tu es sous le choc, mais c'est sûr que ça ne prendra pas de temps avant qu'on te pose des questions.

Frédéric Fontaine hocha la tête avant de répéter qu'il avait tout gâché. Est-ce que Chartier pouvait emmener le corps de Fila chez lui ? Il l'enterrerait dans son jardin en rentrant chez lui.

— Tu ne pourras pas pelleter, Frédéric. En plus, la terre doit être gelée. Je vais m'en occuper.

— Tes enfants vont avoir de la peine…

Chartier acquiesça. Il attendrait peut-être un jour ou deux avant de leur annoncer la nouvelle. Il téléphonerait à Murielle en arrivant à l'hôpital pour lui dire qu'il rentrerait tard.

*   *   *

Il faisait encore trop frais pour souper dehors, mais Jocelyn Chartier avait disposé des chaises dans le jardin pour y prendre l'apéritif. Richard l'avait aidé à transporter la table et avait eu un sourire éclatant quand son père lui avait dit qu'il était vraiment fort pour un garçon de dix ans. Il s'était ensuite élancé vers le fond du jardin pour attraper la balle qu'il avait lancée à Milou. Le chien avait poussé un jappement de bonheur avant de courir vers la balle pour la rapporter à son jeune maître.

— C'est sûr qu'il faut s'en occuper, mais on a eu raison d'acheter un chien, fit Murielle en passant une main dans les cheveux de son mari. Tu commences à grisonner… J'aime ça, ça te donne un air distingué.

— J'ai eu ce qu'il faut cet automne pour avoir des cheveux blancs !

— Tu ne pouvais rien faire de plus que ce que tu as fait ! Et ça va sûrement mieux pour Frédéric s'il a accepté de venir souper ce soir.

— Il m'a dit qu'il s'ennuyait des enfants.

— Penses-tu qu'il ferait un bon père ?

— Il est compliqué. Et Irène aussi. Ce n'est pas pour tout de suite en tout cas…

— On est chanceux d'avoir une vie simple. D'avoir tout ça.

Murielle désignait Micheline qui rejoignait son frère dans le jardin, qui flattait Milou. Le chien se laissait tomber sur le dos, offrait son ventre aux caresses en toute confiance. Il se roula sur un côté, puis sur l'autre et se redressa subitement, les oreilles tendues.

— C'est Frédéric ! Il l'a entendu venir !

Les enfants coururent vers la porte d'entrée, entraînèrent Frédéric vers le jardin, et Murielle se félicita de leur présence qui dissipait la gêne des retrouvailles. Elle n'avait pas vu Frédéric depuis novembre. Elle avait eu de ses nouvelles par son mari, qui était allé quelques fois rue Fabre, mais elle était nerveuse à l'idée de ce qu'elle dirait à Frédéric. Devait-elle lui parler de Fila ou ranimerait-elle sa peine ?

— Vous avez grandi, dit Frédéric aux enfants.

— Vas-tu avoir un autre chien ? demanda Micheline. On pourrait aussi te prêter Milou comme tu nous prêtais Fila, si tu veux.

Frédéric Fontaine posa sa main sur la tête de la fillette ; il penserait à sa proposition. Il sourit ensuite à Murielle et à Jocelyn avant de saisir un os en caoutchouc sous la table et de le lancer au chien.

— Tu as retrouvé ton agilité, à ce que je vois, fit Chartier. Je vais chercher de la bière.

— J'y vais, dit Murielle. Il faut que je mette le rôti au four.

Elle posa sa main sur le bras guéri de Frédéric en murmurant qu'elle était heureuse qu'il ait accepté leur invitation.

— Installez-vous, je reviens tout de suite.

— Vous avez bien fait d'adopter un chien, dit Frédéric en s'assoyant.

— Micheline était trop triste, on n'avait pas le choix.

— L'herbe a repoussé un peu dans le coin où tu as enterré Fila. Parfois, j'ai l'impression de l'entendre aboyer dans le jardin. C'est peut-être son fantôme.

— Elle ne viendrait pas te hanter. C'était une bonne chienne, elle ne voudrait pas que tu continues à te culpabiliser. Il faut que tu tournes la page. Il me semble qu'il doit y avoir moyen de s'arranger pour que tu reviennes au bureau.

— Non, c'est impossible. L'affaire n'est pas encore réglée.

— Mais j'ai dit que tu t'étais jeté sur Nadeau pour l'empêcher de te tirer dessus après qu'il a eu descendu Boutin. Ce sont les balles de son arme qu'on a trouvées dans le corps de Boutin. Il n'y a pas de doute possible. Même si Nadeau prétend que Boutin voulait le tuer et qu'il s'est défendu en tirant le premier, c'est aussi une de ses balles qui s'est logée dans ton bras. Nadeau est un homme qui a tiré sur deux policiers. C'est la peine maximale pour lui.

— Il s'offre le meilleur avocat. Il a dit que c'était moi qui l'avais forcé à tuer Boutin. C'est vrai que c'était ce que je voulais.

— Je sais, on en a déjà parlé, mais Nadeau a tiré sur Boutin pour l'empêcher de fuir et d'aller raconter ce qu'il savait sur lui. C'est ça la vérité. Il l'aurait descendu avec ou sans toi. Rentre-toi bien ça dans la tête ! Personne ne peut croire Nadeau quand il dit que tu l'as obligé à menacer Boutin. On a retrouvé un vieux compte bancaire chez Boutin, on a la preuve que deux gros dépôts ont été faits en mars 1962, une semaine avant et une semaine après le meurtre de Guylaine. Et en août 1969, au moment où Bobby est mort.

— Ça pourrait s'expliquer par des gains au jeu.

— Arrête ! On a la preuve que Nadeau trafiquait avec la mafia. Il a vraiment rencontré un lieutenant de Frank Cotroni au Mexique. Ses entrepôts ont abrité de la drogue. Il a beau avoir un bon avocat, il ne va pas s'en sortir si facilement. Et n'oublie pas les photos porno découvertes chez lui. Des petites filles de l'âge de Micheline… C'est vraiment un malade ! Son dossier est trop épais pour qu'il échappe à la justice. Irène peut dormir tranquille. Et toi tu devrais revenir au bureau.

Frédéric soupira ; il avait déjà eu cette discussion avec Chartier. Il ne se sentait plus digne de faire partie du corps policier. Il avait manqué d'honnêteté, il avait bafoué trop de règles pour parvenir à ses fins, pour détruire Boutin et Nadeau. Il n'allait pas ternir l'idée qu'il se faisait de la justice en étant la pomme pourrie qui gâtait un panier.

— Je ne suis pas Marc Fontaine.

Murielle revenait avec un plateau qu'elle déposa sur la table. Elle s'assit entre les deux hommes en prenant une poignée de chips.

— Qu'est-ce que tu vas faire ?

— Je ne sais pas. Réparer des bébelles. Je suis bon pour ça. Si vous avez un téléviseur qui ne fonctionne pas. Ou une lampe. Ou une poupée qui devrait parler et qui ne parle pas. J'ai réparé celle de Jeanne la semaine dernière.

— Tu vas souvent à Québec ? demanda Murielle.

— De temps en temps.

Il aimait Irène, mais ils ne pouvaient se voir sans évoquer ce mois de novembre, sans que chacun prétende mériter le blâme. Irène répétait que Fila ne serait pas morte si elle n'avait pas entraîné Frédéric dans sa vengeance, mais lui soutenait que Fila serait toujours vivante s'il n'avait pas enfreint la loi. Ils étaient parfois exaspérés de ressasser cette histoire, mais ils savaient qu'ils devaient en parler et en parler encore pour l'exorciser. Après, peut-être, viendrait la paix. Leur bonheur serait peut-être teinté de mélancolie comme ces tableaux qu'Irène peignait ; mais avec Jeanne auprès d'elle, Irène finirait par composer ses toiles avec des teintes plus vives, plus joyeuses. Elles viendraient toutes les deux à Montréal durant l'été.

— J'ai promis à Jeanne de l'amener à la Ronde.

— C'est sûr qu'elle va bien s'entendre avec Micheline, dirent Murielle et Jocelyn en même temps.

Frédéric eut un sourire reconnaissant, cligna des yeux sous le soleil de mai. Les lilas fleuriraient bientôt, il en apporterait à Irène.

FIN